ROUGE KARMA

JEAN-CHRISTOPHE GRANGÉ

ROUGE KARMA

roman

ALBIN MICHEL

I

LES RÉVOLTÉS

1.

Hervé Jouhandeau émergea de l'épais brouillard, pavé en main, à la manière d'un discobole. Dans ces moments-là, se comparer aux athlètes de l'Antiquité ne lui faisait pas peur.

Les yeux brouillés de larmes, il vit, à moins de cent mètres, le mur des CRS. Casques à cimier, impers ceinturés, boucliers ressemblant à s'y méprendre à des couvercles de poubelle…

S'arrêtant parmi les nappes de gaz lacrymogène, il se cambra, arma son bras puis plaça le pavé dans le creux de son épaule. Un héros du stade, on vous dit.

– Vas-y, Hervé !

– Fous-leur-z-y sur la gueule !

– Vise aux yeux !

Seul sur la chaussée jonchée de détritus, le jeune homme resplendissait. Il était l'héritier d'une longue série d'insurrections. 1789. 1832. 1848. La Commune… Les Français avaient la révolte dans le sang. Leur histoire s'écrivait sous le signe de la revendication et de la violence. Et Hervé était leur nouveau héros !

Il déroula son bras et poussa son geste le plus loin possible. *Dans la gueule, mes canards.* Il se sentait aussi léger que son pavé, aussi puissant que les « hourras » dans son dos, aussi menaçant que la rumeur qui saturait la rue de Lyon.

Une seconde plus tard, il crut discerner le claquement de son projectile sur un casque. Il avait visé juste. Un tir lobé qui avait dépassé les premiers rangs pour s'écraser plus loin, sur la tête d'un flic anonyme.

Hahaha ! La violence sans rime ni raison. L'obscure satisfaction de tout casser, comme ça, pour rien. Et la jubilation infantile d'avoir fait mouche, comme au chamboule-tout... Acclamations derrière lui. Poils à la redresse. Deux mois auparavant, en mars 1968, l'artiste new-yorkais Andy Warhol avait écrit : «À l'avenir, chacun aura droit à quinze minutes de célébrité mondiale.» Pas de doute, son quart d'heure était arrivé.

Il demeura ainsi, immobile, une fraction de seconde. L'air était suffocant, chargé de vapeurs toxiques. Sur le sol, des pavés déchaussés, des débris enflammés, des flaques d'eau – tout, absolument tout, avait des airs de fin du monde. *This is the end, beautiful friend...*

La riposte ne tarda pas. Sous les *plop* des «tire-patates» et le sifflement des grenades, Hervé tourna les talons et rejoignit au trot l'amoncellement de gravats, de cageots, de grilles d'arbres qui barrait la rue. Il escalada le monticule, s'écorchant un genou au passage, dégringola de l'autre côté. Applaudissements...

Sous la couche de pulls qu'il avait superposés pour parer aux coups de matraque, il crevait de chaud. Exaltation. Il n'avait plus les idées très claires. Où était-il au juste ? Quel jour était-on ? Depuis le début du mois, les pages du calendrier brûlaient, s'envolant en brasiers légers au fil des manifs, des grèves, des AG – difficile de s'y retrouver...

Ah oui. En ce 24 mai 1968, un nouveau rassemblement avait été organisé, gare de Lyon, à dix-neuf heures. On ne savait pas trop par qui. Les gars du 22 mars sans doute. L'Unef bien sûr. Les ML (marxistes-léninistes) aussi... Le prétexte du jour était l'interdiction de séjour de Daniel Cohn-Bendit qui, après des débuts fracassants à la tête de l'insurrection, était parti se ressourcer en Allemagne. On racontait que son voyage avait été financé par *Paris-Match* en échange de quelques photos. *Comprenne qui pourra…*

Les autorités en avaient profité pour le déclarer *persona non grata* sur le territoire français. Très mauvaise idée. Ce coup bas avait remis de l'huile sur le feu. On avait décidé aussitôt une nouvelle manif, avec bataillons d'ouvriers et célébrités du cinéma en prime, pour réclamer son retour en France. Mais pourquoi gare de Lyon ? Mystère.

Coup du sort ou offensive stratégique, le soir même, de Gaulle s'était exprimé à la radio. À vingt heures, sous la tour de l'Horloge, les manifestants avaient écouté le Vieux. Voix chevrotante, ton monocorde, paroles de vaincu. Le Général proposait un référendum pour savoir s'il devait rester au pouvoir. Sur le parvis, la réponse avait été immédiate. On avait sorti les mouchoirs et beuglé : « Adieu de Gaulle ! »

Ensuite, il y avait eu un certain flottement. Personne ne connaissait trop la rive droite. Défiler dans le coin ? Rejoindre le Quartier latin ? Rentrer chez soi ? La logique aurait voulu qu'on se disperse sagement – mais depuis quelques semaines, plus personne n'était sage à Paris. Les bons vieux réflexes avaient repris le dessus.

La foule avait versé dans la rue de Lyon en braillant : « DE GAULLE DÉ-MIS-SION ! », « COHN-BENDIT EN FRANCE ! », « NOUS SOMMES TOUS DES JUIFS ALLEMANDS ! »

Hervé marchait en tête. Il n'aurait su dire combien ils étaient ce soir mais il y avait beaucoup de monde, criant comme un seul homme. Peut-être dix mille, vingt mille, trente mille gus… Une marée de têtes, de banderoles, de hurlements qui glissait avec la lenteur incandescente d'une coulée de lave en direction de la Bastille.

La marche triomphale n'avait pas duré cinq cents mètres. À la jonction de la rue de Lyon et de l'avenue Daumesnil, les gardes mobiles les avaient stoppés. Impossible d'avancer ou de reculer.

Au loin, place de la Bastille, des fourgons, des camions-pompes, des bulldozers… Les forces de l'ordre n'allaient faire qu'une bouchée de la manif. Pourtant, le moral était bon. Pas impressionnés du tout, les gamins. Ni une ni deux, avec des pics, des pelles, des pioches sortis d'on ne sait où, on avait fait sauter les premiers pavés, des voitures avaient été renversées, des cageots entassés. Les détritus – ces chers déchets qui s'amoncelaient partout à Paris depuis que les éboueurs étaient en grève – nourrissaient les brasiers. *Aux barricades, camarades !* Les gardes mobiles, eux, ne bougeaient pas. Ils attendaient les ordres.

Alors, pris d'une impulsion, Hervé avait ouvert le bal…

Les premiers blessés refluèrent, visage arraché, os fracassés. Un gars gémissait : « Mon œil… mon œil… », un autre crachait des glaires rougeâtres. Hervé leva la tête. Des manifestants sur les toits descellaient des cheminées, des tuiles… En face, depuis les voies ferrées, des CRS tiraient en rafales afin de dissuader quiconque d'avancer. Pas seulement des bombes lacrymo mais aussi des grenades à éclats. Oui, ce soir, des deux côtés, on voulait que ça saigne…

– Y sont malades !

Trivard paraissait terrifié. Trivard, c'était son meilleur pote. Un gars tout en longueur, coiffé d'une tignasse noire bouclée. Quand il écarquillait les yeux, il paraissait vouloir les propulser hors de leurs orbites. Il était toujours affublé d'un duffle-coat trop grand pour lui. Il ne comprenait rien aux revendications des étudiants et était à peine plus à l'aise avec celles des ouvriers.

– Cette fois, ça y est. C'est pour de bon !

L'avertissement venait de Desmortiers, l'intello du trio. Un petit trapu en veste de combat, nez de boxeur et grands yeux bleus exaltés. Sa voix était douce mais ce qu'il disait, pardon, c'était du brutal. Il avait la tête farcie de théories léninistes, trotskistes, maoïstes, situationnistes, collectionnait les affiches imprimées à l'« Atelier populaire » des Beaux-Arts et passait ses après-midis aux AG du grand amphithéâtre de la Sorbonne. Personne ne comprenait ce qu'il racontait – surtout pas lui.

Hervé hocha la tête avec lassitude. Son grand élan était déjà retombé. *Quelle équipe…* Trois couillons qui venaient lancer des pavés comme on va à la foire du Trône, avec, disons, un vague alibi politique.

– Qu'est-ce qu'on fait ? demanda Trivard, qui s'obstinait à penser qu'Hervé était leur chef.

– Faut retourner rive gauche ! répliqua Desmortiers.

– Mais on est coincés ! gémit Trivard.

Pour un oui pour un non, il ouvrait les bras, dessinant avec ses manches raglan de grandes ailes de chauve-souris.

Hervé songea à la solution la plus simple : rentrer chez soi, et *bonsoir messieurs-dames...*

À cet instant, tout devint rouge.

– Ça charge !

Le long de la barricade, le cri se répercuta comme un écho démultiplié.

– ÇA CHARGE !

Les forces de l'ordre avaient pris l'habitude, avant de passer à l'offensive, de tirer une fusée de détresse rouge. Panique générale. D'un seul mouvement, les étudiants reculèrent. Hervé était toujours fasciné par ce virage radical. Les héros de l'instant précédent se transformaient, le temps d'un chuintement dans le ciel, en fuyards apeurés. Il y avait quelque chose de répugnant dans cette débandade. C'était donc ça, la révolution ?

Au lieu de suivre le mouvement, il escalada le promontoire et s'allongea sur le ventre. Il voulait voir l'assaut. Casques aux reflets pourpres, impers aux plis souples, matraques au poing, les assaillants avançaient au pas de charge, faisant trembler le sol et les nerfs. Ça, c'était du spectacle !

Hervé avait appris à les reconnaître : les forces de police, en tenue Z, blouson kaki et pantalon plis rasoir ; les gendarmes mobiles, trempés de la tête aux pieds dans de l'encre marine ; les CRS, avec leurs lunettes d'aviateurs et leurs boucliers trop lourds.

Il ne pouvait s'empêcher de les trouver magnifiques. Tous les soldats du monde avaient dû éprouver cette ivresse. Ces flics appartenaient à la légende des grognards napoléoniens, des poilus des tranchées...

– Tu viens ou quoi ? hurla Trivard.

Hervé rajusta son foulard sur son nez et les rejoignit. Ils détalèrent direction gare de Lyon.

– Non, par là ! ordonna Hervé.

La rue Lacuée, sur la gauche, permettait de contourner la place de la Bastille par le bassin de l'Arsenal. Hervé connaissait le quartier par cœur. Depuis sa naissance, il vivait chez sa grand-mère, porte de Vincennes, et chaque jeudi il allait en 86 au Lux-Bastille se mater un film.

Bientôt, retrouvant l'obscurité et le silence, ils descendirent sur le quai du port de l'Arsenal, le long des bateaux amarrés, et s'échouèrent au bord de l'eau, le souffle court, les pieds dans le vide. Ils ne parlaient plus, se contentant de respirer, sombrant dans une mélancolie étrange.

Le clapotis contre les coques, le grincement des haubans semblaient appartenir à un autre monde. La rumeur des affrontements, au loin, leur parvenait comme le murmure d'un songe.

Hervé se laissa aller en arrière sur les pavés humides. Il ferma les yeux et s'alluma une Disque Bleu. Passé l'excitation du combat, la vacuité de tout ce cirque lui remontait à la tête. Il en était certain, ces événements laisseraient dans l'Histoire le souvenir d'une gigantesque farce.

2.

Tout avait commencé un an plus tôt, par un coup de chaud sur le campus de Nanterre. Motif : l'accès aux dortoirs des filles interdit aux garçons. Le caractère dérisoire de cette « grande cause » donnait le ton – les choses n'allaient pas s'arranger.

Mars 68. Un commando de gamins brise les vitrines du siège de l'American Express en signe de protestation contre la guerre du Vietnam. Les casseurs sont arrêtés. Quoi de plus normal ?

Mais l'un d'entre eux étant à Nanterre, une poignée d'étudiants occupent la tour administrative de la faculté en signe de contestation et fondent le Mouvement du 22 mars, sous la direction d'une grande gueule plutôt sympathique, Daniel Cohn-Bendit.

« Libérez nos camarades ! » Tel est le mot d'ordre. Premier pas d'une logique qui allait devenir récurrente : on voulait bien tout casser mais surtout pas en subir les conséquences.

Les autorités avaient passé l'éponge. On avait libéré les vandales, oublié l'occupation de la tour. Mais les « enragés » n'étaient pas satisfaits. Graffitis sur les murs, interruptions de cours, braillements à coups de mégaphone… Hervé rongeait son frein : cette espèce d'acharnement à troubler l'ordre, sans réelle revendication, avec toujours en filigrane cette intime conviction d'être des « révolutionnaires », l'agaçait au plus haut point. *Passons.*

Début mai, le doyen, excédé, avait fermé l'université. *De quoi ?* Les rebelles ne pouvaient tolérer cet abus de pouvoir. Ceux-là mêmes qui empêchaient la fac de tourner rond ne supportaient pas l'idée qu'on arrête son fonctionnement. Ils n'avaient plus de terrain de jeux !

Ni une, ni deux, ils avaient migré à la Sorbonne pour exprimer, dans la cour d'honneur, leurs griefs. Personne ne les avait écoutés mais en fin d'après-midi, le recteur, beaucoup moins patient que son homologue de Nanterre, avait réquisitionné la police pour virer ces jeunes cons.

Expulsion. Contrôles d'identité. Au même moment, les étudiants et les lycéens du quartier sortaient de cours. À la vue de l'opération policière, un mouvement spontané s'était créé, scandé par le même refrain : « Libérez nos camarades ! »

Batailles rangées, pavés déchaussés (pour la première fois), voitures incendiées. Les forces de l'ordre avaient été dépassées par cette violence soudaine. On avait appelé du renfort. Les combats avaient duré jusque tard dans la nuit. Il y avait eu des blessés dans chaque camp et, bien sûr, des interpellations.

Le foyer était désormais allumé. Suffisait de le nourrir. Justement, le 6 mai, Daniel Cohn-Bendit et quelques congénères passaient en conseil de discipline à la Sorbonne, rapport au bordel qu'ils avaient provoqué à Nanterre. Nouveau scandale. Nouvelles manifs, nouveaux affrontements.

Les insurgés pouvaient mieux faire. Le 10 mai, ceux qui avaient été arrêtés une semaine plus tôt étaient jugés. La plupart avaient été libérés mais quelques-uns avaient écopé de peines sévères : deux mois d'emprisonnement. C'était suffisant pour jeter encore une fois tout le monde dans la rue. La Sorbonne était fermée ? Fermons le quartier !

On se disperse, on monte des barricades. Hervé est pris dans la tourmente. Son souvenir : l'étrange exaltation qu'il éprouve à tout bousiller rue Le Goff, rue Gay-Lussac, dans un climat de guerre et de liesse mêlées. Bien sûr, des gueules saignent, des camarades sont blessés, mais c'est la joie, le sentiment de fête qui prévalent...

Cette nuit-là, Hervé manque de se faire arrêter. Il se carapate, escalade les barricades, poursuit sa course. Il réussit à s'échapper par la rue Saint-Jacques. Le lendemain, les alentours de la Sorbonne offrent un sinistre spectacle de dévastation. Les insurgés sont contents. Personne ne se souvient que cette violence n'a qu'une origine : la condamnation de quelques gugus qui, déjà, avaient vandalisé le quartier.

Hervé ne comprenait pas cette réaction en chaîne mais il se laissait porter. D'autant plus que les étudiants et les Français vivaient une curieuse lune de miel. La foule soutenait les revendications des jeunes – lesquelles au juste ? Personne ne savait.

Autre surprise : les médias ne retenaient des « événements » que la violence des CRS. Sur le fait que c'était tout de même les étudiants qui cherchaient les coups, pas un mot. Sur les ravages provoqués par les contestataires, rien non plus. Il y avait une sorte d'accord tacite pour démontrer que, quoi qu'ils fassent, les gamins étaient innocents et qu'il fallait les laisser continuer.

Le problème d'Hervé était sa formation d'historien. Il avait étudié les insurrections passées. Renverser un pouvoir, ça voulait dire se prendre des balles réelles, se faire arrêter, torturer, exécuter. Et quand on en arrivait là, c'est qu'on n'avait plus le choix, qu'on crevait de faim, que l'oppression était devenue intolérable.

Voilà pourquoi il voulait bien lancer quelques pavés mais certainement pas se comparer aux sacrifiés de la Commune, ni encore moins se réclamer de la prise de pouvoir castriste ou de la Révolution culturelle chinoise. Mettre sur le même plan les échauffourées du Boul'Mich' et des tragédies qui avaient fait des milliers de morts, c'était tout bonnement scandaleux.

Le 11 mai, de retour d'un voyage en Afghanistan, le premier ministre Georges Pompidou avait aussitôt pris des mesures d'apaisement : réouverture de la Sorbonne, libération des étudiants… Mais il était trop tard. Les ouvriers s'étaient mis en grève, occupant les usines. Quelques jours plus tard, employés, fonctionnaires, professions libérales avaient enquillé… La France était paralysée et, pire que tout, l'essence avait disparu !

Aux yeux d'Hervé, le combat des salariés était plus légitime. Mais pour être vraiment sincère, ça ne l'intéressait pas non plus. Et même un peu moins. Ces histoires d'augmentations, d'heures ouvrables, de syndicats lui passaient complètement au-dessus de la tête. En cela, il n'était pas si différent des fils à papa qui, saisis par une fièvre populiste, prétendaient défendre les ouvriers mais auraient eu beaucoup de mal à tenir un déjeuner avec eux.

Durant cette période chaotique, Hervé aimait flâner. Tant qu'à rigoler, autant aller se promener à la Sorbonne où on atteignait des sommets de comique involontaire. Depuis sa réouverture, on prétendait là-bas « s'autogérer ». Des comités, des commissions, des AG organisaient la vie de l'université. On y abritait une infirmerie, une crèche, un service d'ordre… On s'occupait aussi de la nourriture, on faisait la quête, on s'approvisionnait…

Mais surtout, on militait.

Dans la cour d'honneur, des stands proposaient tracts, journaux, débats. Maoïstes, trotskistes, marxistes-léninistes, situationnistes, anarchistes : tout le monde était là. Hervé se régalait. Si les faits – manifs, bagarres – n'étaient pas très digestes, la sauce autour – pensées, théories, commentaires – était carrément impossible à gober.

Il ignorait quel cursus suivaient ces militants mais une chose était sûre : ce n'était pas histoire. Sinon, comment s'inspirer de Lénine qui avait tant de sang sur les mains ? Du Che qui, en dépit de son destin héroïque, avait, disait-on, la gâchette facile ? De la Révolution culturelle chinoise dont personne, absolument personne, ne connaissait la réelle nature ?

– Bon. On y va ?

Desmortiers s'était remis debout. Cette trêve au bord de l'eau commençait à le lasser, lui, l'exalté, le fanatique qui brûlait d'en découdre.

– On va où ? demanda Trivard en s'allumant une Gauloise.

– Rive gauche. C'est sûr que là-bas, ça chauffe vraiment.

Ils se mirent en route, en direction du quai Henri-IV. Au même moment, un groupe d'insurgés armés de barres de fer et de lance-pierres les dépassèrent, courant vers le boulevard Bourdon.

– Qu'est-ce qui se passe ? hurla Desmortiers.

– Tous à la Bourse ! Le capitalisme, c'est fini !

Desmortiers, avec sa tête de boxeur puceau, parut recevoir un coup – le choc de l'évidence. Trivard se prit au contraire la tête entre les mains.

La Bourse…, se dit Hervé. *Pourquoi pas ?*

3.

En apparence, Hervé Jouhandeau faisait illusion. Grand, mince, blond, à vingt-deux ans, son allure générale rappelait celle d'un héros de bandes dessinées en vogue, le « Grand Duduche » – lunettes en moins. Il était plutôt mignon mais dans le style sec, émacié. Lui détestait sa gueule. Heureusement, ses lèvres à la Mick Jagger lui conféraient, pensait-il, une certaine sensualité.

Hervé était un pur Brummell. À ses yeux, l'allure vestimentaire était une question de vie ou de mort. Baudelaire disait que le vrai dandy devait dormir devant son miroir. Selon Hervé, il ne devait pas dormir du tout. L'élégance se nichait dans chaque pli de veste, mais aussi dans chaque seconde : on ne devait jamais relâcher sa vigilance.

Sa garde-robe tournait pourtant autour d'une simple veste de velours côtelé, de quelques chemises Oxford, d'un jean élimé, poché aux genoux, d'une paire de Clarks achetée à Londres... C'est dans les détails que se logeait son exigence. Une bague par-ci, un nœud de foulard par-là : il s'adressait aux experts, aux regards aiguisés du campus.

Le campus... Les aléas des inscriptions l'avaient exilé à la nouvelle faculté de Nanterre, lui qui habitait porte de Vincennes. Chaque matin, il se fadait la ligne 1 du métro (il pouvait en réciter les stations par cœur) et parvenait épuisé à destination : LA FOLIE, COMPLEXE UNIVERSITAIRE.

À l'époque, Parix X, c'était quelque chose. Des bâtiments érigés à la va-vite sur un terrain abandonné par l'armée, non loin du plus grand bidonville de la région parisienne. Paradoxalement, cette Brasilia au petit pied, en pleine zone sinistrée, accueillait toute la jeunesse dorée de l'Ouest parisien.

Hervé, d'origine modeste, peinait à se fondre parmi ces gosses de riches. Ils étaient tous inscrits en droit ou en économie alors que lui suivait des cours d'histoire et de philosophie. Il méprisait ces blancs-becs en mocassins tout en les jalousant secrètement.

Résumons-nous. Hervé Jouhandeau était donc un grand type efflanqué, qui passait sa vie dans le métro et portait sur le dos, comme les hommes-grenouilles leurs bouteilles d'oxygène, un double cursus de sciences humaines. *On y est ?*

Tout ça était un mensonge.

Du moins, pas tout à fait exact.

Pour Hervé, les études n'étaient qu'un hobby, ou un travail forcé, en tout cas quelque chose qui ne le passionnait pas. Malgré de brillants résultats, il posait sur cet univers – professeurs, étudiants, cours – un regard indifférent, voire méprisant.

Hervé était un cerveau, aucun doute, peut-être même un génie. Son extrême acuité le rendait singulier, différent, et aussi un peu monstrueux. Son esprit supérieur n'avait rien à voir avec celui des autres étudiants, qui s'affolaient à la moindre idée nouvelle comme une bille dans un sifflet, ni avec celui des profs, qui au contraire semblaient statufiés, empoussiérés, moisis.

Mais à quoi donc carburait Hervé ?

Aux filles.

Son truc à lui, c'était la passion amoureuse. Rien à voir avec un play-boy des campus ni un dragueur des dortoirs. Plutôt un chercheur d'or, un pionnier de terres inexplorées. Hervé traquait le grand amour. Le beau, le vrai, en alexandrins et en lettres enluminées…

En 1968, à l'heure où tous les jeunes gars avaient un volcan dans le caleçon, c'était vraiment comique. Mais on ne se refait pas. Hervé poursuivait sa quête, en dépit de ses nombreux échecs. Pour le dire crûment : ça ne marchait jamais. Loin de le désespérer, ces faillites le galvanisaient, renforçaient sa rage de chercheur. Un conquistador de l'amour…

Parfois, tout de même, il était pris de doute. Surtout quand il considérait les séducteurs, les vrais, ceux qui tombaient les filles comme des pommes. La plupart d'entre eux étaient débiles, superficiels, vulgaires. Alors, pourquoi plaisaient-ils ? Et lui, pourquoi s'obstiner à leur ressembler ?

Sans oublier l'idée qui allait de pair : pour être attirées par de tels idiots, les filles ne devaient pas être très malignes non plus. Il ne sortait pas de ce cercle vicieux : lui, le cerveau, le génie, aspirait à devenir un abruti pour séduire des filles qui ne valaient guère mieux.

Alors ?

Alors, rien.

Il voulait sa place au soleil. Il la convoitait, l'imaginait, la sculptait à coups de grands scénarios imaginaires. Ça ne lui faisait pas peur de rêvasser toute une après-midi en écoutant sur son pick-up « Whiter Shade of Pale » de Procol Harum ou « Nights in White Satin » des Moody Blues. Aucun problème. Il s'abandonnait à ses délires, et c'était bon. Et c'était grand. Le bonheur dans la mélancolie, tel était son credo.

Chaque fois qu'il ressortait d'un club, ou d'une boum, comme on disait alors, bredouille et humilié, Hervé se demandait où était la légèreté de la jeunesse ? Sa désinvolture ? Son optimisme ? Un soir, boulevard Saint-Germain, après une nouvelle chasse infructueuse, il s'était effondré en larmes. Cette nuit-là, dans l'ombre d'un porche, il avait vraiment songé à en finir...

Le lendemain, il était de nouveau d'attaque.

Bien sûr, il avait essayé les désinhibants de rigueur – alcool, cannabis... Les résultats avaient été effrayants. Il ne supportait pas l'alcool. Quant au hasch, il ne déclenchait chez lui que malaises et nausées. De toute façon, il lui manquait le principal : l'insouciance. Il était un personnage tragique. Il n'y pouvait rien.

L'élément salvateur, la force qui lui avait toujours évité le pire, c'était la musique. L'époque n'était ni politique ni désenchantée : elle était rock. Mais il fallait s'entendre. Il y avait la vraie et la fausse, la bonne et l'exécrable, l'anglo-saxonne et la française. Oubliez les yéyés, la bande de *Salut les copains* et autres bouffonnades. Passez même sur les Beatles ou les Beach Boys, avec leurs voix de tapettes.

Hervé écoutait du rock, du vrai, du rugueux – Rolling Stones, Kinks, Yardbirds et autres... Les guitares saturées, les riffs saccadés, les distorsions qui vous vrillaient les tripes, voilà ce qui le comblait...

Quand sa grand-mère lui avait acheté un Teppaz, un tourne-disque à lampe avec haut-parleur intégré, il avait glissé la galette sur le support en caoutchouc avec des gestes d'officiant religieux. Il entendait encore les craquements du disque avant le départ du titre. Il était resté là, tremblant, les yeux rivés sur le cercle noir qui tournait…

Et soudain, le riff.

« All Day and All of the Night » des Kinks.

Hervé n'avait jamais entendu ça. Il n'avait jamais ressenti un truc pareil. Le plaisir bien sûr, la chair de poule, mais pas seulement. C'était le son d'un monde nouveau. Un monde où le poids de son âge, son malaise, son angoisse se muaient en pure jouissance. Il avait trouvé son antidote. Dans ce déluge sonore existait un pouvoir qui transformait tout ce qui lui faisait mal ou l'ébranlait (colère, timidité, inquiétude) en une coulée de force, de plaisir, d'allégresse. Une convulsion qui tordait son corps, en exsudait les souffrances, l'élevait vers une illumination incandescente.

Quand la chanson avait fini, il l'avait remise aussitôt, encore et encore. C'était comme une drogue, une source dans le désert, une femme dans la nuit… Il s'abreuvait aux accords de cette guitare râpeuse, lancinante, orgasmique, qui vous rayait l'âme avec délices, à la voix traînante et nasale de Ray Davies, à la batterie qui vous cognait les côtes…

Ses potes pouvaient bien faire la révolution, les filles lui cracher à la gueule, la vraie vie était sur le plateau de son pick-up. Un monde en ébullition y tournait, comme une planète à part. Rendez-vous compte : la même année, les Kinks avaient sorti « All Day and All of the Night » et « You Really Got Me ». L'année suivante, les Rolling Stones enregistraient : « (I Can't Get No) Satisfaction ».

L'Histoire saurait se souvenir de ces vrais événements.

Quant aux autres, laissez-moi rire…

4.

Le trio gagna la rue Saint-Antoine, qui devint bientôt la rue de Rivoli. Partout, des poubelles, des débris. Fenêtres des immeubles éteintes. L'ambiance était au couvre-feu, à la peur, à la guerre.

De temps à autre, ce calme mortifère était secoué de brusques éclats sonores, fourgons remontant la chaussée sirènes hurlantes, camarades, banderoles sous le bras, chantant à tue-tête.

Place du Châtelet, ils repérèrent, à plusieurs centaines de mètres devant eux, les signes d'un nouvel affrontement. Odeurs de feu, ombres chinoises, brasiers sporadiques : ça chauffait à la hauteur du Louvre.

Machinalement, ils accélérèrent le pas, comme si on avait besoin d'eux, là, tout de suite. Les étudiants avaient déjà construit une barricade au croisement de la rue de Rivoli et de la rue de l'Amiral-de-Coligny. Les flics se tenaient en face, fermant l'artère et débordant sur le parvis du Louvre.

Scène désormais familière. Les insurgés faisaient la chaîne pour acheminer les pavés et autres détritus afin de peaufiner leur barrage. D'autres arrachaient les grilles d'arbres. On distinguait les vestes en velours gratté, les trench-coats, les blousons qui brillaient à la lumière des flammes et des réverbères. Plus loin, à gauche, les zébrures orange distillées par les cirés souples des CRS. Derrière eux, les camions à eau et les bulldozers prêts à charger…

Hervé soupira. Pas moyen de retrouver le moindre jus. Desmortiers et Trivard au contraire aidaient déjà les camarades. Il contourna la barricade, passa sous les voûtes de la rue de Rivoli et atteignit la rue de l'Oratoire. Il se posta dos aux grilles et s'assit par terre, à l'ombre de la statue de l'amiral de Coligny. Là, il s'alluma une nouvelle Disque Bleu et reprit sa rêverie du bassin de l'Arsenal.

Tel était Hervé… Paris était en train de brûler, la fin du monde était en marche et lui, il fumait tranquillement, les yeux dans le vague, au pied d'un barbu à fraise qu'il avait toujours pris pour Henri IV.

Au fond, c'était ce qu'il préférait : se trouver un coin à l'écart et rêvasser aux sons lointains du combat. Cette sensation lui rappelait un plaisir d'enfance, quand il s'endormait dans sa petite chambre alors que sa grand-mère dînait avec les voisines. Il savourait ce brouhaha étouffé, ces voix mêlées qui le berçaient jusqu'au sommeil.

Ce soir précisément, il voulait se concentrer sur ses cibles du moment.

Elles étaient trois.

Il les avait rencontrées dans la tourmente, le soir du 10 mai, puis il les avait revues, au gré des manifs et des AG. Sans faire dans le détail, Hervé était tombé amoureux des trois. Qui peut le moins peut le plus.

La première était une passionnée – et même une *pasionaria*. Toujours debout sur les barricades, n'hésitant pas à lancer son pavé, se cassant les cordes vocales avec ses « CRS = SS ! » et ses « La beauté est dans la rue ! », Suzanne était violente, emportée, dangereuse. À gauche toute ! Et les flics n'avaient qu'à bien se tenir…

La deuxième, Cécile, était plus sérieuse, carrée comme les motifs de son kilt, brillante comme l'épingle à nourrice qui allait avec. Hervé aimait discuter avec elle, une oasis d'intelligence dans un désert de conneries. Son visage rond, surmonté d'un chignon plus rond encore, lui donnait l'air d'une poupée russe qui pouvait facilement citer Michelet ou Saint-Simon…

La troisième, ah la troisième… Nicole était la princesse du trio. Rousse, riche, bouddhiste, elle régnait sur un petit royaume très chaud, très puissant, dont le roi était son père, brillant chirurgien à l'Hôtel-Dieu. Quoi qu'elle fasse, quoi qu'elle dise, elle était assise sur les épaules de ce géant. Pour le reste, elle laissait fondre les garçons sur son passage, condescendait à faire de la politique tout en rêvant surtout d'Orient et de spiritualité.

– Qu'est-ce que tu fous ? On te cherche partout !

Desmortiers se tenait devant lui, le visage tout noir.

– Qu'est-ce qui se passe ? bougonna-t-il en balançant sa clope.

– Comment ça qu'est-ce qui se passe ? On va à la Bourse, nom de Dieu !

Encore une fois, Hervé hésita. Il pouvait rentrer à pied – il aurait le temps de réfléchir à ses trois amours. À la meilleure façon de les approcher, de leur déclarer sa flamme, de...

Desmortiers lui fila un coup de pied amical (il était toujours assis par terre) :

– Allez, ouste ! On y va ! Les CRS reculent. Y a plus qu'à filer !

5.

Ils remontèrent la rue de l'Oratoire et prirent, sur la gauche, la rue Saint-Honoré. Le silence, l'obscurité du quartier se refermaient une nouvelle fois sur eux. Le long des jardins du Palais-Royal, ils croisèrent quelques flics, non pas des CRS ni des gardes mobiles, mais de simples plantons qui faisaient le pied de grue sous des porches mal éclairés. Visiblement, le quartier était bourré de ministères et de bâtiments administratifs. Ça sentait ici la vieille pierre, les députés amidonnés, les lois et les décrets discutés à n'en plus finir...

– Par là !

Trivard avait toujours dans sa poche un plan de Paris. Aucun des trois ne connaissait l'arrondissement – pas même Hervé, qui avait pourtant souvent arpenté les Grands Boulevards en quête de films d'épouvante.

Rue des Petits-Champs, ils tournèrent à gauche, puis revinrent sur leurs pas. Trivard s'emmêlait les pinceaux. Vraiment, leur révolution avait une drôle de gueule... Plutôt Groucho que Karl Marx.

Mais Hervé savourait : ce quartier fleurait bon le siècle passé, avec ses galeries couvertes et ses cabarets vieillots. Un peu d'imagination, et on se serait cru à l'époque de Flaubert, de Maupassant, celles des théâtres lyriques et des hauts-de-forme… Il ne restait plus ici qu'un goût de poussière mais aussi quelque chose de réconfortant, de chaleureux. *Vous prendrez bien un fiacre ?*

Rue Vivienne. Pas un péquin. Pas une lumière. Deux semaines auparavant, tout le monde était à sa fenêtre, on descendait offrir des sandwichs aux étudiants. C'était fini. Les citadins en avaient marre, plus que marre – les blagues les plus courtes sont les meilleures.

– On arrive !

Une nouvelle clameur résonnait déjà au-dessus des rues mortes. De nouveau, ils accélérèrent le pas, sentant l'adrénaline revenir dans leurs veines. Ils déboulèrent dans la rue du Quatre-Septembre et obtinrent une magnifique confirmation de leur suprématie : ce soir, le Grand Capital allait être balayé par le souffle étudiant.

Des milliers de manifestants cernaient la Bourse de Paris qui, avec son péristyle, avait des airs de temple grec. Hervé songea à des païens déchaînés prêts à renverser les statues de leurs idoles.

Mais, même en cet instant, il n'y croyait pas.

Il était jeune, certes. Il n'avait pas vécu grand-chose. Mais il avait assez étudié l'histoire pour savoir que tout ça, c'était du flan. L'homme ne se battait jamais pour les autres ni même pour une cause supérieure – il voulait simplement sa part du gâteau. Il avait beau rêver de changer le monde, il ne pouvait se changer lui-même : au plus profond de ses entrailles, il était capitaliste – le meilleur pour lui, les miettes pour les autres. Tout le monde savait ça. Alors à quoi bon cette hypocrisie de gauche ?

Avec Trivard et Desmortiers, Hervé plongea dans la mêlée. Des voix de mégaphones se perdaient dans le brouhaha, des mouvements poussaient puis faisaient refluer la foule, à la manière d'un puissant ressac. Tous avaient les yeux levés vers ce putain de bâtiment qui les provoquait de toute sa majesté, sa grandeur, son autorité.

À force de jouer des coudes, les compères parvinrent jusqu'aux grilles de l'édifice. Face à eux, des malabars se dressaient en rangs serrés. Les services d'ordre de l'Unef ou du PSU.

Soudain, bousculade. Hervé se prend une trouille à faire dans son froc. Plus moyen de sortir de là. Ils vont crever étouffés, écrasés contre les barreaux. Nouvelle poussée à droite, puis à gauche, puis droit devant. La chaîne des nervis saute. On escalade les grilles. On applaudit. Hervé trébuche, se relève. Les grilles cèdent. Les assaillants grimpent les marches du temple.

En haut, des loubards casqués utilisent une poutre en guise de bélier contre les portes scellées. Cette fois, on y est. Même plus la guerre, un siège du Moyen Âge, un assaut de l'Antiquité. Une clameur s'élève, se mêlant aux craquements des gonds. Hervé a l'impression d'être emporté par un séisme, une convulsion de volcan.

Tout à coup, il est à l'intérieur du palais Brongniart. On se déploie. Le bruit des pas paraît démultiplié dans le hall. Ça court sous les voûtes, ça hurle, ça grouille, ça casse, ça vandalise…

Hervé a perdu Trivard et Desmortiers, qui doivent déjà courir vers le cœur du réacteur : la salle de la corbeille, là où sont passés les ordres, là où chaque jour le fric jaillit comme un geyser. Des papiers volent, des chaises traversent l'espace. Sacrilège. Profanation. Hérésie. Le temple va être désossé. Le Dieu argent va être abattu.

Hervé reste immobile, fasciné. Il songe aux chefs-d'œuvre épiques de Jacques-Louis David, de Nicolas Poussin, de Jean-Léon Gérôme, de Frank Frazetta. Même chaos, même profusion, même beauté.

On renverse les tables. On arrache les panneaux. On entasse des chaises, des bureaux, des papiers… Le feu. Sur sa droite, les cabines téléphoniques commencent à craquer sous la morsure des flammes.

Hervé recule, atterré. Sortir de là. Fuir cette violence aveugle. Sur les murs du cinquième arrondissement, il avait lu : « La révolution doit être une fête. » Mauvaise nouvelle : la fête est finie. Il n'y a plus ici que des relents de haine et des pulsions assassines.

Il tourne les talons et s'enfuit dans la clameur de la nuit.

6.

– C'est quoi ?

– Des tronçonneuses.

– Pour quoi faire ?

– Scier des arbres.

– Des arbres ?

– Ouais. Faut dézinguer un maximum de platanes sur le Boul'Mich', *capisce* ?

Jean-Louis Mersch considéra les cinq lascars qui l'entouraient. Pas plus étudiants que lui. Encore moins ouvriers. Des purs voyous, casseurs opportunistes qui avaient trouvé refuge à la Sorbonne et ne demandaient qu'une chose : en découdre avec les flics, voler des biens de consommation, se la couler douce.

Jean-Louis, trente-quatre ans, pillard en chef, avait cherché les meilleurs partenaires pour son projet de « déstabilisation radicale du pouvoir ». Il avait approché les services d'ordre de l'Unef. Trop sages. Il avait contacté les Katangais, des marlous défoncés du matin au soir censés protéger la Sorbonne mais qui se contentaient de racketter les gamins. Trop cons.

Il avait alors dégoté les Kabyles – KBL pour les intimes. Ils se faisaient appeler ainsi parce que leur chef prétendait avoir fait l'Algérie – ce qui aurait beaucoup étonné Mersch, vu que lui l'avait faite, et pas qu'un peu.

Les KBL trafiquaient simplement du hasch et autres substances dans les couloirs de la Sorbonne. Jean-Louis avait vite compris qu'il pouvait les utiliser pour ses plans en échange dc quclqucs billets. Au passage, il leur avait acheté des médocs, qu'eux-mêmes piquaient dans l'infirmerie «populaire» de la Sorbonne.

– Faut en finir avec le Vieux Monde, asséna-t-il. Pas seulement ses idées, mais aussi ses fondations, ses symboles. Faut tout détruire pour mieux reconstruire.

Les KBL ricanèrent. L'un cracha par terre. Un autre alluma une clope. Un troisième fit craquer ses doigts. La politique, ils n'en avaient rien à foutre.

Ils se tenaient dans un coin d'ombre, rue des Fossés-Saint-Jacques, là où Mersch avait garé la fourgonnette 2 CV Citroën qu'il avait volée la veille. Plutôt risqué, mais chaque tronçonneuse pesait douze kilos. Pas question de traverser le cinquième arrondissement avec des trucs pareils à bout de bras.

Il en empoigna une sur la plateforme de la voiture et l'exhiba à la lumière d'un réverbère.

– Des Stihl Contra. Puissance de six chevaux. Sept mille tours minute. Une chaîne à dents déchiqueteuses. Ce truc-là te coupe un chêne centenaire en moins de sept minutes.

Les casseurs se penchèrent pour mieux observer la bête.

– C'qu'y nous faut, finit par lâcher l'un d'eux, c'est des armes, des vraies. On est pas des bûcherons.

– Patience, c'est pour bientôt, mentit Jean-Louis.

Il sentait le Colt 45 dans son dos, balle non engagée. Une odeur de cordite vint lui pincer les narines. Hallucination olfactive. Il était coutumier du fait – et les amphets qu'il s'était envoyées n'arrangeaient rien.

– Tu peux en avoir? insista un des gars.

– J'y travaille, j'te dis. Mais si on franchit cette ligne, y aura pas de marche arrière.

– La marche arrière, c'est pour les tafioles.

Les gars gloussèrent. Jean-Louis soupira et fourra la première tronçonneuse dans les bras d'un des lascars. Une autre pour le deuxième. Cinq en tout. Le compte était bon.

– Maintenant, ordonna-t-il, vous filez rue Saint-Jacques, puis vous tournez à droite, rue de l'Abbé-de-l'Épée. Sur le boulevard Saint-Michel, vous coupez tout ce qui se trouve à portée de votre engin. Faites seulement gaffe à pas vous prendre un arbre sur la gueule.

Nouveaux rires. Les KBL avaient sans doute eux aussi abusé ce soir du cannabis et des amphets. Pour la précision militaire, il faudrait repasser.

– Allez, filez. Faites-moi un max de grabuge.

Les gars détalèrent, leur fardeau à la main. Jean-Louis les regarda disparaître puis se mit en marche. Avant de rejoindre ses troupes, il voulait faire le tour du propriétaire – il avait fini par croire que tout ce barouf était son œuvre.

Il traversa la rue Saint-Jacques puis se coula dans la rue Malebranche, juste en face. Sous son blouson de cuir il dissimulait une radio portée en bandoulière, réglée sur la fréquence de la police. Cet engin – ce talisman – lui permettait de connaître précisément les mouvements des CRS et autres gardes mobiles. Les combats faisaient rage place Edmond-Rostand, et aussi plus bas, place de la Sorbonne. D'autres affrontements se déroulaient de l'autre côté du bloc, au coin de la rue des Écoles et de la rue Saint-Jacques.

Il se faufila dans l'ombre des escaliers surélevés de la rue, tête rentrée dans son col, oreille toujours tendue vers les grésillements de sa radio. Il longeait les murs, comme un chien, ou plutôt l'ombre d'un chien.

Rue Le-Goff, le raffut devint assourdissant. Mersch sourit : la bataille avait atteint un degré d'intensité inédit. Les étudiants, les ouvriers, les marlous voulaient vraiment détruire la ville, et la flicaille en face, épuisée, à cran, n'était pas loin de dégainer. Exactement ce qu'il espérait. Un carnage en bonne et due forme.

Il se plaqua un foulard sur le nez puis risqua un œil dans la rue Soufflot. Pavés, boulons, cocktails Molotov fusaient dans l'air empuanti. Des bastons sporadiques au pied de chaque immeuble. Des étudiants inconscients. Des flics frappant, frappant, et frappant encore… Un tableau dégueulasse, certes, mais le prix à payer pour que les choses basculent vraiment.

Il s'empara des grenades sous son blouson, et en balança une côté flics, puis une autre côté étudiants. Pas de jaloux. Des grenades OF F1, bourrées de TNT : grande puissance de souffle, pas d'éclats. Ça détruisait les tympans, arrachait une main ou un scalp à l'occasion.

Puis il s'élança et traversa la rue Soufflot au pas de course. Il se faufila entre les cars grillagés et croisa encore des hommes casqués, des brancards. Personne ne lui prêta attention.

La rue Victor-Cousin ressemblait, en comparaison, à une tranchée protégée. Mais il n'avait pas fait trois pas qu'il tomba sur de nouveaux bataillons, à l'arrière de la place de la Sorbonne. Des réservistes qui fourbissaient leurs armes en attendant de monter à l'assaut boulevard Saint-Michel.

Jean-Louis n'eut que le temps de reculer sous un porche – depuis l'occupation des étudiants, l'université demeurait ouverte jour et nuit. D'un coup, il se retrouva dans un couloir de marbre, enveloppé d'ombre. Les lustres, encore allumés, diffusaient une faible lumière, à peine plus vive que celle de cierges.

Des cierges… Jean-Louis avait l'impression de pénétrer dans une cathédrale jonchée de détritus. Merde. Il n'avait pas fait d'études et les lieux de culture l'oppressaient, mais voir la Sorbonne dans cet état, ça le débectait.

Couloir. Des mômes roupillaient sur les bancs – ils avaient vraiment le sommeil lourd. Des papiers sales, des vêtements, des cageots par terre. Les murs étaient placardés d'affiches à l'effigie de différents criminels – le Che, Hô Chi Minh – ou encore de dictateurs manipulateurs – Mao. *Putains de cons…*

Il s'était procuré les plans de la Sorbonne et les avait appris par cœur. Il savait qu'il remontait maintenant la galerie Jean Gerson, le long de la chapelle. Au bout, il retomberait rue Saint-Jacques. S'assurer que ça saigne aussi là-bas.

Parvenu à la porte n° 54 (il ignorait la raison d'un tel numéro), il se trouva nez à nez avec la tête de Lénine, placardée là on ne savait pourquoi. «Le peuple n'a pas besoin de liberté, car la liberté est une des formes de la dictature bourgeoise.» Un frisson glacé le saisit. Il se dit qu'il ne valait pas mieux qu'un fanatique de ce calibre-là. C'était à ce prix que les choses bougeaient vraiment.

Ça bastonnait en haut, ça bastonnait en bas. Des flics ne cessaient de courir, reliant les deux points névralgiques de la guerre nocturne. De l'autre côté de la chaussée, alors que les grenades chuintaient et que les pavés volaient, le lycée Louis-le-Grand et le Collège de France affichaient une indifférence de pierre – *Il faut bien que jeunesse se passe…*

Il descendait la pente en direction de la rue des Écoles quand une voix sous son blouson se mit à grésiller.

Glissant la main vers sa radio, il monta le son :

– APPEL À L'AUTORITÉ ! APPEL À L'AUTORITÉ ! LE FEU DANS LE COMMISSARIAT ! ON EST COINCÉS ! ON VA BRÛLER VIFS !

C'étaient les gars du commissariat principal du Cinquième, rue de la Montagne-Sainte-Geneviève.

Un barbecue de flics.

Bon Dieu, il voulait voir ça.

7.

Impossible d'atteindre la place du Panthéon. Il redescendit la rue Saint-Jacques, pour s'apercevoir que la rue des Écoles était bloquée elle aussi. Il se faufila, à droite, dans l'étroite artère qui longe le square de la place Marcelin-Berthelot. Remontant la façade du Collège de France, il atteignit bientôt l'impasse Chartière, qui menait on ne sait où mais croisait la rue du Cimetière-Saint-Benoist, fermée par une grille.

Mersch l'escalada sans peine – enfin, presque… Il étouffait sous son blouson, sa radio lui pendait autour du cou comme la cloche d'une vache et son flingue lui rentrait dans le cul. Il se ramassa tant bien que mal de l'autre côté. Au fond du boyau, le tumulte résonnait comme dans une bouteille. Jean-Louis avait l'impression de courir dans un aquarium.

Parvenu au bout de l'impasse, il attrapa une gouttière, escalada l'immeuble jusqu'aux toits de zinc. Il n'y avait plus qu'à slalomer parmi les cheminées et les antennes de télévision. Aucun problème. Paris était à lui.

Gardant en tête la topologie des lieux, il trouva la ruelle qu'il cherchait – la rue de Lanneau – et se laissa dégringoler le long d'une vigne vierge qui poussait là. Une vigne vierge ! Dans cette minuscule ruelle piétonnière, on nageait en plein XVIIe siècle. Tout à fait ce qu'il lui fallait pour remonter encore jusqu'à la rue de la Montagne-Sainte-Geneviève qui, elle, datait du XIIIe siècle.

Enfin, il aperçut le commissariat. Un lynchage en règle. Après avoir incendié la façade, les attaquants caillassaient les issues pour empêcher les condés de sortir. Et pas un car, pas une escouade pour sauver ces sacrifiés.

– Qu'est-ce que vous foutez, nom de Dieu ? hurla-t-il à la cantonade.

Des rires lui répondirent, puis des formules qui se voulaient comiques, comme « méchoui de flics » ou « poulets rôtis ». Mersch considérait les silhouettes des contestataires qui se détachaient en noir sur rouge, balançant leurs projectiles, s'esclaffant en regardant les gus cuire à l'intérieur.

Mersch avait un atout – d'autres auraient dit : un point faible. Il ne connaissait pas l'hésitation, prenant ses décisions dans l'instant, ne les regrettant jamais. Du sang, oui. De la viande cuite, non.

Au-dessus, au premier étage, de la lumière – la volaille avait dû se réfugier là-haut. Mersch contourna le feu de joie jusqu'à atteindre l'immeuble qui se dressait derrière. Porche. Entrée. Escalier. Il grimpa directement au deuxième étage et ouvrit la petite fenêtre qui, dans la cage d'escalier, faisait office d'issue de secours.

Elle donnait sur le toit du commissariat. Une pente recouverte de toile goudronnée qui n'allait pas tarder à fondre. Des velux en perçaient la surface. Sans hésiter, Mersch sauta, tomba à genoux et, s'agrippant au faîtage incliné, rampa jusqu'au premier velux. Le goudron était déjà brûlant. Les flics à l'intérieur tentaient de briser la vitre, mais à l'évidence le verre était blindé et la lucarne verrouillée de l'extérieur. Les gars étaient prisonniers de leur propre QG.

Mersch commença à attaquer à coups de talon le cadenas qui fermait le châssis, tout en évitant les pierres qui traversaient la nuit comme des météorites.

Enfin, le verrou sauta. Mersch attrapa le cadre et le souleva d'un geste. La fumée jaillit du boyau et, à sa suite, des têtes de flics apeurés. Il leur tendit la main. Un, deux, trois, quatre guignols sortirent ainsi, toussant, pleurant, gémissant.

– Merci, mon gars, fit un des rescapés. On t'en doit une, et une sérieuse. T'es qui au juste ?

– Personne.

– C'est-à-dire ?

Mersch lui envoya une bourrade et sourit :

– Laisse tomber.

Sur ces mots, il arracha de sa sangle la radio et la tendit au flic barbouillé comme un ramoneur.

– Avec ça, tu peux contacter ton autorité. C'est sur la bonne fréquence. Appelle un camion-pompe, ils éteindront le feu et balaieront les connards en bas.

Il n'avait pas achevé sa phrase qu'il disparaissait parmi les vapeurs sombres qui cernaient la toiture, laissant le gars hébété, les yeux brillants comme des boules de flipper.

8.

– Qu'est-ce qui vous est arrivé ?

Après son numéro d'équilibriste, Jean-Louis Mersch avait couru jusqu'à la rue Monge. Aux abords des arènes de Lutèce, il avait repéré un café encore ouvert. Un miracle.

Le bistrot avait voilé ses vitres avec des couvertures et, le cerveau étant ce qu'il est, Jean-Louis s'était souvenu du film *La Traversée de Paris* où Jean Gabin, dans un troquet clandestin, déclamait sa tirade historique. « Salauds de pauvres… »

– Vous rev'nez du Quartier latin ?

Le tenancier observait la gueule noircie de son client.

– J'ai été pris dans la manif, ouais, répondit sobrement Jean-Louis.

– Eh ben mon vieux, y vous ont bien arrangé. Y a l'feu ou quoi ?

– Pas plus que d'habitude, éluda-t-il.

– Ben mon vieux, répéta le bistrotier, peu inspiré. Vous voulez boire quelque chose ?

– Un whisky.

– Au comptoir ?

– Non, j'vais m'installer là-bas, sur une banquette. Où sont les toilettes ?

– Au fond à gauche.

Mersch traversa la salle déserte, glissant sur la sciure répandue au sol. Il se contempla dans la glace du lavabo. Ni beau ni laid, mais une vraie gueule. Une espèce de tourmente de traits, de rides, de muscles, sous des mèches bouclées qui lui tombaient sur les yeux. Rien que ce regard, c'était déjà un refus, un entêtement. *Circulez, y a rien à voir…*

Jamais bien rasé, col relevé, Mersch avait toujours l'air de sortir de taule, et prêt à y retourner. Vraiment une gueule de gouape, pas claire, inquiétante – mais bizarrement séduisante, il le savait.

Soudain, il vomit dans le lavabo. Oh, pas grand-chose. Il n'avait rien bouffé depuis… depuis combien de temps déjà ?

Un peu de flotte sur les paupières, les pommettes, les gencives. Ces putains de coups de chaud le gardaient en vie. C'était déjà comme ça dans l'oued...

Il s'ébrouait encore quand, sans prévenir, une petite rafale de souvenirs lui souleva de nouveau l'estomac. Tac-tac-tac : villages en feu, enfants au crâne éclaté par une balle, opérations « vide-burnes », gégène enfoncée au fond de la gorge pour que « ça adhère »... *Toute une époque.* De la flotte encore, comme si la terreur pouvait se laver à l'eau tiède...

Il retourna, chancelant, dans la salle et repéra la table où son whisky l'attendait. Il le but cul sec, frissonna, puis tendit les muscles pour contenir ses tremblements. Il s'attendait à une nouvelle salve de flash-back guerriers, des fragments à l'arrache qui lui hérisseraient le poil.

Ce fut sa mère qui sortit du chapeau.

Mersch n'avait pas de souvenirs d'enfance. Les souvenirs, c'est bon pour les fiottes. Disons qu'il avait une mère. Spéciale, la mère. Cinglée de Dieu, membre d'une mission de charité catholique, elle aimait tellement les autres (à commencer par Dieu) qu'elle ne s'attachait jamais à personne. Son cœur était aussi sec et tranchant qu'un silex. Sa bienveillance, désincarnée, était abstraite, effrayante.

Que Dieu ait pitié d'elle : tout ça, c'était la faute d'un homme. Un salopard de passage, qui avait mis tant d'ardeur à la torturer qu'en quelques années (peut-être même seulement quelques mois) il avait détruit son âme. Après l'accouchement, il avait disparu en laissant à Jean-Louis un nom de famille comme on plaque une étiquette sur un article invendu.

JL, comme on l'appelait, ne savait rien sur son père. Sujet tabou. Sujet tari. Un jour, il lui avait semblé comprendre qu'il était flic. Une autre fois, qu'il était magicien. Mais quand il se risquait à poser une question, on lui répondait qu'il était mort. Ou interné. Ou très loin. Il n'avait plus insisté.

Très tôt, on l'avait envoyé en pension – les jésuites leur avaient fait un prix, rapport aux services rendus par sa mère au Seigneur.

Il avait achevé sa scolarité dans un coin de campagne, il ne se rappelait plus lequel.

Qu'est-ce qui lui revenait au juste? Pas grand-chose. L'odeur du moellon froid, du bois moisi, peut-être. Une sorte de brutalité dans les matériaux, une intimité organique qui vous collait à la peau comme un vêtement mouillé. Le week-end, il refusait de retourner à Paris : plutôt rester dans les dortoirs vides que se farcir les cantiques de sa mère, les quêtes dans la rue, cette humiliation permanente…

– Un autre, s'il vous plaît!

Il avait encore la gorge pleine de cendres. Goût de suie, goût de sour…

Nouvelle rasade, cul sec.

Après le bac, service militaire. Un peu particulier, le service : cinq ans à bouffer du feu et du sable dans les chaînes de l'Atlas, de l'Aurès, de Kabylie. Il s'était forgé l'âme à coups de MAS 36. Si jamais Mersch avait eu des illusions sur la nature humaine, ces années-là les avaient balayées pour de bon.

À propos de cette époque circulait un adage : «Si tu racontes l'Algérie, c'est que t'y étais pas.» Pas de faits héroïques ni de bons moments. Seulement de la saloperie humaine, déclinée sur tous les tons. Absolument rien à sauver. Même si Jean-Louis avait tout de même récolté quelques médailles pour faits d'armes.

Ces médailles, depuis le temps, il les avait paumées mais les sales souvenirs, pardon, pas moyen de s'en détacher. Comme ce gars, dans la plaine de Meskiana, qui roulait en blindé sur les prisonniers allongés. Ou cet autre, au palais Klein, dans la basse Casbah, qui obligeait ses hommes – des gamins de vingt ans – à violer les prisonnières pour «attendrir la viande». Pour les hommes, c'était une autre histoire. On appelait Moumousse, un berger allemand de soixante kilos. Certains, qui avaient plus d'humour que les autres, le surnommaient «sergent» et le gratifiaient d'un salut militaire avant qu'il besogne les détenus.

Nouveau signe au serveur.

– Laissez la bouteille, s'il vous plaît.

La bouteille…

Dans le camp de Ksar Ettir, près de Oum Alène, un sergent faisait asseoir le prisonnier, nu, sur un goulot, puis lui appuyait sur les épaules jusqu'à ce que le verre lui éclate dans l'anus.

Jean-Louis était revenu de ces terres brûlantes sans goût ni espoir. Ou plutôt avec dégoût et désespoir. Pourtant, d'une manière inattendue, il s'était pris de passion pour la politique – et en particulier le socialisme. Lui qui haïssait les hommes individuellement aspirait à les sauver collectivement. Et la seule solution, y avait pas à discuter, c'était la gauche. L'avenir pour la France, et même pour le monde. Mais attention : une gauche raisonnée, raisonnable. Celle de l'équilibre, de la stabilité.

L'épiphanie lui était venue lors d'un congrès où Pierre Mendès France avait pris la parole. C'était lui, et lui seul, qui pouvait guider la France. PMF, c'était l'anti-politique, la droiture incarnée, un modèle de franchise et de probité…

Aujourd'hui, le plan de Mersch était simple : faire chuter de Gaulle et placer Mendès France sur le trône. Mitterrand ? Il suffisait de rappeler son passé vichyste ou son ridicule faux attentat de l'Observatoire pour le dégager.

Donc, depuis les premières manifs, Mersch s'était lancé dans un programme de déstabilisation radicale, dispensant une formation rapide aux étudiants devenus maquisards, ne cessant d'aggraver les choses en attisant les esprits, en soufflant des stratégies d'attaque, en prodiguant des conseils techniques. Mersch était un soldat : il pouvait transformer ces jeunes cons en machines à tuer.

Mais il fallait faire vite, Lénine encore : « Le temps n'attend pas. » De Gaulle pouvait encore s'organiser et Pompidou négocier avec les syndicats. *Ce soir ou jamais*. Demain, les Français, excédés par la violence des affrontements, exigeraient un nouveau gouvernement. Alors on choisirait les socialistes et Mendès, homme d'honneur, homme de paix, prendrait les choses en main.

Nouveau whisky. Avec les amphets, ça commençait à faire beaucoup. Mais à la guerre comme à la guerre : sans excitant, personne ne monterait jamais au front… Il se dit qu'il aurait peut-être dû laisser griller les flics, ça aurait frappé les esprits !

Coup d'œil à sa montre : minuit passé. Il fourra la bouteille dans sa poche et en route.

Retour à la case enfer, comme à la marelle.

9.

Les KBL n'avaient pas chômé.

Le boulevard Saint-Michel était barré par les troncs abattus. On aurait dit qu'un cataclysme était passé par là. Jean-Louis ricana sous son foulard. Sa perception et sa capacité d'analyse étaient fortement altérées par l'alcool mais enfin, pas besoin d'être grand clerc pour comprendre que ce soir la ligne était franchie.

Place Edmond-Rostand, les combats ne faiblissaient pas. D'où il était, il pouvait mesurer les progrès de ses « élèves ». Alors que le vrombissement des tronçonneuses saturait la nuit, d'autres bruits, secs, obstinés, ceux des pics et des pioches, jouaient les contrepoints. *Allez mes gaillards, continuez !* De leur côté, les flics ne cessaient de balancer leurs grenades – Jean-Louis avait montré aux mômes comment museler leur effet en les repoussant dans une flaque d'eau avant de les couvrir avec un couvercle de poubelle.

La flotte était partout. Les camions-pompes aspergeaient le boulevard, à la manière de gigantesques voitures-balais. Les gerbes dispersaient la meute, mais les étudiants se regroupaient aussitôt et repartaient à l'attaque, visant au lance-pierre les chauffeurs. Plissant les yeux, Jean-Louis aperçut des éclairs, plus bas, rue de Médicis : les armoires électriques, inondées, crépitaient, explosaient. Le courant devait laisser à désirer dans les beaux quartiers…

On parlait toujours des pavés mais c'était les brasiers qui marquaient des points, qui délimitaient le terrain de l'Armageddon.

Les cocktails Molotov ne cessaient d'exploser, répandant leur odeur d'essence brûlée sur la chaussée – des petits verres de vodka bien frappée qui se renversaient sur le bitume en longues goulées brûlantes…

Approche-toi encore. Il était déjà couvert de scories, les cheveux graissés par les miasmes de caoutchouc fondu, les yeux comme des phares. Il vida sa bouteille et avança. Bourré, irrésistiblement attiré par ce noyau de violence, il percevait quelque chose d'intime, un pas de deux maléfique entre chaque insurgé et la mort.

À la fin des années 50, dans le camp de Ksar Ettir, il avait eu une péritonite. Le seul souvenir qu'il en conservait, c'était un drain qui lui sortait du flanc, libérant des flots de pus. Ce mois de mai lui rappelait cette exsudation infecte – ennui, haine, fureur, tout ça se déversait dans les rues comme la sanie d'une plaie purulente…

Rue de Médicis, le long des grilles du Luxembourg, une grenade atterrit près de lui. Il n'eut que le temps de se jeter à terre et de se rouler en boule. La déflagration fit vibrer le sol, mais pas de gaz. Ça aussi, c'était un signe. On n'en était plus à faire pleurer les étudiants mais bel et bien à leur détruire les tympans, à leur arracher les mains…

Mersch se releva. Des blessés se contorsionnaient. Des gueules noires aux grands yeux blancs rappelaient les photos d'Hiroshima. Qui allait soigner ces mômes ? Des étudiants en médecine avaient organisé un service d'urgence mais depuis la Sorbonne, impossible d'accéder à la rue de Médicis, de l'autre côté de la place Edmond-Rostand…

À ce moment, justement, une fourgonnette Citroën, une croix rouge peinte sur les portes, survint d'en bas, côté théâtre de l'Odéon. Le véhicule fit demi-tour puis, en marche arrière, se posta au plus près des blessés.

Jean-Louis se précipita vers les deux gars en blouse blanche qui sortaient de la plateforme.

– Je peux vous aider ?

Les infirmiers ne répondirent pas : ils venaient d'attraper par les épaules un étudiant inanimé et le traînaient sur le sol trempé.

Jean-Louis tiqua. Ces gars coupés en brosse avaient dépassé la trentaine, leur carrure n'avait rien à voir avec les bâtons de sucette qui hantaient les amphis. Quant à leurs gueules…

La rumeur des fausses ambulances lui revint en tête. On racontait que les gars du SAC, la police secrète de De Gaulle, usaient de ce stratagème pour kidnapper des étudiants et les emmener rue de Solférino en vue de passages à tabac.

– Laissez-moi vous aider, insista Mersch.

– Tire-toi.

– Quoi ?

– J'te dis de te tirer !

Les types lâchèrent l'étudiant et se redressèrent. JL balança un regard à l'intérieur de l'estafette : dans le rétroviseur, il reconnut le chauffeur – Pierre Santoni, ancien de l'OAS, ex-maquereau et flic véreux, encarté au SAC depuis des années.

Quand le Luger jaillit de la blouse de l'une des barbouzes, Mersch braquait déjà son .45. De la main gauche, il empoigna l'assaillant le plus proche et le poussa vers le tireur. Brève bousculade. Les deux poings serrés sur sa crosse, Mersch tira dans le visage du gars resté à découvert alors que l'autre se planquait derrière la fourgonnette.

Mersch plongea. Il détendit son bras, coude en appui sur les pavés, et visa les jambes. L'homme s'écroula, son crâne claquant sur le sol, à quelques centimètres de Jean-Louis. Une fois, deux fois, il appuya sur la détente, la main gauche en protection pour ne pas recevoir des parcelles d'os ou de cervelle dans la gueule.

Le temps qu'il se relève, la Citroën démarrait en trombe, portes arrière battantes. Mersch visa Santoni à la nuque mais une gerbe d'eau l'aveugla. Le temps qu'il rengaine, un bruit de cavalcade lui fit tourner la tête. Tout ce qu'il vit, ce fut un bataillon de CRS qui lui fonçait dessus. Il leva le bras avant de se prendre un coup de matraque en travers de la mâchoire.

Il se recroquevilla sur le sol trempé, se protégeant la tête et les flancs de ses bras. Il songeait aux deux cadavres non loin de là. Tout en encaissant, il rampait et s'éloignait des corps. Il voulait bien se prendre une branlée, mais pas être accusé de meurtre.

Enfin, profitant d'une trêve, il parvint à glisser sa main sous son blouson et braqua sa carte d'inspecteur de police.

Les CRS se figèrent.

– T'es… t'es flic ? demanda un des mecs derrière ses lunettes d'aviateur.

– À ton avis, ducon ?

Mersch se releva, chancelant, et essuya son front ensanglanté.

– Tirez-vous avant que je vous aligne pour voies de fait sur un officier dans l'exercice de ses fonctions.

Les grognards repartirent sans demander leur reste. Mersch s'adossa à la grille des jardins. L'écho des coups résonnait partout dans sa carcasse. Le sang lui fouettait le visage, palpitait au fond de sa gorge.

Il considéra les dépouilles qui baignaient dans leur flaque magenta.

Il avait tué deux hommes.

C'était l'Algérie qui recommençait.

10.

– Je t'ai cherchée toute la soirée !

– J'étais mal fichue. J'suis restée chez moi.

– Comment t'as pu rater ça ? C'était encore plus dingue que le 10 mai !

Nicole Bernard sortit une Gauloise filtre et prit le temps de l'allumer. Cécile l'agaçait avec ses reproches. En ce samedi 25 mai, de bon matin, les deux jeunes filles remontaient la rue de Vaugirard. Le goût amer, et tellement jouissif, de la première taffe lui fit fermer les yeux.

C'est vrai, elle avait manqué ce qu'on appelait déjà ce matin à la radio la «deuxième nuit des barricades». Elle n'avait pas été malade, mais impossible de dire la vérité à Cécile. Une partie de la nuit, elle avait préparé sa conférence de ce matin, telle une bonne petite écolière.

À sa façon, Nicole était une des vedettes de mai. Une des rares filles à avoir voix au chapitre. Vingt-trois ans, une maîtrise de philo, des origines bourgeoises qu'elle cachait soigneusement, une grande gueule qu'elle cultivait plus soigneusement encore. Depuis l'occupation de la fac, elle avait multiplié les interventions «historiques», lors des AG de la Sorbonne. Sa renommée s'était propagée dans les couloirs. Finalement, ultime consécration, un comité d'occupation lui avait proposé d'intervenir ce matin en tant que maître des débats sur un thème de son choix. Aucun doute : elle était en train d'entrer dans l'Histoire.

La veille, dans sa chambre, elle avait donc révisé ses notes et répété son texte comme pour un grand oral. Tout ça alors que maman lui préparait des sandwichs et que papa regardait le général de Gaulle à la télé. *Bonjour la révolutionnaire.*

Nicole reprit sa marche et balança un missile à Cécile – pas question de se laisser marcher dessus :

– J'ai pas besoin d'être dans la rue pour capter le *Zeitgeist.*

– Le quoi ?

– Le *Zeitgeist.* L'esprit du temps.

Cécile haussa les épaules :

– Tu t'en sortiras pas avec des pirouettes allemandes.

– Et toi, t'as encore mis ton rouge de travers.

D'un geste, Cécile porta sa main à sa bouche avant de réaliser que Nicole la faisait marcher.

Elle lui balança un coup de coude :

– Salope !

Elles éclatèrent d'un rire qui ressemblait au bruit d'un ricochet à la surface d'une rivière.

Nicole lança un bref regard à son amie. Petite brune à taille dodue, elle s'habillait comme sa mère, arborant un chignon façon meringue. Mais Cécile trompait son monde : sous son apparence banale, elle cachait un esprit extraordinaire. Historienne, philosophe, Cécile était fichue de réussir l'Ena.

– T'as des nouvelles de Suzanne ? demanda Nicole.

– Non. Elle a pas dû se réveiller. Elle était à la manif hier.

Décidément... D'habitude, les trois filles étaient toujours ensemble. Suzanne, Cécile et Nicole s'étaient connues sur les bancs de la Sorbonne en première année de philo et ne s'étaient plus quittées.

Au croisement de la rue de Rennes, les premiers signes des combats de la veille apparurent. Voitures renversées, ou placées en quinconce. Pavés arrachés à la chaussée. Débris carbonisés. L'odeur était encore prégnante : gaz lacrymo, caoutchouc brûlé. Le long du Luxembourg, les dégâts étaient pires encore. Les carcasses noircies barraient la chaussée, au milieu des tessons de verre, des drapeaux déchirés et des gravats.

Les premiers jours, Nicole contemplait ce genre de spectacle avec fierté. C'étaient les signes concrets de la révolution en marche, de l'effondrement du système. Mais ce matin...

Le regard des passants aussi avait changé. Ils paraissaient consternés – et furieux. Les étudiants étaient allés trop loin – et depuis trop longtemps. Les gens en avaient marre. Ils voulaient retrouver leur vie d'avant, dans un monde qui aurait changé, peut-être, mais pas trop.

Cécile émit un sifflement :

– Ils y ont été fort !

Sur le boulevard Saint-Michel, de nombreux platanes gisaient à terre. Nicole était abasourdie. Pourquoi avoir détruit ces arbres centenaires ? Un gâchis. Un sacrilège. Et surtout, un acte totalement inutile...

C'est foutu, s'entendit-elle murmurer en franchissant le porche de la Sorbonne. Mais devant les stands de fortune qui occupaient la cour d'honneur, son humeur changea d'un coup : ce qu'elle appelait le « bazar aux utopies » palpitait déjà, de bon matin, malgré la pluie.

On avait bricolé des auvents de toile plastique et tendu des bâches qui accentuaient encore l'impression d'un marché de fruits et légumes. Nicole adorait ce lieu : on y respirait une passion, une fougue, un enthousiasme unique. Bien sûr, ça partait un peu dans tous les sens, mais l'important c'était l'énergie. Tous ces étudiants qui mélangeaient théories, connaissances approximatives, fragments d'histoire faisaient preuve d'une spontanéité, d'un engouement qui la bouleversaient.

– C'est l'heure, ma cocotte.

Nicole sursauta. Dans quelques minutes, elle allait devoir prendre la parole dans le grand amphithéâtre, tenir son assemblée – s'il y avait du monde – à la seule force de ses petites notes…

– Attends, j'ai encore besoin d'une clope.

Elles s'abritèrent sous la galerie qui encadre la cour d'honneur et se trouvèrent un banc. Une simple allumette, et deux Gauloises crépitèrent dans l'air gris.

– Le sujet de ta conférence, c'est quoi ?

Nicole tira une taffe à s'arracher la gorge puis déclama :

– Libérer la pensée, penser la liberté.

Une fraction de seconde passa.

– Eh ben ma vieille ! finit par chuchoter Cécile.

11.

Nicole avait de la chance : elle était rousse.

Un roux tendre, proche du miel, du cognac. Ses parents disaient « auburn », mais Nicole détestait ce mot. Ça faisait américain, impérialiste. En revanche, un ami de son père, psychanalyste lacanien, lui avait décrit l'orange comme la couleur de la tiédeur familiale, de l'utérus, mais aussi d'une certaine maturité de l'homme. Il avait ajouté que l'orange est lié au soleil, qui est un symbole masculin, le symbole du père. Ainsi, le soleil couchant symbolisait l'homme à la fin de sa vie...

Elle soupçonnait le gars de vouloir coucher avec elle mais tout de même, cette avalanche de symboles lui avait fait plaisir. *L'homme à la fin de sa vie...* Hahaha ! Elle, pour évoquer sa rousseur, préférait cette citation de Victor Hugo : « Mon âme a plus de feu que vous n'avez de cendre. »

Sa coiffure ? La raie au milieu bien sûr. Deux pans de chevelure qui coulaient en pente douce sur ses épaules. Elle oscillait entre icône russe et figure du Moyen Âge, vierge mordorée et livre d'heures...

Au sujet de son visage, on parlait de la Vénus de Sandro Botticelli : même ovale, même pâleur, mêmes sourcils estompés... Sa longue figure blanche, encadrée d'un halo sépia, suggérait aussi un camée taillé dans une pierre fine suspendu sur les épaules du ciel. C'est du moins ce qu'elle aimait se dire...

Elle avait un corps filiforme, presque androgyne, qui pouvait se glisser dans n'importe quelle tunique indienne. Cette caractéristique ne l'enthousiasmait pas. Côté poitrine, elle n'avait pas plus de relief qu'un passage clouté. Même si, à la fin des sixties, on aimait les filles en papier calque, transparentes et longilignes, elle aurait préféré être plus sexy...

Durant son enfance, Nicole n'avait pas fait de vagues, égrenant dans des écoles catholiques des années aussi impeccables que les plis de sa jupe. Elle s'était réveillée à l'adolescence. Elle avait commencé à lire, à réfléchir et... à bouillir sur place. C'était pas Dieu possible une existence pareille !

Pourtant, ses parents étaient du genre moderne : papa était un as de la chirurgie orthopédique, maman dirigeait une enseigne de bijouterie florissante. Tous deux anciens résistants, ils s'étaient connus au sein d'un réseau de combattants et s'étaient mariés à la fin de la guerre. Leur fille unique, Nicole, née dans la foulée, symbolisait à leurs yeux la victoire, la promesse d'une existence nouvelle, loin des horreurs du passé.

Il n'empêche : être une jeune fille dans les années 60 s'apparentait à un chemin de croix, fondé sur les culottes en coton (qui grattaient) et la peur du loup (surtout ne pas tomber enceinte avant le mariage). Des projets d'avenir ? Vous plaisantez. Si on allait à la fac, c'était pour y trouver un époux, quant à travailler, on en reparlerait après avoir accouché de deux ou trois marmots – priorité absolue aux devoirs conjugaux.

Nicole ne l'entendait pas ainsi. Après une scolarité brillante, elle s'était inscrite en fac de philo afin de mieux réfléchir au monde et aux moyens de le changer. Son père avait levé les yeux au ciel, sa mère avait haussé les épaules : l'important était qu'elle ne rate aucun de ses rallyes – pas les courses automobiles, les soirées dansantes…

Elle s'était plutôt inscrite à l'Unef et s'était rapprochée des anarchistes et des lambertistes, participant à des opérations « coup de poing » à la faculté de Nanterre. Elle avait ensuite adhéré à la JCR (Jeunesse communiste révolutionnaire) et intégré les Comités Vietnam.

Nicole était bien dans sa peau : l'adversité lui allait au teint. Pour les grands combats, il y avait l'impérialisme américain, le colonialisme, l'exploitation de l'homme par l'homme, la léthargie gaulliste… Pour les luttes rapprochées, il y avait Occident – les fachos du café Relais Odéon.

Chaque matin quand elle partait à la fac, sa mère lui soufflait : « Tu n'as pas l'air heureuse, ma chérie. » Elle répondait, les dents serrées : « J'espère bien. » Trois ans auparavant, les Rolling Stones avaient mis le feu aux ondes avec « (I Can't Get No) Satisfaction ». Elle avait alors compris que le virus qu'elle avait contracté – la frustration – était universel. Il fallait que ça change !

En février 1968, elle était partie avec la JCR à Berlin-Ouest pour assister au Congrès international Vietnam, un gigantesque rassemblement de tous les groupes gauchistes d'Europe. Vingt heures de bus, pour un destin bouleversé à jamais. Au-delà de la guerre du Vietnam et de la lutte contre la toute-puissance américaine, c'était une volonté profonde de changement qui montait des quatre coins du monde. Et elle serait de la partie.

Oui, elle avait de la chance d'être rousse : la couleur de son époque. Celle de la révolution, mais aussi du psychédélisme, du bouddhisme... Elle était le lien qui réunissait tous ces points d'ancrage, toutes ces valeurs... Elle était...

Elle balança sa clope :

– On y va, fit-elle, tout à fait remontée.

12.

L'estrade du grand amphithéâtre était surplombée par une immense fresque. Nicole ne l'avait jamais vue d'aussi près. *Le Bois sacré*, œuvre d'un certain Pierre Puvis de Chavannes, représentait une «vierge laïque», incarnant sans doute la Sorbonne, entourée de personnages symbolisant les disciplines enseignées. Nicole se dit qu'aujourd'hui la vierge, c'était elle. En un frémissement, elle se souvint qu'elle n'avait en effet jamais couché avec le moindre mec...

Pense à autre chose.

Installée derrière le bureau, elle considéra l'hémicycle qui s'ouvrait devant elle.

À cette heure, elle était certaine qu'il n'y aurait pas grand monde, surtout après les événements de la nuit dernière. Elle se trompait. En réalité, après les échauffourées, on venait ici dormir. Les bancs étaient occupés par des étudiants dont la plupart étaient encore en train de ronfler. D'autres attaquaient leur petit déjeuner – saucisson, jambon, baguette... Spectacle peu ragoûtant : ils mangeaient les deux coudes posés sur le dossier de devant, faisant tomber leurs miettes sur les camarades endormis au-dessous.

Nicole prit conscience d'une odeur atroce : fauve, très proche de celle de la ménagerie du Jardin des Plantes où elle allait quand elle était petite. *L'odeur de l'homme, camarade !*

Elle plongea la main dans son sac – une gibecière militaire – et sortit ses notes, regrettant aussitôt ce geste. Un réflexe d'écolière qui avait soigneusement préparé son exposé.

Un type hirsute prit la parole, sans doute le responsable d'un quelconque comité d'action :

– Ce matin, c'est Nicole Renard qui va animer les débats.

– Bernard.

Il y eut quelques sifflements de connaisseurs dans la salle.

– Ouais, ok, pardon, fit le gars en se grattant la tignasse. Bref, elle est étudiante en lettres et…

– En philo.

– Ouais, ok, bon, on s'en fout, elle va nous parler de… (Il se pencha sur sa feuille et se gratta encore le crâne.) « Libérer la pensée, penser la liberté »…

Des applaudissements isolés claquèrent. Des gloussements aussi. Des têtes émergeaient des rangs. *Qu'est-ce qu'elle va nous sortir, la p'tite ?*

Nicole rajusta son écharpe. Elle avait opté pour une chemise blanche, une veste en velours et un jean. La seule note originale était une écharpe indienne en lin violet qui rappelait une étole de curé. *Encore une erreur.*

– Ce qui compte avant tout, attaqua-t-elle, c'est de libérer la parole et l'énergie qui ont trop longtemps été aliénées par nos sociétés bourgeoises.

Elle était assez fière de ces mots d'introduction. Elle s'attendait déjà à des hourras, des applaudissements. Aucune réaction. La grande salle était froide, comme morte.

Elle reprit son souffle et développa l'idée qui lui tenait à cœur, celle d'une « spontanéité créatrice » enfouie, étouffée par des siècles d'oppression. Il fallait affranchir les esprits, motiver la création…

Une voix retentit :

– Pensée d'élite ! Les ouvriers n'en ont rien à foutre des mots, ils veulent du fric !

Elle saisit la balle au bond :

– Les ouvriers valent mieux que ça ! répliqua-t-elle. Il faut cesser de les considérer comme de simples machines de production. Eux aussi ont le droit de penser, de s'exprimer, de se cultiver !

Sifflets, applaudissements.

– Depuis trois semaines, reprit-elle, les murs parlent, la rue se bat. Il faut continuer ! Briser les inhibitions ! Pousser chaque classe sociale à parler ! L'ouvrier doit retrouver sa parole perdue…

– L'ouvrier, il t'emmerde !

Horrifiée, Nicole se tassa sur son siège. Cette assistance composée d'étudiants ensommeillés, de prolos hagards, de marginaux qui n'en avaient rien à foutre ne cherchait qu'à se distraire – sur son dos.

– Écoutez-moi ! J'exprime cette idée sans le moindre dédain ni la moindre commisération…

– Poil au fion !

– Il ne s'agit pas de cultiver l'ouvrier mais que l'ouvrier produise sa propre culture !

Un bruit de pet lui répondit.

Elle sentait des coulées de sueur dans son cou. Elle n'était pas à l'aise sur le terrain du prolétariat. Petite fille sage du boulevard des Invalides, elle rêvait d'une société nouvelle, de règles inédites, ou au contraire très anciennes – mais elle n'avait aucune expérience du terrain, de la réalité.

Elle baissa les yeux sur ses notes. Son plan était déjà oublié. Ses feuilles se froissaient entre ses doigts tremblants.

– Il faut se poser les vraies questions…, reprit-elle au hasard.

– Ouais. Quand est-ce qu'on bouffe ?

Éclats de rire.

Soudain, elle vit surgir dans son champ de vision l'hirsute du début.

– Fermez-la, nom de Dieu ! hurla-t-il. Laissez-la parler ! Sinon, je fais évacuer la salle !

Bref silence.

Profitant de ce répit, Nicole reprit d'une voix plus grave, plus calme :

– Pour l'instant, c'est la violence qui prime…

– Ouais ! Tous dans la rue !

– CRS-SS ! CRS-SS !

Des hourras, des bravos, des sifflets. Cet amphithéâtre était occupé par une bande d'abrutis, point barre. Elle parlait dans le vide.

– Écoutez-moi ! cria-t-elle pourtant. La violence est une impasse, mais elle est nécessaire. C'est comme quand on force une porte. Passé le premier choc, quelque chose de nouveau survient, fluide et naturel… Un air nouveau, un…

– Tout ça, c'est du bla-bla d'intello !

– Vous voulez du concret ? Très bien. L'ennemi, c'est l'ordre bourgeois et ses valeurs autoritaires : le mariage, la famille, le travail, la répression sexuelle… Il faut revoir totalement ce modèle. À commencer par l'éducation fondée sur la peur. L'oppression est toujours là, avec le maître d'école, le professeur, l'adjudant, le curé, le patron, le…

– Elle a raison ! Aux chiottes l'autorité !

Encouragée par ce soutien inattendu, Nicole s'enhardit :

– Je propose d'oublier le mariage, qui n'est que la reproduction du cercle infernal de l'autorité dans le foyer !

– Ouais ! Plus de mariage ! Que du cul !

– Des partouzes !

– Ta gueule !

Elle se leva d'un coup :

– Les inégalités sociales, l'éducation sélective, la culture pour les uns au détriment des autres, c'est fini ! La créativité est la vraie matrice de la révolution !

Le brouhaha montait : on était d'accord, ou pas, impossible de savoir. Surtout, d'autres conversations s'élevaient, des rumeurs se mêlaient au chahut général. Nicole était au bord des larmes.

Elle fit encore une tentative, sentant son timbre dérailler :

– Réveillez-vous, camarades ! On est en train de vivre un moment historique ! On a pris possession de la Sorbonne, les ouvriers occupent les usines : enfin, nous tenons notre destin entre nos mains !

Elle vit passer en l'air un sandwich, puis un morceau de baguette, une tranche de jambon… Une bagarre de nourriture était en route, comme à la cantine. Ces « révolutionnaires » n'étaient que des gosses, en attente du service militaire…

– Ne rêvons plus notre vie ! s'égosilla-t-elle. Vivons notre rêve !

Elle se rendit compte qu'elle venait de paraphraser une des affiches les plus célèbres de ce mois de mai.

– Du sexe ! Du sexe ! Du sexe !

Nicole frappa des poings sur la table et cria :

– Le sexe n'est qu'un vecteur libérateur qui…

– Des partouzes !

– Chaque libération se fera d'elle-même !

– À poil !

– Vos gueules !

Les mots fusaient de partout à la fois, entre les tranches de saucisson et les bouts de pain qui volaient comme des confettis. *La révolution est une fête.*

– Du cul !

Nicole se laissa retomber sur sa chaise, ses notes éparses autour d'elle. Elle se prit la tête entre les mains alors que le raffut autour d'elle montait toujours, la submergeant, l'écrasant, l'anéantissant. Elle n'était plus qu'un déchet de ce grand printemps attendant sa voiture-balai…

13.

Le Petit Suisse s'obstinait à ouvrir chaque matin.

Malgré la chaussée à la retourne, les barricades effondrées, le vacarme des équipes de déblaiement, le bistrot, situé au coin de la rue Corneille et de la rue de Vaugirard, faisait front.

Installée en terrasse, Nicole, les yeux rougis, observait les pelleteuses pousser les derniers débris rue de Médicis, les cantonniers balancer des gravats dans des bennes. Quel fiasco ! Elle aurait dû se préparer à un débat spontané et s'attendre à affronter l'adversité, même au sein des siens. La révolution dévore ses enfants, c'est bien connu.

– T'en fais pas, souffla Cécile, en tournant sa petite cuillère dans son café. Ce sont que des petits cons.

Nicole ne répondit pas : elle mordillait nerveusement sa lèvre inférieure.

– Tout ça, ajouta Cécile d'un air pénétré, c'est parce qu'on est des nanas. Simone de Beauvoir l'a bien dit : « L'humanité est mâle et l'homme définit la femme non en soi mais relativement à lui. » Le pouvoir masculin n'est pas prêt à entendre les femmes.

Elle avait raison. Ce matin, Nicole partait battue. Même au cœur de la rébellion, il fallait se coltiner ce genre de préjugés…

Elle songea aux combattantes du Viêt-minh qui maniaient la mitraillette dans les rizières, aux paysannes soviétiques qui dirigeaient les kolkhozes en URSS… La révolution avait aussi libéré les femmes, mais la France n'était qu'un pays petit-bourgeois aux valeurs réactionnaires.

Elle qui visualisait la vague étudiante comme un mouvement sublime, peint dans le style du réalisme socialiste, devait bien avouer qu'il s'agissait en réalité d'une bande de jeunes cons vulgaires et immatures. Et si elle avait dû s'exprimer devant un parterre d'ouvriers, ça aurait été pire encore.

C'était son père qui avait raison, lui qui aimait tant commenter les événements à coups de sarcasmes. Quand elle exposait leur programme social et politique, il répondait simplement : «C'est ça, et demain on rase gratis!» Et lorsqu'elle évoquait le devoir d'améliorer les conditions de vie des ouvriers et de libérer leurs facultés créatrices, il rétorquait, sourire en coin : «On n'arrose pas les dunes...»

On n'arrose pas les dunes... Elle venait d'avoir un exemple cinglant de l'inutilité, voire de l'absurdité, de ses espoirs politico-épiques. Nicole, qui attendait toujours le «Grand Soir» et des «lendemains qui chantent», se payait de mots...

Elle reprit sa Gauloise dans le cendrier et tira une taffe les lèvres pincées, comme si elle voulait en arracher le filtre.

– Tu dis plus rien, ça va? demanda Cécile.

– Ça va.

– Oublie tout ça. C'est des bourrins.

– Ce sont nos camarades de combat.

– Des branleurs, ouais.

Nicole avait entendu parler d'un autre mouvement, aux États-Unis, à San Francisco précisément, qui avait joué la partie d'une manière différente. Pas de manifs ni de violences. L'an passé, le temps d'un été, deux cent mille jeunes venus du monde entier avaient investi le quartier de Haight-Ashbury et avaient imposé de nouvelles règles de vie : musique, amour, drogue...

Durant quelques mois, la nourriture, les soins, les logements, tout était devenu gratuit. On avait pu se consacrer à l'essentiel : la liberté, le désir, l'amitié... Une chanson de Scott McKenzie avait immortalisé cette parenthèse enchantée :

«*If you're going to San Francisco,*
Be sure to wear some flowers in your hair.
If you're going to San Francisco,
Summertime will be a love-in there.»

Les jeunes n'avaient pas cherché à renverser le pouvoir, ils avaient simplement laissé l'amour s'épancher…

– À quoi tu penses ? demanda Cécile.

Nicole refit surface :

– Le mouvement hippie, ça te dit quelque chose ?

– Comme les mecs du Vert-Galant ?

Il fallait changer l'homme. Prendre le problème à la source. Opérer une mutation intime, profonde, à l'intérieur de soi. Elle allait se pencher plus sérieusement sur ce mouvement pacifiste, lire des livres, des articles, des témoignages. Une autre manière de faire la révolution.

Ces gars-là ne faisaient pas de politique ? Tant mieux !

14.

– Qu'est-ce qu'on fait ? On va à l'AG de la JCR ?

– Ah non, je supporte pas les trotskistes.

– Je crois que l'UJCML fait aussi un truc…

– Des maoïstes ! Encore pire !

Trivard leva les bras dans son duffle-coat :

– Tu supportes qui au juste ?

Desmortiers eut une grimace dubitative :

– Les IS peut-être. Au moins, ils ont les mains dans le moteur. Ce ne sont pas des théoriciens à la mords-moi-le-nœud !

– Parce que tu crois que les CLER, y s'paient de mots peut-être ?

– Certainement, et les LEA, les PSU, les MAU, les FER aussi !

Trivard secoua la tête, qu'il avait haut perchée :

– Dans ce cas, allons au comité du CVN…

Hervé regardait ses camarades échanger des acronymes comme on échange, enfant, des images Panini. Ce matin avait vraiment des airs de gueule de bois. La veille, ils avaient fini par regagner leurs pénates, à pied bien sûr. Hervé avait eu tout le temps de digérer ses terreurs – d'autant qu'il avait encore subi plusieurs crises de crampes et qu'il avait dû faire des pauses sur les bancs publics. La vision apocalyptique du palais Brongniart s'était comme dissoute dans ses pas et il s'était écroulé dans son lit, la tête vide.

Ce matin, après le café crème préparé par sa grand-mère et sa première Disque Bleu – celle d'après le petit déjeuner, la meilleure de la journée –, tout lui était revenu.

Les affrontements sporadiques, les flammes malades, les gueules en sang. Le palais de la Bourse avait été l'apogée. La fin approchait, c'est sûr.

Il serait bien resté au lit mais, par sens du devoir, ou plutôt par un automatisme de mouton, il avait chaussé ses Clarks et ses pas l'avaient guidé à la Sorbonne.

– Et toi, qu'est-ce que t'en penses ?

Comme toujours, Trivard s'en remettait à Hervé, censé avoir le dernier mot.

– Démerdez-vous, fit-il. Tout est cuit, de toute façon.

– De quoi ? demanda Desmortier, tendant son cou de boxeur.

– Vous avez lu les journaux, non ? Les Parisiens en ont plein le cul de nos conneries !

Ni Desmortiers ni Trivard ne s'attendaient à ce coup bas. Ils se laissèrent choir sur le même banc que lui. Ils se trouvaient boulevard Saint-Michel, à hauteur de la rue Royer-Collard. Le paysage n'était guère encourageant : arbres abattus, bagnoles renversées, pavés épars… Les atlantes et les cariatides des façades semblaient indifférents à ces stigmates, produit de petites gesticulations humaines. Demain, on aurait tout oublié…

– Si c'est mort à Paris, dit Desmortiers, j'irai militer dans les campagnes !

– Ah bon ? Et comment tu feras au juste ?

– J'irai prêcher auprès des masses paysannes. Je leur expliquerais les bienfaits du collectivisme. Comment gérer leurs terres en communauté.

– Et comment tu vas les convaincre ?

– J'ai du matos. Des diapositives.

– Du genre ?

– Des images des communes populaires, en Albanie.

Hervé et Trivard éclatèrent de rire et Desmortiers, vaincu, les imita.

À cet instant, des camions à plateforme passèrent, bourrés ras la gueule de CRS. On s'arrêta de rire. D'ordinaire, l'apparition de l'ennemi déclenchait la même réaction sur les deux fronts : tête dans les épaules, on prenait l'air méchant, on serrait les poings… Mais aujourd'hui, tout le monde était crevé. Tout le monde en avait marre.

– Ils vont bientôt rentrer chez eux, murmura Hervé.

– Chez eux, répéta Trivard : qu'est-ce que tu veux dire ?

– Ces mecs viennent de Strasbourg, de Montpellier. On les a envoyés à Paris pour se prendre des pavés sur la gueule. Ils n'ont qu'une hâte, rentrer dans leurs provinces, et nous oublier.

Desmortiers se leva d'un coup et se planta devant Hervé, jambes écartées. Dans sa veste militaire, il ressemblait à un guérillero prêt à l'emploi.

– T'es du côté des CRS, maintenant ? demanda-t-il comme il aurait craché une oreille d'ennemi arrachée avec les dents.

Hervé ralluma une Disque Bleu :

– Je suis du côté de personne. Je dis juste que ces gars-là font leur boulot et que ce boulot consiste à se faire péter la gueule par de jeunes cons qui glandent à la fac en attendant d'entrer dans la boîte de papa.

– T'as rien compris à notre combat.

– C'est sûr que gagner un salaire de misère pour se faire taper dessus et vivre dans une caserne dans la banlieue de Limoges, ça fait moins rêver que se proclamer léniniste ou maoïste. Mais réfléchis un peu, tu verras que les opprimés, en tout cas les victimes de la situation, ne sont pas toujours ceux qu'on croit.

Desmortiers détestait ce genre de raisonnements spécieux. Quant à Trivard, il n'avait pas d'opinion. Il voulait seulement éviter une engueulade.

– Retournons à la Sorbonne ! implora-t-il pour mettre tout le monde d'accord. On trouvera bien une AG ou un débat !

– Allez-y, vous, répondit Hervé en se levant. Moi, j'ai autre chose à faire.

– Quoi ?

– Affaires personnelles.

Trivard et Desmortiers se regardèrent : ces mots sonnaient bizarre à l'heure de la révolution. Mais Hervé était un emmerdeur. Un empêcheur de tourner en rond.

Afin de couper court à toute question, il les gratifia d'un salut à la Lucky Luke, index orienté vers la tempe, et tourna les talons.

Hervé ne mentait pas : il avait réellement d'autres préoccupations ce matin. Le temps d'une conférence bidon au grand amphithéâtre, il avait obtenu une splendide confirmation : parmi ses trois fées des barricades, c'était bien Nicole Bernard qu'il préférait.

15.

Pour les novices, la rue Soufflot mène tout droit à la place du Panthéon, majestueuse, impériale. Mais pour les connaisseurs, l'artère dissimule plutôt, derrière le sanctuaire, l'imbroglio des ruelles du quartier Mouffetard où on peut tout trouver, à condition de fouiller un peu…

Contournant le monument par la gauche, Hervé se glissa dans la rue Clovis jusqu'à la rue Descartes, en direction de la place de la Contrescarpe. Le jeune homme entretenait avec la capitale un rapport… organique. Il aimait sentir sous ses doigts la pierre des façades, comme noircies à la poudre de canon, la tôle mate des voitures stationnées, le bois tiède des portes cochères…

Concentrons-nous. Ainsi donc, ce matin, l'amour l'avait de nouveau saisi par le colback. Il était coutumier du fait mais tout de même, dans la tourmente de mai, il aurait cru que les anges et autres lyres lui auraient foutu la paix.

Mais non, pas de repos pour les braves !

Occupé à échafauder une énième stratégie d'approche, il n'avait pas vraiment écouté le débat avorté dans l'amphithéâtre. Sur les gradins, il avait aperçu Cécile au premier rang, mais aucune trace de Suzanne Girardon. Sans doute dormait-elle encore, après avoir passé la nuit à combattre. Sa dernière idée : acheter des croissants et sonner chez elle de bon matin.

– Deux cents francs, mes bananes !

Manif ou pas manif, grève ou pas grève, l'agitation rue Mouffetard, « la Mouffe », comme on disait, ne désemparait pas. Fruits, légumes, poiscaille, viande, charcuterie débordaient des étals, défiant la capitale sans essence ni vitrines. Les ouvriers et les fonctionnaires pouvaient bien avoir baissé le rideau de fer, les étudiants tout casser, la terre, elle, ne chômait pas.

Mains dans les poches, tête en l'air, Hervé descendit d'un pas tranquille la rue pavée jonchée de feuilles de salade et de fruits pourris, évitant les mémés à cabas, souriant aux marchandes des quatre-saisons.

Bon. Il allait d'abord devoir se farcir une bonne demi-heure de commentaires triomphalistes à propos de la manif de la veille, puis au moins autant de théorie maoïste. Alors seulement, on pourrait passer aux choses sérieuses – mais attention, en douceur, et en troisième…

Il fallait la jouer fine : pas question de se profiler en dragueur ni même en amoureux transi. Suzanne ne tolérait que les purs contestataires. De plus, elle s'était assigné une mission : protéger Nicole des petits reniflards dans son genre. À ses yeux, la jeune rousse était une égérie, une sainte Geneviève. Pas question de la distraire avec des histoires de flirts et de courtisans aux cheveux gras.

Après s'être arrêté dans une boulangerie, Hervé se passa mentalement en revue. Pas si mal tout de même : haute silhouette, élégance recherchée, une vraie expertise en musique anglo-saxonne. Il avait aussi un cerveau hors gabarit mais ça, malheureusement, on s'en foutait.

En réalité, un seul détail le complexait : il était affligé, sur l'avant-bras gauche, d'une fine tache de naissance en forme de croix gammée inachevée. Quand il avait compris, vers l'âge de huit ans, ce que signifiait ce symbole – on sortait tout juste du cauchemar nazi –, il n'avait plus jamais porté de manches courtes. Sa grand-mère avait beau lui expliquer que le svastika n'avait rien à voir avec Hitler et que ce signe était sacré en Orient, rien n'y faisait.

Rue de l'Épée-de-Bois. À gauche toute. Le décor lui parut de bon augure. Portails aux moellons épuisés, gros verrous rouillés : dans ses recoins, Paris trahissait encore des origines paysannes, des airs de conte à la Maupassant.

Parvenu devant l'immeuble, Hervé se ravisa. *Pas Maupassant, Voltaire.* Il connaissait l'édifice, avec ses fenêtres minuscules, son escalier branlant et ses tomettes mal équarries. Le temps où les riches marchands, les petits perruquiers et les prostituées cohabitaient dans ces bâtiments de guingois. La belle époque !

La jouer fine, se répéta-t-il en poussant la porte de bois. Mais comment amener Nicole sur le tapis ? Autant balancer une demi-vérité : il avait assisté ce matin à sa conférence et ses idées – quelles idées ? – l'avaient beaucoup intéressé... On verrait bien si Suzanne mordait à l'hameçon. À l'idée de finasser avec la virago, il avait déjà les genoux qui flageolaient et la langue qui lui collait au palais.

« Soyez réalistes, demandez l'impossible », clamaient ces dernières semaines les murs de Paris. Cette citation provenait soi-disant d'un discours d'Ernesto Guevara.

C'était le moment de se mettre dans les pas du grand Che.

16.

Dans l'escalier, Hervé croisa un menuisier avec ses planches sous le bras, puis un prêtre en soutane, qui lui parurent coller au tableau. On déambulait ici dans un passé bien typé, où des personnages emblématiques apparaissaient comme sur une scène de théâtre.

Au quatrième étage, il lâcha enfin la rampe puis se coula dans le couloir étroit. Il souriait dans les ténèbres. Avec ses croissants, il trouvait que sa visite matinale sonnait juste. On se souviendrait longtemps de ces amitiés nées sur les barricades de Mai 68.

Il sonna à la porte. Pas de réponse. Il sonna encore. Aucun bruit à l'intérieur. Suzanne était-elle déjà partie ? Elle ne risquait pas d'être en cours : plus personne n'avait cours depuis trois semaines. Une AG ? Une réunion ?

Baissant les yeux, il s'aperçut que la porte était entrouverte – bizarre. De deux doigts, il poussa le battant et pénétra dans le petit salon qui faisait aussi office de vestibule.

– Suzanne ? appela-t-il.

Un bruit étrange lui répondit – c'était son sac de croissants qui, entre ses doigts tremblants, produisait un chuchotement froissé. D'un geste, il le posa sur un guéridon en osier et cadra la première pièce.

Entièrement tapissée de livres, elle comportait aussi un coin cuisine se limitant à un évier fissuré, un comptoir, un garde-manger. À l'opposé, un bureau était coincé en diagonale, cerné par d'autres livres entassés par terre. Çà et là, sous les poutres apparentes du plafond mansardé, des plantes vertes égayaient la pièce. Bien sûr, le sol était parsemé de fringues abandonnées, de cendriers pleins, de bouteilles vides.

Il traversa la pièce pour gagner la chambre, dont la porte était fermée.

– Suzanne ?

Le visage du Che se déployait sur le vantail.

– Suzanne ? appela-t-il encore.

Mais cette fois, c'était pour se donner du courage. Une odeur de fer planait. Ou plutôt un relent de rouille… Hervé eut envie d'ouvrir une des lucarnes mais résista à la tentation. Sans pouvoir expliquer sa défiance, il avait l'intuition qu'il ne devait toucher à rien.

– Suzanne ?

Ses semelles adhéraient au sol. Il baissa les yeux et aperçut une résine noire sous le pas de la porte. Une gelée sombre à demi séchée. Quelque part au fond de son malaise il avait déjà compris, mais sa conscience refusait encore l'impossible.

Oubliant toute précaution, il attrapa la poignée et ouvrit. Le cerveau est une mécanique étrange. Il repéra d'abord le poncho péruvien, sans doute en laine de lama, accroché au mur d'en face. Puis le tourne-disque, couleur blanc cassé, dans un coin de la pièce, à droite, supportant un 33 tours dont il reconnut le logo – Atlantic Records.

Enfin, il se décida à regarder – à admettre – ce qui saturait l'espace d'horreur et d'effroi : un corps nu suspendu par un pied à l'extrémité d'une des poutres centrales. Couvert, ou plutôt laqué de sang coagulé, le cadavre avait l'autre jambe repliée, talon coincé à la hauteur du genou opposé. Le torse était ouvert de la gorge au pubis et les organes se déployaient en coulées noueuses jusque sur le visage de la victime.

Au-dessous, un matelas posé à même le sol avait absorbé tout le sang de la dépouille. La couverture, les draps n'avaient plus de couleur, englués dans une boue épaisse qui figeait chaque pli, chaque relief. Les deux mains du corps reposaient dans cette fange mate, comme collées à la matière.

Hervé était pétrifié. Une sorte d'éblouissement à rebours aveuglait son cerveau, assorti d'un silence qu'il ne connaissait pas – son cœur s'était arrêté de battre, ses artères s'étaient figées. Ce qu'il avait devant lui relevait de l'indicible. Il ne pouvait énoncer, ni même balbutier à l'intérieur de son cerveau, le moindre mot pour caractériser… ça.

Plusieurs secondes passèrent ainsi – une éternité –, pendant lesquelles Hervé ne bougea pas d'un millimètre. L'aveuglement était toujours là, battant ses tempes, ses paupières, son esprit, empêchant la moindre réflexion.

Enfin, il parvint à rassembler quelques miettes de lucidité. Premier élément : cette chose noire qui pendait du plafond, couverte d'entrailles, c'était Suzanne. Il avait reconnu sa chevelure bouclée qui se déployait vers le lit, tout engluée de sang. Deuxième élément : Suzanne, innocente étudiante, adorable et convaincue, avait été la victime d'un cinglé. Et même plus qu'un cinglé. Un monstre qui s'était livré sur elle à des actes d'une barbarie inouïe, dont les mots même peinaient à rendre compte.

Dans le trouble de son esprit, Hervé pressentait un sacrifice, un truc ésotérique qui avait littéralement explosé dans la tête du tueur, comme une veine qui aurait éclaté sous son crâne. Un AVC de cruauté et de sadisme.

Mais pourquoi Suzanne ?

Troisième élément : le corps avait subi un ultime outrage, presque secondaire comparé à la plaie centrale et aux entailles dont la peau était couverte. Des morsures, mais des morsures étranges, circulaires, comme des pelotes d'aiguilles, avaient laissé leur empreinte sur la peau de Suzanne.

Il parvint à reculer, les yeux fixes, puis à attraper la poignée de la porte d'entrée. Il songea à ses empreintes et se dit que ça n'était pas si grave. Il ne se vit pas descendre les escaliers. Il était en mouvement, c'est tout.

Vacillant, trébuchant, il traversa la rue et avisa un café. Il pénétra à l'intérieur et demanda à téléphoner. Le patron se contenta de lui désigner la cabine, au fond de la salle.

Hervé referma la porte et chercha machinalement un verrou – il n'y en avait pas. Il fouilla au fond de sa poche – en fait, au fond de la doublure de sa poche – et en retira une petite feuille de papier soigneusement pliée en quatre. Il la déplia et composa fébrilement les six chiffres.

– Je suis bien au centre d'identification Beaujon ?

– Ouais. C'est pour quoi ?

– Je voudrais parler à l'inspecteur Jean-Louis Mersch.

– Il est occupé.

– Dérangez-le ! C'est très urgent !

Hervé sentait sa sueur tremper le combiné en bakélite.

Le flic à l'autre bout du fil soupira :

– J'vous dis qu'il est occupé. Qui le demande ?

– Son frère.

17.

– Là-haut, on s'interroge sur tes motivations.

– Qui ça « là-haut » ?

– Le préfet, le divisionnaire, moi.

– Et alors ?

– On comprend pas c'que tu fous chez les gauchos. Ça fait plus de deux semaines que t'es soi-disant infiltré à la Sorbonne et y a aucun résultat. Pas un seul nom de meneur, pas une seule manif anticipée…

– Elles se décident au jour le jour, rétorqua Jean-Louis Mersch. Et les parcours sont toujours improvisés.

– Si tu veux. Mais c'est de pire en pire ! Grimaud m'a appelé ce matin. Le bilan de cette nuit est catastrophique. Bon Dieu, c'est la guerre civile !

Mersch se revoyait, lui, abattre froidement ces enfoirés du SAC. La guerre, oui, y avait pas d'autre mot.

– Qu'est-ce que tu peux m'dire sur la situation ? reprit Deniaud. Qu'est-ce qui se prépare ?

Mersch haussa les épaules :

– Je te le répète : ils le savent pas eux-mêmes.

Robert Deniaud était un des commissaires qui dirigeaient les forces chargées du maintien de l'ordre au Quartier latin. Un gros bonhomme à la Jean Gabin, qui cultivait son côté titi parisien et s'efforçait d'être proche de ses hommes. Il n'était pas le supérieur habituel de Mersch, qui bossait à la Crime – mais ils se connaissaient de longue date, du temps où Deniaud était inspecteur et Mersch simple îlotier, à Louis-Blanc.

Quand JL s'était porté volontaire pour être un des – nombreux – flics infiltrés parmi les rangs des étudiants et des ouvriers, il avait été heureux de retrouver le taulier, qui tenait à la fois d'Obélix (pour la corpulence) et de la valse musette (pour le dialecte).

Pour l'heure, Deniaud se rasait face à un miroir triptyque de barbier cadré de laiton suspendu à une patère par une chaînette.

– Faut qu'tu nous donnes quèqu'chose, JL. Ça commence à jaser.

– C'est-à-dire ?

– Tout le monde connaît tes idées.

– Mes idées ? Quelles idées ?

– T'es un putain de gauchiste, ouais ! Un incurable !

– Je suis socialiste, rien à voir avec les rouges.

– Admettons. Mais notre boulot, c'est d'calmer le jeu. Tu nous donnes plutôt l'impression de te réjouir de tout ce bordel. T'es censé nous livrer les noms des leaders !

– Y a pas de chef au sens propre du terme.

– Joue pas au con. On veut foutre les meneurs au trou.

– Personne ne mène rien. D'ailleurs, les chefs des différents partis ne sont jamais d'accord.

Deniaud, en marcel, se retourna : avec sa barbe en mousse, il tenait du Père Noël. En même temps, il brandissait son surin comme un curé son goupillon :

– Peu importe qui fait quoi. Les étudiants s'étaient calmés. Pendant c'temps-là, Pompidou se démerdait avec les ouvriers. Et patatras ! Voilà que ces p'tits cons reprennent du service !

– Cohn-Bendit interdit de séjour, c'était pas très malin.

– Tu sais comme moi qu'ils auraient trouvé autre chose. Un jour, y manifesteront parce qu'un des leurs a trébuché sur une plaque d'égout.

Mersch en convenait : les prétextes des manifestations devenaient de plus en plus ridicules. La seule vraie raison de toutes ces violences était... la violence elle-même. Un besoin de casser, de piétiner, de mettre à bas un monde qui les étouffait...

Le poussah avait fini de se raser. Il appliquait maintenant son Aqua Velva en se donnant des petites claques sur les joues, comme dans la pub.

– Écoute-moi, fit-il en enfilant une chemise (Mersch observait ses gros doigts qui la boutonnaient avec agilité). Hier soir, on a passé un cap. Tout le monde est d'accord là-dessus. La brutalité des étudiants a dépassé tout c'qu'on avait connu jusqu'ici.

– J'y étais, je te rappelle.

– Justement. Faut arrêter ces casseurs, et fissa. J'veux leurs noms ! J'veux leur adresse, leur pedigree. J'les veux derrière les barreaux, ici, à Beaujon. Si on les laisse faire, ils vont détruire Paris, et par la même occasion la Ve République !

J'espère bien..., faillit murmurer Mersch, mais il se retint. Depuis l'Algérie, il avait perdu tout sens patriotique, selon l'acception gaulliste du terme. En revanche, il était socialiste comme d'autres sont catholiques ou francs-maçons. Pas de discussion possible.

– Bon, coupa-t-il, qu'est-ce que t'attends de moi ?

– Un coup de filet. Les loubards, les violents, les illuminés, tous ceux qui mènent la guérilla urbaine, au gnouf ! Si on met ces agitateurs en cage, le mouvement se calmera de lui-même. Tu sais que Pompidou voit les syndicats ce week-end ?

Jean-Louis acquiesça. Il priait pour que tout le monde s'engueule et que ces négociations s'achèvent en impasse, mais il se méfiait de Pompidou. Un homme vif, alerte, intelligent, prêt à accorder de vraies largesses pour rétablir le calme.

– Ok, fit-il, j'y retourne.

– Un coup de filet, j'te répète.

Quand il fit jouer la poignée, Mersch eut l'impression d'ouvrir une vanne charriant un maelström de hurlements, de grillages secoués, de toux, d'insultes, sans oublier la puanteur de sueur, de gaz et de clopes.

Le centre d'identification Beaujon, au 208, rue du Faubourg-Saint-Honoré, rappelait ces bâtiments parisiens réquisitionnés par les nazis durant l'Occupation. Abandonné depuis les années 30, cet ancien hôpital était de temps en temps utilisé par les forces de l'ordre pour emprisonner des « prisonniers politiques », comme en 1961.

Mersch traversa la salle sans se préoccuper des coffrés de cette nuit qui, par centaines, beuglaient à travers les mailles des grilles.

Au centre de la pièce, un large plateau supportait une carte de Paris sur laquelle, chaque nuit, on déplaçait des figurines représentant les bataillons et autres escouades de gardes mobiles, flics en uniforme, CRS… L'ensemble du dispositif évoquait un jeu de société, mi-jeu de l'oie, mi-Monopoly.

Il allait sortir quand un flic l'interpella :

– Inspecteur, z'avez un message.

Le gars lui tendit une feuille que Mersch parcourut aussitôt :

– Putain, pourquoi tu m'as pas prévenu plus tôt ?

– J'ai pas osé, fit le bleu d'un air penaud.

Mersch se précipita sur un téléphone et composa le numéro qu'Hervé avait laissé. Les coordonnées d'un troquet de la rue Mouffetard. Le frangin ne devait utiliser le numéro de Beaujon qu'en cas d'extrême urgence. Depuis le début du bordel, Jean-Louis s'attendait à une galère de ce côté. Qu'est-ce que le petit génie avait encore trouvé pour le faire chier ?

18.

Sa première pensée fut qu'il ne laisserait pas passer un truc pareil. En une fulgurance, il se jura d'attraper le salopard capable d'une telle monstruosité. Sa deuxième fut pour Mendès France : il pouvait dire adieu à sa mission d'infiltré et à sa croisade socialiste. Étant celui qui avait découvert ce cadavre, il était le mieux placé pour être saisi de l'enquête – il allait réintégrer dare-dare la brigade criminelle et chausser ses bottes de pro du sang. Fini les tronçonneuses, les KBL, les grenades OF F1 et autres fantaisies printanières. Il allait retourner sur le terrain qu'il connaissait bien – celui de la mort joyeuse et des funestes assassins.

Debout sur le seuil de la chambre, il observait le corps, comme tenu en respect par l'horreur. Passé le premier stade, celui de la sidération, il était rapidement passé au second – empathie et désespoir. Qui avait pu faire subir un tel cauchemar à cette jeune femme ? Il avait le cœur bien accroché, mais ce meurtre était tout bonnement intolérable…

Il se décida à s'approcher et enquilla sur le seul mode qu'on attendait de lui : tête froide et nerfs de glace, décryptant chaque détail de la scène avec une objectivité de microscope.

La victime tenait par un pied à une poutre du plafond, au-dessus d'un matelas sans sommier, posé à même le sol. Le tueur lui avait ouvert le ventre comme on aurait fait pour un animal de boucherie, ses viscères gris, bruns, blanchâtres se répandant jusqu'à couvrir son visage. On discernait à peine ses traits parmi ces entrelacs d'intestins et d'organes.

Le corps était gonflé mais ne présentait aucune lividité cadavérique. A priori, la môme avait été tuée dans la nuit. Cette seule idée lui fit venir les larmes aux yeux : dans cette tourmente d'événements où les gamins dépensaient joyeusement leur temps, en voilà une à qui on avait coupé les vivres.

Se penchant, il remarqua des coupures entaillant profondément les chairs. Des coups de rasoir ? Peut-être, mais rageurs, obstinés, convulsifs…

Penche-toi encore. Une sueur glacée trempait son col mais il ne tremblait plus. À ce stade d'observation, le macchabée devenait une abstraction, un objet d'étude en rupture avec toute humanité.

Il repéra un détail particulier : le corps, un peu partout, était criblé de petites blessures, comme des piqûres, groupées en cercle, d'environ quinze centimètres de diamètre. Impossible d'imaginer la moindre explication à ces meurtrissures. L'idée la moins absurde était qu'on avait frappé les chairs avec un gant de boxe hérissé d'aiguilles, ou encore avec une éponge gorgée de limaille de fer.

À partir de cet instant, son cerveau se scinda en deux : d'un côté, son travail d'observation, lent, appliqué, pondéré, de l'autre, des idées qui partaient dans tous les sens et qu'il ne parvenait pas à maîtriser. Il se voyait appeler les collègues de la Crime, rameuter les flics, le juge, le photographe de l'Identité judiciaire, les limiers du laboratoire, les gars des pompes funèbres…

Durant une seconde, il se vit aussi attraper son frangin par le col et l'emmener loin de ce désastre. Appeler anonymement le commissariat le plus proche puis aller boire un café avec lui en essayant d'oublier ce cadavre immonde…

Impossible. Mersch ne croyait pas au destin, mais il ne croyait pas non plus au hasard. Qu'Hervé soit tombé sur ce corps était un signe pour ainsi dire impérieux : ce serait Jean-Louis Mersch, inspecteur à la brigade criminelle de Paris qui mènerait l'enquête – et tant pis si, en toile de fond, Paris, et même toute la France, partait en fumée.

Il dénicha dans le coin cuisine des sacs plastique Prisunic et revint dans la chambre empuantie par l'odeur du sang coagulé et de la chair morte. Ses mains enfouies dans les sacs, il palpa les membres pour en éprouver la rigidité cadavérique – pas mal avancée. Le meurtre avait donc eu lieu aux environs de deux ou trois heures du matin.

Il poursuivit son examen, remarquant aux commissures des lèvres des fils blancs – il n'avait pas le matériel pour les prélever mais il trouverait bien un gars de l'IJ pour s'en charger. Péniblement, il ouvrit la mâchoire de la victime et en découvrit d'autres. Pas besoin de s'appeler Maigret pour deviner que la femme avait d'abord été étouffée avec un bâillon, torchon ou serviette éponge. D'ailleurs, la mâchoire était déboîtée. Elle flottait sous la peau, détachée de la boîte crânienne.

Parmi les draps ensanglantés, il mit la main sur la serviette. Petite reconstitution mentale : l'homme réveille sa victime au cœur de la nuit. Curieusement, elle lui ouvre – pas de signe d'effraction. Il la neutralise, trouve une serviette dans la salle de bains, l'étouffe avant de pratiquer ses horribles rituels…

Mersch se débarrassa des sacs plastique et glissa la serviette dans l'un d'eux. Dans l'autre pièce, Hervé était arc-bouté sur le petit canapé, mains dans les poches à en crever les doublures.

– Qu'est-ce qu'on va faire ? demanda-t-il.

– Toi, rien. Moi, mon boulot.

Il marqua un temps, puis :

– Sur cette fille, qu'est-ce que tu sais ?

– C'est une copine.

– Tu la connais depuis quand ?

– À peine quinze jours. On s'est rencontrés sur les barricades.

– Qu'est-ce que tu peux m'dire sur elle ?

– On s'entendait bien. On s'voyait souvent. On parlait… politique…

– Tu couchais avec elle ?

Hervé lui lança un regard courroucé. Mersch sourit. Son petit frère était plus coincé qu'un tasseau sous une porte. Toujours à penser que les femmes étaient des madones et qu'il était un chevalier blanc.

– Comment elle s'appelait ?

– Suzanne. Suzanne Girardon.

– Quel âge ?
– Je sais pas. Vingt-deux, vingt-trois.
– Je suppose qu'elle était politisée ?
– Très.
– Quelle tendance ?
– Proche des maos.
– Elle avait un mec ?
– Je crois pas, non. Son truc, c'était la contestation. Toujours à faire le coup de feu à la Sorbonne !
– Parisienne d'origine ?
– Non. Elle vient de Nîmes. Ses parents sont banquiers.
– Tu connais ses potes ?

Mersch, qui était aussi sensible aux frémissements qu'une détente bien huilée, surprit un déclic chez son frère.

– Ses deux meilleures amies.
– Leurs noms ?
– Cécile Bisciglia et Nicole Bernard.
– Très bien, on ira les voir ensemble.
– Ensemble ?

Mersch lui pressa le bras et ajouta avec un sourire :

– Écoute-moi bien. Y a toutes les chances pour que j'hérite de cette enquête. T'imagines ? Un flic qui déboule en ce moment dans les AG des maos ou dans les troquets de la Sorbonne ? J'ai besoin de toi. Que je sois ton frère, ça atténuera le côté flic. Pt'être même qu'on oubliera carrément la carte tricolore.
– Tu vas pas dire que Suzanne est morte ?
– Je dois réfléchir. Pour l'instant, le corps va partir à l'IML.
– L'IML ?
– C'est pas un nouveau groupe politique. Institut médico-légal. La morgue, quoi.

Hervé hocha la tête. Mersch n'avait pas vu son frère depuis le début des événements. Il devait bien avoir lancé quelques pavés sur les collègues, mais en même temps il était beaucoup trop brillant pour gober toutes ces conneries à la mode.

– On retourne au café, à côté, annonça Mersch. L'endroit

d'où tu m'as appelé. J'vais téléphoner aux flics. Puis on essaiera de digérer tout ça.

Hervé acquiesça encore. Il semblait perdu dans une rêverie terrifiante qui le maintenait dans une sorte d'état extatique. Mersch repensa à la petite dans la chambre d'à côté. Y avait de quoi faire cette tête-là.

Lui-même n'avait pas encore pris la mesure de cette dinguerie. Comment un tel meurtre avait-il pu être commis à Paris ? En pleine tourmente, en plus ? Il était certain que c'était inédit depuis la dernière guerre – une telle sauvagerie ne pouvait exploser que dans un contexte de folie pure.

Et c'était bien ça qui lui filait les jetons : cette hyperviolence, l'éclatement de tous les repères sur lesquels se fonde l'humanité, tout ça se retrouvait comprimé dans le cerveau d'un seul homme – un tueur qui avait totalement perdu la raison.

– *Andiamo*, fit-il sur un ton qu'il voulait chantant mais qui tenait plutôt du dernier râle d'un condamné.

19.

Hervé Jouhandeau et Jean-Louis Mersch n'étaient pas simplement différents : ils n'avaient rien à voir, ni de près ni de loin. D'abord, ils n'avaient pas le même père. Au mystérieux « flic-magicien » géniteur de Jean-Louis répondait un être plus obscur encore, celui d'Hervé. Leur mère n'avait jamais voulu dire un mot sur cet homme sans nom ni visage qui avait traversé son existence tel un coup de sabre.

Mais la vraie énigme était celle-ci : comment Simone Valent, créature de foi et de charité, comme brûlée par ses convictions altruistes, avait-elle pu faire deux enfants avec deux gars différents sans jamais vivre avec eux ? Reconnus tout de même par ces pères furtifs, les deux gamins s'étaient développés comme deux maladies honteuses.

Mersch était déjà en pension quand il avait appris la naissance d'un petit frère. Sans blague? De loin en loin, il avait croisé cet asticot qui n'en finissait plus de grandir et de dévorer des livres. Un intellectuel. Mersch, lui, n'avait pas fait de vieux os du côté de l'école. Les deux gamins, avec leurs douze ans de différence, se voyaient rarement. Et personne n'avait l'air pressé de les rapprocher.

À son retour d'Algérie, JL était passé flic. On lui avait rappelé encore une fois qu'il avait un frangin – un ado rêveur qui vivait chez leur grand-mère maternelle, une titi parisienne bienveillante, armée d'un solide bon sens, en dépit de ce double traumatisme – sa fille avait fait deux gamins avec des inconnus. À la moindre question sur ce sujet, elle ouvrait des yeux offusqués et semblait vous en vouloir à mort d'avoir évoqué ce désastre.

Bref, de temps en temps, Jean-Louis voyait le «petit» Hervé – qui le dépassait d'une tête. Ils n'avaient rien à se dire, ne partageaient pas le moindre souvenir ni la moindre affinité mais, ainsi va le sang, ils s'aimaient bien.

On aurait pu penser que, ces dernières années, leurs convictions les avaient plus éloignés encore – Mersch était du mauvais côté de la matraque, Hervé lisait dans le texte *Le Capital* de Karl Marx. Cette vision était fausse, et pour ainsi dire inversée. Mersch, avec sa foi socialiste enfoncée dans sa tête comme un clou dans une chaussure, était beaucoup plus politisé que son frère qui, au contraire, militait avec dilettantisme.

JL, qui n'était pas marié et comptait ses amis comme des balles dans un barillet, avait pris le gamin sous son aile. Pour le dire simplement, c'était sa seule famille. Ensemble, ils évitaient les sujets qui fâchent – leurs pères inconnus, leur mère givrée, leur enfance si différente (pension à la dure pour l'aîné, soins attentifs de la grand-mère pour le cadet) – et la plupart du temps se passaient même de conversation.

Mersch monopolisa d'abord la cabine du troquet pour

rameuter ses troupes. Quant il eut fini, il commanda deux cafés et les apporta lui-même à la table où Hervé s'était installé. Ils les burent d'un coup, d'une même bascule du menton.

– Bon, fit Mersch. Je suis désolé pour c'que t'as vu mais maintenant, c'est fait, et tu vas devoir vivre avec.

– T'as rien de plus réconfortant ?

– Le réconfort, c'est pour les curés ou les psys. Nous, on a pas le temps. Toutes nos forces doivent désormais être concentrées sur l'assassin.

– *Nos* forces ?

Mersch soupira et fit signe au bistrotier : deux autres kawas, serrés comme de la poudre au fond d'un obus.

– Encore une fois, j'aurais préféré te foutre la paix, te renvoyer chez ta grand-mère et te conseiller d'oublier tout ça...

– C'est la tienne aussi.

Mersch eut un geste nerveux, comme s'il balayait une mouche :

– Dès demain matin, on va faire le tour des potes de Suzanne, toi et moi, et on va essayer de tirer les vers du nez à tous ces jeunes cons qui vomissent la police.

– Ils te parleront pas.

– C'est bien pour ça que j'ai besoin de toi.

– Mais tout le monde sera au courant de la mort de Suzanne !

– Certainement pas. Le quartier est un tel bordel en ce moment que la disparition d'une gamine peut passer inaperçue, disons, deux ou trois jours.

– Et ses parents ?

– Je m'en charge. On est dans un tunnel, Hervé. Un dingue a sacrifié Suzanne, je sais pas pourquoi, mais j'ai le pressentiment qu'il va pas s'arrêter en si bon chemin.

Hervé parut avoir une idée soudaine :

– Et la presse ?

– Elle a de quoi s'occuper en ce moment. Pas la peine d'en rajouter.

Les nouveaux cafés arrivèrent. Sucre, cuillère, cul sec.

JL se pencha et passa au murmure – le côté comploteur lui plaisait :

– Écoute-moi bien. Les conditions d'enquête sont les pires qu'on puisse imaginer, mais en même temps le chaos général va nous permettre d'avancer tous les deux en toute discrétion.

– Mais t'as pas une équipe ? Des collègues ?

– Des gars de confiance vont venir, mais pas nombreux. Les flics aussi sont débordés. En fait, je pense à un mec, un seul, pour me seconder.

Hervé regarda par la fenêtre. Mersch se dit qu'il cadrait parfaitement avec ce décor. Des cafés. Des discours. De la gamberge. Mais pour une fois, il allait devoir suivre son grand frère et passer en mode action. Et par action, JL pensait à autre chose qu'un ou deux pavés lancés en l'air comme des idées sans suite.

– Pour interroger Cécile et Nicole, insista Hervé, t'as vraiment besoin de moi ?

Jean-Louis sourit et attrapa la nuque du corniaud :

– Tu veux pas qu'elles sachent que t'as un frère flic, hein ?

– Pas trop, non.

Mersch exagéra un soupir :

– Ok. J'irai seul. Mais demain t'es réquisitionné, mon vieux. Tu peux oublier les barricades !

20.

En attendant les renforts, Mersch fouilla la turne de Suzanne – rien à signaler, sinon la bibliothèque de la parfaite petite révolutionnaire et un bric-à-brac dont il ne saisissait pas vraiment la nature : des bâtons d'encens, des fioles d'huiles, des poudres. Tout ce bazar devait être lié à des croyances orientales, très en vogue en ce moment. Il ferait tout de même analyser ces produits, au cas où.

Ne voyant toujours rien venir, il descendit de nouveau au café et appela son supérieur, le commissaire Villiers, qui lui donna son feu vert pour mener l'enquête de flagrance. Comme l'avait prévu Mersch, le taulier, lui-même affecté au maintien de l'ordre dans le quartier de la rue de Buci et de l'école des Beaux-Arts, avait d'autres chats à fouetter.

Aux alentours de dix-sept heures, les gars des pompes funèbres arrivèrent pour la levée du corps. Entre-temps, le photographe de l'Identité judiciaire avait rappliqué aussi, puis une escouade de bleus censés « sécuriser » le périmètre. Peu à peu, l'appartement de Suzanne Girardon se remplissait d'uniformes, de blouses blanches, de costards noirs.

Mersch balançait ses ordres comme s'il n'avait jamais quitté la BC – le temps des raids solitaires, grenades en poche, lui paraissait déjà loin. Le photographe tranchait la chambre à coups de flashs et donnait l'impression que ces minutes allaient être immortalisées sur papier glacé.

– Les clichés, demanda Mersch, j'les aurai quand ?

– Ce soir, vers vingt-deux heures.

– Ok. Apporte-les-moi au 36. Non, à Beaujon.

– À Beaujon ?

– C'est là-bas que je suis installé.

Enfin, un substitut du procureur se pointa.

– Désolé pour le retard, nous avions une AG.

– « Nous » ?

– Les magistrats. Qu'est-ce que vous croyez ? Que nous n'avons pas, nous aussi, des revendications ?

Mersch resta bouche bée. La contestation était décidément une maladie contagieuse.

– Vous allez pas vous mettre en grève, tout de même ?

C'était une plaisanterie mais l'autre répondit sérieusement :

– C'est pas exclu.

JL n'insista pas. En quelques mots, il expliqua la situation au fonctionnaire, qui avait l'air d'avoir avalé un parapluie. L'homme signa la paperasse et disparut.

– Ça va, ma poule ?

JL se retourna : Berto se tenait devant lui. Berto, son adjoint préféré, le seul gars sur qui il comptait pour cette affaire.

À l'œil, le flic s'apparentait au « prolo sapiens ». Avec lui, la baguette, le béret et le kil de rouge n'étaient jamais loin. Corpulent, il portait des sous-pulls à col roulé 100 % acrylique qui déclenchaient de véritables éclairs électrostatiques dans leur bureau. Il couvrait ces monochromes rouge, jaune, vert d'une veste prince-de-galles qu'il trouvait très chic. Ses coudières en cuir surtout lui donnaient, selon lui, l'air « british ».

Son visage était large, couperosé, morne, à l'exception de petits yeux vifs qui roulaient comme des billes dans une cour de récré. Sa mâchoire reposait tranquillement sur un double menton et cette seule vision suffisait à apaiser Mersch. Un bouddha au 36, que demander de plus ?

Ils allèrent encore une fois au troquet d'en bas, devenu désormais le QG de Mersch. Face à cette agitation, le cafetier ouvrait des yeux comme des soucoupes et oubliait de faire payer ses cafés. Les badauds passaient et repassaient, associant sans doute la présence des flics à l'arrestation d'étudiants.

– Où t'étais ces derniers temps ? demanda Berto en guise d'introduction.

– Par-ci, par-là. Et toi ?

– Pareil.

Sourire. Dans la tourmente de mai, la plupart des flics avaient été assignés à des missions inhabituelles : infiltration, boulots de gros bras, surveillances non autorisées, interrogatoires à coups-de-poing américains… Il fallait bien lutter à armes illégales contre ces enragés.

– T'as vu le corps, attaqua Mersch. Qu'est-ce que t'en penses ?

– Du méchant. Ça m'a rappelé l'attentat du Milk-Bar à Alger, quand les mômes…

– C'est bon, j'y étais aussi.

Berto attrapa sa tasse de café et la leva, comme un toast au « bon vieux temps ».

– Le problème, reprit JL, c'est que la môme était étudiante. Tu nous vois enquêter dans ce milieu ?

Berto ricana – son menton tressauta au-dessus de son col roulé jaune canari.

– Toi, tu vas ratisser le quartier en quête de témoins. A priori, la gamine a été tuée en rentrant d'la manif, c'est-à-dire durant la deuxième partie de la nuit. Y a bien quelqu'un qu'a dû voir quèqu'chose.

– *Jawohl, Herr General !*

Mersch leva un sourcil.

– Je m'adapte à la vindicte populaire, expliqua Berto en levant le bras pour un salut nazi. CRS, SS ! Je veux être à la hauteur de ma nouvelle casquette.

– C'est pas l'moment de déconner. J'ai pas l'impression que t'as compris la situation. Sur ce coup on est deux, point barre. Par les temps qui courent, tout l'monde se branle d'une gamine dessoudée par un cinglé. Ça serait une autre histoire si elle s'était pris une grenade dans la tronche.

– Donc ?

– Donc, tu nous trouves des témoins, et je m'occupe des proches de la p'tite.

Berto se leva – il n'était pas du genre à épiloguer.

– Où je peux te joindre ?

– Tu me laisses des messages Chez Martin, tu connais ?

– Je connais.

– Dès demain, on s'installe à Beaujon.

– Pourquoi à Beaujon ?

– Pour l'ambiance. T'es venu comment ?

– En Dauphine.

– T'as trouvé d'l'essence ?

– Filière personnelle.

Mersch tendit la main :

– File-moi tes clés. Réquisition.

Berto éclata de rire :

– Je signalerai cet abus de pouvoir !

21.

La Dauphine tenait du tape-cul habituel.

L'impression générale était qu'on avait couvert un moteur avec une boîte de conserve et quelques sièges en skaï. Très bien. En plus, ou plutôt en moins, la tôle était cabossée de partout. Mais du moment qu'elle n'était pas peinte en blanc et noir…

En bas de l'immeuble, Mersch avait laissé un planton en lui conseillant de s'habiller en civil s'il ne voulait pas se prendre un pavé ou un seau de pisse sur la tête. Dans ce quartier, la moitié des chambres étaient occupées par des étudiants.

Prenant la direction des quais, il descendit sa vitre et respira le bon air du cinquième arrondissement, chargé de crépuscule, de pierre et de bitume. Et aussi, pourquoi pas, de tous ces siècles qui avaient traîné leurs guêtres dans ces ruelles… C'est dans ce labyrinthe qu'il dénicherait son meurtrier – malgré les événements, malgré le manque de moyens, malgré l'hostilité ambiante…

Il essaya de revenir à l'enquête. Pas moyen. Il se concentra alors sur Pompidou et ses magouilles avec les syndicats. Aucun résultat.

Ce qui lui vint finalement à l'esprit, ce fut le SAC.

Service d'action civique. Ce groupuscule était la vérole de De Gaulle. Le chancre dont il ne pouvait se débarrasser. Le Général avait sans doute des qualités – sa carrière l'attestait –, mais il avait aussi des mauvaises habitudes, comme celle de faire régler les problèmes les plus épineux d'une manière radicale, au bout d'un silencieux, dans la plus stricte illégalité.

Alors le SAC… De la pâtée pour chiens en guise de cerveaux, une centaine de mots pour tout vocabulaire, de la haine pure (même pas pure d'ailleurs, corrompue, dégradée par tout un tas de pulsions parasites, comme l'appât du fric, la soif de pouvoir, un sadisme chronique) et surtout, surtout, une incommensurable bêtise comme fonds commun. Voilà le SAC, le beau, le vrai, l'immonde.

Une poignée de fachos prêts à tout pour le Général mais qui n'avaient même pas la grandeur de leur servitude. Repris de justice, marginaux, anciens de l'OAS (des gars qui avaient donc jadis voulu zigouiller de Gaulle), marlous à la petite semaine… Ces salopards hantaient la Ve République comme les termites rongent un secrétaire Louis XV…

À la fin des années 60, tous les flics vomissaient cette engeance clandestine, toujours impliquée dans des mauvais coups : éliminations, intimidations, extorsions, pressions… On les appelait les «barbouzes» – et Mersch avait toujours noté que le mot était souvent utilisé au féminin, comme pour ajouter un côté visqueux, rampant au qualificatif. Comme on dit «une» serpillière ou «une» ordure…

Depuis qu'il avait sa carte tricolore, il avait enquêté sur leurs exactions à différentes périodes. Chaque fois, on lui avait conseillé de détourner le regard. JL rongeait son frein et il savait que le jour où il monterait au feu, ça se réglerait au .45… Eh bien, c'était chose faite. Bon sang, deux cartons pour le prix d'un ! Personne ne pleurerait ces enfoirés, et d'enquête il n'y aurait point. Mais ces connards n'en resteraient pas là. Ils allaient vouloir régler leurs comptes eux-mêmes…

Quand l'Institut médico-légal apparut, sur fond de métro aérien et de soleil mourant, il avait réintégré sa peau d'enquêteur. Il espérait qu'il allait trouver ce soir un légiste en état de marche.

En ce beau mois de mai, les morts étaient bien les seuls à ne pas faire grève…

22.

L'Institut médico-légal était d'époque. C'est-à-dire la sienne, les années 20. Tout en briques, cette masse en bordure de

Seine semblait baigner dans son jus – un jus de viande qui la cuirassait d'une teinte lie-de-vin tout à fait sinistre.

À l'intérieur, c'était une autre chanson. L'espace vous enveloppait de son blanc manteau de carrelage. Cette atmosphère de céramique lui avait toujours fait penser à quelques horribles expériences secrètes, comme celles dont on parlait dans les camps nazis de la Seconde Guerre mondiale. Pas très sympa comme référence, surtout pour les médecins légistes, que Mersch connaissait bien, et qui n'auraient pas fait de mal à une mouche nécrophage.

– C'est toi qui t'occupes de la môme ?

Mersch attendait dans le couloir, comme chez le docteur, entre deux civières de fer.

– Salut, Guérin, fit-il en se levant. Par un concours de circonstances bizarre, j'ai découvert le corps cet après-midi.

– Viens avec moi.

Daniel Guérin, la cinquantaine, beau mec, petite taille, épaisse chevelure poivre et sel et favoris de compétition. Il se tenait la tête rentrée dans les épaules, la clope au bec, les deux mains glissées dans ses poches de blouse, pouces à l'extérieur comme des armes dans leur étui.

Mersch se réjouissait d'avoir affaire à lui – un toubib avec qui il avait déjà bossé, précis, efficace, ne rechignant pas, à l'occasion, à glisser quelques hypothèses qui pouvaient nourrir la réflexion.

Ils pénétrèrent dans la salle d'autopsie. Toujours de la blancheur, de l'inox, et cette odeur de désinfectant qui vous entrait dans les sinus à coups de pilon. Plusieurs corps étaient alignés sur des tables d'examen, dissimulés par des draps. Mersch songea à un dortoir de fantômes.

– T'es débordé ? demanda-t-il en désignant les macchabées.

– En ce moment, ça n'arrête pas.

– À cause des manifs ?

– Indirectement. Des crises cardiaques, des chutes, des bousculades. Mais jamais un mort par matraque. Heureusement pour vous.

Mersch haussa les épaules – il aurait aimé au contraire que des scandales éclatent, que l'opinion publique se déchaîne, que le couvercle saute.

Guérin s'orienta vers la table la plus proche. D'un geste sec, il découvrit le corps. Sa cigarette, entre ses lèvres, créait un halo bleuâtre – une sorte de rêverie aux airs nomades.

Mersch ne savait pas trop à quoi s'attendre – sans doute un cadavre lavé, rincé, les bras le long du corps. Il eut droit au même tableau que quelques heures auparavant dans la piaule de la rue de l'Épée-de-Bois. Le visage de Suzanne était toujours noirci de sang, ses tripes blanchâtres bouillonnaient sur son torse.

La seule chose que les gars des pompes funèbres avaient rectifiée était la jambe gauche repliée, de nouveau alignée près de la droite. Il réalisa que le corps venait d'arriver et qu'il était, pour ainsi dire, en l'état. Guérin n'y avait sans doute jeté qu'un bref coup d'œil.

– Qu'est-ce que tu peux me dire ?

– Pas grand-chose pour l'instant. Ces tripailles me rappellent les morts par grenade à la Libération et…

Mersch n'écouta pas : après le Milk-Bar de Berto, il avait droit maintenant aux souvenirs d'ancien combattant de Guérin. En 1968, chacun vivait avec une mémoire en forme de gangrène.

Il coupa court à la digression :

– Ce n'est ni une bombe ni une grenade qui a fait ça, mais un homme. Un fêlé de l'arme blanche qui a ouvert cette pauvre fille en deux. Alors je te demande si t'as déjà quelques idées sur l'instrument utilisé, la technique employée, ou d'autres particularités qui nous renseigneraient sur le tueur.

Guérin alluma une nouvelle cigarette avec le mégot de la précédente :

– Le mec a le coup de main, c'est clair. Mais il pourrait autant être chirurgien que boucher. Ou même fermier. Quand on tue le cochon, on procède exactement de la même façon. Elle était suspendue, non ?

– À une poutre, oui.

En un flash, Mersch revit la môme la tête en bas, les intestins lui serpentant sur la face comme un paquet d'anguilles. L'image le prit tellement par surprise qu'il se sentit vaciller et dut s'appuyer contre une civière derrière lui. Une main glissa hors du drap – cendrée, armée d'une chevalière, quelque chose comme la pogne d'un vieux marquis.

Mersch sentit la gerbe arriver. Ce lieu, vraiment…

Guérin contourna la table et remit le membre en place :

– Dérange pas le matériel.

D'une main tremblante, Mersch chercha une clope dans son blouson.

– Ce qui est plus intéressant, poursuivit le légiste en se penchant sur le corps, ce sont ces petites blessures groupées en cercles… Les piqûres, là… On dirait plutôt des morsures… Mais je n'arrive pas à imaginer quel genre de gueule aurait pu produire ça… Je vais chercher…

Guérin palpait maintenant les cuisses de la dépouille.

– Y a un autre truc bizarre. Rien qu'au toucher, je sens que le volume de sang n'est pas le même dans les deux jambes.

– C'est à cause de la position.

– La position ?

– T'as une feuille et un crayon ?

Guérin ôta ses gants et cueillit au fond de sa poche un petit carnet et un stylo. En quelques traits, Mersch dessina le corps comme il était disposé dans la chambre : une jambe tendue, l'autre repliée, formant un angle droit, ou plutôt un triangle par rapport à l'axe du corps.

Guérin, face à l'esquisse, prit un air boudeur :

– On me dit jamais rien…

– J'aurai les clichés ce soir. Je te les enverrai. Cette position pourrait expliquer la différence de circulation entre les deux jambes, non ?

– Yes.

– Le tueur a pris soin de replier ce membre. Cette position t'évoque quelque chose ?

– C'est celle du Pendu, dans le jeu de tarots.

Mersch plaça la remarque dans un coin de sa tête. Il n'y connaissait rien en cartes à jouer et n'avait jamais vu de près un jeu de tarots, mais sait-on jamais, peut-être une direction à creuser.

– T'auras fini quand l'autopsie ?

– Je suppose que c'est urgent ?

– Par les temps qui courent, plus rien n'est urgent. Mais ça serait sympa de la faire passer en tête de liste.

– Je m'y mets tout de suite. Rappelle-moi demain matin.

Mersch lança un regard circulaire dans la salle déserte :

– T'as personne pour t'aider ?

Guérin partit d'un éclat de rire sinistre, qui s'acheva en toux tabagique :

– Mes assistants préfèrent aller aux manifs. Ils appellent ça la révolution. Moi j'appelle ça la grande récré.

Mersch ne répondit pas : ni l'heure ni le lieu pour se lancer dans un débat politique.

– Fais au plus vite, fit-il en traversant la salle carrelée. Le mec va remettre ça, j'en suis sûr.

23.

La nuit était tombée. Mersch ne reprit pas aussitôt sa voiture. Il avait besoin de respirer, de réfléchir. Il traversa le parking de l'IML et se posta face au fleuve, à l'ombre de l'aqueduc du métro aérien. La cour tapissée de pavés évoquait le dos d'un reptile assoupi. Avec un peu d'imagination, on aurait presque pu sentir la bête respirer…

Nouvelle cigarette. Accoudé à la rambarde de ciment, il scruta la Seine. Cette masse d'eaux grises l'avait toujours légèrement dégoûté, ou plutôt oppressé. Quand son frère était petit, il l'imaginait tomber dans le fleuve du haut d'un des ponts du coin

– pont d'Austerlitz, pont de Sully ou autre… Chaque fois, il se posait la question : aurait-il enjambé le parapet pour sauver le frérot ? Mersch souffrait de vertige et l'idée de sauter dans le vide le rendait malade. Mais oui, aucun doute, il aurait plongé du haut de l'arche. Mieux valait mourir la conscience tranquille que vivre comme un lâche.

Son frangin… Mersch avait déjà du mal à l'imaginer sur les barricades, mais face à un cadavre tel que celui de Suzanne, c'était tout bonnement impossible.

Mersch lui-même était indécis sur son propre état d'esprit. Était-il heureux de rempiler ? Il avait pris ses habitudes auprès des contestataires. Des nuits à lancer des cocktails Molotov, à diriger des brutes décérébrées… Maintenant, il allait devoir renouer avec son quotidien de flicard, interrogatoires, porte-à-porte et *tutti quanti*…

Il observa la pointe rosâtre de sa cigarette qui tenait tête à la nuit. Cette fois-ci, aucun doute, il avait affaire à un tueur singulier. Et même à un esprit supérieur. On verrait si Berto allait lui dégoter des témoins, mais il n'était pas optimiste…

Cette folie meurtrière avait quelque chose de fascinant. La position du corps – le tarot, vraiment ? –, la nature du sacrifice – un truc brutal mais aussi un jaillissement obscur de la vie, comme dans ces sacrifices de l'Antiquité… Et ces petites morsures… D'où venaient-elles ? Que signifiaient-elles ?

Il fallait arrêter ce tueur comme on stoppe un train. Il pouvait sentir sa force, sa puissance libérée… Un homme sans profil ni mobile, qui connaissait peut-être sa victime – Suzanne lui avait ouvert en pleine nuit. Un assassin qui allait promener sa folie à l'ombre du joli mois de mai, alors qu'il n'y avait plus ni lois ni flics pour lui barrer la route.

Mersch était déjà accro. D'une chiquenaude, il balança sa clope par-dessus la rambarde. D'abord passer chez Martin le bougnat pour filer quelques coups de fil – tirer sa révérence auprès de Deniaud, des KBL et bazarder pour de bon sa peau de militant kamikaze. Ensuite, il irait interroger les deux amies de Suzanne.

24.

Après le dîner, Nicole s'était engueulée avec son père et une petite bagarre avec le pater un samedi soir, ça ne pouvait pas faire de mal. Mais tout de même, elle était encore sonnée.

Une demi-heure plus tôt, elle était là, dans sa chambre, à écouter les Bee Gees – un 45 tours inouï, «World» sur une face, «Sir Geoffrey Saved the World» sur l'autre, deux chefs-d'œuvre – quand son daron était apparu, un *France-Soir* à la main, le visage crispé par la colère.

– Qu'est-ce que c'est encore que ces conneries ?

Il avait balancé sur le lit le journal qui exhibait en une la photo des arbres coupés du boulevard Saint-Michel.

– Vous en avez pas marre, non ?

Nicole avait eu beau expliquer qu'elle n'était pas à cette manif, et que les casseurs pouvaient bien abattre ce qu'ils voulaient, ce n'étaient pas ses oignons, son père était parti dans une diatribe contre les étudiants. De jeunes cons qui ne savaient pas ce qu'ils voulaient, à part emmerder le monde.

– C'est déjà pas mal, avait glissé Nicole.

Elle savait qu'elle pouvait se permettre, même en cas de gros temps, ce genre d'insolence. Quoi qu'il arrive, elle restait aux yeux de son père sa «petite fille chérie».

Tout y était passé : la stupidité de ces actes inutiles, la naïveté abyssale de ces gamins qui croyaient au Che ou à Mao, l'ingratitude de cette génération qui ne respectait même pas le pays qui les avait nourris, leur ignorance face à un monde contraint de se reconstruire après la guerre…

Sur ce point, Nicole était d'accord : leurs parents avaient

vécu des épreuves sans commune mesure avec leur « spleen » d'étudiants désœuvrés.

Le père avait cadré le cendrier, sec et gris comme une cheminée au petit matin.

– Et arrête avec ces cigarettes, nom de Dieu !

Sur ce terrain, il n'était pas très crédible, fumant lui-même comme un vaisseau à vapeur. Il avait repris son discours, hurlant à travers la pièce. Nicole le regardait s'agiter, colosse qui semblait prêt à briser les petits objets exotiques qui décoraient sa chambre.

Il ressemblait à Samuel Beckett, mais dans une version parachutiste, si c'était possible à envisager. Une coupe en brosse, un nez en bec d'aigle, des petites lunettes et une mâchoire carrée comme une enclume. Elle l'imaginait scier des jambes, sous une tente, sur un champ de bataille…

On en était au chapitre « de Gaulle ». Il n'était pas un fanatique du Général mais tout de même, un homme qui avait tant fait pour la France – et à ce moment-là, on avait droit à un rappel des faits d'armes du bonhomme –, on ne pouvait pas se permettre de lui cracher à la gueule.

– Oui, lui cracher à la gueule ! répétait-il en faisant tournoyer sa cigarette d'un geste nerveux. C'est ce que vous faites avec vos manifs à la con, vos slogans débiles, vos injures et votre discours politique consternant. De Gaulle, un nazi ? Vous vous rendez compte de ce que vous dites, bordel ?

Nicole préférait laisser passer l'orage. La manif de la veille n'était pas la seule raison de sa colère. Peut-être un problème à l'hôpital. Ou une embrouille avec madame sa mère.

Elle s'était levée de son lit et s'était installée à la fenêtre, observant le boulevard des Invalides. Ils habitaient en face de l'Institut national des jeunes aveugles. Depuis toute petite elle les croisait, avec leurs yeux de traviole et leur canne blanche…

– Tu m'écoutes, oui ?

Il avait fini son laïus sur l'année qui était foutue du point de vue des examens.

– À ton âge, j'étais déjà en quatrième année de médecine !

Enfin, il était parti passer ses nerfs ailleurs.

Maintenant, elle était seule et pouvait se ménager une soirée selon son cœur. Après avoir verrouillé la porte de sa chambre, elle sortit, avec précaution et prudence, son nécessaire à haschich.

Un petit bédo pour digérer tout ça, y avait rien de mieux…

25.

En matière de drogues aussi, Nicole était une pucelle, ou presque.

Elle fumait des joints mais n'avait jamais touché aux drogues dites « nobles », telles que l'opium, l'héroïne ou le LSD, dont tout le monde parlait mais qui était rare sur le marché parisien. Elle avait pourtant lu les bouquins de Timothy Leary et elle aspirait, elle aussi, à élargir son champ de conscience. Mais pour l'instant, elle se contentait d'un peu de shit pour se détendre.

La semaine précédente, elle s'était offert, pour quinze francs la barrette, du Black Bombay, une pâte graisseuse et malléable au parfum envoûtant. Elle attrapa le dernier 33 tours des Stones – « Their Satanic Majesties Request » – et fit brûler un angle de résine de cannabis au-dessus. Ensuite, elle ouvrit en deux une cigarette et mélangea méticuleusement hasch et tabac. On lui avait raconté que le THC contenu dans le haschich était six fois plus actif que celui de la marijuana. Elle n'en savait trop rien mais il était clair que ce petit shilom allait la faire planer avant de s'endormir.

En musique de fond – très important pour l'ambiance –, elle avait placé sur son pick-up un 33 tours de Nirvana, un groupe londonien absolument magique, qu'elle avait déniché dans le bac « import » de Lido Musique. Elle aimait particulièrement « Pentecost Hotel », une chanson d'une douceur indicible qui vous descendait au bas du ventre pour se déployer en mille émotions sensuelles partout dans le corps.

Nicole alluma sa pipe indienne, après avoir pris soin de l'enrouler dans un foulard humide pour ne pas se brûler, comme le faisaient les *sadhous* hindous. Une taffe, deux taffes… Seigneur, elle se sentait déjà partir.

Elle se laissa aller en arrière sur son lit, les yeux au plafond, grisée par la musique qui emplissait tout l'espace à la manière d'une vapeur de bonheur. Nicole parlait anglais – merci papa, pour les séjours répétés en famille d'accueil à Londres, Liverpool *and so on. The Story of Simon Simopath* racontait le destin d'un gars qui voulait avoir des ailes et qui finissait dans un asile psychiatrique. Plus tard, au Pentecost Hotel, il rencontrait une petite déesse nommée Magdalena et se mariait avec elle…

En ces années de sourde révolte, l'asile psychiatrique était un symbole fort – lieu d'oppression, d'incompréhension, de différence. Nicole avait entendu parler de «l'antipsychiatrie», un mouvement en Italie qui ouvrait les portes des instituts et rendait aux fous leur liberté…

And in the lobby Magdalena is friendly
To all the people with a passport of insanity…

Son père… Nicole et lui souffraient d'une incompatibilité d'humeur chronique. Mais c'était une mésentente de principe, de surface. Leurs engueulades prouvaient en réalité à quel point ils se ressemblaient. Ils avaient le même caractère : têtu, emporté, tourmenté. Ce n'était pas une question d'éducation, mais un héritage, un atavisme. Dans ces moments-là, elle espérait réussir aussi bien que lui, à la force de sa propre volonté.

Car Nicole éprouvait pour son père une inaltérable admiration. Un sentiment si puissant qu'elle n'en parlait jamais – pas la peine d'énoncer des évidences. Ou peut-être qu'au contraire, elle ne cessait d'en parler. Derrière chaque parole, chaque idée, il y avait toujours cette adoration, cette conviction que son père était le meilleur. Il n'était pas un modèle, celui vers qui on regarde. Il était une base, une fondation, celui sur qui on se repose. Au fond, Nicole ne craignait rien ni personne – parce que, simplement, son père était là.

Quand il partait dans ses diatribes à contre-courant de l'époque, elle ne pouvait lui en vouloir. Il avait connu la guerre, traversé le nazisme, protégé des légions d'enfants, soigné (et sauvé) toutes sortes de vies, Allemands compris, il pouvait bien se tromper aujourd'hui. Le monde avait une nouvelle chance – elle, eux, tous les jeunes de la planète qui battaient les cartes et redistribuaient le jeu –, mais Pierre Bernard était calcifié sur ses certitudes d'un autre temps…

Curieusement, Nicole n'entretenait pas la même relation avec sa mère. « Curieusement », parce qu'elle aussi était digne d'admiration, avec son entreprise florissante, son caractère trempé à froid, ses batailles gagnées dans un monde d'hommes – impitoyable, le monde.

Mais Nicole avait le regret de vous annoncer qu'il n'y avait rien à voir, rien à retenir de ce côté. Une bourgeoise de glace, qui manquait cruellement de charme. Surtout, Nicole ne comprenait pas ce qui la faisait courir : la réussite ? L'argent ? Le pouvoir ? À ses yeux, autant d'objectifs dérisoires…

Soudain, on frappa à la porte. Elle eut juste le temps d'ouvrir la fenêtre, de planquer le matos sur le rebord avant de déverrouiller. Son père. Encore ? Elle ne se sentait pas prête à encaisser une nouvelle salve.

Mais il arborait une autre expression, grave, fermée, solennelle.

– Qu'est-ce que t'as encore fait, ma chérie ?

– Qu'est-ce qu'il y a ?

– La police est là.

26.

Tout de suite, le mec lui fit peur.

Jusqu'ici, pour Nicole, les flics, c'était des gars habillés en poilus de la guerre de 14 qui, malgré le nombre, malgré les matraques, ressemblaient à des petits soldats de plomb. Nicole ne les craignait pas. Au contraire, ils lui donnaient la pêche.

Celui qui se tenait debout dans le salon ne ressemblait pas à un petit soldat. Pas du tout. Il était habillé en civil : blouson de cuir râpé, chemise froissée, jean informe. Cheveux châtains longs, légèrement ondulés, pattes de barbe larges comme des spatules – et un regard mauvais qui brillait dans l'ombre comme l'amorce d'une bombe.

Il avait plutôt l'allure de ces voyous crasseux qui hantaient maintenant la Sorbonne, soi-disant en charge de la sécurité de l'université.

– Inspecteur Jean-Louis Mersch, prononça-t-il sans dire bonjour ni tendre la main.

Il ne prit pas la peine non plus de montrer sa carte ou un quelconque insigne.

Il se tourna simplement vers Pierre Bernard et ajouta sans un sourire :

– Vous pouvez nous laisser, s'il vous plaît ?

– Bien sûr.

La seconde suivante, Nicole était seule face au diable en blouson.

– Vous voulez pas vous asseoir ?

C'est elle qui aurait dû le proposer mais c'est lui qui en prit l'initiative, comme s'il était chez lui. Sans répondre, elle se laissa glisser sur le canapé, là même où elle regardait « Janique Aimée » à la télé, quand elle était ado.

L'intrus s'installa en face d'elle, dans le fauteuil de son père. Sa position n'avait rien à voir avec celle du pater : il s'était mis en bordure de l'assise, jambes écartées, coudes posés sur les cuisses, doigts noués comme des cordes de marin.

Dans un frémissement, Nicole aperçut sous le blouson la crosse quadrillée d'un revolver.

– Vous… vous êtes là pour quoi au juste ?

– Je crains, mademoiselle, d'avoir de mauvaises nouvelles…

– C'est-à-dire ?

– Vous connaissez Suzanne Girardon ?

– Il lui est arrivé quelque chose ?

L'homme – elle avait déjà oublié son nom – laissa filer quelques secondes. Des gouttes de temps qui se transformaient en stalactites de givre.

– Elle est morte, asséna-t-il enfin.

Nicole crut avoir mal entendu.

– Vous voulez dire… Elle a eu un accident ?

– Non. Elle a été assassinée.

Quelque part dans la pièce, sa propre voix répéta en écho :

– Assassinée ?

Le flic acquiesça. Une mèche lui couvrait un œil, tel le bandeau d'un pirate. Nicole observait ce visage dur comme si elle pouvait y déchiffrer un sens rationnel à ses mots.

Soudain, elle comprit. Elle y était maintenant.

– À la manif d'hier ?

– Pas du tout. Elle a été tuée chez elle, rue de l'Épée-de-Bois.

Toujours rien. Un bruit blanc dans son cerveau. Puis, lentement, comme un ressac très froid, plus glacé que tout le reste, la vérité vint frapper les parois de son crâne. Suzanne. Disparue. À jamais.

– Mais… comment ? parvint-elle à demander. Qu'est-ce qui est arrivé ?

– Je préfère pas vous donner de détails.

– On connaît son agresseur ?

– Non. L'enquête commence tout juste.

Nicole réalisa qu'elle pleurait. Ses larmes n'avaient rien à voir avec celles de ses chagrins habituels. Des chagrins tout tordus, pleins de colère et de détresse. Cette fois, ses sanglots étaient lents, comme apaisés. Des larmes lourdes de sel, sans sursaut ni agitation. Des larmes silencieuses, pures, qui n'avaient pas d'autre raison qu'elles-mêmes. Les perles nacrées d'un chapelet brisé sur un sol de marbre…

– Vous étiez amies depuis combien de temps ?

Au ton de la voix, Nicole saisit que l'interrogatoire avait commencé. Le temps des condoléances était déjà terminé et le moins qu'on puisse dire, c'est qu'elles n'avaient pas duré longtemps.

Dans le timbre de l'homme, elle comprenait que son métier était la mort. Ou plutôt, que cette dernière n'était qu'un point de départ. Ce qui l'intéressait, c'était la suite : la chasse, la quête, l'assassin…

– Depuis trois ans, murmura-t-elle. On a commencé philo ensemble.

– Vous diriez que c'était votre meilleure amie ?

Nicole crut qu'elle allait répondre. Au lieu de ça, un sanglot lui barra la gorge, comme si on y avait enfoncé un noyau de colle. Elle laissa échapper un cri. Une sorte de gémissement, et cette fois, elle pleura pour de bon. Les grandes eaux d'une jeune femme de vingt-trois ans…

Elle conservait la tête baissée mais à travers ses larmes, et sous ses cheveux mikado, elle vit le flic allumer une cigarette. Il ne paraissait ni peiné ni gêné. Il patientait, voilà tout. Les pleureuses, c'était pas son truc. Encore une fois, il en était déjà au chapitre suivant.

– Excusez-moi.

Elle se leva précipitamment et partit chercher un mouchoir. Quand elle revint, elle était un peu plus présentable, nettoyée, essorée, vidée.

– On est trois copines…, reprit-elle.

– Avec Cécile Bisciglia, c'est ça ?

– Vous l'avez interrogée elle aussi ?

– Je sors de chez elle.

Nicole ne pouvait le croire : Cécile était déjà au courant et elle ne lui avait pas téléphoné. Elle devait être dévastée, incapable de réaliser ce qui était arrivé.

– Je le lui ai interdit, asséna l'inspecteur.

– Quoi ?

– Vous vous demandez sans doute pourquoi elle ne vous a pas appelée. Je l'ai prévenue que si elle le faisait, elle aurait des ennuis.

– Mais… pour quelle raison ?

– C'est moi qui annonce les mauvaises nouvelles. C'est mon métier. J'annonce et j'observe.

Elle avait envie de le gifler mais elle se contenta de renifler.

– Elle avait un petit ami ?

En vérité, Suzanne draguait tout ce qui bougeait, sur les bancs de la fac, au café, dans les soirées – ou sur les barricades. On ne comptait plus ses mecs d'un soir, d'une nuit, ou même d'une heure. Elle n'était pas pour autant une fille facile. Très peu de gens même connaissaient son côté déluré – ce qui l'emportait chez elle, c'était la passion de la politique, la franche camaraderie de la révolution.

– Non. Pas de petit ami, mentit-elle.

– Votre amie Cécile m'a laissé entendre qu'elle collectionnait les rencontres…

Dès que ce connard serait parti, elle l'appellerait. Bizarrement, elle se sentait déjà plus forte que Cécile.

– Elle avait des aventures, oui.

– Pas de types tordus autour d'elle ?

Elle lui aurait bien balancé que Suzanne ne fréquentait que des types tordus qui emmerdaient la société et avaient bien raison, mais elle se contenta d'un « non ».

– Pas de gars violents ? De désaxés ?

– Non. Qu'est-ce que vous cherchez à la fin ?

Sans répondre, il fouilla dans la poche de son blouson et en sortit une feuille pliée en quatre. Il l'ouvrit sur la table basse – un guéridon en chêne, signé Jean Prouvé, que son père vénérait.

La plupart des noms lui étaient familiers – des étudiants de la Sorbonne, des amis plus ou moins proches de Suzanne.

– Vous connaissez ces gens-là ?

– Quelques-uns, oui.

– Ils participent aux manifs ?

Elle répondit, avec une sorte de fierté dans la voix :

– Tout le monde participe aux manifs.

– Parmi eux, pas d'excités ?

– Qu'est-ce que vous appelez des « excités » ?

– Des gars qui auraient le pavé facile, ou un goût prononcé pour la violence.

Elle sentait ses larmes revenir. Devant elle, les lignes de la liste se brouillaient dans une épaisseur d'aquarium.

– Non.

Elle revoyait Suzanne sur les barricades, hurlant, s'égosillant, faisant jeu égal avec les meneurs. Souvent, en la regardant en pleine action, Nicole songeait à *La Liberté guidant le peuple*, de Delacroix. Suzanne avait cette stature… Seigneur, elle en parlait déjà à l'imparfait… Elle fut prise d'une nouvelle crise de sanglots.

– Ces derniers temps, reprit-il avec indifférence, elle n'avait pas fait de mauvaises rencontres ?

– À part des flics, vous voulez dire ?

– Très drôle. La Sorbonne est devenue un repaire de marginaux, de voyous en tous genres. Elle aurait pu s'acoquiner avec l'un d'entre eux.

– Qu'est-ce que vous voulez que je vous dise ? rétorqua Nicole en montant le ton. Qu'elle ne fréquentait que des étudiants bien propres sur eux ? De gentils minets qui rêvent de Lénine ?

– Par exemple, oui.

– Eh bien, soyez rassurés. C'est tout à fait le genre de gars qu'elle fréquentait.

Son regard revint se poser sur la liste :

– Qui vous a donné ces noms ?

– Cherchez pas un traître parmi vous. Cette liste n'est pas un document à charge.

– Mais qui vous l'a filé ?

– Je réponds pas aux questions.

Un sourire indéfinissable jouait sur ses lèvres. Il ralluma une cigarette.

– Quand avez-vous vu Suzanne pour la dernière fois ?

– Avant-hier.

– Où ?

– À une AG. À la Sorbonne.

– Comment vous a-t-elle semblé ?

– On venait d'apprendre qu'une nouvelle manifestation était prévue pour le lendemain. Elle était très excitée…

– J'ai trouvé dans son appartement des produits bizarres, des poudres, un bric-à-brac sans doute venu d'Asie. Elle était versée dans une religion quelconque ?

– Notre génération s'intéresse aux croyances orientales.

– Suzanne penchait pour une en particulier ?

– Tout ce que je sais, c'est qu'elle faisait du yoga.

– Vous savez où ?

– Non.

– Elle se droguait ?

– Non. Enfin, un peu.

Nicole ne résista pas à faire un peu de provoc :

– Comme moi, comme nous tous.

Le flic ne parut pas entendre. Sans le moindre mot d'explication, il se leva, dans un tourbillon de fumée. Son blouson de cuir crissait comme des chaussures militaires.

Elle avait hâte qu'il s'en aille, et en même temps elle demanda, presque sur un ton de réprobation :

– Vous partez ?

– Pour l'instant, j'ai pas d'autres questions.

– Mais vous ne m'avez rien dit ! Je ne sais rien sur la mort de Suzanne !

– On va d'abord contacter ses parents et on leur racontera tout. Si vous voulez des détails, appelez-les.

– Ça serait plus simple de m'expliquer maintenant, non ?

– Mademoiselle, soupira-t-il, me compliquez pas la vie. Vous êtes un témoin dans cette affaire. C'est vous qui devez me donner des informations, pas l'inverse.

Nicole se leva à son tour. Elle s'apprêtait à le reconduire quand elle se souvint qu'il était flic – et qu'une révoltée comme elle n'avait aucun effort à faire pour ce genre de salopard.

– Je ne vous raccompagne pas, cingla-t-elle. Vous trouverez votre chemin.

– Bien sûr. Bonsoir, mademoiselle.

Il tourna les talons, s'arrêta et lui fit face à nouveau :

– Une dernière question. Suzanne jouait-elle au tarot ?

– Non. Je crois pas. Pourquoi ?

– Pour rien.

27.

Hervé n'avait pas dormi de la nuit.

Ou alors, un peu. Et très mal. Il avait ruminé les événements de la veille, sans parvenir à ordonner ses idées. Comme pour incarner ses tourments, des crampes dans les jambes, dans les bras – des douleurs fulgurantes dont il était familier depuis l'enfance – étaient encore venues le torturer. Chaque année, le phénomène s'aggravait un peu plus, alors qu'Hervé reportait toujours au mois suivant le moment de consulter.

Bref, entre deux crampes, il reprenait le contrôle de ses pensées. Il envisageait alors la mort de Suzanne d'une manière abstraite, comme une espèce de théorie. Puis, tout à coup, comme lorsqu'on chute dans ses rêves, il ratait une marche, tombait – et se retrouvait nez à nez avec son cadavre, la tête à l'envers. Les morsures... Jamais il n'avait contemplé un truc aussi dingue, aussi cru. Même dans le Perche, quand il passait ses vacances les pieds dans la boue, auprès de fermiers qui tuaient leur cochon.

Oui, il tombait, il dévissait. Il tentait de se rattraper mais ses mains, son esprit ne trouvaient rien à quoi se raccrocher. Suzanne était morte, et il n'y aurait pas de retour en arrière.

Quant à la présence de son frère dans cette affaire, il ne savait pas trop quoi en penser. D'un côté, le grand Mersch était le principe de force qui le protégeait, le soutenait. De l'autre, son intrusion dans son univers – ses amis, le monde étudiant, sa grand-mère – était une catastrophe.

Depuis des années, ils avaient compartimenté leurs existences respectives. Ils se voyaient de temps à autre mais n'avaient aucun ami commun ni, malgré leur parenté, aucune famille à partager.

Et voilà qu'ils étaient soudain réunis par ce lien cauchemardesque, inouï, impossible...

Quand Jean-Louis lui avait annoncé qu'il avait besoin d'un éclaireur – une sorte de guide dans le monde étudiant –, il avait pris la nouvelle pour une tuile supplémentaire. Mais finalement, il était heureux – non, pas heureux, le contexte ne s'y prêtait pas, plutôt satisfait d'être du voyage.

Hervé se pointa dans la cuisine sur le coup des sept heures du matin. Sa grand-mère fut surprise de le voir émerger de si bonne heure, surtout un dimanche, mais elle s'abstint de tout commentaire. Depuis le début du mois de mai, elle ne lui posait plus de questions. Hervé se comportait comme un maquisard, plein de mystère et de rendez-vous opaques, et sa grand-mère jouait le jeu, se consumant d'inquiétude en hochant la tête, l'air de dire : «Je comprends.»

Aussitôt, elle mit le lait et le café à chauffer. Rituel sans faille, le même depuis des années. Hervé, du fond de sa détresse, la regarda s'activer. Elle était haute comme trois pommes et large comme une gazinière. Dire qu'il aimait cette femme ne rendait pas compte de la réalité : elle était son biotope, son royaume, son refuge. Depuis sa naissance, elle était celle qui devançait le moindre de ses désirs, l'enveloppait d'un amour absolu, le couvait comme le cocon protège la chrysalide. Elle avait assisté à chaque étape de sa croissance, de son développement, et il était son unique sujet de fierté.

De son côté, il avait mis des années à réaliser que la petite femme était d'une sensibilité, disons, assez prolo. Modiste de formation, elle avait abandonné sa boutique pour s'occuper de lui et avait continué à fabriquer ses chapeaux à la maison. Il avait grandi au son des chansons de Charles Trenet et d'Édith Piaf, parmi les feutres et les rubans. Aujourd'hui, elle vouait un culte à Johnny Hallyday – comprenne qui pourra –, adorait l'accordéon et considérait le fait de porter un costume blanc avec des chaussures blanches comme le sommet de l'élégance. Côté cinéma, inutile de discuter : il n'y avait qu'un dieu, un seul – Jean Gabin.

Dévorant ses tartines – il n'avait pas dîné – avec une espèce de voracité nerveuse, il se réchauffait ce matin dans l'ombre de sa mamie. Le monde ne se résumait pas à l'horrible cadavre de la veille, ni aux violences grotesques de ses camarades de fac. Il y avait aussi sa grand-mère, cet amour qui sentait bon le café crème et trépidait au son de la machine à coudre…

Bon. Trêve de mièvreries. Il prit une douche rapide et s'habilla comme la veille – il n'avait pas la tête à ses habituelles recherches esthétiques. Dans la soirée, Jean-Louis l'avait appelé pour savoir s'il tenait le coup et lui donner rendez-vous Chez Martin à onze heures.

Hervé avait dit « Ok » mais il avait déjà une autre idée en tête.

En bas de l'immeuble rouge, au fond de la cour de ciment, il plongea dans le local à vélos qui, même à vingt-deux ans, lui faisait encore peur. Un réduit tout noir qui puait la graisse et vous attaquait à coups de guidons et de roues aux rayons brillants. C'était là-dedans qu'il cachait le sien, un modèle rouillé et empoussiéré, aux freins aléatoires.

Avant de retrouver son frère, Hervé avait décidé de passer boulevard des Invalides, chez Nicole. Il voulait partager son chagrin et, plus pernicieusement, en profiter pour se rapprocher d'elle. Il avait honte de ce stratagème – c'était comme s'il dansait sur le corps de la pauvre Suzanne. Mais à la guerre comme à la guerre, et d'ailleurs, il était sincère : ils ne seraient pas trop de deux pour encaisser ce drame.

Il poussa sur les pédales et se mit à rouler parmi ces immeubles de briques qui l'avaient vu grandir. Il éprouvait encore, au contact de ses roues sur le bitume, la même joie que lorsque, gamin, il partait à vélo ou en patins à roulettes en direction du square d'à côté.

28.

Hervé avait toujours vécu porte de Vincennes. Sur ce quartier, rien à dire. Populaire, mais pas trop. Bourgeois, mais sans excès. On disait, pour résumer : familial.

Pour Hervé, le douzième arrondissement avait d'abord été le monde. Un monde avec lequel il fusionnait totalement, sans en pressentir les frontières ni même l'altérité. Il était la boulangerie au coin du boulevard Soult. Il était le square et son sable humide. Il était son école et ses grilles de croisillons rouillés.

Puis il avait vécu une sorte de « stade du miroir », reconnaissant comme des entités séparées les points névralgiques de son univers. Le claquement de la porte du square peinte en vert émeraude. Les cinémas le Daumesnil ou le Brunin, avec leurs sièges rouges et poussiéreux et leurs publicités écrites sur une toile peinte. La station Porte-de-Vincennes, toujours déserte, dont le quai lui paraissait interminable…

Plus tard encore, il s'était aventuré dans d'autres quartiers. Le douzième arrondissement était devenu sa base arrière. Le lieu stable, réconfortant, vers lequel il revenait toujours. Un univers incarné par sa grand-mère, présence chaude, nourrissante, apaisante.

Il avait d'abord erré sur les Grands Boulevards, sales, malfamés, avec quelque chose de kitsch et de vieillot qui renforçait son inquiétude – galeries poussiéreuses, cinémas projetant des films d'horreur ou des films érotiques, librairies bradant sur le trottoir des livres étranges, marginaux. Puis sur les Champs-Élysées, axe clinquant et souverain qui brillait et festoyait en permanence à la manière d'un soir de Noël. Enfin, bien sûr, il avait découvert Saint-Germain-des-Prés, dont il saisissait le charme sans en comprendre réellement la nature. Il vaquait dans cette liberté bohème de la rive gauche, à l'aise mais pas trop, sentant bien, à quinze ans, qu'il n'était pas prêt pour faire partie du club. À cette époque, il préférait décidément ses salles de cinéma du boulevard de Strasbourg ou du boulevard de Clichy, pleines de vampires et de vierges sensuelles.

De Nation, il descendit la rue du Faubourg-Saint-Antoine jusqu'à la place de la Bastille, où les vestiges des affrontements de vendredi étaient encore visibles. Il lui semblait qu'un siècle avait passé depuis cette manif.

Il remonta la rue Saint-Antoine puis la rue de Rivoli et passa rive gauche par le Pont-Neuf pour filer sur les quais à bonne vitesse, dépassant la Monnaie de Paris puis la gare d'Orsay. En ce dimanche matin, Paris donnait l'impression de faire ses ablutions le long de la Seine. Une grande dame, buste nu, penchée sur les eaux de son bain.

La balade aurait dû être agréable mais Hervé était trop concentré sur son plan pour en profiter. À chaque coup de pédale, il optait pour un ton, un discours, puis en changeait aussitôt, essayant d'imaginer comment Nicole allait l'accueillir.

JL l'avait sans doute interrogée la veille – elle était donc affranchie. Sans doute ravagée par le chagrin ou simplement en état de choc. Qu'allait-il lui dire ? Il ne la connaissait pas si bien que ça et jusqu'ici, la moindre parole qu'il lui avait adressée était tremblante, bredouillante...

Place des Invalides, il tourna et pénétra dans ces beaux quartiers du septième arrondissement qui lui apparaissaient comme des hautes plaines, vertes et grises. Ses idées caracolaient toujours au rythme des pavés. Le mieux, c'était de lui présenter ses condoléances. Mais devait-il lui dire qu'il avait découvert le cadavre ? Pas le choix : sinon, comment aurait-il été au courant ? Elle allait lui demander des détails…

Il gara son vélo près de la station Duroc. Le boulevard des Invalides, vide, immense, ponctué de dômes et de murs aveugles, l'écrasait par sa gravité solennelle. Sans savoir pourquoi, il se prit à imaginer que des cimetières se déployaient aux quatre coins de ce quartier. De grands cimetières remplis de cadavres de militaires tombés pour la patrie. Comme un fait exprès, les cloches de Saint-François-Xavier se mirent à sonner. Il était neuf heures du matin : il n'avait qu'une heure et demie pour boucler ce rendez-vous impossible.

Pas le moment de se dégonfler. Une fois, alors qu'il avait raccompagné une fille au pied de son immeuble, il s'était décidé à l'embrasser. L'émotion avait été si violente qu'il en avait eu les jambes coupées net. Sa dulcinée avait dû le ramasser par terre…

Il poussa la porte cochère en se répétant : «*Accroche-toi, Hervé. Accroche-toi !*»

29.

Ce fut elle qui lui ouvrit.

Coup de chance ou non, il n'en savait rien. Au moins, il n'avait plus le temps d'avoir les jetons.

– C'est toi ? s'étonna-t-elle de la voix nasale propre au réveil. Qu'est-ce que tu fais là ?

Il lui sembla que c'était la première fois qu'il la voyait. En tout cas d'aussi près. Elle avait quelque chose de… trop réel. La couleur de ses cheveux peut-être – deux coulées de feu sur ses épaules. Ou bien ses taches de rousseur, elles-mêmes soulignées, et même accusées, par sa peau blanche, mate et sèche comme du papier. Vraiment, du violent.

– Tu veux quoi ? demanda-t-elle.

Sa voix se chargeait d'agacement. On pouvait comprendre : ce grand dadais avec sa veste en velours et sa chevelure de paille qui sonnait à neuf heures du matin, un dimanche, et restait silencieux.

Enfin, il se décida, d'une voix étranglée :

– C'est à propos de Suzanne… Je… je suis au courant…

Elle recula en murmurant un « Oh » qui tenait du souffle intérieur. Hervé remarqua qu'elle avait les yeux rougis comme après une longue baignade dans la mer.

– Entre.

Tournant les talons – elle était pieds nus –, elle le guida à travers le salon, immense comme le boulevard (tout ça lui semblait logique). Au fond de son malaise – ses idées, ses pas, ses battements de cœur s'emmêlaient, se percutaient, se chevauchaient –, il réalisa le scandale : Nicole ne portait qu'une tunique indienne, qui lui descendait juste en dessous des fesses. Sous le tissu, on distinguait les lignes de sa culotte. Plus question de respirer.

– Tu veux un café ?

Ils se trouvaient dans une cuisine grande comme sa salle à manger. D'une main maladroite, il trouva le dossier d'une chaise, sentit le formica sous ses doigts et s'écroula sur l'assise.

– Café ou non ?

– Oui, merci.

Au moins, les matériaux étaient les mêmes que chez lui : céramique, formica, carrelage. À croire qu'en 1968 il n'existait qu'un seul modèle de cuisine. Enfin, quand on en avait une…

Nicole vaquait face à la gazinière. Hervé était fasciné par ses jambes, disons même ses cuisses, qu'elle avait fuselées comme des épées. Sa peau était si fine qu'il aurait pu compter ses veines.

Quand enfin elle vint s'asseoir face à lui, il eut un recul. Trop, c'était trop.

– Les flics sont venus m'interroger, dit-elle. Enfin, un flic. Une espèce de brute. Toi aussi ?

– Non, pas encore.

– Comment t'es au courant alors ?

Hervé s'accrocha à sa tasse, sentant la chaleur lui brûler les doigts. Il prit une inspiration et expliqua comment il avait découvert le corps. Nicole parut fascinée.

– Raconte-moi, ordonna-t-elle.

L'injonction ne tolérait pas de discussion.

Il rassembla ses idées. Difficile, car Nicole, sans la moindre gêne, avait croisé ses longues jambes et les laissait dépasser de la table. Au contact des rais du soleil, ses cuisses étaient devenues luminescentes. Hervé avait l'impression que ses sens s'aiguisaient d'une manière vertigineuse, comme sous l'effet d'une drogue. La simple odeur du café lui saturait les narines, au point de lui donner la migraine.

Sans pouvoir vraiment réfléchir, il décida de se lancer :

– Je suis allée la voir hier matin, commença-t-il. La porte de l'appartement était ouverte. Suzanne était dans sa chambre...

Nicole semblait boire ses paroles et il aurait dû savourer cette soudaine position de force s'il n'avait pas eu le sentiment de profaner la mémoire de Suzanne.

– Alors ? s'impatienta-t-elle.

– Elle était pendue la tête à l'envers.

– Quoi ?

– Oui. L'assassin l'a laissée nue, suspendue au plafond.

Nicole baissa les yeux. Pas de larmes, non, mais un teint qui virait au bleuâtre. La tristesse de la jeune fille – son épouvante – avait un ton de parchemin. Quelque chose de sec, de brûlé, de consumé.

Plusieurs secondes passèrent encore. L'odeur du café, toujours. Hervé ne savait pas où foutre ses yeux. S'il les levait, il était confronté à ce visage de madone exsangue. S'il les baissait, c'était pire : ces cuisses parfaites, mais d'une pâleur presque obscène.

– Je peux fumer ? finit-il par demander.

– Bien sûr.

Hervé palpa ses poches. Elle lui tendit un cendrier portant le logo RICARD – pas du tout le genre de la maison.

– Elle était blessée ?

Les images lui explosèrent dans la tête. Il tira plusieurs taffes, sélectionna les informations qu'il pouvait révéler et se décida à balancer que Suzanne avait été éventrée. Nicole acquiesça, comme si elle était désormais embarquée dans l'horreur et que plus rien ne pouvait l'étonner.

– T'as remarqué quelque chose ? Je veux dire… un truc qui renseignerait sur l'assassin ?

– J'ai rien remarqué du tout, fit-il avec franchise. Je… J'étais terrifié.

– Elle était dans quelle position exactement ?

– Elle avait une jambe repliée.

Nicole se tourna et attrapa sur un buffet peint en blanc un carnet et un crayon à papier.

– Dessine-la-moi, ordonna-t-elle en poussant le matériel vers Hervé.

Maladroitement, il s'exécuta, plaçant sa main gauche devant la droite, comme un écolier pour empêcher qu'on copie sur lui – en l'occurrence, il souhaitait dissimuler ses tremblements.

Il avait à peine fini que Nicole lui arracha le carnet des mains. Elle observa durant une seconde son esquisse puis escamota l'objet. Sans le moindre commentaire, elle croisa les bras.

– T'as aussitôt appelé les flics ?

– C'était le seul truc à faire.

Nouvel acquiescement. Dans un cas pareil, on devait mettre ses convictions au placard.

– Je peux ?

Elle fit mine de piquer une cigarette dans son paquet. Hervé le lui tendit précipitamment. Ils fumèrent quelques secondes en silence, dans la lumière poreuse du matin. Leurs pensées étaient à l'unisson. Incompréhension. Incrédulité. Répulsion…

Soudain, Nicole se leva et le prit par la main.

– Viens.

Ils remontèrent un couloir interminable. Hervé n'avait jamais mis les pieds dans un tel appartement. Il aperçut des pièces couleur de bois et de soleil, des tableaux modernes, dont il sentait, intuitivement, la grande valeur, puis se retrouva dans la caverne d'Ali Baba.

La chambre de Nicole ressemblait à un bazar indien, ou plus simplement aux petites boutiques de Saint-Michel qui prétendent vendre des objets venus tout droit du Bengale ou du Népal. Partout, des bibelots, des bijoux, des gravures évoquant l'Orient… La fenêtre était ouverte et le voilage se soulevait lentement comme une respiration.

– Retire tes chaussures.

Il obéit en priant le ciel de ne pas avoir de trous.

– Assieds-toi.

Il y avait une chaise, mais elle était couverte de tuniques, de vestes, de sacs.

– Heu… où ?

– Sur le lit.

Hervé s'exécuta.

– T'as lu le *Bardo Thödol* ?

– Le quoi ?

– *Le Livre des morts tibétain.*

– Heu… non.

Un genou au sol, Nicole disposait des petits objets en terre sur le tapis chamarré qui recouvrait le parquet. Hervé eut un flash – la jeune femme était une sanguine, une de ces esquisses à la craie ou au fusain rougeâtre. Analogie parfaite, avec sa peau de papier vélin, ses longs cheveux ocre.

– C'est super intéressant.

– De quoi ça parle ?

Nicole lui semblait de plus en plus étrange. Il savait qu'elle était très impliquée dans le monde de l'agitation politique, mais visiblement, cette passion s'accompagnait d'un autre penchant – pour le mysticime oriental.

– Des états intermédiaires de conscience. Le chemin de l'âme, de l'agonie jusqu'à la renaissance.

– La renaissance ?

– La réincarnation.

– Ah.

Elle leva les yeux, paraissant déçue face à son manque d'enthousiasme.

– Laisse tomber, fit-elle, résignée.

Il se souvenait que le pigment utilisé pour les sanguines contenait de l'oxyde de fer, comme le sang. Exactement ça : le chagrin de Nicole avait quelque chose de métallique, une sorte d'amertume au goût de rouille.

Elle attrapa un bol doré puis, avec un maillet, le frappa d'un coup sec. Le métal siffla avec gaieté. Souvenir : on appelait ce genre de récipient un « bol chantant ». Ses vibrations avaient des propriétés thérapeutiques. Dans quoi s'était-il embarqué ?

– Je… je connais rien au bouddhisme…, risqua-t-il.

– Donne-moi tes mains.

Il s'exécuta, s'assurant que ses doigts ne tremblaient pas. Ils étaient toujours face à face, lui sur le lit, les pieds en dedans, Nicole sur le tapis. Entre eux, le bol chantant, de l'encens qui se consumait, une petite statue de bouddha placide…

Hervé essayait de se concentrer – et il aurait pu réussir son coup : la lumière du soleil baignait la pièce, la fumée distillait une odeur enivrante, et Nicole, qui ne ressemblait plus du tout à une pasionaria des barricades, paraissait prête à léviter dans la pulvérulence du matin – mais un détail le terrassait.

– On va réciter un mantra de paix pour Suzanne.

Assise en tailleur, les cuisses écartées, tendant le tissu de sa courte tunique, la jeune rousse laissait apparaître un tendre triangle blanc – une petite culotte bordée de dentelle.

– Tu vas répéter après moi.

Tu parles… Chaque fois que ses pupilles entraient en contact avec le frêle fragment de tissu élastique, il recevait une véritable décharge électrique. Il pouvait presque entendre le crissement des étincelles et sentir à travers son corps la violente ondulation de la décharge.

Un mantra de paix ?

Il n'avait jamais été aussi secoué de sa vie !

30.

– Qu'est-ce que tu foutais ?

– Excuse-moi, je me suis pas réveillé.

Hervé arriva à onze heures et quart pour découvrir un Jean-Louis survolté, frémissant, sans doute déjà chargé aux amphétamines.

Chez Martin était un « café charbon » tenu par un bougnat, perché dans la rue de Vaugirard, juste au-dessus du boulevard Saint-Michel. On y vendait du café, du bois et du charbon et on pouvait s'y offrir un ballon de côtes pour 25 centimes. Hervé ne buvait pas d'alcool mais il avait découvert cette adresse dès le début du mois de mai, un must chez les Sorbonnards, ou plutôt les hippies qui affectionnaient l'endroit. Pourquoi JL avait-il choisi ce repère de chevelus ? Mystère.

– Bien dormi ? demanda le grand frère.

– Comment j'aurais pu ?

– Je plaisantais.

Il posa ses deux mains à plat sur la table en bois.

– Hier soir, attaqua-t-il, j'ai interrogé les deux copines de Suzanne, Cécile et Nicole.

– Ça s'est bien passé ?

Mersch alluma une Gitane :

– Qu'est-ce que tu veux dire ?

– T'as pas été trop brutal ?

– Juste ce qu'il faut.

Parfois, t'es vraiment un connard.

JL se pencha au-dessus de la table. La fumée autour de lui lui donnait l'air d'un dragon, ou d'une quelconque créature jaillie d'un volcan.

– Écoute-moi bien, morveux. Que t'en pinces pour l'une ou l'autre de ces pimbêches, je m'en fous.

– J'ai jamais dit ça.

– Tu me prends pour un con ?

Hervé serrait sa tasse de café à la faire éclater.

– Il s'agit d'une enquête criminelle. C'est la cour des grands. Je dois attraper ce salopard et crois-moi, je le ferai. Alors pas question de perdre du temps avec tes conneries d'étudiant énamouré, ok ?

Hervé rentra la tête dans les épaules :

– Ok.

Au loin, on entendait un flipper qui tintinnabulait et une radio qui grésillait. Une voix monocorde évoquait les « événements » de la veille. Rien à foutre.

JL résuma ses interrogatoires. Hervé ne parvenait pas à se concentrer. Il était complètement stone. La mort de Suzanne. L'expédition aux Invalides. La rencontre si intime, si inattendue, avec Nicole. La cérémonie « funéraro-bouddhiste », sur fond d'encens et de petite culotte…

– Ho, tu m'écoutes ?

– Hein ? Oui.

– Je disais que j'arrive pas à me faire une idée de la môme. Elle était une fanatique, incorruptible, et en même temps, elle avait l'air de coucher à droite à gauche…

– On peut être impliquée politiquement et avoir des amants, répliqua Hervé. Ça n'altère pas ton engagement.

Jean-Louis tira une taffe bien pincée puis planta ses coudes sur la table :

– Tu vois très bien c'que je veux dire. On doit commencer par là.

– Par où ?

– Par ses mecs. Toi, par exemple, elle te semblait une fille facile ?

Hervé se sentit rougir. Si Suzanne avait été une mangeuse d'hommes, il n'avait pas été sur sa liste. Il n'était jamais sur aucune liste.

– J'en sais rien, dit-il d'un ton buté.

Mersch commanda deux autres cafés. Il avait vraiment l'air surexcité. Depuis son retour d'Algérie, Jean-Louis était porté sur la drogue – pas les substances qui endorment ou font rêver, non. Celles qui vous filent une décharge dans le cerveau et vous font battre le cœur à cent à l'heure. Les pilules qui vous transforment en billard électrique.

Il alluma une nouvelle Gitane sans filtre et balança un sourire qui ressemblait à un cran d'arrêt jaillissant d'une veste.

– T'en pinces pour laquelle ? La rousse, non ?

Hervé ne répondit pas, serrant ses poings au fond de ses poches comme s'il s'agissait de gants de boxe.

– Mignonne, en effet. Mais pas mon style.

Hervé cracha :

– Parce que t'as un style, toi ?

– Pas les planches à pain, en tout cas.

– T'as pas dit que t'étais mon frère, au moins ?

– T'en fais pas. Le secret est bien gardé. Je…

Soudain, Mersch se tut et lui fit signe d'en faire autant. D'un bond, il se leva et monta le son du transistor posé sur le comptoir :

« À l'heure où nous parlons, le premier ministre est en pleine négociation avec les syndicats et le CNPF… Tout porte à croire que Georges Pompidou est prêt à d'importantes concessions… »

Hervé regardait son frère du coin de l'œil – JL, penché sur la radio, était donc encore concerné par tout le bazar du mois de mai. Plutôt surprenant. Lui avait complètement décroché…

« Depuis que le personnel de l'ORTF s'est mis en grève, on compte plus de neuf millions de grévistes en France. Aux quatre coins du pays, des villes s'organisent, des comités émettent des bons d'essence et même des monnaies spécifiques... »

Hervé retomba dans ses rêves. Il n'était pas près d'oublier sa visite aux Invalides. Pendant au moins un quart d'heure, ils avaient récité un mantra en se tenant les mains...

Om Om Om

Sarvesham Svastir Bhavatu
Sarvesham Shantir Bhavatu
Sarvesham Poornam Bhavatu
Sarvesham Mangalam Bhavatu...

Une bénédiction, avait précisé Nicole. Mais sa bénédiction à lui avait été ce fragment de coton jailli d'une ombre interdite. Il avait honte d'être aussi trivial – mais au moins, pour une fois, il n'était pas seulement le romantique qui se fait avoir, le cœur d'artichaut à côté de la plaque. Il était l'homme qui désire, le mâle qui convoite sa proie. Pas mal. Il se sentait bien dans ce nouveau costard...

– Ho ! T'as la tête ailleurs ou quoi ?

Encore une fois, Hervé s'ébroua de ses pensées. Jean-Louis était revenu s'asseoir à la table, apportant deux nouveaux cafés.

– Excuse-moi. Depuis hier, je suis secoué...

– Ok. J'te demandais si t'avais réfléchi.

– À quoi ?

– Aux dernières fois que t'as vu Suzanne.

– Oui. Et alors ?

– Elle t'a pas semblé inquiète ? Angoissée ?

– Pas du tout. Suzanne était passionnée par les manifs. Elle était impliquée à cent pour cent. Et en même temps, toujours marrante, toujours de bonne humeur.

– Elle ne se sentait pas suivie ni menacée ?

– Elle ne m'a rien dit en tout cas.

– Et toi, t'as jamais repéré un mec bizarre ?

– Bizarre dans quel sens ?

– Un type qui suivrait ces filles d'un peu trop près. À part toi, je veux dire.

Hervé haussa les épaules :

– Non, j'ai rien remarqué.

– Et un gars qui ferait preuve d'une violence inhabituelle durant les manifs ?

– Mais qu'est-ce que t'as foutu ces dernières semaines ? demanda-t-il, cédant à la colère. Les étudiants et les flics se foutent sur la gueule un soir sur deux et, crois-moi, les plus violents sont plutôt de ton côté que du nôtre.

– Bien sûr.

Jean-Louis lança quelques pièces sur la table.

– Tu connais quelqu'un aux Beaux-Arts ?

– Pourquoi les Beaux-Arts ?

– Parce que Suzanne bossait le soir dans leur atelier de sérigraphie. À mon avis, c'est là-bas qu'elle allait à la pêche aux asperges.

Hervé l'ignorait. Au fond, il ne savait pas grand-chose sur ces trois filles. Dans son esprit, elles formaient simplement un cercle autour de lui et il se sentait bien auprès d'elles. Tout ça était bien fini.

– Tu crois vraiment que l'assassin de Suzanne est un étudiant ? demanda-t-il en se levant.

Mersch dressa son index :

– Je crois rien. C'est la première règle pour un flic. Pas d'idées préconçues. Tu connais quelqu'un là-bas ou non ?

– Peut-être, ouais. Mais je suis pas sûr qu'il y sera et...

– On y va.

Hervé suivit des yeux son frère qui sortait du troquet. Il admirait son allure de voyou, son autorité, sa puissance comme cachée dans les plis de son blouson de cuir. Oui, il admirait toute cette panoplie et en même temps, il en était jaloux.

– Enfoiré de flic, murmura-t-il en courant pour le rattraper.

31.

« L'Atelier populaire des Beaux-Arts » était plus protégé qu'une forteresse. Les étudiants craignaient toujours un assaut des CRS, une attaque des fachos ou encore l'infiltration de mouchards.

Devant les grilles de la grande cour pavée, rue Bonaparte, il fallait montrer patte blanche. Jean-Louis Mersch redoutait une fouille – il portait son arme de service, un Browning FN-1910, surnommé « M10 », un pistolet semi-automatique 9 mm, six cartouches – mais Hervé demanda à voir un certain Desmortiers, et le nom joua comme un sésame. Les malabars du service d'ordre les laissèrent passer.

Tout le monde était sur le pont. Des gamins accrochaient une banderole – « LA GRÈVE CONTINUE » –, d'autres collaient des affiches – le portail était devenu une tribune pour la « parole du peuple ». Mersch leva les yeux. Les bustes qui surplombaient le porche ressemblaient à des têtes décapitées. Tout à fait de circonstance.

Ils traversèrent la cour, où se dressaient des sculptures de différentes époques, comme si on les avait sorties des salles pour faire un grand ménage. Mersch repéra un Jupiter, un ange, deux lutteurs, un buste sans tête ni bras… Entre ces figures immémoriales, des étudiants étaient assis par terre, tapant le carton, jouant de la guitare. Certains étaient même installés entre les bras d'un éphèbe ou juchés sur les épaules d'un colosse.

Ce bazar était encore aggravé par l'esthétique révolutionnaire qui avait pris possession des lieux. Certaines sculptures avaient été peinturlurées, des portraits de Lénine, Mao, Che Guevara étaient placardés partout. Sur les murs des bâtiments, on avait graffité des classiques de ce mois de mai : « IL EST INTERDIT D'INTERDIRE », « SOUS LES PAVÉS, LA PLAGE », « JOUIS SANS ENTRAVES » ou encore « SOYEZ RÉALISTES, DEMANDEZ L'IMPOSSIBLE ».

– C'est qui ce Desmortiers ? demanda Mersch alors qu'ils parvenaient aux marches du bâtiment principal.

– Un pote très politisé. Il vient souvent ici. Il collectionne les affiches.

– Très bien.

– Tu vas sortir ta carte de flic ?

– Non. J'te laisse faire. Tu te débrouilles comme un chef.

D'autres cerbères gardaient la porte du bloc. Hervé parlementa. Sa jeunesse et son innocence constituaient le meilleur des passeports, aucun flic n'aurait pu avoir cette tête-là.

– Desmortiers ? Doit être à l'AG. J'vous emmène.

Ils emboîtèrent le pas au costaud qui portait, on ne sait pourquoi, une blouse en toile et un mètre de couture autour du cou. Ils longèrent la façade, croisant quelques mômes qui chantaient en chœur, guitare à l'appui, une chanson que Jean-Louis avait déjà entendue : « Crève, salope ». Tout un programme.

À droite, face à une nouvelle porte, ils durent s'arrêter.

– Vous pouvez pas entrer. Faut attendre la fin de l'AG.

– Y en a pour combien de temps ?

Le gaillard éclata de rire :

– Ah ça, les AG, on sait quand ça commence, on sait jamais quand ça finit !

Hervé demanda du feu à un trentenaire efflanqué qui arborait un curieux boléro en cuir retourné, agrémenté aux entournures de poil de chèvre. Il avait des cheveux longs séparés par une raie au milieu, et fumait entre ces deux pans noirs comme une locomotive sortant d'un tunnel.

– Tu participes pas à l'AG ? s'étonna Jean-Louis.

– Y m'font chier avec leurs réunions. J'suis un artiste, moi !

– Comment tu t'appelles ?

– J'ai pas d'nom. Ici, on joue collectif !

Mersch s'approcha :

– Tu connais Suzanne Girardon ?

La question semblait anodine.

– Non. Elle bosse aux Beaux-Arts ?

– Y semblerait, oui.

– Jamais entendu c'nom. Faut dire qu'y a du monde ici. Surtout la nuit. Tout l'monde y va d'sa raclette !

– Sa raclette ?

– La sérigraphie, camarade ! Celle qui va changer le monde !

Mersch ne voyait pas trop ce qu'il voulait dire mais acquiesça pour lui faire plaisir. À cet instant, des étudiants sortirent de l'atelier. Certains avaient l'air furieux, d'autres satisfaits, bilan d'une réunion classique, où tout le monde avait gueulé sans écouter les autres.

Mersch fit signe à Hervé et ils se glissèrent à l'intérieur, à contre-courant des participants. Toujours battre le fer quand il est chaud.

32.

– Suzanne ? Une petite pute !

Mersch lança un coup d'œil à son frère, qui était prêt à en coller une au chef d'atelier.

– Un peu d'respect, ordonna le flic.

– Dans ma bouche, c'est pas une insulte.

– C'est quoi, alors ? intervint Hervé. Un compliment ?

– Suzanne est une femme libre. Elle a de comptes à rendre à personne !

Jean-Louis hocha la tête – vu sous cet angle… Il n'empêche : leur interlocuteur était une tête à baffes. Un barbu à lunettes dont les yeux lui sortaient de la tête comme deux bulots. Il donnait l'impression de vous observer à travers un bocal.

– On la cherche. Tu l'aurais pas vue par hasard ?

Le sérigraphe toisa les deux frères, son regard passant de l'un à l'autre comme une balle de ping-pong. Derrière lui, l'atelier, d'un seul tenant, était traversé par des fils sur lesquels séchaient des affiches fixées par des pinces à linge.

– Qu'est-ce que vous lui voulez ?

– On voudrait être sûrs qu'elle s'est pas fait embarquer vendredi, à la manif.

L'homme se gratta la barbe tout en haussant les sourcils.

– L'ai pas vue depuis jeudi.

Il retourna s'activer derrière son pupitre. La technique paraissait très simple : on glissait une feuille sur le support, puis on abaissait un pochoir. Ensuite, on coulait la peinture et on l'étalait sur toute la surface à l'aide d'une raclette. On relevait. *Au suivant…*

Mersch rejoignit l'artiste au travail. L'atelier était saturé d'odeurs d'acétone, de white-spirit, d'encre, de tabac froid…

Le barbu, tout en passant son rouleau visqueux sur son pochoir, leva un œil :

– T'as fait les hôpitaux ?

– C'est le premier truc qu'on a vérifié. Elle y était pas. On interroge maintenant ses camarades, ses proches… Elle a peut-être décidé d'arrêter tout ça et de se mettre au vert.

– Pas son genre.

Mersch sortit une nouvelle Gitane. Au moment de gratter son allumette dans cette atmosphère chargée d'effluves toxiques, il eut soudain peur de prendre feu. Le berceau de la révolution ressemblait au cratère d'un volcan.

– C'est quoi, son genre ?

– Disons qu'elle est… impliquée.

L'artisan s'arrêta, posa sa raclette et brandit le poing.

– Vraiment.

– Tu m'apprends rien, bluffa Mersch en relâchant sa fumée. En c'moment, elle fréquente qui ?

L'homme émit un gloussement qui évoquait le bruit d'un pet. Il se remit au travail sans répondre. Puis, se ravisant, il laissa encore tomber son outil et apostropha Hervé qui, à quelques mètres de là, examinait les affiches placardées sur les murs.

– Ça t'plaît ?

Hervé se retourna – il avait les mains dans le dos, comme un visiteur dans un musée.

– Je trouve que vous poussez un peu.

L'autre abandonna aussitôt son pupitre et, passant sous les fils où séchaient les sérigraphies, rejoignit le frangin, en arrêt devant l'image d'une femme lançant un pavé soulignée d'un : « LA BEAUTÉ EST DANS LA RUE ». Juste à côté, une autre proclamait : « SOIS JEUNE ET TAIS-TOI » sous un de Gaulle de profil bâillonnant un étudiant.

– On pousse ? répéta le sérigraphe.

Mersch sentit le danger et vint à la rescousse du frérot.

– On pousse ? répéta encore le barbu. J'ai vu des CRS frapper une femme enceinte à terre, défigurer une mère et son enfant en leur tirant une grenade en pleine gueule. J'ai vu des salopards scalper un pauvre passant à force de coups sur la tête. J'ai vu...

– Ça ira comme ça, intervint Mersch. Je crois qu'on a compris.

Mais l'exalté continuait :

– J'ai vu des CRS déshabiller des femmes et les forcer à marcher dans la rue. Ça t'rappelle rien ? C'est pas du fascisme, ça ?

Ça lui évoquait surtout les représailles des « bons Français » à la Libération contre les malheureuses qui avaient couché avec des Allemands.

– Tu m'as pas répondu, relança-t-il. Suzanne, elle fréquente qui en c'moment ?

Le barbu ouvrit la bouche mais il s'arrêta net, l'air tout à coup suspicieux.

– Qui vous êtes au juste ? Vos questions puent le flic.

– J't'ai déjà dit : des copains de Suzanne.

– Tu pourrais être son père.

– Exagère pas. Je suis le grand frère du jeune homme ici présent. C'est lui le pote de Suzanne. Je l'aide dans ses recherches.

– J'peux rien faire pour vous, rétorqua l'autre en secouant sa barbe. Suzanne collectionne les mecs. Je tiens pas son journal.

Hervé fit un pas en avant :

– Mais ces gars, elle les trouve où ? Ici ?

Le militant laissa échapper un nouveau rire – il avait les dents jaunies par le tabac et quelques-unes manquaient à l'appel.

– Suzanne, c'est une puriste. Ce qui la branche, c'est le mao bien raide. Jamais elle coucherait avec un léniniste ou un situationniste. Suzanne, elle a des principes. Même sous les draps, elle garde ses convictions !

Le gars avait l'air fier de sa repartie – mais ça ne les avançait pas beaucoup. Ni Cécile ni Nicole n'avaient évoqué ces liens particuliers avec les cinglés du *Petit Livre rouge.*

Hervé insista :

– Ces maos, où elle les pêche ?

Cette fois, le sérigraphe éclata d'un grand rire emphatique :

– À la source, camarade ! Rue d'Ulm !

33.

De tous les militants qu'il avait croisés, les plus dangereux étaient les maos. Pour une raison simple : leur influence dépassait, et de loin, le champ politique. Depuis 1967, la Chine et son Grand Timonier étaient à la mode. On s'habillait Mao, on s'affichait Mao, on pensait Mao… Pour une mystérieuse raison, le père de la Révolution culturelle était devenu « pop ».

Au volant de la Dauphine, Jean-Louis se décida à briser le silence :

– Les maos, qu'est-ce que t'en penses ?

– Ce sont des génies.

– Ah bon ?

Ce n'est vraiment pas le premier qualificatif qui lui serait venu à l'esprit.

– La plupart viennent de l'École normale supérieure, expliqua

Hervé. C'est là-bas qu'ils ont créé l'Union des jeunesses communistes marxistes-léninistes, l'UJC-ML, il y a deux ans.

– Et alors ?

En tant qu'autodidacte, Mersch éprouvait une sourde méfiance à l'égard des intellectuels – pas besoin de s'appeler Lacan pour saisir que cette défiance, qui virait souvent à la pure allergie, provenait d'un complexe d'infériorité.

– Sur le plan de l'intellect, continuait Hervé, on fait pas mieux. Rue d'Ulm, on compte plus les prix Nobel, les médailles Fields, les médailles d'or du CNRS, les écrivains prestigieux, les philosophes majeurs… C'est la crème des cerveaux, tu comprends ?

Sans oublier Pompidou, se dit Jean-Louis. C'était un truc dont il se souvenait : le premier ministre sortait lui aussi de cette « fabrique à cerveaux ». Cette idée en appela une autre : ces étudiants qui rêvaient de détruire le système, c'est-à-dire l'État, étaient en réalité des salariés de ce même État. De simples fonctionnaires. Quelle blague !

Ils ne purent remonter le boulevard Saint-Michel, dont la chaussée dépavée était protégée par des barrières, mais parvinrent à attraper la rue Monsieur-le-Prince.

– Où est le problème ? demanda Mersch.

– Y a pas de problème.

– Bien sûr qu'il y en a un. Comment de tels esprits peuvent-ils se dévouer corps et âme à un système politique dont on ne sait rien, et qui a toutes les chances d'être une nouvelle dictature avec son lot de massacres et de tortures ?

Hervé garda un moment le silence. Il semblait réfléchir en observant la route.

– Je sais pas vraiment comment on peut expliquer ça, répondit-il enfin. Dans les années 60, qu'est-ce que le gauchiste avait à se mettre sous la dent ? L'Union soviétique, on n'en parle même pas. Depuis Staline et les procès de Moscou, l'image du communisme russe est devenue répulsive. La révolution cubaine ? Le Che, Fidel Castro, c'est très bien, mais ça peut pas être un modèle pour nos pays européens. Y a aussi les Viêt-minh, mais là non plus, y a pas vraiment d'enseignements à tirer pour nous. Que reste-t-il ? La Chine.

Jean-Louis était fier de son petit frère. Quand il ne tombait pas amoureux, Hervé était l'homme le plus brillant qu'il connaissait, un esprit de synthèse calme, posé, qui pouvait aussi avoir des fulgurances, de vrais traits de génie.

Pas moyen non plus d'emprunter la rue Gay-Lussac, toujours en convalescence. Il fila rue Soufflot, à peu près d'aplomb.

– Depuis les années 30, poursuivait le surdoué, la Chine offre l'image lointaine d'une révolution épique. Y a eu la Longue Marche, le Grand Timonier, tout ça. Bon, faut pas trop regarder dans les détails, les famines, les massacres, le chemin tortueux et souvent barbare qui a permis de donner naissance à une république plus ou moins égalitaire. On commençait à les oublier, et puis voilà la Révolution culturelle, un nouveau mouvement qui vise à changer la société en profondeur, à extirper la moindre racine bourgeoise... D'un coup, la Chine est devenue une sorte de Terre promise pour tous les gamins qui pensent à gauche...

Mersch nia d'un geste sans lâcher le volant.

– Tout ça, c'est des chimères.

– Peut-être, mais ça fait rêver. Ces paysans qui travaillent sourire aux lèvres, qui ne veulent pas d'augmentations ni de syndicats. La Chine a produit une terre égalitaire, fraternelle et solidaire, où l'Homme Nouveau se réalise dans la collectivité.

Mersch fit le tour de la place du Panthéon et trouva enfin la rue d'Ulm.

– Merde, c'est à sens unique.

– On marchera, c'est un peu plus bas.

Après s'être garés, les deux frangins descendirent la rue à pinces, comme de simples badauds. Ou comme deux philosophes refaisant le monde.

– C'est absurde, reprit Mersch. Personne a jamais mis les pieds là-bas.

– Détrompe-toi. Les ulmards ont été accueillis par les Chinois.

– Un voyage organisé, ouais, où on leur a montré ce qu'on a bien voulu.

– Sans doute. Mais ça a donné naissance à un mythe, une légende.

– J'arrive pas à comprendre. Ces mecs sont des super-intellos. Ils sont gavés de savoir, de théories, de connaissances. Comment peuvent-ils défendre l'abolition des études et la destruction des livres ? C'est bien ça, la Révolution culturelle, non ?

– Les extrêmes s'attirent toujours, et les maos ne sont pas à une contradiction près. La plupart sont convaincus que c'est l'esprit de Mao qui fait pousser les tomates en Chine. Et désormais, leur savoir se résume au *Petit Livre rouge*.

Ils avaient atteint le bâtiment de l'ENS. Un édifice de pierre de taille, bien dans l'esprit du XIXe siècle. Bien sûr, lui aussi portait les oripeaux de la contestation : banderoles et affiches le couvraient comme des pansements.

– Y a une dernière énigme.

– Je t'écoute.

– Ces mecs-là sont les chantres de la révolution. Pourquoi ne les voit-on pas dans les manifs, dans les réunions ?

Hervé prit le temps d'attraper une Disque Bleu. Un léger sourire flottait sur ses lèvres, comme une anticipation de la révélation qu'il allait bientôt livrer.

– Y a eu un problème.

– Quel problème ?

– Leurs principaux leaders sont à l'hôpital.

– Ils sont malades ?

– Ils sont à Sainte-Anne.

– Tu veux dire...

– Ils ont eu un coup de chaud, ouais. Louis Althusser, le grand analyste marxiste, est sous lithium. Quant à Robert Linhart, le fondateur du mouvement, il est en cure de sommeil. On l'a interné après l'avoir découvert dans les bois, en pleine bouffée délirante.

Les maos à l'asile de fous. Les flics n'auraient pas osé l'inventer.

– Mais je te rassure, conclut Hervé, y reste encore pas mal de cinglés en liberté, ici, à l'ENS. Suzanne avait de quoi faire…

34.

Tout de suite, en pénétrant au 45, rue d'Ulm, Mersch comprit où il était : pas au siège de l'École normale supérieure mais dans une église, une chapelle – un véritable sanctuaire dédié au dieu tout-puissant Mao.

Partout des affiches, des aphorismes, des portraits du Grand Timonier, avec ses cheveux teints en noir façon Tino Rossi. Ils traversèrent le hall et atteignirent une grande cour. Mersch révisa encore son impression : pas une église, une abbaye, un couvent…

La cour était un véritable jardin : des arbres, des bosquets et, au centre, un grand bassin rond, cerné par des haies taillées en arcs de cercle. Jean-Louis était troublé – lui qui haïssait ces lieux de savoir devait bien admettre que l'endroit était magnifique, avec ses airs de cloître et son printemps épanoui.

Hervé se pencha à son oreille :

– Les vêpres ont commencé.

Un groupe d'étudiants étaient installés près de la fontaine – certains assis sur la margelle, d'autres sur la pelouse, autour d'un jeune gus taillé comme un mât de drapeau qui distillait la bonne parole.

– Viens, continua Hervé sur un ton amusé, allons écouter ce que disent les « gardes rouges ».

C'était peut-être la forme circulaire du bassin, ou encore les buissons renflés, mais Jean-Louis songea à un amphithéâtre à ciel ouvert. Mieux : à ces philosophes aux pieds nus qui dans la Grèce antique donnaient leurs cours en plein air.

– Oubliez tout ce que vous avez appris ici ! pérorait l'orateur (il arborait des lunettes sécurité sociale et des cheveux bouclés noirs). Oubliez même votre langage universitaire. La révolution est simple. Les mots de Mao sont simples. Seule compte la réalité ! Le soulèvement des masses progressistes n'a que faire des discours. Mao dit : « La bouse de vache est plus utile que les dogmes. On peut en faire de l'engrais. » Réfléchissez à ça, camarades. La merde. Le rebut. Les déchets. Tout doit nous servir ! Tout est important pour les forces productives ! Tout, sauf les mots !

Jean-Louis avait du mal à ne pas rire. Pour ne rien arranger, la voix du gars, plutôt aiguë, ôtait une bonne part de crédit à ses paroles. Que restait-il ? La rigolade. Des phrases et des concepts lancés en l'air comme des osselets, qui faisaient un drôle de bruit en retombant.

Ils se planquèrent à l'ombre d'un gros chêne au feuillage luxuriant et attendirent la fin du sermon.

– Les mots, continuait l'autre, c'est la décadence bourgeoise. Les mots, c'est l'ennemi ! Le reflet d'un esprit corrompu, d'une dialectique vouée à l'échec. Il faut les oublier et unir nos poings, camarades ! Il faut servir le peuple ! Passer à l'acte !

Pour un mec qui prônait le silence, il avait la langue bien pendue. Mersch se laissa aller contre son oreiller d'écorce et envisagea sérieusement de piquer un petit roupillon.

– Il ne faut pas craindre les puissants, car les puissants, c'est nous ! poursuivait la voix. C'est nous, camarades, qui détenons l'outil de production, c'est nous qui faisons tourner la machine !

L'étudiant s'égarait, s'exprimant maintenant au nom du peuple ouvrier comme s'il était lui-même OS. Mersch savourait plutôt l'atmosphère. Le vent dans les feuilles, le rire frais de la fontaine, la tiédeur du soleil, partout, découpant dans tous les coins des origamis de lumière…

– Qu'est-ce que tu fous ?

Jean-Louis s'ébroua – incroyable : il s'était endormi. Ses amphets ne faisaient plus d'effet. Il se promit d'en reprendre quelques-unes en sortant d'ici.

– Le spectacle est terminé, annonça Hervé.

Ils s'acheminèrent vers le bassin alors que l'assemblée se repliait, *Petit Livre rouge* à la main. L'orateur, qui méritait un grand O, aucun doute, rentrait la poitrine comme il aurait rengainé ses armes. Vraiment pas gâté par la nature : sous ses lunettes, un nez épaté, une bouche épaisse, façon museau de porc-vinaigrette. Ses cheveux crépus lui donnaient un côté créole. Mi-black, mi-blanc, impossible de dire dans quelle équipe il jouait.

– Salut, fit Hervé, qui assurait son rôle d'ambassadeur. Bon discours.

L'Orateur ajusta sa veste de buronnier en remuant les épaules.

– C'est tout le problème.

– C'est-à-dire ?

– Encore un discours. Encore des mots. Le temps des actes est venu !

– Mais ça secoue pas mal depuis le début du mois, non ?

L'ulmard attrapa un foulard blanc qu'il se passa autour du cou. Un boxeur sortant du ring.

– Tu veux parler des fils à papa qui lancent des cailloux ? gloussa-t-il.

Mersch intervint – il avait l'impression d'avoir affaire à un moine fanatique, un anachorète du désert brûlé par ses propres convictions.

– La moitié de la France est en grève.

– Et alors ? Les travailleurs sont toujours imprégnés par le système capitaliste. Ils viennent demander l'aumône aux patrons. À l'heure même où nous parlons, les syndicats sont en train de baisser leur froc devant Pompidou.

JL remarqua que le gars avait des traces de salive séchée au coin des lèvres – peut-être l'effet d'un quelconque médoc contre la dépression. Bon sang, tous les maos étaient donc bons pour la camisole ?

– Que préconises-tu ? relança Hervé d'une voix posée.

– La révolution, la vraie. Le grand coup de balai. Mao dit : « Le pouvoir est au bout du fusil. »

– Les hôpitaux débordent de blessés, glissa Mersch.

Le fanatique ricana :

– Une révolution, ça ? Et pas un seul flic de tué ? Les étudiants retourneront bientôt en cours et les ouvriers repartiront avec une augmentation, la queue entre les jambes. Pauvre petit monde bourgeois…

Les deux frères échangèrent un regard : il n'y avait rien à tirer de ce cinglé. Mais ils n'étaient pas venus pour tenir une assemblée générale.

– Tu connais Suzanne Girardon ? demanda soudain Hervé.

L'autre se contenta d'un nouveau gloussement.

– Tu la connais ou non ? répéta Mersch, qui commençait à perdre patience.

– Je la connais, oui.

– On nous a dit qu'elle avait un p'tit ami parmi vous.

– Un p'tit ami ? Ils y sont tous passés, oui !

Suzanne, triste défunte, méritait décidément plus d'égards.

– T'exagères pas un peu, non ? le recadra Hervé.

L'Orateur désigna les jardins, où plusieurs groupes étaient assis par terre à comploter, conspirer, palabrer.

– Le désir, marmonna le mao. Encore un ennemi de la révolution… (Il se tourna vers eux et les considéra d'un air pénétré.) On ne doit pas se laisser corrompre, vous comprenez ?

– Non.

– Suzanne souille notre pureté. Elle nous la vole… Elle recherche toujours les plus engagés de nous tous, c'est une corruptrice.

– En ce moment, elle est avec qui ?

Le mao eut un regard torve :

– C'est quoi, ces questions ?

– Suzanne n'est pas réapparue depuis la manif de vendredi, on est inquiets.

Le gauchiste retrouva son sourire de merde :

– Avec ce genre de nana, y a pas à s'inquiéter. Vous la retrouverez toujours sous un bureau, vous…

– Avec qui elle est en ce moment ?
L'autre se mordit la lèvre puis lâcha avec dédain :
– Massart. Denis Massart.
– Où est-il ?
– Pas ici. Il appartient désormais à un autre monde.
Il avait dit ça à mi-voix, sur un ton de respect et de recueillement mêlés.
– Quoi ? Quel monde ?
– C'est un établi.
– Un quoi ? demanda Mersch.
– Je t'expliquerai, murmura Hervé.
JL saisit un changement dans l'air. Comme si on venait de prononcer le nom d'un saint, ou d'un diable, pas moyen de savoir.
– Où on peut le trouver ? demanda Hervé.
– Piquet de grève Citroën, porte de Choisy.
Jean-Louis tourna les talons et ordonna à voix basse :
– On s'casse.
Alors qu'ils traversaient le cercle de haies, la voix du mao résonna dans leur dos :
– Il est au plus haut, c'est un seigneur ! Un prince !

35.

– Faut que tu comprennes un truc, expliqua Hervé dans la Dauphine, les maoïstes souffrent d'un complexe.
– Un seul, t'es sûr ?
– Ils souffrent de n'être pas ouvriers. Au fond, leur dieu ce n'est pas Mao, c'est le peuple. Les masses populaires. Et ils ont beau dire, ils ont beau faire, ils ne sont que des petits-bourgeois qui n'ont jamais manqué de rien, n'ont jamais souffert.
– Parce qu'il faut souffrir, en plus ?

Ils roulaient de nouveau en cette fin d'après-midi glissant comme une barque sur un lac aux eaux tièdes. Enfin, sans compter les *klong* et les *klang* que la Dauphine ne manquait jamais de lâcher à chaque cahot. Une charrette de ferraille, voilà ce qu'elle était, avec quelques chevaux épuisés sous le capot.

– Le maoïste est malade de ses origines. Il voudrait être prolétaire, en baver des ronds de chapeau. Il a honte, il se morfond.

– J'ai bien compris qu'ils n'avaient pas fait l'école du rire. Mais tu ne m'as toujours pas dit : un « établi », c'est quoi ?

– Comme les religieux, le mao veut se sacrifier, se flageller. Certains d'entre eux ont donc décidé de devenir ouvriers. De renoncer à tout pour se retrouver devant un tour, auprès des camarades. On dit qu'ils « s'établissent ». Dans leur esprit, ce sont les prolos qui ont quelque chose à leur apprendre, pas l'inverse.

Mersch commençait à en avoir marre de ces tarés. En même temps, l'attirance de Suzanne pour ces gars avait son importance. Le portrait qui émergeait – une jeune fille délurée, mi-nympho, mi-mao – ne le satisfaisait pas. Il sentait autre chose... Une quête, une recherche... Suzanne poursuivait un but, il en était certain.

Hervé, décidément doctoral, continuait ses explications :

– Dans la hiérarchie mao, ces sacrifiés qui en chient tous les jours à l'usine sont des aristocrates. C'est comme la logique catholique, tu comprends ? Plus tu es bas, plus, en fait, tu es haut. Pense aux moines mendiants, aux pénitents, c'est la même chose. Plus tu touches le fond, plus tu touches le Ciel.

Le tueur pouvait-il être un de ces fanatiques ? Mersch en doutait. Ces gars-là étaient des dictateurs dans l'âme. Ils n'étaient pas contre le fait de tuer, au contraire, mais en masse, pour purger la société, pour exsuder le pus capitaliste.

Rien à voir avec leur bonhomme qui avait sacrifié Suzanne au nom d'un rite intime, d'une folie toute personnelle...

– Chez les maoïstes, les établis bénéficient d'une vraie autorité car, outre le côté sacrificiel de leur engagement, ils parlent tout à coup de «l'intérieur». Ils peuvent s'exprimer au nom des masses parce que enfin, ils en font partie. Ils sont légitimes.

Le connard de la rue d'Ulm avait eu des phrases qui avaient frappé Mersch : «Suzanne souille notre pureté. Elle nous la vole…» Qu'avait-il voulu dire ? Et pourquoi la jeune femme s'acoquinait-elle toujours avec ces terroristes de l'espoir ? Par conviction politique ? Pour une autre raison ?

– Où tu vas maintenant ? demanda soudain Hervé.

– À la morgue.

– T'as besoin de moi ?

– Pas spécialement.

– Alors ramène-moi Chez Martin. J'ai mon vélo là-bas.

Jean-Louis prit la direction de la rue de Vaugirard – en tant que flic, il savait qu'il fallait ménager ses troupes, surtout quand elles n'étaient pas du métier.

Il était temps pour Hervé de rentrer au bercail et de savourer le «nègre en chemise» de sa grand-mère – un dessert écœurant à base de banane, de chocolat et de crème fraîche qui était la spécialité de la petite modiste, il s'en souvenait.

Quand il songeait à l'existence choyée de son frère, Jean-Louis n'en retenait que ce genre de détails trop sucrés, sans doute pour ne rien regretter, lui qui n'avait été élevé par personne et qui avait tout appris sur le tas – un tas de merde, ouais.

Surtout, il avait déjà son programme pour ce soir.

Et c'était un programme solo.

36.

– Je te confirme ce que je t'ai dit hier.

– Tu m'as pas dit grand-chose…

– Le tueur connaît son affaire. Je veux dire : la chair humaine.

Il a tranché la poitrine de la victime de la ligne des clavicules jusqu'au pubis. Un geste sec, sûr, pro. Il savait ce qu'il faisait.

– Quelle arme a-t-il utilisée ?

Daniel Guérin attrapa un objet sur une étagère et le posa devant lui, sur la paillasse éclatante.

– Je pencherais pour ça. Un couteau serpette Opinel n° 10. Lame d'acier inoxydable, biseautée sur les deux côtés. Dans les huit centimètres. Bonne teneur en carbone, ce qui évite la corrosion. Mais ça, on s'en fout. En tout cas, un outil très courant à la campagne.

Mersch saisit le couteau avec son manche caractéristique en bois d'olivier. Celui-ci était courbe et prolongeait la lame en crochet, formant un « S » de pure cruauté.

– Où tu te l'es procuré ?

– Au BHV. Idéal pour couper des petits arbustes ou faire les vendanges. C'est aussi ce qu'utilisent les vanniers.

Il reposa le sinistre objet. Avec ça, il était bien avancé... Guérin se tourna vers le corps, dissimulé par un drap. Mains dans les poches, clope au bec, il fixait la forme voilée – ce cadavre qu'il avait ouvert, sondé, tripatouillé, puis refermé après lui avoir remis les organes en place. Ou peut-être même pas.

– Rien d'autre ? demanda Mersch.

Le légiste tapota sa cigarette, laissant choir sa cendre sur le sol. Les odeurs du formol et du tabac s'associaient pour lui filer la migraine.

– Tu veux savoir ce qu'elle avait bouffé la veille ?

– Non.

– Quand elle avait eu ses dernières règles ?

– Arrête. Donne-moi quelque chose qui me permette d'avancer.

D'un geste soudain, Guérin souleva le drap. Cette fois, le corps était lavé. Mersch découvrit le visage enfantin de Suzanne – mais il semblait maintenant sculpté dans une glaise grise, aux reflets bleuâtres.

– Tout ce que tu vois là, ce sont des lésions secondaires.

– Tu veux dire qu'il l'a charcutée après la mort ?

– Oui. Il l'a tuée en l'étouffant avec la serviette éponge qu'on m'a apportée. À moins qu'il l'ait bâillonnée et suspendue avant de l'éventrer. La petite se sera étouffée avec la serviette en hurlant.

– Comment a-t-il extrait les viscères ?

– À la main, je suppose. Ensuite, seulement, il a pratiqué les entailles que tu vois un peu partout.

Le flic alluma une clope puis se força à observer ces sillons profonds dans la chair – bras, cuisses, poitrine, abdomen. Ces plaies hurlaient une rage, une colère inextinguibles. Au-delà de Suzanne, l'assassin en voulait à toutes les femmes, il en voulait au désir, il en voulait, peut-être, à sa propre impuissance…

– Et les morsures ?

– Là, j'ai quelque chose d'intéressant. Et de surprenant.

Guérin rabattit le linceul comme on baisse un rideau de théâtre. Il pivota et fouilla dans un casier. Le légiste évoluait ici comme dans un bureau de faïence. Ses dossiers étaient des organes. Ses feuilles des lamelles de peau, extraites pour analyse.

Il dégota pourtant une liasse de documents dactylographiés.

– J'ai trouvé au fond des morsures – si ce sont bien des morsures, personnellement, je connais personne avec une bouche pareille – des débris de dents ou de griffes. Je les ai fait analyser : ce sont des particules de kératine, une protéine très répandue chez les êtres vivants. Le constituant principal des cheveux, des poils, des plumes, des ongles et aussi des cornes, des griffes, des becs de nombreux animaux.

– Le tueur aurait fait intervenir un animal ?

– C'est ce que je pense, oui. Je t'épargne les détails, mais il y a autour de ces plaies circulaires des marques rouges, des espèces de suçons.

– Qu'est-ce que ça veut dire ?

– Que la bête en question a sucé la chair au point de faire éclater les vaisseaux sanguins sous la peau.

Il fallait qu'il mette de l'ordre dans ses pensées mais bon sang, ces informations ne menaient à rien, sinon à la terreur pure…

– Tu veux dire… comme un vampire ?

– Non. Pas d'aspiration de sang. Seulement une violente succion. Presque une marque d'amour.

Au fond de son désarroi, Jean-Louis eut une vision apocalyptique – fondu dans le bordel général de mai, un tueur sans visage, tenant en laisse une sorte de monstre à gueule ronde, poursuivant les jeunes filles pour les éviscérer et les offrir en sacrifice à sa gorgone.

Les flirts de Suzanne, les slogans aux murs, les maos lui semblaient loin. Perdait-il son temps avec cette piste ? Mais quelle autre pouvait-il suivre ? Visiter les zoos ? Lire des bouquins de biologie ?

– Tu peux avancer sur cette histoire de bestiole ? demanda-t-il comme il aurait lancé une pierre au fond d'un puits.

– C'est en route, camarade. Au moins, avec toi, on ne s'ennuie pas !

37.

Jean-Louis avait prévenu Deniaud qu'il arrêtait les frais côté infiltration – même en mai 68, un meurtre est prioritaire – et lui avait demandé un bureau au dépôt Beaujon. Le poussah lui avait royalement accordé une enfilade de chambres mansardées au dernier étage du bâtiment du fond de la cour. Tout ce qu'il lui fallait.

Il parvint là-bas sur le coup de vingt heures. En ce dimanche soir, les cellules commençaient à se désengorger avant les arrivages de la prochaine manif. Plissant les yeux, Mersch aperçut les étudiants, hirsutes, dépenaillés, sales comme des peignes, qui sortaient des geôles d'un pas mal assuré. Le versant dérisoire des grands élans de la rue finissait toujours sur le carreau, quand ce n'était pas dans le ruisseau…

Il grimpa les escaliers, essuyant quelques bousculades et balançant des saluts au hasard. Il aimait cette agitation, ce désordre. C'était la vie comme il l'entendait. Une vie de violence et de paperasse. Une vie de flic.

Berto était déjà à pied d'œuvre, cerné par des dossiers poussiéreux qu'il avait dû apporter avec son triporteur. Un crayon entre les dents, il était assis par terre, jambes croisées, parmi des liasses de feuilles et de carbones.

– Tout ça, fit-il en plaquant sa paume sur une pile posée au sol, ce sont les crimes depuis 1945 qui présentent un lien, même vague, avec notre affaire. Tous les condamnés de Paname susceptibles d'éviscérer une bonne femme.

Il pivota sur son derrière et donna un coup de talon dans une autre pile – il était en chaussettes :

– Ça, ce sont les fichiers des fêlés qui pourraient aussi faire l'affaire. Ça vient de Sainte-Anne. Eh oui, mon canard, j'ai fait le voyage ! Tout beaux, tout chauds, les barjos !

Mersch retira son blouson et considéra les dossiers qui remplissaient l'espace – empilés en colonnes par terre ou accumulés sur les deux bureaux de notaire massifs qui allaient leur servir de QG.

– On a le téléphone ?

Berto fit mine de tirer sur un fil comme s'il s'agissait d'une sonnette pour les domestiques.

– Une belle ligne pour nous tout seuls !

Mersch sourit. La présence de Berto le rassurait.

Péniblement, l'adjoint se releva. Le gaillard avait beau peser son quintal, Jean-Louis pensait toujours en le voyant aux collants colorés de la marque Dim. À cause de ses sous-pulls, toujours criards, qui moulaient ses bourrelets comme une peau de saucisson. Aujourd'hui était un jour « rouge vif ».

– On a la nuit pour étudier tout ça, conclut Berto.

Mersch lui était reconnaissant de faire abstraction des derniers événements comme s'ils se trouvaient dans leur bureau habituel du 36 et que plus rien d'autre que leur enquête ne comptait. La France pouvait bien basculer d'un côté ou de l'autre, eux resteraient au milieu, flottant sur le grand macabre, à l'affût du tueur.

– T'as eu le temps pour le porte-à-porte ?

– Vite fait. J'ai rôdé un peu dans l'quartier mais tout s'est passé la nuit, et ce printemps n'est pas propice aux témoignages. Les gens sont claquemurés chez eux en attendant la guerre civile. Pour l'instant, personne n'a rien vu rien entendu.

Jean-Louis acquiesça – toujours sa conviction : l'assassin profitait du désordre pour intervenir. Il pouvait repérer sa victime, la suivre, la surprendre – tout le monde regardait ailleurs, les flics, les contestataires, les habitants du quartier...

– Les parents ?

– Ils sont effondrés. Ils arrivent demain de Nîmes. On va devoir les accueillir à la morgue, pour l'identification.

La chose qu'il redoutait le plus au monde. Les condoléances, les formules creuses, les promesses qui ne servaient à rien, tout ça dans l'odeur du formol et le bruissement des larmes.

– Tu peux t'en charger ? risqua-t-il.

– Bien sûr. Le sale boulot, c'est toujours pour bibi. Tiens, l'IJ a apporté ça.

Berto lui tendait une enveloppe kraft format 10 × 18. Mersch sortit les tirages et les observa quelques secondes – ils étaient en noir et blanc et le corps suspendu de Suzanne évoquait la victime anonyme d'un sacrifice ancien.

Il fourra l'enveloppe dans sa poche et leva les yeux. Au fond de la pièce, des chaises, des tables, des planches étaient entreposées en désordre. Dans ce foutoir un tableau noir, le modèle « salle de classe ».

– Aide-moi.

Ils extirpèrent l'objet et le remirent d'aplomb. Ils allaient pouvoir commencer à coller leurs photos, leurs PV, à inscrire des noms, des liens, des convergences.

– Sinon, je suis repassé chez la petite.

Mersch se retourna. Tout de suite, il sentit dans l'air une électricité nouvelle. Berto avait une faiblesse : il aimait ménager le suspense. Un indice intéressant ou un témoin capital, il les annonçait toujours en fin de réunion, histoire de faire monter la sauce.

– T'as déniché quelque chose ?

– Un peu, ouais.

Il fouilla dans son cartable et en sortit un sac en plastique transparent qu'il balança sur le bureau. Au premier coup d'œil, Mersch sut de quoi il s'agissait.

– T'as trouvé ça où ?

– Sous une latte de parquet.

Le sac contenait plusieurs dizaines d'acides. Des petits buvards imprégnés de LSD portant de minuscules dessins : un cœur, une fleur, un champignon, un bouddha...

– Suzanne ne se droguait pas, tous les témoins s'accordent là-dessus.

– Eh bien, elle dealait alors. Reste à savoir qui la fournissait. Voilà une piste nouvelle et inattendue.

D'expérience, Mersch savait que le crime appelle le crime. Une espèce d'esprit de famille régnait dans l'univers de l'illégalité. N'en déplaise à ceux qui pensaient que le mal était partout, on trouvait plus facilement un tueur chez les trafiquants de drogue que chez les philatélistes.

– Bien joué, Berto. On s'en occupe demain.

Sur ces mots, il renfila son blouson.

– Où tu vas ?

– Vérifier un truc. Commence à éplucher les dossiers, j'suis de retour dans deux heures.

– *Jawohl*, mon...

– J't'ai dit d'arrêter avec ça. Franchement, j'suis pas d'humeur.

– T'es jamais d'humeur.

38.

Un élément qu'il n'avait pas encore creusé : la position du corps quand on l'avait découvert.

Celle du Pendu du jeu de tarots, selon Guérin.

Il était vingt et une heures et, pour dire la vérité, maintenant qu'il n'essayait plus de faire sauter Paris et d'envenimer les manifs, il n'avait pas grand-chose à foutre en ce dimanche soir. Il s'était rechargé dans les chiottes de Beaujon et il pétait la forme. Chimique, la forme, mais peu importe l'amphet, pourvu qu'on ait l'ivresse… Tout ce qu'il lui fallait maintenant, c'était une fête foraine – avec une cartomancienne digne de ce nom.

Il rejoignit les quais et prit plein est, vers la porte de Charenton. Direction le cirque Gasparino. En avril dernier, un de leurs clowns avait été soupçonné d'avoir zigouillé un giton de la rue Sainte-Anne. Mersch avait traîné ses basques du côté de la troupe – il savait qu'ils avaient élu domicile sur la pelouse de Reuilly jusqu'au mois de juillet. Il y aurait bien là-bas une voyante pour lui tirer les cartes…

Il remonta les quais jusqu'au village de Bercy, à moitié abandonné, puis rejoignit les boulevards des Maréchaux. Le paysage semblait s'approfondir avec la nuit. Pas de frais de lumière, il se retrouva bientôt dans un bain d'ombre bien poisseux.

Il devinait, dans les ténèbres, les plaines, les terrains vagues, les bidonvilles, tout ce monde à vau-l'eau qu'on appelait jadis «les fortifs». Surtout, il apercevait les voies ferrées de la gare de la Rapée qui luisaient comme des lianes de fer serpentant sur un lit de mauvaises herbes.

La pelouse de Reuilly ressemblait à une antichambre du bois de Vincennes. Vestige de l'Exposition coloniale internationale de 1931, il s'agissait en réalité d'un immense parvis cimenté, une espèce de piste d'atterrissage de dix hectares qui ne servait à rien, sinon à accueillir chaque printemps depuis 1964 la foire du Trône.

L'esplanade était surélevée et, depuis le volant de sa Dauphine, Mersch vit bientôt les grandes lettres du portail et les manèges éteints au-delà. Les hautes structures des attractions se dressaient sur le ciel comme des arbres morts, des mâts striaient l'espace à la manière de potences. Rien de plus lugubre que cette foire fantôme, désertée par ses visiteurs…

Parvenu sur le parking, il se gara en frissonnant, malgré la chaleur. Des papiers sales, poussés par le vent, lui fouettaient les jambes. Des rats, le long des trottoirs, se carapataient parmi les déchets. Le lieu donnait l'impression d'avoir été vidé en quelques heures après une alerte atomique. Des panneaux en fer grinçaient sur leur pivot telles des girouettes, un vent tiède soufflait avec indolence, comme pour mieux saper votre énergie.

D'après ses souvenirs, le cirque était installé à gauche, sur un terre-plein qui jouxtait la foire. Il n'eut que quelques pas à faire pour découvrir un chapiteau rouge et or qui évoquait une toupie géante. Plus à gauche encore, il repéra les roulottes avec leurs couleurs vieillies. Il songea au musée Grévin, et aussi à une boîte à musique qu'il conservait toujours sur lui, enfant, et qui jouait «Mon beau sapin». *Ne me demandez pas pourquoi…*

Le cirque… Il avait toujours détesté ça. L'odeur de sciure et de fauves, les numéros braillards, l'orchestre qui abusait des trompettes et des cymbales, les courants d'air qui vous passaient dans le dos alors que vous grelottiez sur votre banc… Et voilà qu'il se retrouvait à déambuler entre des cages posées à même le sol et des roulottes de guingois.

Les odeurs vinrent à sa rencontre – effluves de paille humide, relents de bêtes assoupies. Malgré lui, il regardait à travers les barreaux : lions au pelage terne, singes apathiques, chiens ensommeillés… Tout ce petit monde semblait attendre la fin de la «parenthèse enchantée» pour reprendre le boulot.

L'avantage des roulottes, c'est qu'elles portaient, en lettres colorées et ornements alambiqués, les noms de leur occupant. Au bout de quelques-unes, il trouva celle qu'il cherchait : une caravane posée sur des pneus affichant sur ses flancs l'inscription « SARAH, CÉLÈBRE MÉDIUM », agrémentée d'une illustration suggestive – une Shéhérazade aux formes généreuses, le visage barré d'un voile d'où surnageaient deux yeux bordés de khôl.

Il frappa trois coups bien sentis et crut que la porte allait y rester.

– Qui est là ?

Il fut tenté de lâcher une blague à propos d'une voyante pas foutue de deviner l'identité de son visiteur nocturne.

Mais il cria simplement :

– Police !

39.

En fait de danseuse des sept voiles, il dut se contenter d'une petite dame, la cinquantaine, portant une robe noire aux manches boutonnées et au col blanc « pelle à tarte ». Visage sérieux, lunettes reliées par un cordon, mise en plis gaufrée qui lui descendait en plis crantés sur l'œil droit. Des barrettes tentaient, en vain, d'arrêter la cascade laquée.

Jean-Louis n'était pas assis que Sarah coupait déjà les cartes. Sa manière de les battre – seule concession à son métier, des bagues imposantes ornaient plusieurs de ses doigts – révélait plus qu'une familiarité avec le jeu. Plutôt une complicité, une relation de longue date, qui impliquait une espèce d'intimité souple, libre et confiante.

– Laissez tomber, madame. Je ne viens pas pour ça.

Les petits yeux de rapace nocturne le toisèrent au-dessus des lunettes.

– On vient *toujours* pour ça.

Mersch fouilla dans son blouson :

– C'est moi qui tire les cartes ce soir.

Il étala sur la table les photos du cadavre de Suzanne. La voyante parut sidérée. Son seul réflexe fut de faire plusieurs fois le signe de croix.

– Seigneur… Mais qui a fait ça ?

– C'est toute la question. Vous reconnaissez la position ?

– La position ?

Mersch se rendit compte qu'il présentait les images à l'envers, si bien que Suzanne avait l'air de se tenir sur un pied. D'un geste, il retourna la photo.

Sarah louchait de l'œil gauche. Entre ce strabisme et la mèche qui lui couvrait l'autre œil, elle ne devait pas voir grand-chose, la p'tite dame. Mais peut-être regardait-elle ailleurs. L'avenir. Le passé. L'invisible…

Pour l'instant, elle restait sans voix.

– Alors, cette position ?

– C'est… c'est celle du Pendu.

– Exactement. Qu'est-ce que ça signifie dans le monde du tarot ?

– Je ne peux pas vous répondre. Le Pendu tout seul ne signifie rien.

Elle parlait à voix basse. Un filet flûté qui s'échappait de ses lèvres en cul-de-poule.

– Faites un effort.

– Les cartes, mettons, c'est comme la vie, haleta-t-elle. Un événement pris séparément n'a pas de sens. Il faut toujours le resituer parmi d'autres, dans la continuité… Vous pouvez ranger ces photos, s'il vous plaît ?

Jean-Louis s'exécuta.

– La carte du Pendu, ordonna-t-il. Montrez-la-moi.

En quelques claquements de bagues, la cartomancienne fit apparaître un homme pendu par un pied à une branche, ou une potence. Collant rouge, poulaines et pourpoint bleus, et cheveux assortis… Tête à l'envers, mains dans le dos, il semblait rêver, ou du moins attendre…

– Le Pendu, mettons, c'est la douzième lame du tarot de Marseille.

Sarah pointa son index sur le corps inversé :

– C'est l'image de l'attente, du repos, voyez-vous ?

– Pas celle du malheur, de la malchance ?

– Non. Le Pendu attend, il laisse les choses venir à lui… Il n'intervient pas, il regarde, il réfléchit… C'est la carte, mettons, de la patience, de la placidité.

– Pas de signification négative, menaçante ?

– Il peut signifier l'emprisonnement. Je suis bloquée dans une certaine situation. Je ne peux pas bouger. Je suis impuissante, mettons… Ou dépendante de quelqu'un ou de quelque chose, voyez-vous ?

Silence – Jean-Louis tapotait le bord de la table, énervé, ou déçu, ou les deux.

La cartomancienne reprit, sur un ton plus ferme :

– Le Pendu vous conseille d'attendre, de réfléchir…

Mersch sentait la sueur lui dégouliner dans le dos. Cette roulotte était une étuve et il avait gardé son blouson.

– Ne croyez pas qu'il soit apparu par hasard dans votre vie. Il n'y a pas de hasards. Il n'y a que des rendez-vous.

– Gardez votre baratin pour les gogos.

Soudain, sa main crochue vint se poser sur les doigts de Jean-Louis.

– Écoutez-moi. Vous cherchez l'assassin, n'est-ce pas ?

– On peut rien vous cacher.

– Je vois quelqu'un d'autre. Quelqu'un de très proche. Vous marchez tous les deux.

Mersch déglutit. D'un coup, d'un seul, tout un pan de son cerveau, une sorte de cabinet privé qu'il maintenait consciencieusement fermé, s'ouvrit. C'était le royaume de la superstition, de l'inconnu, de la fragilité. Le flic redoutait maintenant cette petite bonne femme au pouvoir indicible…

– Vous êtes frères, n'est-ce pas ?
– Oui, fit-il dans son col, terrifié.
Les doigts se serrèrent encore sur sa main. L'œil torve était fixé sur lui.
– Vous pensez enquêter sur l'assassin, mais c'est lui qui enquête sur vous.
– Quoi ?
– Vous le cherchez, mettons. Mais lui aussi vous cherche, voyez-vous ?
D'un geste brusque, Mersch se libéra de l'emprise et se leva d'un bond, se cognant la tête au plafond.
– Je suis pas venu écouter vos salades.
Il reculait vers la porte quand la femme tendit vers lui le « V » de la victoire.
– Il vous cherche. Pas seulement vous. (Elle braquait ses deux doigts.) Mais vous et votre frère.
Sans pouvoir quitter des yeux l'œil de chouette, il tâtonna jusqu'à la poignée de la porte. La roulotte tanguait comme une barque.
– Vous… vous avez rien d'autre à me dire ?
La femme ferma les yeux et se passa la langue sur les lèvres. D'un geste sec, elle retourna la dernière carte du paquet. Il ne connaissait rien à ce petit jeu, mais il savait qu'une catastrophe en était sortie.
L'image représentait un squelette tenant une faux, un pied dans une terre noire d'où émergeaient des têtes, des mains, des pieds, des ossements.
– C'est quoi, balbutia-t-il d'une voix blanche, la mort ?
– Non. C'est l'Arcane sans Nom. La treizième lame du tarot de Marseille.
– Qu'est-ce… qu'est-ce qu'elle signifie ?
– Il faut faire table rase du passé. Il faut se débarrasser de tout ce qui vous gêne.
– Comprends pas.
Le doigt de la femme vint se poser sur le bas de la carte :

– La terre noire, c'est l'inconscient. La vérité est au fond de vous. C'est là qu'il faut chercher.

– Vous parlez de qui ?

– De vous deux, oui. Les deux frères, mettons. Les deux visages d'une même réalité.

– C'est absurde.

Sarah releva la tête. Elle semblait maintenant s'amuser, avec son œil rond et sa mise en plis crantée.

– L'assassin…, murmura-t-elle en se passant encore la langue sur les lèvres. Il attend. Il observe. Faites comme lui et vous saurez.

– Vieille folle.

Jean-Louis ouvrit la porte puis se ravisa soudain :

– Pourquoi vous avez la langue toute noire ?

Elle eut un sourire furtif. Il songea à une petite clé tournant le mécanisme d'une boîte de Pandore.

– Parce que ma parole est d'encre. Je suis un livre. Je suis l'abécédaire du passé et du futur. Je suis l'ouvrage des jours et des nuits.

40.

Nicole n'avait pas tout dit au flic. *Et pis quoi encore ?* On est contestataire ou on ne l'est pas. L'information cruciale qu'elle avait omise : le nom du petit ami de Suzanne. Non pas son jules attitré, mais tout de même, celui qui, sans aucun doute, comptait le plus. Denis Massart. Elle l'avait croisé une fois ou deux et avait aussitôt pigé pourquoi Suzanne s'en mordait les collants : beau, tourmenté, exalté, le gars était normalien et avait tout largué pour devenir un « établi » aux usines Citroën de Javel. Qui dit mieux ?

Après une nuit passée à pleurer, à prier, à cogiter, elle avait pris une décision capitale : mener sa propre enquête. C'était elle qui connaissait le mieux Suzanne. Elle pouvait reconstituer ses derniers jours, interroger chaque personne à qui elle avait parlé, remonter la trace de celui qui l'avait surprise… Et tout ça beaucoup, beaucoup plus rapidement que les flics, qui allaient patauger dans le milieu étudiant comme des chasseurs égarés dans une mare aux canards.

Celui qui était venu l'interroger ne lui avait inspiré que colère et dégoût. Encore un facho qui cogne d'abord et interroge ensuite… Une brute épaisse, un ancien de l'Algérie à tous les coups, un bourreau doublé d'un voyou. Et c'était un tel énergumène qui allait retrouver l'assassin de Suzanne ? Certainement pas.

Ce plan, c'était aussi une manière de négocier avec son chagrin, de ne pas rester là, comme une idiote, à serrer son petit mouchoir. Elle s'était d'abord dit qu'elle pouvait associer Cécile à son projet, mais elle avait compris au téléphone que son amie était au trente-sixième dessous. Pas du tout prête à jouer au Club des cinq. Qu'elle cuve tranquille sa détresse : Nicole s'occupait de tout.

Elle s'était levée ce matin avec une énergie particulière, quelque chose de nerveux, de fiévreux. Douche, petit déjeuner, vélo. Direction Javel, là où se dressent les usines Citroën. Elle n'avait jamais foutu les pieds là-bas et n'avait même jamais approché le quinzième arrondissement.

En pédalant sur les quais de la Seine, elle se demandait si les ouvriers avaient repris le travail en ce lundi 27 mai. La radio annonçait que Pompidou et les syndicats avaient trouvé un accord. Le relèvement du Smig à 3 francs de l'heure, la hausse généralisée des salaires de 7 %, la réduction du temps de travail afin d'obtenir une semaine de quarante heures, le libre exercice du droit syndical en entreprise… Tout ça suffirait-il pour que les ouvriers se remettent au boulot ? Aucune idée.

Elle planqua son vélo à deux cents mètres des usines – de crainte qu'on le lui pique. Pour dire la vérité (mais elle ne l'aurait jamais admis, même sous la torture), elle avait peur des Arabes – ceux que son père appelait les « bicots ». Une frousse irraisonnée, presque panique, qui datait de son enfance – l'époque où sa mère lui racontait que tous les Arabes étaient des « satyres », des pervers au visage d'ombre qui vous pelotaient dans les cinémas.

Côté tenue, elle avait opté pour un ensemble de toile claire, chemise et pantalon, sur lequel elle avait posé un ceinturon taille basse. Un petit foulard autour du cou, et le tour était joué. Peut-être que ça ne faisait pas ouvrière, mais à ses yeux, ça faisait cow-boy, la juste tenue pour jouer les éclaireuses dans un monde inconnu.

L'empire Citroën s'étendait de la Seine à la rue Balard, de la rue Leblanc à la rue Cauchy, sur plus de cinquante mille mètres carrés. Côté quai, un long bâtiment blanc surmonté de deux tours carrées et siglé CITROËN faisait face à la Seine. Derrière se déployaient les usines noires dont les longs toits biseautés, vus du ciel, devaient reproduire les soufflets d'un accordéon géant.

En tout cas, ici, personne ne semblait avoir repris le travail. Les murs étaient couverts de slogans véhéments : « GRÈVE À 100 % », « OCCUPATION DES LIEUX », « CITROËN, TOUS UNIS », « LES USINES AUX OUVRIERS », « POUR LA RÉDUCTION DU TEMPS DE TRAVAIL SANS DIMINUTION DE SALAIRES »… Des ouvriers surveillaient le portail, d'autres jouaient à la pétanque, faisaient griller des saucisses (des saucisses, à dix heures du matin !).

– Qu'est-ce que tu veux ?

Un gaillard se dressait devant elle, casquette penchée sur un œil.

– Je viens voir un ami.

– T'as des amis chez Citroën, toi ?

– C'est un militant. Il travaille avec vous.

– Plus personne travaille ici.

– Vous voyez bien ce que je veux dire…

– T'es étudiante ?

– Oui. Les étudiants sont avec vous !

Brutalement, il lui attrapa les doigts :

– C'est ça, ma belle, sourit-il en contemplant ses mains immaculées, tout l'monde est pote.

Il fit signe à un autre type qui déverrouilla une lourde chaîne : Nicole se coula à l'intérieur. Elle découvrit un gigantesque hangar – ou un entrepôt, elle ignorait la terminologie industrielle. Ici, pas de tour ni de machine mais une salle d'exposition où étaient exhibés les derniers modèles de 2 CV. Des centaines d'ouvriers, vêtus en civil, y allaient et venaient, jouaient à la belote, buvaient du vin, se prélassaient. Certains même se réveillaient, émergeant de cartons d'emballage.

Traversant la salle, elle songea à un grand préau où des enfants joueraient un jour de pluie. Mais les enfants avaient une drôle de gueule… Coupes gominées, yeux enfouis sous des pelotes de rides, vestes en cuir… Beaucoup étaient des étrangers. Les « portos », comme on disait alors, arboraient des moustaches tristes, les « bougnoules » des bérets et des vestes trop grandes, allez savoir pourquoi. Un carnaval de silhouettes élimées, pitoyables, où alternaient pulls jacquard, cravates de traviole, cols roulés…

Autour d'elle, elle percevait des phrases mal mâchées, des accents à peine compréhensibles, une dégringolade de l'espèce… Vraiment du second choix… *Non, mais tu t'entends, ma fille ?* se dit-elle. *Tu réagis en bourgeoise !*

Elle marchait toujours, stoïque, quand elle tomba sur un groupe de femmes. Plutôt des filles de son âge, dont les visages accusaient les efforts quotidiens, les journées à la dure, les retours épuisés en train… Elle aurait dû être emplie d'empathie, mais c'était l'extrême vulgarité de l'ensemble qui lui sautait aux yeux. Toujours ses préjugés…

Elle se retrouva dans une autre salle, aux odeurs de cambouis et aux machines froides. Des comités étaient installés là aussi, désœuvrés, rigolards.

Alors, elle le vit.

Assis sur une caisse de bois, Denis Massart portait un bleu de chauffe et de grosses galoches. On sentait qu'il était heureux ainsi déguisé. Cet uniforme démontrait sa révolte, son refus de filer droit, de devenir un haut fonctionnaire au service du système. Tels étaient les établis – plus royalistes que le roi, plus ouvriers que les ouvriers eux-mêmes.

Elle s'approcha encore. Tignasse noire et pupilles myosotis, Denis Massart avait l'air d'un ange… Autour de lui, des ouvriers étaient assis par terre – ethnies du Sud, Portugais, Arabes, Noirs, l'écoutant comme s'il était le Christ.

– Salut…, dit-elle en se plantant devant lui.

41.

– Salut, répondit-il sobrement, sans manifester la moindre surprise.

Il paraissait la reconnaître, mais sans plus. Encore une de ces étudiantes hystériques qui lui tournaient autour sans comprendre le sens fondamental de sa lutte.

D'un geste, il congédia les ouvriers, qui disparurent dans un feulement de tissu et une odeur de tabac froid.

– Tu te souviens de moi ?

– Bien sûr, fit-il sur un ton qui signifiait le contraire.

– Je suis Nicole, une copine de Suzanne.

– Oui, oui…

Il parlait distraitement, tout en rangeant les lettres dispersées devant lui. Rien ni personne ne pouvait l'atteindre. Il était trop haut, trop loin.

– Tu fais aussi écrivain public ?

– Pour les étrangers, oui.

– Tu parles le portugais ? Tu écris l'arabe ?

– J'ai appris, oui.

Suzanne disait de Massart qu'il était si brillant qu'il surpassait ses professeurs. Un véritable génie, capable d'assimiler toutes sortes de savoirs en un temps record.

– Qu'est-ce que tu veux ? demanda-t-il en piochant dans sa poche de poitrine un paquet de Gauloises maïs.

Il le tendit à Nicole qui en piqua une, histoire d'être dans le ton. Il lui donna du feu en faisant craquer une allumette d'un geste sec. En se penchant, elle remarqua que lui aussi avait des mains fines et lisses, comme elle, comme Hervé, comme tous les révoltés de la rue Gay-Lussac.

Massart était le fils d'un banquier de Neuilly-sur-Seine, une famille fortunée depuis des générations. L'argent, l'intelligence, la beauté, tout ça avait coulé entre ses doigts comme une source naturelle… Mais il avait tout refusé en bloc pour atterrir ici, au pied des forges.

– Tu écris à leurs familles ? demanda-t-elle en essayant de ne pas tousser à chaque taffe – ces maïs étaient vraiment dégueulasses.

– Ce sont eux qui écrivent, moi, je ne suis que la main…

– Ils doivent être fiers de raconter la grève, non ?

Massart eut un petit sourire suffisant qui déplut à Nicole.

– Ils ne veulent surtout pas en parler. Leurs familles auraient peur qu'ils ne soient pas payés ou qu'ils se fassent virer.

Nicole prit une inspiration et déclara d'un ton solennel :

– Les ouvriers sont tellement aliénés qu'ils ne savent pas reconnaître le chemin de la liberté !

Massart la toisa durant quelques secondes en hochant la tête. Ses yeux bleus, qui se frayaient un chemin parmi ses boucles brunes, avaient la dureté friable de la craie. *Encore une petite fille à papa*, devait-il se dire, *qui ne comprend rien au monde ouvrier*. Pas grave. Lui avait le droit de la mépriser. Il avait franchi le Rubicon.

– Qu'est-ce que tu veux au juste ?

– Je cherche Suzanne.

– Pourquoi ?

Nicole éluda :

– Quand l'as-tu vue pour la dernière fois ?

– Je t'ai posé une question : pourquoi la cherches-tu ?

– Elle a disparu.
– Qu'est-ce que t'appelles « disparaître » ?
Il fallait qu'elle soit prudente :
– Je n'ai aucune nouvelle d'elle depuis la manif de vendredi.
– Pas de quoi s'inquiéter.
Nicole avisa une caisse à outils et s'assit dessus. Des relents de graisse lui montèrent aux narines.
– Pas de quoi s'inquiéter ? répéta-t-elle. Alors qu'on arrête chaque nuit des centaines d'étudiants ? Que certains finissent à l'hosto ? Et pourquoi pas au cimetière ?
Massart acquiesça : elle marquait un point.
– Je vais pas aux manifs.
Il avait dit cela sur un ton qui signifiait : « Je ne m'abaisse pas à ça. »
– Donc, je répète ma question : quand l'as-tu vue pour la dernière fois ?
– Mardi ou mercredi, je pense.
– Où ?
– Ici. Elle est venue m'apporter des trucs.
– Quels trucs ?
– De la bouffe, des clopes.
Quelle cruche, pensa-t-elle, tout en se reprochant de critiquer son amie décédée.
– Qu'est-ce qu'elle t'a raconté ?
– Rien de spécial.
– Elle t'a parlé des manifs ?
– Bien sûr. Suzanne est une militante, une vraie.
Le temps d'un éclair, Massart parut sortir de sa tour d'ivoire et exprimer une admiration sincère, ou du moins un certain respect.
– Tu sais qui elle voit en ce moment ? Si elle a de nouveaux camarades ?
– Où ça ?
– Sur les barricades, dans les AG.

Massart observa un instant l'extrémité incandescente de sa cigarette :

– Je sais pas... Aujourd'hui, tout le monde se parle, tout le monde est pote... La promiscuité engendre l'unité, c'est-à-dire la pensée unique...

Massart laissait percer sa vraie nature – au plus profond de lui-même, il demeurait un intellectuel, quelqu'un qui prenait le peuple pour un troupeau de moutons dociles.

– Elle n'a pas rencontré quelqu'un qui l'effrayait ? Elle ne se sent pas menacée ?

Elle se rendit compte qu'elle posait les mêmes questions que le flic de la veille.

– Elle se sent menacée, comme des milliers d'étudiants aujourd'hui, par les CRS, les flics infiltrés, les fachos...

– Personne d'autre ?

Le maoïste étendit ses jambes et les croisa. Il semblait à l'aise dans son bleu de chauffe, comme un bébé dans son berceau.

– Ces derniers temps, murmura Massart, Suzanne a changé...

– Dans quel sens ?

– Il lui en faut plus.

– Plus que quoi ?

– Les manifs, les grèves...

– Elle veut passer à la lutte armée ?

– Non, sourit Massart, elle voit simplement plus loin...

– Explique-toi. Je ne comprends pas.

Massart hocha la tête. Son regard se fit plus doux. Il attrapa une nouvelle maïs.

– Derrière chaque révolution, il y a une mystique, pontifia-t-il. Une idée plus grande que le peuple.

– Je ne pige toujours pas.

– L'idée qu'une volonté supérieure travaille derrière tout ça.

– Tu veux dire... la dialectique historique ?

– Pas seulement... Une sorte de dieu, tu vois ?

Nicole resta perplexe. Depuis que Marx avait écrit que la religion était « l'opium du peuple », il n'y avait plus à y revenir.

Toute religion était l'ennemie de la lutte des classes, une aliénation supplémentaire entravant la marche de l'Histoire.

– Non, je ne vois pas, rétorqua-t-elle. Suzanne était… je veux dire : elle est athée.

– Tu te trompes, Suzanne est une mystique.

Elle se souvint qu'elle pratiquait le yoga, mais ça ne faisait pas d'elle une hindouiste ou une bouddhiste.

– Quel genre de mystique ?

– Je ne sais pas au juste. Mais elle cherche autre chose. La victoire des masses prolétariennes n'est plus un objectif suffisant pour elle.

Massart se tut. Il paraissait troublé lui aussi par le souvenir de Suzanne et de ses atermoiements.

– Je sais qu'elle voit des gens, reprit-il.

– Des militants ?

– Des militants d'un autre ordre, oui… Peut-être des religieux.

Voilà du nouveau : Suzanne se rapprochant d'une secte ou d'une confession singulière.

– D'où tu sors cette idée ?

Massart lui balança un beau regard turquoise – une éclaboussure de mer ensoleillée. Il semblait jauger Nicole : pouvait-il lui faire confiance ?

– C'est quand on fait l'amour, murmura-t-il soudain.

Heureusement qu'elle était assise, parce que ses jambes, pardon, du vrai coton…

– Suzanne est du genre insatiable, tu vois ? poursuivit-il.

Nicole n'avait aucune envie de pénétrer dans l'intimité de son amie morte.

– Elle en veut toujours plus, continuait pourtant Massart, et sa manière de… Enfin, c'est de plus en plus étrange.

La curiosité fut la plus forte :

– Donne-moi des exemples.

Il inhala une taffe et renvoya aussitôt la fumée vers le plafond :

– En ce moment, elle exige qu'on le fasse sur un grand drap

rouge qu'elle apporte. Et les positions qu'elle imagine sont… Pour moi, c'est du jamais vu.

– C'est peut-être… ce qu'elle aime.

– Avant qu'on baise, il faut qu'on boive une dose d'alcool. Tout ça ressemble à un cérémonial, un rite. Et pendant l'acte, ça devient carrément dément.

– Dans quel sens ?

Nouvelle taffe. Massart semblait soulagé de se livrer.

– Elle parle à mes… (Il hésitait.) Elle parle à mes organes génitaux.

Nicole faillit éclater de rire :

– Et qu'est-ce qu'elle leur raconte ?

– Je sais pas. C'est dans une langue inconnue.

Elle se demanda tout à coup si Suzanne n'avait pas basculé dans la sorcellerie ou un truc de ce genre. Le flic aux airs de voyou avait évoqué des produits étranges chez elle, un attirail ésotérique. Comme pour confirmer ce soupçon, l'établi poursuivit :

– Une fois, je l'ai surprise à récupérer mon sperme et ses propres sécrétions.

Nicole était sans voix : cette Suzanne-là lui était totalement étrangère.

– Une autre fois, elle a dessiné quelque chose sur le sol avec son doigt. Une inscription, ou simplement une lettre, je ne sais pas…

Nicole était surprise que l'établi vide ainsi son sac. Mais encore une fois, ça devait le libérer. Le guide des maos supportait mal ces manières de magicienne…

– T'es sûr que t'as aucun nom à me donner ? insista-t-elle. Un gourou qu'elle fréquenterait ? Un maître spirituel ?

– Non. Elle n'a jamais fait allusion à personne.

Nicole se leva – la pêche avait été bonne, mais elle évaluait encore mal la valeur de ces informations.

– Et toi, fit-elle par pure curiosité. Qu'est-ce que t'en penses ?

– De quoi ?

– De Dieu.

Il eut un rire sincère, d'une fraîcheur désarmante.

– Dieu se lave les mains à l'eau bénite. Ici, on se lave les mains avec du sable. C'est toute la différence entre la théorie et la pratique. Je préfère la pratique.

42.

Nicole quitta l'usine à la fois troublée et en colère. Elle ne reconnaissait plus Suzanne dans ce nouveau profil mais surtout, elle ne pouvait admettre que son amie ait eu tant de secrets pour elle. Avec Cécile, toutes les trois s'étaient juré de ne jamais rien se cacher.

Elle en était là de ses ruminations quand elle tomba sur les deux mecs qu'elle s'attendait le moins à rencontrer ici – et surtout ensemble : Hervé et le flic marlou.

Avant qu'elle ait pu ouvrir la bouche, ce dernier demanda :

– Qu'est-ce que tu fous là ?

– Et vous ? répliqua-t-elle du tac au tac.

– Ça te regarde pas. Qu'est-ce que tu branles ici ?

Nicole ne daigna pas répondre : elle fixait maintenant Hervé, qui semblait vouloir enfouir la tête dans sa veste, façon autruche.

– Et toi ? répéta-t-elle. Qu'est-ce que tu magouilles avec ce flic ?

Hervé grommela une réponse inintelligible.

D'un coup, elle céda à la colère :

– Salaud ! T'es qu'un vendu !

Le flic retrouva son sourire de merde – ce sourire qui avait l'air de se foutre du monde entier.

– Calme-toi, c'est mon frère.

Elle resta sans voix. Elle n'imaginait même pas que les flics puissent avoir une famille. Dans son esprit, c'était juste des ennemis, genre robots, sans cœur ni attaches.

– C'est vrai ? demanda-t-elle bêtement à Hervé.

– C'est vrai, parvint-il à bredouiller.

Estomaquée, la petite… Le flic profita de son avantage.

– Qui t'es allée voir ici ?

– Ça me regarde.

– Denis Massart ?

– Peut-être.

Il fit un pas vers elle. D'instinct, elle recula.

– Tu commences à m'faire chier, chérie. On parle d'une enquête criminelle, là, pas de vos conneries anti-flics ni de votre rébellion à la mords-moi-le-nœud !

Il l'attrapa par le bras :

– Le petit ami de Suzanne est un mao qui fait le piquet de grève ici, aux usines Citroën. C'est lui que t'es allée voir ?

Elle baissa la tête, boudeuse :

– Oui.

– Il t'a parlé ?

– Oui. Lâchez-moi.

L'homme s'exécuta et recula d'un pas.

– Qu'est-ce qu'il t'a dit ?

Elle attrapa une cigarette et chercha nerveusement son briquet. Ce type la pétrifiait. D'un geste, il fit jouer son Zippo.

– Qu'est-ce qu'il t'a dit ? répéta-t-il.

Des ouvriers s'approchaient – les manières brutales du flic n'avaient pas l'air de leur plaire. *On parle pas comme ça aux dames.*

– Restons pas là, murmura-t-il.

Ils s'éloignèrent et s'immobilisèrent quelques mètres plus loin, près des voitures stationnées.

Avec un temps de retard, Nicole comprit qu'elle était en position de force. C'était elle qui possédait des renseignements importants, et jamais Massart ne parlerait à un flic – surtout pas pour révéler des détails aussi intimes.

L'autre attendait toujours sa réponse, les bras croisés. Hervé se tenait en retrait, le malaise fait homme.

– C'est compliqué, finit-elle par chuchoter.

– Pourquoi ? Qu'est-ce qu'est compliqué ? Bon sang, parle ou j'te coffre !

Elle tira encore une taffe. Sentant son ceinturon peser sur ses hanches, elle se mit en appui sur une jambe, l'autre légèrement fléchie. Une posture de mannequin qu'elle avait repérée dans un des magazines de mode de sa mère.

– Prends-le de moins haut, conseilla-t-elle. Sinon, j'te jure, je crie au viol.

Le flic soupira :

– Ton amie a été assassinée. Si tu as appris quoi que ce soit qui puisse nous aider, tu dois nous le répéter.

Elle plissa les yeux à travers la fumée de sa cigarette et, ignorant délibérément l'injonction, se tourna vers Hervé :

– Qu'est-ce que tu fous avec lui ?

– Je l'aide pour l'enquête.

– C'est-à-dire ?

Le grand frère répondit à sa place :

– Par les temps qui courent, il ne fait pas bon être flic dans les milieux étudiants. Hervé est ma couverture.

Elle hocha lentement la tête – après tout, ces deux lascars œuvraient dans le même sens qu'elle. Ils voulaient tous trouver l'assassin de Suzanne.

– T'as une photo du corps ? demanda-t-elle soudain. Une photo du cadavre quand vous l'avez découvert.

Sans un mot, il fouilla dans sa poche de blouson et en sortit une enveloppe kraft. Il la lui tendit, en accompagnant son geste d'un regard dur.

Nicole l'ouvrit et feuilleta les clichés. Seigneur… C'était purement atroce… Surmontant son dégoût, elle saisit un cliché. Elle devait réussir sa démonstration.

Elle plaqua l'image sur le capot d'une voiture.

– Vous savez ce que c'est, cette position ?

– C'est celle du Pendu, dans le jeu de tarots.

– Pas du tout.

Elle retourna le tirage, remettant pour ainsi dire le corps de Suzanne à l'endroit.

– C'est une posture du yoga. La position de l'arbre.

– Quoi ?

Le flicard se penchait, gardant ses mains dans ses poches, comme s'il avait froid.

– Suzanne faisait du yoga, confirma Hervé. Je l'ai accompagnée une fois.

– Et c'est maintenant que tu m'le dis ?

– Franchement, je ne pensais pas que c'était important.

Le flic se tourna vers Nicole et lui demanda, comme par défi :

– C'est important ?

– Je pense, oui. En tout cas, je crois que Suzanne s'intéressait aussi au tantrisme.

– Au quoi ?

– Une pratique mystique, dérivée de l'hindouisme et du bouddhisme. Quelque chose de très spécial.

– Je comprends rien à c'que tu racontes.

– Ça ne m'étonne pas.

Elle alluma une nouvelle cigarette. Elle ne tremblait plus. Elle menait le jeu.

Après avoir craché une bonne taffe de mépris, elle poursuivit :

– Je ne suis pas flic mais je connaissais bien Suzanne. Et je suis sans doute une des rares personnes à Paris qui puisse vous parler du tantrisme.

Le pirate se gratta la tête – vraiment crasseux.

– Quel rapport avec le meurtre ?

– Je ne sais pas. (D'un coup de menton, elle désigna la photo restée sur le capot de la voiture.) Mais ce meurtre ressemble à un sacrifice, non ? Un sacrifice sous le signe du yoga…

À son tour, le flic alluma une clope d'un geste rageur, façon cracheur de feu.

– Viens avec nous.

– Où ?

– On va boire un café. On est garés à côté.

– Je suis à vélo.

– M'emmerde pas avec ton vélo. Tu montes avec nous.

– Pas question, je…

– Ta gueule.

Nicole savait reconnaître un mur quand elle en voyait un. Pas moyen de lutter. Elle réalisa qu'elle se trouvait exactement là où elle voulait : au cœur de l'enquête.

43.

Allez savoir pourquoi, Mersch l'emmena Chez Martin, un troquet au coin de la rue de Vaugirard et de la rue Monsieur-le-Prince rempli de chevelus et de nomades aux allures de pâtres grecs.

– Tu veux bouffer quelque chose ?

Il avait posé la question comme s'il honorait, à contrecœur, une vieille tradition d'hospitalité.

– Un sandwich au jambon, oui. Et un café.

Il fit un signe à son frère :

– Pour moi aussi. Tu peux aller nous commander ça ? Tu le mets sur mon compte.

Nicole regarda le jeune efflanqué se diriger vers le comptoir. Elle se souvenait de leur cérémonie dimanche matin. Malgré sa bonne volonté, Hervé paraissait surtout obnubilé par sa petite culotte.

Elle demanda brutalement à Mersch :

– Pourquoi tu l'as embarqué dans cette galère ?

JL sourit – il semblait apprécier cette soudaine complicité « d'adultes ».

– J'ai besoin de lui.

– Je ne pense pas qu'il ait le cœur assez accroché.

– Plus que tu ne penses.

– Vous avez grandi ensemble ?

– Non.

– Vous avez les deux mêmes parents ?

– Non.

Il lui tendit son paquet de Gitanes sans filtre. Inexplicablement, la silhouette flamenco dessinée dessus collait bien avec ce flic aux cheveux trop longs, aux airs de bohémien tout droit sorti de la zone.

Elle en piqua une, histoire de renforcer leur complicité. Ils l'allumèrent à l'unisson et Nicole y vit un nouveau symbole : ils partageaient la même flamme.

– T'es pas très bavard.

– D'habitude, c'est moi qui pose les questions.

– Je vois.

Hervé revint s'installer auprès d'eux, chargé des trois cafés – les sandwichs étaient en marche.

– Parle-moi de Suzanne, de ses opinions religieuses, ordonna Mersch.

Nicole but une goulée – de la pure terre brûlée – et se recula pour englober les deux frères :

– En fait, j'ignorais qu'elle en avait… Je suis tombée de ma chaise quand Massart m'a parlé de ça. Je savais qu'elle pratiquait le yoga, c'est tout. On s'était juré de ne jamais avoir de secrets entre nous, mais visiblement, elle n'a pas respecté ce pacte.

– Tout le monde a des secrets.

– C'est bien une idée de flic.

Sans relever, Mersch se tourna vers son frère :

– Et toi, t'es allé à une séance de yoga ?

Hervé haussa les épaules :

– Oui, un soir où y avait pas de manifs.

– C'était quand ?

– Y a dix jours environ.

– Où ?

Nouvelle ondulation du corps :

– Je sais plus, moi… Dans le dixième arrondissement. Rue de Paradis, je crois…

Nicole prit la parole :

– Je me souviens qu'elle m'a parlé d'un centre dirigé par un Indien, un certain Gupta.

– T'as raison, renchérit Hervé. C'était le prof. Un type avec une longue barbe grise. Vraiment une tête de gourou.

– Une tête de quoi ?

Nicole leva les yeux au ciel :

– Tu sais pas ce qu'est un gourou ?

– Non.

– Eh bien, on n'est pas rendus…, fit-elle d'une voix consternée.

– Garde tes grands airs et explique-moi.

– Un gourou, c'est un maître spirituel, un guide religieux. L'Inde en compte des milliers, et quelques-uns commencent à être bien connus en Europe et aux États-Unis.

– Tiens donc.

Le flic avait repris son petit ton sarcastique. Elle décida de le repeindre pour de bon.

– Tu sortirais un peu de ton commissariat, tu saurais que la philosophie indienne est à la mode. Les Beatles, les Beach Boys ou Donovan ont été initiés à la méditation transcendantale par Maharishi Mahesh Yogi. Timothy Leary, le prophète du LSD, pense que « psychédélisme » et « religion orientale » ne sont que les deux faces d'une même pièce… Et la plupart de nos chers sorbonnards redécouvrent aujourd'hui les livres de Hermann Hesse ou de René Guénon. Le temps est à la spiritualité, monsieur le flic : en ce moment même, Acharya Rajneesh met au point sa « méditation dynamique » alors que des milliers d'Occidentaux pratiquent le yoga intégral de Sri Aurobindo…

Elle avait parlé d'un trait et n'était pas mécontente de sa tirade. Elle ouvrit les bras en signe de conclusion :

– T'as qu'à regarder autour de toi.

En effet, ils étaient entourés de jeunes gens aux cheveux longs portant des pantalons en soie orange, des gilets brodés d'Evzones, des pelisses afghanes qui devaient puer le bouc ou encore des vestes Nehru à col Mao… Hommes et femmes, tous arboraient des bijoux en argent, des colliers de bois, des fleurs dans les cheveux. Une vraie communauté en forme de carnaval, qui avait l'air d'attendre le train du bonheur sur un quai de gare à Katmandou.

– Ok, fit Mersch, du ton du gars qui a compris la leçon. Donc, tu dirais que Suzanne était une hippie ?

– Justement, non. Elle se passionnait exclusivement pour la lutte politique.

– J'te suis plus.

– En réalité, elle nous cachait son attirance pour la spiritualité. Je ne sais pas pourquoi. Selon Massart, elle était carrément passée à autre chose.

– À quoi ?

– Peut-être au tantrisme. Peut-être que ce type-là, Gupta, l'a initiée.

– C'est quoi au juste ?

– Un ensemble de rites, de croyances, qui s'est développé au fil des siècles en Orient autour de l'hindouisme et du bouddhisme. Certains parlent même de sorcellerie. C'est une tradition assez mal connue, parce que ceux qui la pratiquent cultivent le secret…

– Qu'est-ce qui te fait dire que Suzanne s'intéressait à ça ?

– Son rapport au sexe.

Mersch haussa les sourcils.

– Massart s'est laissé aller à des confidences. Suzanne entourait leurs ébats de tout un tas de pratiques bizarres qui pourraient rappeler le tantrisme.

– Parce que cette tradition s'intéresse au sexe ?

– C'est une de ses particularités. Alors que l'hindouisme et le bouddhisme aspirent à la libération de l'âme par l'ascèse, le tantrisme inclut dans ses pratiques les fonctions humaines les plus prosaïques, comme l'activité sexuelle. Je ne suis pas spécialiste, mais ses adeptes pensent qu'en faisant l'amour on peut réveiller une énergie primordiale. En Inde, on appelle ça la « kundalini ».

Le flic fouilla dans sa poche et ressortit sa liasse de photos. Il en étala quelques-unes sur la table : Suzanne suspendue à sa poutre, comme une bête à son croc.

– Parle-moi de cette position.

Nicole réprima un haut-le-cœur.

– Je pratique pas le yoga mais j'ai lu des bouquins là-dessus. C'est la position de l'arbre.

– Elle a une signification particulière ?

– Je ne sais pas, mais elle est très courante, je crois.

Mersch interpella Hervé d'un ton ironique :

– On pourrait p't-être demander à notre spécialiste, ici présent.

– Je te dis que j'y suis allé une seule fois !

JL tapota de son index un des tirages :

– Et t'as fait la position de l'arbre ?

– Tu m'emmerdes.

Les sandwichs arrivèrent. Les deux hommes se jetèrent dessus comme s'ils n'avaient pas mangé depuis une semaine.

Elle les observa durant quelques secondes – ils étaient à peu près aussi différents que le feu et la glace, ou l'eau et l'huile, au choix. Chacun dans son genre possédait un certain charme. Mersch avait l'air d'un voyou, aucun doute là-dessus, mais c'était ce qui le rendait attirant. Mal rasé, la mèche dans les yeux, le flibustier vous envoûtait d'un coup de sourcils.

Hervé était tout le contraire. Corps distrait, regard rêveur, il avait la tête de l'étudiant romantique qui vous drague durant des années à grand renfort de poèmes vaseux et d'invitations hésitantes. Mais il était plutôt beau, oui, avec de très belles mains et une élégance à la Anthony Perkins, le tueur de *Psychose*, ou à la Jean-Louis Trintignant, le gringalet mutique des comédies italiennes.

La bouche pleine, Mersch reprit :

– Tu savais que ta copine se défonçait ?

Nicole se raidit :

– Certainement pas.

– On a trouvé chez elle plusieurs dizaines d'acides.

– Impossible. Pas du tout son genre.

– C'était pour ses potes alors ?

La jeune femme se pencha vers Mersch, qui commençait vraiment à lui taper sur les nerfs :

– Écoute-moi bien, Suzanne, c'était une militante. Et ses potes, comme tu dis, des combattants. Peut-être qu'ils fument un joint de temps en temps, mais ils partiraient jamais pour un trip d'une dizaine d'heures sous LSD. Ils ont d'autres urgences. Ils veulent changer la société !

JL leva les deux mains en signe d'excuse.

– Ou bien alors, ajouta-t-elle soudain, c'était religieux…

– C'est-à-dire ?

– Les swamis hindous, les mystiques japonais ou les rimpotchés tibétains mettent une vie à s'approcher de la libération mais depuis Timothy Leary, les hippies pensent qu'ils peuvent accélérer le processus avec le LSD. Ouvrir leur champ de conscience grâce à l'acide…

Mersch écrasa nerveusement sa Gitane dans le cendrier. Ses gestes étaient secs, saccadés, comme décharnés. Nicole eut une certitude : ce mec prenait des amphets.

– Qu'est-ce que tu fais ces prochains jours ?

Elle se sentit soudain mal à l'aise :

– Eh bien, je comptais… Enfin, j'ai l'intention de mener ma propre enquête.

– À la bonne heure.

Elle s'attendait à un grand éclat de rire. Ou à une engueulade condescendante. Mersch remballait ses photos.

– J'ai beaucoup mieux à te proposer, continua-t-il en empochant ses tirages.

– Quoi ?

– Nous.

– Vous ?

– Je te propose d'intégrer notre équipe.

Ce fut elle qui éclata d'un rire nerveux :

– Si on m'avait dit ça un jour…

II

L'OMBRE ET LA LAMPROIE

44.

Alors voilà.

Hervé était assis sur la banquette arrière, comme un gamin, alors que les deux autres se prenaient pour Dupond et Dupont. Sentiment mitigé. Il aurait dû être heureux de se retrouver ainsi auprès de Nicole – mais il n'aimait pas trop ses grands airs d'enquêtrice, et encore moins son ton agressif pour s'adresser à son frère qui masquait mal, il n'était pas si con, son attirance pour lui.

Il aurait cru que Jean-Louis interrogerait en priorité le dénommé Gupta, professeur de yoga, mais non, il avait pris la direction du 36, quai des Orfèvres – sous prétexte de creuser la piste du LSD. Quel lien avec le meurtre ?

JL parut deviner la question :

– Le crime attire le crime, expliqua-t-il, comme des particules magnétiques. Il faut chercher dans les bas-côtés, les caniveaux, les actes illégaux y grenouillent ensemble... Vols, trafics, meurtres : c'est un monde en soi. C'est là qu'on a des chances de dénicher le tueur...

Hervé n'avait jamais entendu son frère pérorer de cette manière. Sans doute un petit numéro en l'honneur de sa passagère, la Belle des Invalides en tenue de cow-boy.

Lui aussi aurait eu son mot à dire. Il possédait de solides connaissances sur le LSD. En tant qu'historien contemporain, il avait planché sur la question. Il pouvait réciter par cœur l'histoire de ce puissant hallucinogène, l'acide lysergique diéthylamide, synthétisé en Suisse au milieu du XXe siècle puis développé dans les laboratoires américains, de manière confidentielle, pour soigner les troubles mentaux.

Dans les années 60, Timothy Leary, un chercheur de l'université de Harvard, avait mis le feu aux poudres. Selon lui, le LSD permettait de pousser les « portes de corne et d'ivoire » des rêves et d'accéder à une partie interdite du cerveau. Il avait initié une série d'expériences avec ses étudiants et peu à peu, une légende était née. Leary : « Demain, vous ne demanderez plus à vos enfants au retour de l'école : “Quel livre as-tu lu aujourd'hui ?” mais : “Quelles molécules emploies-tu pour ouvrir de nouvelles bibliothèques dans ton cerveau ?” »

Aux États-Unis, le LSD s'était répandu comme un fléau et avait cramé pas mal de cerveaux, d'abord parmi les intellectuels de la Beat Generation puis chez les hippies de Haight-Ashbury. L'acide, devenu une menace pour toute une génération de jeunes Américains, avait été déclaré illégal. Leary, arrêté plusieurs fois, s'obstinait : il avait même créé une religion à base de LSD – la « Ligue pour la Découverte spirituelle », prônant les « voyages astraux » hors du corps, l'expansion de la conscience humaine, le « troisième œil »...

Suzanne avait-elle adhéré à cette nouvelle chapelle ? Se prenait-elle un petit buvard dans le cornet, entre deux manifs ? Difficile à croire. Hervé était du même avis que Nicole : la jeune femme était une battante, une femme d'action – pas une contemplative.

Mais cette piste plaisait à JL – beaucoup plus que le tantrisme ou le pseudo-gourou de la rue de Paradis. Le LSD, c'était du concret, un monde avec des dealers, des casiers judiciaires, des arrestations. Depuis le départ, le frangin n'était pas à l'aise avec la violence surréaliste du meurtre, son côté ésotérique, son absence de mobile...

Hervé colla son nez à la vitre. Paris défilait dans l'air ensoleillé. Noir, crasseux, magnifique. Avec tous ces siècles sur le dos et ces somptueux bâtiments en forme de coups de génie, c'était toute l'histoire de l'homme qui courait derrière le carreau.

Alors voilà…

Il était tout de même heureux à bord de la Dauphine lancée dans un corps à corps serré avec les pavés du quai Saint-Michel. Pam-pam-pam…

Malgré l'horreur du meurtre, malgré le dédain de Nicole, il s'en tenait à cette émotion spontanée aussi soudaine que lénifiante : le bonheur de sillonner la ville, étreint par la pierre, abreuvé de soleil…

– On arrive, déclara Mersch comme un lieutenant qui guide sa patrouille.

– J'ai toujours pas compris ce qu'on allait foutre là-bas, remarqua Nicole.

– T'occupe. Une enquête, ça consiste d'abord à tordre le cou à toutes les pistes, l'une après l'autre. Je veux approfondir cette histoire de drogue.

Mersch s'exprimait de plus en plus comme un prof de police, ronflant de formules, imbu de certitudes. Hervé ne l'avait jamais vu comme ça. Allait-il lui souffler sa douce ? Bizarrement, il n'en éprouvait aucune inquiétude – les deux frères couraient pour les mêmes couleurs. On ne peut pas être jaloux de soi-même…

45.

Quand la Dauphine pénétra, cahin-caha, dans la cour du 36, quai des Orfèvres, Hervé eut l'impression qu'ils se rejouaient *Germinal*. Tout était noir. Du sol aux toitures, en passant par les façades, les fenêtres, les portails. Ces bâtiments, construits à la fin du XIXe siècle, paraissaient couverts de suie, ou bien taillés dans de la roche volcanique. « Black is Black », chantaient Los Bravos en 1966…

Il était ému. Il avait beau avoir baigné, à la fac, dans la haine du flic, hurlé tout le mois de mai des slogans tels que « La police partout, la justice nulle part ! », « Non à l'État policier ! » ou « Libérez nos camarades ! », il éprouvait en cet instant la sensation d'entrer dans le saint des saints de la police et, même par ces temps de guerre, de braver un tabou…

Tout était désert.

Alors que Mersch ouvrait sa portière, Hervé demanda :

– Où sont les flics ?

– Avec vous. Sur les barricades.

Ils s'engouffrèrent dans un bâtiment – Hervé n'eut même pas le temps de voir son numéro. Mersch montait déjà les marches quatre à quatre – de bons vieux escaliers administratifs, grinçants comme une porte de geôle, moisis comme un dossier oublié.

À chaque palier, il lançait des regards furtifs dans les couloirs : toujours personne.

– Mais où on va ? demanda Hervé, déjà à bout de souffle.

– À la Mondaine.

– La Mondaine ? Pour quoi faire ?

– Ce sont eux qui s'occupent des problèmes de drogue.

Mersch s'engagea dans un couloir rempli de poussière et d'odeurs d'encre. Murs écaillés, pièces exiguës. Hervé et Nicole suivaient. Mersch ouvrait chaque porte : pas une ombre.

Enfin, il stoppa devant un seuil. Un gars était affalé dans un fauteuil, les pieds sur le bureau, un transistor coincé contre son oreille. Une gueule patibulaire, un nez cassé, des rouflaquettes de compétition. Comme Jean-Louis, on aurait pu le prendre pour un gangster sans son holster d'épaule en cuir vieilli garni d'un gros revolver digne d'Eliot Ness, le héros des *Incorruptibles*.

– Vacher ? l'interpella Mersch. Où sont les autres ?

– Au turbin. Un coup d'filet à l'Odéon, j'ai pas bien compris.

– Putes ? Trafiquants ?

– Contestataires. Ceux qu'ont coupé les arbres cette nuit. Une bande de couillons qui vendent aussi du haschich…

Jean-Louis tressaillit – Hervé en était sûr, son frère connaissait ces types. Ses fournisseurs ?

– Et toi, qu'est-ce que tu fous ?

– Tu vois bien, j'écoute la radio.

Ce flic vautré offrait un splendide condensé de la situation en France : pas de boulot, pas d'essence, guère plus de téléphone… Que restait-il ? Le bon vieux transistor. Tout le monde en cette fin de mois de mai était suspendu à son poste, attendant l'annonce de la fin du monde.

– Les nouvelles sont bonnes ? demanda Mersch en s'asseyant sur la chaise des suspects, en face du bureau.

Il semblait se détendre.

– La gauche se réunit ce soir au stade Charléty.

– Quelle gauche ?

– Les socialistes, les syndicats.

– Mitterrand va ramener sa fraise ?

– Je sais pas. Mais Mendès sera là. Va p't-être même prendre la parole.

S'engagea alors une conversation politique entre les deux flics, nourris au même socialisme domestique. Cœur à gauche, calibre à droite.

Nicole intervint, excédée par ce dialogue de fonctionnaires politisés :

– On n'était pas là pour une histoire de drogue ?

Mersch lui lança un regard surpris, puis furieux, puis vaincu. Il fouilla dans sa poche et balança des bandes de « petits gris » sur la table. Hervé n'avait jamais vu autant d'acides d'un coup. À Paris, ce n'était pas un produit ordinaire…

– Qu'est-ce que tu peux me dire là-dessus ?

Le flic saisit un ruban et le déroula à la lumière comme s'il s'agissait d'une pellicule photo.

– Des Hula Hoop.

– Mais encore ?

Sans répondre, il en déroula un autre.

– Des Purple Haze.

– Tu peux m'traduire, oui ?

– Les acides actuellement en circulation. Rien d'original.

– Qui en vend ?

Le flic éteignit son poste puis laissa tomber ses jambes, adoptant maintenant la position « rugby par temps de mêlée » : avant-bras plaqués sur le bureau, tête en avant, épaules au cordeau.

– Pas trop d'monde en fait.

– On a trouvé ça chez une étudiante. Une gamine de la Sorbonne.

– Alors je dirais Goa.

– Goa ?

– On l'appelle comme ça parce qu'il prétend avoir voyagé en Inde. Il fournit les étudiants de la rive gauche. Il officie tous les après-midi passage Brady. Une vraie marchande de quatre-saisons.

Le flic regarda sa montre :

– À c't'heure-ci, tu peux pas l'louper.

– Merci, Vacher.

– On s'voit ce soir, à Charléty ?

Jean-Louis brandit le poing :

– SFIO, camarade !

46.

Hervé avait toujours vécu dans la peur.

C'était son monde, son environnement, son biotope naturel. Ça avait commencé par ses cauchemars d'enfant. Des nuits inondées de sueur, d'angoisse, de trilles cardiaques… Les pédiatres avaient parlé de terreurs nocturnes mais il ne s'agissait pas de ça. Pas du tout. Ses cauchemars étaient de longues scènes terrifiantes qui ne le réveillaient pas et le torturaient à petit feu.

Un jour, sa grand-mère l'avait emmené consulter un spécialiste. Le toubib lui avait demandé de dessiner ses rêves et de lui apporter ses œuvres. Hervé avait ricané devant la naïveté de la méthode. Il avait docilement gribouillé quelques dragons et autres monstres de pacotille et gardé pour lui ses scènes d'effroi.

Seule sa grand-mère avait eu l'honneur de ses révélations, auxquelles, étrangement, elle semblait croire. D'une certaine façon, c'était plus inquiétant encore car son approbation donnait vie à ces chimères. Dans ses yeux, Hervé voyait l'horrible possibilité que ces songes deviennent réalité…

De quoi rêvait donc Hervé ? D'un voleur d'enfants portant casquette et justaucorps penché sur un berceau. D'un gosse très jeune, presque un bébé, à qui on ouvrait les veines. D'une femme élégante – qui le hantait encore aujourd'hui – ressemblant à Gaby Morlay, dont le reflet accrochait les miroirs et dont les pas, mystérieusement, faisaient résonner le parquet… Parfois, et même souvent, la femme – dans son rêve, il était « elle » – souriait à un de ces miroirs et soudain, sa bouche se tordait en un terrifiant rictus qui révélait des myriades de dents serrées…

En grandissant, Hervé avait apprivoisé sa peur. Il en avait même fait un objet de désir, une source de jouissance. Il s'était passionné pour les trains fantômes (pas question d'y monter, les devantures peintes lui suffisaient), puis les romans gothiques – *Dracula*, *Frankenstein*, *Le Moine*… –, les films d'horreur, enfin, ceux de la Universal, ou de science-fiction, de la Warner et de la 20th Century Fox. Quant aux bandes dessinées américaines d'épouvante des années 50, il allait les acheter, en douce, dans une petite librairie spécialisée boulevard Montmartre…

Plus tard, il avait découvert les *horror movies* de la firme Hammer. Le choc absolu. La couleur. Le sang. Les vampires. Les vierges en chemises de nuit. Si on ajoutait à cette déflagration quelques chefs-d'œuvre marginaux, comme *Le Cirque des horreurs* ou *Les Yeux sans visage*, les films de Roger Corman et de Mario Bava, ses cauchemars n'étaient plus qu'une frayeur parmi d'autres, une illusion parmi toutes celles qui lui glaçaient le sang.

Même encore aujourd'hui, entre deux cours, il filait boulevard de Clichy, au Mexico ou au Colorado, ou encore boulevard Poissonnière, au Midi-Minuit, pour s'envoyer un ou deux films d'épouvante, enfoncé dans un fauteuil déglingué.

Parmi ces cinémas spécialisés, le plus fort, le plus noir, était le Brady, à deux pas de la station Château-d'Eau. Et voilà qu'ils étaient en route pour le passage du même nom… C'était comme si le meurtre de Suzanne rejoignait le monde de ses cauchemars, ou l'inverse, il ne savait plus.

Ils roulaient boulevard de Strasbourg, toujours les pavés, toujours la mitraille des rebonds, bam-bam-bam… Arpenter le dos de Paris, à cette époque, tenait de la tachycardie, on rebondissait dans la bagnole comme un cœur au fond de la poitrine.

Ils y étaient presque…

Jean-Louis se gara à la va-vite, à l'ombre des platanes fatigués.

En sortant de la Dauphine, Hervé se prit de plein fouet la rumeur du trafic. Au début du siècle, les Grands Boulevards avaient été la voie royale du grand chic parisien. Il ne savait pas ce qui s'était passé mais le quartier était devenu une espèce de bouge fourmillant de Noirs, d'Arabes, de Turcs. Hervé avait toujours eu les jetons en arpentant ces trottoirs, et en même temps, il adorait cette atmosphère de décrépitude, de crasse borgne. Boutiques de sapes bon marché, coiffeurs démodés, magasins de farces et attrapes, drogueries louches, théâtres miteux, cinémas érotiques… Du commerce de camelot, de la retape de bas étage, du troc de misère…

Le passage Brady était un parfait exemple de cette déchéance : une galerie couverte, à moitié abandonnée, aux airs de souk voilé et incertain. Au fond, des putes y faisaient le pied de grue, adossées aux rideaux de fer, attendant des clients immigrés venus dépenser ici leur solde mensuelle.

JL s'arrêta à l'entrée du passage et leur expliqua son plan. Hervé ne parvenait pas à se concentrer. Juste à droite, dans l'air brouillé de gaz carbonique, le Brady et sa devanture de train fantôme lui faisaient de l'œil. Au programme cette semaine, deux films d'horreur pour le prix d'un : *Le Masque du démon* de Mario Bava, et *Crime au musée des horreurs* d'Arthur Crabtree.

Alors que l'ombre des feuillages tremblait sur le trottoir, ajoutant un frémissement inquiétant au tableau, il fut saisi par un autre souvenir. Il avait toujours éprouvé, dans la peur, une autre peur. Celle de la salle elle-même, repaire de satyres, de vicieux aux mains baladeuses. Toutes ses années d'adolescence, Hervé s'infligeait cette torture : pour le plaisir d'avoir la frousse sur grand écran, il devait payer un autre tribut, une autre terreur en mode intime, celle des inconnus dans l'obscurité qui cherchaient à lui peloter l'entrejambe.

Il reçut une tape dans le dos : son frère, la réalité, l'instant.

– Ho, tu es avec nous ?

– Hein ? Bien sûr.

– Tu restes là, à l'entrée du passage, avec Nicole. Moi, je fais le tour. Si Goa déboule, tu le bloques.

– Mais je le connais même pas !

– Un mec hagard, couvert de sueur, qui court dans ta direction : ça te va comme signalement ?

– Heu… d'accord.

Hervé lança un bref coup d'œil à Nicole, qui avait l'air remontée. Mais que s'imaginait-elle ? Que cette expédition foireuse était la suite des manifs étudiantes ? Qu'elle allait plaquer au sol un dealer de LSD comme ça, pour le compte, sur le trottoir d'un des boulevards les plus malfamés de Paris ?

Il fourra les mains dans ses poches et arbora l'expression la plus dure qu'il avait sous la main – ça ne devait pas être bien terrifiant, mais bon. Avec Nicole, ils faisaient vraiment la paire…

Jean-Louis avait déjà disparu.

47.

– Je ne sais pas pour qui il nous prend…, maugréa Hervé en allumant une clope.

– Il est flic, répondit Nicole sur un ton définitif. Il sait ce qu'il fait.

Mais ma parole, c'est qu'elle y croit ! Il fit quelques pas sur le trottoir. Des Arabes, veston mal taillé, bonnet hors de saison, payaient leur place à la caisse du Brady.

Il devait arrêter de se focaliser sur le cinéma : c'était le passage qui comptait. Il plongea son regard dans le boyau. Les rares passants longeaient les murs, les rayons de la verrière baignaient l'ensemble d'une lumière verdâtre.

Il n'éprouvait aucune peur, aucune appréhension – ni même aucune attente. À ses yeux, cet interrogatoire était du temps perdu, un coup pour rien… Mais comme venait de le lui rappeler Nicole : c'était JL le flic, pas lui…

Soudain, il perçut une bousculade au fond du passage. Le temps de tendre le cou, il vit débouler dans l'encadrement de la galerie un gars hirsute qui ressemblait – plus ou moins – à l'idée qu'il s'était faite du trafiquant.

Trogne de sanglier, frange courte, sourcils en casque à pointe façon Méphisto, avec des cheveux bien noirs qui lui revenaient sur les tempes et les joues comme des touffes de poils. Noyé dans un blouson de cuir, la chemise de travers, il était aussi mal attifé que Jean-Louis lui-même.

– Bloque-le ! hurla ce dernier au loin.

D'un geste, Hervé écarta Nicole du cercle du danger – pur réflexe de preux chevalier – puis groupa son corps. Il se moquait bien d'arrêter le fuyard mais il fallait assurer, montrer à la demoiselle de quel bois il se chauffait.

La collision fut telle qu'il se retrouva le cul par terre, sans même comprendre ce qui lui arrivait. Plus moyen de respirer, des étincelles au-dessus de la tête, façon bande dessinée.

Nicole hurla et tenta de frapper le fugitif avec son sac, tentative assez comique, sans grand effet sur Goa. L'homme était à bout de souffle, genoux fléchis, tête baissée, comme s'il cherchait un mégot – ou une idée – sur le trottoir.

Sur ce, Mersch déboula dans son dos, l'arme au poing – on ne plaisantait plus. Devinant sa présence, Goa balança son bras derrière lui, atteignant la main armée de Jean-Louis. Un coup de feu partit dans les cimes. Soleil blessé. Panique sur le boulevard. Clameur. Affolement.

Dans ce branle-bas – les passants hurlaient en s'enfuyant –, Goa jeta un regard traqué autour de lui puis, contre toute attente, poussa la double porte à hublots du cinéma Le Brady.

Hervé fut le plus rapide – Mersch, tout en rengainant son flingue, exhortait la foule à se calmer – et s'engouffra dans la salle obscure. Le Brady, c'était chez lui.

La première chose qu'il vit en violant les ténèbres, ce fut le visage en gros plan noir et blanc de Barbara Steele percé par les clous du masque de torture. Une pensée réflexe dans son cerveau de cinéphile. *La Maschera del demonio.* 1960. Mario Bava. Adaptation d'un conte de Nicolas Gogol.

L'instant d'après, baissant les yeux, il vit le trafiquant dévaler l'allée centrale de la salle, légèrement en pente, puis prendre le petit escalier sur la gauche qui rognait sur la largeur de l'écran.

Erreur fatale…, se dit Hervé, car cet escalier ne menait qu'aux toilettes, plus fermées qu'une geôle soviétique. Le type s'était fourré tout droit dans un cul-de-sac.

Sans réfléchir, Hervé lui emboîta le pas alors que la musique macabre de Roberto Nicolosi emplissait les ténèbres. Moment fou, moment délirant de pure synchronie entre le cauchemar projeté et celui de la poursuite.

La porte des toilettes pivota sur ses gonds. Des protestations, des grognements dans la salle : on voulait voir le film ! Hervé enjamba la volée de marches et saisit à son tour le battant. Pleine lumière sur le couloir des gogues. Il resta tétanisé. C'était pire que s'il venait de découvrir un crotale sifflant à ses pieds – et en un sens, c'était de ça qu'il s'agissait.

Dans l'étroit corridor, deux Arabes, pantalon baissé, jouaient aux sodomites alors qu'à l'arrière-plan, le fugitif s'enfermait dans la cabine du fond. Toute sa terreur des satyres de jadis lui remonta à la gorge, et même plus haut, à lui faire péter les tempes. Bites brunes, caleçons sales, vice en forme de mèche de perceuse. Hervé se recula vers la porte restée ouverte dans son dos, pris entre les deux amants d'un côté, et de l'autre la salle qui beuglait à qui mieux mieux. *Le film, bon Dieu !*

La seconde suivante, la chasse d'eau retentit et Hervé comprit enfin le jeu du trafiquant : il venait de se débarrasser de sa drogue.

– MAIS QU'EST-CE QUE TU FOUS ?

Il tourna la tête et vit son fêlé de frère lui passer devant puis attraper les deux Arabes par le colback. Il les tira dans le couloir – un boyau puant la pisse, le foutre et la merde –, puis les repoussa dehors, entraînant Hervé dans leur chute, côté salle.

Nicole, qui venait d'arriver à son tour, évita les deux amants et s'élança à l'assaut des marches. Bon dernier, Hervé lui emboîta le pas.

En haut, Jean-Louis s'évertuait à arracher à mains nues la porte de la cabine où s'était planqué le trafiquant. Hervé était en état de choc. Les toilettes lui paraissaient palpiter, petit enfer bien compressé de faïence jaunâtre et de remugles irrespirables, de papiers maculés et de traces noirâtres.

Enfin, la porte céda. Jean-Louis s'écarta pour ne pas se la prendre sur la gueule puis plongea à l'intérieur. Il en ressortit avec Goa à quatre pattes entre ses jambes, hurlant, sanglotant. Sans lui laisser le temps de réagir, il lui fourra la tête dans la pissotière qui faisait face aux chiottes.

Il le laissa glouglouter dans la pisse une minute puis l'extirpa in extremis, avant qu'il y ait mort d'homme. Le trafiquant, crachant l'urine par la bouche, les narines et les oreilles, reprit tout juste son souffle.

De son autre main, Jean-Louis sortit de sa poche une photo de Suzanne du temps de son vivant – Hervé n'avait jamais vu ce cliché, il se demandait où le frangin l'avait trouvé.

– Tu la connais ? hurla Jean-Louis en lui braquant la photo sous le nez.

– Non.

Mersch renfourna son cliché et attrapa le pauvre gars par la nuque pour un nouveau bain d'urine.

– Oui ! avoua l'autre.

Le flic l'envoya par terre et lui écrasa son talon sur la gorge.

– Arrête ! intervint Hervé. Tu vas le tuer !

Jean-Louis parut réaliser ce qu'il faisait. Comme à contrecœur, il relâcha son emprise.

– PARLE ! brailla-t-il en mettant un genou au sol.

– J'la connais, ouais, fit l'autre d'une voix humide.

– Elle t'a acheté des acides ?

– Ouais.

– Qu'est-ce qu'elle fout avec ça ?

– J'en sais rien ! C'est pas mes oignons.

Jean-Louis lui envoya un coup de poing dans la glotte. L'autre vomit en une giclée verticale. JL s'était déjà écarté, prévoyant cette réaction, et c'est Hervé qui s'en prit plein les chaussures.

– Dis-moi c'qu'elle en fait, répéta le frangin. J'suis sûr qu'elle te l'a dit.

– Elle veut... (L'idée parut le faire rire, même en cet instant.) Elle veut monter une école.

– Te fous pas de ma gueule !

– J'te jure ! Une école spirituelle, où les élèves verraient Dieu grâce aux buvards !

Il y eut un temps d'arrêt. Jean-Louis paraissait réfléchir, Nicole surveillait la porte, et lui, Hervé, ne servait à rien. Il se remettait de sa panique, et c'était déjà pas mal.

Mersch leva de nouveau son pied et plaqua cette fois la gueule du trafiquant dans une flaque d'urine. Le crâne du type glissa contre le carrelage en un bruit dégueulasse, jusqu'à se bloquer contre les tuyauteries rouillées.

– Qu'est-ce qu'elle t'a dit d'autre ?

L'homme agitait un bras et, de l'autre, essayait désespérément de se dégager.

– Lâche-moi, merde ! Je peux plus respirer !

Pris d'une soudaine clémence, Jean-Louis le libéra. Mais l'homme eut tout juste le temps de tousser qu'il lui envoyait une baffe à lui décoller la tête.

– PARLE !

– J'sais pas, merde ! Allez rue de Paradis ! C'est là qu'elle distribue ses trips. Y a une école de yoga !

Jean-Louis recula, un large sourire en travers de la face. On aurait dit une balafre. Ou une fissure. Ou un maquillage de clown démoniaque.

Hervé se demanda sérieusement si son frère avait toute sa tête.

48.

– On est bons, là. On est bons !

Mersch frappait son volant avec une joie lugubre, une allégresse sadique. Surexcité, le frérot. Et sans doute saturé d'amphets – au 36, il avait disparu quelques secondes, et ce n'était pas pour rien.

Hervé ne savait plus où il en était. La scène du Brady l'avait pulvérisé, mélangeant ses angoisses du passé à la violence du présent en un cocktail Molotov qui avait littéralement explosé au fond de son crâne.

Nicole ? Pas un mot. Bien sage sur le siège passager, elle se cramponnait au tableau de bord. Dans son euphorie, Jean-Louis poussait la Dauphine à fond, heurtant les trottoirs à chaque virage, emportant à l'occasion un rétroviseur ou deux.

– On s'résume, reprit le flic. La p'tite, là, je commence à la cadrer. Y a quelques mois, elle nous fait une crise spirituelle. La politique, c'est bien, mais ça suffit pas. Le cul non plus, mais faut qu'ça serve à quelque chose. La môme se tourne vers la religion. Pas n'importe laquelle, l'indienne, l'hindoue, l'orientale ! Suzanne cherche, Suzanne trouve. Elle fait du yoga. Elle se rapproche du maître indien, là, Gupta. Elle se lance dans des pratiques bizarres, liées au tantrisme… Elle se choisit des maos comme amants, qui sont à ses yeux des espèces d'anges, des êtres purs qui vont lui permettre de passer de l'autre côté. Elle achète aussi du LSD pour aider les autres, sans doute les élèves du centre, ou ses potes de la fac, j'sais pas, à mieux décoller… Bon Dieu, cette gamine a mis les pieds là où fallait pas…

Jean-Louis parlait avec une sorte d'obstination tourmentée. Sa position était très particulière, voire comique : penché en avant, les deux mains crispées sur le volant, le menton quasiment posé dessus.

Ils étaient déjà arrivés rue de Paradis, située à environ cinq cents mètres de Château-d'Eau. Hervé reconnut les lieux. Le centre de yoga ne devait plus être loin…

– Là ! fit-il soudain. C'est là !

JL braqua dans un bateau et buta contre le trottoir. Ils sortirent de la bagnole tout chancelants. Des ateliers, des boutiques, des entrepôts… Cristal, faïence, porcelaine… Un siècle – le XIXe – à fabriquer de la vaisselle et de la transparence, pour aujourd'hui offrir une série de bâtiments sombres qui fleuraient bon l'artisanat, les charrettes, les mains calleuses.

Les porches s'ouvraient sur des cours, les cours sur des magasins, les magasins sur des monte-charges… Grilles, plateformes, chariots, et sans doute encore des piles et des piles d'assiettes dans les coins…

Aujourd'hui, en prime, il y avait l'odeur. Toujours cette puanteur d'ordures oubliées. Ils enjambèrent des monceaux de cageots abandonnés et de seaux dégorgeant de déchets – obstacles immondes qui s'épanouissaient à Paris comme des fleurs sur une tombe, puis ouvrirent la porte vitrée du centre de yoga.

49.

Jean-Louis était bien parti pour hurler « POLICE ! » à travers la pièce et aligner tout le monde contre le mur pour une fouille au corps mais il n'y avait personne. Hervé parvint à l'asseoir sur une chaise en plastique qui traînait là. D'instinct, il sentait qu'il valait mieux la jouer en douceur sur ces terres hindoues et qu'il fallait débrancher le frangin, de plus en plus à l'ouest.

Cette première salle n'offrait rien de particulier, évoquant une petite agence de voyages, avec affiches aux murs et sculptures exotiques sur la banque d'accueil. Des Indiens apparurent. Présentations. Ni une ni deux, ils se retrouvèrent assis côte à côte, comme dans un bureau de l'assurance chômage, avec chacun dans la main une petite tasse de terre cuite – à l'intérieur, un *chaï*, thé au lait corsé d'épices dont le parfum chatouillait les narines.

De l'Inde, Hervé ne connaissait pas grand-chose, sinon les films de série B qu'il allait voir avec sa grand-mère le jeudi après-midi, peuplés de tueurs adorateurs de Kâli, de femmes en sari, nombril à l'air, de maharadjahs enturbannés comme des glaces italiennes…

– Vous avez demandé à me voir ?

Hervé leva les yeux et reconnut le grand homme en robe blanche cousue de fils d'argent, un châle rouge à l'épaule. En prime, il avait un turban safran et une barbe poivrée, frisée aux entournures.

– Je suis Dhritiman Gupta, énonça-t-il d'une voix grave et soyeuse, en s'inclinant légèrement. Que puis-je faire pour vous ?

Un accent, bien sûr, discret, mais aussi persistant qu'un caillou dans une chaussure.

Mersch se leva comme sur des ressorts. Il avait l'air du mec bourré prêt à en découdre avec le premier venu. Toute sa silhouette partait de travers, blouson mal ajusté, chemise froissée, jean poché... Face à l'allure souveraine de l'Indien, il ressemblait à un clodo.

Hervé oublia d'un coup ses films aux acteurs occidentaux couverts de fond de teint et éprouva le même sentiment que la première fois qu'il l'avait vu. L'Inde, c'était ce grand bonhomme étincelant dans sa longue tunique, dont la peau bistre rayonnait comme de l'argile trempée de pluie.

– C'est la police, papa, grogna Mersch sur un ton mauvais.

Il chercha sa carte dans son blouson, palpant ses poches à coups de gestes désordonnés.

– Que voulez-vous ? demanda Gupta, de son ton le plus suave, ce qui parut achever d'exaspérer Jean-Louis.

Il s'agitait toujours : pas moyen de trouver sa carte.

– Vous semblez très... tendu.

Avant qu'il ait pu réagir, Gupta glissa sa main sous le col de son blouson et lui palpa la nuque. Hervé et Nicole se regardèrent : la scène était surréaliste. Le flicard agressif semblait avoir perdu tous ses moyens.

– Asseyez-vous...

Mersch se laissa choir sans broncher. Les doigts de l'Indien ne lâchaient pas son cou, manipulant quelque point secret. Les épaules de JL s'affaissèrent, son corps se dénoua. Par un phénomène inexplicable, il semblait être à la merci de l'Indien, accro à ce massage mystérieux...

Bientôt, sa tête tomba, menton sur la poitrine : il dormait !

– Je crois que votre ami va se reposer un peu... Il en a bien besoin.

La voix de Gupta était comme un baume, un onguent. À l'écouter, on se sentait déjà au bord du sommeil.

– Qu'est-ce que vous lui avez fait ? s'inquiéta Hervé.

– On pratique ici l'*abhyanga*. Le massage ayurvédique.

L'Indien parut sentir l'embarras de son interlocuteur :

– Mais vous n'êtes pas venus ici pour parler massages, non ?

– Non.

Se tournant vers la porte du fond, Gupta proposa :

– Nous avons une cour ici, à l'arrière de l'immeuble. Il y a même un petit jardin ! Allons-y. Nous pourrons parler tranquillement.

Hervé hésita : allait-il abandonner son frère ici, affalé sur sa chaise comme un ivrogne ? Eh bien… oui.

Ils emboîtèrent le pas à leur hôte et accédèrent à un couloir, sur la droite. Par-dessus son épaule, Hervé jeta un dernier regard à Jean-Louis et réalisa la situation : le capitaine n'était plus à bord.

50.

– Vous, vous n'êtes pas policiers, n'est-ce pas ?

– Non. Nous sommes étudiants.

Gupta pointa son index vers Hervé :

– Je me souviens de vous. Vous êtes venu avec Suzanne…

– C'est exact.

Gupta ferma les yeux et huma l'air de la fin d'après-midi. La cour était petite, mais on avait trouvé le moyen d'y glisser quelques plantes vertes et une table de jardin avec ses chaises en fer forgé peintes en blanc.

L'ensemble tenait de la clairière, ou même de l'oasis. Une sorte de retraite où s'engorgeait le soleil du soir comme un cuivre d'une qualité particulière, réconfortant pour les yeux, tiède pour les mains.

Après une profonde inspiration, Gupta ouvrit les yeux :

– Vous savez ce qu'on dit en Inde ? Le premier massage, c'est le vent…

Houla, se dit Hervé. *Si on commence comme ça…*

Il se concentra sur le visage de l'homme : long, mordoré, barré par d'épais sourcils blancs et prolongé par une barbe qui lui donnait l'air d'un ermite intemporel, étranger au monde séculier. Les yeux, luisants comme une paire d'agates noires, vous fixaient avec une note d'ironie amusée.

– Que puis-je faire pour vous ? demanda le sage.

Hervé et Nicole se regardèrent. Qui se lance ?

– On est venus vous parler de Suzanne Girardon, commença-t-il.

– Je connais bien Suzanne. Il ne lui est rien arrivé, j'espère ?

Hervé hésita, Nicole prit le relais :

– Elle est morte.

Le gourou haussa les sourcils :

– Au cours d'une manifestation ?

– Non. Elle a été assassinée.

Il eut une réaction étrange, une sorte de retourné du poignet, un geste efféminé qui semblait exprimer la lassitude, le dégoût, le dédain…

– Dans… quelles circonstances ?

Hervé coupa court – son frère aurait dit : « C'est moi qui interroge. »

– On n'en sait rien mais on a quelques questions à vous poser.

– Mais… bien sûr, si je peux vous aider…

Impossible de dire si l'homme était réellement surpris, ou s'il simulait. Pour beaucoup, le contact avec cet hindou aurait été réconfortant. Pour Hervé, c'était le contraire : il le sentait fuyant, évasif, à peu près aussi digne de confiance que des sables mouvants.

À cet instant, un serviteur en tunique vint apporter de nouveaux thés. Hervé saisit sa tasse à deux mains et, comme malgré lui, huma à nouveau le parfum du breuvage. Cardamome, cannelle, gingembre…

– Ça fait longtemps qu'elle suivait vos cours ? demanda-t-il en reposant le petit bol de terre.

– Six mois, je dirais.

– Quel est exactement votre enseignement ?

– Le yoga.

– Quel type de yoga ? intervint Nicole.

– Il existe une infinité de yogas… Les Occidentaux pensent qu'il s'agit d'une sorte de gymnastique, mais c'est avant tout une philosophie, une ascèse… Réduire le yoga à de simples mouvements, c'est considérer la prière comme un simple exercice d'élocution…

– Vous ne m'avez pas répondu.

– Disons que nous pratiquons une synthèse incluant les postures les plus basiques du hatha-yoga.

– Comme celle de l'arbre ?

– Comme celle de l'arbre, oui.

– Comment était Suzanne, enchaîna Hervé. Je veux dire : quelle genre d'élève ?

– Très assidue. Elle s'était même mise au sanskrit, je crois.

– Et le tantrisme ?

Gupta ne put cacher sa surprise :

– Que vient faire le tantrisme là-dedans ?

Hervé et Nicole échangèrent un nouveau coup d'œil. L'hindou avait l'air sincère.

– Avec les autres élèves, enchaîna Nicole, comment se comportait-elle ?

– Elle était très chaleureuse et avait beaucoup d'amis parmi eux. Enfin, je pense…

Jean-Louis aurait exigé la liste détaillée de ces élèves – après tout, l'assassin pouvait être un toqué de yoga qui avait repéré Suzanne lors d'un cours –, mais Hervé n'osa pas. Il n'était ni flic ni enquêteur. Il n'avait aucune autorité…

Nicole suivit sans doute le même raisonnement car elle ajouta :

– Parmi vos élèves, y en a-t-il un qui aurait un… profil spécial ?

– Qu'est-ce que vous voulez dire ?

– Violent. Obsessionnel. Menaçant.

– Pas du tout. (Gupta marqua un temps.) Vous pensez que le meurtrier pourrait être l'un d'eux ?

Sans répondre, Nicole se leva :

– Excusez-moi un instant.

Resté seul avec le yogi, Hervé demanda, à tout hasard :

– La première fois, votre français m'avait déjà impressionné. Où avez-vous appris ?

– Je suis né au Bengale mais j'ai grandi à Pondichéry.

Hervé acquiesça sans rien trouver d'autre à ajouter. Pondichéry avait été la capitale de l'Inde française mais il n'en savait pas plus…

Ce fut Gupta qui relança :

– Je ne comprends pas : c'est le policier endormi qui mène l'enquête ?

– Oui.

– Et… vous, quel est votre rôle ?

– Nous lui apportons notre aide. En ce moment, il n'y a pas beaucoup de fonctionnaires disponibles.

– Je comprends, répondit l'Indien, qui manifestement ne comprenait rien du tout.

Nicole réapparut et posa devant lui des photos de Suzanne suppliciée. L'hindou eut un recul, mais contenu, comme contrôlé, sans doute par une longue pratique de maîtrise de ses émotions.

– C'est… c'est horrible…

– C'est bien la position de l'arbre ?

– Heu, si on veut, oui…

– Quelle est sa signification ?

L'homme parut déglutir :

– On l'appelle *vriksasana*… Elle représente le lien entre la terre et le ciel. L'homme, porté par une respiration profonde, devient ce lien. C'est la posture de la conscience, de soi et du Tout. La posture de l'équilibre…

Ce genre de généralités ne pouvaient pas les mener bien loin. Nicole préféra attaquer sur un autre terrain :

– La communauté indienne est importante à Paris ?

Un tueur indien, se dit Hervé : personne n'avait évoqué cette possibilité.

– En nombre, vous voulez dire ? Pas du tout. Elle est infime. Quelques milliers de personnes, pas plus.

– Hindouistes pour la plupart, non ?

– Oui.

– Avez-vous entendu parler d'une secte ou d'une communauté qui pratiquerait le tantrisme ?

Gupta ne put retenir un rire.

– Je ne sais pas ce que vous avez avec le tantrisme mais ce terme recouvre beaucoup de choses différentes. On peut dire qu'il s'agit d'une voie de l'hindouisme et aussi du bouddhisme, une manière de pratiquer cette foi, une sorte d'école secondaire, si vous voulez.

– Et alors ?

– La frontière entre le tantrisme et, disons, le brahmanisme est poreuse. L'un et l'autre s'influencent.

Hervé n'y connaissait rien et Nicole, malgré ses grands airs, sans doute pas beaucoup plus. Gupta était parti pour les embrouiller.

– Le tantrisme se caractérise par un certain de nombre de rites, non ? poursuivit-elle.

– Une infinité, oui.

– Certains d'entre eux sont associés aux pratiques sexuelles.

– En effet. L'Occident s'est jeté sur cet aspect, qui l'excitait, ou le choquait, je ne sais pas. Mais ce n'est qu'un des caractères anecdotiques de ce culte.

– Vous-même, êtes-vous un adepte du tantrisme ?

Gupta secoua doucement ses longues mains couleur caramel. Toujours ces poignets qu'il maniait avec coquetterie, comme un batteur de jazz usant de ses balais.

– Sans doute certains des rites que j'enseigne se rattachent-ils au tantrisme, oui, mais ça ne fait pas de moi un disciple de cette tendance.

– Si vous l'étiez, vous nous le diriez ?
– Non.
Hervé et Nicole se regardèrent à nouveau : ils tournaient en rond.
– Je répète ma question, s'obstina-t-elle pourtant. L'idée d'une secte tantrique à Paris vous paraît donc absurde ?
– Plutôt, oui.
Nicole ne se laissa pas désarçonner :
– Vous semble-t-il crédible que, dans le cadre de certaines pratiques hindouistes, on consomme de la drogue ?
– À laquelle pensez-vous ?
– Au LSD.
– Impossible. Les rites hindous impliquent parfois le cannabis et les sadhous sont de grands fumeurs de haschich. Mais une drogue chimique récente, comme le LSD, n'est pas compatible avec les pratiques hindoues.
Hervé ne savait même pas ce qu'était un sadhou – il était devenu spectateur.
– Les hippies pensent pouvoir atteindre le nirvana grâce au LSD, insista Nicole.
– Dans le monde hindouiste, rectifia Gupta, on parle plutôt de *moksha*. Et les hippies peuvent croire ce qu'ils veulent. Le chemin vers la libération est long, pénible, et s'étend souvent sur plusieurs réincarnations. Une substance chimique me paraît être un raccourci... dérisoire. Honnêtement, je ne comprends pas ce que vous cherchez.
Hervé sentit que Nicole faiblissait – il remonta au créneau :
– Un assassin a frappé à Paris cette semaine, monsieur Gupta. Il a pris la peine de mettre en scène le corps dans une position évoquant le yoga. Par ailleurs, nous savons que Suzanne se livrait à des rites ésotériques, sur fond de pratiques sexuelles, et possédait d'importantes quantités de LSD. Alors, même si vous ne voyez pas ce que nous cherchons, croyez-moi, tout ça concerne l'Inde et sa religion... En un sens, c'est une bonne nouvelle, parce que les suspects ne sont pas légion.

Gupta parut saisir la menace implicite de cette dernière phrase.

– Dois-je en déduire que je suis un suspect ?

Ce fut Nicole qui conclut :

– Déduisez ce que vous voulez, monsieur Gupta, mais je peux vous assurer que Jean-Louis Mersch, l'homme que vous avez endormi aujourd'hui, va revenir vous interroger, et ça sera une autre chanson.

– C'est une mise en garde ?

Elle lui offrit son plus beau sourire :

– Disons qu'avec nous, vous avez eu droit à la manière douce.

51.

– Ce fakir vous a endormis, ouais ! hurlait Jean-Louis, au volant de sa Dauphine.

– C'est plutôt toi qu'il a endormi.

Mersch grinça des dents : son frère avait raison. Bon Dieu de merde : il s'était effondré sur sa chaise comme un poivrot !

Il ne comprenait pas ce qui s'était passé et pour dire la vérité, ça lui filait carrément les jetons. Surexcité, à cran, sous méthédrine, il était arrivé chez Gupta prêt à lui casser la gueule et voilà que l'autre, là, avec sa barbe de Père Noël et son châle de femme, l'avait endormi en lui tripotant la nuque. Incroyable.

Il ne se souvenait de rien. Ni d'être tombé dans les vapes, ni du moindre rêve. Il avait simplement été rayé de la liste des vivants. *Merde.*

Il devait maintenant faire profil bas et écouter le débriefing des mômes. *Re-merde.*

– Je dois l'interroger à nouveau, grogna-t-il.

– Prévois une bonne nuit de sommeil avant.

– Ta gueule. Faut qu'j'trouve une cabine téléphonique.

Boulevard Bonne-Nouvelle, juste en face du Rex, il en repéra une et se gara à l'arrache. Il courut vers la cabine, fouillant déjà dans ses poches en quête de monnaie.

Une fois à l'intérieur, il fut frappé par une évidence : il se sentait détendu, apaisé, reposé. Et tout ça grâce à l'Indien. Gratitude ? Non, la frousse encore une fois. Comme pour tout ce qui pouvait ébranler son petit monde crispé, tendu à bloc grâce aux amphets.

Une pièce, deux pièces, trois pièces…

Beaujon. Berto.

– C'est moi, quoi d'neuf ?

– J'reviens d'la morgue. J'ai vu les parents de la petite.

Mersch ferma les yeux. Rien à dire, rien à faire : toujours la même détresse. Face à la déflagration de la mort violente, les flics ne pouvaient que ramasser les morceaux et promettre d'attraper le coupable.

– Sinon ? fit-il pour que ni lui ni Berto n'aient le temps de s'appesantir sur toute cette souffrance.

– Je suis retourné dans le quartier de l'Épée-de-Bois, que dalle. On peut toujours faire un appel à témoins, avec affiches et tout. Mais pour les mettre où ? À côté des portraits de Lénine et de Mao, à la Sorbonne ?

Mersch ne prit pas la peine de répondre.

– Les dossiers ?

– Rien. Pas de libérés récents qui cadrent avec notre profil, pas d'échappés d'asile non plus. Pour dire la vérité, je vois personne à Paris capable d'un truc pareil. Et toi, tu en es où ?

– J'avance.

– Quel style ?

– Le style indien.

Berto n'exigea pas de précisions : les mystères des chemins de Mersch.

– T'es au courant pour ce soir ? demanda-t-il soudain.

– Charléty ?

– On dit que toute la gauche non communiste sera là : le PSU, le Snes, la CFDT, l'Unef, j'en passe et des meilleures.

Mersch frissonna. Bon sang : peut-être enfin le moment historique qu'il attendait depuis le début des événements.

– Il paraît même que Mendès France prendra la parole ! insista Berto. On se retrouve là-bas ?

– Je veux, mon n'veu.

De retour à la Dauphine, il cadra ses coéquipiers, sortis de la voiture pour s'en griller une. Hervé paraissait satisfait des quelques infos collectées auprès de Gupta mais il portait encore sur le visage le traumatisme du Brady. Nicole aussi avait l'air décalquée, mais dans un autre style. Sans doute l'entrevue avec Gupta l'avait-elle plus remuée qu'Hervé…

La grande différence entre les deux – les trois, s'il se comptait lui-même –, c'est qu'elle, elle croyait à toutes ces fadaises. Voilà ce qui intéressait Mersch : elle était la seule du trio à connaître et appréhender ces mirages de l'Orient. Or, il en avait désormais la conviction, le meurtre était lié à cet univers.

– On y va, camarades ! cria-t-il avec emphase.

– Où ça ? demanda Hervé.

– À Charléty !

Nicole balança sa clope :

– Le meeting des socialistes ?

Mersch, qui décidément était d'humeur joviale – merci Gupta –, se plia en une révérence :

– Mad'moiselle, vous faites comme vous voulez, mais ça serait dommage de manquer ce rendez-vous avec l'Histoire.

Elle fit la moue « spéciale fille à papa du septième » :

– Une manif de plus.

Mersch changea de ton :

– Crois ce que tu veux, mais pour moi, c'est p't-être bien le Grand Soir !

52.

Nicole était une habituée des manifs.

Mais ce soir, elle devait bien l'avouer, c'était du lourd.

Dans le stade, l'effet de multitude était plus fort encore que durant les habituels défilés. Placez trente mille péquins dans une enceinte fermée et vous verrez. Tout le socialisme vivant, vibrant, tonitruant, était là. Les camarades étaient perchés sur les balcons, agglutinés dans les tribunes, déployés sur le terrain proprement dit. L'impression générale était celle d'un bloc, d'une masse vivante, compressée, prête à imploser. Un grand frémissement montait dans l'air, un tremblement de terre se préparait.

Mersch avait peut-être raison.

Le séisme, le vrai, était pour ce soir.

En route, ils avaient écouté la radio : globalement, les accords de Grenelle avaient été refusés. Pompidou avait raté son coup. Les ouvriers ne lâchaient pas : ils voulaient un nouveau gouvernement ! En face, de Gaulle, avec son référendum, tendait le bâton pour se faire battre… Oui, ce soir peut-être, tout allait basculer.

Toujours selon la radio, la manif avait démarré du carrefour des Gobelins à dix-sept heures trente et s'était lentement dirigée vers le stade. Dix mille sur la ligne de départ. À l'arrivée, trente mille, ou peut-être même cinquante mille sur les gradins et la pelouse de Charléty…

Eux étaient là dès dix-neuf heures. Ils s'étaient garés près du parc Montsouris et avaient fini à pied, se fondant parmi les autres dans le passage étroit du portail du stade – une rivière s'ouvrant sur la mer.

C'était merveilleux. Des étudiants, des ouvriers, des prêtres, des bourgeois, des retraités ; des hommes, des femmes, de tous âges, de toutes origines, unis par une force invisible… Ça braillait, ça chantait, ça tapait dans ses mains !

Sur la piste du stade, des groupes couraient, représentant des syndicats, des partis, des groupuscules, des usines, brandissant drapeaux ou pancartes, à la manière d'athlètes défilant pour leur pays. À chaque «délégation», le public applaudissait, acclamant les forces en présence.

Les Jeux olympiques de la gauche.

Voilà ce que c'était.

Nicole en avait les larmes aux yeux. Ce mois de mai avait été une éruption volcanique se déroulant en plusieurs phases. Il y avait d'abord eu les flammèches – les étudiants –, puis les fumées lentes – les ouvriers. Mais voilà que le magma jaillissait, majestueux, incandescent : la nouvelle gauche, le socialisme. Force joyeuse et souveraine qu'aucune digue ne pourrait contenir. Le noyau tellurique avait parlé : le feu coulait désormais, emportant tout sur son passage.

À la tribune s'étaient déjà succédé Jacques Sauvageot, vice-président de l'Unef, Alain Geismar et André Barjonet, qui venait de quitter la CGT et avait claqué la porte des accords de Grenelle. Bientôt, Pierre Mendès France – on leur avait confirmé sa présence – allait prendre la parole.

Mersch, exalté, se tourna vers son frère :

– T'as vu ça? C'est dingue!

Hervé éclata de rire :

– Ouais, ce soir, je dois dire, c'est vraiment quelque chose!

Ils s'étreignirent et Nicole les rejoignit – ils s'enlaçaient, ils s'embrassaient, créant une mêlée de joie et d'ivresse.

– Mersch!

Nicole devina qu'il s'agissait de l'adjoint du grand frère – un dénommé Berto, ce soir en jaune canari.

– Mersch!

En quelques pas, les deux flics se rejoignirent. Nouvelle embrassade.

– Ça y est, hurla Berto. On y est! Putain de dieu, on y est! Le bordel a enfin accouché d'un truc qui a de la gueule!

Nicole se retourna et considéra la foule. Elle était certaine que Cécile aussi était venue. Elle n'avait pas eu le temps de lui téléphoner mais elle connaissait sa camarade – même après la mort de leur amie, pas question de rater un pareil événement.

Elle scrutait avec attention les visages, quand elle repéra quelque chose de sidérant.

Sans quitter des yeux sa découverte, elle attrapa la manche de JL.

– Regarde, là-bas !

– Où ?

– Là-bas !

Elle désignait une espèce de clochard, enroulé dans une parka kaki, qui se tenait au pied des gradins. Des nattes crasseuses s'échappaient de sa capuche et son visage évoquait une face charbonnée d'homme sauvage.

– Qu'est-ce que c'est que ça ? demanda Mersch.

– Un sadhou, un moine errant. Y en a des milliers en Inde.

– Qu'est-ce qu'il fout là ?

Nicole se contenta de murmurer :

– Ça ne peut pas être un hasard.

Elle était bouleversée – c'était la première fois qu'elle voyait un de ces ascètes qui hantent les chemins de l'Inde. De loin, l'homme avait l'air d'un simple vagabond. Mais en regardant mieux, certains signes ne trompaient pas – les dreadlocks, ces mèches boueuses symbolisant le dédain des sadhous pour l'apparence physique, et surtout cette marque rouge sur le front, le *tilak*, le troisième œil, celui que portent toutes les femmes indiennes, mais aussi les sages, par lequel ils accèdent à une conscience supérieure.

Nicole était prête à sortir son savoir, mais Mersch n'était déjà plus à côté d'elle. Il jouait des coudes et des épaules au milieu de la cohue pour parvenir aux tribunes et se rapprocher de l'apparition.

Elle comprit l'évidence : cet Indien pouvait être leur tueur.

53.

D'abord, la foule.

Mersch la fendait à coups de grands gestes désordonnés. Nicole suivait, l'imitant en mode mineur. Elle remontait à contre-courant, ramant avec les bras, pagayant avec les jambes, battant la plèbe de toutes les façons possibles jusqu'à parvenir aux tribunes.

Ils arrivèrent ensemble : Mersch, Berto, Hervé et elle. Chacun avait en tête le signalement du suspect : un spectre noir, décharné, dont les nattes terreuses – il avait perdu sa capuche en route – lui descendaient sur les épaules comme des amarres lâchées...

Ils montèrent le long des gradins, se débattant dans cette jungle humaine comme des aventuriers du journal *Tintin*. Cou dressé, menton levé, ils ne lâchaient pas du regard le fuyard qui slalomait entre les manifestants comme la flamme d'un briquet.

Nicole était en nage. Autour d'elle, tout près, et en même temps très loin, elle percevait les cris, les engueulades, les insultes, mais ça ne comptait pas. Seuls importaient les mètres qui les séparaient de la parka verte toujours fuyante, virevoltante même, qui semblait soulevée par un vent capricieux lui faisant faire des zigzags parmi la foule.

Ils parvinrent sur la coursive supérieure, au bout de laquelle le fantôme courait – elle voyait ses nattes s'agiter comme si son ombre elle-même s'effilochait dans le coucher du soleil. En équilibre sur la passerelle, ils bousculèrent encore des impers, des casquettes, des banderoles, gagnant du terrain au fil de leurs ruades. Derrière elle, elle sentait, elle devinait Berto et Hervé qui s'efforçaient de se glisser, comme elle, dans la brèche que Mersch avait ouverte.

Parvenue au bout du passage, elle vit ce dernier qui jouait à l'acrobate le long des structures de métal soutenant l'arrière de la tribune. Acculée face au vide, elle n'eut pas le temps de réfléchir. On la poussa sous les huées et elle se rattrapa de justesse aux tubulures. Elle dégringola tant bien que mal, ses gestes précédant sa conscience. Du froid, du fer, du solide. Enfin, le sol. Elle roula puis s'accroupit façon chimpanzé, remerciant le Ciel d'être en pantalon…

Les autres suivaient mais Mersch, à quelques mètres de là, ne bougeait plus. Et pour cause : l'hindou avait disparu. Dans leur dos, la rumeur de la foule était assourdissante. Devant, sur l'avenue, se pressaient encore les retardataires. Pas de sadhou en vue.

Elle se remit debout, chancelante. Du regard (la sueur lui collait les paupières), elle cadra encore une fois Mersch, qui semblait perdu dans la foule disséminée.

Soudain, elle aperçut l'Indien qui traversait le boulevard Kellermann. Mersch était déjà sur ses pas. Elle franchit un nouveau mur d'humains, se prenant en retour quelques coups, parfois même des giclées de bière – un meeting pareil, ça se fêtait à la mousse.

Ils sortirent du stade. Au milieu d'une autre avenue – Pierre-de-Coubertin, le panneau s'imprima sur ses pupilles –, bousculée par des grappes de mecs, des groupes de syndiqués qui sortaient ou entraient dans l'arène, elle s'arrêta encore. Elle avait perdu Mersch et sa proie.

– Où ils sont ?

Hervé auprès d'elle. Les mains appuyées sur les genoux, respiration dans les godasses. Berto était là aussi, soufflant comme une chaudière.

– Il est forcément parti là-dedans, dit soudain Mersch qui venait de réapparaître.

Il désignait les édifices de béton et de briques qui s'alignaient derrière lui et Nicole eut une réminiscence : la Cité internationale universitaire de Paris. Un campus d'une quarantaine de pavillons représentant chacun un pays différent. Elle avait assisté à une réunion, quelques mois auparavant, à la maison de la Suède.

Comme pour lui confirmer son souvenir, le long bâtiment qui se dressait devant eux affichait de larges lettres ourlées : MAISON DU MAROC.

– Berto, fit Mersch, tu prends à l'extrême gauche. Hervé et Nicole, au milieu. Moi, je longe ce bâtiment. On avance ensemble et on ratisse toute la zone.

Personne n'osa demander si c'était risqué et que faire en cas de contact – l'hindou à la marque rouge était peut-être armé. Ils se glissèrent dans le parc d'un pas prudent. Un regard à gauche, et Nicole vit Berto disparaître derrière la maison du Portugal. Mersch s'était déjà évanoui dans la nuit naissante.

Elle suivit Hervé parmi les hautes herbes le long de la maison du Brésil – un autre bloc brut, posé sur des pilotis qui semblaient avoir été volés sur le chantier du boulevard périphérique tout proche. Le silence régnait sur la cité-jardin. Après le tumulte de Charléty, plutôt angoissant…

Nicole ne pouvait croire à un tel coup du destin. Le tueur, vraiment ? À portée de main ? Au milieu d'une manif d'au moins trente mille personnes ? Une seule explication : l'assassin, si c'était bien lui, chassait parmi les étudiants.

Et ce soir, il avait le choix.

Ils avancèrent vers un nouveau pavillon mi-briques mi-grès, surmonté de balcons protégés par des parapets de mosaïque verte. L'immeuble semblait encore en chantier : tas de sable, bétonneuses, barrières en balisaient l'entrée.

Mersch se trouvait déjà devant, en arrêt. Nicole, dans un bruissement, vit apparaître Berto à sa gauche. Soudain, elle comprit pourquoi ils demeuraient plantés là, face à ce nouvel édifice.

La maison de l'Inde.

Leur proie ne pouvait pas être ailleurs.

54.

Rectangle de béton sur fond rouge.

Voilà comment on aurait pu décrire l'avant-corps surélevé qui jouait les éclaireurs au pied du bâtiment proprement dit. Mersch se glissa dessous, évitant les bétonnières et les gravats. Les autres suivirent – pas feutrés, respiration coupée.

Mersch sonna – il avait trouvé un poussoir, qui ressemblait plutôt à une sonnette d'alarme. Ils attendirent devant les portes vitrées, noires comme des lames de néant. Enfin, deux hommes vinrent ouvrir. Teint de satin brun, chemisettes à manches courtes, futes en tergal remontés bien haut. Leurs cheveux noirs rivalisaient d'épaisseur et de reflets bleutés… Deux Indiens, grands yeux écarquillés, observaient ces visiteurs improbables.

Mersch palpa son blouson. Nicole se demanda ce qui allait en sortir : carte tricolore ou flingue. On eut droit au badge.

– Vous parlez français ?

Les gars acquiescèrent – ou plutôt dodelinèrent de la tête, comme pour dire : « oui et non ». Ils semblaient terrifiés.

– On cherche un homme qui a pu s'introduire dans votre bâtiment.

Pas de réponse.

– Vous n'avez vu personne ?

Pas de réponse.

Mersch se tourna vers Berto :

– Va chercher du renfort et fais le tour des environs. Nous, on fouille l'édifice.

Les Indiens n'opposèrent aucune résistance – ils n'avaient toujours pas dit un mot. Gardiens ? Pensionnaires ? Peu importait : il était évident qu'ils étaient les seuls habitants de l'immeuble inachevé.

Mersch, Hervé et Nicole pénétrèrent dans le hall qui sentait encore la peinture fraîche. Des sacs de ciment traînaient dans l'entrée. Aux murs, des mosaïques représentant des danseuses au nez percé et des divinités aux yeux langoureux.

Mersch parcourut le hall et ouvrit quelques portes – tout était désert. Les murs, les parois, les châssis de fenêtres, tout était peint de couleurs vives qui donnaient l'impression de pénétrer dans une maquette d'enfant, un ouvrage soigné où toute l'attention, tout l'amour d'un gamin pour son œuvre, était sensible.

– Y a combien d'étages ? demanda-t-il en revenant vers le groupe.

Un des Indiens fit un signe avec les doigts : six.

– Et de pensionnaires ?

Le silence répondit à leur place : personne encore dans le palace.

– Ok, ordonna Mersch, on s'fait tous les étages.

Ils prirent l'escalier, dont la rampe était encore enveloppée de plastique. Des murs rouges, des murs bleus. Des outils sur le premier palier. De la poussière de ciment dans les angles… Et toujours les deux noirauds interloqués sur leurs pas.

Face au premier couloir – une douzaine de portes –, ils pigèrent que le bâtiment comprenait au moins soixante-dix chambres – autant de portes à ouvrir. Ils s'y collèrent, s'enfonçant dans l'ombre comme dans une laque sombre.

Ils savaient que c'était foutu. Ils avaient perdu trop de temps. Le sadhou, s'il était quelque part dans cet immeuble, avait pu trouver une planque, s'enfuir par un balcon, être déjà loin…

Ils s'obstinèrent pourtant, ouvrant chaque porte, comme Eddie Constantine dans *Alphaville* de Jean-Luc Godard, découvrant des petites cellules qui n'avaient pas encore de lit, ni même de rideaux aux fenêtres.

Quand ils redescendirent, près de deux heures étaient passées. Ils étaient couverts de sueur et de poussière, blanchâtres, amers, penauds. Ils retrouvèrent la nuit tiède avec soulagement, et désespoir. Au loin, la rumeur s'était calmée – sans doute le Grand Soir avait-il encore manqué le coche…

Soudain, des pas.

Berto, en sous-pull mimosa, courait à leur rencontre.

– Putain, c'est la merde !

L'adjoint se planta devant son chef, essoufflé :

– On en a un autre.

– Un autre ?

– Un cadavre, putain.

– On sait qui c'est ?

– Une môme, une étudiante. On a trouvé son sac. Elle s'appelle Cécile Bisciglia. Elle…

Nicole n'entendit pas la suite. Elle venait de s'évanouir.

55.

Cette fois, la victime était ligotée nue à un arbre. Sa position évoquait encore une posture de yoga ou de danse indienne. Plaquée contre le tronc, genoux fléchis, pieds écartés, tenant à hauteur de poitrine ses mains jointes vers le haut, en une sorte de prière hiératique, Cécile, puisqu'il s'agissait bien de Cécile Bisciglia, vingt-deux ans, domiciliée au 114, rue de Rennes, yeux ouverts, paraissait les observer. Entre ses cuisses ruisselaient ses viscères, blancs, gris, rosâtres, écarlates, tout ce que vous voudrez pourvu que l'obscénité organique du corps humain soit là, à vous foutre deux doigts dans la gorge.

JL ne pouvait détailler la scène – il avait beau être dans un état second, il était encore capable de vomir. Une certitude : la victime ne portait pas de plaie à l'abdomen. Les tripes lui sortaient directement du vagin. Rien que le mot lui donnait des suées. Il n'aurait jamais pu le prononcer, par simple pudeur. Mais cette nuit, ces syllabes ne correspondaient plus à rien : le tueur avait élargi la fente en une plaie béante, ouverte à tous les effrois, une blessure aux lèvres écorchées, retroussées, violacées comme la morsure d'une bête sauvage.

Imitant son frère, Hervé se décida tout de même à s'approcher pour observer la peau de plus près. Malgré sa répulsion, il n'était plus l'étudiant timide et sensible de la veille, ou disons de l'avant-veille. Il était désormais un enquêteur, couvert d'une carapace insensible qui lui donnait la force d'enregistrer les données pour plus tard – parce que, en plus d'encaisser, il lui fallait aussi analyser…

Les entailles racontaient l'histoire d'une rage, d'une colère, peut-être sexuelle, peut-être vengeresse, qui s'était acharnée sur le corps de Cécile sous tous les angles, comme pour la rayer, la vandaliser, la « décorporer », comme on dit « défigurer ».

Approche-toi encore… Les morsures étaient là aussi. Peut-être plus nettes encore que sur la dépouille de Suzanne. Toujours ces empreintes d'une monstrueuse mâchoire. Son frère lui avait parlé d'un animal, oui, peut-être, mais quel animal avait une dentition circulaire ?

Hervé se recula pour appréhender ce qui était peut-être le plus douloureux : le visage. Les traits de Cécile exprimaient une horreur pure, une souffrance sans limite. Quand était-elle morte exactement ? À quel moment du supplice ? Hervé espérait qu'elle n'avait eu que le temps d'être épouvantée – que le tueur l'avait d'abord étouffée, comme Suzanne, avant de se livrer à ses rites abominables.

– À quelle heure l'a-t-on découverte ? demanda Mersch, la voix glacée.

– Y a à peine une demi-heure. Des étudiants, qui coupaient par le parc pour rentrer chez eux.

Par réflexe, Hervé se retourna pour évaluer les lieux : une clairière faisant cercle autour de cet arbre – peut-être d'essence exotique. D'après ses souvenirs, le parc Montsouris avait été planté et organisé artificiellement à la fin du XIXe siècle, avec ses allées courbes, assez larges pour laisser passer des carrosses, et ses arbres qui venaient du monde entier.

Jean-Louis enfila des gants de chirurgien et palpa les différentes parties du corps. Hervé, lui, essayait d'ordonner les éléments qu'il possédait. Il fallait donc imaginer que leur sadhou, s'il était bien l'assassin, après leur avoir faussé compagnie, s'était faufilé dans le parc Montsouris et était justement tombé sur Cécile, la meilleure amie de Suzanne et de Nicole. Impossible. Il y avait forcément une autre explication.

– Tu te sens de voir le corps ?

Hervé tourna la tête : Jean-Louis s'adressait à Nicole, qui se tenait en retrait, au-delà du cordon de flics. On avait amené un fourgon, dont les phares faisaient office de projecteurs. Dans cette lueur jaunâtre, Hervé pouvait détailler le visage de Nicole, disloqué par les larmes. Le nez rouge, les yeux irrités, la bouche tordue, les mèches plaquées comme des algues sur son front et ses tempes, mais toujours aussi belle.

– Oui, répondit-elle.

– Vraiment ?

Elle acquiesça de la tête en reniflant. Se frayant un chemin parmi les flics, JL alla la prendre par la main puis la ramena auprès d'Hervé, à deux mètres du cadavre.

– Qu'est-ce que tu peux me dire sur cette position ?

Nicole ne répondit pas. Mersch insista – comme s'il n'avait que quelques secondes pour lui tirer les vers du nez. La puanteur du sang circulait à l'intérieur de la clairière comme dans une minuscule arène.

– C'est une position de yoga ?

– Oui.

– Laquelle ?

– Je crois… je crois qu'elle s'appelle *durgasana*. La position de la déesse.

– Qu'est-ce qu'elle signifie ?

– Je fais pas de yoga…

– Réfléchis. Tu te souviens de rien ?

– C'est une position qui fait le lien entre le ciel et la terre. Je… Oui. Les mains implorent le ciel, les pieds sont solidement ancrés dans la terre.

Hervé se souvint que Gupta avait dit la même chose à propos

de la posture de Suzanne : un lien, une connexion entre deux mondes…

– C'est tout ?

Nicole ne répondit pas. Mersch ordonna à Hervé :

– Ramène-la chez elle.

56.

Mersch avait donné des ordres.

Toujours les mêmes.

Sécuriser le périmètre. Interroger les éventuels témoins. Remonter les traces – il y avait des empreintes de pieds nus dans la terre fraîche. Puis il avait trouvé un téléphone dans un café du coin. Il avait appelé l'Identité judiciaire. Prévenu le substitut du procureur. Averti le taulier. On avait embarqué le corps, relevé les empreintes digitales – il y en avait aussi. Ce travail de fourmi qui, autour du corps, évoquait plutôt celui d'insectes nécrophages, avait pris deux heures environ.

Sur le coup des trois heures du matin, tout était plié. Berto avait filé à Beaujon pour ouvrir un nouveau dossier, inscrire un nouveau nom sur une liste qui ne faisait sans doute que commencer. Une machine à tuer, quelque part dans le monde étudiant de mai 68, s'était mise en marche. Plus rien ne pouvait l'arrêter à part lui, Mersch.

Cette nuit, il ne voulait pas réfléchir aux implications de ce nouveau meurtre, au fait, par exemple, que Cécile était la meilleure amie de Suzanne ou que la prochaine de la liste pourrait bien être Nicole elle-même, la troisième du trio. Pourquoi ces filles en particulier ? Comment le sadhou avait-il pu leur fausser compagnie et choper Cécile aussitôt après, parmi une foule de plus de trente mille personnes ? Ça ne tenait pas debout. Et d'ailleurs, pour être tout à fait sincère, rien ne tenait debout dans cette histoire.

Non, il ne voulait pas réfléchir.

Pas ici. Pas maintenant.

Il avait mieux à faire, et beaucoup plus urgent.

Il traversa de nouveau le boulevard Jourdan. Tout était désert. Les étudiants, les ouvriers, les syndiqués étaient rentrés se coucher. Les voitures, on n'en parlait même pas. Il longea les jardins de la Cité au petit trot en direction de l'avenue Pierre-de-Coubertin. Il croisa le grand bâtiment des États-Unis, dont le drapeau étoilé plastronnait au-dessus du boulevard.

Il tourna sur la droite, ses pas résonnant comme des claquettes. Il avait du mal à se convaincre que quelques heures auparavant ces lieux étaient bondés, saturés du bon vieil air socialiste. Mais on ne pouvait pas rêver tranquille : à peine avait-il repris espoir – la gauche s'imposerait en France – que son tueur remettait ça, à quelques mètres du meeting. Comme pour bien se foutre de sa gueule.

Il franchit les taillis qui protégeaient la Cité universitaire. Loin de la lumière des réverbères, il s'enfila quelques amphets et dégaina son calibre – le temps des amabilités était terminé. En quelques pas, il retrouva la maison de l'Inde.

Cette nuit, il ne portait pas son Colt 45 mais son M10. Ça lui revint d'un coup : l'arme avait un sérieux pedigree, c'était avec elle qu'on avait tué l'archiduc François-Ferdinand d'Autriche en 1914, déclenchant la Première Guerre mondiale. On l'avait surnommée «l'arme aux trente-huit millions de morts»... Lourde dans la paume, confortable sous les doigts, le flingue ne demandait qu'à améliorer son score...

Murs de briques, balcons de céramique, sas d'entrée laqué noir. Il remarqua un panneau qu'il n'avait pas vu auparavant. L'inauguration du pavillon était prévue pour le mois de juin. Les gars avaient intérêt à coopérer s'ils ne voulaient pas que lui, Jean-Louis Mersch, inspecteur, réquisitionne leur putain de bâtiment pour en faire un centre de torture d'étudiants indiens.

Sonnette. Attente. Déclic du verrou. L'homme avait à peine ouvert que Mersch lui sauta à la gorge. Coup de boule. L'Indien roula à terre. Son acolyte voulut intervenir, Mersch lui braqua son calibre sous le nez. Retour au premier lascar. Coup de talon dans la glotte puis massage facial à la semelle. Tout ça avait des airs de déjà-vu. Goa. Le Brady. *Quelle journée !*

– Où il est ?

Pas de réponse. Il fit monter une balle dans le canon du M10.

– Où il est ?

Mersch écrasa un peu plus la gueule de l'hindou, qui se cramponnait à sa jambe comme un naufragé à son mât. Il était en train d'étouffer.

– Où il est ?

L'Indien agita le bras. Mersch leva son pied puis tendit la main pour aider le gars à se redresser. Le flic gentil, le flic méchant, il alternait les deux.

– Alors ?

Les gus se regardèrent.

– On sait pas.

Mais un des deux ajouta :

– C'est un *shakta*.

– Un quoi ?

– Il vénère la Shakti, l'énergie cosmique. Il vénère Kâli, Durgâ…

La position de Cécile se nommait *durgasana*. Un lien, oui, mais avec quoi ?

Il baissa son Browning – il avait le bras ankylosé :

– Vous l'avez caché ?

– On ne peut rien refuser à un shakta.

– Où il était ?

– Dans le soubassement d'un des pylônes de l'entrée.

Pure curiosité de flic. L'Indien parlait du nez, sa voix engluée parmi les mucosités et le sang qui lui coulaient sur le menton.

– Dites-m'en plus.

– Les shaktas sont dangereux. Ils ont des pouvoirs. Ce sont des magiciens, des sorciers…

Pas la peine de développer ces fariboles :

– Qu'est-ce qu'il vous a dit ?

– Il n'a rien dit. Un sadhou ne parle pas, il prie.

– Quand est-il reparti ?

– Y a une demi-heure.

Information capitale : le sadhou ne pouvait donc être l'assassin de Cécile. Mais pourquoi rôdait-il à Charléty ? Suivait-il le tueur ? Cécile ?

– Ce… shakta, où il vit à Paris ?

– On sait pas.

– Y en a-t-il d'autres à Paris ?

– Non. Les shaktas n'ont rien à faire ici, sur vos terres impures.

Mersch fit un pas en avant : les deux Indiens reculèrent.

– Donnez-moi un nom, un lieu. Quelque part où pourrait se planquer ce gars.

Une seconde encore, puis :

– Dhritiman Gupta.

– Le prof de yoga ?

– Oui. Il est bengali. Ils ont les mêmes dieux. Kâli est dans leur cœur.

57.

Certains flics laissent mûrir les informations.

Lui, il battait le fer quand il était chaud, quitte à se brûler les doigts.

Il sauta dans sa Dauphine défoncée et reprit la direction du dixième arrondissement. Il devait être quatre heures du matin. Paris se reposait comme un lac aux eaux tièdes, stagnantes, voilées. Une ville fantôme qui avait perdu toute vitalité… En même temps, cet abandon lui donnait une présence simple et nue qui la rendait touchante.

Les yeux hors de la tête, Mersch suivait ses phares tout en avalant des cachets de méthédrine. Rue de Paradis, il gara sa bagnole au pied d'une colline de cageots et de déchets. Dehors, les odeurs l'empoignèrent à la gorge comme pour l'asphyxier. Paris dormait, Paris pourrissait…

Où était ce putain de centre ? Il le découvrit d'un coup, comme par surprise, coincé entre deux vitrines éteintes. La devanture de bois rouge foncé se découpait, dans ses hauteurs, en redents qui évoquaient quelque style oriental, tendance palais de maharadjah de pacotille. La première fois, il n'avait même pas remarqué ce détail.

Mersch observa la serrure de la porte vitrée – pas bien sorcier à forcer. Après avoir lancé un regard à droite et à gauche – la rue était si déserte qu'on aurait pu y voler la chaussée –, il sortit son passe – tout bon flic est un voyou dans l'âme, un mec qui bande pour le vol, la vie nocturne.

En quelques secondes, il fut à l'intérieur et de nouveau suffoqué, cette fois par une odeur de soufre à laquelle se mêlaient aussi des relents de curry… Bon, il n'était pas spécialiste. Tout ce qu'il pouvait dire, c'est que ça sentait l'œuf pourri et la cuisine orientale… Il referma avec soin la porte et traversa la petite salle d'accueil. Dans l'obscurité, il distinguait tout de même le bureau, les posters représentant des palais en ruine et des déesses avec plein de bras.

Il ouvrit la porte du fond et tomba sur une pièce vide – l'espace yoga. L'odeur devenait intenable : elle commençait à envahir sa gorge, formant un tunnel âcre et brûlant. Mersch se retint de tousser et se demanda si un puits, quelque part, ne cachait pas une source thermale…

Nouvelle porte. Il découvrit une grande salle de céramique, façon piscine municipale, à l'éclairage tamisé, abritant six étroits bassins, trois de chaque côté, tapissés eux aussi de carrelage. Des sortes de sarcophages signés Leroy-Merlin séparés par des rideaux de polyester opaques qui frémissaient sous le souffle de la ventilation. Chacun d'entre eux était rempli d'une boue verdâtre, qui semblait bouillir tranquillement. Mersch avança dans cette fournaise aux airs d'enfer glauque. Plus rien de l'Inde ni d'une école de yoga. Plutôt une salle de soins ésotériques, à base de vapeurs soufrées et de boue volcanique.

Le flic avait imaginé une sorte de dortoir rempli d'hindous, dont son sadhou, ou encore un autel portant des traces de sacrifice humain. Au lieu de ça, il se retrouvait dans un sauna plein de glaise puante.

Sans même s'en rendre compte, Mersch atteignit le fond de la salle : deux marches, un bloc, carrelé lui aussi, puis une porte coupe-feu noire. Fin de la visite. Il était en sueur, mais au lieu d'avoir l'impression d'exsuder, c'était précisément la sensation inverse qui l'oppressait, comme si sa propre sueur, aussitôt exprimée, lui rentrait par tous les pores de la peau, chargée des miasmes des sédiments qui saturaient l'atmosphère.

Il se passa la main sur le front et actionna la poignée : verrouillée. Il eut soudain l'envie panique d'être dehors, de retrouver la fraîcheur de la nuit… Il fallait qu'il sorte de là…

Il se retourna et découvrit l'impossible.

Une main venait de surgir d'un des bassins. Mersch se focalisa sur les doigts qui étreignaient le rideau de polyester. Aussitôt après, une autre main, dans un autre box, puis une autre encore… Bon Dieu : dans chaque bain de boue, un homme reposait. Ces êtres primordiaux émergeaient maintenant.

Leurs jambes suivirent le mouvement. Mersch sentit le long de ses nerfs les *splash* des pieds sur le carrelage, puis les succions horribles des pas, baisers de boue sur la faïence, se mêlant au bourdonnement des ventilateurs…

Il piqua un sprint et traversa la salle sans se retourner. S'il ne hurlait pas, c'est parce que les miasmes lui coupaient la chique. Parvenu à la porte opposée, celle par laquelle il était entré, sa curiosité fut la plus forte. Demi-tour droite…

Les six occupants s'étaient extirpés de leurs alvéoles. Nus, couverts de glaise, sans traits ni yeux, ils avançaient. Statues inachevées, créatures de limon dégoulinantes, abjectes, aveugles...

Frénétiquement, il actionna la poignée. Pas plus de résultat qu'avec la précédente. Derrière lui, les silhouettes se rapprochaient, lentes, puissantes... Chacune d'entre elles tenait une arme – couteau, faucille, sabre – visqueuse de vase...

Enfin, il parvint à ouvrir le battant (il fallait lever et non pas baisser la poignée). Il franchit la salle d'accueil, poussa la porte vitrée comme on jaillit de l'eau après une apnée forcée. La Dauphine. Il courut dans la rue. Faillit ne pas la voir. S'engouffra à l'intérieur. Démarra d'un tour de poignet, un pied encore dehors.

Tout en conduisant, il s'évertua à ouvrir toutes les fenêtres, à l'avant et à l'arrière. Il se sentait encore imprégné de soufre, de terreur. Il filait maintenant, cheveux au vent, pied au plancher, sans but ni pensées.

Tout simplement vivant.

Respirer, c'était déjà beaucoup.

C'était même le maximum.

58.

Jean-Louis Mersch habitait dans une petite rue du treizième arrondissement, en bordure du quatorzième : la rue Léon-Maurice-Nordmann. À quelques pas du boulevard Arago et de la rue de la Glacière, mais surtout de la prison de la Santé, qui semblait toujours lui faire de l'œil. Il vivait cette présence comme un avertissement qui lui faisait passer l'envie de sortir des clous...

Six heures du mat'. Il se trouva une place de stationnement non loin de son immeuble. En fermant sa portière, il constata qu'il tremblait encore. Putain : il avait survécu aux pires affrontements en Algérie, ce n'était pas pour crever d'un coup de lame au fond d'une salle de bains dégueulasse…

La nausée au ventre, il remonta la rue, réalisant que le jour se levait. *Fièvre lente*, pensa-t-il. Il avait besoin d'une douche. Il avait besoin d'un lit. Il avait besoin de cauchemars bien à lui…

Il faut croire que la séance de boue ne l'avait pas totalement anesthésié car il repéra, alors qu'il atteignait son porche, une Simca 1000 qui arrivait lentement vers lui. Plus précisément encore, il reconnut l'homme assis sur le siège passager : Pierre Santoni, celui-là même qui conduisait la fausse ambulance, le vendredi précédent.

La Simca n'était pas parvenue à sa hauteur que Mersch tenait déjà son arme. La barbouze, vitre baissée, le visa avec un fusil-mitrailleur MAT 49 qui lui rappela le vent mauvais – celui des représailles d'El Harrouch et d'Oued Zenati.

Prenant appui contre une bagnole en stationnement, serrant à deux mains la crosse de son M10, Mersch pressa deux fois la détente puis plongea à terre. Une rafale se perdit dans les airs. Aussitôt après, un grand fracas. Il se releva et, s'abritant derrière les voitures le long du trottoir, se dirigea vers le choc. Un coup d'œil le renseigna : la Simca 1000 venait de s'encastrer contre une DS.

Pas de pensée précise prête à déclencher un ordre à son corps. Plutôt un halo, un souffle qui lui balaya la tête : *En finir.* Quand il fut assez proche, il vit que la bagnole, l'avant plié en accordéon, pissait l'huile et l'essence. Une de ses balles avait atteint le chauffeur – mort. Tout l'habitacle était constellé de sang. Quant à Santoni, il tentait d'ouvrir sa portière, bloquée contre la DS, sans lâcher son pistolet-mitrailleur.

Mersch contourna la voiture par l'avant et se posta à hauteur de la fenêtre du chauffeur – la vitre avait éclaté et l'hémoglobine engluait châssis et portière. Le Corse vit le flic et tourna son arme. Une nouvelle rafale crépita, mais Jean-Louis avait déjà bondi sur le capot fracassé de la Simca. À genoux sur la tôle, il braqua son calibre vers le pare-brise et, se protégeant le visage de son bras gauche, pressa trois fois encore la détente.

Dans le silence qui s'ensuivit, il se laissa glisser le long du capot, jusqu'à tomber sur la chaussée. Deux constats : le premier, pas de tir de riposte – RIP Santoni –, le deuxième : le bitume était trempé d'essence.

Roulant plusieurs fois sur le sol, Mersch rengaina son Browning, plongea la main dans son blouson et trouva son Zippo. Un genou à terre, il l'alluma et le fit glisser sous la voiture comme il aurait balancé un palet au jeu breton du même nom.

Le temps de bondir en arrière et le feu arracha la Simca du sol. Debout, Mersch vit la sale gueule de la barbouze partir en flammes à travers le pare-brise éclaté.

Le visage éclairé par le feu, les tempes cuites par l'extrême chaleur, Mersch s'éloigna encore et songea à Hervé et Nicole, ces deux mômes qu'il avait embringués avec lui dans ce cauchemar.

Il sourit dans l'aube naissante : il existait une justice en ce monde. Chaque fois qu'il y avait un coup de lame à encaisser ou une balle à se prendre, il était seul. Une sorte de traitement de faveur dont il bénéficiait en exclusivité…

Il se passa la manche sous le nez comme un gamin morveux. Il pleurait, il riait. Bon Dieu. Cette vie pourrie, cette vie violente et dangereuse qui puait la poudre et le pneu brûlé, il ne l'aurait échangée pour rien au monde.

59.

Huit heures du matin.

Nicole ouvrit les yeux. Les plis de son sommeil ressemblaient à ceux de son oreiller. Irréguliers, froissés, trempés de sueur. En vérité, elle ne savait pas si elle avait réellement dormi ou si elle allait seulement s'endormir maintenant. Son rythme circadien lui semblait inversé, renversé, fracassé.

Tournant la tête, elle découvrit le corps d'un homme, dans la pénombre des rideaux tirés. Pas dans son lit. Tout de même. Mais par terre, à son chevet.

Quelques dixièmes de seconde et elle y était : Hervé Jouhandeau. Il l'avait raccompagnée cette nuit. Aussitôt, une violente douleur vint lui déchirer le cerveau tandis que son estomac se tordait comme une serpillière.

Cécile assassinée !

Ces quelques syllabes n'avaient aucun sens. Elles se traduisaient seulement en signes pathologiques à l'intérieur de son corps. Ça ne passait pas par son esprit qui, lui, avait tiré le rideau de fer.

Cécile assassinée.

Hervé l'avait escortée dans le panier à salade. Elle s'était étalée en descendant et il l'avait soutenue jusqu'à son porche. La vérité ? Il l'avait carrément portée. Au moment de le quitter, une crise de larmes l'avait achevée. Une sorte de déferlement de sanglots hystériques. La suite était prévisible : il était monté chez elle, l'avait bordée, consolée, puis était resté, main dans la main, dormant par terre à ses côtés.

Cécile assassinée.

Pour l'instant, ça ne voulait rien dire. Elle aurait tout le temps de ruminer cette nouvelle, de s'en imprégner jusqu'à se dissoudre dans le chagrin. Pour l'heure, l'image du corps sacrifié de son amie avait tout de même fait son chemin, à son insu, jusqu'à la broyer complètement. Sa douleur avait à voir avec les os, avec l'articulation de sa tête. Ce n'était pas une gueule de bois, mais du petit bois de gueule…

– Hervé…, murmura-t-elle.

Il s'agita, se tourna, ouvrit un œil.

– Comment tu te sens ? demanda-t-il aussitôt, s'appuyant d'un coude sur le lit.

Une révélation la saisit. Jamais elle ne coucherait avec ce jeune homme mais il resterait son ami à vie.

Elle se laissa retomber sur le dos et se mit à raisonner, d'une voix calme :

– Pour encaisser ce deuil, on a trois solutions.

Hervé se redressa encore, afin de mieux la voir. Il semblait suspendu à ses lèvres.

– D'abord, le déni. Mais avec ce qu'on a vu hier, je crois qu'on peut oublier d'oublier.

Hervé la dévorait des yeux. Il était réveillé, oui, mais il rêvait encore.

– La deuxième solution, c'est la prière.

– La prière ?

– Oui, tu sais, comme la dernière fois. On pourrait répéter des mantras, brûler de l'encens…

Pas de réponse d'Hervé. Un sourire béat flottait sur ses lèvres, aussi léger que l'air ombré qui planait dans la chambre. La lumière poreuse qui filtrait des rideaux éclairait la moitié de son visage. Vraiment mignon mais, comment dire, pas fini…

– Mais ça marcherait pas.

– Pourquoi ?

– Parce que je suis bouddhiste, ajouta-t-elle avec une fierté enfantine.

Enfantine et stupide. Pas de place pour la fierté ce matin. Les événements étaient écrasants, terrifiants. L'autorité de l'horreur…

– Et alors ? relança poliment Hervé.

– Et alors, toute cette histoire baigne dans l'hindouisme, tu comprends ?

Il eut un rire bref. Il y avait une légèreté ce matin qui lui faisait du bien. Ils étaient en suspens, en apesanteur, entre veille et sommeil, conscience et insouciance, et ce répit était inespéré…

– Et la troisième solution ? interrogea-t-il avec patience.

Nicole se tourna vers lui, les deux mains glissées entre ses cuisses serrées. Elle avait dormi tout habillée et Hervé n'avait sans doute pas osé la dévêtir. Elle était lasse, elle était lisse, elle était vidée.

– L'enquête, murmura-t-elle. Il faut poursuivre l'enquête. C'est la seule manière d'honorer Cécile.

Cette pénombre, c'était déjà l'été qui s'annonçait, la bienveillance du soleil qui culminait en ces jours bénis mais éphémères. L'été, Nicole lui avait toujours trouvé un goût amer – après tout, ce bonheur portait déjà en lui sa chute, sa déchéance.

– Dénicher l'assassin, rétorqua-t-il d'une voix douce, si jamais on en est capables, ne nous ramènera ni Suzanne ni Cécile.

Elle se releva et s'assit sur son lit :

– T'es con ou quoi ? Il s'agit pas d'elles, mais de nous. Cette enquête peut nous sauver. Faut qu'on s'y plonge, qu'on s'y oublie… C'est ça qui nous guérira du désespoir.

Hervé hocha la tête et Nicole sentit qu'il était en train de préparer une parade. Elle la redoutait : Hervé était plus intelligent qu'elle, il était plus intelligent que tout le monde.

Elle le prit de vitesse :

– D'habitude, à quelle heure tu retrouves Jean-Louis ?

– Vers dix heures du matin.

Elle bondit du lit comme un gardon hors d'un seau de pêche.

– On y va !

60.

Onze heures, et toujours pas de Mersch.

Peut-être ne s'était-il pas réveillé. Peut-être ne s'était-il pas couché. Ou alors il poursuivait son enquête avec d'autres moyens, c'est-à-dire Berto et des collègues. Ses deux coéquipiers de fortune étaient devenus inutiles…

Chez Martin, il n'y avait pas grand monde non plus. Les hippies n'étaient pas du genre à siroter leur calva à huit heures du matin, les étudiants non plus. Quant aux ouvriers, ils ne couraient pas les rues dans ce quartier. Le zinc était désert et les tables semblaient flotter sur un tapis de sciure, comme les débris d'un naufrage.

Avec Hervé, ils ne se parlaient pas. Le moindre mot les aurait renvoyés au cauchemar de la veille, et ni l'un ni l'autre n'avait envie de reboire la tasse.

Nicole préférait se concentrer sur chaque détail du troquet. Les châssis des fenêtres – du bois noir, fissuré, qui rappelait les poutres des maisons de campagne –, les balustrades en cuivre, les murs de plâtre, les chaises grinçantes, le flipper qui tintinnabulait, avec ses plaquages d'acier brossé pleins de traces de doigts…

Ce qu'elle aimait à Paris, c'était les empreintes du passé – non pas les monuments ni les musées mais les signes effectifs – et affectifs – du passé, à même la pierre, le bitume, le bois. Les marques, les cicatrices d'autres temps – la violence de la Deuxième Guerre mondiale par exemple (nombre de murs portaient encore la trace de balles), la prospérité des années 50, tout était là, à portée de regard, de main… Il lui suffisait de poser son oreille contre un mur, n'importe lequel, pour entendre cette rumeur du passé, comme la mer au fond d'un coquillage.

Elle aimait ce côté survivant, coriace. La capitale avait fait toutes les guerres, résisté à toutes les insurrections, et elle était toujours là, debout, souveraine, dans sa noirceur blessée. Paris ne possédait pas une grâce nette et impeccable mais une beauté crasseuse, pleine de colère et d'amertume, rappelant les riffs rugueux et traînants d'un tube de rock.

Enfin, à midi, Mersch déboula.

Dire qu'il avait une sale gueule était un euphémisme. Décavé, crasseux, il portait les mêmes vêtements que la veille et semblait avoir dormi avec.

– Où on en est, là ? demanda-t-il à la cantonade.

– C'est nous qui te posons la question, répondit Hervé.

Lui au contraire s'était récuré chez Nicole et lui avait même emprunté des fringues. Aussi incroyable que ça puisse paraître, il était aussi mince qu'elle. Comparé à Mersch, il ressemblait à un enfant de chœur en aube blanche qui aurait poussé trop vite entre deux eucharisties.

JL s'effondra sur une chaise et commanda un café :

– S'cusez-moi, j'me suis pas réveillé, marmonna-t-il enfin.

Il but son café cul sec et s'alluma une cigarette, plaquant sa main contre son visage comme un mouchoir. Vraiment pas frais, l'inspecteur...

Soudain, il parut avoir une idée et se remit debout.

– Je dois passer un coup d'fil.

Il partit vers le comptoir et attrapa le téléphone à la manière d'un capitaine d'infanterie se cramponnant à sa radio au fond d'une tranchée assiégée. Hervé et Nicole se regardèrent : leur « chef » ne semblait pas vraiment en état d'assurer aujourd'hui.

Quand il revint, il semblait pourtant rasséréné :

– J'ai eu Berto. L'enquête suit son cours. Autopsie, recherche de témoins, analyse d'empreintes, identification du corps par les parents...

Nicole tressaillit : les Bisciglia. Elle les connaissait bien. Bourgeoisie du sixième arrondissement. Trois enfants. Éducation catholique. Devait-elle les appeler, elle ? Leur révéler ce qu'elle savait ? À cette seule idée, elle n'eut pas envie de pleurer mais de vomir...

– On peut encore te servir à quelque chose ? interrogea Hervé.

– Toi, je sais pas, mais elle, j'en suis sûr.

Il pointait vers Nicole sa cigarette, avec trois doigts, comme une fléchette qu'il s'apprêtait à lancer sur sa cible.

– C'est-à-dire ? demanda-t-elle.

– Je comprends rien à cette affaire mais je suis sûr d'une vérité : ça baigne dans l'Inde et ses religions. En priorité, on doit essayer de comprendre ce que Suzanne trafiquait avec ses acides et ses prières.

– Cécile ne s'intéressait pas à l'hindouisme.

– Pt'être bien, répondit-il d'une voix traînante, mais on l'a retrouvée dans la position de la déesse machin, là...

– Et le sadhou ? demanda Hervé.

– C'est la deuxième priorité, acquiesça Mersch. Faut débusquer ce clown avec ses nattes.

– C'est l'assassin ?

– Non. Mais sa présence hier à Charléty ne peut pas être un hasard. Il est mouillé jusqu'aux narines.

– Tu veux retourner voir Gupta ?

Mersch sursauta – une véritable convulsion qui n'échappa pas aux deux autres.

– Pas tout d'suite, non, répondit-il. Ce con nous roulerait encore dans la farine. On a besoin de biscuits. On doit s'adresser à un autre spécialiste.

– Je crois avoir une idée, glissa Nicole.

61.

Le professeur Tripeth (déjà, le nom) ressemblait à une caricature. Ou plutôt, c'était la caricature même – celle du vieux professeur empoussiéré – qui lui ressemblait. Lui était le modèle. Le mètre étalon. Les gestes précieux, les ricanements, le bouc gris et les cheveux plantés haut, crantés comme de la tôle ondulée, tout était là. Il ne lui manquait que le nœud papillon. Pardon : le nœud répondait aussi présent…

C'est Nicole qui l'avait trouvé, en fouillant dans un annuaire de la Maison des sciences de l'homme. Le professeur était venu les accueillir au bas du Centre d'études indiennes de sciences sociales, au 54, boulevard Raspail.

– Je suis désolé, s'était-il excusé. Normalement, nous avons un stagiaire qui guide nos visiteurs mais en ce moment…

Cette période troublée semblait l'amuser beaucoup, comme une bonne blague. Nicole, ce matin-là, les yeux humides et le cœur tuméfié, s'était demandé si le petit bonhomme n'avait pas raison et qu'il n'y avait pas, après tout, de quoi rire de tout ça…

Elle s'attendait à un vaste laboratoire, sur le modèle des salles d'étude et des bibliothèques qu'elle connaissait à la Sorbonne. Pas du tout. Il s'agissait d'un simple appartement où s'entassaient des tables, des étagères, des livres, des manuscrits et, bien sûr, des chercheurs.

Tableau touchant : tous – jeunes et moins jeunes – semblaient totalement indifférents aux événements extérieurs. Ils évoluaient dans des mythologies ancestrales, des écrits vieux de plusieurs millénaires écrits dans des dialectes connus d'une poignée de locuteurs – et parfois même pas. Alors, les manifs et les revendications, du point de vue de la cosmologie indienne…

Ce qui plaisait à Nicole, c'était l'odeur du papier. Du papier et de la poussière, à laquelle se mêlait le parfum des bureaux usés, des parquets mal équarris. Oui : tout ça constituait un biotope qu'elle adorait. Celui des études. Elle avait hâte d'y retourner, à ce monde inouï et insensé de la pensée qui commençait toujours par cette activité si intime, si confidentielle : la lecture.

Bon, il fallait qu'elle se concentre – qu'elle contrôle surtout son Jean-Louis, qui n'avait ni la manière ni l'expérience pour traiter avec un professeur d'une soixantaine d'années plus au fait du bengali ou des incarnations de Vishnou que du Paris contemporain.

D'ailleurs, le temps qu'elle réagisse, Mersch avait déjà sorti ses horribles photos – avant de passer Chez Martin, il avait aussi récupéré des tirages du corps de Cécile.

Le professeur Tripeth restait debout, penché sur les clichés, tenant ses petites lunettes – rondes, bien sûr – comme s'il cherchait à se persuader de la véracité de ces images.

– Mais qu'est-ce que vous me montrez là ?

– En une semaine, répondit sobrement Mersch, un meurtrier a tué deux jeunes femmes. Il a pris soin de laisser leur corps dans ces positions particulières. Qu'en pensez-vous ?

Tripeth se redressa :

– Mais… rien.

Nicole prit la parole – il fallait lubrifier tout ça.

– Ces positions rappellent celles du yoga, non ?

– Du yoga ? Ce n'est pas du tout ma spécialité.

La voix de l'homme était en train de dérailler, comme si l'horreur lui serrait la gorge.

– Professeur, faites un effort.

– Oui, ces positions pourraient rappeler des…

– Lesquelles ? coupa Mersch.

Tripeth sursauta mais n'eut aucune hésitation :

– Celle-ci, la position de l'arbre… La deuxième, celle qu'on appelle *durgasana*, du nom de la déesse.

– Mais encore ?

– Ce n'est pas une position traditionnelle.

– Expliquez-vous.

Le professeur recula et rajusta ses lunettes.

– Mais enfin, qui a pu faire une chose pareille ?

– On est en pleine enquête, professeur. Répondez à nos questions et on pourra avancer. En quoi cette posture n'est-elle pas traditionnelle ?

– D'abord, en Inde, le yoga est une affaire d'hommes. Durant des siècles, cette discipline était même interdite aux femmes. Ce n'est que depuis que l'Occcident s'y intéresse, et que les Blanches le pratiquent, que les Indiennes commencent à s'y mettre à leur tour.

– Mais cette posture ? La déesse ?

– Le fait de s'inspirer d'une déesse n'est pas très orthodoxe.

– Durgâ, qui est-elle ?

Tripeth secoua la tête :

– Mais la cosmologie indienne est très complexe ! Je ne vois pas comment vous expliquer…

Mersch se plaça devant le sexagénaire. On devinait ses efforts pour rester calme.

– Professeur, je vous le répète : un assassin a déjà frappé deux fois. Y va pas s'arrêter en si bon chemin. Alors, s'il vous plaît, faites un effort de synthèse.

L'indianiste prit son souffle. Sa ressemblance avec le professeur Tournesol était frappante :

– Sœur de Krishna, Durgâ est l'épouse de Shiva. La déesse vierge, la déesse au corps noir, reflet du bleu sombre de Krishna. Elle a beaucoup d'avatars, beaucoup de noms. Elle peut être «la Terrible» (Bhairavi), «la Noire» (Kâli), «la Féroce» (Chandi)... Elle se caractérise par une extrême violence, mais c'est une violence positive, qui détruit pour permettre une renaissance.

Mersch attrapa une des photos de Cécile et la braqua sous le nez de Tripeth :

– Sur cette position particulière, que pouvez-vous dire ?

– Mais... rien ! Je ne sais pas... Celui qui a fait ça est un esprit dérangé, un...

Nicole intervint – lubrifier, encore une fois.

– Diriez-vous que cette posture, cette déesse pourraient nous orienter vers le tantrisme ?

Tripeth parut désorienté par l'utilisation de ce terme mais il capitula aussitôt :

– Oui, Durgâ est le symbole des orgies tantriques, mais vous maniez là des concepts, des notions incroyablement larges ! Il n'y a pas une réponse à une telle question, mais... des centaines !

– Le tantrisme, insista Mersch comme s'il n'avait pas entendu, qu'est-ce que c'est ?

Alors qu'il avait encaissé les cadavres de Suzanne et de Cécile avec un sang froid relatif, le professeur dut s'asseoir sous le poids de la question.

– Bien, commença-t-il après quelques secondes de réflexion. Vous savez sans doute que l'une des croyances fondamentales de l'hindouisme concerne le cycle des renaissances ? L'âme humaine est prisonnière d'une suite infinie de réincarnations qui l'obligent à exister au sein du monde terrestre, le *samsara*, source de malheurs et de souffrances. On vit, on agit, et chacun de nos actes a une répercussion sur nos vies ultérieures. Cet enchaînement inextricable, cette série de causes à effets, est ce qu'on appelle le *karma*. Le but ultime de l'hindouisme, comme celui du bouddhisme d'ailleurs, est de sortir de ce cycle, d'échapper à cette fatalité sans fin.

– Je comprends pas la digression.

Nicole, de son côté, trouvait au contraire le professeur très clair.

– Le meilleur chemin pour se libérer est le renoncement. Refuser le monde terrestre, ses tentations, ses illusions. Voilà pourquoi les ascètes, les swamis, les sadhous, sont considérés comme les plus à même d'atteindre le néant, le moksha. Bien sûr, l'érotisme est au contraire un des principaux dangers du samsara. Le désir détourne l'homme de sa quête, il l'enfonce, pour ainsi dire, dans ses illusions dangereuses…

– Comprends toujours pas.

Le professeur fit claquer sa langue, comme s'il tournait une page d'un livre :

– Le tantrisme part du point de vue inverse. C'est dans ses fonctions prosaïques, et notamment l'activité sexuelle, que l'homme peut trouver l'énergie libératrice, le chemin du moksha.

– Ça a un rapport avec la Shakti ?

Nicole sursauta : comment Mersch connaissait-il ce terme ? Avait-il potassé cette nuit ? Elle ne l'imaginait pas en train de se fader des bouquins sur l'hindouisme. Elle se demandait même s'il avait lu un livre dans sa vie.

– Exactement. Les hindouistes pensent que la Shakti, l'énergie vitale, repose au fond de chaque homme. C'est ce qu'on appelle aussi la *Kundalini*, ou encore la *Kundalini-shakti*. Pour les hindous, elle serait lovée au bas de la colonne vertébrale, sous la forme d'un serpent endormi.

Mersch encaissait chaque information avec une grimace. On ne cessait de s'éloigner du monde qu'il connaissait – celui du crime rationnel, avec des mobiles identifiés, des témoins, des indices…

Il remit la balle au centre en demandant :

– Vous pensez qu'il existe une secte tantrique à Paris ?

– Non. La communauté indienne ici est très réduite, et les Indiens du Nord-Est s'y comptent sur les doigts d'une main.

– Pourrait-on imaginer la présence d'un sadhou à Paris ?

Tripeth eut un bref soupir :

– Les sadhous ne prennent pas l'avion ! Ce sont des ascètes errants, oui, mais ils ne se déplacent qu'à pied ou en train. Un sadhou à Paris ? Pourquoi pas un tigre du Bengale dans les rues du Quartier latin ?

Quelques secondes passèrent. Mersch semblait réfléchir – Nicole voyait sa mâchoire osciller sous sa peau, à la manière d'un balancier de pendule.

– Vos hindouistes tantriques, là, ils pratiquent des sacrifices humains ?

– Il y a très longtemps, oui. Mais aujourd'hui, quand il y a sacrifice, il faut se contenter d'une chèvre…

Le flic désigna de nouveau les photos, toujours étalées sur le bureau.

– Ces mutilations vous évoquent-elles un type de sacrifice particulier ? Cela vous rappelle-t-il quelque chose ?

– Franchement… non. À part la mise à nu des organes peut-être…

– C'est-à-dire ?

– Le tantrisme fonde sa quête sur les fonctions primitives de l'homme. Le désir sexuel, mais aussi la digestion, les mécanismes cachés de nos entrailles. Cette volonté de faire jaillir les viscères pourrait être un geste tantrique, je ne sais pas…

Nicole intervint :

– Comment le courant tantrique parvient-il à concilier tout ce qui nous attache à la terre, comme le sexe, la nourriture, la défécation, avec la grande libération à laquelle aspirent tous les hindous ?

Tripeth eut encore un petit rire :

– C'est une démarche complexe, difficile à expliquer. Si je voulais risquer une métaphore moderne, j'évoquerais cette expression : « toucher le fond »… Le tantrisme, c'est un peu ça : descendre le plus bas possible pour rebondir, repartir vers le haut. C'est au fond de l'homme que se trouve l'énergie la plus puissante, le ressort qui lui permettra d'échapper au karma.

Mersch regroupa ses clichés puis les enfourna sous son blouson : tout ça lui semblait trop vague pour mériter d'autres questions.

– Vous connaissez un centre de yoga dans le dixième arrondissement, dirigé par un certain Gupta ? demanda-t-il pourtant.

– Oui.

– Gupta pratique-t-il l'hindouisme tantrique ?

– Je ne sais pas, mais comme il vient de Calcutta, ces pratiques ne lui sont pas étrangères. Vous l'avez rencontré ?

Mersch ne répondit pas – inutile de s'attarder sur cette humiliation.

– Vous avez des photos de sadhous ? préféra-t-il demander.

– Suivez-moi.

62.

Le premier, rasé et nu, avait le corps entièrement cendré. Un autre portait de longues nattes boueuses nouées en chignon au-dessus de son crâne, comme un nid de serpents repoussants. Un autre arborait des colliers de bois et brandissait un trident.

Seigneur, ces visages…, se dit Nicole en observant les photos que Tripeth avait déployées sur son bureau. Des trognes, des tronches, des gueules de gargouilles, blanchâtres, au front barré de blanc ou de rouge. Des faces barbouillées de kumkuma vermillon, de cendres de bouse de vache… Des corps émaciés, dont la maigreur, accrue encore par la nudité, faisait peine à voir.

– Ce signe, là, qu'est-ce que ça veut dire ? interrogea Mersch.

Il désignait un sadhou au front barré de trois traits horizontaux, traversés à la verticale par une ligne rouge.

– Un adorateur de Shiva. Cette marque est située à l'emplacement du sixième chakra, là où résident les facultés psychiques… Le troisième œil. Celui de la connaissance.

Ces mots faisaient rêver Nicole mais ça n'avait pas l'air de séduire Mersch. D'un geste irrité, il montra un autre signe – un U blanc, partant de la racine du nez, cernant un trait rouge sur le front d'un ascète.

– Un vishnouite… On appelle ce signe un *tirunama*. Le U représente la trace du pied de Vishnou qui, sous la forme d'un de ses avatars, « Vamana » ou « Trivikrama », traversa les trois mondes en trois pas…

Mersch, qui semblait assommé par ces précisions, acquiesçait avec de petits hochements de tête, façon pivert, tout en cherchant d'autres photos.

– Bon Dieu, murmura-t-il en ouvrant une nouvelle enveloppe, qu'est-ce que c'est que ça ?

Un homme de terre, nu comme un singe, tenait son poing fermé – depuis longtemps sans doute car ses ongles jaunis et crochus avaient transpercé la paume jusqu'à surgir de l'autre côté, sur le dos de la main. Un autre brandissait un bras atrophié, racorni, qu'il semblait n'avoir jamais baissé depuis des années. Un autre encore, sur un sentier, tirait une Jeep à la seule force de ses organes génitaux, qu'il avait solidement amarrés au pare-chocs du véhicule.

– Les sadhous ont renoncé au monde mais ils ont le sens du spectacle, expliqua Tripeth. Ce sont des champions de la piété et ils veulent le démontrer à tous. Rester debout une quarantaine d'années, observer le soleil jusqu'à devenir aveugle, vivre nu aux sources du Gange, dans la neige et la glace, sont des preuves de ferveur religieuse qui forcent l'admiration des hindous…

Les visiteurs ne répondirent pas, médusés par une image encore plus horrible. Un sadhou, nu, paisiblement assis sur un rocher, au bord d'une rivière, lavait avec une brosse ses intestins déroulés sur ses genoux. L'image ne laissait prise à aucun trucage et il fallait se rendre à l'évidence : l'homme, par une maîtrise inouïe de son corps, était parvenu à extraire ses viscères par son anus pour les astiquer au plus près.

Mersch observa ce dernier cliché quelques secondes et Nicole devina ce qu'il pensait. Cette scène offrait une connexion directe avec les sacrifices de Suzanne et de Cécile.

– Les sadhous sont-ils violents ? demanda-t-il.

– Jamais de la vie. Il y a parfois des bagarres lors des grandes réunions mais ça ne va pas très loin. Le refus des passions humaines implique un pacifisme absolu.

– Et la drogue ? intervint Nicole. Les sadhous en consomment, non ?

– Oui, ils fument beaucoup. Du chanvre, notamment. En Occident, nous prenons de la drogue pour échapper à la réalité, mais pour eux c'est le contraire. La drogue leur permet de mieux approcher la vérité qui se cache sous l'illusion du monde.

– Ils prennent parfois du LSD ?

Tripeth rit de bon cœur :

– Je ne pense pas qu'ils connaissent ce genre de substance.

– Les sadhous se couvrent-ils parfois de boue ? interrogea tout à coup Mersch.

Tripeth sortit de sa poche une pipe dont il se mit à caresser le foyer comme s'il s'agissait d'un minuscule animal domestique.

– Il arrive que des fidèles offrent aux sadhous un bain de boue thérapeutique, oui, notamment au moment de la décrue du Gange. Mais ce n'est pas la norme.

– Merci, professeur.

Mersch se dirigea vers la porte, suivi aussitôt par Nicole et Hervé. Il était évident que Tripeth leur cachait quelque chose. Il possédait des informations qu'il gardait pour lui.

Rien d'étonnant à ça : impossible de faire confiance à un flic.

63.

Direction la morgue.

JL avait passé un coup de fil, et depuis qu'il avait repris le volant, il ne desserrait plus les dents. Hervé se sentait humilié par ce silence. Il fallait donc se contenter de le suivre ainsi, sans poser de questions. Heureusement, il y avait Nicole, qui visiblement partageait sa frustration.

Ils avaient sauté l'heure du déjeuner, ce dont personne ne semblait se plaindre. Et si jamais ils avaient eu de l'appétit, cette bonne vieille odeur de morgue était là pour résoudre le problème. Un mélange d'effluves moisis d'aquarium et de bain de formol statique, enrichi d'œuf pourri, dû à la décomposition des cadavres.

– L'autopsie est finie ? demanda Mersch au médecin dans le hall d'accueil.

– Tout juste. Par ici.

Couloirs carrelés, civières, portes frigorifiques. Une grande salle – sans doute celle des autopsies. Sous un drap, un corps. Cécile, bien sûr. Du sang séché un peu partout. Des masses plus petites, couvertes elles aussi. *Laissez-moi deviner : les viscères de Cécile.* Hervé avait l'impression de rêver. Même pas un cauchemar, une situation… impossible. Loin, très loin de toute réalité.

– Faut que tu fasses quelque chose, ordonna l'homme en blouse blanche.

Le légiste plaisait à Hervé. Une épaisse tignasse grise, des favoris qui semblaient dater du siècle dernier, une bonne tête de praticien aguerri et, en guise de touche finale, une cigarette pincée entre ses lèvres, qui fumait doucement comme un tuyau de poêle.

– Qu'est-ce que tu veux dire ? cracha Mersch avec agressivité.

– Faut que tu arrêtes ce massacre.

Le flic s'alluma une clope et préféra ne pas répondre.

Le médecin se tourna vers le cadavre. Hervé redoutait qu'il écarte le drap mais il n'y toucha pas. *Pour l'instant.*

– Cette fois, le salopard ne lui a pas ouvert le ventre. Il a pris un crochet, un pied-de-biche peut-être, qu'il lui a profondément enfoncé dans le vagin. Après ça, il a opéré plusieurs fois un va-et-vient, comme un ramoneur. Les entrailles ont lâché et sont sorties par… cet orifice.

Mersch tirait sur sa cigarette à coups de petites bouffées. Nicole ? Elle flottait quelque part, appuyée contre une table d'examen. Cette nuit, Hervé avait su trouver les mots pour la consoler… Mais à présent, lui aussi était sans voix. Ils avaient tous les trois basculé dans un trou noir.

– Quoi d'autre ? enchaîna Mersch.

– Ce sont les mêmes morsures que pour la première.

– Toujours des traces de kéranine ?

– Kératine. Oui. Et les marques sont plus nettes : aucun doute, il s'agit bien d'une mâchoire circulaire, une bouche parfaitement ronde…

Mersch s'effaçait peu à peu dans son nuage de Gitane. Aux yeux d'Hervé, il n'aurait pas pu fumer autre chose. À cause de la femme dessinée sur le paquet. Quand il était môme, il associait cette silhouette à une danseuse du ventre, à l'Orient, à l'Algérie… Son frangin, quoi…

– J'ai cherché de ce côté-là, continuait le toubib.

– Quel côté ?

– Tu sais ce que c'est qu'une lamproie ?

– Non.

– Une sorte d'anguille, qui vit dans la mer et dans les rivières. Une bestiole dégueulasse.

Mersch secoua la tête, l'air de dire : « Et allez donc, continuez le délire, on est plus à ça près… »

Le légiste traversa la salle et attrapa un livre posé sur une paillasse. Les pages en étaient collées de sang.

– Les lamproies, commença-t-il à lire d'un ton doctoral, appartiennent à l'espèce des agnathes, mi-poissons, mi-anguilles…

Plutôt petites, mais on en a vu qui mesuraient plus d'un mètre de long. Aveugles, elles restent des années enfouies dans la vase avant d'en sortir pour faire leurs ravages.

Une main soutenant son livre, l'autre toujours glissée dans sa poche, le médecin déambulait à la manière d'un instituteur faisant faire une dictée à ses élèves.

– Leur spécialité est de s'attaquer aux poissons en se collant à eux grâce à leur «bouche-ventouse». Une bouche très particulière. Sans mâchoire, circulaire et dotée d'une infinité de dents qui râpent les écailles. Ensuite, avec leur langue, très dure, elles percent la chair du poisson et en aspirent les fluides…

Mersch fit un pas en avant, provoquant des tournoiements de fumée :

– Où tu veux en venir, merde?

Le toubib sortit son autre main et dressa l'index vers les néons du plafond :

– Leur salive contenant des anticoagulants, elles peuvent ainsi sucer une plaie pendant des heures. Souvent, le poisson en crève, soit qu'il ait perdu trop de sang, soit que cette vacherie lui ait filé une infection…

Jean-Louis jeta sa cigarette par terre et l'écrasa avec rage. Il lança à Hervé et à Nicole un regard qui suppliait : *Retenez-moi ou je le réduis en purée.*

Sans le moindre égard pour la dépouille de Cécile, l'autre posa son livre dessus et en tourna une page.

– Regardez.

Mersch s'approcha, comme un taureau qu'on emmène à l'abattoir. Hervé fit de même et Nicole, dans une sorte d'état second, les imita.

La bestiole ouvrait une gueule démesurée, parfaitement ronde, à l'intérieur de laquelle une spirale de pointes cornées se hérissait, tel un vortex de pure cruauté.

Ça ne ressemblait à aucun autre animal connu car le corps entier de la bestiole semblait le prolongement de l'orifice menaçant, à la manière d'un tuyau d'aspirateur ou d'une lance d'incendie.

Le toubib tapota du doigt la photographie :

– C'est là que ça devient intéressant. Ces dents que vous voyez là sont entièrement composées de kératine.

– C'est quoi ? demanda Nicole, la voix blanche.

– J'en ai parlé la dernière fois, répondit le médecin en regardant Jean-Louis. La kératine est une protéine naturelle, une matière morte, qui ne se régénère pas mais qui est incorruptible. La corne du rhinocéros par exemple en est composée. Certains mammifères en ont aussi, incrustée dans leur chair, ce qui les rend imperméables. La kératine est insoluble dans l'eau.

Il tourna une page, histoire de s'assurer que tout le monde avait bien compris.

Des photos sous-marines qui montraient des poissons, l'air tranquille, dévorés par de petites flammes noires se tortillant dans le courant alors que leur bouche était plantée dans la chair de leurs victimes. Celles-ci, yeux ronds, avaient l'agonie placide…

– Donc, fit Mersch en allumant une cigarette, nos victimes se sont fait mordre par ces bestioles pourries ?

– Oui et non.

– Bon Dieu, réponds-moi clairement !

– Oui, parce que ces traces de morsures proviennent incontestablement de lamproies. Non, parce que les victimes n'ont séjourné dans aucune flotte, ni douce, ni salée.

– Quelle est ton idée ?

– Une prothèse.

– Quoi ?

Le légiste referma son livre :

– Peut-être une sorte de dentier, ou même un manchon hérissé de pointes, comme un gladiateur.

– T'es sérieux ?

– Faut bien trouver une explication. Le tueur a recours à un accessoire, c'est évident. Le plus intéressant, c'est que, quel qu'il soit, il est fait avec de véritables dents de lamproie. Ce qui ne court pas les rues, ou plutôt les caniveaux.

Mersch paraissait atterré.

Hervé, lui, cherchait à rattraper ses idées qui, aussitôt formées, s'envolaient comme des bulles d'effroi. Le médecin expliquait maintenant que ces morsures s'apparentaient aussi à des succions – le tueur plantait ces crocs dans la chair de ses victimes et aspirait leur sang à travers la peau au point de faire éclater une multitude de vaisseaux. Une sorte de baiser… de la mort.

– Tu viens ou quoi ?

Hervé se réveilla de ses pensées épouvantables – il avait manqué toute la fin de la réunion. Tant pis. Tant mieux. Il avait son compte.

Il suivit docilement ses équipiers jusqu'à l'extérieur. Il était à ce point ensuqué que l'air du dehors ne lui procura aucun soulagement ni bienfait. Confit dans l'effroi, le gars…

JL siffla comme il aurait appelé un chien :

– Allez, en route. On retourne voir Gupta. Cette fois, c'est moi qui l'interroge !

Ils s'orientaient vers la Dauphine quand Nicole s'arrêta net.

– Qu'est-ce qu'il y a ? demanda Mersch.

Le visage de la jeune femme était blafard :

– Après Suzanne et Cécile, je pourrais être la prochaine ?

Jean-Louis ne répondit pas aussitôt. Sourcils froncés, à cause du soleil ou de son embarras, il finit par dire :

– C'est un truc auquel j'ai pensé.

– À quoi exactement ?

– Une sorte de chaîne de… l'amitié. C'est p't-être ce lien qui intéresse le tueur.

Nicole se cambra comme sous l'effet d'une vive douleur. Jean-Louis prit une voix chaleureuse.

– Je vais poster deux flicards en bas de chez toi. (Il eut un rire antipathique.) Je leur dirai de s'habiller en civil.

64.

Rue du Faubourg-Saint-Denis. Rue des Petites-Écuries. Rue Martel. Pour une raison inconnue, la visibilité dans ces voies étroites du dixième arrondissement avait baissé. À dix-sept heures, la nuit semblait déjà tomber. Malgré lui, Mersch, qui délirait toujours sur les bords, eut des idées d'apocalypse, des visions de fin de monde…

Parvenu rue de Paradis, il revint à une théorie plus raisonnable, c'est-à-dire à peine moins folle. Un incendie embrasait l'artère. Un brouillard noir polluait tout, léchait la pierre et occultait le ciel.

Ils roulèrent encore un peu mais durent rendre les armes devant les voitures bloquées. Mersch coupa le contact et ouvrit sa porte dans un grincement de carlingue. Les mômes suivirent. Dans la lumière moirée, ils paraissaient tous les trois argentés comme des chevaliers en armure.

Des gens couraient, criaient, agitaient les bras. Des cendres planaient, comme crachées par un cratère. Ils remontèrent à contre-courant, un peu comme la veille à Charléty, bravant les protestations, les gueules effrayées, les coups d'épaule.

Mersch sourit : à prévoir le pire, on avait toujours de bonnes chances d'avoir raison. Bien sûr, c'était le centre de yoga de Gupta qui brûlait. Parmi les bouillons qui s'échappaient du seuil on distinguait des lézardes, des fureurs, des langues orange, comme des coups de fer rouge lacérant l'atmosphère en deuil.

Une fois devant le bâtiment, Mersch constata qu'il était trop tard pour faire quoi que ce soit. Les pompiers n'étaient pas encore là et l'immeuble fondait déjà comme du sucre. Les bains de boue devaient bouillonner là-dedans comme une soupe de poix sur le feu.

– Attendez-moi ici, ordonna-t-il à Hervé et Nicole.

Il plongea dans la boutique, écartant les pans de fumée comme un rideau de perles noires : le lino du sol se gondolait tel un tapis volant, les posters, les sculptures de dieux indiens brûlaient paisiblement, chacun riant de toutes ses flammes. Fascinant à voir mais bon, par ici la visite.

Mersch traversa la première pièce : murs de feu, moulures de braises. La chaleur n'était plus une question de température mais une matière, un contact – comme un drap bouillant qui l'enveloppait, ralentissant sa progression. Bizarrement, à l'intérieur, la fumée était moins dense que dans la rue – une issue quelconque devait jouer le rôle de ventilation, aspirant les émanations.

À l'autre bout de la salle de yoga, il surprit un tableau qu'il n'attendait pas – des Indiens, à genoux, priaient, indifférents à l'incendie qui allait les griller sur place. Des fragments de plafond leur tombaient déjà dessus, provoquant de longs ruissellements d'étincelles, mais rien n'y faisait, ces gars-là étaient concentrés sur leurs mantras.

Mersch dut les enjamber pour franchir l'embrasure. Ce qu'il découvrit le laissa atterré. La salle des bains ressemblait à un four industriel : chaque bassin crachait des flammes blanc et noir fissurant les carreaux de faïence qui explosaient sous la violence de la chaleur. Dessous, six flaques d'argent brillaient, dressant un damier de mercure jusqu'à l'autel du temple.

L'autel, c'était, au fond de l'enceinte, le bloc de céramique qu'il avait remarqué la veille, maintenant noirci comme un terril. Dessus se tenait un homme nu, assis dans la fameuse position du lotus (même lui, Mersch, connaissait), déjà à moitié consumé par le brasier. Le personnage ne bougeait pas, brûlant en silence, dans une espèce d'immobilité stoïque, indifférente.

Malgré le feu, malgré la fumée, malgré le fait qu'ils n'aient pas été présentés, Mersch le reconnut : le sadhou de Charléty. Ses nattes se consumaient comme des mèches de canon, son torse creux, famélique, était emporté par de véritables bourrasques rougeoyantes, les flammes se glissant entre ses côtes comme des lames, tout son corps semblait peu à peu grignoté par les dents féroces et fourmillantes de la fournaise.

À cet instant, Mersch aperçut un autre personnage, sur la droite, entre deux rectangles de feu : Gupta, drapé dans son châle, immobile lui aussi, psalmodiant pour lui-même quelque prière…

Mersch bondit entre les bassins embrasés et l'attrapa par le col.

Par ici l'évacuation…

65.

Mersch avait la voix brûlée, la peau du visage complètement cuite, les yeux injectés de sang. Chaque fois qu'il respirait, c'était les miasmes de l'incendie qu'il se prenait dans les narines, effluves de lino grillé, de boue incandescente, de chair humaine passée au barbecue…

La scène qu'il venait de voir – le sadhou en feu, les hindous en prière, les bassins embrasés – resterait gravée à jamais dans sa mémoire. Ce contraste entre la fureur des flammes et l'apparente indifférence de l'immolé, les autres gémissant autour de lui, le décor s'effondrant sous la fournaise, l'avait bouleversé. C'était ce genre d'images qui vous cravataient à la gorge, vous cramaient le cerveau et ne vous lâchaient plus…

Il avait traîné le gourou jusqu'à la Dauphine et l'avait installé sur le siège passager – disons plutôt : encastré. Il avait poussé Nicole et Hervé à l'arrière, claqué les portières et verrouillé l'ensemble. *Plus bouger…*

Il avait manœuvré, klaxonné, brandi sa carte de flic et réussi à sortir du cloaque au moment où les pompiers arrivaient. Rue Papillon. Rue Lafayette. Square Montholon.

Frein à main qui craque, ombres des platanes qui tremblent.

Les choses sérieuses pouvaient commencer :

– Le mec qui a grillé, c'est qui ?

– Je ne sais pas.

Gupta avait perdu de sa superbe. Sa barbe argentée avait maintenant la couleur terne de la cendre. Son turban était de travers. Tout son corps semblait au bord de l'effritement.

Il n'était plus le gourou qui vous endormait avec deux doigts, ni le maître loquace qui vous expliquait la vie d'un ton docte. C'était un hindou terrifié qui venait de voir son univers basculer – et peut-être même s'effondrer.

Moment idéal pour le cueillir.

– Il séjournait chez toi ?

– Oui.

– Et tu sais pas qui c'est ?

– On ne refuse pas l'hospitalité à un sadhou.

– Comment s'appelle-t-il ?

– Il n'a pas de nom.

– Il a pas de nom et il prend l'avion ?

– Les noms de l'administration n'ont aucune importance.

La petite Dauphine, boîte de conserve, cage de tôle, maintenait la pression.

– Pourquoi il est venu à Paris ?

– Je ne sais pas.

– Te fous pas de moi !

– Je vous jure. Il avait une mission, oui, mais je ne sais pas laquelle.

– Creuse-toi un peu les méninges.

– Je ne sais pas.

– Quand est-il arrivé ?

– Il y a trois semaines environ.

– Quel vol ?

– Aucune idée.

La voix de Gupta avait changé elle aussi. Il avait avalé trop de flammes pour conserver cette inflexion de velours qui vous hypnotisait. Maintenant, c'était un fil aigre qui craquait, raclait, grinçait – et les mots, à travers l'accent oriental, ne venaient plus facilement. Ils tremblaient entre ses lèvres.

– Donc, ce type se radine chez toi. Quand ?

– Il y a dix jours environ.

– Et tu l'accueilles sans poser de questions.

– Oui.

– Sans chercher à savoir ce qu'il fait à Paris ?

– Non.

– Ça te gêne pas d'héberger un mec qui va, qui vient, et qui est sans doute impliqué dans deux meurtres ?

Gupta prit son souffle et parut retrouver, vaguement, son maintien d'homme de sagesse :

– En Inde, on ne raisonne pas comme vous autres… Quand on ne comprend pas une situation, on comprend tout de même une chose : la nature de l'inconnaissable. On…

Mersch frappa son volant :

– Ta gueule !

Avec la gamine et son petit frère assis à l'arrière de la voiture, il ne voulait pas jouer de nouveau aux gros bras et frapper l'hindou – mais bon Dieu, la tentation était grande de lui faire manger sa barbe…

– Les meurtres, t'étais au courant ?

– Oui.

– Qui t'en a parlé ?

– Lui.

– Quel était son lien avec ces crimes ?

– Je ne sais pas. Il voulait les protéger.

– Protéger qui ? Les victimes ? Il savait donc qu'elles étaient en danger ?

– Je ne sais pas.

– Il connaissait l'assassin ?

– Oui.

– Il t'a dit quelque chose sur lui ?

– Un homme très dangereux. Aux pouvoirs multiples.

– Quels pouvoirs ?

– Je ne sais pas exactement. Mais c'est lié au tantrisme.

– Le tantrisme donne des pouvoirs ?

– C'est sa raison d'être.

– Le tueur, c'est un Indien ?

– Je ne sais pas.

– Pourquoi l'assassin s'attaque-t-il précisément à ces jeunes femmes ?

– Elles sont des portes.

Le terme était tellement inattendu que Mersch dut déglutir. Une bonne giclée de glaires chargées de cendre.

– Quoi ?

– Des portes. L'assassin est en train de les ouvrir.

Mersch revit tout à coup les postures des victimes. Des statues sur la façade d'un temple. Le tueur sculptait la chair, il bâtissait un sanctuaire…

– Qu'est-ce que tu veux dire ? insista-t-il.

– Je ne sais rien de plus. C'était ce que disait Baba – le sadhou. Les portes, le tueur les ouvre. L'âge de la désolation a commencé…

Mersch lança un coup d'œil à Nicole – était-elle une « porte » elle aussi ?

– Tu ne me dis pas toute la vérité, répliqua-t-il d'une voix plus calme. Qu'as-tu enseigné à Suzanne ?

– Le yoga.

– Me raconte pas de conneries ! Elle s'intéressait au tantrisme et tu l'as initiée.

Gupta ne répondit pas – ce qui était une réponse en soi.

– Suzanne était très douée, finit-il par murmurer. Elle creusait son propre chemin. Elle mélangeait politique et spiritualité. Elle voulait créer son école. Pourquoi pas ? Je n'aurais jamais cru…

– Le LSD, tu étais d'accord ?

– Jamais de la vie. La chimie ne peut mener au moksha…

Mersch avait passé son coude sur le dossier de Gupta. Presque un geste amical.

– D'une façon ou d'une autre, Suzanne est allée trop loin…

Pas de réponse du gourou.

– Alors tu as pris peur. Tu savais qu'elle était en danger. C'est toi qui as appelé le sadhou !

– NON !

Mersch serra le poing. Bon sang : ne pas le démolir…

– Tu mens, mais c'est pas grave. Il est venu pour sauver Suzanne mais il a raté son coup.

Pas de réponse.

– Comment a-t-il su que Cécile serait la prochaine ?

Pas de réponse.

– En tout cas, il a pas réussi non plus à la protéger. Pas très efficace, ton gars…

Gupta, recroquevillé sous son turban comme un cobra dans son panier, ne semblait plus écouter.

– C'est pour ça qu'il s'est immolé ?

Soudain, il releva la tête et se mit à hurler :

– Il a échoué, il a échoué… L'âge de Kâli commence. L'âge de la désolation !

Mersch allongea le bras pour ouvrir la portière passager. Groupant son corps, il détendit sa jambe droite et fila un coup de talon à l'Indien pour l'éjecter fissa de la bagnole.

Sans un mot, il tourna la clé de contact et repartit, direction Beaujon.

Il était temps de se décrasser et de méditer l'impossible.

66.

– Deux gars du SAC grillent en bas d'chez toi et t'as rien à me dire ?

Sur le coup, Mersch vit à peine à quoi faisait allusion Deniaud. Pour l'heure, le mot « griller » ne pouvait désigner que l'incendie de tout à l'heure, mais le taulier parlait de la Simca 1000 : sa vie n'était plus qu'un brasier…

– J'suis pas au courant, mentit-il.

Deniaud appuya ses grosses paluches sur la surface de son bureau puis regarda de côté en tendant le cou, comme s'il cherchait quelque chose sous un meuble. Pure manifestation d'exaspération.

– T'as d'la chance que les balles aient fondu.

– Les gars, c'est qui ?

– Pour l'instant, on en a identifié qu'un seul. Pierre Santoni. Un gars d'chez nous. Et du SAC.

Mersch hocha vaguement la tête. Il avait d'abord largué les petits – Hervé à la station Châtelet (avec la ligne 1, il pouvait rentrer directement Porte de Vincennes), puis Nicole boulevard des Invalides, avec deux condés en prime en bas de chez elle. Une sorte de cadeau Bonux à la Mersch.

Puis il avait regagné Beaujon, comme un mouton rejoint le bercail.

– Qu'est-ce qui s'est passé ? relança Deniaud.

– J'en sais rien.

Deniaud frappa le plateau du bureau, revêtu d'un beau cuir vert bouteille.

– Vendredi soir, en pleine manif, deux autres mecs du SAC se sont fait allonger. Des belles balles de M1911.

– Et alors ?

– Je m'rappelle qu'y te restait un Colt 45 dans ta cantine de troufion…

– Tu vas demander une expertise comparée ?

Le taulier soupira :

– T'as vraiment le cul bordé d'nouilles… Les gars de la balistique sont en grève…

Mersch connaissait son Deniaud. Il fallait attendre que l'orage passe.

Et en effet :

– Bon, oublions ce merdier, conclut-il finalement. Les affaires vont être classées et personne ne regrettera ces salopards. De toute façon, y a personne pour enquêter. Alors c'est marre. On mettra ces morts sur le compte des événements. Après tout, tout le monde doit avoir sa part de dégâts… Comment ça marche ton histoire ?

– Mon histoire ?

– Ton affaire criminelle.

– On a un deuxième meurtre.

– Merde.

Deniaud était à ce point absorbé par la menace contestataire qu'il ne lisait même plus les télex de l'état-major informant les têtes de pont de la PJ des crimes de la capitale.

– T'as des pistes ?

– À peine.

À l'idée d'expliquer une telle enquête à un Deniaud, les bras lui en tombaient. Il revoyait, encore une fois, le sadhou brûler sur son autel de faïence, sur fond de cadavres prenant des poses de yoga. Seigneur : mieux valait la fermer que d'évoquer un truc pareil dans un bureau de flic.

– T'as trouvé des hommes ?

– Berto, répondit sobrement Jean-Louis. Et quelques képis, en cas d'besoin…

Deniaud ouvrit les mains, façon de dire : « Je peux rien pour toi. »

Puis il se leva et les fourra dans ses poches de pantalon. En bras de chemise, il ressemblait à Jean Gabin dans *Maigret tend un piège*. Il ne lui manquait que la bière et les sandwichs – qui ne devaient pas être loin.

– Tu veux que j'en parle en haut lieu ? demanda-t-il tout de même.

Mersch répondit par la négative. Il préférait se débrouiller seul, que personne ne vienne l'emmerder…

– C'est triste à dire, reprit le commissaire, mais dans d'autres circonstances, avec une histoire pareille, tout le 36 aurait été sur le pied de guerre…

– … et Paris vivrait dans la terreur. En un sens, c'est pas plus mal…

Deniaud arpentait lourdement la pièce et le parquet gémissait dans les basses.

– Je suis sûr que tu vas attraper le salopard.

– Bien sûr, répondit Mersch en se levant.

– Je veux dire : tu l'attraperas avant qu'on ait réglé notre autre problème, celui de la rue...

Mersch vacillait légèrement, ou bien c'était la réalité qui chancelait. Le chaos régnait dehors et une sorte de trêve flottait dans l'air. Un tueur fou sacrifiait des jeunes filles dans l'indifférence générale et lui-même avait éliminé quatre hommes en moins d'une semaine sans que ça chagrine personne.

Jean-Louis tourna la poignée et soudain, comme une crampe foudroyante, il se sentit seul – seul à mourir. Les deux gamins lui manquaient. Il avait besoin d'eux, et pas seulement pour l'enquête...

67.

Il monta au dernier étage, sous les combles, pour rejoindre son QG, qui était plutôt, dans les faits, le bureau de Berto. Le temps de grimper les marches, il se dit qu'il avait besoin de forces pour faire passer ce coup de mou. Un détour par les chiottes. Deux Bennies. Et voilà.

De nouveau chargé, il s'observa dans les glaces des lavabos. Il avait mauvaise mine – c'était le moins qu'on puisse dire. Ses cheveux trop longs lui balayaient les yeux, il avait encore des traces de suie sur les tempes et de larges cernes lui donnaient un air de chanteur latin d'opérette. Heureusement, sa barbe de trois jours (d'une semaine en vérité) mettait tout le monde d'accord. Une tête de voyou prête à imploser...

Soudain, l'effet des amphétamines se fit sentir. La puissance chimique lui monta directement au cerveau. Il avait l'impression que son sang était saturé d'électricité, de rires furieux et de bruits d'hélicoptère.

On pouvait repartir.

Le point avec Berto fut vite expédié. Il avait étudié les résultats d'analyse du parc Montsouris – en pure perte. Des témoins oculaires ? Pas un péquin. Malgré l'affluence qui régnait au stade Charléty cette nuit-là, personne n'avait rien remarqué.

Paradoxalement, ce zéro pointé le conforta dans l'idée qu'il suivait la juste piste – l'Inde, le tantrisme, les lamproies… Rien de compréhensible à l'horizon : tel était le sillage de l'assassin.

Il prit la peine d'expliquer sa moisson de la journée.

Berto, les bras croisés (côté sous-pull, c'était un jour vert), siffla comme pour dire : « Eh ben mon vieux… » Mersch était frappé par cette dichotomie : il lui semblait qu'il y avait deux enquêtes. Celle, classique, de Berto qui ne produisait pas le moindre jus de cerise, et la sienne, totalement marginale qui fournissait des catastrophes en chaîne, inintelligibles.

Il alluma une Gitane :

– T'as pu voir les parents de la p'tite, Cécile ?

– C'est fait.

– Ça s'est bien passé ?

– Super.

Mersch ne sut pas quoi répondre. Encore une fois, il avait évité une séance d'identification et des condoléances inutiles, mais cet évitement lui-même le travaillait au corps. *Tap-tap-tap*, acculé dans les cordes, le Mersch…

Il pensait aux proches des victimes, détruits par le chagrin, et à sa propre lâcheté, qui l'empêchait de contempler ce naufrage droit dans les yeux. La mort, oui. Mais la mort chez les vivants, non. En ce sens, l'Algérie était une époque bénie. Un cadavre, quelques papiers à signer, un cercueil dans l'avion. Point barre.

– Ok, fit-il pour conclure sur une note moins morbide, quartier libre pour ce soir.

– C'est-à-dire ?

– Rentre te coucher. On avisera demain.
– Et toi ?
– Moi ? sourit Mersch. Ça fait un moment déjà que je dors et que j'enfile les cauchemars.

68.

Il plongea sous la douche comme on poussait les bidasses dans les cabines d'épouillement à Marseille avant d'embarquer pour Oran. Décrassage maximum, jusqu'à ce que le ballon d'eau chaude ait rendu l'âme…

Il n'était que vingt heures – son unique projet était pourtant d'aller se coucher, son corps criait grâce et sa tête suppliait qu'on la débranche.

Mais d'abord, munitions.

Détail ironique : Jean-Louis Mersch, comme Suzanne, cachait sa drogue sous son parquet. Vêtu d'une simple serviette, il se livra à un rapide inventaire des provisions disponibles.

Une dizaine de sachets d'herbe.

Trois barrettes de cannabis roulées dans du papier alu.

Une salière à moitié pleine de cocaïne.

Des vaporisateurs de benzédrine.

Des boîtes de pellicules Kodak en fer bourrées d'amphets de toutes sortes.

Des sachets de poudre de mescaline.

Des pilules d'opium…

Ce stock le rassurait, comme certains ne peuvent dormir qu'avec un flingue sous leur oreiller – mais il dormait aussi avec un flingue sous l'oreiller.

Ce soir, il ne voulait pas s'en coller une, il voulait tout simplement dormir. Il plongea sa main entre les solives, attrapa un sachet en plastique – ce qu'il appelait sa pharmacie – et fouilla parmi ses petites pilules.

L'arme secrète : le Gardénal. Un puissant barbiturique qu'on utilisait pour limiter les convulsions des épileptiques et qui pouvait vous assommer un cheval dans son box.

Pour Mersch, dormir n'allait jamais de soi. Il n'était pas insomniaque, non, mais son sommeil était un poison. Chaque nuit, son esprit était torturé, déchiré, lacéré. Il se réveillait de ces séances halluciné, et plus fatigué encore que la veille.

Il avala un médoc et se coucha en position fœtale, comme il le faisait toujours, façon de se protéger d'un bombardement éventuel d'images atroces et de scènes de terreur. Mersch ne s'endormait pas : il se mettait en garde.

Elles ne tardèrent pas. Un sadhou, blanc comme un Auguste, coiffé de cordes noires, procédait au sacrifice d'une jeune femme, un couteau affilé à la main, qui faisait couiner la chair quand il l'ouvrait en deux bords violacés.

Bientôt, l'homme glissa une sorte de prothèse, ou plutôt un manchon hérissé de pointes, dans sa gorge, de manière à ce que sa bouche se transforme en un orifice circulaire cerné de dents minuscules et coupantes. Une ventouse meurtrière prête à entailler les chairs, à sucer le sang…

Soudain, la bouche s'ouvrit, démesurément, faisant luire la spirale de crocs, en un hurlement inaudible. Mersch dormait-il ? Il était à la fois cette bouche et la victime de cette bouche, celui qui absorbait les fluides et celui qui hurlait sous la douleur. Le sang et la kératine. Il partait en lambeaux au fond d'une rivière pleine de vase et rejoignait un monde noir et liquide absolument immonde…

Il se réveilla par terre, dans un éblouissement couleur de sang, hoquetant sous l'effet de la terreur, tremblant comme un vieux transfo en proie à des courts-circuits et des étincelles. Ce n'était plus l'enquête qui l'absorbait, c'était lui qui absorbait l'enquête…

Dans l'obscurité, il se traîna à la recherche de nouveaux Gardénal. Il ne voyait rien. Ses pensées étaient comme des coups de poing, il sentait ses artères temporales battre façon gong, avec résonances et tout… La nausée le soulevait mais il ne vomissait pas – il n'avait pas bouffé depuis… Pas moyen de se rappeler.

Il parvint dans le salon jusqu'à la latte de parquet qui dissimulait les cachetons. Ses doigts tâtonnaient, tremblants de panique, alors que la sueur lui enduisait le visage comme de l'huile. Il en avala deux, pour s'assommer vraiment, qu'on n'en parle plus, et se laissa retomber sur le flanc, en boule. Il priait pour véritablement sombrer, s'enfoncer en lui-même comme on chute dans un puits.

69.

– Qu'est-ce que tu fais ?

– Tu vois bien : nos valises.

– Vous partez ?

– Oui, ma chérie. À Corubert. J'ai trouvé de l'essence à l'hôpital.

Les Bernard possédaient une maison de campagne – d'autres auraient appelé ça un château, ou au moins un manoir – dans le Perche, près de Nogent-le-Rotrou.

– En quel honneur ?

Le père écrasa ses chemises des deux poings au fond de sa valise.

– En quel honneur ? répéta-t-il en haussant le ton. En l'honneur que j'en ai plus que marre de ce pays d'abrutis ! On s'est farci vos conneries d'étudiants. On a toléré les grèves et les éternelles jérémiades des syndicats. Et maintenant que Pompidou a baissé sa culotte, vous n'êtes toujours pas satisfaits ? Eh bien merde ! Marre, plus que marre, tu comprends ?

Il ajouta une série de pulls – dans l'Orne, le soir, l'humidité règne en maître.

Nicole cherchait des arguments pour le retenir. En surface, cette colère de bourgeois égoïste l'exaspérait. En profondeur, elle sentait monter en elle un sentiment de panique. Rester seule dans ce grand appartement ? Et si elle était vraiment la troisième de la liste du tueur ? Elle songea aux deux flics qui faisaient le pied de grue en bas. À peine rassurant.

Au bord des lèvres, toute l'histoire… mais elle demanda simplement :

– Et tes patients ?

Il partit d'un éclat de rire sinistre :

– Mes patients ? Ils n'osent même plus sortir de chez eux ! La moitié de mon service est en grève, l'autre joue aux cartes sous les platanes. Crois-moi, je ne manquerai à personne. Si la France a décidé de sombrer dans le chaos, moi je pars à la pêche !

– Et moi ?

Elle avait posé la question comme elle aurait usé de l'argument ultime.

– Toi ? Tu pars avec nous.

– Pas question.

La réponse avait fusé sans qu'elle prenne le temps de réfléchir. Ce n'était pas une riposte mais un réflexe. Celui de dire « non » en toutes circonstances, et en particulier à son père.

Mais dans ce cas précis, elle était sincère. Elle n'aurait quitté Paris pour rien au monde. Non pas pour rester dans l'œil du cyclone – elle se foutait désormais des « événements ». Elle voulait simplement demeurer auprès d'Hervé et de Jean-Louis. Elle voulait trouver le tueur. Elle le devait à Suzanne et à Cécile.

– Tu veux rester aux premières loges, hein ? ricana son père, en se méprenant sur la nature du spectacle. Tu risques d'être déçue par la fin de la pièce !

Il ferma son paquetage, prenant soin de tourner la petite clé qui bouclait chaque verrou.

Nicole était au bord des larmes. Elle aurait voulu lui annoncer que ses meilleures amies – qu'il connaissait bien – avaient été assassinées. Mais c'était le meilleur moyen pour qu'il l'embarque de force.

Elle choisit plutôt, comme toujours, la provocation.

– Je ne te comprends pas, papa. T'as été dans la Résistance, tu t'es battu pour ton pays, t'as jamais baissé les bras, pourquoi tu ne soutiens pas notre lutte ? Cette force qui soulève le pays ?

Son père attrapa sa valise et la reposa par terre avec lassitude. Il soupira puis s'assit dans un des fauteuils de cuir fauve de la chambre – celle des parents, qui conservait un parfum des années cinquante, mâtiné d'un air scandinave.

Alors, comme un crochet au foie, il lui décocha un large sourire.

Dans ce sourire, Nicole vit passer toute la puissance de l'homme mûr, solide, épanoui. Elle en frissonna des pieds à la tête. Elle se croyait courageuse mais elle n'était que la fille de son père. Tout ce qu'elle faisait, tout ce qu'elle bravait, c'était parce que cet homme était derrière elle, même et surtout quand elle croyait lutter contre lui…

Sur une impulsion, elle se jeta dans ses bras :

– Ne pars pas, papa !

Avec douceur, il la repoussa afin d'attraper son regard :

– Qu'est-ce qui se passe ? s'inquiéta-t-il.

– Rien, renifla-t-elle, rien…

– Tu as préparé tes bagages, ma chérie ?

Elle se retourna : sa mère se tenait dans l'embrasure de la porte, déguisée en garde forestier. Cette image la remit d'aplomb : ses parents étaient vraiment des caricatures. Il n'y avait pas à hésiter : elle devait rester à Paris, aller au bout de son destin, avec un historien génial et un voyou armé.

– Je ne viens pas avec vous.

Sa mère répondit d'un bref haussement d'épaules, sorte de geste virgule qui signifiait que ce n'était pas d'une importance capitale. Puis elle disparut, sans doute pour achever sa propre valise – qui devait être au moins une malle. Le monde pouvait bien s'effondrer, sa mère, elle, resterait debout. Chic, ferme, impeccable.

Une nouvelle fois, son père chercha son regard – elle était à genoux devant lui, comme une religieuse sur son prie-Dieu.

– Tu veux me dire quelque chose, ma chérie ?

Elle se releva d'un bond. Ses amies étaient mortes. Elle était peut-être la prochaine. Elle était au cœur d'une enquête violente, stupéfiante, unique. Elle ne pouvait plus se défausser.

– Tout va bien, papa. Je saurai me débrouiller.

Il se leva à son tour :

– J'ai laissé de l'argent à l'endroit habituel.

Le chirurgien cachait toujours des liasses de billets dans la coque d'une maquette de voilier géante qui trônait dans l'entrée, comme une provocation.

Nicole l'embrassa de tout son cœur – sa tête était déjà ailleurs. Elle n'allait pas se laisser abattre. Un petit joint pour dissoudre l'inquiétude, quelques 45 tours, et au lit !

70.

Tout récemment, Nicole avait appris que le cannabis était une plante dioïque, c'est-à-dire qu'elle existait dans la nature à la fois sous ses formes mâle et femelle. Elle avait lu aussi que c'était la version femelle qui était la plus riche en cannabinoïdes, les principes actifs qui vous font planer, même si en Inde on vend aussi du *bhang*, des feuilles fraîches, hachées, de cannabis mâle, qu'on mélange avec du lait et des épices…

Elle ignorait le sexe de l'herbe de ce soir mais ça suffirait pour l'endormir. En bourrant son shilom, son parfum l'emportait déjà vers une douceur rêveuse. Le truc, c'était de ne pas penser à l'enquête. Et surtout pas à Suzanne et à Cécile.

La disparition de ses deux amies constituait une sorte de non-événement. Quelque chose qu'elle ne parvenait pas à admettre, ni même à concevoir. Malgré elle, elle espérait encore un coup de fil de l'une d'elles ou s'attendait à les croiser au Quartier latin. Voilà pourquoi elle tenait le coup : elle n'y croyait pas. Suzanne… Cécile… À elles trois, elles s'étaient crues uniques, modernes, révolutionnaires. Si au moins ses copines avaient été victimes des événements de mai. Même pas.

Ne pas y penser… Elle prit soin d'humidifier le foulard avec lequel elle tenait le shilom puis noua son poing autour de la pipe avant de l'allumer. Son geste évoquait celui de certains hommes primitifs sifflant dans un coquillage. En fond sonore : « Call My Name » de James Royal. Appeler qui ?

L'odeur de la marijuana, qui l'enveloppait jusqu'ici en mode mineur, la pénétrait maintenant avec force, imprégnant tous les muscles de son visage, remontant ses nerfs et ses vaisseaux jusqu'à engourdir son cerveau.

Elle se laissa aller en arrière, les yeux fermés, recrachant lentement la fumée, comme s'il s'agissait de sa propre lucidité. Elle sourit dans le vague, s'attendrissant sur elle-même. *Ne pas y penser…*

C'était maintenant la gueule de Mersch qui s'affichait en Technicolor sur l'écran de son cerveau. Un vrai Gitan. Il puait le voyage et la carriole à plein nez. Pas d'attaches, aucune femme, il devait camper quelque part dans une piaule insalubre, à se faire cuire un steak sur un réchaud et se masturber en feuilletant des magazines érotiques.

Elle se mit à rire en se disant que ce mariole lui plaisait bien et qu'elle aurait dû fumer avant d'attaquer son discours du grand amphithéâtre. Mais la drogue ne faisait pas bon ménage avec la politique. Pour une raison simple, la politique était elle-même une défonce, et sévère encore… Voilà pourquoi cette histoire de LSD à propos de Suzanne ne tenait pas… Suzanne ne lâchait jamais prise, elle avait les pieds solidement ancrés dans la terre, elle…

Nicole se releva d'un coup. Elle venait d'entendre un bruit. Elle crut un instant qu'il s'agissait du craquement du 45 tours en fin de course, mais non : on marchait sur le parquet du couloir…

71.

Elle bondit de son lit et colla l'oreille à la porte. Qui était là ? Ses parents ? Non, ils étaient partis. Un domestique ? Aucune raison. L'idée qui éclata dans son cerveau fut beaucoup plus simple – et plus nette : *C'est mon tour.*

Plus aucun bruit. Avait-elle rêvé ? Elle avait la gorge bloquée, impossible de respirer. Son cœur battait si vite qu'il était passé en mode roulements, une caisse claire avant le numéro de tous les dangers au cirque. Elle sentait, au bout de son bras, le sang pulser à lui faire tressauter la main.

Elle serra la poignée, très fort, mais en silence, et tourna. Personne. Le couloir était obscur et silencieux. La configuration de l'appartement lui permettait de rejoindre la cuisine sans passer ni par le salon ni par la salle à manger. Une fois là-bas, en cas de besoin, elle pourrait fuir par la porte de service.

Elle attendit encore une bonne minute, la porte entrebâillée, aux aguets – nada. Elle se força à expirer puis compta encore jusqu'à cinq avant de se lancer dans le couloir, pieds nus, trottinant comme une souris.

En quelques secondes, elle fut dans la cuisine, se jetant sur la porte. Fermée. Merde. Et elle ne savait pas où chercher la clé… Cette ignorance la renvoya à sa position de petite patronne, jamais au courant des vicissitudes de la maison. Et maintenant…

Pétrifiée, elle jeta un regard par-dessus son épaule vers la bouche noire du couloir. L'immense appartement dans son ensemble lui semblait palpiter. Elle n'avait plus aucun doute : le tueur était là. Il s'était introduit dans la maison pour l'éviscérer… « Une chaîne de l'amitié », avait dit Mersch. Il avait parfois de ces formules…

Malgré elle, elle visita mentalement le salon, la salle à manger, la chambre de ses parents, celles des amis, le bureau de son père… L'assassin inspectait sans doute chaque pièce, la cherchant, un couteau à la main…

Le téléphone ? Elle ne prendrait jamais le risque de faire du bruit. Son seul avantage, s'il en existait un, était que l'intrus ne savait pas où elle se trouvait exactement. C'était comme un jeu – meurtrier – où chacun ignorait où était l'autre.

Elle se souvint des deux flics postés en bas. Ouvrir une des fenêtres qui donnaient sur le boulevard des Invalides, se jeter sur le balcon et hurler ? Elle renonça aussitôt. Le temps qu'ils montent, elle serait morte…

Il n'y avait qu'une seule solution : la porte d'entrée. Traverser à nouveau l'appartement, et donc s'exposer à tous les risques, pour s'enfuir par l'escalier principal…

Lentement – elle avait les jambes qui flageolaient au point de ne plus sentir le sol sous ses pieds –, elle s'approcha du seuil de la cuisine et risqua un regard dans le couloir. Le choc : il était là, à l'autre bout, dans l'embrasure de la porte du salon.

Malgré sa panique – elle était hors d'elle-même –, son cerveau se livra à une analyse fulgurante de ce qu'elle voyait. Une longue silhouette moulée de noir. Un homme, oui, mais avec quelque chose de féminin… Un masque noir sur les traits, façon Irma Vep dans *Les Vampires*, un vieux film muet qu'elle avait vu à la Cinémathèque. Il tenait quelque chose dans sa main – une arme ? une lame ? – de là où elle était, elle ne pouvait le discerner avec précision.

Réfléchis ma fille, c'est pas le moment de faire un hors sujet. Le jeu continuait : quinze mètres – la longueur du couloir – les séparaient. Quinze mètres et quelques portes, à droite et à gauche. Nicole élimina les plus proches : elles menaient aux chambres. Il fallait qu'elle atteigne celle de la salle à manger, sur la droite, à sept mètres environ de là, à mi-chemin entre elle et le tueur.

Si elle était assez rapide, avec l'avantage de la surprise, elle pourrait s'y glisser avant que le tueur ne la chope, traverser la pièce, rejoindre le salon, foncer vers le vestibule, atteindre la porte d'entrée. L'agresseur serait à ses trousses, mais avec un peu de chance elle aurait le temps d'ouvrir le battant. Après, elle dévalerait les escaliers et se jetterait dans les bras des flics.

Elle se précipita, prenant de court son adversaire qui mit une seconde de trop à lui emboîter le pas. Dans la salle à manger, elle contourna la table massive et par réflexe – ou par souvenir : elle avait vu ça dans des films – la poussa derrière elle afin de créer un obstacle. Elle fit la même chose avec deux chaises, un fauteuil, un guéridon, accumulant les obstacles afin de ralentir son poursuivant.

Une fois devant la porte d'entrée, elle tourna la poignée pour se rendre compte que le pêne était inséré dans la gâche. Elle ne pouvait le croire : son père, en partant, l'avait enfermée à l'intérieur. Tout son plan était mort. Elle avait encore la main sur la poignée quand elle sentit le souffle de l'homme. Elle s'esquiva, alors qu'une arme se plantait dans la porte.

Elle la vit distinctement : une lame courbe, un truc pour jardiner, élaguer, ou elle ne savait quoi. À l'idée de ses viscères se répandant sur le tapis, elle fut prise d'un haut-le-cœur. Elle tomba à terre, se releva, glissa, tomba à nouveau puis parvint à se remettre sur ses pattes. Elle n'avait toujours pas lâché un cri – trop occupée à survivre...

Elle fila dans le salon et se plaça derrière un fauteuil. Il était déjà là, sur le seuil. Il bondit aussitôt sur la droite puis sur la gauche. Malgré la panique, malgré l'effroi, Nicole remarqua qu'il avait une manière de se mouvoir tout à fait singulière. On aurait dit qu'il dansait dans la pièce, sautant, trottant, chassant ses pas... Dans sa tenue moulante, l'homme ressemblait à un danseur...

Il bondit vers elle, elle passa à un autre fauteuil. À mesure qu'il s'approchait, la trouille de Nicole se dissipait. La bête était là, à quelques mètres, et elle avait l'impression de l'apprivoiser – ou plutôt d'apprivoiser sa propre peur face à lui. Ils allaient – forcément – au contact, et leur étreinte aurait désormais quelque chose de réel, qui n'appartiendrait plus au monde du fantasme, de la terreur pure. Elle avait presque hâte.

Un autre fauteuil. L'homme sautillait toujours, façon *Lac des cygnes*. Une ombre très nette, très pure, comme découpée aux ciseaux, avec une légèreté de libellule. Nicole voyait luire la serpette dans sa main gantée – la mort en forme de point d'interrogation. Elle évalua ses chances : si elle parvenait à le faire chuter, ou à le repousser quelques secondes, elle aurait le temps de foncer vers la porte et de la déverrouiller – les clés étaient dans le cendrier de marbre, sur la console de l'entrée. Elle en était sûre.

Elle prit volontairement un risque, en frôlant le tueur jusqu'à atteindre la table de la salle à manger. Toujours comme dans un jeu, disons un chat perché, elle se retrouva à une extrémité de la table – deux mètres de bois vernis en forme de sursis. Penché sur la surface brillante, l'homme émettait des chuchotements étouffés par sa cagoule. Une prière, ou un mantra – la langue lui était inconnue.

Ils tournèrent encore quelques secondes et le moment qu'elle attendait arriva. Lorsqu'elle fut dos au vestibule et lui à l'autre bout de la pièce, elle cala son talon contre l'angle de la table et poussa avec une énergie inouïe, envoyant l'autre dans le décor, fracassant chaises, télé et rideaux.

Nicole pivota, se rua à travers le vestibule, attrapa la clé, déverrouilla la porte et bondit sur le palier. Ses pieds nus avaient beau marteler le tapis des marches, son souffle produire un boucan d'enfer, elle perçut presque aussitôt les pas du tueur, quelques marches plus haut – il ne la lâchait pas…

Elle ouvrit la lourde porte cochère et, enfin, hurla en percutant les deux gardiens de la paix en civil. Son cri avait dû lui perforer la cage thoracique car elle ressentit une violente douleur – pas une douleur, la déchirure d'un soulagement trop intense.

Blottie dans les bras des clampins qui en avaient perdu leurs Gauloises, elle se retourna et dut admettre l'impossible : le hall de l'immeuble était vide.

Le danseur s'était volatilisé.

72.

Tant qu'il aurait son café au lait, ses tartines et sa Disque Bleu du matin, rien ne pouvait lui arriver.

C'était ce qu'Hervé se disait à chaque réveil, et plus que jamais aujourd'hui. Malgré toute l'horreur des derniers jours, la quiétude du petit déjeuner dans la cuisine opérait toujours. L'odeur du café crème. Le contact du pain frais et du beurre compact. La toile cirée légèrement collante. Les pépiements des oiseaux dans l'immense cour. Chaque matin, ces repères l'attendaient, signes immuables de l'amour de sa grand-mère et de la chaleur du cocon.

Bien sûr, il n'était pas au mieux de sa forme : on en était tout de même à deux cadavres, une immolation, des interrogatoires virant à la pure violence et une enquête sombrant dans un délire mystico-indien incompréhensible…

De plus, il avait encore subi dans la nuit une de ces crises de crampes qui lui tordaient les muscles jusqu'à les coincer en une douleur aiguë. Comme toujours, il s'était dit qu'il devait voir un médecin, mais ce n'était pas l'urgence…

Non, en réalité, ce matin, le malaise venait d'ailleurs.

Le malaise venait du rêve.

Une nouvelle fois, elle lui était apparue : une bourgeoise des années 30 qui déambulait dans un appartement spacieux, empli de meubles vernis, de marqueterie rutilante, de fauteuils mordorés.

Hervé ne rêvait pas d'elle, il «était» cette femme. Dans le songe, il adoptait son point de vue, sa position, sa chair… Il l'apercevait au détour d'un miroir. Visage effilé à la Gaby Morlay, menton haut, une tête faite pour porter les chapeaux de feutre comme ceux confectionnés par sa grand-mère. D'ailleurs, cette femme n'était peut-être qu'une de ses clientes qu'il avait aperçues durant son enfance.

Mais pourquoi en rêver si souvent ? Et pourquoi basculer irrémédiablement dans le cauchemar ? Alors qu'un miroir retenait son image et qu'il souriait à son propre reflet, le visage se déformait, s'ouvrait en un éclair de dents acérées, se transformant en une gueule de goule hurlante.

Hervé se rendit compte qu'il était en train de gratter nerveusement la marque sur son avant-bras – à chaque fois qu'il était angoissé, c'était ce geste réflexe qu'il répétait. Cette horrible croix gammée que la nature lui avait incrustée dans la chair, ton sur ton, peau sur peau…

– Tu veux encore du café ?

– Hein ? Oui, merci.

– Tartines ?

– Je vais me les faire.

Sa grand-mère repartit de son pas curieux, à la fois rond et chaloupé, vers la salle à manger. Hervé s'alluma une Disque Bleu et ferma les yeux. Le meilleur moment de la journée. Mais que lui réservait-on aujourd'hui ? Quelle violence ? Quelle terreur ? Se mettre en route. Dix heures Chez Martin. Comme d'habitude.

On sonna à la porte d'entrée. Hervé rouvrit les paupières. Bizarre. À huit heures du matin ? Sa grand-mère alla ouvrir.

Il perçut des voix masculines, puis celle de sa grand-mère, feutrée, voilée. Il allait se lever pour voir ce qui se passait quand elle réapparut :

– Il faut que je te parle.

73.

Elle vint s'asseoir auprès de lui, le regard grave. Hervé n'aimait pas ça. Tout ça sentait l'annonce solennelle, ou une nouvelle exhortation – en ces temps tourmentés, elle avait pris l'habitude de le sermonner pour le remettre dans le « droit chemin ».

– Je t'ai toujours protégé, tu le sais.

Il prit le temps de finir son bol de café au lait.

– J'ai toujours su réagir quand il le fallait, avoir le bon réflexe quand c'était nécessaire.

Hervé fronça les sourcils :

– De quoi tu parles au juste ?

– Aujourd'hui, tu es en danger.

– À cause des manifs ?

– Non, je parle d'autre chose.

Il en resta scié. Sa grand-mère, d'une manière ou d'une autre, était au courant pour l'enquête.

– Tu parles de Jean-Louis ?

Elle acquiesça d'un petit hochement de tête, un peu pète-sec, tout à fait dans sa manière.

– De Jean-Louis et du reste, oui.

– Qu'est-ce que tu sais au juste ?

Il sentit que ces derniers mots avaient du mal à sortir, comme si on lui enfonçait au fond de la gorge un coton plein de Bétadine. Aussitôt, une nausée se mit à danser dans son abdomen, une espèce de houle douloureuse, ondulante…

– Tout, et même un peu plus.

– Je… je ne comprends rien.

La nausée montait en régime, lui pressant les côtes, lui serrant le cou. Pour ne rien arranger, sa vision baissait, ou plutôt s'assombrissait. Il apercevait maintenant sa grand-mère au fond d'un tunnel très bas.

Elle lui prit la main avec fermeté :

– Mon chéri, quoi qu'il arrive, il faut que tu me fasses confiance.

– Mais de quoi tu parles, nom de Dieu ?

Sa voix était altérée, ses mots raclaient sa gorge. Maintenant, tout oscillait autour de lui. La table, son bol, sa cigarette même, entre ses doigts.

– Qu'est-ce que j'ai ? Je… je me sens pas bien…

La main de la femme se referma plus fort encore :

– Je n'ai pas toujours pu tout te dire. C'était pour ton bien, tu comprends ?

Non, il ne comprenait rien. Il se cramponnait maintenant à la table pour ne pas tomber.

– Ex... explique-toi, murmura-t-il, à bout de souffle.

– Il est trop tard, mon grand. Des hommes sont venus te chercher. Ils sont là...

Hervé parvint à relever la tête.

– Je... je me sens mal...

– Ils viennent de très loin. Tu ne dois pas avoir peur.

Il n'y voyait quasiment plus rien, et lorsque des images lui parvenaient, c'était des représentations disloquées du réel, qui ne ressemblaient que lointainement au monde qu'il avait connu...

Ses yeux tombèrent sur son bol et il comprit enfin : il avait été drogué. Pire encore : c'était un coup de sa grand-mère. Impossible. Elle était la dernière personne au monde qui puisse lui vouloir du mal. Pourquoi faire une chose pareille ? En réponse, il sentit une violente brûlure au fond de son estomac. Un goût d'une amertume suffocante. Vomir... Non, dormir...

Les doigts griffus de sa grand-mère, plantés dans sa chair :

– C'est pour ton bien, lui répéta-t-elle à l'oreille alors qu'il était plié en deux. Il faut te protéger !

Dans un effort désespéré, Hervé parvint à se redresser. Deux hommes se tenaient sur le seuil de la cuisine. Moustaches, teint d'écorce, cheveux gominés... Des Indiens. Des hindous...

Il voulut prononcer un mot, ou du moins former, au fond de son crâne fracassé, une pensée, mais tout ce qu'il réussit à faire fut de s'évanouir.

Rideau.

74.

En arrivant Chez Martin, Mersch avait trouvé un message de Nicole. La petite avait eu la présence d'esprit d'appeler chez le bougnat pour lui demander de la rejoindre chez elle, boulevard des Invalides, aussitôt que possible.

Pas le temps d'attendre Hervé. Dauphine. Contact. Pavés. Ce matin, Mersch avait la gueule à peu près dans le même état que la tôle de sa bagnole. Le sommeil sous Gardénal n'était pas de tout repos. On vous fondait le cerveau dans du ciment puis, pour fendre la pierre le lendemain, vous aviez besoin d'un petit déj' carabiné – amphets, café corsé, douche glacée. *À la guerre comme à la guerre.*

Maintenant, boulevard des Invalides, il était comme deux ronds de flan, enfoncé dans un fauteuil de cuir. Nicole s'était fait agresser par leur tueur, rien que ça. Elle s'en était sortie par miracle et Mersch en déduisait déjà, avec une sourde satisfaction, que ce meurtrier n'était pas invincible.

– C'était un Indien ?

– J'en sais rien. Il était masqué.

– De quoi avait-il l'air ?

– D'un danseur.

– Pardon ?

– Il était mince, athlétique, moulé dans une espèce de combinaison noire.

Cette enquête le rendait malade.

– Qu'est-ce que tu peux me dire d'autre ?

– Y avait quelque chose en lui de… féminin.

– Sois plus précise.

– Je sais pas. Sa gestuelle… Elle tenait de la danse classique, tendance ballerine.

Mersch grogna d'une voix mauvaise :

– Il faisait des pointes ?

– Presque.
– C'est tout ?
– Non. Il était d'une agilité, d'une rapidité… incroyables.
– Mais tu lui as échappé.
– J'ai eu de la chance. Ce type est un athlète, un acrobate…
Mersch ne savait plus quoi penser. Plus il en apprenait, moins il en savait…
– Et après ?
– Après ? Tes copains les flics ont dormi ici.
– Pourquoi tu m'as pas appelé ?
– Où ?
– Chez moi.
– T'as le téléphone ?
– Non, mais c'est en route.
Nicole alluma une cigarette. Ses doigts tremblants semblaient plus légers que la fumée elle-même.
Mersch l'imita. Sur ce coup, il avait été au-dessous de tout. Il sentait, il savait que la petite était la suivante sur la liste. La troisième « porte ».
Il frappa ses genoux et se leva :
– On y va.
– Où ?
– Chez Martin, récupérer le frangin, puis à Beaujon, voir si Berto a découvert quelque chose.
– Et après ?
– On ratissera ton quartier, en quête de témoins. Ton bonhomme n'a pas pu se dissoudre dans la nature.
Nicole ne semblait plus écouter. Elle était recroquevillée au fond du canapé, les genoux repliés sous le menton. Elle était du genre pâlotte mais ce matin, elle était passée à la transparence : sa peau diaphane laissait voir des veines bleuâtres. Mersch, qui n'était pas du genre poète, songea pourtant à des herbes folles au fond d'une rivière.
– Alors ? insista-t-il.
Elle finit par se lever, et ce mouvement révéla sa silhouette à

travers une longue chemise. Pas une chemise de nuit, une chemise d'homme. Sans doute une de son père. Le dernier refuge.

– Je vais me changer.

Il la regarda traverser le salon. Vraiment un sac d'os.

– Cette nuit, tes parents n'étaient pas là ? demanda-t-il.

– Ils sont partis à la campagne.

– Je vais venir m'installer chez toi.

– Quoi ?

– T'as très bien entendu. On pourrait même fixer ici notre quartier général !

Nicole revint vers lui. Elle semblait furieuse, mais sa colère ne parvenait pas à passer au rouge. Tout juste un peu de rose sur les joues.

– Pas question.

– Pourquoi ?

– Parce que j'arrête tout ça. L'enquête, toute cette violence, le danger. Je vais me tirer moi aussi à la campagne et attendre tranquillement que tu coffres le meurtrier.

Mersch ne sut pas quoi répondre.

– Si le tueur t'a choisie, argumenta-t-il pourtant, tu seras pas en sécurité là-bas. Au contraire.

– Charmant.

Il s'en voulait de lui foutre la trouille mais elle était aussi exposée qu'une palombe dans un filet.

– T'as besoin d'un mec comme moi qui t'file le train, ma belle. Et tant qu'à faire, autant qu'on soit ici avec Berto. Tu veux plus participer à l'enquête ? Très bien. Mais tant que j'ai pas mis la main sur l'enfoiré, je dois veiller sur toi.

– T'es vraiment qu'un connard de flic.

Elle croisa les bras, tendant sa chemise sur ses seins. Enfin, ses seins… Deux petits cônes de sable dont il voyait, par transparence, les deux fleurs plus sombres.

– Je te vois venir, mon bonhomme, dit-elle soudain sur un autre ton.

Il crut qu'elle faisait allusion à son érection naissante et fit un pas en arrière.

– Je ne te servirai pas d'appât.

La phrase le soulagea. Lui-même considérait ses pulsions sexuelles comme des cafards cachés sous une pierre.

Quant à l'idée de la petite…

– Tu me connais mal, rétorqua-t-il. Jamais je jouerais un jeu aussi tordu.

Il y eut un silence, un regard. Dans un film, on aurait pu supposer qu'il y avait du sentiment dans l'air, mais il s'agissait d'autre chose. La confiance frisait sur le feu…

– J'arrive, fit-elle finalement.

Il la regarda quitter la pièce, son regard focalisé sur ses jambes. Il se souvint soudain des chasses qu'il menait avec le gardien de la pension quand il était môme, le dimanche matin. Durant ces heures d'affût, dans l'immobilité fourmillante de la forêt, il observait les biches, les fauvettes, les lièvres… Il était fasciné par ces prodiges d'équilibre et d'harmonie.

Cette perfection, il la retrouvait maintenant en reluquant ces gambettes idéalement proportionnées.

Il ferma son blouson avec humeur – sur son flingue, sur son cœur.

Il se sentit mieux, cuirassé, protégé, invincible.

Mais il tremblait comme une feuille.

75.

Ils attendirent jusqu'à midi.

Pas d'Hervé.

Dans d'autres circonstances, Mersch se serait inquiété. Mais cette nuit, leur tueur était comme qui dirait déjà occupé. Le frangin avait-il eu une simple panne d'oreiller ?

Mersch ne pouvait pas continuer à perdre son temps entouré de chevelus qui se prenaient pour Bob Dylan et massacraient avec application ses tubes sur leurs guitares pourries.

Ils remontèrent dans la Dauphine et prirent la direction de Beaujon, sans un mot.

Mersch cogitait. Peut-être qu'Hervé, tout simplement, en avait eu marre lui aussi. Il pouvait comprendre. Ces deux mômes n'avaient aucune raison de poursuivre une telle aventure…

Ils étaient jeunes, inexpérimentés, insouciants, et le flic les avait plongés, façon supplice de la baignoire, dans un bain de cruauté que même lui avait du mal à encaisser. Le petit voulait arrêter ? Grand bien lui fasse. Cyniquement, Mersch se dit qu'il n'avait plus besoin de lui – la piste des étudiants était froide et pour courir après des sadhous ou des danseurs assassins, il n'avait besoin de personne.

Nicole, c'était différent : elle était impliquée jusqu'au cou dans l'affaire, victime miraculée de ce qu'il avait maladroitement appelé la « chaîne de l'amitié ». En tout cas, il devait la garder auprès de lui. Pas comme appât, comme protégée…

À Beaujon, les geôles étaient à sec. Que foutaient les étudiants ? Il aurait fallu une nouvelle manif pour renflouer les cages. Il grimpa les escaliers. Nicole suivait – elle avait enfilé une jupe, un tee-shirt et une espèce de veste dont l'origine lui échappait, un truc oriental, aux manches qui s'effilaient…

Quand ils parvinrent au dernier étage, ils se cognèrent littéralement dans Berto. C'était une journée rouge. L'acrylique se portait bien, merci.

– Mais qu'est-ce que tu fous ? J'te cherche partout ! hurla l'adjoint.

– T'as du nouveau ?

– Plutôt, ouais. Regarde ça.

Il brandissait une liasse dactylographiée.

– La liste des passagers d'Air India, commenta-t-il. Ceux qui sont arrivés à Paris ou en sont repartis en mai. Tu m'avais demandé de vérifier…

Mersch attrapa les feuilles et les parcourut à toute vitesse : il ne vit que des noms à coucher dehors.

– Et alors ?

Berto lui reprit la liste des mains :

– Et alors ?

Il alla directement à la dernière page.

– Regarde ici. Le vol d'aujourd'hui.

Mersch saisit une nouvelle fois les pages et se concentra sur la dernière série. Le nom lui explosa au visage, façon grenade à main.

– Qu'est-ce… qu'est-ce que ça veut dire ? bredouilla-t-il.

– Ça signifie que ton frère, Hervé Jouhandeau, est en train de voler vers Calcutta, capitale du Bengale.

76.

– Il est parti, oui.

Nicole était plus que désorientée. Hervé en route pour l'Inde, la nouvelle n'en finissait plus de résonner dans son esprit. Et voilà que Mersch l'avait prise par la main pour l'emmener, sans un mot d'explication, aux confins de Paris – dans le douzième arrondissement, à la porte de Vincennes. Autant dire à Pétaouchnok.

Ils avaient pénétré dans une sorte de forteresse rouge – elle en avait déjà vu à la périphérie de Paris, mais elle n'était jamais entrée à l'intérieur – puis avaient sonné chez une petite dame en tablier qui correspondait, aux yeux de Nicole, à la Parisienne pur jus, tendance populo. Les bals musettes. Les congés payés. Les tartes aux pommes.

Odette Valent, la grand-mère des deux garçons.

Ce qui l'avait le plus choquée dans tout ça, c'était quand Mersch l'avait appelée « mamie ». Le Gitan avait donc une famille…

– Où est-il parti ? relança-t-il.

Ils étaient installés dans une salle à manger proprette, autour d'une table recouverte d'une toile cirée.

– Réponds à ma question !

JL haussait le ton. On sentait, entre lui et cette vieille dame, une espèce de relation ambiguë. Une sorte d'attachement teinté de méfiance. Le terme, ou plutôt l'image qui lui était venue, était celle de ces desserts « chaud-froid » que lui concoctait Marie-Claude, leur domestique du boulevard des Invalides.

– Je sais pas exactement, murmura enfin la petite femme.

Mersch frappa du poing sur la table :

– Hervé a embarqué à onze heures vingt pour le vol de Londres en direction de Calcutta !

Aucune trace d'étonnement chez Odette. Que son petit-fils chéri, à qui elle devait encore beurrer ses tartines chaque matin, soit parti en vadrouille en Inde sans rime ni raison, et sans prévenir personne, n'avait pas l'air de la surprendre plus que ça. Au contraire…

– C'était la seule chose à faire.

Mersch se pencha et roula ses mots dans sa gorge :

– Je crois qu'y va falloir sérieusement t'expliquer.

Sa grand-mère se cambra, dans une posture de fierté incorruptible.

– Je ne peux rien dire.

Mersch serra les poings. Nicole pouvait sentir qu'il faisait un effort surhumain pour ne pas envoyer valdinguer tout ce décor de bibelots et de meubles bon marché.

– Écoute, fit-il tout en expirant lentement l'air de ses poumons, on mène une enquête criminelle. Des meurtres liés à l'Inde et à l'hindouisme ont été commis à Paris. Maintenant, on apprend qu'Hervé, qui participait à cette enquête, est parti à Calcutta. Ça ne peut pas être un hasard. Si tu sais quelque chose, dis-le-nous ! Hervé est en danger !

Odette se tenait toujours un coude appuyé sur la table. Face à la nervosité de Mersch, elle affichait un calme et une quiétude impeccables.

– Il était en danger, oui, mais maintenant il est en sécurité. Ils sont venus le chercher.

– Qui ça, « ils » ?

– Je ne peux rien dire.

Mersch se passa la main sur le visage, comme s'il voulait essuyer la couche de rage qui emprisonnait ses traits.

– Tu les connaissais ? demanda-t-il plus calmement.

– Non. Mais je sais d'où ils viennent.

– D'où ?

– De Calcutta.

Le flic pointa un index menaçant vers la vieille dame :

– Tu saurais même pas situer cette ville sur une carte !

– Peut-être, mais j'ai toujours vécu avec cette éventualité : un jour, ton frère serait obligé d'aller s'y réfugier.

– À Calcutta ? Tu te rends compte de ce que tu dis ? Hervé a jamais dépassé les fortifs ! Pourquoi tout d'un coup il devrait se planquer en Inde ?

La petite femme restait bien droite sur sa chaise. De temps en temps, dans un geste réflexe, elle essuyait du doigt une poussière invisible sur la toile cirée.

– Tu ne comprends pas, répondit-elle simplement, d'une voix paisible, ou peut-être usée, les meurtres dont tu parles sont liés à Hervé.

Mersch cala ses paumes sur les angles de la table :

– Mais qu'est-ce que tu racontes ? Hervé n'a rien à voir là-dedans !

– Il connaissait les victimes.

– Comment tu le sais ?

– Les hommes qui sont venus ce matin m'ont expliqué.

– Que t'ont-ils dit d'autre ?

– Ces pauvres jeunes filles ont été sacrifiées au nom d'un autre monde. Elles sont les portes de ce monde.

Mersch lança un regard à Nicole : il paraissait consterné.

– Quel rapport avec Hervé ?

– C'est lui qui est visé à travers ces meurtres.

Le flic secoua la tête :

– Dans quel sens ?

Odette serra les lèvres – elle les avait légèrement arquées, ce qui lui donnait un air un peu amer, une dureté que ses manières démentaient aussitôt.

– Le mieux, c'est que tu demandes à ta mère.

Le visage de Mersch se figea, puis se crispa au point qu'il ne put répondre un mot.

La famille, pensa Nicole, *on y revient toujours…*

77.

Nicole prit le volant – Mersch semblait hors service.

Elle conduisait au contraire avec calme et assurance. C'était peut-être dérisoire mais elle était soulagée de n'être qu'une victime collatérale dans cette affaire. Elle figurait sur une liste de victimes, oui, mais l'élément central, le mobile des crimes en quelque sorte, était Hervé Jouhandeau.

Incompréhensible.

Comment un gamin de vingt-deux ans, étudiant à Nanterre sans histoires, pouvait-il se retrouver au cœur d'une série de meurtres ? Quel était son lien avec les trois gazelles ? Elle n'en voyait qu'un : à tour de rôle, Hervé était tombé amoureux d'elles. Peut-être même en même temps. C'était ce sentiment qui les avait condamnées à mort. Pourquoi ?

Elle répéta à haute voix :

– Pourquoi ?

Mersch, recroquevillé au fond de son siège, ne répondit pas. Il avait pourtant compris la question. Enchaînant les clopes, il enfumait tellement l'habitacle que Nicole avait du mal à voir la route. Ce trajet était plongé dans une atmosphère d'oracle, de foyer sacré, de mystère qui s'épaississait à chaque seconde.

Nicole insista :

– C'est ta famille. Tu dois bien avoir une idée !

Le flic se racla la gorge :

– Y a pas une, mais deux familles. J'ai pas grandi avec Hervé. Je connais à peine notre grand-mère, et notre mère, qui m'a envoyé chez les jésuites pour faire d'la place à une bande d'ivrognes, s'est jamais non plus occupée de lui.

– Et son père ?

– Mystère absolu. Sans doute un queutard de passage. Comme le mien. Deux bites errantes qui nous ont reconnus, et *adios*.

– Sur le père d'Hervé, tu n'as aucune information ?

– Rien, et sur le mien non plus. Pour nous, le bureau des renseignements a toujours été fermé.

– Cet homme, le géniteur d'Hervé, il pourrait être lié à toute cette histoire ?

Mersch éclata d'un rire mauvais :

– Je vois pas comment. À mon avis, c'était un des clodos du foyer. Ou le zonard d'un soir. Rien de plus. Un marginal sans présent ni avenir.

Nicole ne se laissa pas désarçonner par ce cynisme qui frisait le masochisme.

– Comment a grandi Hervé ? Qui était proche de ta grand-mère ? Il n'y a pas d'hindouistes dans son entourage ?

Mersch considérait l'extrémité incandescente de sa cigarette, et c'était comme s'il observait sa propre rage se consumer.

– Sa culture se limite au bal musette et à la belote. Sa connaissance de l'Inde doit se résumer au *Tigre du Bengale* de Fritz Lang. Tout ça ne tient pas debout.

Nicole ouvrit sa vitre pour respirer un peu. Elle essaya d'imaginer Hervé à bord d'un avion en direction de Calcutta, accompagné par deux hindous. Pourquoi avait-il suivi ces hommes ? Sans même leur laisser un mot, à eux ?

– Qu'est-ce qu'on fait ? demanda-t-elle. On va voir ta mère ?

– Pas aujourd'hui. Pas la force. Avec ma famille, faut vraiment y aller à petites doses.

– Alors où ?

– Où tu veux.

Sur la place du Châtelet, elle braqua à gauche et emprunta le pont au Change. Direction boulevard des Invalides. Si Mersch voulait retourner à Beaujon, ça serait sans elle. Elle non plus n'avait plus de jus. Et même si l'ombre d'un tueur pesait encore sur ces trois cents mètres carrés, c'était tout de même sa maison, son refuge.

Place Saint-Michel, elle enquilla par la rue Danton afin de grimper dans les hauteurs du sixième arrondissement. Rue Dupuytren. Rue Monsieur-le-Prince. Rue Saint-Sulpice. Quand elle fut en vue de la rue de Sèvres, elle respira enfin. Le septième arrondissement. *Home sweet home.*

Ici, la pierre haussmannienne était encore blanche, les porches tenaient debout et les portails scintillaient. Les terrasses – celle du café Vauban par exemple – portaient beau : les clients se tenaient droits sur leurs chaises, les petites tables rondes brillaient comme des sous neufs, les arbres rayonnaient, comme gorgés de sève argentée.

Nicole se sentait soulagée. Tel était son biotope, son environnement naturel. Malgré tous ses efforts pour sauver les plus pauvres, elle venait de cette source d'opulence, dont la beauté n'était pas discutable.

– J'ai grandi dans la misère, dit soudain Mersch comme pour contrecarrer les pensées de Nicole. Pas la misère de ma famille, non, celle des autres, celle que ma mère avait choisie… J'ai grandi dans cette panade comme dans un engrais noir, repoussant. Peut-être était-il fertile, j'en sais rien. Je sais pas comment aurait réagi un autre môme, mais moi j'ai tourné la page. J'ai renoncé à l'équilibre dont j'étais, de toute façon, privé. Seul, j'ai choisi la solitude. J'avais au moins l'impression d'être maître de mon destin. En réalité, j'étais si intenable, si mauvais, que ma mère m'a envoyé en pension. Un trou croupi au fond de la campagne. J'ai continué à pousser, avec acharnement, comme une mauvaise herbe. Quand j'ai enfin eu l'âge de me casser, l'armée m'est tombée dessus, direction l'Algérie. De ça, j'ai pas envie de parler, mais disons qu'avec les entrées que je m'étais farcies, j'étais plus ou moins préparé pour ce plat de résistance… Finalement, des années plus tard et pas mal de souvenirs dégueulasses au compteur, me revoilà sur le bitume parisien, prêt à l'emploi. Quel emploi ? Flic, bien sûr. Filez-moi une arme et je retrouverai ma dignité. Voilà toute l'histoire. Chez les flics, une vraie famille m'attendait, une solidarité, une amitié, que j'avais jamais connue ailleurs, ni chez les loqueteux de ma mère, ni chez les jésuites. Et surtout pas dans l'armée immonde qui a broyé l'Algérie.

Boulevard des Invalides, Nicole se gara au pied de son immeuble – peu de bagnoles, des oiseaux, des ombres. Elle se sentait honorée par cette confession soudaine, même si ces révélations renforçaient encore le gouffre qui les séparait…

Sortant de la voiture, elle se sentit mal, se revoyant pieds nus dans les bras des flics. Mais un autre souvenir vint à sa rescousse. Une fin d'après-midi de printemps, de retour du square Boucicaut, main dans la main avec sa nounou.

– Reste pas là, dit Jean-Louis, ça ne sert à rien de ressasser.

Elle lui en voulut de briser ce jaillissement heureux pour la replonger dans le cauchemar de la veille. Pourtant, sur une impulsion, elle lui prit la main. La pression de ses doigts la réconcilia avec l'instant.

Je suis auprès de toi. Je peux divaguer tranquille…

78.

– Tu veux manger quelque chose ? proposa-t-elle.

– Il est dix-huit heures.

– Café ? Alcool ?

D'un signe, il désigna la table roulante qui supportait une

myriade de bouteilles aux reflets ocre, dorés, bruns... Il s'avança vers le meuble afin de se servir lui-même.

Nicole croisa les bras. Qu'allait-elle faire d'un zozo pareil ? Lui donner une chambre d'amis ? Le canapé ? Ou un matelas à côté de son lit, comme à son frère l'avant-veille ? *Pas du tout le même genre...*

Finalement, ce fut la peur qui décida :

– Viens dans ma chambre, fit-elle avec une autorité qui la surprit elle-même.

Docilement, le flic suivit. Il n'avait même pas ôté son blouson.

– Tu vas dormir ici, avec moi.

– Je répète : il est dix-huit heures.

Faisant comme si elle n'avait pas entendu, elle ouvrit un placard et y dénicha une épaisse couverture qui pouvait passer, avec un peu d'imagination, pour un matelas.

Puis elle s'assit sur son lit et prépara un joint. Cigarette. Briquet. Résine. Papier Rizla+. Mersch, verre à la main, chaussures dégueulasses aux pieds, faisait le tour du propriétaire, observant chaque bibelot : shiloms, narguilés, bouddhas, coffrets, chapelets, encens, colliers, boucles d'oreilles...

– T'as voyagé en Orient ? demanda-t-il après avoir éclusé son whisky.

– Non.

– Où tu trouves tous ces trucs ?

– À Saint-Michel.

Il laissa échapper un rire. Elle posa un foulard sur l'abat-jour de sa lampe de chevet, comme toujours quand elle fumait, puis plaça sur son tourne-disque son album fétiche du moment : *Sounds of Silence* de Simon & Garfunkel.

Hello darkness, my old friend
I've come to talk with you again...

Elle ignorait pourquoi elle se livrait à ce cérémonial malgré cet étranger dans sa chambre. Peut-être pour exister plus intensément, pour lui imposer sa présence à elle, alors qu'il déambulait dans son intimité comme s'il s'agissait d'une galerie de pacotilles.

– Retire tes chaussures, ordonna-t-elle.

– Pardon, fit-il en s'exécutant.

Après quelques taffes, elle proposa le bédo à Mersch. Il vint s'asseoir au pied du lit et aspira plusieurs bouffées. Elle songea aux *Confessions d'un mangeur d'opium anglais* de Thomas de Quincey, qu'elle avait découvert dans *Les Paradis artificiels* de Baudelaire. Ce flic aux airs de gangster drogué possédait ce même caractère perdu, ténébreux, suicidaire. Seigneur, qu'est-ce qu'elle racontait ?

Il laissa aller sa tête en arrière, près des jambes nues de Nicole.

– Fais attention au couvre-lit ! Il vient du Népal !

Mersch gloussa :

– Et alors ?

– Et alors, tu vas le salir avec tes cheveux gras...

Il rit encore. Elle décida de s'abandonner elle aussi – le cannabis aidait pas mal. Elle reprit le joint et s'allongea, comme elle le faisait à chaque fois que les vapeurs parfumées lui montaient à la tête.

Ne plus penser.

Ne plus réfléchir.

Arrêter l'instant.

Soudain, il lui prit la main et ce fut comme un déclic.

Quand on actionne la molette d'un kaléidoscope, les minuscules verres colorés dessinent subitement un monde nouveau, une topographie inédite.

À cette seconde, sa chambre tourna de la même façon. Dans la pénombre, les métaux, les étoffes, les bois distribuèrent des lueurs merveilleuses, en une symétrie parfaite. Jusqu'au prochain coup de pouce... Il ne tarda pas : la main de Mersch, d'abord tendre, se fit plus ferme et lui pressa les doigts, pour finalement la tirer par le bras.

Les objets autour d'elle dessinèrent une autre image, puis

une autre encore… Sa bouche contre sa bouche. Une chaleur humide qui rejoignait sa propre salive… Un univers bigarré, éblouissant, psychédélique, se glissa sous ses paupières fermées. Des étincelles partout, des étoiles en pagaille… *Il est en train de m'embrasser*, se répétait-elle sans saisir le sens de la phrase. Les paroles de Gupta lui revinrent en mémoire : «Quand on ne comprend pas, on comprend tout de même une chose : la nature de l'inconnaissable.»

Une chose était sûre, elle lui rendait son baiser, avec toute la fougue, toute l'ardeur dont elle était capable, c'est-à-dire pas grand-chose – car elle se sentait si molle, si languide que ses efforts n'allaient pas bien loin…

Ils glissèrent du lit au sol, entraînant avec eux la couverture népalaise. Il l'embrassait toujours, la laissant à peine respirer, l'attirant, et en même temps la poussant dans un univers inconnu, un territoire chaud, sombre, où elle pouvait éprouver la suprématie totale du corps, de l'instant, du ressenti.

Sous ses paupières toujours closes défilaient maintenant, très haut, comme sur un plafond d'opéra ou une voûte d'église, des images façon fresque, mais rien à voir avec des anges ou des sylphides… Non, ce qui déferlait, c'étaient les visions d'horreur qui avaient marqué leurs derniers jours… Le corps de Suzanne, ses viscères, ses morsures. Le cadavre de Cécile ligoté au tronc, libérant ses entrailles…

Ils roulèrent sur le parquet. Elle s'accrochait maintenant à lui de toutes ses forces, les ongles plantés dans son dos.

Elle essayait de rentrer dans la danse, de se glisser dans l'arène, car l'étreinte ne vaut que si elle est partagée, et elle voulait, elle aussi, contribuer à l'excitation qu'ils éprouvaient tous les deux.

Enfin, son être se dilata. Elle s'échappa de son propre corps pour investir la chambre. Ses bibelots maintenant frémissaient sous les caresses de l'homme. Le plafond palpitait au rythme de son cœur. Le sol se soulevait, Seigneur, à mesure qu'elle se cambrait comme pour renforcer encore le contact avec cette masse qui l'étouffait…

Signal d'alerte : Mersch, puissance invisible, chargé de désir comme un nuage est saturé d'électricité, passait à l'offensive – ses mains, des courants brûlants au fond de la mer, remontaient les pans de sa jupe jusqu'à découvrir sa culotte. Cette culotte anodine qui devenait une barrière de corail, un Rubicon, une ligne rouge…

Elle était terrifiée, les mots filaient dans sa tête comme un murmure de foule, un chuchotement de confessionnal, quelque chose de bas, d'affolé, de paniqué. L'inconnaissable…

– Attends, ordonna-t-elle.

Les mains continuaient à monter, à sonder.

– Attends, je te dis.

– Quoi ? demanda-t-il enfin, à bout de souffle.

Elle hésita puis cracha avec mépris – l'arme des faibles, des complexés :

– C'est la première fois.

Les mains s'arrêtèrent net. Le souffle aussi, celui qui la brûlait une seconde auparavant. Tout à coup, elle se crut seule dans la pièce. Mersch s'était soulevé. Il n'était plus là, ni à son désir, ni à son amour.

– Qu'est-ce qu'il y a ? demanda-t-elle, carrément agressive.

Quelques secondes passèrent. Puis le visage du flic éclata dans la pénombre alors que craquait une allumette. Il s'était assis à un mètre d'elle, genoux relevés, coudes posés dessus, chevilles croisées comme des cordages de bateau.

– Désolé, répondit-il en soufflant la fumée de sa clope. Je crois que ces temps-ci, t'as eu ton compte.

– Mon compte de quoi ?

– De premières fois.

Les secondes semblaient tomber du plafond, lentes, cireuses, comme des larmes de cierge. En vérité, Nicole était soulagée.

Soudain, la voix du flic retentit à nouveau :

– Demain, on ira voir ma mère.

– Et après ? demanda-t-elle comme on lance une amarre sur un quai.

– Après, on part à Calcutta.

III

MÂYÂ, L'ILLUSION DU MONDE

79.

Quand Hervé se réveilla, ce n'était pas un nouveau jour.

C'était un nouveau monde.

Il ne reconnaissait rien. Ni le lieu – une chambre blanche, spacieuse, poussiéreuse, encombrée de meubles coloniaux délabrés –, ni la chaleur – une sorte de fournaise asphyxiante, mortifère, et en même temps languide, amorphe, telle une fièvre convalescente…

Il aurait aimé remettre ses idées en place mais il n'avait pas d'idées. Aucune réflexion ni la moindre pensée à l'horizon. La seule chose qui surnageait, c'était une nausée, là, tout au fond de son ventre, qui s'agitait comme un chien enragé et semblait vouloir remonter, bondir jusqu'à sa gorge.

Quelques secondes encore et le chien gagna.

À tâtons – la luminosité était insoutenable –, palpant les murs, les meubles, il trouva la salle de bains. Bienvenue dans l'abîme. Il plongea tête la première dans la cuvette et se libéra, songeant à la couronne dérisoire que lui dessinait la lunette autour du crâne. Il était le roi des chiottes brûlantes, le prince des relents d'égouts…

Après avoir craché sa fièvre et sa honte, il se laissa tomber en arrière, le cul sur le carrelage fissuré, et leva les yeux autour de lui : une salle de bains jaunasse, couleur pot de chambre.

Il retourna s'écrouler sur le lit. Le soleil se déversait à grandes giclées dans l'espace, d'une manière obscène, écœurante. Il remarqua qu'un ventilateur tournait au milieu du plafond. Dans son vertige, il avait l'impression qu'il entraînait toute la pièce avec lui.

Souviens-toi... Sers-toi de ta tête... Ses dernières vingt-quatre heures lui revenaient comme un rêve : il s'était évanoui, s'était réveillé dans un taxi qui filait vers l'aéroport. C'était lui, et ce n'était pas lui. Il se voyait, de loin, marcher, passer le comptoir d'enregistrement, accéder à la salle d'embarquement. Il considérait cet autre Hervé qui s'activait sous ses yeux sans qu'il puisse rien faire pour oblitérer les événements. C'était lui, et ce n'était pas lui...

Ensuite, les vols. Paris-Londres, d'abord, puis Londres-Calcutta. Il avait dormi. De temps en temps, il s'éveillait et contemplait la cabine, plongée dans la pénombre, dont le plafond lui semblait très bas, une sorte de ligne de ténèbres qui affleurait son crâne. En réalité, c'était sa conscience qui était écrasée, incapable de former la moindre idée précise. Et bien sûr, aucune volonté ni aucun pouvoir...

L'arrivée, malgré la lumière, malgré la chaleur, avait continué sur le même mode. Toujours ce poids sur ses paupières, cette apathie insurmontable. Il rêvait toujours, il était un autre. Sous les ventilateurs (il n'en avait jamais vu autant), il se laissait guider par les deux hommes qui l'escortaient depuis la veille. Des mots se formaient dans sa tête, comme une taxinomie de l'impuissance : faiblesse, ataraxie, invalidité, engourdissement...

Puis des noms propres. India. Bengal. Dum Dum. Calcutta. Chowringhee. Depuis la voiture, il avait vu les panneaux se succéder. Il les avait contemplés sans surprise ni frayeur. Il coulait. Il se dissolvait. Il devenait ce décor, cette foule débordante, ce soleil accablant, cette chaleur qui suintait de partout...

Il aurait dû s'étonner, s'épouvanter, s'agiter, mais non : il ne faisait que regarder défiler ces rues fourmillantes, ces visages noirs, cette misère surréaliste... Parfois, il s'endormait quelques secondes puis se réveillait de manière feutrée, voilée, se consumant dans la fournaise…

Enfin, il s'était écroulé pour de bon dans cette chambre. Impossible de dire combien de temps. Maintenant, il était à peu près lucide. Il était de retour dans le monde, la réalité. Mais quelle réalité ?

Autour de lui, la lumière révélait les milliards de particules de poussière qui flottaient dans l'air. Il avait la gorge sèche. Par réflexe, il chercha autour de lui et repéra une carafe d'eau posée sur la table de chevet. Il se remplit un verre, transparence contre transparence, et, au moment de le porter à sa bouche, se souvint de ce qu'on disait toujours : attention à l'eau qu'on boit sous les Tropiques. Et si elle était empoisonnée ? Il sourit et éclusa son verre. Il se situait au-delà du danger, au-delà de la peur…

Calcutta. Il était donc en Inde. On l'avait drogué, on l'avait enlevé, on l'avait emporté à l'autre bout du monde. Dans *L'Homme de Rio*, un film de Philippe de Broca qu'il avait adoré quelques années plus tôt, Agnès, le personnage interprété par Françoise Dorléac, était droguée puis embarquée pour le Brésil. Cet enlèvement ne lui avait pas semblé très crédible.

Il lui était arrivé exactement la même chose.

Le plus fou dans cette histoire était le rôle joué par sa grand-mère. C'est elle qui l'avait drogué et livré à ses deux ravisseurs… Tout ça n'avait aucun sens. Déjà, l'idée même qu'elle puisse avoir un lien quelconque avec l'Inde était absurde. Mais s'entendre avec des hindous, là, ça devenait franchement comique…

Il se frotta le visage puis se remit debout et tituba vers la fenêtre. Elle était munie de barreaux, ce qui lui parut logique. Il considéra la végétation qui se déployait devant lui. Un mélange étrange de vert luxuriant et de jaune poussiéreux. Un jardin froissé, mal réveillé, avec la gueule de travers. Tout à fait en accord avec son humeur…

À cet instant, un déclic.

Il se retourna : la porte s'ouvrait...
Alors, entra la femme la plus belle qu'il ait jamais vue.

80.

Elle était très brune – peau sombre, cheveux noirs – mais c'était l'idée de clarté qui dominait. Tout de suite, Hervé songea à une nuit lumineuse, saupoudrée d'étoiles et de lucioles. Le coin des yeux surtout, d'un blanc absolument pur, évoquait un croissant de lune. Hervé était déjà amoureux...

– Bonjour, fit-elle dans un grand rire.

L'éclat des dents – qu'elle avait larges, avancées, presque agressives – répondait à celui des yeux. Ses cheveux de laque noire, ses pupilles de quartz ne semblaient là que pour donner du relief, renforcer encore cette lumière à rebours. Un visage orage, qui scintillait par à-coups, si violemment qu'on en clignait des yeux.

– Bien dormi ?

Hervé ne répondit pas.

– Je m'appelle Abha. Je vous ai apporté votre repas.

Elle parlait un français parfait, quasiment sans accent.

Il avait deux options. Hurler, en exigeant qu'on le libère sur-le-champ, ou bien se laisser tranquillement fondre comme un glaçon dans l'incandescence de ce rire, s'abandonner à cette beauté noire et blanche.

Pas besoin de préciser son choix...

Assis sagement au bord du lit, il l'observa disposer un plateau d'argent chargé de mets aux couleurs violentes – ocre profond, vert citron, jaune safran... Elle-même sortait d'une boîte de craies : peau de cuivre, sari d'un bleu céruléen, dont chaque pli était une sorte de coup de sabre dans le réel.

– Où je suis, là ? parvint-il à marmonner.

– À Calcutta, chez mon frère, Salamat Krishna Samadhi.

– Qui ?

Elle répéta en souriant – à ses côtés, le guéridon sur lequel elle avait posé le plateau semblait bouder, à demi couvert par les voilages gonflés de vent brûlant.

– Salamat Krishna Samadhi.

– Connais pas.

– Lui vous connaît bien.

Hervé haussa les épaules. Le mieux, pour éviter la migraine, c'était encore de renoncer à comprendre quoi que ce soit.

– C'est lui qui m'a… invité ?

– Oui.

– Pourquoi ?

– Ne soyez pas impatient. Tout vous sera expliqué.

Pour dire la vérité, il se moquait déjà des informations qu'on pourrait lui donner, pourvu qu'il reste auprès d'Abha. Son parfum l'enveloppait maintenant, une alliance de fleurs et de cannelle, une promesse, un sortilège tout droit sorti d'une lampe d'Aladin…

– Votre Krishna, là, c'est qui ? demanda-t-il pourtant.

– On l'appelle KS. Il est philosophe.

– Un gourou ?

– Surtout pas ! Sa pensée, son combat visent à lutter contre cette notion de guide spirituel. Mon frère prône une recherche fondée sur la liberté, l'intériorité, l'intimité. Chacun de nous possède le pouvoir de se libérer de son karma, et n'a besoin de personne pour trouver le juste chemin…

En une seconde (son esprit se remettait en route), Hervé devina la position contradictoire de ce Samadhi : un homme qui expliquait aux autres qu'ils n'avaient besoin de personne sauf… de lui-même. Encore un escroc.

– Et vous, vous êtes quoi ? interrogea-t-il sur un ton maussade.

Elle pivota sur elle-même, en équilibre sur un de ses pieds nus, puis fit une révérence, déclenchant un ruissellement d'argent. Elle était sculptée dans de l'agate noire mais à chaque rire, elle déployait à vos pieds une pluie d'étoiles.

– Moi, je suis danseuse.

Elle portait des clochettes aux chevilles. Chacun de ses pas tintait comme un matin de Noël.

Il leva les yeux et vit que son front était marqué par un tilak rouge. Ce simple détail lui rappela Paris, le sadhou, les meurtres. Que foutait-il ici ? Était-il en danger ?

– J'ai fait un peu de cinéma aussi, ajouta-t-elle fièrement. J'ai même joué dans un film français de Jean Renoir, *Le Fleuve*, vous connaissez ? J'étais une gamine à l'époque mais j'étais si heureuse ! Une équipe française est venue tourner dans les environs de Calcutta, le long du Gange, vous vous rendez compte ?

Hervé acquiesçait de la tête, sans vraiment savoir à quoi : à la parfaite folie de l'instant ou à cette connexion inattendue avec son propre pays. Il se souvenait d'avoir vu le film…

Elle le fixait, l'œil brillant d'ironie. Il soutint son regard – c'était comme observer une œuvre cinétique, une vibration de lumière dessinant des formes, des lignes, des mirages différents à chaque seconde.

– C'est pour ça que vous parlez français ?

– Oh non, je le parle depuis mon enfance. Nous l'avons appris avec mon frère à Paris. Mais c'est une longue histoire, Goppi vous la racontera…

– Goppi ?

– Le vrai prénom de mon frère. (Elle rit encore.) Je vous le répète : c'est compliqué !

– Quand vais-je avoir l'honneur de le rencontrer ?

– Bientôt. Ne vous inquiétez pas.

– Je ne suis pas inquiet, mentit-il.

Mais peut-être au fond disait-il vrai : plus assez d'énergie pour s'angoisser, s'interroger…

– Mangez maintenant, ordonna Abha en faisant une nouvelle révérence. Prenez des forces.

– Ne partez pas.

L'idée de se retrouver seul lui serrait la gorge.

– Parlez-moi un peu de vous.

Un reflet espiègle passa sur son visage.

– Il n'y a pas grand-chose à dire.

– Vraiment ?

– Je vous ai dit que nous avons été à Paris. Ensuite, je suis revenue en Inde et je suis allée à l'école de danse de Rukmini Devi Arundale.

– Connais pas.

– Chez nous, en Inde, c'est très célèbre.

– Et… vous êtes mariée ?

Il ignorait pourquoi il avait posé cette question. Abha n'appartenait pas au monde des contraintes, aux lois de la pesanteur bureaucratique.

– Je l'ai été, oui, répondit-elle pourtant.

Un nuage passa sur sa figure hâlée. Chaque trait de son visage s'en trouva renforcé, approfondi. Petits coups de burin dans l'écorce brune…

– Mais je suis divorcée désormais et tout va bien !

– Et maintenant ?

– Maintenant, j'aide mon frère.

– Vous êtes une communauté ?

– D'une certaine façon, oui, mais encore une fois, Goppi ne veut pas être un *baba*, un maître. Son enseignement est une ouverture, une libération.

– C'est donc un gourou, d'une certaine façon…

La jeune femme s'approcha – la douceur de son mouvement contrastait avec la violence de son parfum – et posa la main sur son épaule. Elle portait une infinité de bracelets de métal qui lacéraient sa peau mordorée. Le mot « sensualité » l'étouffa littéralement. Il pensait désormais avec son corps.

– Vous êtes bien un Français.

– C'est quoi, pour vous, un Français ?

– Quelqu'un qui veut toujours avoir raison.

Elle fit un pas en arrière et désigna le guéridon :

– Ici, il y a une sonnette. Si vous avez besoin de quelque chose, je viendrai.

Tout à coup, elle s'agenouilla devant lui et lui prit les mains. Son visage était maintenant empreint d'une expression grave. Hervé n'avait jamais mis les pieds dans un temple hindou mais il était certain que les statues qui y régnaient possédaient ce même regard.

– Il faut me promettre une chose.

– Quoi ?

– Ne rien tenter. Ne pas bouger d'ici.

Hervé détourna les yeux : trop près, trop belle. Et puis, cette odeur de cannelle...

– Promettez.

– D'accord, je promets.

Abha se releva et recula vers la porte, à petits pas, provoquant encore des tintements d'argent, sans le quitter des yeux.

– Je reviendrai, fit-elle mystérieusement.

Puis, dans une sorte de tournoiement irisé, elle disparut, laissant Hervé bouche bée. Une seconde plus tard, il entendit la clé tourner dans la serrure.

Il retourna vers la fenêtre, comme pour vérifier la présence des barreaux. Le paysage au-delà – jardin à l'abandon, buissons pâles, palmiers fatigués – évoquait un lieu brûlé, décoloré à force de soleil, de chaleur, d'aridité.

Hervé recula, comme irradié par toute cette lumière, toute cette folie. Il se laissa choir encore une fois sur le lit, se prit la tête entre les mains et fondit en larmes.

81.

Coup de chance : un vol partait dans l'après-midi en direction de Calcutta – ou du moins un premier vol pour Londres puis un second pour la capitale du Bengale. Dès son réveil,

Mersch avait utilisé le beau téléphone du salon de Nicole pour se renseigner.

Calcutta, une bonne idée ? Pas le choix. Sauver le petit frère : la priorité. Berto continuerait l'enquête à Paris et de toute façon, son instinct lui soufflait que les meurtres allaient plutôt se poursuivre à Calcutta. Pourquoi ? Parce que Hervé y était, justement...

Suzanne, Cécile, Nicole... L'assassin avait choisi ces jeunes femmes parce qu'elles étaient des amies (et des élues) de son frangin. Contre toute attente, c'était lui qui, indirectement, orientait le choix des victimes. Dur à avaler.

Installé dans le canapé, il se servit à nouveau du café. Il avait réussi à faire marcher la cafetière Hellem de la cuisine, un engin d'alchimiste doté d'un réchaud et d'un globe de verre. Résultat ? Délicieux...

Face aux larges fenêtres du salon, il se souvint soudain des mots de la voyante du cirque Gasparino : « Vous cherchez un assassin, mais lui aussi vous cherche. Elle avait ajouté : « Pas seulement vous. Mais vous et votre frère. » Mersch n'était pas trop client de ce genre d'oracles mais peut-être que la biglouche avait tout de même vu juste au fond de sa roulotte...

Soudain, Nicole apparut, fraîche comme à la criée. Toute mince dans un peignoir léger, façon kimono, elle sortait visiblement d'une douche brûlante. Le nuage de rose sur ses joues lui confirma à quel point il avait eu raison la veille de ne pas aller plus loin... *Bon Dieu, qu'est-ce qui t'a pris ?*

– Bien dormi ?

Elle prit un air furieux – mais mal réveillé, non abouti, presque tendre :

– T'en as d'autres des comme ça ?

– On décolle à dix-huit heures.

– Cette nuit, t'étais sérieux ?

Mersch tendit le bloc où il avait noté les horaires des vols.

– On va aller chercher Hervé et le ramener en parfait état de marche.

– Et... tu m'emmènes ?

– En tout cas, je ne te laisse pas à Paris, sans protection. Impossible.

– Et l'enquête ?

– Mon p'tit doigt me dit qu'elle va nous suivre aussi.

– Pourquoi ?

Il éluda – par flemme, mais aussi parce qu'il n'était sûr de rien.

– Prépare-toi, on part dans dix minutes.

– On va où ?

– Je te l'ai dit : interroger ma mère.

– C'est loin ?

Mersch eut un mauvais rire :

– En kilomètres, pas trop. Mais sur l'échelle sociale, à des années-lumière de ton petit univers bourgeois.

Nicole s'approcha. Elle sentait le chèvrefeuille, les parfums subtils de la jeunesse et de la richesse, les paradis inaccessibles à la plupart des mortels – surtout quand on s'appelait Jean-Louis Mersch.

– Pourquoi tu m'agresses toujours à propos de mes origines ? Je te rappelle qu'ici, la révolutionnaire, c'est moi.

D'un bond, Mersch se mit sur ses pieds et changea tout à coup de perspective. En souriant, il lui serra les mains. Cette gamine lui brisait le cœur. Il éprouvait pour elle un mélange de tendresse et d'inquiétude, d'affection et d'appréhension, une sorte de « ni oui ni non » à jouer avec le cœur.

– *Andiamo !* murmura-t-il en lui déposant un baiser sur le front.

82.

Mersch avait toujours détesté la bonté de sa mère.

Il y avait dans sa dévotion quelque chose de faux, d'agressif – et de totalement malsain. Elle se consacrait aux autres avec une sorte de fureur froide, de rage rentrée. Ce sacrifice allait de pair avec sa foi, qui tenait de la maladie mentale : obsession, paranoïa, hallucinations…

Il avait quitté la «Mission de la Résurrection» (c'est ainsi qu'elle appelait le foyer qu'elle avait créé) à l'âge de douze ans, juste après la guerre. Gamin, il n'avait jamais connu le moindre confort ni la moindre intimité. Il vivait avec les pouilleux, mangeait à leur table, se lavait auprès d'eux, et quand il faisait ses devoirs, c'était toujours sous l'œil borgne d'une ou deux gargouilles. Durant l'Occupation, aucune différence : les minables étaient juste plus nombreux, c'est tout.

Il avait toujours été dévoré par les puces et les punaises, et quand il jouait au morpion, ce n'était pas avec un papier et un crayon. Bien avant de savoir ce qu'étaient le football ou les osselets, il avait appris à reconnaître une crise de delirium tremens ou les symptômes du scorbut. Hurlements hallucinés et purulence des gencives avaient été son lot quotidien. *Super, vraiment.*

«De la soupe et du savon» : telle était la devise de la Mission, mais le foyer offrait bien plus qu'un repas chaud et une douche froide. Des soins médicaux étaient aussi au menu, ainsi que, bien sûr, le salut de l'âme. Un prêtre y officiait tous les jours, par tous les temps, et persuadait tous ces malheureux que le «royaume des cieux» était à eux.

Sa mère ne lui avait jamais manifesté la moindre affection et sa manière de s'exprimer tenait à la fois du missel et du manuel de secourisme. Elle ne disait jamais «Je t'aime» mais «Je prie pour toi». Elle ne vous embrassait jamais mais vous serrait dans ses bras comme si vous étiez en route pour le Golgotha.

Autant dire qu'aujourd'hui, la perspective de ces retrouvailles ne l'enchantait pas. Il ne détestait pas sa mère – on déteste les gens qu'on connaît. Il ne lui en voulait pas non plus – on en veut aux gens qui ont toute leur tête. Non, il éprouvait pour elle une sorte d'antipathie chronique, mêlée de pitié pour sa folie, sa quête dérisoire…

Ils parvinrent à Château-Rouge, là où était installée, au fond d'une impasse, la Mission. Dans ce genre de quartier, on se disait que Paris, depuis les siècles passés et ses sommets de misère, n'avait pas vraiment évolué. On s'attendait ici à voir surgir une bande de « chauffeurs » ou de faux mendiants tout droit sortis du XVIIIe siècle.

– C'est là que t'as grandi ? demanda Nicole, interloquée.

Mersch considéra le bâtiment de brique qui fermait l'impasse mal pavée.

– Si on peut dire…

La seule qualité qu'il devait reconnaître à sa mère, c'était un certain sens des affaires. Au fil des années, elle avait réussi, à travers son association, à acheter cette ruine. Ensuite, sa fondation avait été reconnue d'utilité publique et avait reçu l'autorisation officielle d'encaisser des dons et des legs. Elle avait alors géré de main de maître cette économie de misère et désormais, la Mission tenait son rang d'asile. Une sorte d'industrie du réconfort et de la soupe tiède.

Ils pénétrèrent dans le hall et tout de suite, l'odeur les saisit à la gorge. Une puanteur intime, mêlant urine, éther, épluchures de patates, médocs, et j'en passe. Des crucifix et des figures de saints décoraient les murs. Le lino poissait sous leurs pieds et la propreté qui régnait ici avait quelque chose de terne, de renfrogné.

Ils avancèrent encore, croisèrent quelques loques, et aussi des membres de l'association, avec leur tête à claques – cet air de dévotion, de soumission, auquel se mêlait, si on regardait bien, une expression de profonde satisfaction, et même de fierté sournoise.

– Mon fils, tu es là.

Il se retourna : sa mère, toute petite, maigre comme une agrafe, se tenait devant eux. Mersch serra les dents. Toujours cette manière grave et solennelle de s'exprimer…

Sans doute avait-elle été belle mais aujourd'hui, son visage était osseux, hâlé et légèrement simiesque. Sourcils trop pâles, lèvres exsangues, mâchoire proéminente. En vieillissant, une sorte de sauvagerie était apparue dans son expression, des traits primitifs se taillaient la part belle dans cette figure de femme crucifiée, pardon, sacrifiée.

Simone Valent portait aussi de multiples cicatrices, légères, furtives, comme des égratignures sur sa peau sombre – Jean-Louis n'avait jamais su d'où elles provenaient. Mais à l'observer à la lumière, on avait l'impression de contempler quelque surface d'écorce sur laquelle des amoureux avaient gravé des futilités.

En quelques mots, Mersch fit les présentations, expliquant que Nicole était une amie d'Hervé. La gamine fit, malgré elle, une brève révérence, comme on le lui avait appris chez les bonnes sœurs.

– Je suis venu te parler d'Hervé, attaqua-t-il aussitôt.

– Dieu le protège.

Des bruits de cantine résonnaient quelque part – brocs en inox, verres Pyrex, assiettes d'aluminium... Le sourd fumet du graillon montait en vagues lentes, irrésistible.

– Commence pas avec tes phrases à la con. Qu'est-ce qui s'passe ?

– Allons à l'aumônerie.

83.

Ils se retrouvèrent dans une pièce aux murs blancs, où flottait cette fois un parfum de plâtre mouillé. Une croix, bien sûr, des meubles disparates, qui semblaient avoir été récupérés à la brocante de la dernière chance. Des chaises s'entassaient aussi dans un coin – en fait, des prie-Dieu, en cas de secours.

– Asseyez-vous.

Ils s'installèrent autour d'une longue table sur laquelle étaient empilées des assiettes et d'autres pièces de vaisselle, enveloppées dans du papier journal. Tous ces détails déprimants glissaient sur lui : on l'avait anesthésié il y a bien longtemps.

– C'est quoi ce bordel avec Hervé ?

– Je ne peux rien dire.
– Tu t'en sortiras pas comme ça.
– Je ne peux rien dire parce que je ne sais rien.
– Il a été kidnappé.
– Je suis au courant, ta grand-mère m'a appelée.
« Ta grand-mère » : elle tenait à ce que tout soit en ordre dans la famille, mais de quel ordre s'agissait-il ? S'il existait un clan détraqué dans ce monde, c'était bien le leur. Et il était sur le point d'en apprendre encore de bonnes...
– Hervé a été enlevé par deux hindous, avec la complicité d'Odette, lâcha-t-il. Tout porte à croire qu'il est maintenant à Calcutta, entre les mains de je ne sais qui. Par ailleurs, j'enquête actuellement sur deux meurtres à Paris qui, eux aussi, ont à voir avec l'hindouisme, et ça s'rait bien le diable que tout ça ne soit pas lié. Alors, encore une fois, qu'est-ce que tu peux me dire sur ce merdier ? Pourquoi Hervé est-il mêlé à ça ?
Assise, Simone porta la main à son front. Avec son tablier en toile et son cardigan usé, elle fleurait bon la caricature. Mersch observait les cicatrices qui scarifiaient son visage sous le hâle de la peau – il avait oublié qu'elles étaient si nombreuses.
– Il est en sécurité, murmura-t-elle.
On était donc bien d'accord : l'Inde, les meurtres, l'enlèvement, tout ça avait à voir avec sa mère, avec son histoire. Complètement cinglé.
– Tu sais où il est ?
– Je pense qu'il est caché au sein d'un groupe spirituel.
– Quel groupe ?
Les mots sortaient de sa bouche comme des épingles, et de travers encore, lui écorchant le palais.
– La fondation de Salamat Krishna Samadhi. Quelqu'un de très sérieux, de très fiable.
– Tu te fous de moi ?
Elle joignit ses deux paumes, comme si elle entamait une prière. Mersch avait envie de casser quelque chose.
– J'ai toujours été ouverte à l'œcuménisme, fit-elle sur un ton

de confession (mais sa voix impliquait une sorte d'indulgence à l'égard d'elle-même). Je me suis intéressée non seulement aux religions chrétiennes mais aussi à d'autres cultes.

– À l'hindouisme ?

– Oui.

– Quel rapport avec Hervé ?

– Son père.

Il y eut un blanc, un silence. Il aurait dû s'en douter : cette figure paternelle était le seul élément inconnu du tableau. Une clé cachée.

– Parle-moi de lui.

– Après la guerre, j'ai suivi des cours aux Langues O.

– Tout en bossant et en t'occupant de ton foyer ?

– Oui.

– Faut dire que t'étais pas débordée par mon éducation.

– Jean-Louis…

– Donc, les Langues O…

– J'ai rencontré là-bas un garçon charmant, très sensible, qui projetait de faire un grand voyage en Inde. Je l'ai aidé à le préparer. J'étais plus âgée que lui, plus raisonnable aussi. Finalement…

– Finalement ?

Pour la première fois, Simone parut gênée.

– Il y a eu… Enfin, je suis tombée enceinte.

– C'était une vraie liaison ?

– Pas du tout. Il n'y a eu qu'une fois…

– Pourquoi ça n'a pas été plus loin ?

– C'était impossible.

– Pour quelle raison ?

– Il était… Enfin, il préférait les garçons.

– Le père d'Hervé est homosexuel ?

– Oui.

– Et vous avez tout de même couché ensemble ?

– Jean-Louis…

– Réponds.

Elle reprit son attitude favorite – main sur le front, tête

inclinée. Une posture de tableau, ce genre de trucs où une madone drapée semble réfléchir au sens de la vie.

– Oui, il y a eu une seule fois. Une sorte de… moment de folie.

– Après ?

– Il est parti en Inde.

Pas encore des aveux complets, mais un début.

– Comment s'appelle-t-il ?

– Son nom n'a aucune importance.

– C'est à moi d'en juger. Comment s'appelle-t-il ?

– Pierre Roussel. Il appartenait à une famille très riche, très puissante.

– Quel genre ?

– Je ne veux pas en parler. Je ne veux pas me souvenir.

Mersch prit une profonde inspiration :

– La suite ?

– Hervé est né, c'est tout.

– Mais Roussel l'a reconnu.

– Oui. Il est revenu après sa naissance.

– Alors, pourquoi Hervé ne porte-t-il pas son nom ?

– C'est compliqué.

– Sans blague ?

– Pierre était brouillé avec sa famille. Son vrai nom, sur ses papiers d'identité, c'est Jouhandeau…

– Il s'est occupé de son fils ?

– Non. Il est… retourné en Inde. Il était totalement investi dans son travail.

– Quel travail ?

– Pierre est un expert en musicologie indienne. Dans son domaine, il est assez connu.

De mieux en mieux. Mersch jeta un coup d'œil à Nicole : la jeune rousse paraissait boire ces informations délirantes.

– Pierre s'est passionné pour la *vinâ*, un genre de sitar. Il a appris à en jouer et a commencé à faire des recherches dans ce domaine. Il a constitué des archives, bâti un vrai patrimoine autour de la musique indienne, mais je n'en sais pas plus.

– Il vit toujours en Inde ?

– Oui.

– À Calcutta ?

– Non, à Bénarès. Il a créé une fondation qui organise des concerts. Son institut possède la plus importante bibliothèque de partitions de musique indienne.

Avec ça, on n'est pas rendus...

– Ce Pierre Roussel peut-il être impliqué dans les meurtres ?

– Impossible. C'est l'homme le plus doux et le plus pacifique que je connaisse.

– À Paris, qui t'a informée des meurtres ?

– Dhritiman Gupta.

– Tu connais Gupta ?

– Je l'ai connu à la même époque que Pierre. Je m'intéressais alors au yoga, à l'ayurvédisme. Gupta était un interlocuteur idéal. C'était un jeune homme à l'époque...

Mersch préféra ne pas s'arrêter sur le mot « ayurvédisme », inconnu au bataillon, la priorité n'était pas là.

– Que t'a-t-il dit ?

– Qu'une jeune femme avait été tuée.

– Comment le savait-il ?

– Je ne sais pas.

Jean-Louis le savait, lui – le sadhou avait dû l'affranchir. Mais tout ça n'était décidément pas clair : comment ce dernier avait-il repéré Suzanne en tant que victime potentielle ?

– Sur cette jeune femme, que sais-tu ?

– Elle a joué avec le feu.

– Qu'est-ce que tu veux dire ?

– Gupta l'a initiée à certaines pratiques tantriques. Ensuite, elle a voulu voler de ses propres ailes et elle est allée trop loin.

– Tu vas pas me dire qu'elle a déclenché des forces maléfiques ou une connerie de ce genre ?

– Non, elle s'est fait remarquer, c'est tout. Et ça lui a été fatal.

– Remarquer par qui ?

– Je ne sais pas au juste. Mais il ne faut pas toucher au tantrisme.

Nous y voilà… Mais où ?

– La deuxième victime n'a aucun lien avec l'hindouisme. Pourtant, elle a été choisie par le tueur. Pourquoi ?

– Je ne sais pas.

– Que vient foutre Hervé là-dedans ?

Simone marqua une pause avant de reprendre la parole. Mersch pouvait sentir, physiquement, la sécheresse de sa gorge, de son cerveau. L'histoire qu'elle était en train de raconter la consumait de l'intérieur.

– Hervé est au centre de tout.

– Pourquoi ?

– Il n'y a rien à expliquer. Du moins, pas dans le langage du monde ordinaire.

– Ne nous embrouille pas ! Pourquoi Hervé est-il visé ?

– Il possède quelque chose de très important.

– Quoi ?

– Je te répète que je ne peux pas t'expliquer. Nous sommes chrétiens, occidentaux. Les motivations hindoues nous échappent. Il est inutile que je te donne des réponses alors que tu n'as pas les questions.

Mersch soupira :

– Le tueur, tu le connais ?

– Non.

– Son but ultime est de tuer Hervé ?

– Pas de le tuer, de l'affronter.

– L'affronter ? En quel honneur ?

– Hervé représente une force… très particulière.

– Quelle force ?

– Je ne peux pas te répondre.

– Y a-t-il un lien entre le fait que son père soit un indianiste et la force dont tu parles ?

– Non.

– Donc, Hervé a, disons, des origines connectées avec l'Inde et maintenant, des hindous fêlés s'intéressent à lui, mais tout ça est un pur hasard ?

– Oui.

Elle mentait mais il n'avait ni le temps ni le pouvoir de lui faire cracher la vérité.

– Mais quel est le mobile de ces meurtres ?

– Je ne suis pas sûre… Je pense qu'il s'agit de sacrifices préliminaires…

En un éclair, les corps de Suzanne, de Cécile, les organes à nu, les morsures…

– Gupta a parlé de « portes », se souvint-il à voix haute.

– Les portes…

Elle eut un sourire sans couleur, sans relief.

– Explique-toi !

– Ces jeunes femmes devaient mourir pour permettre l'accès à l'autre monde. Celui où l'affrontement aura lieu.

Ce langage abscons ne lui démontrait qu'une vérité : c'était dans cet « autre monde », quel qu'il soit, qu'il allait devoir chercher son meurtrier…

– Tu m'as parlé d'une fondation… Tu sais où la trouver à Calcutta ?

– Je vais te donner l'adresse.

Une idée lui traversa l'esprit :

– C'est elle qui a envoyé le sadhou ?

– Sans doute, oui.

Mersch se leva, suivi par Nicole. Il n'obtiendrait rien de plus aujourd'hui. Sa mère les imita et se dressa devant lui. Difficile de caractériser son expression : elle était dramatique, oui, mais en même temps quotidienne, naturelle. Cette femme ne vivait pas dans le drame, c'était le drame qui vivait en elle, la torturait, la sacrifiait…

– Mon fils…

– Je m'appelle Jean-Louis.

– Jean-Louis… Qu'est-ce que tu vas faire ?

– À ton avis ? Aller chercher Hervé par la peau du cul.

Elle s'écria soudain :

– Surtout pas !

Puis, d'un coup très calme, répéta :

– Surtout pas… Ne te mêle pas de ça. Je te répète que ton frère est en sécurité là où il est. Tu as toujours été très fort, très… déterminé, mais cette fois… tu as affaire à beaucoup plus fort que toi.

Mersch lui offrit son sourire « spécial suspect récalcitrant » :

– C'est ce qu'on verra.

84.

Sur la route de l'aéroport d'Orly, les réverbères vont par deux, dessinant une double hampe aux orientations opposées, comme des tulipes de métal prêtes à être cueillies. Mersch n'était pas porté sur l'architecture, ni même sur l'esthétique en général, mais ce soir, ces fleurs d'acier oscillant sur le ciel cuivré lui paraissaient magnifiques.

Qu'est-ce qu'il racontait ? Il n'avait donc rien d'autre à penser en cet instant ? Ils avaient bouclé leurs valises. Ils étaient montés dans la Dauphine, Berto au volant. Nicole ne desserrait pas les dents. Avait-elle prévenu ses parents ? Il n'en savait rien. En tout cas, elle le suivait dans ce périple plus qu'incertain.

Depuis qu'ils étaient sortis de la Mission de la Résurrection, Mersch ressassait les paroles confuses de sa mère, qui avait sans doute gardé pour elle le principal. Pas grave. Comme on dit dans les films, les réponses les attendaient là-bas…

– T'as entendu ? demanda soudain Berto. Y paraît que ça chauffe du côté des Champs-Élysées.

Mersch émergea de ses pensées : il n'écoutait plus la radio et ne s'intéressait plus du tout aux événements.

– Quoi ?

– Depuis qu'on a retrouvé de Gaulle…
– Parce qu'on l'avait perdu ?
– Mais tu planes complètement : hier, le Général a disparu !
– Où il était ?
– À Baden-Baden, parti consulter ce vieil enfoiré de Massu.
Jean-Louis secoua la tête : Massu, un des généraux qui avaient eu recours à la torture à Alger et dont la cruauté, fallait bien l'avouer, avait payé. La nouvelle ne l'étonnait pas : quand un général a besoin d'un conseil, à qui s'adresse-t-il ? À un autre général.
– Depuis, continuait Berto, il a bouffé du lion, l'vieux. Il a dissous l'Assemblée, maintenu Pompidou et remis son référendum à la semaine des quatre jeudis.
De Gaulle avait donc repris la main alors que les contestataires s'essoufflaient et que les socialistes étaient au rancart : Pierre Mendès France n'avait même pas pris la parole à Charléty.
– Et qu'est-ce qui se passe sur les Champs-Élysées ? demanda-t-il tout de même.
– Y a au moins un million de péquins qui défilent en faveur de De Gaulle…
– C'est une manifestation pour de Gaulle ?
– Les gus sont venus de toute la France, et c'est le SAC qu'a organisé tout ça !
« Les carottes sont cuites », comme on disait sur Radio-Londres. Ainsi, la France s'était réveillée. Celle qui avait fermé sa gueule jusque-là, celle qui avait fait la guerre, subi l'Occupation et reconstruit le pays.
Tout est mal qui finit mal…, se dit Jean-Louis avec une résignation presque amusée. Mais la mention du SAC lui rappelait aussi que son départ tombait à pic – les barbouzes finiraient bien par l'oublier.
Il alluma une clope en l'honneur du Général et sourit à l'intention de l'aéroport d'Orly qui se dessinait dans le crépuscule. Il avait pris une autre décision, secrète, voilée, comme en douce de lui-même : dans sa valise, pas une amphet, aucune trace de la moindre drogue. On verrait bien…

85.

Nicole avait téléphoné à ses parents et prétendu partir à Lanzarote avec des amies. Pourquoi Lanzarote ? Aucune idée. Elle avait fait sa valise, pris du fric, déniché son passeport...

D'une certaine façon, Nicole ne se préoccupait plus de l'enquête. Elle cogitait sur une autre énigme, plus essentielle : celle de sa propre existence. En quelques jours, ses perspectives, ses valeurs, ses priorités avaient été bouleversées. Elle avait cru que ce mois de mai, avec ses manifs, serait le tournant de sa vie. En réalité, le virage avait été différent...

Elle était désormais impliquée jusqu'au cou dans une affaire criminelle. Elle était même – fallait le faire – la cible de l'assassin. Elle vivait cette métamorphose dans un mélange de stupéfaction et de satisfaction, de panique et d'étrange jouissance.

Enfin, il lui arrivait quelque chose. Et pas n'importe quoi. Tout ça avait beau être né de l'horreur la plus abjecte, avoir continué dans la pure terreur, et baigner maintenant dans l'inconnu avec un grand « I » – elle était tout de même en route pour Calcutta, capitale du Bengale, auprès d'un homme qu'elle connaissait à peine –, elle ne retenait finalement qu'une vérité : elle était en train de vivre une stupéfiante aventure.

Au fond, Nicole ne s'était jamais leurrée sur ses intentions : sous sa carapace révolutionnaire, sous ses velléités bouddhistes, palpitait toujours le même désir – éprouver l'intensité de l'existence.

Ça ne datait pas d'hier : sur les bancs du lycée, ces vers de Baudelaire lui étaient apparus comme une révélation :

Plonger au fond du gouffre, Enfer ou Ciel, qu'importe ?
Au fond de l'inconnu pour trouver du nouveau !

Aucun doute sur l'option choisie : l'Enfer, en classe économique...

– Donne-moi ton passeport.

Ils se tenaient devant le comptoir d'enregistrement d'Air India. Mersch n'avait pas de passeport mais il avait dû magouiller, en tant que flic ou en tant qu'ancien militaire, car il présentait à l'hôtesse tout un tas de papiers à cocarde tricolore.

Elle se retourna et photographia mentalement le décor : cette fameuse aérogare sud qui n'avait même pas dix ans et qui était plus visitée que la tour Eiffel elle-même… Elle s'attarda sur chaque détail : les rangées de plafonniers, brillants comme des plaques de mercure, les transparences des baies vitrées (l'aérogare était une sorte de «galerie des glaces»), toute cette architecture privilégiant les lignes, la symétrie, les effets cinétiques… Se tenir là, c'était déjà accoster les rives d'un monde nouveau, libéré des contraintes du temps et de l'espace.

– Suis-moi.

Le flic jouait les affranchis, sûr de la direction à prendre, mais elle était certaine qu'il n'avait jamais foutu les pieds à Orly. Les seules fois où il avait pris l'avion, c'était sans doute depuis un quelconque aéroport militaire, direction l'Algérie, serré comme une sardine kaki avec les autres.

Nicole, elle, connaissait l'aérogare : elle avait voyagé avec ses parents dans toute l'Europe, et en solo aux États-Unis. Mais elle emboîtait le pas à Mersch, autant pour lui faire plaisir que pour la secrète jouissance de se sentir portée, guidée par une «mâle assurance»…

Dans la salle d'embarquement, elle s'assit sagement sur un siège et reprit ses rêveries. Elle voulait aller en Inde depuis longtemps – on ne pouvait pas être bouddhiste, intellectuelle, psychédélique en 1968 sans rêver de prendre le chemin de la capitale du mysticisme. Mais voilà qu'elle s'embarquait au contraire pour un voyage qui promettait son lot d'horreurs et de violence. Une chose était sûre : on ne s'ennuierait pas à Calcutta.

– Ça va ? Tu t'sens bien ?

Mersch se penchait sur elle comme un père sur son enfant.

Elle lui sourit et remarqua qu'il s'était habillé de manière tropicale – enfin, ce qu'il devait considérer, lui, comme tel… Chemise kaki – sans doute un souvenir de l'Algérie –, et veste de treillis couleur sable. De la pure production militaire, mais tout de même, avec ses cheveux longs et ses pattes de barbe, il pouvait passer pour un adepte de la contre-culture en route vers le paradis du cannabis et de la méditation.

Une fois dans l'avion, ceinture bouclée, mains crispées sur les accoudoirs, Nicole eut l'impression de monter d'un cran dans son rêve.

Elle avait lu quelques mois auparavant un roman érotique qu'on vendait sous le manteau : *Emmanuelle*, d'Emmanuelle Arsan. Le bouquin s'ouvrait sur une scène sexuelle dans une cabine d'avion. En vol, quand les veilleuses seraient éteintes, Mersch allait-il lui sauter dessus ?

Elle ne l'aurait jamais avoué à quiconque mais parmi toutes les folies qu'elle avait vécues depuis trois jours, elle plaçait sur le haut de la pile l'ébauche de nuit d'amour de la veille…

Le souvenir de ces pattes poilues, de ce souffle brûlant dans son cou, de cette masse sur son ventre la faisait encore frémir… Bon sang, n'était-elle qu'une midinette parmi d'autres, avide de sensations amoureuses, de sensualité balbutiante ? *Eh bien oui, ma vieille…*

Une voix langoureuse annonça le décollage immédiat. Nicole ferma les yeux avec une sorte d'angoisse ravie, ou de volupté inquiète, comme vous voudrez. Sa conviction revint en force : la révolutionnaire bouddhiste, côté sentiment, était à peu près aussi nunuche qu'un film de Jacques Demy, plein de couleurs suaves et d'amour guimauve.

Comme dans *Les Demoiselles de Rochefort*, elle aurait pu chanter :

Je ne sais rien de lui, et pourtant je le vois
Son nom m'est familier, et je connais sa voix
Souvent dans mon sommeil, je croise son visage
Son regard et l'amour ne font plus qu'une image

86.

À Dum Dum, l'aéroport de Calcutta, Nicole s'efforça de demeurer attentive. Malgré la durée du voyage qui, escales comprises, avait dépassé les vingt heures, malgré le décalage horaire et une nausée qui ne la lâchait pas, malgré cet état de stupéfaction qui semblait être désormais son mode de perception officiel, elle tenait à mémoriser le moindre détail – ses premières impressions.

Pour l'instant, c'était vague. Il faisait nuit. La fournaise de l'air écrasait tout et elle respirait avec difficulté. Ils se trouvaient dans une immense salle grise, éclairée par des néons jaunâtres, grouillants de moustiques. Entre les plafonniers, des dizaines de ventilateurs tournaient sans la moindre énergie et semblaient brasser l'air chaud avec sadisme.

Tout était vieux, fissuré, épuisé. Nicole comprit qu'elle pénétrait dans un monde à l'agonie – ou plutôt un monde où l'agonie était un rouage parmi d'autres, constant et familier.

Elle repérait d'autres éléments déconcertants. À commencer par la foule – bien différente de l'habituel personnel au sol des aéroports. Des Indiens erraient – cheveux en touffes ou complètement raides, peau de cacao brillante ou de caramel clair…

D'autres, pieds nus, étaient assis par terre ou dormaient, recroquevillés à même le sol. Certains semblaient travailler, ou du moins attendre du travail, affalés, avachis sur des chariots aux roues de traviole…

Pour l'instant, l'Inde se résumait à une gigantesque friteuse peuplée d'hommes sombres, mornes et inquiétants, chargée d'odeurs accumulées, mélange d'épices, de feu de bois, d'excréments… Si jamais Nicole avait été en forme, cette arrivée aurait suffi à la dézinguer. Coup de chance, elle était déjà tout à fait décalquée…

Bagages. Encore une fois, Mersch s'efforçait de donner le change mais il devait être lui aussi totalement désorienté. Ils trouvèrent le chemin de la sortie – à chaque pas, le nombre de voyageurs, de gardes, de porteurs augmentait, comme les flaques sur une plage se multiplient à mesure que la marée monte.

Au-delà du seuil, il n'y avait déjà plus un millimètre vacant, l'espace était saturé par une foule compressée, dépenaillée, incohérente. Au-dessus, une grisaille de ciel, mélange de fumée, de gaz, de vapeur, pesante comme le couvercle d'une marmite de fonte.

Nicole en avait le souffle coupé, et même tout le corps bloqué, suintant déjà de sueur comme une olive gorgée d'huile…

Des cris, des mains, des bousculades. On voulait les aider, porter leurs bagages, les guider vers les taxis. Ça partait peut-être d'une bonne intention mais les grappes d'édentés et de gamins qui s'accrochaient à leurs vêtements donnaient plutôt l'image d'un cauchemar grouillant.

Braquant devant lui sa valise, Mersch tranchait là-dedans comme un guide forestier armé de sa machette :

– Suis-moi !

Nicole sentait les mains des enfants s'agripper à elle par dizaines, la palpant, la sondant, la freinant… Hagarde, il n'y avait pas d'autres mots. La chaleur était accablante. Malgré sa tunique de mousseline et une minijupe en jean, elle avait l'impression de porter une robe de métal Paco Rabanne pesant vingt kilos.

– Lâchez-moi ! hurlait-elle en anglais, en opérant à son tour des arcs de cercle avec sa valise façon masse d'armes.

Enfin, ils accédèrent au parking en terre battue où étaient stationnés quelques voitures et une quantité de pousse-pousse qu'on appelait ici – Nicole l'avait lu quelque part – des *rickshaws*.

Soudain, un chauffeur enturbanné surgit, une cravache à la main. En quelques secondes, il fit le ménage et se fendit d'une courbette onctueuse. Il attrapa d'autorité leurs valises et les fourra dans le coffre de sa voiture. Nicole eut le temps d'apercevoir la marque – une Ambassador qui ressemblait vaguement à une Dauphine, en beaucoup plus mastard.

Quelques coups de volant suffirent pour les plonger dans un nouveau foisonnement. Un trafic délirant où se mêlaient voitures, poids lourds, rickshaws, porteurs, piétons, mendiants, animaux, le tout sur fond de coups de klaxon furieux. Il était presque minuit…

Après un répit (l'aéroport était situé à une trentaine de kilomètres de Calcutta, à couvrir sur une route sans lumière), ils retrouvèrent le chaos aux portes de la ville. Avec un petit plus : à chaque ralentissement, des trognes venaient se coller à leur vitre – lépreux sans traits ni doigts, paralytiques tordus, gamins faméliques se montant dessus comme des capucins pelés…

Puis ça repartait jusqu'au prochain stop-horreur. Nicole cherchait à percer la nuit et à faire connaissance avec la «Cité de la joie», la bien-nommée. Immeubles victoriens fantomatiques, boutiques aux airs de poubelles renversées, grappes de corps, de bras, de jambes accrochées aux tramways, flics frappant de leur bâton les capots des bagnoles afin de remettre un peu d'ordre dans tout ce bordel, tireurs de rickshaws trottinant comme des bêtes de somme, l'air de porter le malheur du monde sur leur dos – en tout cas de leur monde…

– *Where do you want to go?* répétait le chauffeur, pilotant son taxi dans le tumulte avec l'aisance d'un mammifère marin, puissant et huilé, une main sur le volant, l'autre sur le klaxon.

Penché en avant, Mersch feuilletait son guide rédigé en anglais – elle se demandait où il avait pu le dénicher, sans doute chez Gibert Joseph. Les cheveux luisants de sueur, il semblait chercher une adresse – elle le plaignait parce que son petit doigt (celui avec la bague en argent frappé) lui disait qu'il ne parlait pas un mot d'anglais.

– *Sudder Street, please!* ordonna-t-il pourtant.

Nicole lui lança un coup d'œil perplexe :

– Sudder Street, c'est quoi ?

– La rue des touristes.

– C'est tout ce que t'as trouvé pour démarrer notre enquête ?

Mersch sourit :

– Avec ma tronche de mercenaire et tes airs de filet de sole, la rue des touristes, ça s'ra parfait.

– Mes airs de filet de sole ?

– Tu vois très bien ce que j'veux dire. Ta peau d'Anglaise va leur rappeler l'envahisseur britannique.

Elle croisa les bras et se tourna vers sa fenêtre : mieux valait encore se frotter à quelques lépreux que répliquer à ce pauvre con.

Finalement, elle ferma les yeux. Rentrer à l'intérieur de soi, attendre que ce maelström humain s'achève dans le lobby chaleureux d'un petit hôtel.

Quand elle rouvrit les paupières, tout était rouge. C'était la lumière de l'enseigne du bouge que Mersch avait choisi pour leur lune de miel : le Sudder Palace. Elle finit par éclater de rire. Elle avait demandé la totale ? Aucun problème, elle aurait ce qu'il y avait de pire.

87.

Pour faire simple, ils prirent une chambre à deux lits – non pas par économie (on ne parlait pas d'argent, Mersch payait tout, des billets d'avion au séjour – frais de mission ?) mais parce que simplement ils voulaient rester soudés, unis dans cette plongée effarante.

Malgré son délabrement, Nicole trouva leur nid plutôt chaleureux. Les lits, avec leur couverture orange vif, évoquaient une chambre d'enfant. Le ventilateur n'avait pas l'air de marcher mais il n'était peut-être là que pour rappeler l'époque victorienne. Meubles en contreplaqué, affiches touristiques aux murs : cet effort dérisoire de décoration était touchant. Les bibelots, les lampes, la chaise, tout semblait en toc, comme un décor qui peinait à faire illusion.

Elle passa dans la salle de bains – serviettes éponges laminées, lavabo fissuré, cabine de douche cachée derrière un rideau de plastique troué, chiottes grisâtres. Les cafards devaient être légion et l'eau chaude un luxe inaccessible.

Tout était poisseux, humide, moisi. Calcutta transpirait des aisselles et puait de la gueule : *Très bien, très bien*, se dit-elle, *aucun problème...* comme si cette cohérence de la pourriture la rassurait.

– On va dîner ? proposa Mersch.

Sudder Street alternait les hôtels miteux à l'image du leur et les boutiques de souvenirs qui, même de nuit, restaient ouvertes et éclairées, déversant leur marchandise de pacotille sur la terre battue.

Des étrangers erraient dans ce mélange de gadoue et de flaques de lumière. Pas un seul n'avait l'air lucide : visage brouillé par des cheveux longs, corps rongé par la drogue, ils déambulaient tels des zombies, à la recherche de défonce comme des goules de chair humaine.

Nicole était satisfaite d'être ici, au terminus. Combien de fois avait-elle entendu les hippies parler de l'Inde comme d'un Eldorado, d'un Xanadu ? Combien de fois les chevelus du square du Vert-Galant lui avaient-ils vanté les vertus de l'Orient ? Maintenant, elle y était, auprès de ces gamins mourants, devenus des épaves en quelques milliers de kilomètres.

Ils trouvèrent un petit restaurant dans la note locale : des tables bancales, un sol aux carreaux fêlés, des murs de ciment peint et, bien sûr, des tempêtes de curry pour vous mettre en appétit...

La lumière était assurée par des ampoules nues qui pendaient du plafond telles des têtes d'ail, des ventilateurs tournaient de travers, comme des roues voilées, quant aux convives, bon sang, valait mieux pas les regarder. Des hommes au visage noir, sans vie ni expression, qui mangeaient d'une main, en trempant deux doigts dans les plats.

Ils commandèrent au petit bonheur la chance – le menu

était écrit en hindi, ou en bengali, des lettres magnifiques, tout en arabesques effilées, qui rappelaient les enluminures des livres d'heures du Moyen Âge.

Nicole connaissait les règles élémentaires de survie sous ces latitudes. Ne jamais boire l'eau non purifiée, à commencer par celle du robinet. La nourriture aussi était à prendre avec des pincettes – très épicée, elle vous garantissait quasiment à cent pour cent une diarrhée de tous les diables.

Mais Nicole mourait de faim et de soif et, en dépit de ces avertissements, se jeta comme Mersch sur la série de petits plats très joyeux, remplis de choses colorées et parfumées, qu'on leur apporta. Elle savoura les morceaux de poulet passés au gril, rouges comme des coquelicots. Elle se délecta de galettes fourrées au fromage, qu'il fallait visiblement tremper dans une sorte de yaourt relevé de lamelles d'oignon et de concombre. Une union divine qui coulait dans sa gorge comme un nectar.

Pour caler le tout, on leur avait ajouté un riz basmati jaune citron, garni, à vue d'œil et de nez, de pistils de safran, de lamelles de gingembre, de bâtons de cannelle, de capsules de cardamome verte…

Une fois ce festin achevé, Nicole se dit qu'elle allait mourir en beauté. Elle avait ingéré de quoi être malade pour la semaine – épices, microbes, parasites, tout ça devait danser au fond de ses tripes en une belle sarabande.

– Bon, attaqua soudain Mersch en repoussant les assiettes et en plantant ses coudes sur la table, faut maintenant dresser un plan de bataille.

– Bien sûr, répondit-elle en pensant toujours à son estomac – allait-il tenir le choc ?

Mersch se pencha vers elle avec une expression de conspirateur :

– Tout ce qu'on a pour l'instant, c'est l'nom et l'adresse de cette secte, là, celle de Krishna machin… Pas question d'aller sonner là-bas sans biscuits.

– Donc ?

– On va d'abord gratter sur cette fondation et aussi sur le père d'Hervé.

– Ta mère nous a dit qu'il vivait à Varanasi.

– C'est pas l'nom qu'elle a donné.

– Elle a dit « Bénarès ». Varanasi, c'est le nom indien de la ville.

– Commence pas avec tes grands airs.

Nicole se recula sur sa chaise et demanda, croisant les bras :

– Pour enquêter ici, comment tu comptes t'y prendre ?

– On va d'abord aller voir les journaux. Si cette communauté est connue à Calcutta, il doit bien y avoir des articles à son sujet.

– Des articles en anglais.

Mersch lui balança un clin d'œil :

– Faut bien qu'tu serves à quelque chose.

Elle voulut lui cracher son sourire le plus féroce mais à cet instant, une sorte de coup de poignard brûlant lui traversa le ventre.

– Qu'est-ce que t'as ? réagit Mersch à sa grimace de douleur.

– Je ne sais pas… Je me sens mal.

Il sortit de sa poche une boîte de comprimés.

– Tu vas te taper une bonne chiasse, annonça-t-il avec l'élégance qui le caractérisait. Je suis ni hindouiste ni bouddhiste, mais j'ai fait l'Algérie et crois-moi, leur bouffe vaut bien celle d'ici, dans le genre lance-flammes.

Nicole voulut esquisser un sourire mais son expression se tordit comme un clou dans un four. Une nouvelle salve venait de lui enflammer les entrailles. Du mercure crépitant au fond d'un creuset d'alchimiste…

D'autorité, Mersch lui empoigna le bras.

– On rentre à l'hôtel. J'ai l'impression que c'est une urgence.

88.

Déjà deux jours qu'il croupissait dans sa chambre, seul avec ses crampes, les pannes de courant (habituelles à Calcutta) et ses méditations amoureuses. Il n'avait qu'un repère : les visites régulières d'Abha. Or, il avait beau être prisonnier dans un lieu inconnu, détenu par des gens dont il ignorait les intentions, il était complètement absorbé par son nouvel amour.

Abha ne le visitait que trois fois par jour, pour les repas, mais elle était toujours là, flottant dans l'espace, irradiant son cerveau. Sa silhouette en sari, drapée, diaprée, chamarrée. Son visage ambré, ses grands yeux noirs, ses cheveux lisses, plus noirs encore, et même bleus, plaqués comme deux coups de pinceau sur ses tempes. Tout son être respirait un charme particulier, empreint de sagesse, de douceur, d'innocence, mais c'était pourtant la violence qui primait.

Du temps de la fac (autant dire à des années-lumière), Hervé plaçait toutes ses forces dans ses coups de foudre et c'était lui qui, pour ainsi dire, tenait la barre. Avec Abha, c'était le contraire. Sa beauté, son parfum, son sourire étaient de telles agressions qu'il n'avait plus le choix. Il se sentait emporté, comme arraché à lui-même.

Hervé s'allongea sur son lit et croisa les mains derrière sa nuque. Abha lui avait apporté des cigarettes – des indiennes, au goût très fort, de la marque Gold Flake. Il en alluma une et rejeta lentement la fumée vers le plafond, attentif aux bruits du dehors.

C'était une nuit riche, sonore, tropicale. Dans les jardins de la villa, ça caquetait, hululait, sifflait... Une vraie pagaille invisible, planquée derrière les arbres et les buissons.

Abha...

Il en était fou, mais ce soir, il s'apprêtait à la trahir.

Son plan était simple : dans quelques minutes, elle reviendrait pour emporter son plateau. Il la bousculerait (l'idée ne lui plaisait pas) et s'enfuirait par la porte restée ouverte. En deux jours, il n'avait pas entendu un bruit dans la villa. À l'évidence, ils n'étaient que deux à séjourner ici. Donc, seuil, jardin, grille. La rumeur de la journée l'avait renseigné : la villa était située en plein Calcutta. Il n'aurait plus qu'à courir et trouver l'ambassade de France, ou le consulat. Une fois protégé par les autorités de son pays, il serait toujours temps de renouer avec Abha. Dans son délire, il ne désespérait pas de la conquérir...

Hervé regroupa ses affaires – en tout et pour tout, sa veste, son passeport, et un sac dans lequel ses ravisseurs avaient glissé quelques vêtements. Il bouclait son paquetage quand la porte s'ouvrit.

– Qu'est-ce que tu fais ?

Depuis le matin, elle était passée au tutoiement. Sans répondre, il attrapa son sac, la poussa de côté et bondit hors de la pièce. Il se retrouva dans un couloir qui l'emporta en quelques pas vers un double escalier ouvert sur un vaste salon. En un éclair, il photographia le décor. Une rampe d'escalier ouvragée, des fenêtres à guillotine, agrémentées de vitraux, des lustres aux abat-jour de verre en forme de tulipes. Une villa victorienne qui, à des milliers de kilomètres de l'Angleterre, évoquait un après-midi pluvieux dans le Sussex.

Il dévala les marches, traversa la pièce, faillit se ramasser sur un tapis, dérapa sur le parquet, puis accéda au vestibule. Un miracle. À quoi s'ajoutait cette confirmation : pas un turban à l'horizon. Il se jeta sur la poignée de la porte – déverrouillée. L'instant suivant, il affrontait la nuit bengalie : océan de chaleur et de violente torpeur.

Hervé s'enfonça en courant dans le jardin dont les formes et les reliefs dessinaient dans l'obscurité des silhouettes inquiétantes, extravagances végétales sans queue ni tête. On aurait dit qu'une main géante avait froissé la nuit pour livrer cette matière chiffonnée, chaotique.

Il repéra dans ce désordre une allée de sable clair et la suivit jusqu'à un portail. Déverrouillé lui aussi : ce n'était plus une nuit en prison, c'était une journée portes ouvertes…

Enfin, il fut dans la rue. Un millième de seconde pour réaliser la situation : il était seul, il était libre – mais sa liberté ne signifiait rien dans un monde parfaitement inconnu. Il était toujours prisonnier de son ignorance, barreaux très durs pour un cerveau vidé de toute substance.

89.

La villa de Samadhi et son jardin occupaient le centre d'une place carrée, comme une église dans un village français. Tout autour, ce n'étaient que bâtiments en ruine, maisons de torchis, blocs de ciment peint, formant, toutes façades confondues, une enceinte grouillante et dégradée.

Il s'engouffra dans une venelle et se mit à courir. Un bien grand mot. Il se tordait les chevilles sur la terre rougeâtre, s'enfonçait dans les flaques, évitait les déchets, les caillasses, les vaches, avançant avec la trouille au ventre et le cœur au bord des lèvres. Chaque pas l'éloignait de lui-même, de son monde, de ce qu'il connaissait.

Il était maintenant dans un lacis de ruelles pourrissantes, peuplées d'estropiés, de lépreux, de monstres. Il n'avait jamais vu une ville en si mauvais état – quelque chose entre une décharge à ciel ouvert et un quartier bombardé. Il progressait toujours, enregistrant chaque détail, chaque visage. Sa frousse, sa panique même le dotaient, allez savoir pourquoi, d'une acuité particulière. À moins que cette lucidité désespérée ne soit le signe de l'imminence de sa mort ou de quelque chose d'horrible.

Bizarrement, les rues n'étaient pas sombres – plutôt éclaboussées par les ampoules des boutiques encore ouvertes, qui crachaient leurs glaviots jaunâtres sur le sol. Des étals débordaient sur la chaussée, des mendiants étaient recroquevillés au pied des façades, des pousse-pousse, des mobylettes, des chèvres s'enchevêtraient, mais aucune voiture ne passait ici – pas la place.

Hervé s'enfonça encore, obliquant au hasard, à droite, à gauche, jetant parfois un regard par-dessus son épaule – il n'était pas suivi, du moins il n'en avait pas l'impression. Il était ivre. Ivre des odeurs que la terre et les murs exhalaient, auxquelles s'ajoutaient les relents d'essence brûlée, les effluves d'épices, les puanteurs de bouse…

Tout en marchant à pas rapides (il avait arrêté de courir, pour ne pas attirer l'attention), il repérait des scènes furtives. Des enfants qui malaxaient des bouses de vache, des mains sombres qui brassaient des fleurs bigarrées, aux couleurs si pures qu'elles semblaient artificielles, des silhouettes aux visages volés par l'obscurité, que portaient des corps soigneusement emmaillotés dans un drap blanc. Ces fantômes se dirigeaient sans doute vers le fleuve. C'est là qu'on brûlait les morts, il le savait.

Il eut l'idée de les suivre : le fleuve… Au fil de son cours, il tomberait peut-être sur un quartier d'étrangers, ou un hôtel de luxe dans lequel il pourrait se réfugier. Il n'avait pas d'argent, mais bon, on ne rejette pas un Blanc égaré au pays des ombres…

Le convoi tourna, il enquilla. Soudain, sans trop comprendre, il se retrouva dans une allée plus large, entièrement habitée par des sculptures. Des déesses fardées, tirant la langue et tenant des crânes humains, des joueurs de flûte nus, au regard placide, enguirlandés de fleurs, des créatures hybrides, corps d'homme, trompe d'éléphant…

Soudain, plus de procession. Le noir. Le silence. Il ne savait plus où il était – il ne l'avait jamais su. Mais maintenant, l'obscurité l'engluait comme un goudron bien chaud, ruisselant sur son visage, ses épaules, ses bras… À bout de souffle, il s'arrêta.

Après quelques secondes, il perçut un clapotis rassurant : l'eau. Il était parvenu près du fleuve – il ignorait son nom – et ça lui semblait une bonne nouvelle. Il s'approcha encore, crut discerner des quais, des marches, et décida de suivre ce fil de pierre et de vase.

Il marcha, à l'aveugle, apercevant de temps à autre de nouvelles bizarreries : des phallus par exemple, oui, oui, sculptés dans du schiste ou du marbre noir, ou des lutteurs nus, enlacés, couverts de sueur et de boue, qui semblaient jouir de leur étreinte, ou encore des vaches placides, décharnées, pâles comme des draps qui sèchent, flottant dans l'obscurité.

Bientôt, nouvelle sensation : l'odeur. Impossible de la confondre : la viande cuite, celle d'un porc ou… d'un homme. Ses yeux s'habituaient aux ténèbres. À gauche, les flots brisés et noirs du fleuve, à droite, les kiosques fermés qui devaient vendre dans la journée tout un attirail liturgique ; et devant, les lueurs des bûchers.

Il s'orienta vers les feux. Pourquoi ? Pas de pourquoi. Il fallait qu'il bouge, qu'il voie, c'est tout. Qu'il trouve son équilibre dans cette ville sans repères ni visage. Bientôt, il se rendit compte que la berge elle-même était habitée. Les paillotes avaient cédé la place à des toiles de tente, ou simplement des corps alignés côte à côte…

Marche encore… Les flammes, ou plutôt les flammèches, étaient proches. Les bûchers effondrés, épuisés, achevés, lits de braise soyeux, lui permettaient de se repérer. Bientôt, il se retrouva au bord de l'eau – le quai prenait fin.

Il s'apprêtait à rebrousser chemin – il était calme maintenant, presque apaisé – quand il les vit. Sur le coup, bien sûr, il ne comprit pas. Des formes accroupies, couvertes de cendres. Des êtres gris, nus, faméliques. Des tignasses longues, lourdes leur masquaient à moitié la figure, des colliers de bois, des bracelets d'argent leur enserraient les os. Les visages ? Des gueules farinées, aux orbites profondes, aux yeux morts, aux gencives noires…

Hervé songea à des bêtes – mais des bêtes qui auraient contracté la rage. Toute leur carcasse était secouée de convulsions. Maintenant il voyait mieux leurs yeux – pas si morts que ça... Ces pupilles luisaient dans la nuit comme des rubis aux reflets saturés de fièvre et de folie.

Mais le pire était ailleurs – inconsciemment, Hervé avait contourné ce fait, il l'avait évité, comme on détourne les yeux devant un accident de la route. Ces hommes étaient en train de dévorer des morceaux de cadavres, à coups de mâchoires et de grognements rauques.

Il n'eut pas le temps de hurler.

Des mains le tirèrent en arrière. Tête dans les épaules, comme un étudiant ramassé par les flics, Hervé se contorsionna et reconnut ses deux ravisseurs hindous. Sans réfléchir, il s'agrippa à leur cou, manquant de leur hurler : « Sauvez-moi ! » Finalement, à Calcutta, mieux valait la prison que la liberté.

90.

Nicole avait passé sa nuit aux chiottes.

Pas très élégant de présenter les choses comme ça mais c'était la stricte vérité, et Calcutta n'incitait pas particulièrement à la délicatesse. Sur le coup d'une heure du matin, épuisée, verdâtre, tremblante, elle s'était couchée et on n'avait plus entendu parler d'elle. De temps à autre, Mersch la regardait, frêle, légère, le visage enfoui sous sa tignasse acajou.

Lui ne valait guère mieux – pour d'autres raisons. Sans amphétamines, il avait vu rapidement apparaître les symptômes du manque. Épuisé, mais impossible de dormir. Trempé de sueur, mais glacé à l'intérieur. Il se sentait luisant et poisseux comme ces pâtisseries au miel qu'il dévorait à Oran.

À trois heures du matin, Nicole s'était relevée. Cherchant toujours le sommeil, il voyait le rai lumineux sous le seuil de la salle de bains. Parfois, c'était lui qui allumait sa lampe de chevet. Chassés-croisés de lumière, brutalement interrompus par les pannes de courant. Nicole se vidait dans le noir, lui suait la mort dans les ténèbres.

À quatre heures, il était sorti pour acheter des bouteilles d'eau sous plastique, du sel et du sucre et lui bricoler une solution réhydratante. Il lui avait redonné de l'Imodium et l'avait veillée jusqu'au lever du soleil.

En même temps, il parcourait son guide auquel, Nicole avait raison, il ne comprenait pas grand-chose. Si, la carte : Calcutta, construite sur des terrains marécageux, se déployait sur la rive gauche d'un grand fleuve – non pas le Gange, mais le Hooghly. Il était frappant de voir les avenues, les parcs, les monuments, les bazars concentrés d'un seul côté alors que sur l'autre rive, il semblait ne rien y avoir hormis une ville vaseuse du nom de Howrah.

Kumartuli, Chowringhee, Maidan, Kalighat… Pour l'instant, ces noms ne lui disaient rien, mais il ne doutait pas qu'ils deviendraient bientôt des sensations, des repères, des souvenirs…

Vers six heures, il était redescendu à l'accueil et avait déniché un annuaire. Suivant chaque ligne avec le doigt, il avait noté tout ce qui pouvait être lié à la France : consulat, écoles, boutiques, instituts… Pas légion, pour dire la vérité. Il remarqua pourtant un encart publicitaire pour une école de cinéma nommée Alo dont le texte était écrit à la fois en français et en anglais. Le nom du directeur, Gaston van Exem, ne sonnait pas franchouillard mais Mersch devina la vérité : le type devait être belge.

Une école belge de cinéma à Calcutta ?

Sans savoir pourquoi, Mersch plaça cette adresse en haut de sa liste.

Allez, c'était l'heure des croissants.

Ou plutôt, pour rester dans le ton, des galettes.

Le matin, Calcutta était d'une fraîcheur surprenante. Rien à voir avec l'enfer noueux et fourmillant qu'ils avaient traversé la nuit précédente. Le soleil diffusait une lumière pleine et merveilleuse qui passait les rues à la feuille d'or. Ce décor scintillant n'était qu'un mirage passager, un faux espoir, mais tout de même, Mersch marchait le cœur léger. Il était fier de ces premières heures passées sans amphets – Calcutta, capitale frénétique et sans doute droguée jusqu'à l'os, lui offrait une occasion inattendue, et paradoxale, de décrocher.

Pas encore trop de monde sur les trottoirs. Quelques enturbannés ouvraient leur boutique, d'autres, torse nu, faisaient leur toilette sur le seuil de leurs maisons : raclage de la langue avec un fil à couper le beurre, brossage des dents avec un morceau de bois fibreux. Mais la plupart des passants, à cette heure, se dirigeaient, serviette sur l'épaule, en direction du fleuve – les bains publics.

Les hommes ne payaient pas de mine. Visages mornes, impassibles, sous des tignasses gominées, plus noires que des tricornes de pirate. La plupart portaient le *dhoti*, sorte de pagne autour des hanches, ou bien arboraient des vêtements occidentaux – chemises à manches courtes, pantalons de tergal, l'uniforme du fonctionnaire moyen aux beaux jours.

Les femmes, c'était une autre histoire. Leur peau brune était comme une toile de fond offerte aux couleurs les plus dingues – voiles, saris, corsages, jupons rivalisaient de tons inouïs : des jaunes directement prélevés sur le soleil, des verts de rizière qui vous rafraîchissaient le cœur, des bleus de lagon qui vous baignaient l'âme… La plupart des visages étaient rehaussés d'une marque colorée sur le front, de perles de métal piquées dans les narines, de boucles d'oreilles dansant la valse avec les nuques cuivrées…

Mersch se décida pour un détour par le fleuve. En route, sans raison, son esprit dériva vers un autre thème – l'argent. Il n'en avait pas parlé à Nicole mais il avait, pour l'occasion, cassé sa tirelire. Ce n'était pas une façon de parler. Depuis l'Algérie, il avait gardé l'habitude de conserver son fric chez lui, en liquide. Avec ces économies, il avait acheté les deux billets d'avion et roulé le reste dans ses chaussettes. Vu le coût de la vie à Calcutta, il pouvait tenir longtemps – et Nicole était son invitée. Pourquoi faire cette fleur à cette gamine cent fois plus riche que lui ? Aucune raison. Seulement la volonté d'assurer, de contrôler la situation. Une chose était sûre : il ne pourrait pas se faire rembourser le voyage par le Quai des Orfèvres.

Enfin, le fleuve.

Il en avait entendu parler. Il avait vu des photos. Mais voilà, il contemplait maintenant, in situ, l'heure magique des hindous – celle des ablutions. À l'œil, rien de spécial. Des hommes et des femmes qui faisaient trempette, tout habillés, dans des eaux grasses et fétides qui évoquaient plus un bouillon de culture qu'un gigantesque bénitier.

Mais la pureté à l'indienne se moquait des maladies et de la pollution. Elle se situait au-dessus de ces vicissitudes. Tout se passait à l'étage supérieur. Plongés dans ce bain saumâtre, les hindous se purifiaient, récitant leurs mantras. Mersch, ce matin, se sentait proche d'eux. Lui qui était en train de décrocher et de gagner il ne savait quel honneur à travers cette enquête atroce…

Le point frappant était la quiétude. Des hommes dressaient leurs mains jointes en coupelle vers le soleil, des femmes se lavaient les cheveux, des gamins bataillaient à coups d'éclaboussures. Le fleuve était la vie, la vie était le fleuve – et il n'y avait rien de plus à dire.

Mersch prit le chemin du retour, s'égarant à plusieurs reprises. La chaleur montait, la foule gonflait, le trafic s'intensifiait. Il était temps de se réfugier à l'hôtel afin de reprendre son souffle.

Il n'eut aucun mal à dégoter des marchands ambulants qui vendaient des *puri* – des petits pains azymes gonflés et dorés. L'un d'entre eux lui proposa pour les accompagner tout un tas de sauces et de viandes épicées qui provoqueraient un retour direct aux toilettes pour Nicole. La môme devrait se contenter d'un de ces pains secs, avec un chaï.

Il revint vers l'hôtel les bras chargés (ses denrées étaient emballées dans du papier journal), éprouvant déjà des difficultés à progresser parmi la foule serrée.

– Bien dormi ?

– Mmmmmm…

Nicole s'étira sur son lit. Mersch ne put retenir un sourire. Malgré les cernes, le teint gris, les vêtements en vrac, elle resplendissait.

Il attrapa un guéridon bancal et l'installa entre les deux lits. *Petit déjeuner d'amoureux*, pensa-t-il, *sous le tropique du Cancer.*

91.

L'école nommée Alo («lumière» en langue bengalie, s'il avait bien compris) se trouvait dans le quartier de Kankaria Estates, Park Street, plus ou moins au centre de la ville, face au gigantesque parc du Maidan.

Mersch jugeait inutile d'user son énergie à chercher à se repérer dans ce qu'il considérait être un fourmillement d'hommes, de crasse, de ruines, de misère, d'ombre et de lumière, où dominait la sensation d'étouffement…

Dans le taxi, Nicole demanda :

– Tu peux m'expliquer pourquoi on va voir un Belge ?

– Parce qu'il parle sans doute français.

– Et alors ? Il dirige une école de cinéma, c'est ça ?

– C'est ça.

– Tu es sérieux ?

– Fie-toi à mon instinct, ordonna-t-il. J'ai parlé avec le patron de l'hôtel ce matin. La fondation de Samadhi est très connue ici. Je ne sais pas pourquoi, le gourou a fait des études en France et cette langue a l'air d'être souvent utilisée dans la secte.

– Et tu penses que ton Belge, là, connaît Samadhi ?

– J'en suis sûr.

Après avoir longé Park Street, une sorte de rue de Rivoli bondée et brûlante, le taxi s'arrêta – Mersch s'était procuré des roupies (même le change de cette monnaie, il n'était pas sûr de l'avoir pigé...) et régla le gars en laissant un large pourboire, lui semblait-il.

L'école se réfugiait dans un édifice du siècle dernier, dont les murs aveugles évoquaient une prison ou une forteresse.

Portail. Couloir. Patio.

Dans cette cour à la clarté aveuglante (les murs y scintillaient comme des miroirs), Mersch et Nicole se présentèrent et demandèrent, en français, à rencontrer Gaston van Exem. Aussitôt, un Indien disparut dans les étages.

Mersch lança un coup d'œil triomphant à Nicole – ici, on parlait français. Ici, il allait pouvoir faire son boulot de flic. Il se sentait léger, pas de carte ni de calibre, pas de titre ni de légitimité. Un simple touriste qui farfouillait dans les ténèbres comme un chineur aux puces de Saint-Ouen.

Enfin, on les invita à pénétrer dans une petite pièce dallée de céramique, dont un des murs en claustra plaquait sur le sol des motifs de lumière éblouissants. La salle était vide, ce qui, ils l'avaient déjà compris, constituait une sorte de miracle à Calcutta.

– Vous souhaitiez me voir ?

Ils se retournèrent et découvrirent un prêtre, les mains jointes, se dressant dans l'ombre comme un inquisiteur.

En une fulgurance, Mersch devina : un jésuite !

Bon sang, des années qu'il rêvait de s'en faire un !

92.

– Je connais bien Salamat Krishna Samadhi, oui. À Calcutta, on l'appelle simplement « KS ».

Cheveux gris, visage gris, robe grise : Gaston van Exem, c'était du ton sur ton. Il semblait d'un seul tenant, fait d'une seule matière. Impossible de lui donner un âge. Un homme de cendres, dévasté par une immense fatigue, rongé par des siècles de tropiques. Son visage était au diapason : teint terne, traits sans relief, hormis un nez aquilin, qui dessinait, avec les narines, une sorte de petit harpon, sourcils et lèvres brûlés. Même ses lunettes affichaient une couleur morne, comme en repli.

Ah si, deux saillies : l'éclat irisé des yeux derrière les lunettes et celui (le même, en fait) des boutons nacrés qui fermaient sa soutane.

Confirmation sur toute la ligne : van Exem était bien un jésuite belge et Salamat Krishna Samadhi, proche de la communauté francophone, le fréquentait. Mersch éprouvait une vanité enfantine : même ici, au bout du monde, son flair marchait.

– On s'intéresse à sa secte, expliqua-t-il sobrement.

Ils s'étaient présentés comme des journalistes enquêtant sur les groupes spirituels de Calcutta. Berto disait toujours : « Plus c'est gros, mieux ça passe. »

– Goppi refuse ce terme.

– Qui est Goppi ?

– C'est le nom d'origine de Salamat Krishna Samadhi.

– Comment s'appelle sa... communauté ?

– Elle ne s'appelle pas. Goppi réfute même son existence. Toute sa pensée est un combat contre les gourous, les communautés spirituelles. Pour lui, on peut (et on doit) trouver son chemin à l'intérieur de soi-même, sans l'aide d'aucun mentor. À bien des égards, Salamat Krishna Samadhi est un libérateur.

Il y eut un silence. Mersch et Nicole burent une goulée du chaï qu'on leur avait servi. Attendre, il n'y avait que ça à faire. Van Exem, JL le savait, allait se mettre à table.

– On ne peut comprendre la pensée de Krishna Samadhi, reprit l'homme de cendres, sans s'intéresser à la Ronde.

– La Ronde, c'est quoi ?

– Une secte.

Malgré lui, Mersch émit un sifflement.

– Une communauté spirituelle très connue, ici, au Bengale. Elle a été créée dans les années 20 par une riche Française, Jeanne de Texier, et un colonel à la retraite, français lui aussi, Charles Aubenas. Cette société est fondée sur la gnose, c'est-à-dire sur la croyance qu'il existe une vérité universelle supérieure aux religions, et dont ces dernières ne sont que les émanations. Ainsi, la Ronde a construit un système théologique incluant le bouddhisme, l'hindouisme, le catholicisme, et même la franc-maçonnerie. Les esprits critiques la voient comme un fourre-tout confus, qui mélange tout et n'explique rien. Il n'en reste pas moins que cette pensée a marqué plusieurs générations d'Indiens et d'Européens.

– Quel rapport avec Salamat Krishna Samadhi ?

Van Exem reprit son souffle. Face à lui, on pensait à cette citation célèbre de la Genèse : « Car tu es poussière et tu retourneras à la poussière… »

– Dans les années 30, la Ronde s'est installée à Susunia Hills, à deux cents kilomètres de Calcutta. Le père de Goppi, un brahmane, était un des comptables de ce gigantesque ashram. Un jour, Aubenas croise Goppi, qui, âgé d'une douzaine d'années, nettoie les pelouses de la propriété. Il tombe en pâmoison devant cet enfant magnifique. Il a même une révélation : Goppi sera le guide spirituel de la Ronde. Dans un premier temps, Aubenas s'enferme avec l'enfant pour lui permettre de revivre ses vies passées. La vérité est moins reluisante : tout porte à croire qu'il l'aurait violé…

Le flic se réveilla en Mersch :

– Il y a eu une enquête ?

Van Exem eut un sourire – une strie dans un fossile :

– Vous êtes en Inde, mon ami. Les choses sont, disons, moins claires, moins précises qu'en Occident. (Il reprit son souffle.) Pourtant Aubenas, c'est vrai, a été condamné plus tard pour pédophilie. Mais cela concernait des abus sexuels sur des enfants de la Ronde, rien à voir avec Goppi.

– Que s'est-il passé ensuite ?

– Jeanne de Texier a mis le holà. Elle a adopté officiellement Goppi et l'a ramené en France. Jeanne était l'héritière d'une famille qui avait fait fortune en Indochine, dans la culture du caoutchouc. Elle a toujours mené une double vie, à la fois en Inde et en France. Voilà pourquoi Goppi et sa jeune sœur, Abha, parlent parfaitement français. Ils ont fait des études à Paris.

Nicole intervint :

– Finalement, Krishna Samadhi n'est pas devenu le guide de la Ronde ?

– Pas du tout. Vers l'âge de seize ans, il s'est révolté. Il a officiellement coupé les ponts avec la Ronde et il est devenu l'ennemi acharné des sectes, des communautés, des sociétés religieuses… En Inde, il représente à lui seul une révolution. Mais chassez le naturel, il revient au galop… Les Indiens en ont fait, malgré lui, un nouveau gourou. Aujourd'hui, ici, à Calcutta, sa communauté compte des dizaines de milliers d'adeptes.

– Et la Ronde ?

– Jeanne de Texier, que tout le monde appelait « la Mère », avait fait construire une véritable ville, à Susunia Hills, au nord-ouest de Calcutta.

– Une ville ?

– Oui. On l'appelle « le Royaume », mais c'est une autre histoire. C'est bien Salamat Krishna Samadhi qui vous intéresse, non ?

Mersch reprit la barre :

– Absolument. Pensez-vous qu'il acceptera d'être interviewé ?

– Aucun problème. Il ne perd jamais une occasion d'exprimer son message.

Jean-Louis, avec un temps de retard, se rendit compte qu'il n'avait plus aucune énergie pour secouer ce vieux type comme il s'était promis de le faire. Van Exem n'était pas un prêtre ni même un homme. Plutôt une créature docile et friable. À quoi bon jouer les gros bras avec un sablier ?

Nicole reprit la parole :

– Vous-même, en tant que jésuite, que pensez-vous de toutes ces… sectes ?

Van Exem eut un nouveau sourire. Il était confortablement assis dans son fauteuil, à contre-jour des figures de lumière, les deux mains croisées sur le ventre, évoquant à son insu des siècles de portraits de dignitaires ecclésiastiques… La grande famille de la pourpre et du crucifix…

– L'Inde n'est pas un pays religieux. L'Inde *est* la religion. Ce n'est pas une option, une croyance ou un choix. La spiritualité est la nature profonde du pays. Indissociable de son peuple, de sa terre, comme une couleur l'est de son nom, vous comprenez ?

Mersch ne saisissait pas pourquoi Nicole avait branché le Belge sur ce sujet abstrait. Ils étaient là pour obtenir des renseignements utiles, pas pour se farcir un cours de théologie.

– C'est pour ça qu'il existe tant de sectes en Inde ?

– Ce sont les multiples visages d'une même foi, oui, d'une même maladie.

– Maladie ?

L'homme gris reprit sa respiration et s'octroya un bref moment de répit pour savourer son chaï.

– Une secte, c'est toujours le développement de la pathologie d'un gourou. Une infection mentale qui se multiplie, se propage. Sans le savoir, les disciples sont des sortes de cellules cancéreuses, vous voyez ?

Mersch lança un coup d'œil oblique à Nicole : où voulait-elle en venir ?

Il sortit de sa poche un petit papier qu'il tendit à van Exem :

– Voici l'adresse que nous possédons pour Salamat Krishna Samadhi, vous la confirmez ?

Les petits yeux perlés semblaient rouler derrière les lunettes.

– C'est son domicile personnel. La villa est située près de Kalighat. Les berges d'un des bras du Hooghly. Allez-y de ma part. Il n'y aura aucun problème.

Le père van Exem se leva : entrevue terminée. Mersch avait pourtant encore beaucoup de questions, mais le religieux lui demanda, sur un ton tout à coup badin :

– Et sinon, Calcutta vous plaît ?

Il avait posé la question comme s'il parlait de Saint-Tropez ou de Palavas-les-Flots.

– C'est immonde, lâcha Mersch sans réfléchir.

Le Belge éclata de rire:
– Dites à un Bengali que Calcutta est une ville misérable, il sera vexé. Dites-lui qu'elle est la ville la plus misérable du monde, il sera rempli de fierté.
Van Exem les raccompagna par un chemin différent : ils se retrouvèrent dans des jardins luxuriants. Une cour fleurie, dont les couleurs et les parfums semblaient onduler sous la caresse de la lumière.
Tout ça aurait pu être magnifique, enthousiasmant, stimulant même, mais on était à Calcutta et l'odeur de moisi, d'humidité, de décomposition était plus forte. Ici, chaque détail suintait la mort et s'en nourrissait, comme dans une forêt vierge.
– Laissez-moi vous raconter une anecdote, dit le jésuite en s'arrêtant devant un parterre de fleurs d'une couleur si violente qu'elle vous obligeait à détourner le regard.
Van Exem au contraire se pencha et effeuilla quelques tiges.
– À quelques rues d'ici, il y a une petite fille nue, assise sur une décharge, qui est en train de mourir. Elle est seule, hébétée, agonisante. Chaque jour, une bonne âme lui achète une couverture pour la vêtir un peu. Chaque jour, un autre homme vient aussitôt voler la couverture et la revend, au rabais, au même marchand qui la remet aussitôt sur son étal.
Mersch était choqué par le cynisme du bonhomme :
– C'est censé prouver quoi?
– Que Calcutta a mis en place un système de survie très spécifique. Une sorte d'économie de la misère. Ne croyez pas que tous ces mendiants, ces miséreux, ces estropiés soient malheureux. Les Bengalis aiment la vie et font face à des situations impossibles, toujours avec le sourire. Calcutta n'est pas une ville au sens d'une communauté solidaire, c'est une infinité d'individualités qui survivent au jour le jour.
– Et ça ne vous choque pas?
– Si je craignais d'être choqué, jeune homme, j'aurais choisi une autre ville. Ici, plaindre ces malheureux s'apparente à du prosélytisme. Leur misère est leur religion, il faut la respecter.

Ils étaient revenus dans la première cour.

– Mon père, s'arrêta Mersch, une dernière chose : nous sommes bien dans une école de cinéma, non ?

– Absolument.

– Vous conservez sans doute des archives cinématographiques ?

– Bien sûr, presque un siècle d'images !

– Je pourrais visionner certains films ?

– Lesquels ?

– Je veux voir la Mère.

93.

Van Exem appela un étudiant qui les précéda à travers le dédale des bâtiments. On aurait pu être ici dans n'importe quelle école d'art. Le matériel paraissait assez moderne mais il y avait toujours ce harcèlement épuisant de la chaleur et de l'humidité. Devant ces caméras, ces consoles de montage, ces câbles, Mersch songea encore une fois aux arbres, aux souches, aux lianes d'une forêt tropicale, constamment rongés par cet excès de vie qui est l'autre nom d'une mort en marche…

– Que voulez-vous voir au juste ?

Van Exem avait choisi un étudiant francophone – un amateur de la Nouvelle Vague.

– Des images du groupe spirituel appelé « la Ronde ».

À ces mots, le visage du jeune Bengali s'éclaira. Mersch comprit aussitôt.

– Vous suivez son enseignement ?

L'homme eut un sourire magnanime face à l'ignorance de son interlocuteur.

– J'ai eu la chance de rencontrer Mère quand j'étais enfant.

– Et alors ?

Ses paupières se fermèrent. L'homme revivait un moment ineffable.

– Après cette rencontre, j'ai compris que la mort pouvait me frapper. Aucune importance. Ma vie était accomplie.

Mersch ne fit aucun commentaire. Pas la peine d'essayer d'attraper un cerf-volant en plein vol.

– Vous avez des images d'elle ?

– Bien sûr.

Ils marchèrent jusqu'à la salle des archives, qui consistait en une sorte de hangar rempli de boîtes métalliques, plates et rondes – les films. Avec un peu d'imagination, on aurait pu considérer ces galettes argentées comme les rouages d'un monde en noir et blanc, une sorte d'envers de la réalité.

– Suivez-moi, fit le Bengali, quand il eut trouvé la bobine qu'il cherchait. C'est une de nos équipes qui a réalisé ce reportage à Susunia Hills, un an avant la mort de Mère. Ce sont sans doute ses dernières images...

Il les installa dans une petite salle de projection. Les fauteuils étaient revêtus de toile rouge, comme dans celles du Quartier latin où Mersch allait encore, entre deux procès-verbaux.

Pas le moindre souffle d'air. Ils se calèrent dans leurs fauteuils comme deux pommes au four. La salle s'éteignit. La cabine de projection s'alluma. Mersch retrouvait cette excitation qu'il éprouvait toujours avant le début d'un film.

Soudain, les images. Aussitôt, Mersch ressentit un malaise. Le noir et blanc, le grain de la pellicule, les saccades de la caméra... Une place creusée de bassins et de fontaines. Un parvis ponctué de dieux, de dragons, de singes ou d'éléphants, mais aussi de statues grecques ou quelque chose comme ça... Derrière, s'élevait un palais qui rappelait les temples d'Angkor, enfouis dans la jungle.

Avec un temps de retard, Mersch réalisa que Nicole lui avait pris la main. Ils étaient embarqués dans un voyage onirique. La caméra longea la façade du palais et s'arrêta à la hauteur d'un balcon vide – qui rappelait bizarrement le style basque, à la navarraise…

Une seconde peut-être, puis elle apparut. La Mère. Une femme au visage aigu, vêtue à l'indienne, âgée sans doute de la soixantaine. Le vent soulevait en douceur son sari, plutôt une cape d'ailleurs, si légère qu'elle semblait tissée d'air et de ciel.

Mersch fut d'abord frappé par cette alliance inattendue, mais heureuse, entre le physique occidental de la femme – profil effilé, nez de caractère, sourcils en coups de pinceau, bouche délicatement dessinée, qui semblait rire des plis d'amertume marquant le bas de son visage – et ses vêtements indiens qui formaient une sorte d'auréole autour d'elle… Elle paraissait pleine d'humilité et de bienveillance mais c'était une souveraine, oui, qui daignait apparaître à ses sujets, leur renvoyant d'elle une image luminescente. *Miroir, mon beau miroir…*

Nouveau plan, côté disciples cette fois. Assis par terre, en position du lotus, ou debout, dans leurs liquettes de drap blanc, ils paraissaient hors d'eux-mêmes, visage frémissant, regard extatique. Des hindous, des Occidentaux, des tondus, des barbus, des femmes, des enfants…

– C'est un *darshan*, murmura Nicole. Le gourou se donne à voir à ses disciples qui se nourrissent de son image, de sa présence.

Malgré eux, ils parlaient à voix basse, comme s'ils assistaient en personne à la cérémonie.

Mersch comprenait – et adhérait : cette femme au physique de film des années 30 évoquait une source naturelle, un puits féerique auquel venaient s'abreuver les fidèles, tels les animaux de la forêt. La scène était merveilleuse, et en même temps inquiétante – il eut soudain une certitude : toute l'histoire était partie de là, de cette secte, de cet envoûtement, mais quelle histoire au juste ? Cela lui semblait tellement loin de son frère et de son destin franco-français…

– Faut que j'y aille…, chuchota encore Nicole.

– Qu'est-ce qu'il y a ?

– Je ne me sens pas bien.
– Tu veux dire ?…
– Ça recommence, oui.
– Je te raccompagne.
– C'est bon, je prends un taxi.
Il n'eut pas le temps de répondre qu'elle s'était déjà éclipsée. Quand il se tourna de nouveau vers l'écran, il était noir. Fin de la séquence. Mersch se leva pour demander une nouvelle projection – après tout, à Calcutta, les cinémas aussi devaient être permanents.

94.

Une heure plus tard, Mersch roulait en taxi vers le siège du *Statesman*, l'un des plus importants journaux du Bengale, situé dans le quartier de Chowringhee.

Pour l'instant, il ne cherchait pas à joindre les fils mais il identifiait clairement les différents pôles de l'histoire : l'assassin bien sûr, imprégné de tantrisme et de sadisme, les victimes, innocentes et liées entre elles par l'amour que leur portait Hervé… Il y avait aussi le sadhou sans nom, probablement envoyé à Paris par Krishna afin de protéger Hervé et ses égéries, « Goppi » Salamat Krishna Samadhi lui-même qui cachait maintenant le frangin et qui devait sans doute connaître l'assassin. La Mère, enfin, et sa secte, la Ronde, qui avaient jadis enlevé Goppi, le dégoûtant à jamais des communautés spirituelles et donnant indirectement naissance au plus grand ennemi des chapelles et autres ashrams…

Mersch était certain que tous ces personnages formaient un ensemble, mais il était trop tôt pour les réunir et saisir leurs rapports.

Ne pas oublier non plus un autre individu, à la marge certes, mais qui devait avoir son importance : Pierre Roussel, le père d'Hervé, musicologue indianiste, vivant à quelque sept cents kilomètres de Calcutta. Simone Valent avait beau jurer que cet homme, figurant éphémère de l'histoire, ne jouait aucun rôle dans les événements actuels, il n'en croyait rien.

Au *Statesman*, il dégoterait bien un article sur ce Français devenu plus hindou que les hindous, et qui connaissait mieux leur musique qu'eux-mêmes...

Il colla le nez à la vitre et admira le paysage, c'est-à-dire la foule.

Mersch avait déjà compris quelque chose. L'altérité des Indiens procédait par étapes. D'abord, il y avait les évidences. La couleur de peau. La noirceur des cheveux. La minceur des corps. De tout ça, on tirait une conclusion, rapide, sans retour : ces gens appartenaient à une autre espèce, un autre monde.

Puis survenait l'étape suivante : on remarquait que, sous la peau sépia, les cernes olivâtres, transparaissait un visage occidental. Pas d'yeux bridés, pas de traits négroïdes. Non. Des têtes comme vous et moi, repeintes au brou de noix, peut-être avec une touche de langueur dans les sourcils et une goutte d'encre noire au fond des pupilles, mais c'est tout. Ces gars-là avaient des gueules caucasiennes, version bistre. Alors, on se reprenait à espérer : peut-être qu'on pourrait s'entendre avec eux...

C'était le moment de la troisième phase, celle du vertige : ces visages finalement familiers dissimulaient une différence plus profonde encore, une antinomie radicale, un abîme inexprimable. Pas le moindre point commun avec vous – ni sur le plan de la chair, ni sur celui de l'esprit. Surtout pas de l'esprit. Ces hommes, derrière leurs airs d'Occidentaux noirauds et leurs grosses lunettes d'écaille, vivaient sur une autre planète – pour s'en convaincre, il suffisait d'engager une conversation sur n'importe quel sujet. Au bout de quelques secondes, vous ne reconnaissiez plus le sujet, ni même votre interlocuteur. En physique, Mersch s'en souvenait, on disait que l'huile et l'eau étaient « immiscibles », elles ne pouvaient se mélanger.

Pour l'instant, l'Inde et lui paraissaient « immiscibles » à cent pour cent !

– *Here you are, sir.*

Mersch sortit ses roupies comme un réfugié politique sort son permis de séjour et régla la course. Il songea à Nicole : avait-il eu raison de la laisser rentrer seule ? Risquait-elle une agression ? Non. *Pas encore...*

De part et d'autre de l'avenue, des bâtiments victoriens semblaient cuire à grandes flambées, prêts à sombrer dans la fournaise tropicale comme les derniers vestiges d'un quartier incendié. Les Anglais avaient voulu imposer ici leurs moulures et leurs colonnes mais la place était déjà prise : Shiva, Vishnou, Kâli veillaient, avec leur mode d'expression bien à eux : typhons, moussons, canicule, sécheresse... Même la reine Victoria s'y était cassé les dents...

Pour l'instant, l'immeuble du *Statesman* tenait encore debout – sa façade principale, renflée en un large arc de cercle, évoquait une sorte de Colisée en creux, aux lignes pures et à la conscience nette.

À l'accueil, Mersch eut droit à un autre vestige de l'Empire britannique : le goût de la paperasse. Il dut faire la queue, remplir des fiches, signer des formulaires, mendier des coups de tampon avant de pouvoir, une bonne heure plus tard, accéder aux archives du journal.

Pour s'y rendre, facile, il suffisait de descendre à la cave. Un escalier circulaire vous enroulait, pardon, vous emmenait dans les sous-sols où reposaient des siècles d'informations écrites en bas de casse.

Mersch ne se sentait pas au mieux de sa forme : en sueur, la gorge irritée, il avait les entrailles pour ainsi dire abrasées par cette nourriture à la grenade. Sans compter le décalage horaire, la chaleur, le manque...

Il s'avança dans ce qui s'apparentait à un temple de papier, construit en enveloppes jaunies, journaux ficelés, colonnes feuilletées. On avait utilisé des vieux numéros pour se fabriquer un lit, une alcôve, ou même un stand, où un Indien consciencieux préparait des chaïs…

Pour le reste, on retrouvait les standards bengalis : néons, ventilateurs, cafards… Il erra quelques minutes dans cette atmosphère chargée d'encre et de poussière, se renseignant auprès de traîne-savates en pyjama. Le plus souvent, il n'obtenait aucune réponse, ou encore des phrases inintelligibles. Il faut dire qu'il utilisait lui-même son anglais monosyllabique, prenant soin d'avaler les consonnes pour faire plus british…

Enfin, il trouva à qui parler. Tondu et torse nu, arborant une mince cordelette blanche sur son buste, façon cartouchière, ce brahmane, la caste la plus haute en Inde, celle des prêtres, des lettrés, des ingénieurs, semblait prêt à l'aider.

– *What are you looking for, sir?*

– *Some articles about a French researcher.*

– *What kind of researcher?*

– *A musicologist.*

Il n'était pas sûr du terme anglais.

– *Is he staying in Calcutta?*

– *No. In Bénarès.*

L'homme fit une grimace. Cette ville appartenait à un autre monde.

– *You mean Varanasi.*

– Heu… *Yes.*

L'archiviste s'inclina : il acceptait la mission. Quand il se releva, Mersch remarqua sur son front le fameux point rouge, ce tilak qui représentait le troisième œil, symbole de sagesse et d'aspiration spirituelle, mais qui pour lui évoquait plutôt une cible de tir.

– *What is the name of the musicologist, sir?*

– *Pierre Roussel.*

Le brahmane se fendit d'un sourire, agrémenté bien sûr d'un dodelinement de la tête, pure expression de… Mersch n'avait toujours pas compris ce que ce mouvement était censé exprimer.

– *Come with me.*

Ils longèrent des allées de feuilles, croisèrent de nouveaux fantômes marchant dossier sous le bras ou absorbés dans leur lecture, calés dans un recoin creusé à même les journaux.

Enfin, son guide s'arrêta et farfouilla dans un meuble percé de nombreux tiroirs étroits, eux-mêmes remplis de fiches. Puis il entreprit d'escalader une muraille de liasses, insérant ses pieds nus entre les journaux.

Parvenu à mi-hauteur, il parvint à désencastrer un bloc de feuilles comme il aurait descellé une brique d'un mur. Son butin sous le bras, il redescendit en toute agilité.

– *Maybe we could find something there*, fit-il laconiquement, un genou au sol, en déficelant le paquet.

Mersch le regardait faire, halluciné, trempé, bon pour une douche et une sieste dans la foulée (la fatigue liée au sevrage lui donnait de véritables courbatures) – mais il n'en était pas là de son existence, pas du tout…

Les vieilles ficelles se déployaient entre les doigts bruns puis, utilisant son pouce et son index, l'Indien se mit à feuilleter les numéros libérés du *Statesman*. La poussière montait, comme de la poudre de souvenirs…

– *Pierre Roussel is not very well-known in Calcutta.*

– *But you have an article about him?*

Le brahmane brandit un numéro avec une satisfaction manifeste :

– *There! A newspaper obituary. Pierre Roussel died in november 1964!*

95.

Encore une porte qui lui claquait au nez.

Mersch s'empara du journal et parcourut la notice nécrologique, qui n'excédait pas vingt lignes. Ça tombait bien : il aurait été incapable d'en lire plus – et encore plus de le comprendre.

Les dates. Né à Paris en 1923, Roussel obtient une maîtrise en 1946 à l'Institut national des langues et civilisations orientales, ainsi qu'un premier prix de composition au Conservatoire national de Paris. Départ en Inde l'année suivante. Il s'installe d'abord à Calcutta. Il étudie la vinâ et fréquente un gourou – l'article ne donnait pas son nom. Lentement mais sûrement, Roussel bascule : il se convertit à l'hindouisme, devient traducteur de textes sacrés (mais ses travaux font l'objet de controverses) et écrit des livres en français relatant son expérience mystique en Inde. Ces livres, Mersch l'ignorait, deviennent des best-sellers en France. Ses droits d'auteur lui permettent de fonder sa propre école de musique et un centre d'archives regroupant des milliers de partitions et de transcriptions de musique indienne. Selon la notice nécrologique, Pierre Roussel était un des plus éminents spécialistes mondiaux de cette discipline.

Ce que l'article ne disait pas : après la Libération, Roussel avait rencontré Simone Valent et avait couché – une fois – avec elle. Autre omission : Roussel n'aimait pas les femmes, et il avait dû passer sa vie entouré de petits gitons indiens. Enfin, dernier oubli, et pas des moindres, Roussel n'était pas son vrai nom. En arrivant en Inde, le musicologue avait fait table rase du passé et changé d'état civil. Qui étaient les Jouhandeau, sa véritable famille ?

Pierre Roussel était mort d'un cancer du poumon lié non pas au tabac (il ne fumait pas) mais à la pollution atmosphérique de Varanasi. En ce sens, concluait l'article avec une sorte d'ironie déplacée, le musicien était mort en bon Indien, les maladies respiratoires étant la première cause de mortalité dans le sous-continent.

Finalement, cette notice ne lui apprenait rien. Aucune connexion avec Salamat Krishna Samadhi. Ni avec la Mère et la Ronde. Peut-être Simone Valent avait-elle raison : la nature « hindoue » du père d'Hervé n'était qu'un hasard, sans lien avec les événements récents…

Mais l'article du *Statesman* recelait tout de même un trésor :

une photo de Pierre Roussel âgé d'une quarantaine d'années. La ressemblance avec son fils était frappante : même visage osseux, même traits délicats respirant l'intelligence et la vivacité d'esprit.

Mersch imaginait bien cet aristocrate de la musique, sorte de gourou français en dhoti, gratouillant son sitar sous les voûtes d'un palais défraîchi…

– *Can I take this?* demanda-t-il en relevant les yeux.

– *Of course*, ironisa l'homme. *We need more space here!*

Mersch ne daigna même pas sourire à la blague. Il déchira avec précaution la feuille du journal et l'empocha – il voulait montrer l'article à Nicole, au cas où quelques finesses lui aient échappé…

– *Thank you very much*, conclut-il en s'inclinant.

– *It's my pleasure*, répliqua simplement le crâne de bilboquet.

Mersch se demanda s'il devait lui laisser un pourboire pour « services rendus » ou au contraire le traiter comme un homme supérieur. Dans le doute, il renonça.

Une fois dehors, il regarda sa montre : seize heures. Le temps semblait fondre, comme tout le reste, dans la lumière. Les arbres, écorce pâle, feuilles poussiéreuses, peinaient à procurer la moindre ombre, et le vent, qu'on espérait toujours, s'était fait la malle dans le golfe du Bengale.

Mersch fit signe à un taxi – il refusait toujours de prendre un rickshaw… – et roula à l'intérieur comme un ballot de linge sale.

96.

Bien sûr, elle avait menti.

Pas malade du tout, la Nicole. Elle voulait seulement creuser un sillon en solitaire. En sortant de la salle de projection, elle avait alpagué l'étudiant membre de la Ronde. En s'entretenant avec lui, en anglais, elle avait vite compris qu'il ne pouvait l'aider – il n'était qu'un disciple lointain qui n'avait jamais mis les pieds à Susunia Hills.

– Tu connais quelqu'un qui y est allé ?

– Oui, un Français. Paul Saurin.

– Il est toujours là-bas ?

– Non. Il est revenu à Calcutta, il s'est perdu.

– Qu'est-ce que tu veux dire ?

– La drogue. Les jeunes de vos pays, ils veulent aller trop vite. Ils cherchent le chemin de la révélation et croient y parvenir avec l'héroïne…

– Tu sais où je peux le trouver ?

– Non. (Il avait agité les mains comme pour imiter des feuilles mortes en pleine chute.) Il rôde dans les rues de la cité. C'est un *freak*.

– Il doit bien y avoir un quartier, un lieu où j'ai des chances de le rencontrer…

L'étudiant lui avait donné l'adresse d'un hôtel près de Sudder Street, le Camp Hotel, qui accueillait des junkies et se faisait payer en pintes de sang. Nicole avait cru avoir mal entendu mais c'était la vérité : chaque matin, on venait leur prélever du sang revendu ensuite aux laboratoires de la ville.

En route. Nicole était persuadée – et Mersch partageait sans doute cette conviction – que la Ronde jouait un rôle central dans cette histoire. Avant Hervé, il y avait eu Salamat Krishna Samadhi. Avant lui, il y avait eu la Ronde. Il fallait creuser de ce côté…

Mais il fallait le faire avec soin, respect, religiosité. Avec sa brutalité, Mersch risquait de passer à côté du principal. Nicole s'était donc décidée pour ce raid solitaire. Elle pouvait glaner des éléments précieux, cueillis intacts sur quelque branche spirituelle…

Elle n'avait pas pris de taxi. Elle voulait marcher. S'imprégner. S'enfouir dans la ville-monstre. La capitale des Indes britanniques avait été construite dans l'immense delta du Gange – ce que les Anglais appelaient poétiquement « Mouths of the Gange » –, sur des territoires marécageux. Avec un peu d'imagination, on avait l'impression de s'enfoncer dans cette terre saturée de flotte.

Elle avait déjà remarqué ces ouvriers à demi nus, fourmis brunes d'une œuvre sans fin, qui ne cessaient de pomper le sous-sol pour essayer d'assécher les entrailles de la cité en vue de la construction d'un métro – projet en forme de mirage dont l'Inde avait le secret.

Elle avait marché, oui, elle s'était saoulée de couleurs, de bruits, de visages – et aussi de cette indifférence souveraine qui caractérisait la foule indienne. Elle s'était pris, de face et en stéréo, des fragments de cette langue qui lui torturait les tympans. Du bengali ? De l'hindi ? Aucune idée, mais ça claquait, ça tapait, ça roucoulait dans les bouches, comme si chacun jouait des tablas avec sa langue et son palais.

Surtout, elle s'était bâfrée de spiritualité. Elle avait croisé, dans le désordre, des chars lourdement fleuris soutenus par des Indiens en pleine bouffée délirante, des sadhous couverts de bouse séchée, fumant un shilom grand comme un mégaphone, des porteurs trimbalant des cruches d'eau sacrée sur un long bambou, une famille poussant un taxi en rade, avec sur le toit un mort emmailloté et ficelé, des phallus de marbre noir enduits de beurre, des dieux obèses à têtes d'éléphant, des divinités à six têtes, des idoles en carton bouilli fardées de poudre de riz et de rouge à lèvres…

À un moment, elle s'était arrêtée devant un kiosque que la foule semblait éviter. Sous l'auvent, un autel couvert de cierges et de bâtons d'encens, de fleurs de lotus et de noix de coco exhibait une statue facilement reconnaissable : Kâli, déesse de la destruction, marraine de la ville, avec sa langue couleur framboise, son collier de crânes et ses nombreuses mains, lourdes de têtes coupées…

Nicole avait mis quelques secondes à remarquer qu'elle-même pataugeait dans le sang, puis elle avait repéré les crocs de boucher auxquels pendaient des chèvres décapitées. Dans un coin, leurs têtes reposaient, engluées dans une rigole débordante de jus noir. Dans les flaques, des touffes de poils, des fleurs fanées, des fibres de chair…

Loin d'être effrayée, Nicole avait été saisie par l'intimité du lieu – régnait ici une ambiance d'alcôve, de confessionnal. Et en même temps, ce toit soutenu par une poignée de colonnes s'ouvrait à l'infini de la mystique hindoue – une porte sur l'invisible, comme l'avaient sans doute été Suzanne et Cécile aux yeux de leur meurtrier…

Assise sur le muret qui délimitait l'abri, elle s'était mise à prier. Ni Kâli ni Ganesh, mais son petit Dieu à elle, celui de l'église Saint-François-Xavier, toute proche de chez elle.

Dans l'odeur de viande crue et de sang coagulé, elle avait murmuré, les yeux rivés sur ses sandales :

– Mon Dieu, faites que ça se passe bien avec Mersch, la première fois…

97.

Quand elle était gamine, on lui avait raconté une légende médiévale qui l'avait marquée. Au XIIIe siècle, entre deux croisades armées et belliqueuses, des femmes et des enfants étaient partis de France et d'Allemagne sur la route de Jérusalem. Des innocents, pauvres et nus, qui n'étaient jamais arrivés nulle part. On n'était d'ailleurs même pas sûrs que cette croisade ait existé.

Mais cette image lui avait plu : un cortège vertueux, immaculé, avec pour seul étendard la paix et l'espérance. À ses yeux, le voyage des hippies vers l'Orient était du même acabit. Armés de guitares, de flûtes et de shiloms, ces jeunes chevelus, venus des États-Unis et d'Europe, marchaient vers les terres mystiques d'Orient, non pas pour les libérer, mais pour se libérer eux-mêmes.

On racontait qu'en chemin, en Turquie, en Iran, en Afghanistan, on les volait, on les violait, on les assassinait. Pourtant, le pire restait à venir : ceux qui parvenaient en Inde ou au Népal réalisaient la vanité de leur rêve, un simple mirage, aussi volatile que la cendre de leurs joints. Le grand voyage s'achevait dans la misère, l'addiction à l'héroïne ou, dans le meilleur des cas, par un rapatriement sanitaire.

La mystique hindoue leur demeurait inaccessible et la société indienne n'était pas moins aliénée que les civilisations occidentales. Au contraire, les voyageurs y découvraient la misère avec un grand M et une cruauté féodale.

Nicole connaissait ses classiques. Elle savait qu'il ne fallait pas confondre les *backpakers*, qui voyageaient en éclaireurs, ouvrant la voie au tourisme de masse, les routards, qui avaient la bougeotte et n'étaient heureux que lorsque leurs semelles touchaient le fond, les hippies, qui cherchaient le nirvana comme les chevaliers du roi Arthur le Graal, et enfin les junkies, les *freaks*, qui ne cherchaient plus rien sinon leur dose quotidienne. Ceux-là ne revenaient jamais et les autres, c'était selon.

L'Asie qui, vue de Paris, de Berlin ou de Chicago, scintillait de mille feux, s'avérait être, une fois sur place, une machine à broyer les âmes, une terre assoiffée de chair humaine, prompte à absorber ces fragiles chercheurs d'au-delà.

Ces égarés en quête de terminus, Nicole voulait les rencontrer in situ. Et de préférence sans Mersch qui, comme un scaphandrier, plongeait dans chaque interrogatoire avec des semelles de plomb.

Le Camp Hotel ressemblait au leur mais avec un « plus » qui faisait toute la différence : un large patio dont les murs affichaient à la fois des thangkas tibétains, des motifs psychédéliques et des dessins obscènes. Dans ce vaste espace plaqué de ciment, parsemé de tapis chamarrés, c'était la foire aux couleurs et aux utopies, un peu comme dans la cour de la Sorbonne, mais en plus cool et moins agressif.

Dans un coin, une jeune femme déguisée en Mme Bonacieux préparait un gigantesque riz au lait. Des jeunes nomades, assis par terre, vêtus de *kurtas* orange et de *longhis* informes, de tuniques de batik indonésien et de jeans en phase terminale, jouaient de la guitare ou se roulaient un bédo, avec une minutie de moine copiste. Des filles, portant des chapeaux de paille ou des bonnets tibétains, dansaient en riant, faisant claquer leurs colliers de bois et tinter leurs bracelets d'argent.

Ce tableau lui fit venir les larmes aux yeux. Elle se sentait totalement en osmose avec ces mômes évaporés – elle avait leur âge – partis en laissant une lettre sur la table de la salle à manger et qui cherchaient désormais le nirvana des bouddhistes ou le satori japonais – ou tout simplement un bon trip au LSD.

Elle s'aventura parmi les groupes, attrapant des bribes de conversation – tout le monde parlait anglais. La veille, sur Chowringhee Road, un hippie suédois s'était fait poignarder. D'autres comparaient les mérites du «cube» libanais, du «boudin» turc et du mazar venu d'Afghanistan. Un gars aux allures d'étudiant propret racontait qu'il avait dû se raser la barbe pour faire de la figuration dans des films bengalis. D'autres encore expliquaient une arnaque aux traveller's chèques qui semblait complexe, mais imparable.

Elle repéra aussi, dans les coins, quelques allumés assis en position du lotus, drapés dans des pelisses afghanes brodées ou des deels mongoles, qui méditaient sec, sans doute sous l'influence d'une drogue psychotrope, ou encore une maman avec son bébé dans les bras, qui semblait avoir sombré dans le coma. Sous une toile de tente, elle aperçut des lascars qui se préparaient un shoot et qui, elle ne savait pourquoi, léchaient l'aiguille de leur seringue avant de s'envoyer leur dope dans le sang.

Elle allait commencer son tour de table quand une petite Chinoise à la peau grêlée l'apostropha, l'index menaçant :

– *If you stay, you pay!*

Nicole lui expliqua qu'elle cherchait un jeune Français du nom de Paul Saurin.

– *Don't know, you pay!*

En soupirant, Nicole chercha un billet dans la poche de son jean – elle avait emporté pas mal de dollars, provenant de sa « cagnotte de monnaies étrangères », vestige de ses voyages.

Fourrant un billet dans la main de la Chinoise, elle se rendit compte, avec un temps de retard, qu'il s'agissait d'une coupure de cinquante dollars – une fortune pour le Calcutta de cette époque. Trop tard. La griffe s'était déjà refermée sur le Grant.

– *Come with me.*

Elles revinrent dans le hall de l'entrée, où un petit comptoir revêtu de formica faisait office d'accueil. La Chinoise plongea sa main derrière et en extirpa un gros livre à la couverture tissée de jute. Dessus, on pouvait lire, en lettres à demi effacées : GUESTBOOK.

Aussi incroyable que cela puisse paraître, ce taudis possédait un livre d'or. Nicole avait déjà compris que pour ses cinquante dollars, c'est tout ce qu'elle obtiendrait. Elle feuilleta les pages tachées et à moitié déchirées du vestige.

C'était une sorte de grimoire de toute une génération – celle des *globes*, comme on appelait ici les routards, des *hitchhikers* et des freaks. Tout y passait : des pensées fumeuses aux recettes de *space cake*, des réflexions salaces aux messages pacifistes, le tout bien sûr frappé des sigles préférés de la contre-culture – comme le symbole du Peace and Love – et de dessins cochons.

Mais il y avait les noms.

Tous ces voyageurs avaient fièrement signé leur témoignage comme des chiens auraient pissé contre un mur pour marquer leur passage. Parmi les écrits, les dessins, les taches et les brûlures de cigarette, Nicole suivait avec son doigt en quête du nom de Paul Saurin.

Enfin, elle le dénicha, entre un « ¡NO PASARAN! » revendiqué par un certain Pedro et un « THE SUN IS HIGH AND SO AM I » anonyme. Le petit malin avait signé cette phrase tout en élégance : « Là où Paul passe, la femme se surpasse ! » Nicole s'attendait à plus spirituel de la part d'un membre de la Ronde. Quoi qu'il en soit, cette maxime attestait que le gus était passé par le Camp Hotel fin 1966 mais… rien de plus.

– C'est toi qui cherches Paul ?

Nicole se retourna et découvrit Mme Bonacieux, la fille du riz au lait, en bouclettes et liquette, les poings sur les hanches. La fiancée de D'Artagnan portait une robe à bretelles, un chemisier à froufrous et un tablier en toile. De gros seins perlés de sueur en débordaient gaiement. Ses cheveux blonds étaient séparés en deux couettes et son visage de poupée évoquait une Fifi Brindacier *made in Sweden*.

– Tu le connais ?

– On était ensemble, pendant quelques mois, y a deux ans, avant qu'il parte chez les gars de la Ronde.

Elle parlait avec un accent scandinave – elle semblait faire des boules de neige avec les syllabes.

– Où il est aujourd'hui ?

– Il est mort.

– Vraiment ?

– Non. Mais ça va pas tarder. Il a chopé un truc, j'sais pas quoi. À cause de la dope.

– Où il est ?

– Je vais te dessiner un plan.

98.

Par principe, Nicole détestait les Peace Corps.

Créée par John F. Kennedy au début des années 60, cette agence gouvernementale était composée de jeunes bénévoles qui sillonnaient la planète pour diffuser la culture américaine et prôner « la paix et l'amitié ». Les Peace Corps étaient les anti-hippies par excellence. Cheveux courts, chemises à carreaux, l'air sain et jovial, ils propageaient les idées et les valeurs de l'impérialisme américain comme on empoisonne un puits dans le désert. Dans les milieux gauchistes, on murmurait qu'ils n'étaient qu'une bande d'espions à la solde de la CIA, qu'ils enseignaient la torture aux dictateurs ou qu'ils menaient des programmes de stérilisation sur des ethnies d'Amérique du Sud ou d'Afrique. Un tissu de conneries, bien sûr, bien dans le style de l'époque.

En réalité, ces « commandos de la paix » partaient plutôt d'un bon sentiment et faisaient sans doute du boulot sérieux dans des pays où personne ne voulait mettre les pieds.

Nicole paya le taxi et se retrouva face à un bloc de ciment surmonté d'un toit-terrasse. Pas de drapeau américain ni d'aigle à tête blanche. Même pas d'enseigne. Fifi Brindacier lui avait indiqué que les « PC » avaient ouvert à cette adresse un hôpital de rue, enrôlant toutes les bonnes volontés pour soigner les laissés-pour-compte de la Cité de la joie, ce qui faisait pas mal de monde.

Elle franchit le seuil – la porte rouillée était ouverte – et entra de plain-pied dans le vif du sujet, sans ironie : les lits, de simples paillasses posées à même le sol, aux armatures en aluminium, avec une toile tendue au milieu en guise de matelas, supportaient des corps maigres et tordus comme du fil de fer. Odeur infecte. Désinfectant, pourriture, sueur, médocs. Ça brûlait la gorge et les yeux et surtout, ça vous donnait envie de repartir en courant.

Elle s'avança dans la pénombre. On soignait ici à la fois les miséreux indiens et les drogués occidentaux, les mal partis et les mal arrivés. Devant ces corps décharnés – des épaves noires froissées dans leur kurta, des Blancs squelettiques habillés comme des baladins – on se demandait à la suite de quel malentendu tout ce monde se retrouvait ici, au dernier arrêt, pour crever avec une perfusion dans le bras et le cerveau béant, troué comme une gourde à sec.

Nicole remarqua un autre détail : les toiles des lits étaient fixées aux tubulures grâce à des passants, ce qui permettait, quand le malade en avait fini avec sa vie misérable, de faire glisser le tissu et de l'emporter, comme dans une housse mortuaire, pour une évacuation rapide. Pas un hôpital ni une clinique, un mouroir…

Des infirmières déambulaient, les Indiennes en sari, les étrangères en tuniques vaporeuses et jeans rapiécés. Toutes avaient des airs de saintes, de sacrifiées volontaires. Nicole avait toujours imaginé que pour aller soigner des mourants à l'autre bout du monde, il fallait avoir eu un chagrin d'amour ou en avoir bien bavé. Mais finalement, les bonnes intentions n'avaient pas besoin de prétexte.

Elle en était déjà à sa deuxième salle quand une petite brune en blouse bleue l'interpella.

– *Are you looking for someone?*

– *Yes. A French guy. Paul Saurin.*

La femme, reconnaissant sans doute l'accent de Nicole, enquilla en français :

– Je m'appelle Patricia. Je suis infirmière. Je viens de Toulouse.

Elle avait dit ça comme elle aurait donné son grade dans l'armée. Sous sa frange, un mince sourire traversait son visage pâlichon.

– Moi, c'est Nicole. Paul est ici ?

– Oui.

– Je peux lui parler ?

– Non. Il dort.

Comme pour atténuer sa brusquerie, elle sortit un paquet de Marlboro de sa poche de poitrine.

– Viens avec moi. C'est ma pause.

99.

Depuis le toit-terrasse, on disposait d'une vue à trois cent soixante degrés sur Calcutta. L'infinité des toits gris, plats, enfumés – avec leurs guirlandes de linges blancs qui séchaient et de corbeaux noirs à l'affût – dessinait une sorte d'immense toile à la Mondrian.

Ici, la ville sentait à la fois le feuillage et les gaz d'échappement.

– T'es de sa famille ? demanda Patricia en allumant sa cigarette.

– Non.

– Sa petite amie ?

– Non. Je cherche quelqu'un d'autre. Paul le connaît peut-être.

Patricia acquiesça, d'un air qui signifiait « On peut toujours rêver », puis elle s'assit par terre en s'adossant au parapet du toit.

– Alors, faut que tu te dépêches. Il en a plus pour longtemps.

Nicole l'imita – elle s'en était allumé une aussi :

– Qu'est-ce qu'il a ?

L'infirmière haussa les épaules :

– Comme la plupart des Occidentaux ici. À force de se shooter avec de la mauvaise came, de ne pas bouffer et de vendre leur sang, ils attrapent tout ce qui passe par ici, et Dieu sait que les rues de Calcutta sont infestées de virus, de bactéries, de parasites... Les filles, elles, se prostituent, pour trois roupies la passe, et se chopent la vérole ou une blenno... C'est ça, le paradis qui t'attend au Bengale...

Nicole n'avait pas envie de refaire la liste des déceptions et des malheurs de ces rêveurs de grand chemin.

– Mais Paul, insista-t-elle, qu'est-ce qu'il a exactement ?

– Je sais pas. Si y a bien un truc inutile ici, ce sont les diagnostics.

– Qu'est-ce que tu sais sur lui ?

– Pas grand-chose. Il est parisien. Un bourgeois de la rive gauche. Il étudiait les métiers d'art du livre dans une école spécialisée...

– L'école Estienne.

– Peut-être... Un beau jour, il a compris la vanité de cette vie étriquée, d'ores et déjà écrite. Il a voulu emprunter un autre chemin... D'ordinaire, les gars partent à Katmandou, mais quelques-uns s'égarent ici, à Calcutta, la capitale intellectuelle de l'Inde.

– Sa famille ne s'est pas manifestée ?

– Tous les jours, on reçoit des avis de recherche des ambassades, des lettres de parents qui écrivent au consulat, au hasard… Mais pour Paul, on a jamais su qui contacter…

– Où vous l'avez trouvé ? Dans la rue ?

– Non. Chez les sikhs.

Nicole marqua sa surprise :

– Pourquoi les sikhs ?

– Ils ont une forte tradition d'hospitalité. Ils ne peuvent refuser le gîte et le couvert à un visiteur. Voilà pourquoi leurs *gurdwaras* sont bourrés de vagabonds.

– Leurs quoi ?

– Gurdwaras, c'est comme ça qu'on appelle leurs temples.

Nicole savait qui étaient les sikhs mais elle ne voulait pas ouvrir mentalement ce dossier. Une secte. Une ethnie. Une caste. On y réfléchirait plus tard.

– Vous avez pas de problèmes de sevrage ?

– Tu veux dire qu'on a que ça, en plus des maladies.

– Comment vous gérez ?

– Avec de l'opium, qu'on achète aux Afghans. Ou de la morphine, qu'on obtient auprès de pharmaciens corrompus. Les malades qu'on a ici sont des cas désespérés. Tout ce qu'on peut faire, c'est les soulager.

Fumant le nez en l'air, Nicole savourait, bizarrement, cette pause inattendue.

– Et toi, demanda-t-elle, comment t'as atterri ici ?

– Comme eux, fit Patricia en frappant le sol de sa sandale. La drogue en moins. Je cherchais une raison de vivre, une vérité. Je croyais que j'étais à leur côté, qu'on marchait tous ensemble vers le même but… Mais à mesure que je les ai vus tomber, j'ai compris que mon but, ma vérité, c'était eux…

Nicole songea à un détail :

– Aujourd'hui, j'étais au Camp Hotel.

– Une de nos sources majeures.

– J'ai vu des junks lécher l'aiguille de leur seringue. Tu sais pourquoi ?

L'infirmière cracha sa fumée avec consternation :

– Ils font tous ça. Ils pensent stériliser leur shoot de cette façon. Comme s'ils étaient eux-mêmes un barrage aux maladies. En réalité, ce sont eux qui sont perclus de saloperies.

Nicole se leva – elle devait maintenant voir Paul.

– Et toi, demanda Patricia, tu cherches quoi exactement ?

Prise d'une soudaine lassitude, elle murmura :

– Un assassin.

– Un assassin à Calcutta ? Autant chercher une boîte d'allumettes dans les flammes de l'enfer.

100.

En bas, Patricia l'accompagna vers une autre salle, nue et sombre, où curieusement les malades semblaient plus vivants – mais vivants au sein même de la mort. Ils s'agitaient en gémissant, le visage caché sous leurs couvertures grises. Nicole songea à la vallée des lépreux de *Ben-Hur*, un film qui l'avait bouleversée.

– Voilà.

Patricia s'était arrêtée devant une couchette enfoncée dans la pénombre. Le temps que Nicole s'approche, l'infirmière avait disparu. Quelques secondes encore et ses yeux s'habituaient à l'obscurité.

Paul Saurin dormait. La vingtaine, beau, très beau même, mais cette beauté n'était plus qu'un calque, un souvenir. Allongé sur sa couverture, dans sa kurta souillée, il ne devait pas peser quarante kilos. Sa figure décharnée reposait sous des boucles noires intactes. Cette chevelure était comme une fougue persistante qui refusait de lâcher prise. La seule chose qui restait des bancs du lycée Henri-IV ou des ateliers d'Estienne. Le temps des grands discours et des terrasses de café.

Nicole songea aux héros des romans classiques qu'elle avait

dévorés ado. Calyste du Guénic, Frédéric Moreau, Julien Sorel… L'image était aujourd'hui fossilisée, peau calcifiée, os en saillie, muscles évidés…

À le voir ainsi dormir, Nicole l'imaginait sur une barque, voguant non pas sur le Styx mais sur un fleuve indien en direction du royaume des morts. Plus précisément encore, elle voyait à travers lui comme en transparence. La mort, tranquille, apaisée, œuvrait à feu doux dans ce corps famélique.

Cette pensée lui oppressa la poitrine. Son propre cœur lui paraissait prêt à dégorger du sang… Elle aurait pu pleurer, mais depuis son arrivée en Inde, elle était dans un tel état de stupeur qu'elle ne réagissait plus. Elle planait, elle flottait, elle observait, mais à bonne distance…

Elle attrapa un petit tabouret et s'assit près du lit. Elle lui prit la main – elle était glacée, et en même temps, elle sentait que la fièvre bouillonnait en lui, parcourant son corps comme un noyau de feu.

De véritables flashs vinrent lui écorcher le cerveau. Les cadavres au petit matin, dans des sacs, emportés au bord du fleuve pour être brûlés… Mais non, elle faisait encore de la poésie : les corps des Blancs allaient sans doute à la morgue pour être rapatriés dans des cercueils de bois, des…

– Qu'est-ce que tu veux ?

Nicole sursauta : Paul s'était réveillé. Ses yeux, au fond d'orbites immenses, brûlaient comme de petits flambeaux, soufre et salpêtre… *Ben-Hur*, toujours : la scène des cachots…

Il aurait sans doute fallu s'adresser à lui avec douceur et précaution, mais elle n'avait plus de temps à perdre. La mort risquait de lui brûler la politesse.

– Je suis venue te parler de la Ronde…

– La Ronde, répéta-t-il d'une voix si basse, si creuse, que Nicole aurait pu croire au feulement d'un rat dans le recoin du dortoir.

– T'étais des leurs, non ?

– Si on veut…

Les mots de Paul étaient très secs, sans salive. Une voix d'écaille. Des phrases de lézard…

– Qu'est-ce que tu peux me dire sur eux ?

– Ce sont des trafiquants.

– Comment ça ?

– Des trafiquants de vérités. Tu viens avec tes questions, et y z'ont toujours ce qu'il faut pour te calmer…

Il ne prononçait pas les mots, il les haletait, les grinçait, les frottait comme des allumettes. Sa bouche était une pitié : des dents manquaient, les gencives, infectées, étaient noires et gonflées.

– Quel genre de vérités ?

Paul agita faiblement ses boucles brunes sur l'oreiller rempli de blé.

– Le coup de génie de la Ronde, c'est de tout mélanger. On prend un truc chez les chrétiens, un autre chez les bouddhistes, on mélange à la sauce hindoue… Y disent : faut fouiller dans la Bible, la Kabbale, le Coran… On y trouvera une réponse qui mettra tout le monde d'accord…

Il se tut. Il fallait lui laisser reprendre son souffle, qu'il avait lent et sifflant.

Son visage était tamisé par l'ombre – une mantille de tulle noir. Il portait déjà son propre deuil… Mais au travers du voile, ses yeux brillaient toujours, comme deux pièces de monnaie obstruant ses paupières. Nouveau souvenir. C'était ce qu'on faisait dans la Grèce antique : on plaçait des pièces sur les yeux du défunt afin de payer le passeur…

– L'astuce, reprit Paul, c'est que c'est jamais suffisant.

– Je comprends pas.

– On te donne une réponse, très bien, mais dans cette réponse, y a une autre question… Tant que tu piges pas, t'es en manque. Tant que t'es en manque, t'as besoin de la Ronde… Ils…

Une toux grasse acheva sa phrase. Sa pauvre carcasse semblait secouée, possédée par cette quinte trop violente pour lui. Enfin, il attrapa par terre un papier journal et y cracha ses glaires.

Malgré elle, Nicole eut un mouvement de recul. Elle avait l'impression que les microbes venaient se plaquer sur son visage comme du sable, de la suie…

– T'as connu la Mère ?

Il rit, toussa, cracha encore :

– T'y connais rien… La Mère est morte à la fin des années 40… C'est elle la source de tout ce bordel…

– Quel bordel ?

– Je viens de te le dire. Plus tu restes, moins tu comprends. Moins tu comprends, plus tu veux rester… Moi, j'ai trouvé une autre solution.

Nicole avait déjà compris mais elle demanda tout de même :

– Laquelle ?

Péniblement, Paul fit le geste de s'injecter quelque chose dans le bras gauche. Elle aperçut ses abcès dans le pli du coude : des nœuds, des cratères, des boursouflures verdâtres.

Elle remarqua aussi que ses paupières faiblissaient – elle allait le perdre. Il fallait faire vite.

Elle prononça d'un trait :

– Si je te dis que la Ronde s'intéresse à un Français de vingt-deux ans qui vit à Paris et fait des études à la faculté de Nanterre. Quelqu'un qui n'a aucun lien avec l'Inde. Quelqu'un que rien ne distingue d'un autre…

Paul écoutait, sans bouger, laissant échapper sa respiration hors de ses lèvres comme les fakirs sortent parfois de leur bouche un fil hérissé de lames de rasoir.

– Qu'est-ce que tu dirais ?

Paul gardait le silence. Il acquiesçait légèrement du menton, comme s'il marquait le rythme d'une chanson, un morceau qu'il connaissait bien, qu'il aurait pu reprendre lui-même en sifflant.

– Qu'est-ce que tu dirais ? insista Nicole.

Un temps encore, puis :

– Je dirais : « réincarnation ».

– Quoi ?

– Ré-in-car-na-tion.

Nicole se pencha au-dessus de son visage – son haleine était fétide. C'était déjà la pourriture qui travaillait au fond de sa gorge. La vie se dégradait dans cette poitrine, dans ce corps invalide.

– Explique-toi !

– Je t'ai dit qu'y z'ont piqué un tas de trucs aux autres religions. La réincarnation, le karma, la transmigration des âmes, tout ça, ça fait partie de leur bazar. Y z'y croient dur comme fer. La plupart des leaders de la Ronde se prennent pour des réincarnations de saints, de mahatmas, de prophètes…

Nicole se redressa, comme pour laisser passer cette nouvelle folie. Hervé, une réincarnation ? Et puis quoi encore ? Pourtant, du fond de cette confusion, émergeait une sorte de logique. À l'indienne, la logique.

– Comment auraient-ils pu le repérer ?

– Ils ont des signes, des indices.

– Lesquels ?

– Demande à ton mec, là. Y doit avoir quelque chose de particulier…

Pas le temps d'y réfléchir pour le moment – on verrait plus tard.

– Salamat Krishna Samadhi, ça te dit quelque chose ?

Paul émit un nouveau sifflement – un temps, une seconde, Nicole comprit que c'était un rire.

– Krishna, c'est le clou dans la chaussure de la Ronde. Leur messie qui leur a fait un bras d'honneur.

– Il était la réincarnation d'une grande figure ?

– Bien sûr. Descendu tout droit du ciel pour guider les enfants de Mère…

Nicole se pencha plus encore, si près qu'elle aurait pu l'embrasser en tendant les lèvres. Tant pis pour les miasmes.

– Ça ne tient pas. J'ai l'impression… (Elle hésita.) Enfin, je crois que la Ronde menace le jeune homme dont je te parle. S'il était une réincarnation, elle ferait le contraire.

Elle tenait toujours sa main – glacée, oui, mais plus pour

longtemps. La fièvre montait, elle le sentait, comme certains volcans du Grand Nord crachent leur lave sous la banquise.

– Pas forcément, répondit Paul. La Ronde est une secte agressive, multipliant les rivalités, les ennemis… Ton gars est peut-être dangereux pour eux… La réincarnation d'un ennemi ou une connerie de ce genre…

La confusion, toujours. Un théâtre d'ombres balinais, qui s'agitait sur la toile de son esprit.

– Combien de temps t'es resté dans l'ashram de la Ronde ?

– À Susunia ? Deux ans.

– Tu as remarqué quelqu'un de violent ? Ou de simplement cinglé ?

Nouveau rire, nouveaux crachats. Froissements de papier journal.

– Y sont tous cinglés là-bas.

– Mais une personne violente ?

– La seule personne violente de la secte, c'était Mère elle-même. Vraiment pas commode, à ce qu'on raconte.

– Les disciples de la Ronde pratiquent-ils le tantrisme ?

– Tout le monde au Bengale, d'une manière ou d'une autre, est lié au tantrisme.

– Connais-tu un professeur de yoga qui s'appelle Gupta ?

Paul eut un bref ricanement :

– La moitié de la ville s'appelle Gupta. L'autre moitié est prof de yoga.

– Je parlais d'un hindou qui vit à Paris…

– Paris, répéta-t-il d'une voix rêveuse. Mon royaume pour un ticket de métro…

Paul piquait du nez. Trop tard pour recueillir d'autres infos. La jeune femme se leva – il lui tenait toujours la main :

– Merci, Paul. Je reviendrai te voir.

– C'est ça. Rendez-vous au paradis des freaks.

101.

– Mon frère est là !

Sur le coup de dix-huit heures, Abha apparut dans la pièce, comme à son habitude – ombre, lumière, tourbillon, feu d'artifice qui scandaient les journées d'Hervé.

Aussitôt, il se leva et épousseta son pantalon – ou plutôt son dhoti : depuis son évasion, on avait troqué ses vêtements contre le deux-pièces traditionnel indien : une tunique aux allures de chemise de nuit et une espèce de sarouel.

– Qu'est-ce que je dois faire ? demanda-t-il, déjà au garde-à-vous. Saluer ? Me prosterner ?

– Surtout pas ! Goppi ne veut absolument pas qu'on lui manifeste un respect particulier. Souviens-toi : il est contre les gourous !

Derrière elle, la porte s'ouvrit de nouveau. Une délégation complète apparut. D'abord, les deux cerbères qui lui étaient désormais familiers, ses compagnons de voyage, puis quatre jeunes femmes en sari majestueux – à cet instant, Hervé pensa plutôt au mot « merveilleux » – qui se déployèrent de part et d'autre de l'allée invisible que les gardes du corps encadraient déjà.

Un autre mot lui vint à l'esprit : « demoiselles d'honneur ». Ces beautés étaient les témoins d'un événement, d'une célébration. Qui s'unissait à cet instant ? La banalité et le sublime ? Le temps et l'éternité ? Le gourou et ses disciples ? Ou, plus simplement, un pauv'gars de Paris et un demi-dieu hindou.

Salamat Krishna Samadhi se tenait devant lui.

Dans le rôle de la personne ordinaire, KS avait encore du boulot. En termes d'allure, il respectait les standards établis en matière de maîtres spirituels. Mince, portant une veste Nehru claire boutonnée jusqu'au col et un pantalon blanc à plis rasoir digne de la Royal Navy, il avançait les mains dans le dos, dans une attitude contradictoire. Un mélange de raideur et de chaleur, de dédain et d'humilité. Sous les plis du costume, on devinait d'intenses complications, une pensée à appréhender avec précaution…

Le visage ? Exceptionnel. Couleur caramel, long comme un gant de femme, cerné par un casque de cheveux gris, il affichait une beauté presque… surnaturelle. Une perfection de traits ajustés dans un visage étroit comme un fourreau, une expression douce et languide d'icône russe. Surplombant ce tableau, deux jets d'encre noire vibraient sous des cils retroussés de pin-up.

Quand il était môme, dans les escaliers de son école, la reproduction d'une œuvre du Douanier Rousseau le fascinait : *La Charmeuse de serpents*. Une femme nue, à contre-lumière, jouait de la flûte dans une jungle fluide couleur menthe à l'eau. Seuls ses yeux éclairaient sa silhouette uniformément noire.

KS avait les yeux de la charmeuse de serpents.

– Je suis Salamat Krishna Samadhi, annonça-t-il d'une voix suave, comme si quelqu'un dans la salle pouvait en douter.

– Heu… Hervé, répliqua simplement le prisonnier.

– On m'a parlé de votre petite escapade.

– Je… je suis désolé.

– C'est moi qui suis désolé. On m'a dit que vous aviez croisé la route des *aghoris*.

– Je ne sais pas qui sont…

– Des sadhous qui se droguent sur les lieux les plus abominables qui soient : les crématoires.

Hervé revit les hommes cannibales couverts de cendre blanche qui dévoraient les membres des morts… Il les avait déjà oubliés. Son existence était devenue un tel musée des horreurs qu'il ne s'arrêtait plus sur telle ou telle curiosité.

– Pour un hindou, continua son hôte, il n'y a pas plus impur que ces sites où on brûle les cadavres. C'est là que les aghoris cherchent la voie et éprouvent leur indifférence au monde. Ils vénèrent Kâli, fument du chanvre, mangent de la chair humaine et luttent contre les démons qui peuplent ces lieux maudits. Un peu comme Jésus dans le désert. C'est à travers cette lutte qu'ils espèrent atteindre le nirvana…

Hervé écoutait à peine. Le visage de Krishna, toujours. Son nez droit et fin descendait en piqué sur ses lèvres rose sombre, comme brillantes de gloss. Ses yeux de biche, soulignés de khôl, scintillaient, tel du phosphore au fond d'une grotte. *Non, pas du khôl.* De simples cernes qui lui donnaient un regard ourlé d'acteur de film muet.

– Pardon ? se réveilla-t-il soudain.

– Je m'excusais encore… À propos des conditions de votre séjour.

Hervé se prit à avoir du cran.

– Vous voulez parler de mon enlèvement ? demanda-t-il en montant la voix. Des barreaux aux fenêtres ? De la porte verrouillée ?

– Ces mesures ne visent pas à vous interdire de sortir. Elles visent à empêcher qu'on puisse entrer dans votre chambre.

– Pour moi, ça ne fait pas de différence…

Krishna joignit les paumes et les aligna, à la verticale, sous son menton.

– Connaissez-vous la Ronde ?

– Non. Qu'est-ce que c'est ?

– Une secte très puissante, ici, au Bengale.

– Qu'est-ce que j'ai à voir avec ça ?

– Cette communauté a été fondée par une Française, Jeanne de Texier. Ses disciples l'appellent « la Mère ». Elle est morte aujourd'hui mais elle a réussi à fonder une véritable ville, dans les montagnes au nord du Bengale-Occidental, à Susunia Hills : « le Royaume ».

– Et alors ?

– Quand j'étais enfant, la Mère m'a adopté et m'a envoyé avec ma sœur à Paris pour suivre des études. En réalité, elle préparait mon avènement. Elle et son acolyte Charles Aubenas avaient décidé que j'étais la réincarnation d'un maître spirituel très ancien. Je serais désormais le guide, le messie de la Ronde…

Hervé agita les mains pour exprimer son impatience :

– Excusez-moi, mais je ne vois vraiment pas pourquoi vous me racontez tout ça…

– La Ronde pratique le syncrétisme, poursuivit Krishna, imperturbable. Ses leaders piquent çà et là des éléments de religions majeures et prétendent y déceler une vérité nouvelle. Parmi ces éléments, il y a la croyance en la réincarnation. Une notion clé dans leur mystique.

Hervé, face à ce gourou déguisé en serveur de palace indien, haussa franchement le ton :

– Je ne comprends rien ! De quoi s'agit-il ?

– Il s'agit de ça.

D'un geste sec, Krishna releva la manche gauche d'Hervé, dégageant la tache en forme de croix gammée. Cette tache qui, pensait-il, lui avait toujours porté la poisse.

À cet instant, quelque chose se passa.

Quelque chose de fulgurant, et de totalement inattendu.

En un seul mouvement, les demoiselles d'honneur, Abha, et même les deux cerbères à moustache tombèrent à genoux.

Hervé, incrédule, fixait les yeux de magicien de Krishna Samadhi, en quête d'une explication, tandis que les autres restaient prosternés, le front contre le sol.

Des fleurs qui auraient fané d'un coup.

Finalement, ce fut lui qui balbutia, en essayant de rabaisser sa manche :

– C'est une marque de naissance, c'est…

– Non, fit Krishna Samadhi en bloquant son geste et en exhibant le svastika mal dessiné à la lumière confuse du crépuscule, c'est la marque de Mère.

102.

Quelques minutes plus tard, ils étaient installés dans le salon de la villa. Murs blancs, mobilier colonial… Un seul détail attirait son attention – il l'avait déjà remarqué en essayant de fuir la veille : les fenêtres à guillotine abritaient des vitraux aux couleurs de confiseries anglaises.

– Rêvez-vous parfois d'une femme élégante qui vous est inconnue ?

Hervé se surprit à répondre par l'affirmative. Il fixait KS, installé sur une sorte de trône en bois, ses pattes d'échassier croisées avec élégance.

– Souffrez-vous de crampes intempestives dans les membres ?

– Oui.

Krishna tendit la main vers la table basse et ouvrit une enveloppe kraft posée dessus. Il en sortit un tirage en noir et blanc qu'il poussa vers Hervé, assis en face de lui.

Celui-ci se pencha pour observer le cliché, sans oser y toucher. Un portrait de la femme de ses rêves, mais portant un sari et une sorte de cape blanche sur les épaules.

– Qui c'est ? demanda-t-il d'une voix incrédule.

– Jeanne de Texier. La Mère.

– Je ne comprends pas.

KS conserva le silence quelques secondes. Derrière lui, les quatre fées en sari, Abha, les gardes du corps restaient debout – la cour du charmeur de serpents.

– Jeanne de Texier souffrait d'une maladie neuromusculaire qui lui provoquait des crampes insupportables.

– Et alors ?

– Elle portait sur l'avant-bras gauche une tache de naissance, en forme de svastika incomplet.

Le baba parlait un français sans accent, ce qui ajoutait à son côté trouble, envoûtant. Cette dimension polyglotte mystérieuse impliquait un passé compliqué, instable, riche en connaissances voilées et en angles morts.

– Où vous voulez en venir à la fin ?

– Hervé..., prononça Krishna. (C'était la première fois qu'il s'adressait à lui ainsi, et sa façon de prononcer son prénom l'écœura.) Vous êtes en Inde, le pays des dieux et des présages.

Rien ici ne survient par hasard, rien n'est anodin ni privé de sens...

Il réalisa que la lumière baissait mais qu'il ne s'agissait pas du crépuscule – un orage s'annonçait. Un orage terrible, un orage indien. Abha l'avait prévenu : la mousson était imminente.

– En Inde, poursuivait le gourou, le svastika est...

– Je m'en fous, trancha Hervé. Je n'ai rien à voir avec vos histoires.

– Ce ne sont pas mes histoires, malheureusement. Plutôt les vôtres...

Hervé se leva d'un coup :

– Alors quoi, je suis la réincarnation de votre bonne femme, là ?

Krishna changea d'expression :

– Je vous déconseille de manquer de respect à Mère.

Hervé dut faire machine arrière. Il regrettait de ne pas avoir dix ans de plus, voire vingt. Il aurait voulu posséder une plus grande autorité, une présence qui coupe net tout commentaire. Mais il n'était qu'un échalas trempé de sueur, tremblant dans son froc.

– Je m'excuse, grommela-t-il, mais je ne suis ni hindou ni même religieux. Je ne vois pas en quoi je...

– Asseyez-vous.

Il s'effondra sur son fauteuil. Il se sentait gluant, suintant comme une plaie.

– Nous parlons d'un monde, d'une vérité, qui ne connaît ni les distances ni les repères chronologiques.

– Je ne crois pas au karma.

– Il ne s'agit pas de karma. Plutôt du contraire. Le karma, c'est porter le poids de son passé, c'est payer pour les fautes de ses vies antérieures. Nous parlons au contraire de l'avenir. Nous parlons du devoir qui vous attend demain...

Hervé se passa les mains sur le visage :

– La Mère, qui ne meurt jamais, aurait donc choisi mon corps pour se réincarner ? C'est ça, votre idée ?

– L'idée de la Ronde, oui.
– Et c'est à moi maintenant de diriger cette… secte ?
– Il est trop tôt pour le dire.
– Je deviens fou…, murmura Hervé.
KS tendit la main et attrapa une petite tasse en grès. Service, service : le chaï était prêt depuis longtemps.
– Vous connaissez cette citation ? « Quand vous êtes au théâtre et que vous croyez que tout est vrai, c'est que vous êtes à l'église. » Il faut considérer l'Inde comme une gigantesque église. Tout y est toujours vrai.
Hervé secouait la tête, s'agitait sur son fauteuil. Un dément dans sa camisole.
– Et puis d'abord, dit-il en se passant la manche sur la bouche (il salivait d'une manière excessive, il en bavait, au sens littéral du terme), comment m'avez-vous retrouvé ?
Salamat Krishna Samadhi prit son souffle – il avait ce geste de la main, souple, délicat, légèrement efféminé, qu'Hervé avait déjà remarqué chez Gupta.
– Vous aviez une amie, Suzanne Girardon. Cette jeune femme a commencé à faire du yoga, à Paris, au mois de janvier dernier. Elle pratiquait cette discipline dans une école dirigée par un Bengali, Dhritiman Gupta.
– Je le connais.
– Un jour, vous êtes allé suivre un cours avec elle.
– Ça n'a même pas duré une heure.
– C'était suffisant pour que Gupta remarque votre tache de naissance sur le bras.
Enfin, un fragment de l'histoire s'ordonnait, trouvait une cohérence.
– Il a aussitôt informé la Ronde. Mère avait été retrouvée.
S'accrocher maintenant à la chronologie des faits.
– Gupta appartient à la Ronde ?
– Plus maintenant, mais il a dû en faire partie, oui. En tout cas, il a tout de suite mesuré l'importance de la nouvelle. Je ne

sais pas qui au juste il a averti, mais l'annonce s'est vite propagée ici, à Calcutta : la réincarnation de Mère vivait à Paris.

Ce scénario lui donnait le tournis. Vraiment, c'était trop. Il préférait aborder la face meurtrière de l'histoire.

– Ces dernières semaines, il y a eu des assassinats à Paris. Suzanne Girardon, notamment, a été tuée.

– Oui, et Cécile Bisciglia aussi.

– Ces meurtres sont-ils liés à la Ronde ?

– Oui, indirectement.

– De quelle manière ?

Salamat Krishna Samadhi se leva. Son expression était teintée de douceur et de bienveillance mais sa figure avait la verticalité d'un glaive.

– Je vous propose d'en rester là pour ce soir.

– Non, fit Hervé en imitant son interlocuteur. Je veux savoir. De quel danger me protégez-vous ? De l'assassin ? De la Ronde ? C'est la même chose ?

KS lui pressa amicalement le bras :

– Nous avons le temps. On va vous raccompagner à votre chambre.

Hervé se dégagea brutalement :

– Vous me voyez, moi, prendre la direction de la Ronde ? Siéger sur un trône ? Recevoir des disciples ?

– Demain, conclut le gourou d'une voix ferme.

Déjà, il tournait les talons, ses demoiselles d'honneur dans son sillage, abandonnant Hervé à ses deux cerbères.

– Pourquoi vous m'aidez ? hurla-t-il.

Le baba revint sur ses pas. Il souriait. Hervé songea à la pulpe d'un fruit tropical. Suave. Sucrée. Mais avec un parfum lointain de décomposition. Une sorte de mort sourde qui giclerait comme une caresse sur le voile du palais.

– Il y a longtemps, murmura-t-il, j'ai été vous. La Ronde m'a enlevé, éduqué, violé, m'a imposé un rôle dont je ne voulais pas. Cela ne vous arrivera pas.

Hervé déglutit – au fond de son cerveau, il devait donc

admettre que cette tête de fakir était un allié. Peut-être même le seul dans toute la ville.

– Ce soir, conclut KS, la pluie arrive. Écoutez-la. Je ne connais rien de plus fertile pour réfléchir, mettre de l'ordre dans ses idées, que le bruit de la mousson.

– La Mère, demanda soudain Hervé, comment est-elle morte ?

– Elle a été assassinée.

– Comment ?

– Ça n'a jamais été clairement établi.

– C'était le même tueur qu'à Paris ?

– Demain.

103.

Hervé utilisait de plus en plus cette technique : face à l'adversité, c'est-à-dire aux nouvelles abracadabrantes qui ne cessaient de lui tomber dessus, il dormait.

Aussitôt après le départ de la délégation KS, il s'était carré dans son lit comme un mollusque dans sa coquille. Deux heures de sommeil et au réveil, rien. Pas plus d'idées qu'avant la sieste. Peut-être même moins. Tout ce qu'il ressentait maintenant, c'était ces putain de crampes dans les jambes et les efforts désespérés de son estomac pour assimiler le régime curry.

En parlant de curry, la porte de sa chambre s'ouvrit et la lumière s'alluma. Abha, dans son rôle préféré – celui de la soubrette à l'indienne –, apparut. Hervé se redressa et s'assit au bord du lit. Il n'était pas d'humeur. Pas la moindre énergie pour discuter avec elle ni essayer de paraître séduisant.

D'ailleurs, il la considérait d'un autre œil désormais. Il l'avait vue s'effacer dans l'ombre de son frère, se prosterner devant sa marque de naissance, écouter religieusement les délires de KS…

Elle n'était plus son alliée – simplement une étrangère parmi d'autres.

– Comment vous vous sentez ?

– Tu peux continuer à me tutoyer.

Elle déposa sur le guéridon un plateau aux allures d'arsenal – curry à la dynamite, massala au napalm – puis, d'un pas léger – elle paraissait glisser sur le sol –, s'approcha de lui et s'agenouilla. Comme la première fois, elle lui saisit les deux mains. Le tutoiement aurait suffi.

Au loin, le grondement du tonnerre.

– Tu dois faire confiance à mon frère.

– Sinon ?

– Y a pas de sinon. C'est la seule option.

Tête baissée, Abha semblait observer les lignes de ses mains. Il sentait son violent parfum de fleur tropicale. Ce genre de fleurs exubérantes qui crèvent d'un coup ou vous bouffent, vous, petit insecte sans défense, dans un soupir de pétales.

Il voyait la raie dans ses cheveux de laque, qui courait comme une rivière rose au sein d'une jungle noire. Il ne put retenir un frisson, presque une convulsion, chargé de fièvre et d'émoi.

Finalement, elle posa sa tête sur ses genoux, de côté. Très lourde, la tête, pleine d'idées incompréhensibles, et très riche de parfums, de langueurs… Abha était la princesse des *Mille et Une Nuits*, et lui le puceau qui pouvait mourir lynché pour un mot de travers.

– Une chose que je ne comprends pas…, murmura-t-il.

– Oui ?

Il pouvait voir son profil, se détachant sur son dhoti comme une ombre chinoise.

– Quand vous avez vu la marque sur mon bras, vous vous êtes prosternés…

– En Inde, rit-elle avec légèreté, on a la prosternation facile… Le svastika est le symbole de la Ronde.

– Justement. Krishna a coupé les ponts avec cette communauté.

Et toi, tu suis les préceptes de ton frère. Donc, pourquoi vénérer encore cette école ?

Elle n'eut aucune hésitation :

– La Mère reste la Mère. Jamais Goppi n'a renié son enseignement. D'une certaine façon, c'est cet enseignement qu'il défend encore aujourd'hui.

– La Mère, elle était autoritaire ?

Quelques secondes de réflexion, puis :

– Je l'ai très peu connue. À l'époque, j'étais toute petite et à ses yeux, je n'étais rien. Je n'existais qu'à travers mon frère. Peut-être même pensait-elle que je gênais l'éducation du messie…

– Elle a vraiment été assassinée ?

Abha se redressa et lui lança un regard de biais, en tournant la tête. Hervé songea à une blessure. De la chair coupée par un coquillage nacré.

– Krishna a eu tort de te dire ça. Personne ne sait ce qui s'est passé.

– De qui me protège-t-il ?

– Je ne sais pas.

– On veut me tuer ?

Elle se leva comme une flamme chargée de magnésium :

– Je te dis que je n'en sais rien !

Elle joignit ses mains devant elle puis éclata de rire. Hervé avait du mal à suivre ces revirements.

– Je suis heureuse, murmura-t-elle.

La lumière s'éteignit. Panne de courant. Aussitôt, un éclair traversa la pièce. Abha se tenait près de la porte, les bras le long du corps, son sari dessinant un « Z » argenté.

– Je suis heureuse, répéta-t-elle à voix basse entre deux coups de tonnerre.

Nouvel éclair. Cette fois, la silhouette d'Abha scintilla comme une carpe dans un bassin sombre.

– Pourquoi ? parvint-il à demander.

– La mousson arrive enfin.

Pris d'un courage inattendu, il marcha vers elle, presque à

tâtons. Les éclairs renforçaient les ténèbres, en vous éblouissant. Quand il fut à quelques centimètres d'Abha (elle lui arrivait à peine à l'épaule), son parfum lui fouetta à nouveau le visage. Tous ces sentiments, dérèglements, bouleversements l'épuisaient. Il n'y avait donc rien ici qui soit atténué, édulcoré ? Rien d'autre que cette violence, ces vertiges ?

Elle lui prit la nuque, déclenchant un frémissement de métal. Hervé songea à un glockenspiel – il sentait sa propre chaleur dans la paume d'Abha comme si sa nuque était devenue un petit oiseau au cœur palpitant.

– La mousson est là, répéta-t-elle. C'est merveilleux.

Elle demeurait dans l'ombre, se résumant à quelques touches d'argent, quelques zébrures moirées. Son parfum respirait, alors que l'orage se rapprochait, encore sec.

– Les milliardaires musulmans, expliqua-t-elle à voix basse, viennent ici chaque année. Les seigneurs d'Arabie saoudite, des Émirats, des autres pays du golfe Persique réservent des hôtels entiers juste pour admirer l'arrivée des pluies… Ils font démonter les châssis des fenêtres et attendent… que la mousson s'engouffre dans leurs suites royales, les trempe de la tête aux pieds !

Hervé tremblait dans l'obscurité. Bon sang, pourquoi était-il si fragile ? Si sensible ? Il n'était pas prisonnier de cette villa. Il n'était pas non plus la réincarnation d'une vieille sorcière. Il était simplement tombé dingue de la ravissante petite sœur… De l'importance d'être constant : de l'étudiant taciturne au prisonnier de Calcutta, il n'avait pas beaucoup changé. Il était toujours ce Don Juan malheureux, aux Clarks hésitantes…

Soudain, un bruit sourd retentit, quelque part à l'intérieur de la villa.

– Je vais voir ce qui se passe…, murmura Abha sur un ton espiègle.

Elle se hissa sur la pointe des pieds puis lui chuchota :

– Regarde ton plateau : je t'ai glissé une surprise.

– Quelle surprise ?

– Je veux que tu aies le choix.

104.

Une fois seul, Hervé se précipita vers la fenêtre. Il était toujours dans le noir. Enfin, le noir… Les éclairs surgissaient maintenant si nombreux et si rapprochés qu'ils formaient un jour électrique, blafard, éblouissant. Il ouvrit les rideaux et aperçut, dans le ciel, les lames de lumière qui s'insinuaient entre les nuages amoncelés à la manière d'un scalpel parmi les plis d'un cerveau.

En une synchronie parfaite, la pluie commença au moment où il tournait la crémone du châssis. Ouvrant les battants, il se prit aussitôt une gerbe d'eau comme sur un pont de chalutier. En urgence, réviser son vocabulaire. Des mots tels que « pluie », « averse » ou « ondée » semblaient dérisoires face à ce qui dégringolait maintenant. Confirmation d'un phénomène récurrent : les mots occidentaux rendaient les armes face à la réalité bengalie. C'était comme vouloir peindre l'apocalypse avec un crayon à quatre couleurs.

Les deux mains cramponnées aux barreaux de la fenêtre, Hervé jouissait de cette violence. La pluie, lourde, chaude, frappait, mitraillait, martelait, froissant la végétation, battant le chemin de sable qui courait autour de la maison, remplissant les gouttières à les faire déborder…

Le tonnerre était toujours de la fête. À chaque déflagration, le sol tremblait, les murs frémissaient. Les grondements semblaient provenir de la terre elle-même et les éclairs, aussi fulgurants que le déclic d'un diaphragme photographique, jaillissaient d'entre les palmiers. C'était merveilleux, et terrifiant à la fois. Une tempête sur la terre, un ouragan sur la ville : voilà exactement ce qu'il lui fallait.

Il se prit à imaginer la villa emportée par la tourmente, ses barreaux pliés, sa chambre balayée… Il était libre, il était neuf, il était purifié par l'orage et…

Ses pensées s'arrêtèrent net. Là, devant lui, dans le jardin ébloui, un homme se tenait. Longue silhouette gainée de noir, tête baissée, visage absorbé par l'ombre de la casquette qu'il portait, à la manière d'un marin en maraude…

Le tonnerre grondait maintenant dans son estomac.

Il connaissait cet homme.

C'était l'intrus de ses cauchemars de môme.

Le voleur d'enfants qui se penchait sur un berceau.

Le temps d'un clignement de paupières, le visiteur avait disparu. Il ne restait plus que le firmament blanchâtre, les feux du Très-Haut, et cette conviction, enfoncée dans son cerveau comme une écharde dans une paume : ses terreurs de gamin revenaient, habillées pour l'occasion des vêtements du réel.

Un malheur n'arrive jamais seul. Il perçut alors ce qu'il aurait voulu ne jamais entendre. Entre deux coups de tonnerre, comme la mort rit entre deux battements cardiaques, un hurlement retentit dans la villa de Salamat Krishna Samadhi.

105.

Hervé bondit vers la porte. Verrouillée, bien sûr. *Vous avez dit impuissance ?* Accroché des deux mains à la poignée, il s'acharna à tenter de la forcer. De l'autre côté, toujours des cris, des coups, des râles. Ils allaient tous y passer. Abha, Krishna, les deux cerbères, les demoiselles d'honneur… Et bien sûr, ensuite, ce serait son tour.

Dans son dos, les odeurs de la jungle s'engouffraient, suffocantes. *Putain de porte…* Il s'escrimait toujours sur la poignée, façon disque rayé. Les effluves végétaux hurlaient derrière lui : *Laisse tomber*. Il n'y avait plus qu'à attendre sagement son exécution. Non. Ce qui primait, c'était la tension. Tension de l'instant, tension de la nuit, tension de la chaleur – alors que les hurlements des suppliciés et les craquements de l'orage se mêlaient en une cacophonie de cauchemar. Il devait trouver un moyen.

Il se passa la main sur le visage, se pressa les joues, comme pour en faire sortir une idée. Mais ses pensées n'étaient plus que des pulsations de sang, des convulsions de conscience, frappant son crâne sans rime ni raison.

Alors, soudain, la petite voix d'Abha :

Je veux que tu aies le choix.

Il se jeta sur le plateau du repas, balaya les assiettes, brisa le verre, tâtonna. Sous la serviette, une clé. Pas celle de la porte principale, il la connaissait. Non, celle, dans la salle de bains, d'une issue qui donnait sur l'extérieur et qu'il avait, dès son arrivée, tenté d'ouvrir de toutes les façons possibles, avec un couteau, un cintre, une aiguille.

Il se rua dans la salle de bains alors qu'on cognait déjà à la porte de la chambre. On venait le chercher. La clé s'encastra parfaitement dans le cylindre. Un tour, deux tours, et il sentit physiquement, dans ses doigts, dans ses tripes, tourner le pêne dormant.

L'instant d'après, il était dehors.

Il se jeta sous le déluge, éprouvant la sensation de subir l'assaut d'un marteau-piqueur hydraulique. Il courut droit devant lui, glissant dans la boue, trébuchant parmi les herbes. Ses cils ployaient sous les gouttes, sa bouche était remplie d'eau, noyé de l'orage, naufragé de l'instant. Autour de lui, bruissements de feuilles, frémissements des bambous, claquements de palmes. Il aurait voulu se souvenir de sa première évasion, mais rien ne lui venait. Cerveau absorbé par les sensations – pluie, vent, fraîcheur.

Enfin, sans savoir comment ni pourquoi, il se retrouva devant une grille, parmi un entrelacs de lianes, de branches et de feuillages bouillonnants. Il l'escalada, retomba de l'autre côté, nez contre le sol. La pluie jaillissait de terre comme des impacts de bombes.

La rue ou la boue ? C'était la même chose. Il sillonna la place, où la vie continuait. Les rickshaws traversaient les flaques, les porteurs titubaient sous la flotte, les passants trottinaient sous leurs parapluies et les ampoules nues des boutiques tremblotaient dans le chaos.

Il s'élança, comme la première fois, dans ce labyrinthe sans fin, empruntant peut-être la même ruelle. Sur le pas de chaque porte, des Indiens s'agglutinaient, les pieds dans l'eau, indifférents. Leurs visages étaient invisibles, effacés du tableau noir par une monstrueuse éponge.

Hervé avait l'impression de courir mais il ne faisait que tituber entre deux chutes. Ses vêtements trempés formaient sur son corps une seconde peau. Où aller ? Surtout pas vers les quais, là où brûlaient les cadavres et où les sadhous se repaissaient de chairs mortes.

Il prit à gauche, il prit à droite, il enquilla sur une artère aux allures de rivière percée de milliards de trous d'épingle – le courant maintenant lui enserrait les mollets et ralentissait sa course. Il lui semblait que son sang s'était changé en flotte. Devantures, façades, portails – il fallait en placer un maximum entre lui et le cauchemar, entre sa propre vie et la mort des autres.

Les gouttières débordaient, les toits dégorgeaient, la terre battue bouillonnait. Il allait s'en sortir, il allait…

– Hervé !

Son nom l'arrêta net. Impossible. Il avait rêvé. Ces syllabes n'appartenaient plus à cet instant, à cette ville, à cette terreur.

– Hervé !

Cheveux perlés dans les yeux, il tourna la tête. Sous une bâche détrempée se tenaient Jean-Louis et Nicole, serrés l'un contre l'autre.

Jean-Louis, le premier, se précipita, tendant les bras. Hervé ne répondit pas à son geste. Il s'affaissa simplement, s'effondrant entre les mains du grand frère qui était là, en chair et en os, en force et en espoir, dans la capitale bengalie, pour le secourir.

Hervé se dit – c'était comme le son du bol chantant tibétain de Nicole, une vibration métallique au-dessus de lui – *Je suis sauvé, je suis sauvé...* Il releva la tête et vit le visage étincelant de Nicole qui se penchait sur lui. Aucun doute, l'heure des fées avait sonné. Il crut qu'il allait éclater en sanglots mais ce fut un rire forcené qui sortit de sa poitrine. Un rire si fort, si tonitruant, qu'il faisait la pige à l'orage et, pourquoi pas, aux millions de dieux hindous.

106.

De part et d'autre de la rue, les maisons, les boutiques, les temples paraissaient près de s'effondrer comme des châteaux de cartes. Pourtant, par les lucarnes, les pas de porte, on apercevait encore des artisans à pied d'œuvre, stoïques dans l'adversité. La vie s'obstinait.

Après qu'Hervé eut déballé, d'une manière à peine intelligible, son histoire – sa détention, son évasion, le massacre qui, à coup sûr, venait d'être commis dans la villa –, Mersch, qui n'avait pas perdu un poil de son énergie, décida :

– On y va.

– Où ? demanda Nicole.

– À la villa. Constater les dégâts.

Quand ils étaient tombés sur Hervé, Mersch et Nicole s'acheminaient justement vers la demeure de Salamat Krishna Samadhi, histoire de repérer les lieux. Autant s'en tenir au plan...

Mersch réfléchissait. Côté bonnes nouvelles, on avait retrouvé le frangin. Côté mauvaises, le tueur avait remis ça. Mais là encore, le flic ne pouvait s'empêcher d'éprouver une sourde (et malsaine) satisfaction – il avait donc vu juste : l'assassin leur avait emboîté le pas jusqu'à Calcutta. Ou bien il les avait devancés. Ou encore il avait suivi Hervé et ses gardes du corps... En tout cas, c'était officiel : l'enquête, tueur compris, s'était déplacée dans la Cité de la joie.

Maintenant, il assemblait le puzzle. Hervé était donc, soi-disant, la réincarnation de la Mère – Nicole, cet après-midi, était parvenue à la même conclusion en allant interroger un ex-disciple de la Ronde. Admettons. Ainsi, Salamat Krishna Samadhi avait tenté de protéger l'Élu, d'abord en envoyant un sadhou à Paris, puis en le faisant enlever.

Volé, violé, conditionné par les cinglés de la Ronde, Goppi ne voulait pas que l'histoire se répète avec Hervé. Très bien. En revanche, ce qui ne collait pas du tout dans le tableau, c'était les meurtres. Pourquoi ces assassinats ? Des rites tantriques ? Des sacrifices en l'honneur d'Hervé ?

En tout cas, deux menaces distinctes pesaient sur lui. D'une part, les gars de la Ronde qui voulaient récupérer leur guide spirituel. De l'autre, un meurtrier qui traçait un cercle de sang autour de l'étudiant.

L'averse – si on pouvait appeler ça comme ça – diminuait en intensité. Les gouttes devenaient plus légères, ondulant comme des nappes secouées depuis un balcon, léchant les toits, caressant le sol, rappelant le geste de l'agriculteur semant la terre avide.

La végétation marquait des points : arbres dégoulinants, plantes lustrées, fleurs écloses en quelques minutes, stupéfiantes de vitalité et de couleurs. Peut-être la vraie nature de la ville : ces marécages, qu'on avait recouverts un peu vite de palais victoriens et de sanctuaires, ne demandaient qu'un coup de pouce pour ressurgir…

Enfin, ils parvinrent à la villa de Salamat Krishna Samadhi. Plutôt par hasard que par réel sens de l'orientation.

– Je veux pas y retourner…, répétait Hervé.

Ils avancèrent pourtant, comme trois rescapés, deux soutenant le troisième, jusqu'aux grilles de la demeure, sans même chercher à se cacher.

C'était donc ça la prison d'Hervé ? Pas étonnant qu'il ait pu s'en évader si facilement. Apparemment, la bâtisse n'offrait rien de particulier, ni en termes de sécurité ni en termes d'architecture. S'il y avait eu des coquetteries de style et des affèteries esthétiques, elles étaient oubliées depuis longtemps. Les moussons, les cyclones, les saisons sèches n'avaient laissé que la peau sur les os à la villa. En guise d'habillage, désormais, seules des grappes de lierre et de fleurs sur les balcons à claire-voie jouaient les cache-misère.

La grille, non verrouillée malgré un cadenas gros comme un fer à cheval, puis les jardins. Mersch n'était pas spécialiste mais il crut reconnaître des jasmins, des œillets, des hibiscus et même des roses… Comme dans la rue, ces fleurs paraissaient avoir été réveillées en sursaut par l'averse.

Rien ne bougeait à l'intérieur. Quelques éclairs blancs jaillissaient encore des plis de l'orage, semblant photographier la scène comme un fonctionnaire de l'Identité judiciaire.

Le tueur était-il encore là ? Si oui, tant mieux. On saurait enfin qui agissait derrière tout ça et on pourrait régler ses comptes, disons, à l'arrache – comme en Algérie, quand il ne restait plus, en guise de conclusion, qu'une cabane en torchis, un couteau de commando et une poignée de fellaghas à scalper… Mais il n'y croyait pas.

Quelques marches sous la marquise…

– Je veux pas y aller…, supplia encore Hervé.

Après avoir ouvert la porte, Mersch le poussa à l'intérieur. Après la joie d'avoir retrouvé le frangin, ses manières brutales revenaient déjà. Un petit frère, c'est fait pour être secoué.

En partant, le tueur n'avait pas éteint. Dans le vestibule, les ampoules d'un lustre vénitien tremblaient dans leur coque de verre soufflé. Le salon, meublé comme un lupanar colonial, baignait aussi dans une lumière jaunâtre caractéristique des Tropiques. Au fond de la pièce, deux escaliers se regardaient en chiens de faïence.

Pas besoin d'aller plus loin.

Le massacre s'était déroulé dans cette pièce, sur les tapis usés, sous l'œil compassé des tableaux britanniques. En matière de sang, Mersch n'était pas un novice. Et sans se la jouer viandard, il se considérait plutôt dur au mal.

Mais là, c'était différent.

Le tueur avait égorgé un hindou aux frêles épaules, dont la veste à col Mao était trempée de sang, et deux autres, balèzes et moustachus, en costard : leur cou, profondément entaillé, pendait de côté, leur donnant l'air de poulets sur un étal. Le meurtrier avait sans doute d'abord tranché chaque gorge d'un coup sec, afin de neutraliser l'ennemi, puis était revenu à la charge, plongeant sa lame au fond du larynx jusqu'à buter contre les vertèbres. Mersch nota au passage sa virtuosité – il était venu à bout de trois adversaires, dont deux sérieux, en quelques mouvements…

Donc, du brutal, mais encore une fois, il connaissait.

Le caractère vraiment insoutenable du carnage tenait à la quatrième victime : une jeune femme vêtue d'un sari, et qui fermait, Mersch en était certain, la ronde des « fiancées » d'Hervé.

Cette fois, rien qui évoquât le yoga ou une déesse hindoue, le tueur s'était contenté de lui ouvrir poitrine et abdomen et de dérouler ses entrailles pour tracer des caractères sur le mur – sans doute du bengali ou de l'hindi. Il faudrait appeler un homme du cru qui ne serait pas dégoûté à l'idée de décrypter un tel message.

L'assassin avait abandonné les viscères au pied du mur et la jeune femme était pour ainsi dire reliée par ses entrailles à la fresque. Peut-être l'effet de Calcutta, ou de cet orage qui l'avait mis de bonne humeur – ou encore, et surtout, la joie d'avoir retrouvé le frangin –, mais Mersch était moins affecté par cette boucherie que par les deux scènes de crime parisiennes. Peut-être simplement l'habitude…

Il se tourna vers ses compagnons : Hervé, à genoux, sanglotait en détournant les yeux. Nicole était au contraire pétrifiée, les yeux rivés sur le corps béant de la jeune femme.

Mersch s'en approcha au point de détailler les plaies qui meurtrissaient la chair. Toujours les entailles, toujours les morsures circulaires… Fallait-il appeler les flics ? Prévenir qui que ce soit ?

Surtout pas. Hors de question de s'enliser dans les méandres de l'administration indienne, ni de contacter l'ambassade française qui, avec la connivence des autorités locales, aurait vite fait de les remettre dans l'avion du retour. Il fallait faire profil bas et se fondre doucement dans la masse.

Il donna un coup d'épaule à Nicole, qui s'ébroua de son état extatique, puis attrapa Hervé par le col. Il était temps de se trouver une nouvelle planque.

107.

D'abord, retour à l'hôtel.

Voix basse et pas feutrés, déménagement à la cloche de bois.

Sans allumer la lumière, ils firent leurs bagages. Si le tueur avait réussi à dénicher Hervé dans sa villa, il n'aurait aucun mal à les localiser ici, si ce n'était déjà fait.

Quand Mersch vit Nicole sortir de la salle de bains, sa petite trousse de toilette à la main, il faillit éclater de rire. Cette gamine effectuant dans le noir les gestes routiniers d'une voyageuse bon teint, vraiment, c'était… surréaliste.

– N'oublie pas ta brosse à dents, souffla-t-il, sans qu'elle capte l'ironie de la réflexion.

Hervé, lui, ne bougeait pas. Assis sur le lit, les yeux écarquillés comme deux points d'interrogation, il tremblait sur place.

Une nouvelle fois, Mersch attrapa son frère et le guida dans la salle de bains. Il le déshabilla et le poussa sous la douche, déclenchant le jet sans prendre la peine d'en régler la température.

Hervé hurla et Mersch prit ça pour un bon signe. Il se mit à le frotter à toute force avec la serviette râpeuse qui traînait là.

– T'as du parfum ? demanda-t-il à Nicole en revenant dans la chambre.

– Oui.

– File-le-moi.

En dépit de la chaleur – la nuit cuisait à petit feu, dépassant les trente degrés –, Mersch en aspergea le torse d'Hervé puis le frictionna avec vigueur. Quand ses paumes commencèrent à le brûler, il constata que le môme ne tremblait plus.

Il l'empoigna sous les aisselles pour l'aider à se relever :

– Allez, mon vieux. Il est temps de foutre le camp.

Ils regroupèrent leurs affaires puis ouvrirent sans bruit la porte de la chambre. Se couler dans l'ombre, traverser le hall en toute discrétion : pas de souci. Le problème, c'était leurs sacs. S'ils croisaient un veilleur de nuit, le gars tiquerait, de les voir ainsi disparaître.

Mais le Sudder Palace n'était pas une adresse sérieuse, à peine un cloaque à routards. Bref, pas l'ombre d'un gardien dans le lobby désert.

Ils retrouvèrent la nuit étouffante, encore toute perlée de pluie, et purent enfin respirer. Étrange sensation : cette rue endormie, noire comme un tunnel, sale comme une décharge, était littéralement métamorphosée par l'humidité ambiante. De fines particules brouillaient l'air nocturne alors que des toits tombaient encore des gouttes, aussi translucides et chantantes que des souvenirs.

Sans savoir pourquoi, Mersch se sentit tout à coup protégé, comme au creux d'un refuge, d'un antre protecteur, avec un petit quelque chose de magique, de féerique.

Ils remontèrent Sudder Street en silence jusqu'à ce qu'Hervé sorte enfin de sa léthargie :

– Où on va ?

– Bonne question, admit Mersch sans la moindre idée à l'horizon.

Ce fut Nicole qui proposa :

– Chez les sikhs.

108.

En se réveillant, Nicole avait perdu la mémoire.

Ou du moins, les horreurs de la nuit précédente ne lui revenaient que par bribes, fragments et autres friches qu'elle n'avait pas spécialement envie d'ordonner ni d'approfondir.

La veille, ils avaient marché près de trois kilomètres pour atteindre le gurdwara Baba Lal Sikh Sangat : le plus grand temple sikh de Calcutta, situé dans le sud du quartier de Chowringhee.

Un bâtiment beaucoup moins vétuste que d'habitude – grande façade blanche, lucarnes en ogive, tourelles dentelées et dôme d'or sur le toit-terrasse. On aurait pu croire une mosquée.

Sous le portail de style mauresque, les trois fuyards avaient été accueillis par un personnage qui semblait directement sorti d'un album d'Hergé, genre *Le Lotus bleu* ou *Les Cigares du pharaon*... Il portait un turban rouge, serré sur son front comme une tulipe géante. Son visage en ronce de noyer était fermé par une barbe aussi noire que le bonnet des grenadiers anglais. Le gars était impeccable : veste moirée et culotte qui s'arrêtait au genou, très XVIIIe siècle. Tout ça à trois heures du matin, dans un Calcutta complètement inondé.

Le sikh, sans manifester la moindre surprise, les avait guidés à travers un labyrinthe tapissé de céramiques qui évoquait le palais de l'Alhambra, à Grenade. Nicole, épuisée, hagarde, avait tout de même aperçu la salle de prière : un long chemin de velours rouge menait à un kiosque couvert de feuilles d'or, perdu dans une grande pièce nue.

Ils avaient traversé un patio détrempé avant d'atteindre une autre salle au sol jonché de tapis, peuplée de clodos dans leur style. Enfouis dans leurs duvets et autres sacs à viande, les nomades écrasaient ici à l'abri de la pluie.

À leur tour, ils s'étaient blottis par terre, roulés dans les draps qu'on leur avait donnés, avec leurs chaussures en guise d'oreillers. Presque aussitôt, sans un mot, ils avaient glissé dans le sommeil comme un cadavre dans son cercueil.

Mais maintenant, tout était différent.

Maintenant était un nouveau jour, une nouvelle ère.

Nicole se leva, se grattant un peu partout (la salle devait être infestée de puces et de punaises). Elle ne s'attarda pas sur les dizaines de zombies qui s'éveillaient autour d'elle, sur fond de toux, de grognements et de flatulences, et rejoignit la galerie qui courait autour du patio, alignant colonnes et voûtes, dorures et dentelures. Dans ce vaste carré de lumière, impossible de se convaincre que la nuit avait charrié des trombes de pluie. Désormais, tout était sec, tout était clair.

La grande cour ressemblait à un champ de mimosa. Du ciment, du sable, de la terre, elle ne savait quoi, mais le résultat était un jaune hurlant qui vous coinçait un citron entre les dents. Et ce n'était pas tout : les murs de la cour étaient peints dans un rose sombre qui avait de quoi vous bouleverser aussi. Des noms lui revenaient en tête, en droite provenance de ses cours de dessin de jadis : rouge de Madras, rouge violacé, rouge basque… Et aussi des flashs d'elle-même, la petite infante des Invalides, courant sur des courts de tennis dont la terre battue affichait la même pourpre, la même humeur violente…

Mais attendez… Le tableau n'était toujours pas achevé. Des sikhs arrivaient, les bras chargés de nourriture, tel un cortège royal. Patricia, la fille des Peace Corps, ne lui avait pas menti : ces gaillards prenaient vraiment à cœur leur devoir d'hospitalité.

Nicole s'abrita à l'ombre d'une colonne pour profiter du spectacle. Les sikhs, toujours impeccables avec leurs turbans, leur veste collet monté et leurs guêtres, servaient avec déférence les va-nu-pieds hirsutes et débraillés, tristes spécimens de la race blanche. La grandeur de l'Orient, magnanime, se penchait sur la dégénérescence occidentale…

Elle ne savait pas grand-chose sur cette secte sinon que tous ses membres, ou presque, s'appellent Singh, qu'ils ont une âme de guerriers – ils travaillent souvent dans la police – et qu'ils portent toujours sur eux les cinq mêmes attributs (qu'on appelle les « 5 K », parce que leur nom commencent, en langue pendjabi, par un K) : un peigne en bois, un caleçon long, un bracelet en fer, un poignard (glissé dans leur turban) et qu'ils ont l'interdiction de se couper les poils et les cheveux (enfouis aussi sous le turban)...

– *Dhan'yabada.*

Elle venait de remercier en langue bengalie l'homme qui déposait devant elle une tasse de terre cuite et différents mets sur un plateau d'argent – elle avait pris le temps d'apprendre quelques mots dans le guide de Mersch, mais elle ignorait si elle les avait correctement prononcés.

S'asseyant par terre, elle dégusta le chaï au lait et aux épices, puis croqua dans les galettes, en cueillant de-ci de-là des goûts et des couleurs – tout ce qui l'avait effrayée voilà quelques jours lui paraissait maintenant chaleureux, réconfortant.

Elle aurait presque pu oublier les horreurs de la nuit précédente, mais un journal atterrit près de ses jambes repliées.

Le titre en une hurlait au soleil : SLAUGHTER IN KRISHNA SAMADHI'S HOUSE !

Nicole leva les yeux : Mersch, au sens littéral, lui faisait de l'ombre. Debout devant elle, les deux mains cramponnées à la lanière de sa sacoche, il ressemblait à un facteur sous coke.

– Y z'ont pas perdu de temps.

Non seulement le *Statesman* annonçait le massacre de la veille mais la première page affichait, en gros grains noirs et blancs, une photo du salon de la villa, avec cadavres, mutilations et jets de sang en mode dripping.

– Traduis-moi ça.

Elle parcourut d'abord les lignes qui tremblaient dans la lumière puis résuma à voix haute. L'article laissait entendre que le « mahatma », dans son combat contre les gourous et les sectes, s'était fait pas mal d'ennemis, incluant les pires fanatiques. L'enquête s'orientait donc vers les groupes religieux que Krishna avait ouvertement critiqués.

– Très bien, acquiesça Mersch. Super.

Il mit un genou à terre et cueillit un chapati qu'il trempa dans une des sauces avant de l'enfourner dans sa bouche – lui aussi prenait les réflexes du coin.

– Allez, ouste, on y va.

– Où encore ?

– Au *Statesman*. Je veux creuser sur la Ronde. Je suis certain qu'on a affaire à un ancien disciple de la secte.

Elle chercha du regard :

– Et… Hervé ?

– Il cuve à l'ombre.

– Quoi donc ?

– Le massacre de cette nuit. La perte de sa p'tite copine hindoue. Sa nouvelle identité de gourou réincarné. Ou simplement le fait d'être encore vivant. T'as le choix.

109.

Nicole réussissait maintenant à faire abstraction du trafic infernal, de la pollution suffocante, des coups de klaxon stridents, des mendiants chancrés à leur bagnole… Elle se concentrait plutôt sur le rapport mystérieux et parfaitement adapté, sorte de connivence ésotérique, entre les façades désagrégées et l'extrême pâleur des feuilles des arbres à pluie – un vert décoloré, anémié, poussiéreux. Elle y surprenait un lien souterrain entre décor minéral et règne végétal, quelque chose comme un baiser, sec, aride, qui vous donnait un avant-goût de la mort…

À travers la vitre de l'Ambassador, elle observait aussi les styles architecturaux qui s'aggloméraient sous le cagnard, essayant de deviner leur origine : de l'indien, bien sûr, du british, toujours, mais aussi du dorique romain (les bâtiments administratifs affectionnaient les galeries à colonnades), du néogothique (cher au style victorien), du moghol, associant toujours marbre blanc et grès rouge...

– C'est là.

Nicole découvrit un bâtiment blanc creusé comme une mâchoire gigantesque. Un arc de cercle qui évoquait un amphithéâtre flanqué de hautes colonnes quadrangulaires et d'un balcon rehaussé de balustres façon Renaissance. Comme d'habitude, sur le trottoir, les arbres poudreux semblaient envelopper cet édifice croulant, à la manière d'un lierre carnivore se nourrissant de son agonie.

Nicole suivit Mersch, qui connaissait visiblement les lieux. Hall délabré, journalistes pieds nus, balayeurs balayés par la chaleur... La routine. Dans ce grand espace, la lumière et la poussière dansaient une valse lente et mortifère.

D'après ce qu'elle comprenait, il fallait, pour accéder aux archives, suivre un parcours du combattant ponctué de bureaux et de tampons – mais Mersch s'était sans doute déjà fait avoir : il opta pour le chemin le plus court – la brutalité.

– Les archives sont en bas.

Bousculant quelques employés, ils prirent un escalier aveugle. Elle s'imaginait en Eurydice descendant aux Enfers. Pourquoi pas ? Elle était désormais transcendée par le sang et la mort.

Dans la grande salle, murs, sols étaient construits en papier, liasses, dossiers, cartons accumulés. Le plafond, de son côté, évoquait une piste de décollage : les pales des ventilateurs tournaient au ralenti, cinglant le plâtre de leurs ombres fugaces.

Les archivistes ? Assoupis, accroupis, planant comme des feuilles mortes, ils n'étaient que des dossiers jaunâtres parmi d'autres. Quant aux odeurs de thé, de pain frit, de saucisses grillées, rien à faire là, bien sûr, mais on était à Calcutta, alors...

Mersch fit signe à un curieux bonhomme assis en tailleur sur une table déjà encombrée de dossiers. L'Indien, complètement chauve, était torse nu – un brahmane arborant fièrement sur son torse son cordon sacré. Avec sa bedaine cuivrée et ses pieds glissés sous ses jambes croisées, il ressemblait trait pour trait au *Scribe accroupi* du musée du Louvre, en dépit des vingt-cinq siècles qui les séparaient.

Son crâne foncé semblait peint comme une quille et ses yeux, cernés d'ombre, renvoyaient le même éclat que ceux de la statue égyptienne, incrustés de cristal de roche.

Mersch se tourna vers Nicole :

– La dernière fois, j'ai galéré avec mon anglais à deux balles. À toi d'jouer.

Elle n'eut aucun mal à expliquer ce qu'ils cherchaient – des articles sur la Ronde, et particulièrement sur la Mère, son guide spirituel. Le Scribe hocha gravement la tête, comme si le sujet imposait une solennité particulière.

Il proposa de leur soumettre d'abord la notice nécrologique de la Mère – un long article rédigé en 1948. Sans doute le plus complet qu'ils pourraient trouver. Pendant qu'ils en prendraient connaissance, il en chercherait d'autres sur la communauté, mais il préférait les mettre en garde : cette secte, à la fois secrète et décriée, n'avait pas les honneurs des intellectuels bengalis – il ne fallait donc pas s'attendre à une documentation généreuse.

Nicole le remercia – elle avait hâte de lire l'histoire de cette Française qui avait tenu dans sa paume une petite partie de l'Inde – quelques millions de fidèles, tout de même.

L'homme sauta à terre et disparut dans les allées imprimées qui semblaient se déployer à l'infini.

Mersch s'alluma une bidi et proposa :

– J'te paie un chaï ?

– Ça ira, merci.

Ils s'assirent par terre, pour rester dans le ton, et patientèrent. Longtemps. En Inde, le temps se dilatait d'une manière étrange. Peut-être sous l'effet de la chaleur, ou de la spiritualité – la réalité n'était qu'une illusion. En tout cas, les aiguilles des horloges ne signifiaient rien. Pas plus que les pages du calendrier d'ailleurs : on était dimanche, et rien ici n'évoquait le repos dominical.

Enfin, l'archiviste revint, chargé d'un énorme livre à couverture de cuir qui rappela à Nicole le livre d'or du Camp Hotel. Simplement le volume relié des numéros du *Statesman* pour l'année 1948.

D'un point de vue moteur, le brahmane était plutôt lent, mais sa tête était une vraie calculatrice et il se souvenait de la date précise de la mort de Mère : le 13 mai.

Un des numéros datés de la semaine suivante proposait deux articles – l'un, plutôt succinct, sur les circonstances du décès de Jeanne de Texier, et une synthèse plus complète retraçant sa « carrière ».

Sur la cause de sa mort, les journalistes ne savaient pas grand-chose. Le siège de la Ronde étant situé à plus de deux cents kilomètres au nord-ouest de Calcutta, personne n'était en mesure de vérifier les informations, plutôt vagues, diffusées par la secte – même la date de la disparition de la Mère n'était pas sûre…

Hervé leur avait raconté que, selon Krishna Samadhi, la Mère avait été assassinée, mais de ça il n'était pas question. On s'en tenait à la version officielle : la Mère était morte d'un arrêt cardiaque dans son sommeil. D'ailleurs, le journaliste ne semblait pas prendre au sérieux cet événement. La Mère – Mâ en bengali – s'était simplement « échappée de son enveloppe physique ». On ne pouvait pas réellement parler de mort ni de disparition…

La notice nécrologique était plus étoffée, et Nicole et Mersch s'adossèrent à un mur d'archives pour lire ensemble. Ils étaient là, côte à côte, le grand volume posé sur leurs genoux, les narines pleines de poussière, les mains tachées d'encre. Deux écoliers bien sages.

Alors, prenant son souffle, un doigt sur la ligne, Nicole entreprit le récit de la saga unique de la Mère…

110.

– «Jeanne de Texier naît en 1883 à Saïgon, en Cochinchine, commença-t-elle à lire. Ses parents sont de riches planteurs, pionniers de la culture de l'hévéa dans l'actuel Sud-Vietnam. Ils sont les héritiers d'une lignée aristocratique très ancienne. Jeanne suit sa scolarité à l'école française catholique Sainte-Marie de Saïgon. Très pieuse, elle a dès son plus jeune âge des crises mystiques. Elle fait aussi l'expérience de sorties hors du corps…»

Mersch intervint :

– C'est quoi ?

– On appelle aussi ça «voyage astral». La sensation que l'âme s'extrait du corps et voyage dans des mondes invisibles.

– Carrément.

Nicole céda à l'exaspération :

– T'as bien compris que la spiritualité, l'ésotérisme sont les clés de toute l'histoire, non ?

– Et alors ?

– Si tu m'interromps toutes les cinq minutes avec ton scepticisme de flic borné, on s'en sortira pas.

– Continue.

Nicole ajusta son index sur le texte et reprit sa traduction.

– «À cette époque, Jeanne considère ces "crises" comme des illuminations, des révélations. Elle veut devenir religieuse et fonder un nouvel ordre – elle a quatorze ans. En même temps, de constitution très fragile, elle est souvent malade et manque beaucoup l'école. Elle lit, prie, médite. Finalement, ses parents la renvoient à Paris pour être soignée dans les meilleurs hôpitaux. Elle va mieux. Elle reprend ses études et passe le baccalauréat. Résultats brillants. Ses parents la destinent à devenir ingénieur agronome – un diplôme très rare pour une femme en 1901.

«Mais Jeanne a d'autres projets. Toujours très pieuse, passionnée par l'occultisme, elle fonde à 18 ans une association de spirites dont la vocation est la “recherche d’une vérité universelle”. Déjà, son ascendant sur ses disciples est immense. À la fois autoritaire et charismatique, elle sait organiser son entourage en vraie communauté. Elle a aussi ses détracteurs qui l’accusent d’escroquerie, de falsification, de détournement de fonds. Elle leur rétorque qu’à elle seule, elle est plus riche que tous ses adeptes. En réalité, cette première association amasse effectivement une jolie fortune grâce aux dons reçus.

«En 1910, Jeanne rencontre Étienne Roger, le fils d’une autre famille de Saïgon exploitant elle aussi “l’or blanc”, c’est-à-dire le caoutchouc. Ils décident de retourner en Cochinchine. Là-bas, Jeanne prend parti pour les ouvriers des plantations, traités comme des esclaves, et s’insurge contre les intérêts coloniaux. Scandale. Elle est répudiée par sa propre famille mais s’en moque. Elle va plus loin et manque d’être emprisonnée pour activités “anticoloniales”. Parallèlement, elle fonde une nouvelle association dont le maître mot est “syncrétisme” : elle y pratique un mélange de catholicisme, d’ésotérisme, d’expériences paranormales.

«En 1913, elle accouche d’un premier fils, Antoine. À Saïgon, elle est une des personnalités les plus influentes de la communauté française. On la suit, on l’écoute, on l’adule. Aussi bien du côté indigène – sa lutte contre le pouvoir colonial – que du côté français : ses dons pour la voyance, les voyages astraux, la communication avec ses anciennes “enveloppes corporelles” attirent tout un tas d’expatriés férus de spiritisme. Ses détracteurs tentent de salir son image, arguant qu’elle est un charlatan, qu’elle pratique des messes noires, mais rien ne peut l’atteindre : elle dispose de puissants appuis financiers et politiques.

«En 1917, elle divorce d’avec Étienne Roger et reprend son nom de jeune fille. Ses parents meurent. Fille unique, elle hérite de la totalité des plantations. Peu après, elle se rend au Bengale pour y expérimenter la culture de l’hévéa. Échec. Mais elle y découvre la spiritualité hindoue. Révélation. Mal à l’aise avec les limites de la religion chrétienne, elle s’épanouit dans le foisonnement de l’hindouisme. Elle rêve de mahatmas disparus, elle reçoit des enseignements de swamis décédés, elle entre dans des états extatiques qui peuvent durer douze heures (son corps devient froid comme la glace), elle commence à écrire…

« C'est à Calcutta qu'elle rencontre son deuxième mari, Paul Dorati, journaliste français de Pondichéry, lui aussi passionné par la culture hindoue. En 1923, elle accouche d'un deuxième fils, Georges – un enfant venu sur le tard puisqu'elle a quarante ans. Quelques années auparavant, elle avait créé sa société spirituelle, la Ronde – *Ekati brtta* en bengali.

« Qu'est-ce que la Ronde ? Une communauté qui mêle à la fois christianisme, bouddhisme, hindouisme, yoga, et même certaines règles de la franc-maçonnerie. À cela, Jeanne ajoute des croyances paranormales – communication avec les morts, contact avec ses identités antérieures… L'idée générale de cette mystique est que les religions connues ne sont que les différents visages d'une vérité supérieure, unique, ineffable. Une vérité à vivre, et non à prêcher.

« Pour la guider sur ce chemin, elle reçoit les conseils et les messages de sages indiens, de saints et de mages occidentaux, morts depuis longtemps… Elle communique avec eux par l'intermédiaire des rêves et prend des notes. Elle se considère comme le simple "canal" d'un savoir sacré, d'une Tradition primordiale. Enfin, la Ronde défend par-dessus tout la fraternité humaine et lutte contre le matérialisme du siècle.

« Très vite, le mouvement prend de l'ampleur. Des expatriés adhèrent à ces idées. Les Indiens aussi, séduits par cette intellectuelle brillante et raffinée. Bientôt, elle se retrouve à la tête d'une secte de milliers de disciples. Elle divorce encore – elle n'a plus de temps pour, disons, la vie terrestre. Elle doit travailler à son œuvre, son enseignement.

« Elle commence à se faire appeler "Mère" ou "Mâ", elle se considère comme la réincarnation de la "mère divine", la Shakti, l'énergie spirituelle qui accompagne les dieux indiens, leur épouse. "Mère" est toutes ces compagnes à la fois, mais pas seulement. Elle est aussi le réceptacle d'une "gnose", d'un savoir qui permet la libération de l'âme. Une forme de moksha, l'échappatoire au karma, mais accessible en une vie sur cette terre, à condition de travailler sur soi en profondeur. L'énergie divine est là, au fond de soi-même, dans chaque cellule du corps.

« À cette époque, la Mère organise des darshans dans tout le Bengale, puis à travers l'Inde. Chaque fois, ce sont des centaines de bénévoles qui la suivent et gèrent l'accueil des fidèles – cuisine, dortoirs, soins. Une vraie logistique militaire. La Mère est une guide spirituelle mais elle dispose aussi d'un sens aigu de l'organisation, du commandement. Elle maîtrise son image et cultive la fascination de ses "enfants" (c'est ainsi qu'on appelle ses adeptes). En Inde, tout le monde a vu ces images de foules de pèlerins attendant, pieds nus, colliers de fleurs autour du cou, d'admirer la déesse et de partager son darshan dans un stade ou sous un vaste chapiteau.

« À la fin des années 1920, Mère vend toutes ses terres indochinoises et quitte Calcutta. Il lui faut plus d'espace. Il lui faut une ville. Elle achète des terrains à deux cents kilomètres au nord-ouest de Calcutta et construit sa "cité" au sommet d'une montagne, Susunia Hills. Des milliers d'hectares constituent ce qu'on appelle désormais son "Royaume". Sur le site survivent des villages indiens, dont les habitants aussi deviennent des adeptes de l'enseignement de la cheffe spirituelle.

« Ses ennemis prétendent qu'elle a créé une entreprise capitaliste, à la gestion opaque, qui rapporte des millions de roupies, qu'elle n'est qu'une de ces charlatans dont l'Inde a le secret. On dit qu'elle détourne de l'argent pour son compte personnel, qu'elle vole leurs terres aux paysans, qu'elle lave le cerveau de ses adeptes, naïfs et crédules. La Mère n'en a cure. Elle vit désormais retranchée dans son Royaume, médite, écoute la voix de ses messagers et écrit ses mémoires – c'est un jeune secrétaire, René Saulnier, surnommé par la Mère "Hamsa" (le "Cygne", figure célèbre dans l'hindouisme, chevauché par Brahma), qui consigne toutes ses pensées.

« D'autres accusations, plus graves, se profilent. On parle de viols, de morts suspectes, de violences commises sur les adeptes. La personnalité de la Mère abrite un versant plus sombre. Autoritaire et tyrannique, impulsive, elle n'hésiterait pas à prôner les châtiments corporels et d'autres pratiques inspirées des mortifications chrétiennes. Chaque fois, pourtant, les enquêtes tournent court. Au sein de la Ronde, c'est la loi du silence, et enquêter sur place est impossible.

« Au sommet de sa colline inaccessible, la communauté – végétarienne – de milliers d'ashramites est dirigée par un autre Français, d'origine auvergnate, Charles Aubenas, un ancien colonel des forces de l'armée française en Cochinchine, lui-même sourcier et voyant. Le monde de Mère prospère : les oboles des dévots affluent. À Susunia Hills, elle met à profit son expérience de l'agriculture pour développer ses terres. Des disciples arrivent des quatre coins de l'Inde et d'Europe. La ville compte un temple bouddhiste, une église chrétienne, un sanctuaire hindou : toujours le syncrétisme…

« À ce stade, Mère a la réputation de ne jamais dormir. De minuit à l'aube, elle demeure dans un état singulier, une sorte de transe de yogi, durant laquelle son esprit libéré reçoit des messages de l'au-delà. On raconte que son cœur s'arrête alors. C'est une sorte de mort lancinante, une catalepsie qui revient chaque fois que le soir tombe…

« Au cours d'une de ces nuits, Mère reçoit un message : l'Élu va bientôt lui apparaître. La réincarnation d'un célèbre mahatma prendra la tête de la communauté. C'est Charles Aubenas, en 1936, qui découvre la perle rare : un jeune garçon d'une grande beauté, nommé Goppi, fils d'un brahmane comptable au sein du Royaume. Il a douze ans et, selon Aubenas, il est promis à devenir "l'instructeur du monde", combinant les visages du Maitreya, une figure majeure du bouddhisme, du Christ et de divinités hindoues.

« Mère adopte officiellement Goppi. Après un passage par la France, on lui inculque au Royaume les valeurs de la Ronde et on lui apprend à afficher en toutes circonstances un détachement de chef spirituel.

«Jeanne de Texier fonde une nouvelle association, chargée de promouvoir l'enseignement du nouveau maître, l'Ordre du Levant. Goppi suit sa scolarité en toute discrétion. À la manière de Mère, il reçoit des messages spirituels, il "entend" une voix intérieure qui lui dicte le chemin à suivre, il renoue avec ses vies antérieures. Aucun doute : Goppi est bien le guide que la Ronde attendait.

«Cependant, un revirement imprévu survient : à seize ans, le jeune homme dissout l'association qui le soutient et tourne le dos à la Ronde. Il poursuit sa route en tant que maître spirituel, dispensant un enseignement paradoxal, prônant la liberté de l'esprit et affirmant l'inutilité des gourous. Désormais, celui qui se fait appeler Salamat Krishna Samadhi affirme : "La vérité n'a qu'un chemin. Soi-même."

«Ce revers est un coup dur pour la Ronde, qui perd la face, même et surtout, auprès de ses ashramites. Comment expliquer que le Maître élu par la communauté refuse ce rôle et réfute même l'importance de tout ashram ? À cela s'ajoute un autre problème : une enquête spécifique, enfin, aboutit au sein du Royaume.

«Accusé de viols et de pratiques pédophiles, Charles Aubenas est arrêté par la police du Bengale-Occidental. Des langues se délient. On parle de dizaines de victimes. On soupçonne aussi fortement Aubenas d'avoir violé le jeune Goppi lors de séances censées réveiller ses "incarnations antérieures".

«Mère se replie sur elle-même, ne sortant plus de sa villa, renonçant à tout darshan. Le Royaume devient une zone interdite, où nul étranger n'est autorisé à pénétrer. En même temps, de nombreux ashramites quittent l'ermitage. Ils sont déçus. La Mère ne joue plus son rôle de gourou : elle reste recluse, travaillant à sa propre quête.

«Ces dernières années, on a dit qu'elle mettait au point un yoga absolu visant à "réveiller la lumière de chaque cellule du corps". Mais personne ne sait en quoi consistait exactement cette discipline. Personne, sauf Hamsa qui, chaque nuit, recueillait les pensées et la méthode de sa mentor.

« La disparition physique de Mère n'a pas surpris. On la disait malade. De temps à autre, elle rentrait à Paris pour être soignée. Pourtant, aujourd'hui, on ignore de quoi exactement, à soixante-cinq ans, elle est morte. Une chose est sûre : personne, au sein de l'ashram, ne la considère comme disparue. Fidèles aux convictions de la communauté, tous pensent que Mère reviendra un jour sous une autre identité. Son enseignement "supramental" ne peut mourir…

« Mais il se pourrait aussi que cette disparition révèle des rivalités au sein de la communauté. Ainsi, il est avéré que Hamsa a pris la fuite, emportant le précieux héritage de la cheffe spirituelle. Que craignait-il ? Que contenait au juste le message posthume de la Mère ? Aujourd'hui, on ignore où se cache Hamsa. Affaire à suivre… »

Mersch leva le nez de la page et soupira avec exaspération :

– Avec ça, on est pas arrivés.

Sur ces mots, il alluma une nouvelle bidi. Nicole l'imita. La flamme de l'allumette, dans cet univers de papier, la fit frissonner. Personne ne semblait craindre ici un incendie. C'était comme si tout ce savoir, ces informations, cette histoire circonstanciée du Bengale, se tenait sur la brèche, menacé en permanence d'extinction…

À cet instant, le scribe revint, les bras chargés de registres.

– Voilà tout ce que j'ai pu trouver sur la Ronde. Des louanges, des critiques, des insultes, la routine bengalie.

Mersch prit les registres des mains de l'Indien et les fourra dans les bras de Nicole :

– Ça, c'est pour toi. J'en ai marre de ces vieilles histoires. Je vais faire un tour.

111.

Hervé l'avait déjà repéré la veille.

En général, à midi, la chaleur devenant insoutenable, tout le monde dans le patio se planquait à l'ombre. C'était un moment de pure léthargie, dans une communauté qui n'était déjà pas très vive…

C'est alors que le gars se pointait. Un Bengali version moderne : chemise à col boutonné, jean impeccable, baskets flambant neuves… Entre vingt et trente ans, à l'aise dans sa catégorie, portant une tignasse aussi noire qu'un bloc de schiste et une barbe courte, non pas façon sikh, plutôt Che Guevara. Il arborait aussi de grosses lunettes à l'indienne – un châssis d'écaille ocre qui lui mettait la tête au carré. Sacoche à l'épaule, il évoquait un étudiant d'une quelconque université de Calcutta, sérieux et bien mis.

En bref, il ne ressemblait pas du tout à ce qu'il était en réalité : le dealer de ces messieurs-dames. Hervé avait compris son manège. Il allait de groupe en groupe, l'air nerveux, écoutant les désirs de chacun, échangeant roupies contre sachets, sa gibecière comme une discrète corne d'abondance…

En ce lundi après-midi, Hervé lui fit signe à son tour. Une seconde plus tard, l'Indien se tenait devant lui, planté dans ses baskets comme le chat dans ses bottes de sept lieues.

Quelques mots d'anglais suffirent pour passer à la langue de Molière.

– Tu parles français ? s'étonna Hervé.

– Espagnol, italien, allemand, aussi.

– Où t'as appris ?

L'autre eut un rire sec, presque un éternuement.

– Auprès d'eux, fit-il en désignant les chevelus qui mitonnaient à l'ombre. Dans mon métier, la faculté d'adaptation, c'est la clé.

Il avait dit ça avec le plus grand sérieux. Ses grands yeux noirs roulaient pleins phares derrière ses lunettes.

– Tu t'appelles comment ?

– Shahin, et toi ?

– Hervé.

– Enchanté, Hervé.

Il lui serra la main avec enthousiasme puis lui parla de la pluie – la mousson – et du beau temps – la fournaise. Shahin avait un accent. Sérieux, l'accent. Les *r* notamment en prenaient un sacré coup, devenant des *l* légers et roucoulants, aérés comme des espagnolettes. Quant aux consonnes dentales, elles claquaient façon talons de flamenco. En bref, Shahin parlait le français à la castillane.

– Tu as de l'acide ? le coupa Hervé.

– Tu as de l'argent ? riposta l'Indien du tac au tac.

– Non.

Le dealer mit un genou au sol. Un sprinter sur la ligne de départ.

– T'aimes la provocation, hein ? fit-il, en éternuant un nouveau rire.

– Je te dis la vérité, c'est tout. (Il désigna au loin son frère qui, toujours sac à l'épaule, s'entretenait avec un sikh.) Le mec, là-bas, c'est mon frère. C'est lui qui s'occupe des finances du voyage. Pas la peine de lui demander : jamais il me paiera un petit voyage à Acidland.

– Alors quoi ?

– Alors, j'en appelle à ta générosité.

Nouveau ricanement, nouveau claquement de moteur.

– T'as raison. Nous autres les Indiens, on aime les indulgences.

– Les indulgences ?

– Au XVe siècle, dans vos beaux pays d'Europe, les gens étaient prêts à payer des fortunes pour négocier avec Dieu et écourter leur séjour au purgatoire. Nous, les hindous, on en est restés là, toujours avides d'alléger notre karma.

– Je vois pas le rapport avec moi.

– Les nouvelles vont vite ici, murmura le binoclard. Je serais ravi de m'attirer la bienveillance de Mère.

– Dans ce cas, cracha Hervé, tu peux aller te faire foutre.

– Le prends pas comme ça, camarade.

D'un mouvement furtif, l'homme extirpa quelque chose de son sac et le glissa dans la main d'Hervé.

– Cadeau. On n'en parle plus.

– Pourquoi ?

– La beauté du geste.

Hervé considéra, au creux de sa paume, le petit papier buvard d'un rose vieilli qui lui rappelait les amorces des pistolets à pétards de son enfance.

– C'est quoi au juste ?

– Trois cents microgrammes de LSD 25. Pur comme l'eau du Gange. T'en as déjà pris ?

– Non.

– Alors, fais-toi accompagner. C'est du puissant.

– Durant le trip, on est toujours seul, non ?

– Oui, mais avec ça, t'en as pour cinq heures minimum. Fais gaffe aux accidents de parcours.

Hervé glissa le petit carré dans sa poche.

– Merci, Shahin.

L'autre se releva d'une poussée.

– Dis bonjour à Mère de ma part.

– Qu'est-ce que tu racontes encore ?

– Sous acide, tu vas accéder à l'hyper-conscience, remonter à tes vies antérieures...

Shahin, avec sa tête de premier de la classe, mettait des mots sur le projet confus d'Hervé. Fouiller sa mémoire, voir un peu ce qui ressortirait de tout ça, en ouvrant les fenêtres, en secouant les tapis...

Il n'était pas question de retrouver Mère. Il n'avait rien à voir avec cette mangeuse d'âmes, et d'ailleurs, on ne les avait jamais présentés. En revanche, il avait l'espoir de faire surgir des souvenirs très anciens concernant sa grand-mère. Odette

Valent savait quelque chose, c'était évident – elle avait vécu des épisodes enfouis, cachés, tabous, qui expliquaient le chaos actuel.

Après deux jours de réflexion, il s'était même convaincu qu'elle connaissait Mère. C'était la seule explication, le seul lien possible. Voilà pourquoi il rêvait de cette femme dans son intérieur années 30. Pas un songe, un souvenir… Il avait accompagné un jour sa grand-mère chez Jeanne de Texier.

Il n'avait pas oublié non plus la silhouette en justaucorps, dans le jardin blanchi aux éclairs : un homme à casquette, sans visage, comme dans ses pires rêves, se penchant sur un berceau – le sien sans aucun doute…

Le projet : faire remonter, sous LSD, comme une épave de la vase, ses tout premiers souvenirs…

– Bouge-toi. On y va.

Son frère se tenait devant lui, dans la même posture que celle de Shahin, le pouce calé dans la bandoulière de sa sacoche.

– Où ça ?

– Aux funérailles de Salamat Krishna Samadhi. Je viens d'apprendre qu'elles ont lieu cet après-midi.

En une fraction de seconde, Hervé devina que cette crémation se déroulerait à Kalighat, là où des sadhous mangeaient de la chair humaine…

– Je ne veux pas aller là-bas.

– Pourquoi ?

– C'est un endroit… atroce.

Mersch lui passa la main dans les cheveux :

– Fais pas l'gamin. On a pas le choix.

– Pourquoi ?

– Pourquoi ? répéta-t-il un ton plus haut, comme si la réponse allait de soi.

Il parut soudain s'apercevoir de la présence de Shahin.

– T'es qui, toi ?

– Moi ? sourit le trafiquant. Je suis le mec qui peut vous faire assister à la crémation aux premières loges.

112.

– On va prendre un bateau.

– Quoi ? Mais on est même pas arrivés à Kalighat !

En taxi, ils avaient opéré une large boucle afin d'éviter le quartier des crémations. Ils étaient maintenant à quai, oui, mais très loin de la célébration.

– On va s'approcher par le fleuve, précisa Shahin. Impossible d'y accéder à pied. Plusieurs milliers de fidèles sont déjà là. Tous les alentours sont engorgés. Faites-moi confiance.

L'Indien avait raison. Il faisait déjà signe à une sorte de croque-mort à moitié nu, les pieds dans la tourbe, l'air d'un chien borgne. Ils négocièrent le prix en bengali et c'est Mersch, comme toujours, qui sortit ses roupies.

Il ne savait pas exactement ce qu'il allait chercher à ces funérailles. L'assassin lui-même ? Des représentants de la Ronde ? Une atmosphère particulière qui lui soufflerait un indice ? Il s'accrochait à cette enquête comme un Berbère à son chameau. Il traversait un désert, un espace absolument dénué de sens et de repères, et il fallait pourtant continuer, la gorge sèche…

Le batelier se faufila entre les épaves échouées et s'intéressa à une barque flottant à mi-corps, si verdie de moisissures qu'elle évoquait plutôt un tas de varech accumulé sur la rive.

Il détacha l'amarre puis la poussa à l'oblique, dans leur direction.

– T'es sûr que ce machin va flotter jusqu'au bûcher ?

– Aucun problème.

En effet, une fois sur l'eau, l'embarcation retrouva une vague dignité. Effilée comme une longue feuille de bambou, elle glissait à la manière d'un avion en papier.

À chaque seconde, Mersch éprouvait le sentiment de toucher un point sensible de ce pays de fous. Il était un acupuncteur qui pique, sollicite, mais ne guérit rien du tout. Il était en contact avec les courants invisibles de ce grand corps fourmillant dont il percevait l'énergie souterraine, sans jamais saisir pourtant la cohérence de l'ensemble.

Maintenant, filant sur le limon sombre avec l'Indien debout à l'arrière, qui maniait sa rame à la manière d'un gondolier, et ses trois compagnons blottis dans la barcasse comme des petits pois dans leur cosse, il savourait ce calme imprévu, inattendu, alors qu'une brume de chaleur se levait autour d'eux.

Non, pas une brume mais la fumée des bûchers qui crépitaient deux cents mètres plus loin. L'Inde ne vous laisse jamais tranquille. Mersch observa la rive et découvrit un nouveau tableau stupéfiant.

Sur les marches grises, des flammes orange, crasseuses virevoltaient. Autour de chaque brasier, des Indiens faméliques, nus et noirs comme des bâtons de réglisse, alimentaient le foyer, fourrageaient les braises avec de longues perches, rassemblant les morceaux de corps qui roulaient sur le sol. Ce spectacle hallucinatoire était voilé par à-coups – les émanations des feux brouillaient tout, déposant un brouillard pudique sur la scène, comme un encens sacré.

Shahin s'était levé et scrutait la berge en expert. Il n'avait pas de longue-vue mais sa posture était bien celle d'un pirate, debout sur le pont, en train d'évaluer l'adversaire.

– Des doms, expliqua-t-il. Une caste spécifique d'intouchables. Ils sont les seuls à pouvoir toucher les cadavres…

Nicole, malgré le caractère lugubre de leur petite croisière, la ramena encore, en bonne touriste versée dans l'Orient :

– Les intouchables, leur situation s'est beaucoup améliorée, non ?

Mersch n'en croyait pas ses oreilles : elle n'allait pas recommencer, tout de même ? Trop tard : Shahin, qui les avait déjà assommés dans le taxi avec ses considérations philosophiques sur le Bengale et sa position spécifique au sein de l'Inde, attrapa la balle au bond.

– On peut dire ça, ouais, confirma-t-il. La nouvelle Constitution les protège et a permis des carrières exceptionnelles. D'ailleurs, le ministre de l'Intérieur qui a rédigé cette Constitution, en 1947, Bhimrao Ramji Ambedkar, était un intouchable... Mais dans les faits, cet éminent juriste n'a jamais pu mettre les pieds dans une cuisine d'une autre caste ni boire l'eau du même puits. On ne change pas comme ça une tradition plusieurs fois millénaire. Le statut, ou plutôt le non-statut des intouchables provient des Veda et des autres textes sacrés : dans ces lignes, ils n'existent pas. Ils ne sont jamais mentionnés. Ils ne sont rien. Ce n'est pas un problème de classe sociale, mais de pureté. Gandhi avait beau les appeler *Harijan*, les « enfants de Dieu », les intouchables sont impurs. Y a pas si longtemps, quand l'ombre de l'un d'entre eux touchait un brahmane, il n'y avait pas d'autre solution que de tuer le malheureux, pour tenter de laver la souillure...

– Tu as l'air motivé sur la question, fit Nicole, mi-ironique, mi-admirative.

– C'est peut-être parce que je suis moi-même un intouchable. On arrive.

Ils se tournèrent vers la berge et découvrirent, tous ensemble, à quoi ressemblent, au Bengale, des funérailles en grande pompe.

Quatre bûchers avaient été construits, si hauts qu'ils évoquaient des tours. Sur chacun d'eux, un corps brûlait. Des têtes éclataient. Des membres se détachaient. Tableau vraiment stupéfiant : autour de ces beffrois, qui ressemblaient à des catapultes compliquées, des doms grimpés sur des échelles entretenaient chaque brasier.

La scène possédait un caractère à la fois moyenâgeux et surnaturel, à mi-chemin entre un autodafé de l'Inquisition et un feu de joie païen. Mais le plus spectaculaire était que, sur le versant qui dominait les feux, des milliers de pèlerins, vêtus de blanc, observaient, recueillis, la progression des flammes.

À mesure que la barque se rapprochait du bord, Mersch distinguait mieux ces dévots, debout ou assis sur leurs talons, les mains jointes en prière ou nouées sur la tête. Tous semblaient possédés par une transe extatique. Dans un silence pétrifié, pas une larme ni un gémissement n'émanait de cette foule.

Ils n'étaient pas venus pleurer leurs morts, non. Ils étaient venus dire adieu à une enveloppe corporelle, dans l'attente de retrouver Salamat Krishna Samadhi et son enseignement sous une autre forme.

Ils accostèrent. De ce côté du quai, seuls les officiants – toujours des brahmanes, torse nu, avec leur cordelette en bandoulière – pouvaient déambuler.

Shahin mit pied à terre et demanda :

– Qui vous voulez voir au juste ?

– Des membres de la Ronde, s'il y en a.

L'intouchable aida Nicole et Hervé à sauter sur les dalles moussues du ghat :

– Il y en a, ne vous en faites pas. Et même parmi les meilleurs !

113.

En haut des marches, Mersch put détailler la scène. Comme d'habitude, ce qui, de loin, possédait une certaine grandeur se révélait de près misérable et bricolé. Les bûchers étaient de guingois et menaçaient de s'écrouler avant même de s'être consumés. Les corps, préalablement mouillés, brûlaient comme à regret, laissant voir, à mesure qu'ils fondaient dans les flammes, des traces vermillon sur leurs robes, sans doute une peinture liturgique.

Autour, les brahmanes chantaient, soufflaient dans des conques, frappaient des mains, alors que les braises leur tombaient dessus comme une pluie volcanique. Tondus, ou les cheveux en chignon graisseux, ils avaient le visage grimé et craquelé, portaient des fleurs rouges sur le crâne, affichaient des ventres ronds comme des calebasses. Couverts d'onguents et de poudres sacrés, ils dansaient et tournoyaient en une sorte de ballet mystico-comique.

À travers ce spectacle dérisoire, Mersch saisissait pourtant l'extrême prétention des hindous, et leur irréversible mépris pour tout ce qui était terrestre. Rien ici n'était efficace ni rationnel, mais l'important était ailleurs… Les Indiens prenaient le monde de haut. Ils se considéraient comme au-dessus de la mêlée.

– Par là, indiqua Shahin.

Les flammes claquaient comme des étendards, la fumée tournoyait avec rage. L'odeur de viande grillée empoisonnait l'air avec une sorte d'allégresse sauvage. Ce fumet, Mersch ne l'avait pas oublié. Plusieurs fois, en Algérie, afin d'effacer les traces des exactions de camarades, ils avaient dû incendier des villages, plaçant les cadavres à l'intérieur des maisons, pour faire plus naturel.

Guidés par Shahin, ils grimpèrent d'autres marches, passant devant les adeptes, comme des retardataires au cinéma. Des hommes étaient prosternés, les femmes avaient relevé leur sari sur la tête pour dissimuler leur visage. Une rizière d'êtres humains, aux terrasses striées de tuniques blanches et de colliers de fleurs. Et parmi cette foule, quelques curieux en civil, vêtus à l'occidentale, armés de caméras et d'appareils photo – des journalistes, et aussi des flics, en blanc également, mais sanglés de cuir et coiffés d'un béret.

– Les gens de la Ronde sont là-bas, murmura Shahin, au premier rang, bien sûr…

– Pourquoi bien sûr ?

– Krishna Samadhi avait rompu avec eux mais il respectait les valeurs de la Ronde. Quant aux ashramites eux-mêmes, ils ont toujours prétendu avoir pardonné à cette secte rivale.

Mersch observa ces privilégiés, qui se tenaient à gauche, sur la marche la plus proche du brasier. Rien à signaler, aucune différence avec les autres.

– Comment tu les as reconnus ?

– Ils portent une chemise spéciale, sans coutures. Leur vêtement doit exprimer l'unité, la liberté...

– Leur gourou est là ?

– Hamsa ? Non. Il ne quitte jamais l'ashram.

Le nom disait quelque chose à Mersch, à moins qu'il ne confonde avec un autre patronyme. En Inde, tout commençait avec un dieu et finissait avec un « a ».

– Qui est là, donc ?

– Le *mahant* de l'ashram, le numéro deux si tu préfères. Padma.

Et voilà...

– Tu le connais ?

– Tout le monde le connaît.

– Je veux dire : personnellement.

– Non. Ils vivent en autarcie à Susunia Hills. Le Royaume compte plus de trois mille ashramites.

Mersch fit un pas vers les marches :

– Allons nous présenter.

Shahin l'attrapa par le bras :

– T'es sûr ?

Mersch se retourna : c'était maintenant lui qui souriait.

– Rassure-toi : je saurai me tenir.

La délégation de la Ronde comptait cinq hommes et trois femmes. Leurs chemises étaient particulières en effet : des tuniques d'une seule pièce qui leur tombaient jusqu'aux genoux et leur donnaient l'air de saints sculptés, comme ceux qui ornent les portails des cathédrales.

Shahin s'entretenait maintenant avec un petit homme sec comme une trique arborant une houppette sur le crâne. Ils parlaient une langue que Mersch ne reconnaissait pas – un dialecte propre à la secte ?

– Je te présente Padma, dit finalement Shahin.

Par réflexe, le flic s'inclina, jouant le jeu indien, tandis que Shahin reprenait son discours inintelligible et que l'autre répondait sur le même mode. Mersch ne pouvait quitter des yeux la chevelure de Padma – il ressemblait à un oiseau à crête.

– Qu'est-ce qu'il dit ? s'impatienta-t-il.

– Il dit qu'il vous connaît, qu'il sait pourquoi vous êtes ici.

– C'est tout ?

– Il dit que Mère a Saraswati sur la langue.

– C'est quoi ?

– Saraswati, la déesse du langage et de la connaissance. Il dit que le message de Mère ne peut mourir.

– Dis-lui que j'aimerais lui poser quelques questions.

La réponse fut lapidaire :

– Ce n'est ni le lieu ni le moment.

– Je suis d'accord mais on a parcouru huit mille kilomètres pour obtenir ces réponses et notre temps est compté.

L'interprète fit son boulot – et Mersch pouvait deviner, à l'inflexion de la voix, qu'il lissait prudemment ses phrases. Pas un mot plus haut que l'autre…

– Il peut vous accorder quelques minutes.

Padma avait déjà tourné les talons, accompagné de ses disciples. La petite bande lui emboîta le pas. Sur leur passage, la foule s'écartait en silence, avec une sorte d'indifférence réprobatrice.

Enfin, près d'une cabane, parmi des arbres déplumés dont les racines baignaient dans des flaques noirâtres, Padma s'arrêta. Bien sûr, autour d'eux, des hommes étaient partout, accroupis, amorphes, immobiles. Calcutta, c'était ça : une zone occupée, où l'homme, envahisseur omniprésent, ne cédait pas le moindre pouce de terrain.

– Qu'est-ce que tu veux lui dire au juste ? demanda Shahin.

Mersch n'avait pas vraiment réfléchi à la manière dont il pouvait aborder les choses. Il attaqua frontalement, au risque de désarçonner son traducteur. Les deux meurtres parisiens, le tantrisme, l'assassinat de Krishna Samadhi… Shahin traduisit.

Padma écoutait Mersch et Shahin avec la même expression. C'est-à-dire aucune. Ou plutôt si : ce regard caractéristique des enfants quand ils observent un insecte, une fourmi par exemple, porter une charge démesurée pour lui.

Le mahant lui demanda s'il avait des preuves de ce qu'il racontait.

– J'ai les corps, c'est déjà pas mal.

Shahin traduisit encore. Padma se contenta d'un signe de tête. Pas le «ni oui ni non» habituel, un vrai acquiescement, bien de chez nous, assené avec sa crête de cacatoès.

Le disciple paraissait réfléchir. Mersch connaissait les hommes et, même dans leur version indienne, il pouvait plus ou moins deviner leurs pensées. Malgré son maintien de moine, son indifférence étudiée, Padma paraissait surpris – ce qui signifiait qu'il ne connaissait pas l'histoire. Il n'était pas au courant pour les meurtres, le «danseur» et *tutti quanti*...

Un peu de provoc pour la route :

– Je pense que l'assassin est un membre de la Ronde, reprit-il. Traduis.

Shahin suait maintenant à grosses gouttes – l'effet des flammes, ou celui des paroles de Mersch, non moins brûlantes.

– Il demande pourquoi un adepte de la Ronde ferait ainsi du mal, rétorqua-t-il. Le message de la communauté est l'amour absolu.

– Avec ces meurtres, le tueur ouvre des portes.

Nouvel échange, façon ping-pong, entre Shahin et Padma.

– Ces notions appartiennent à l'univers du tantrisme, reprit l'intouchable. La Ronde n'a rien à voir avec ces pratiques. Du reste, pourquoi le meurtrier ouvrirait-il des portes ? Et pour qui ?

Sans répondre, Mersch fit signe à Hervé de s'approcher et lui demanda de relever sa manche droite. Padma blêmit – on aurait dit qu'il venait de voir un fantôme et, en un sens, c'était exactement ça.

Ses lèvres tremblaient, ses yeux se brouillèrent de larmes.

Enfin, il parla.

– Il vous invite au Royaume, enquilla Shahin. Il vous propose une voiture et un chauffeur. Il dit que vous devez poursuivre cette conversation, mais à Susunia Hills, sur le territoire de Mère. Vous serez invités en tant que *yatri*, c'est-à-dire que vous devez venir dans une intention religieuse.

La dernière chose à faire, se dit Jean-Louis. La communauté se refermerait sur Hervé comme un piège sur la patte d'un lièvre.

– Nous viendrons avec joie, conclut-il en s'inclinant avec déférence.

Puis il murmura à Shahin :

– Règle les détails avec lui. On doit partir demain matin.

Mersch recula sans quitter des yeux Padma et sa clique. Dire adieu à Calcutta, se perdre dans les montagnes, se jeter dans la gueule du loup. Vraiment la pire idée du jour, mais c'était l'opportunité, il en était sûr, de se rapprocher du tueur.

Les hommes de la Ronde disparaissaient déjà parmi la foule quand une main lui tapa sur l'épaule.

114.

Mersch se retourna : qu'allait-il encore sortir du chapeau ?

Il eut droit à un sikh modèle standard, c'est-à-dire grand gabarit, en uniforme de flic. D'un geste, l'homme les incita à le suivre. Plutôt injonction qu'invitation…

Un cordon de gardes en kaki ménageait un passage parmi les pèlerins jusqu'à un arbre grisâtre et (relativement) solitaire. Sans raison apparente, Mersch songea au mont des Oliviers. Peut-être les adeptes recueillis, peut-être la couleur des uniformes des malabars – en tout cas, la présence de la flicaille ne l'étonnait pas, pas plus que l'interrogatoire auquel il n'allait pas couper.

Sous les feuillages couleur lichen, un petit homme en costume noir les attendait. Son teint rappelait lui aussi celui d'olives pressées. Le personnage était scindé en deux : pour le haut, il avait tout du gourou, longue barbe grise, regard pénétrant, sourcils impérieux ; pour le bas, son costume défraîchi, sa cravate tachée et sa chemise jaunâtre tendue sur sa bedaine évoquaient plutôt un notaire empesé de province.

Quand les trois Français ne furent qu'à quelques pas, il s'inclina en marmonnant quelques mots en bengali – ou dans une autre langue, de toute façon inintelligible. Mersch estima que le bonhomme aurait pu faire aussi, en lui ajoutant une kippa sur la tête, un rabbin honorable.

– Enchanté de vous rencontrer, monsieur Mersch.

JL ne sut pas ce qui l'étonnait le plus – que le gaillard parle français ou qu'il connaisse son nom. Confusément, il se dit que tout ça faisait partie du même mystère.

– Qui êtes-vous ? demanda-t-il abruptement.

– Ravi Mukherjee. J'appartiens au CBI, c'est-à-dire le Central Bureau of Investigation.

L'Inde était composée d'une bonne vingtaine d'États : rien d'étonnant à ce qu'une police fédérale surveille tout ça, sur le mode FBI.

– Nous aimerions vous poser quelques questions, continua l'homme en noir.

Bien sûr… Impossible que leur séjour à Calcutta passe plus longtemps inaperçu – et leur présence aux funérailles des victimes d'un massacre, du point de vue de la discrétion, n'était pas non plus l'idée du siècle.

– Quelles questions ? demanda Mersch pour ne pas capituler trop vite.

– Pas ici, fit l'autre. Au poste central.

Point de vue accent, Ravi Mukherjee offrait un autre style que Shahin – qui, soit dit en passant, s'était éclipsé au premier galon apparu. Son français chaloupait lentement comme une vieille périssoire et menaçait de couler à chaque syllabe.

Mais tout de même, se dit Mersch en emboîtant le pas à leur hôte et ses sikhs stoïques dans la fournaise, tous ces gus qui parlaient français ici…

– Par là, fit l'agent fédéral en indiquant la route bitumée qui surplombait la pente – on pouvait voir les véhicules de police stationnés à la queue leu leu, en vraie délégation.

Tout en grimpant, Mersch demanda – la curiosité était la plus forte :

– Où avez-vous appris le français ?

Mukherjee eut un petit rire satisfait :

– Nous autres, les agents du CBI, nous travaillons un peu partout en Inde. Des années durant, j'ai été en poste à Pondichéry. Le grand chic, là-bas, c'était de chanter Charles Trenet dans le texte…

115.

En pénétrant dans le poste de police, situé près du temple Birla Mandir, sur Asutosh Chowdhury Avenue, Mersch surprit un air de famille avec sa propre brigade à Paris.

Il y avait bien quelques détails spécifiques, comme cette odeur d'épices recuite par la chaleur ou ces éternels gars en pyjama blanc dormant pieds nus sous les bureaux, mais pour le reste, c'était bien la même léthargie, le même sentiment d'attente sans fin…

Des flics en uniforme somnolaient derrière leur bureau, d'autres préparaient leur chaï avec l'air de s'ennuyer à mourir, exactement comme on fait du café au 36. Tout ce petit monde était mollement décoiffé par les pales des ventilateurs comme on l'est aussi quai des Orfèvres par les courants d'air incessants.

Mukherjee n'était pas ici chez lui. Il s'orientait avec hésitation et son bureau, disons plutôt un réduit avec chaises branlantes et lucarne poussiéreuse, n'était à l'évidence qu'un lieu de passage.

L'idée vint à Mersch qu'il pouvait retourner la situation – ils étaient ici pour être interrogés mais c'était le moment d'obtenir quelques réponses en retour. Qui sait ? Mukherjee avait peut-être un dossier sur la secte de Salamat Krishna Samadhi ou, mieux encore, sur la Ronde…

Quand tout le monde fut installé, Ravi Mukherjee y alla de ses questions administratives : raison du voyage, *occupation*, comme on dit en anglais, et surtout, motif de ce pèlerinage auprès de victimes qu'ils ne connaissaient pas.

Mersch tenta de bricoler une explication plausible, avec une touche de franchise. Il évoqua les meurtres de Suzanne et de Cécile et admit une sorte de mission non formelle : lui-même était flic, Hervé et Nicole étaient les amis des victimes. Ils voulaient trouver l'assassin. Histoire d'étayer le lien entre ces meurtres et leur voyage en Inde, il mentionna aussi Gupta et l'immolation du sadhou.

– Nous sommes au courant, commenta tranquillement Mukherjee.

– Au courant de quoi ?

– De la mort de Chhabi Kumar, le sadhou dont vous parlez…

Enfin, il mettait un nom sur l'homme-torche. C'était un détail, mais qui satisfaisait Mersch. Il aimait remplir les cases. La maniaquerie des flics…

– Chhabi Kumar était connu à Calcutta. Une figure sainte. Un moine puissant. La raison de son voyage en France et de son immolation nous – comment dites-vous en français ? – interpelle. Un sadhou ne se suicide pas, et se déplace encore moins en avion… La police française est au courant de votre… enquête ?

– Non. J'ai pris des congés sans solde.

– Des congés sans solde…, répéta l'Indien en souriant. Chez nous, ce sont les semaines de boulot qui sont sans solde… Passons. Qu'avez-vous découvert au juste ?

Il était temps de bluffer – et surtout d'occulter le rôle central d'Hervé :

– Pas grand-chose. Je pense – mais ce n'est qu'une hypothèse – que l'assassin des deux jeunes Françaises est aussi celui de Krishna et des siens.

– Pourquoi ?

– Le mode opératoire.

– J'ai vu les corps à la morgue. Ces morsures, vous avez une idée ?

– Non, mentit-il.

– Vous connaissiez les liens de Krishna avec Chhabi Kumar ? Vous êtes venus à Calcutta dans le but de le rencontrer ?

– Pas seulement. On s'intéresse aussi à la Ronde.

– La Ronde, bien sûr.

À chaque phrase, Mukherjee approuvait, avec la tête du type qui a deux coups d'avance. Vraiment irritant.

– L'assassin pourrait être un adepte de cette secte, poursuivit Mersch.

– Pourquoi ?

– Un simple coup d'instinct, improvisa-t-il.

– Méfiez-vous de votre « instinct » en Inde, objecta l'officier, ça peut vous mener trop loin, ou nulle part. Durant les funérailles, nous vous avons vu parler avec Padma, le mahant de la Ronde. Vous avez l'intention de vous rendre à Susunia Hills ?

Aucune raison de mentir, et d'ailleurs, autant que les flics sachent qu'ils étaient là-bas.

– Oui.

– Pour quelle raison ?

– Respirer l'ambiance.

Mukherjee tendit son index vers Mersch. Ses mains étaient petites et trapues – mais pas du tout potelées : c'étaient des mains durcies au feu, qui avaient l'habitude de plonger dans le moteur.

– Faites attention, inspecteur. Beaucoup ne sont jamais revenus de Susunia.

Mersch acquiesça distraitement. Il espérait avoir donné le change et avait hâte de quitter ce bureau miteux. Leur enquête, la vraie, les attendait.

Mais Mukherjee ouvrit un tiroir et y cueillit une feuille de papier tapée à la machine – ou peut-être était-ce un télex. Il la posa devant lui sans ajouter le moindre commentaire.

– C'est quoi ? craqua Mersch.

L'officier se tourna vers Hervé :

– La liste des passagers du vol Air India du 29 mai dernier. Votre nom est dessus, monsieur Jouhandeau, ainsi que ceux de Amitabh Meher et de Balaichand Kapoor, les deux hommes assassinés avec Krishna et sa sœur.

Mersch était pris de court mais ce fut Hervé qui répondit du tac au tac.

– Je suis d'abord venu seul à Calcutta, en éclaireur, oui.

Mukherjee secoua la tête à l'indienne : son visage semblait tourner au-dessus de sa barbe. Il s'amusait de tant de mensonges.

– Vous connaissiez donc Amitabh Meher et Balaichand Kapoor ?

– J'avais réussi à contacter Krishna depuis Paris. Il m'a envoyé ses deux émissaires. Il détenait des informations importantes sur l'assassin de mes amies. C'est en tout cas ce qu'il m'a dit.

– Je vois. Et vous êtes parti avant votre frère…

– Vous devez savoir que la France est actuellement en pleine tourmente. Jean-Louis assumait un rôle important au sein des forces de police face aux manifestants. Il n'a pas pu se libérer aussi vite que moi.

Nouveau dodelinement de la tête.

JL était fier de son petit frère : il n'aurait pas mieux répondu.

– Vous avez eu le temps de rencontrer Salamat Krishna Samadhi ?

– Non.

– À Calcutta, où résidez-vous ?

– Dans sa villa mais il n'était pas là.

– Et le soir du meurtre, où étiez-vous ?

– J'avais rejoint à leur hôtel Jean-Louis et Nicole.

– Vous l'avez échappé belle.

Mukherjee rangea avec soin sa liste dans le tiroir. Des gestes de bureaucrate qui avaient valeur de ponctuation.

Mersch en profita pour contre-attaquer.

– Mais vous, vous avez des pistes à propos de ces meurtres ?

Mukherjee passa sa main dans sa barbe – on aurait dit qu'il caressait un chat.

– Les mêmes que vous, je suppose…
– C'est-à-dire ?
– La Ronde.
– L'assassin appartiendrait à cette secte ?
– Oui.
– Qu'est-ce qui vous fait penser ça ?
Mince sourire, faussement désolé :
– Je ne peux rien dire : secret de l'enquête.
Mersch maintint le silence comme il aurait serré un frein à main. C'était une de ses techniques lors des interrogatoires : créer une sorte d'appel d'air pour forcer l'autre à parler. Il n'était pas sûr que ses combines marchent en Inde.
– Ici, céda Mukherjee, les sectes poussent comme des moisissures. La plupart d'entre elles sont sans histoires et correspondent, disons, à notre culture. Moi, par exemple, je suis jaïn.
– Le jaïnisme n'est pas une secte, intervint Nicole.
Mukherjee haussa les sourcils, comme s'il remarquait tout à coup la présence de la jeune femme.
– Vous connaissez cette citation : « La différence entre une religion et une secte, c'est le nombre de ses adeptes » ?
– De qui est-elle ?
– De moi.
Le jaïnisme, maintenant… Il avait lu quelques lignes là-dessus mais n'avait pas vraiment de souvenirs précis. Il se rappelait juste que les jaïns étaient non violents, au point de souvent porter un masque sur le visage pour ne pas risquer d'avaler un insecte et de supprimer ainsi une vie sur la terre…
Mersch ne voyait pas comment une telle doctrine pouvait être compatible avec un boulot d'enquêteur qui impliquait, de temps en temps, de dégainer son calibre.
– Parmi ces innombrables confréries, reprit l'Indien, la Ronde n'a pas bonne réputation.
– Dans quel sens ?
– Son histoire est émaillée de scandales.
Mersch se souvenait de l'arrestation de Charles Aubenas pour

pédophilie, des soupçons de violences et d'abus au sein de la confrérie. Quoi d'autre ?

– Autant vous l'avouer, souffla Mukherjee sur le ton de la confidence, mon rôle au CBI concerne plus particulièrement les sectes, justement. Nous surveillons depuis longtemps la Ronde.

– Vous pensez qu'ils ont des choses à cacher ?

L'Indien éclata franchement de rire :

– C'est le moins qu'on puisse dire. Et je ne parle pas de malheureuses escroqueries ou de manipulations mentales.

– À quoi pensez-vous ?

– Je ne pense pas, je cherche.

– Le quadruple meurtre serait lié au passé occulte de la secte ?

– Aucun doute.

Mersch comprit ce qui était en jeu : une sorte de course entre deux équipes. La sienne et celle de Mukherjee. Ce serait au premier qui découvrirait ce pan caché de la communauté.

Soudain, Mukherjee frappa dans ses mains :

– En réalité, si je vous ai invités ici, c'est pour vous transmettre un message officiel.

– De la part de qui ?

– Du CBI, de Calcutta, du Bengale-Occidental, de l'Inde elle-même…

– Nous sommes tout ouïe.

Mukherjee se pencha sur son bureau. Ses mains se nouèrent comme des pelotes de corde.

– Allez passer quelques jours à Susunia. Méditez, faites un peu de yoga et rentrez chez vous, à Paris. Cette tentative d'enquête vous honore mais croyez-moi, tout ça est une histoire indienne. Notre pays étant ce qu'il est, il est impossible pour un étranger d'y comprendre quelque chose.

– En France, on dit simplement : mêlez-vous de vos oignons.

– C'est le sens de notre conseil, oui. Soyez raisonnables. Sinon, vous vous perdrez en Inde. Ou, si je peux jouer avec les mots, l'Inde vous perdra.

Sur le seuil du poste de police, l'Indien les asticota encore un peu :

– Voulez-vous que je m'occupe de vos billets d'avion ?

– Je vous remercie. On s'en charge. Nicole parle très bien anglais.

– Dans ce cas, il ne me reste plus qu'à vous souhaiter bon voyage.

Lourde ironie encore… Mersch lança un dernier coup d'œil à Mukherjee – il était resté deux pas à l'intérieur, eux baignaient dans le soleil de la fin d'après-midi.

Cette image du petit homme en costume douteux, comme emprisonné dans l'ombre tiède de ces bureaux peuplés de fantômes et de pales de ventilateur, lui parut comme le parfait symbole du monde indien – un monde mal éclairé, occulte, indolent, et comme indifférent aux réalités occidentales.

– Oubliez tout ceci, conseilla encore une fois Mukherjee. Ce sont des problèmes indiens que même nous, Indiens, avons du mal à gérer. Demandez aux Britanniques : ils ont perdu plusieurs siècles à tenter de contrôler un pays qui n'était qu'un rêve…

116.

Shahin n'était pas parti bien loin : il les attendait dans le patio du gurdwara, histoire de se faire payer le solde de la balade en bateau.

Maniant sa liasse de roupies, Mersch lui confia à voix basse :

– J'ai encore besoin de toi.

– Pour quoi ?

– Je cherche une arme.

– Quel genre ?

– Pistolet ou revolver. Tu sais où on pourrait trouver ça ?

– Tu ne me croiras pas.

Mersch aurait voulu répondre qu'il ne croyait plus à rien depuis un bon moment, mais il se contenta d'ordonner :

– Conduis-moi. Tu m'expliqueras en route.

En effet, la nouvelle pilule était difficile à avaler : selon Shahin, les meilleurs armuriers de Calcutta n'étaient autres que les hippies eux-mêmes. Les apôtres de l'amour et de la paix rapportaient de leur passage en Turquie ou en Afghanistan de grossières contrefaçons, pétoires plutôt aléatoires qu'ils revendaient en Inde. «Mille cinq cents ou deux mille roupies pour un Beretta ou un Whalter», précisa Shahin.

Ils se retrouvèrent dans un nouveau bazar. Ici, dans la nuée, quelques détails inédits. Par exemple, au loin, l'immense carcasse du pont de Howrah, sorte de Meccano de poutrelles d'acier. Ou encore les femmes qui mâchaient de la noix d'arec roulée dans des feuilles de bétel, leur faisant une bouche rouge et tuméfiée… Dans cette foule, toutes se mettaient à ressembler à Kâli, la déesse sanguinaire…

Mais ce qui frappait le plus dans ce nouveau quartier, c'était la diversité des visages. Aux côtés de l'Indien standard – dhoti, kurta ou chemisette à l'occidentale –, on trouvait aussi les Chinois dorés sur tranches, dont la peau jaune virait à l'orange au soleil, les Népalais, mi-figue, mi-raisin, c'est-à-dire mi-indiens, mi-bridés, les sikhs, enturbannés comme des pièces montées, les musulmans, coiffés de leur kufi blanc, et aussi d'autres profils qu'il ne parvenait pas à identifier : des hommes entièrement drapés de blanc, d'autres en orange safran, d'autres encore portant une croix chrétienne…

À mesure qu'ils s'enfonçaient dans un dédale de ruelles, les passants eux-mêmes se déglinguaient : les gueules se transformaient en gargouilles, les silhouettes en ombres, les regards devenaient sournois, fuyants, comme infectés d'une fièvre qu'il connaissait bien : la misère hors la loi, la criminalité des caniveaux.

Pour ne rien arranger, le jour tombait – ou la nuit, Mersch n'avait jamais compris pourquoi deux expressions contraires signifiaient la même chose. Soudain, Shahin, comme dans les films, s'arrêta sous un porche et frappa du plat de la main une porte en bois. Obscure, vermoulue, branlante, bien sûr…

En un long grincement (pour continuer dans le cliché), le battant pivota bientôt, révélant un Caucasien barbu, l'air allumé au charbon de bois. Visiblement, Shahin était un habitué des lieux. Pas un mot entre les deux hommes, pas un signe, mais une seconde plus tard, ils étaient dans la place.

D'abord, ce fut l'odeur qui le suffoqua. En matière de puanteur, les freaks n'avaient rien à envier aux Indiens. Si la culture bengalie produisait des tempêtes d'épices et d'encens, celle des marginaux distillait des relents de sueur et de patchouli mâtinés de cannabis.

Dans la pénombre, Mersch discerna sur la droite un patio, encore un, mais sans la rigueur ni la propreté des sikhs. Plutôt une décharge où les immondices s'accumulaient. Écroulés, effondrés, à peine vivants, les voyageurs, ou plutôt les naufragés, cuvaient ici leur défonce, mi-somnolents, mi-grommelant, dans des flaques de pisse et pire encore – les jeunes freaks, nourris exclusivement à la drogue et aux épices, ne semblaient plus rien maîtriser côté transit.

La plupart étaient allongés sur des couvertures bizarrement déchiquetées, comme frangées aux extrémités. Mersch ne mit pas longtemps à comprendre : à chaque shilom, on arrachait un lambeau de tissu pour en entourer le manche et éviter de se brûler. Les couvertures devenaient une sorte de chapelet, un carnet de tickets égrainant toutes les pipes fumées, et ça en faisait un sacré paquet…

Occupé à observer ces égarés lancés dans de vrais marathons au haschich (on pouvait ainsi fumer vingt-quatre heures d'affilée), Mersch mit quelques secondes à réaliser que Shahin avait disparu. Il plissa les yeux, comme pour compresser l'obscurité et en tirer un filet de lumière. L'Indien était en conversation, plus loin, avec un échalas en gilet indien surmonté d'une tête de Jésus-Christ.

– C'est bon, fit Shahin en revenant vers lui. On peut y aller.

Mersch dut se courber pour les suivre le long d'un boyau voûté qui avait tout d'une cave à vin – même odeur de bois humide, même pénombre baignant dans une lie rougeâtre. Ils atteignirent une cavité où une ampoule, au bout d'un fil jouait les fées Clochette, oscillant dans l'obscurité comme un pendule.

Jésus passa derrière une planche posée sur des tréteaux et y déroula avec soin une couverture. Tout à coup, sous la lueur crue, apparut un arsenal. Dans le désordre : un Luger P08, un MAT 49, une carabine M1, un Walther P38, une Karabiner 98 Kurz, un couteau Ka-Bar, un M1911…

Toutes ces armes avaient la gueule de travers, un peu comme les gars des ruelles avoisinantes.

– Je peux ? demanda Mersch, en tendant l'index vers la marchandise.

– *Do your thing*, fit l'autre en secouant ses cheveux pleins de poux.

Mersch saisit le Luger P08. Beaucoup trop lourd. Culasse tordue et détente rouillée. Ce calibre était surtout dangereux pour celui s'en servirait.

– Tu vas pas aller loin avec tes pétoires, dit-il.

Jésus-Christ ricana :

– C'est l'contraire, mon gars. Mes pétoires, comme tu dis, viennent de loin…

Mersch négligea les fusils et s'empara du M1911. Le fameux Colt 45. Celui-là même avec lequel il avait réglé leur compte aux enfoirés du SAC. Il fit jouer la culasse, vérifia le chargeur, observa l'axe du canon.

– Si ce machin est un Colt 45, résuma-t-il, moi, je suis l'pape.

L'homme souffla entre ses deux rideaux de tifs crasseux.

– Tu commences à m'emmerder. Soit t'achètes, soit tu t'tires. Si t'es pas content, t'as qu'à aller te fournir chez les flics de Calcutta.

Mersch interrogea Shahin du regard : la police était sans doute assez corrompue pour revendre sa propre artillerie.

– C'est quitte ou double, murmura l'Indien. Les flics d'ici

peuvent te fourguer une arme ou te foutre en taule pour quelques années.

– Je prends le M1911, soupira Mersch.

– Emballé, pesé, mon canard. C'est cent dollars.

– Cent dollars ?

– J'offre les balles.

Mersch négocia pour la forme. Au dernier moment, il prit aussi le Ka-Bar, le couteau de l'armée américaine, qu'il s'attacha aussi sec sous le genou. Vingt dollars de mieux.

Il glissa le calibre dans son pantalon, convaincu qu'un tel pistolet, bricolé par des paysans afghans ou des bergers turcs avec des pièces de camion ou des vis de tracteur, n'aurait qu'une valeur dissuasive.

Dehors, dans la ruelle qui évoquait un tunnel d'égout, Shahin le mit soudain en garde :

– Ne va pas à Susunia.

On aurait dit le titre d'un film.

– Ah bon, et pourquoi pas ?

– C'est dangereux.

Mersch, en bon dur à cuire un peu ringard, souleva sa chemise pour montrer la crosse du Colt 45.

– Je saurai me défendre.

– Je te parle pas de ce genre de danger.

Shahin plaça son index sur sa tempe. Il avait renoncé à son ton de guide blasé.

– C'est dangereux… pour la tête. Le Royaume, on n'en revient pas.

Mukherjee l'avait déjà prévenu. Les Indiens aimaient vous foutre les jetons – comme si leur pays n'y suffisait pas.

– T'en fais pas pour moi. J'en ai vu d'autres.

Shahin eut un geste de lassitude.

– De toute façon, murmura l'intouchable, avec la mousson, vous n'atteindrez jamais la montagne. Vous finirez noyés dans une flaque de boue.

117.

À bord de la Jeep CJ, Nicole n'en menait pas large. Leur chauffeur conduisait d'une manière chaotique, imprévisible. Doublant à droite (normal en Inde, puisqu'on y conduit à l'anglaise), mais aussi à gauche – et même droit devant, ignorant les obstacles. Quand le danger était imminent, le conducteur hurlait : « KÂLI ! », les deux poings appuyés sur le klaxon – et, par miracle, ça passait.

Blottie à l'arrière, Nicole n'avait pas vraiment peur. La peur, c'est quand il reste un espoir, quand on craint pour sa vie. Depuis un moment déjà, la jeune femme s'était résignée, ce voyage serait son dernier.

Ils avaient attendu toute la journée la voiture promise par le Royaume. En guise de carrosse, ils avaient dû se contenter d'une Jeep cabossée, avec une grosse roue de secours fixée sur le flanc et une capote déchirée.

À dix-sept heures, ils étaient partis. Ils avaient d'abord traversé la banlieue de Calcutta – toujours autant de monde. Puis la campagne – la foule ne diminuait pas. Derrière chaque taillis, il y avait toujours un Indien pour occuper le terrain. Pas un palmier sans son paysan, pas un buisson sans son occupant. Les Indiens pullulaient comme des ombres.

Pourquoi tant de monde ? Tant de bouches ? Comment ces plaines pouvaient-elles nourrir une telle masse ? Nicole en venait à plaindre la terre elle-même, épuisée, vampirisée par cette progéniture fourmillante. Comme disait Nietzsche : « La terre a une peau et cette peau a des maladies : l'une d'elles s'appelle l'homme. »

Ils avaient croisé des villages sinistres, marécageux, où les chiens disputaient aux hommes les charognes à ronger, où des morts-vivants dormaient dans des lits de boue, où les vaches régnaient en silence, placides, sûres de leur droit, regardant crever autour d'elles le menu fretin – les humains.

Puis était venu le crépuscule. Bref répit. Dans la réverbération du soleil, le paysage morne s'était dissous en panaches dorés où persistaient toujours des silhouettes qui avaient maintenant la grâce de coups de pinceau.

Mais il était écrit que le cauchemar ne les lâcherait pas.

Sur un sentier brouillé – la poussière en Inde est particulière, c'est un poudroiement qui ne retombe pas, une espèce de brume sèche qui s'obstine..., bref, au milieu de ces scories – était apparu un cortège de pure angoisse. Des ombres jaillies des bosquets, des haillons doués de vie, des difformités appuyées sur des béquilles...

Le chauffeur avait brutalement stoppé. Bondissant dehors, il avait ramassé des pierres et les avait balancées sur la bande de fantômes, visant bien la tête.

Nicole était sortie, horrifiée, engueulant cet abruti de Bengali :

– Ça va pas, non !

Le chauffeur, très calme, continuant son jeu de massacre, s'était lancé dans une morne explication. Il parlait anglais tout en mâchant du bétel, crachant des syllabes rougeâtres.

– Qu'est-ce qu'il dit ? avait demandé Mersch, descendu lui aussi de la Jeep.

– Je ne comprends pas, il parle de la « princesse d'argent ».

Enfin, ils avaient capté. La « princesse d'argent », c'est-à-dire la lèpre...

Une fois remontés en bagnole, ils avaient dépassé les malheureux qui tenaient encore, entre leurs moignons rognés, des assiettes rouillées, des tessons de terre cuite, des sébiles de zinc...

Plus pathétiques encore, leurs efforts pour dissimuler, sous leurs capuches de toile, leurs horribles pustules, rosâtres, blanchâtres, argentées même, luisant dans la lumière du soir comme des écailles d'armure.

Le chauffeur, klaxonnant pour les faire déguerpir, poursuivait ses explications.

– Il dit qu'il ne faut rien leur donner, traduisait Nicole, parce que ensuite, les pièces qu'ils ont touchées deviennent des « messagers » de la Princesse… Il dit aussi qu'il ne faut pas les plaindre. Les lépreux paient pour leurs fautes passées. C'est leur karma.

Nicole était révoltée. Ces histoires de cycles, de réincarnations, de fatalisme résigné, vraiment, c'était trop facile. Une voie royale pour la passivité, la léthargie…

Enfin, la nuit était tombée, absorbant tout. Alors, un autre foisonnement avait pris le relais : la pluie. Le crépitement acharné des gouttes, le crissement hypnotisant des essuie-glaces qui brassaient de véritables vagues de flotte, le bruit des flaques violées par les roues qui montaient jusqu'aux fenêtres comme des langues de cristal brisé…

Et puis, toujours ces villages, cette vie démultipliée… Les Indiens grimpaient sur n'importe quoi pour ne pas se mouiller, dérisoire tentative dans un monde qui ressemblait de plus en plus au déluge de la Genèse. Mais ils étaient là, à l'abri, en équilibre, à regarder passer la Jeep d'un œil vide, comme des drogués de dieux pour qui rien ni personne sur terre ne présentait plus le moindre intérêt.

Parfois, la voiture traversait des forêts. Nicole ouvrait sa vitre et jouissait des palmes, des branches, des feuilles qui tentaient d'entrer dans l'habitacle. La Jeep ne roulait plus : elle se battait contre la végétation, univers foisonnant et organique, possédant une dimension féminine, oui, comme la chevelure d'une sorcière hystérique…

Elle refermait ensuite la fenêtre et sentait de nouveau les fondrières, les nids-de-poule, les caillasses lui passer dans le sang. Elle aussi luttait avec la terre, le ciel et la nuit. Une mêlée, un corps à corps, où tout ce qu'elle pouvait faire pour répliquer, c'était s'accrocher à la poignée et suer comme une orange pressée. Elle sentait des larmes graisseuses couler sur son visage et elle éprouvait pour elles une sourde reconnaissance – elle était donc encore vivante…

À un moment, le chauffeur avait stoppé, prêt à renoncer.

Vacillante, Nicole était sortie dans la tourmente – envers et contre tout, elle voulait vivre à fond cette aventure, ne pas en perdre une miette.

Ce qu'elle avait vu l'avait terrifiée : un pont de singe tanguant comme une corde à sauter, surplombant, cinq mètres plus bas, une rivière qui rugissait dans l'obscurité. Finalement, le chauffeur avait repris le volant et s'était lancé, seul, dans la traversée. Les trois naufragés l'avaient regardé s'éloigner, espérant qu'il n'allait pas passer la troisième et disparaître dans la nuit en les oubliant.

– Bardhaman.

Nicole sursauta. La voix du chauffeur. Elle plissa les yeux et découvrit ce qui semblait être une vraie ville. Machinalement, elle regarda sa montre : une heure du matin. Elle avait donc fini par s'endormir…

Elle attrapa la carte qu'ils avaient achetée à Calcutta : huit heures pour couvrir cent kilomètres. Bonne moyenne ? Mauvaise ? Aucune idée.

Elle sortit encore se dégourdir les jambes. Une ville, vraiment ? En tout cas des immeubles, oui, des néons, des publicités peintes… Sans doute même des écoles, des temples, des épiceries… Pour l'heure, ils se trouvaient dans une sorte de station-service : un hangar devant lequel des citernes étaient martelées par la pluie. Des toilettes ? Pas la peine d'y penser, à moins d'accepter de se soulager dans les ténèbres et de finir en glissement de terrain, ou de prendre le risque d'uriner sur la tête d'un dormeur.

Alors, elle les vit.

Non pas des lépreux, non, de simples villageois.

Même à cette heure, ils étaient là, agglutinés sous l'auvent du hangar comme des fourmis sur un morceau d'écorce. Toujours ces yeux noirs et langoureux, ces bouches sanglantes. Le chauffeur – sans un mot – acheva de remplir le réservoir, paya puis leur fit signe de remonter.

Nicole s'installa contre l'épaule d'Hervé, bien décidée à retrouver le sommeil. Il n'y aurait peut-être pas de réveil, tant pis.

En un sens, ce serait une belle fin. Elle serait tombée pour ses idées, ses amies, ses illusions…

118.

Quand elle se réveilla, elle était seule dans la voiture. Le jour s'était levé mais la pluie ne désemparait pas. À travers les vitres brouillées, elle vit les autres membres de l'équipe qui essayaient de dégager la bagnole…

– Qu'est-ce que tu fous ? cria Mersch. Viens nous aider !

Elle dégringola dehors, se faisant mordre aussitôt les chevilles par l'eau glacée. Elle réprima un cri. Il pleuvait tellement qu'à chaque respiration, elle avait l'impression de boire la tasse. Dans le jour naissant, il faisait maintenant carrément froid. Ils avaient donc quitté la fournaise des vallées pour la fraîcheur des cimes.

Toujours chancelante, elle prit conscience du paysage, différent lui aussi. Finie la boue jaune, finies les mornes plaines… Dans l'aube de fer, la luxuriance des forêts environnantes crachait un vert comme elle n'en avait jamais vu. Un vert qui vous agitait le sang, comme lorsqu'on voit pour la première fois la mer. Un vert qui vous procurait une sensation de régénération aiguë – une espèce de dialyse naturelle.

Elle rejoignit les autres, enregistrant au passage de nouveaux détails : ils se trouvaient sur un sentier de cailloux gris, où circulaient de nombreux ruisseaux. À main droite, à main gauche, des racines aériennes, des buissons ardents, des fougères géantes…

Docilement, elle se plaça aux côtés de Mersch et d'Hervé et se mit elle aussi à pousser, sentant sous ses pieds les cailloux rouler.

Ouch… Ils s'acharnèrent à trois, alors que le chauffeur forçait le moteur et que de la fumée jaillissait de la flotte, se mêlant aux brumes environnantes… Rien à faire : la Jeep ne bougeait pas. Encore une fois… Finalement, la voiture rugit puis cala. D'un coup, le clapotis de la pluie mêlé au roucoulement du courant emplit l'instant. Mais alors, elle distingua un autre bruit – une sorte de froissement visqueux…

Au même instant, elle sentit des brûlures sur tout le corps. La seconde suivante, le chauffeur, tête hors de la fenêtre, hurla un mot en bengali, ou en ourdou, ou dans n'importe quelle autre langue de terreur.

Nicole, se retournant, obtint aussitôt la traduction, en *live* : des sangsues. Des milliers, des dizaines de milliers de sangsues progressaient sur les galets gris, rampant en colonnes serrées, dessinant une rivière noire, mouvante et visqueuse, absolument abominable.

Ils n'eurent pas le temps d'être horrifiés : ils se battaient déjà avec les saloperies qui s'étaient glissées sous leurs vêtements et leur pompaient doucement le sang. En une seconde, ils se retrouvèrent nus dans le matin glacial, en train d'arracher ces odieuses limaces de leurs jambes, de leur ventre, de leurs bras, perdant au passage des lambeaux de peau.

Le chauffeur hurlait maintenant en anglais :

– *Hurry up!*

Alors, en sang, toujours assaillis par cette armée immonde, ils poussèrent encore. Enfin, au moment où la Jeep semblait sombrer pour de bon, les roues trouvèrent appui on ne sait où et repartirent, les précipitant tête la première dans la flotte rougeâtre.

– On remonte ! ordonna Mersch, en décollant encore de ses épaules quelques galons noirâtres assoiffés de sang.

Il ne s'en rendait sans doute pas compte mais sa voix, son français, dans ce décor nu et barbare, ce grouillement de sangsues, était la chose la plus incongrue qu'on puisse imaginer.

Un peu plus tard, sans raison apparente, le soleil se leva d'un coup et balaya ce paysage plombé. En quelques minutes, la lumière fut partout. La liberté était de retour. Ciel bleu serein, cimes radieuses… Nicole ferma les yeux, laissant sécher son âme…

Un coup de frein la réveilla. Bon sang, elle s'était encore endormie. Et pas qu'un peu : il était près de midi. Encore une fois, voiture à l'arrêt. Le nouveau problème semblait grave – le chauffeur avait coupé le contact.

– Qu'est-ce que c'est encore que ce bordel ? grogna Mersch en sortant de la bagnole.

La piste s'arrêtait là, tout simplement. Une rivière coupait court à toute velléité d'aller plus loin. Dans l'eau boueuse, des buffles pataugeaient d'un air tranquille. De l'autre côté, la montagne s'élevait, couverte de conifères et d'épineux formant une garrigue digne du maquis corse.

La fête était finie.

Seuls le rire de la rivière et la clameur offusquée des oiseaux résonnaient dans le grand vide ensoleillé.

– *We have to wait*, annonça le chauffeur.

119.

La vraie surprise fut qu'ils n'attendirent pas longtemps.

Bien sûr, avant qu'on vienne les chercher, ils eurent droit à un petit intermède à l'indienne : une attaque en règle de singes, monstres gris à face blanche et regard furieux qui leur lançaient des pierres, des branches, tout ce qui leur passait sous la griffe, en hurlant et sifflant d'une manière insoutenable, sautant d'une branche à l'autre, cul en haut, tête en bas...

Nicole était sidérée : ces bestioles étaient littéralement survoltées, comme si elles avaient pris des amphets de bon matin, dans le secret des cimes...

– Ils sont drogués, confirma le chauffeur. C'est une plante qui les met dans cet état-là. Laquelle ? On n'en sait rien.

Puis il enchaîna, comme si tout ça allait de soi :

– Mère étudiait les pouvoirs des plantes. Elle en a trouvé

de merveilleuses, mais elle a jamais découvert le secret de ces *bastards...*

Soudain, il s'arrêta de parler et cracha un glaviot rougeâtre. La main en visière, il scruta la pente boisée qui leur faisait face, de l'autre côté de la rivière. Nicole suivit son regard.

Descendant de la montagne, le long d'un sentier invisible, des cavaliers chevauchaient des montures – peut-être des ânes – si petites qu'elles dépassaient à peine la crête des buissons.

Ces émissaires étaient différents des habitants de Calcutta. Même à cette distance, on discernait leur peau ocre, leurs vestes de toile vaguement militaires et leurs chapeaux rouges qui ressemblaient à des bonnets phrygiens.

Nicole frémit. L'aventure était totale. Elle songeait à Richard Burton et John Hanning Speke, les Britanniques qui avaient découvert les sources du Nil, et à Alexandra David-Néel, qui avait réussi à pénétrer au Tibet déguisée en homme. Elle se sentait leur égale, et imaginait déjà écrire un livre contant son aventure.

Présentations succinctes. Un *namasté*, un crachat de bétel, et hop, à cheval. Bien sûr, Nicole, outre ses leçons de piano et de danse classique, avait fait beaucoup d'équitation. Mais elle n'avait jamais vu des canassons pareils. L'Inde est connue pour avoir donné naissance à deux races illustres de chevaux, le Marwari et le Kathiawari, mais les bêtes d'aujourd'hui n'avaient rien de prestigieux. Des sortes de mules à la robe caramel, avec une frange sur les yeux, qui entérinaient ce qu'elle pressentait depuis son réveil : ils avaient changé de pays.

Sa monture était si basse que ses pieds touchaient presque le sol. Mais le plus drôle, c'était les deux frères qui, visiblement, n'avaient pas fait Saumur. Hervé, malgré lui, partait déjà au petit trot parmi les arbustes. Quant à Mersch, il était carrément passé de l'autre côté en essayant de monter en selle, se retrouvant le cul dans une flaque.

Ils attaquèrent le maquis d'épineux et suivirent un fil de terre comme une modéliste suit un trait de craie avec des ciseaux.

La forêt était la surface de soie. Il n'y avait plus qu'à couper, couper, jusqu'au moment où l'étoffe s'ouvrirait sur le Royaume.

Pour l'instant, cahin-caha, et en file indienne, l'ascension se faisait au pas et ses pensées se déroulaient au rythme des sabots. Tout y passait : fragments de sa vie parisienne, manifestations du mois de mai puis, comme des lacérations sidérantes, cadavre de Cécile, agression du « danseur » ou encore carnage de la villa de Krishna... Son cerveau était oblitéré à jamais par ces images.

Au fil de la balade, ses pensées cruelles cédèrent le pas à une douce rêverie, sans début ni fin, où se mêlaient les images de l'Inde, écorchures douces-amères pour son âme d'Occidentale qui, mystérieusement, finissaient par prendre un goût enivrant. Elle vivait une initiation, oui, fondée ni sur la terreur ni sur la spiritualité mais sur quelque chose d'autre encore – une sorte d'envers du décor, saturé de chaleur et de parfums, de nausée et de langueur. Un apprentissage, mais elle ne savait pas encore de quoi...

Elle avait pris la tête du cortège, juste derrière le cavalier qui ouvrait la marche, dont elle observait le bonnet qui tressautait à un rythme burlesque. Au-delà, la lumière irradiait le sommet de la montagne. Nicole se sentait transfigurée : ils montaient à l'assaut du soleil, en marche vers la vérité avec un grand V. Impossible de ne pas penser aux films d'aventures de son enfance où des pilotes s'écrasaient au sommet de plateaux et découvraient des cités utopiques ou des temples millénaires...

Sans doute passa-t-elle du temps à ruminer ses souvenirs, à rêvasser à un Shangri-La improbable, mais soudain quelque chose d'inouï survint.

La cité de ses rêves apparut au détour d'un sentier.

Pas tout à fait le cliché qu'elle avait en tête mais un village aux toits de chaume et aux murs de torchis peint, dominé à la fois par un temple bariolé, sans doute hindouiste, un sanctuaire doré surplombé d'une statue massive (elle devinait un bouddha) et même, oui, elle ne rêvait pas, un clocher d'église. Ils étaient parvenus au Royaume, utopie syncrétique où toutes les religions avaient droit de cité.

Quelques trots encore et le rêve s'incarna en détail : des centaines d'adeptes étaient venus les accueillir, formant de part et d'autre du chemin une haie d'honneur stupéfiante. À cet instant – à l'instant précis où elle s'engageait à l'intérieur de cette double ligne humaine, elle sut qu'elle pénétrait au sein d'une utopie frémissante, un Xanadu qui n'était ni un songe ni un délire, mais bel et bien une communauté harmonieuse, qui évoluait, au sens littéral du terme, « dans le secret des dieux »...

Il y avait là les ashramites, avec leur dhoti blanc et leur kurta immaculé sans col ni coutures, les villageois, vêtus d'un simple pagne, un turban autour du crâne – Nicole songeait à des flambeaux qu'une simple étincelle aurait pu allumer. Il y avait aussi des cueilleuses de thé, avec leurs lourdes boucles d'oreilles d'argent et leur bandeau sur le front soutenant une hotte dans le dos, les Népalais dans leur robe tombant sur un pantalon large aux hanches, resserré sous le genou, leur gilet sans manches, brodé comme une histoire sans fin, et leur calot incliné évoquant une armée sans armes ni agressivité.

Elle repéra aussi les bouddhistes, rasés, en robe orange pour les adeptes du Theravada, rouge pour les disciples du culte tibétain ; les jaïns, enroulés dans leur robe blanche, tête comprise ; et même des prêtres catholiques, avec leur soutane noire et leur col clair, qui ressemblaient ici à des missionnaires égarés...

Enfin, les Occidentaux, l'air extatique dans leur costume blanc immaculé et leur foi plus pure encore. On aurait pu dire qu'ils avaient tout quitté, mais Nicole pensait au contraire qu'ils avaient tout trouvé. Elle était bouleversée : après un tel accueil, pas besoin de paroles. Il suffisait de s'immerger dans cette cité intemporelle et de laisser son âme s'imprégner, comme on s'abandonne aux bienfaits d'une source thermale.

Elle se passa la main sur la joue : elle était en train de pleurer. *Bon Dieu, Nicole, pas le moment de flancher.* Mais à mesure qu'elle remontait le long des fidèles, elle devinait qu'eux étaient plus bouleversés encore. Mère était de retour...

Ils parvinrent enfin à une place de terre rouge, ponctuée de bassins en mosaïque et de fontaines parfumées, qui menait elle-même à un parvis dallé, dont les larges marches s'élevaient jusqu'à un palais digne des temples d'Angkor. Mêmes tours en pain de sucre, mêmes fresques en relief, mêmes faces de dieux ou de dragons aux yeux pleins et lisses… Tout était rouge : l'édifice semblait construit en briques incandescentes, à peine sorties du four…

Une fois descendus de cheval, on les laissa monter seuls les marches. Sur le parvis, toujours le syncrétisme de la Ronde. Dans des niches, des divinités hindoues dansaient sur un pied, des bouddhas, l'air serein, siégeaient au sommet des rampes de pierre, des kiosques de lierre abritaient des Shiva, des Vishnous, des Kâli. Il y avait même des statues grecques, à la grâce ondulée et parfaite, qui, si on regardait bien, représentaient des Vierges et des saints. Plus étonnant encore, une ribambelle de singes, de lions, d'éléphants et de serpents, tout droit sortis du monde khmer, et aussi des griffons qui montaient la garde et des gargouilles qui semblaient avoir été volées à Notre-Dame…

Nicole se souvint d'avoir vu ce palais dans le film d'archives de l'école de Van Exem. Ce darshan si impressionnant où la Mère s'offrait aux regards des ashramites. Elle leva les yeux : le balcon à la navarraise était bien là et, un bref instant, elle crut que la prêtresse allait apparaître en sari et cape de mousseline…

Devant le portail, les attendait un comité d'accueil réduit à quelques personnes seulement, la foule étant restée en deçà du parvis. Nicole reconnut Padma, le mahant de la Ronde. Même à cette distance, elle pouvait repérer la curieuse houppette qui lui surplombait le front.

D'un coup, sans raison, elle fut prise d'une panique irraisonnée. Et si ces « apôtres de la paix » ne les laissaient jamais repartir ? S'ils décidaient de garder Hervé comme un talisman ? Et de les éliminer, Mersch et elle, tels de simples parasites ?

– *Namasté !* fit Padma en joignant ses paumes à hauteur de poitrine.

Les trois arrivants s'inclinèrent – pas d'autre idée à l'horizon.

– Vous avez bien fait de venir, dit Padma dans une langue familière.

Mersch marqua sa surprise, passant au tutoiement :

– Tu parles français ?

– Nous sommes tous les fils de Mère, et Mère était française.

– Pourquoi cette comédie aux funérailles ?

Le mahant sourit – sa houppette évoquait une patère d'acajou.

– Chacun de nous devait faire un pas en avant. Vous êtes venus jusqu'ici. Je vous parle français.

Mersch eut cette grimace qui lui était habituelle – moue de mépris aux lèvres retroussées, un bras d'honneur sans les mains.

– On va vous conduire dans vos chambres.

– On compte pas s'éterniser.

– Soyez raisonnables. Vous n'avez pas parcouru toute cette route pour ne rester que quelques heures. Et puis, on a beaucoup de choses à se dire, non ?

– Je ne parlerai qu'au chef de la communauté, rétorqua Mersch, de plus en plus désagréable.

Padma acquiesça. L'agressivité de son hôte, dans ce lieu de calme et de sérénité, ressemblait à un pétard mouillé.

Nicole sentait, de l'autre côté du parvis, un millier d'yeux en train de les observer, entre les jets d'eau parfumée des fontaines et les sculptures dépareillées.

– Dans ce cas, répondit Padma, il va vous falloir attendre plus encore. Hamsa reçoit très peu, et seulement en matinée.

Des disciples attrapèrent leurs sacs et les invitèrent à les suivre. Ils contournèrent le palais et empruntèrent un sentier de gravier, bordé de petites haies de buis qui lui rappelaient le dimanche des Rameaux.

On lui désigna un bungalow circulaire, cerné par des sapins, dont les murs, sans doute en pisé, étaient peints en blanc, à la grecque.

Au moment d'y pénétrer, elle réalisa à quel point elle se sentait bien. Un sentiment d'euphorie se diffusait en elle, en ondes lentes et larges. Elle se dit que le Royaume était peut-être bien une prison, mais une prison sans murs ni barreaux, qui agissait sur les esprits comme une force magnétique.

120.

Son bungalow ne payait pas de mine : un lit, plutôt un brancard toilé, un meuble de rangement sans le moindre ornement, une petite table et une chaise. L'évidence : ces meubles avaient été fabriqués sur place, par les disciples. Nicole y sentait une application, une forme de sagesse, qui semblait passer à travers chaque nervure du bois – mais elle ne devait plus trop se fier à ses impressions. Elle était déjà envoûtée…

Shahin, cadeau d'adieu, lui avait filé un sachet d'environ vingt grammes d'herbe. L'usage de la drogue était peut-être interdit au Royaume, ou simplement mal vu, mais elle s'en foutait – après tout, ils n'étaient que de simples visiteurs…

Elle s'installa sur le pas de sa porte et procéda au rituel habituel. Elle avait trouvé le temps d'acheter un shilom au Bara Bazar. Avec soin, elle bourra le cône, savourant la quiétude de l'instant. Le ciel bleu crépon. Le frémissement des feuillages. Les cris de liesse des oiseaux…

– *Namasté !*

Elle leva les yeux et découvrit un solide gaillard – au moins un mètre quatre-vingt-dix, poings sur les hanches, pieds écartés. Il ne portait pas la tunique réglementaire, plutôt une tenue de touriste américain : polo en maille, pantalon en toile, espadrilles en corde – il ne lui manquait plus que l'appareil photo et la casquette de base-ball. Tout juste descendu du car, le Ricain.

Sans savoir pourquoi, lui vint pourtant cette expression, dont elle ignorait la signification : « Heureux comme un franciscain. »

– Je peux fumer avec toi ? demanda le visiteur dans un anglais fortement nasal – plutôt situé à l'ouest du rio Grande qu'au bord de la Tamise.

Nicole détestait, globalement, tous les Américains – à cause de la guerre du Vietnam bien sûr, et aussi, plus généralement, de cet impérialisme qui rongeait le monde. Elle pouvait se montrer magnanime envers ceux de sa génération (surtout quand ils risquaient leur peau dans les rizières), mais son visiteur avait au moins la cinquantaine… Barbu, mèche Harvard, il ressemblait à un homme d'affaires texan qui fait jaillir des puits de pétrole dans le désert comme le Christ multipliait les pains.

En une seconde, elle décida que ce Yankee n'avait pas sa place ici, dans la Ronde. Ainsi vont les jeunes filles… À peine arrivée, elle distribuait déjà bons et mauvais points…

Pourtant, elle se poussa pour lui faire une place à côté d'elle :

– *Sit down, please…*

L'homme laissa choir ses cent cinquante kilos. Elle alluma son shilom et le lui proposa. Courtoisie de fumeur de hasch…

Saisissant l'objet avec deux doigts, dans un geste étrangement délicat, il tira aussitôt une taffe à lui faire descendre les poumons dans les hanches et exhala la fumée en un léger sifflement.

– Désolé, fit-il d'une voix rendue rugueuse par la marijuana. J'ai appris le bengali et l'hindi, mais j'ai pas encore eu le temps de me mettre au français…

– *No problem*, fit-elle en imitant son accent nasillard. Comment sais-tu que je suis française ?

L'homme éclata de rire en lui rendant la pipe :

– Mais tout le monde le sait ! Vous êtes des invités de prestige !

Elle inhala une puissante bouffée à son tour et sentit le THC lui monter au cerveau comme un feu de brousse.

– On peut fumer ici ? demanda-t-elle. La drogue n'est pas interdite ?

– Bien sûr que non ! La maxime de la Ronde est : « Fais ce que tu veux. »

Nouvelle bouffée – bon Dieu, cette herbe arrachait vraiment :

– Toi, fit-elle brutalement, qu'est-ce que tu fous ici ?

– Oh, soupira-t-il en reprenant le shilom, c'est une longue histoire.

– J'ai tout mon temps.

Le Yankee ricana – quand il riait, sa bouche s'étirait d'un seul côté avec une sorte de férocité carnassière, comme s'il déchirait une cuisse de poulet à pleines dents.

– Je m'appelle Richard, commença-t-il après une longue inspiration. Je suis né pauvre. Juste avant la Grande Dépression, quand l'Amérique a dû remettre les compteurs à zéro. Mais malgré cette misère, je pense que je suis né au meilleur endroit, au meilleur moment.

– Où ?

– Wichita Falls, Texas, près de la frontière avec l'Oklahoma.

Ce n'était pas dans ce coin-là qu'elle aurait situé le « meilleur endroit » sur terre.

– Gamin, continua-t-il, alors qu'on crevait de faim, je traquais les serpents sous les pierres, je jouais avec mon chien, et quand je voyais passer un avion dans le ciel, je crachais par terre. J'étais un gamin solitaire et, d'aussi loin que je m'en souvienne, je voulais bouffer le monde. La misère de mes parents, des fermiers qui ne s'en sortaient pas, ça a été mon plus puissant moteur. Après, y a eu la guerre. J'étais encore un môme mais je me suis tout de même farci le Débarquement. Aucun souvenir, sauf une chose : on avait gagné. Aussi simple que ça. On était l'Amérique, on était les plus forts. Quand je suis rentré au pays, grâce à une bourse j'ai pu commencer des études supérieures. Encore une fois, c'était une époque bénie, l'optimisme était de retour, malgré le nazisme, malgré Hiroshima. L'argent revenait comme une manne, les possibilités étaient infinies. Ensuite, ça a été mes débuts dans la finance, puis dans le pétrole. J'étais déjà marié à l'époque – une camarade de classe. Ni une ni deux, on a fait deux mouflets. Ça marchait comme ça, en ce temps-là, avec le frigidaire et la Chrysler… Bon Dieu, j'étais le roi du monde.

Il s'arrêta un bref instant, les deux mains nouées sur le shilom, l'observant comme s'il s'agissait d'un Colt chargé à bloc.

– Au boulot, j'avais les qualités requises. On prétend qu'il faut être un rapace, un tueur, un cynique pour réussir. Ce sont les losers qui pensent ça. À ce compte-là, tu ne te fais que des ennemis et tu ne vas pas bien loin. Il faut être dur, ouais, mais avec le sourire. Il faut conserver ce qui fait passer tout le reste : ta part d'humanité. En ce sens, j'étais vraiment doué : j'avais l'intuition, l'empathie, l'intelligence. Mais quand il le fallait, j'étais sans pitié. Une main de fer dans un gant de velours, ou l'inverse, c'est exactement la même chose. Le seul truc important, c'est que les autres t'aident à réussir en pensant réussir eux-mêmes, à un moindre niveau…

Nicole, qui n'était déjà plus très claire, lui lança un coup d'œil oblique qui signifiait qu'elle n'était pas venue au Royaume pour suivre un séminaire de management.

– Alors, peu à peu, reprit-il, j'ai commencé à comprendre. Oh, ça s'est pas fait en un jour… En italien, on dit : *Tutti i mestieri danno il pane…*

– En français, ça donne : « Y a pas de sot métier. »

– Yes. C'est sans doute le proverbe le plus con que je connaisse car il n'y a pratiquement que des boulots stupides. Et le mien, même si j'amassais des dollars, ne valait guère mieux.

Nicole tira encore une taffe – la voix du Ricain lui semblait très loin.

– C'est à peu près à cette époque qu'un ami proche m'a invité à le rejoindre au Bengale-Occidental… Je me suis dit : pourquoi pas ? On était au début des années 60. Mon ami est venu me chercher à l'aéroport de Calcutta. Il avait un Combi Volkswagen. Je l'ai pas reconnu. Quelques années auparavant, il était avocat d'affaires à Philadelphie. À l'époque, il portait sur son visage cette satisfaction factice de la réussite qui dissimule toujours la certitude qu'on est en train de rater sa vie… Il avait complètement changé. Bronzé, radieux, habillé à l'indienne, il semblait avoir reçu la foudre, avoir été traversé par une énergie nouvelle qui avait brûlé à l'intérieur de son âme toutes les toxines, toutes les idées et les convictions qui nous empoisonnent… On a pris la route. Son combi était équipé d'un lecteur de cartouches audio, ce qui était révolutionnaire pour l'époque. Il a passé des enregistrements de Mère. Elle parlait en français et le son n'était pas très bon. Je ne comprenais rien mais cette voix me bouleversait. Je sentais derrière ces mots les réponses aux questions que je n'avais jamais réussi à formuler… Mon ami m'a raconté toute l'histoire. La Mère. La Ronde. Le Royaume. Ce lieu unique qui ne changeait pas les esprits mais qui se nourrissait au contraire de toutes les âmes qui s'y retrouvaient. J'ai dit à mon pote : «J'aimerais aller là-bas.» Il a éclaté de rire et m'a répondu : «Mais où tu crois que je t'emmène?»

Il y eut un silence. Les yeux fermés, Nicole, totalement défoncée, imaginait la scène flottant sur un grand écran, en couleurs, tons magenta saturés, comme dans les films de Douglas Sirk… Sur ces images, il y avait déjà la chaleur de l'ashram, l'orange safran du bonheur, la pulpe d'une sagesse qui palpitait comme un organe…

Soudain, Richard se leva et proposa :

– Viens. Je vais te faire visiter.

121.

Chancelante, Nicole parvint à se redresser et à suivre le colosse le long du sentier. Elle n'avait pas remarqué de prime abord les autres bungalows qui s'échelonnaient derrière chaque rangée de sapins au fil de la pente. C'était un village – presque un village de vacances – où chacun, on le sentait, pouvait se recueillir entre les haies de son abri.

Un détail la frappa : les conifères, autour de chaque refuge, étaient plantés en cercle. Pas besoin d'aller chercher loin le symbole : la Ronde...

– Et ta famille ? demanda Nicole, la voix flottante.

– La famille, c'est une source de péchés parmi d'autres. Une illusion de plus. Peut-être la plus dangereuse, parce qu'elle te culpabilise et te force à te compromettre, toujours et encore...

– Que reste-t-il, sinon ?

– La prière.

Ils descendaient l'allée qui sinuait parmi les bosquets serrés et les résineux droits comme des « i ». Les fleurs des buissons jetaient des cris de couleur sur leur passage comme des supporters au fil du Tour de France.

– C'est quoi, l'emploi du temps, ici ? demanda Nicole d'une voix qui partait dans le vent.

– Le matin, on pratique le yoga.

– Quel yoga ?

– Tu t'y connais ? Principalement le hatha-yoga, mais Mère y a apporté des nuances, des enrichissements. Aux mouvements du corps, on ajoute par exemple la discipline du souffle, le *pranayama*, et aussi un contrôle du flux mental. Tout ça converge vers un état de méditation qui nous permet de nous retirer en nous-mêmes.

– Ensuite ?

– Avant le déjeuner, y a la prière. Catholique, la prière.

– Vraiment ?

– Mère a toujours enseigné que le Christ est un gourou parmi d'autres. Nous lisons régulièrement *L'Imitation de Jésus-Christ*. Avec la *Bhagavad-Gitâ*, les *Upanishads* ou les *Brahma-Sutra*, ce livre est un de nos ouvrages de chevet. « Celui qui me suit ne marche pas dans les ténèbres. »

Ce syncrétisme laissait Nicole dubitative : s'agissait-il d'une synthèse magnifique ou d'un fourre-tout invraisemblable ?

– L'après-midi, on travaille aux champs... Encore une fois, rien n'est obligé. Mère dit : « Pourquoi faudrait-il atteindre Dieu par des chemins compliqués, puisqu'il est en chacun de nous ? »

La voix de Richard berçait Nicole. Elle n'écoutait plus vraiment mais prenait appui, mentalement, sur l'équilibre et la sérénité du Texan.

Ils se retrouvèrent sur la place aux fontaines parfumées et aux bassins en mosaïque. Les statues, les kiosques de lierre, les sentiers qui serpentaient sur les pelouses fleuries…

– Vous élevez des carpes ? demanda-t-elle en remarquant des formes sombres dans l'eau trouble d'un des bassins.

– Des lamproies, rectifia Richard. Une passion de Mère. On perpétue l'élevage en son honneur.

Nicole, d'un coup, fut dégrisée. Elle s'effondra sur la margelle du bassin. Tout le bonheur du moment venait de tomber, comme un rideau de théâtre.

– Fais gaffe, alerta Richard, ces bestioles pourraient te bouffer toute crue !

Elle ne répondit pas. Aucun doute : le meurtrier avait fait ses classes ici, dans le cercle de la Ronde.

122.

La nuit tomba comme une gifle et la lune s'alluma plus rapidement encore, en moins de temps qu'il m'en faut pour craquer une allumette. La consigne de la Ronde était stricte : ne plus sortir alors de son bungalow. C'était l'heure des serpents et des chacals, qui infestaient les environs.

Très bien, pas de problème…

À l'abri dans son bungalow, Hervé fouilla dans ses poches à la recherche de son portefeuille.

Un larf' en pauvre cuir marocain acheté rue de la Huchette avec ses deux potes, Trivard et Desmortiers (ceux-là, ils lui semblaient n'avoir jamais existé). Avec surprise, il constata qu'il était à peu près intact.

Il le vida avec précaution. Carte d'identité. Carte d'étudiant. Tickets de métro. Billets – des francs ! À l'effigie de Voltaire ! Un autre monde, une autre vie… Il se faisait l'effet d'un archéologue fouillant les vestiges d'un passé lointain.

Cherche encore. Une coupure de presse recensant un livre d'histoire qu'il projetait d'acheter, une carte de bibliothèque et, surprise, un photomaton avec Cécile, pris dans le métro, station Saint-Michel…

Enfin, glissé dans sa carte d'identité, il trouva le petit buvard convoité : l'acide donné par Shahin.

Depuis son arrivée en Inde, Hervé se déglinguait inexorablement, perdant en cohérence, réactivité, sensibilité – des pans entiers de sa personnalité mordaient la poussière. Hermétique au monde extérieur, muet comme un joueur d'échecs, il sombrait dans une solitude imperméable, mais peut-être n'était-ce qu'un mécanisme de défense…

Cette histoire de réincarnation, vraiment, ça ne passait pas – sans parler des meurtres, du corps d'Abha éventré… Il ne pouvait plus faire face. Trop, c'était trop.

Pourtant, il n'avait pas perdu ses facultés intellectuelles – son intelligence qui turbinait beaucoup plus vite et beaucoup plus haut que la moyenne. Bien sûr, cette histoire de tache de naissance – et le reste : ses rêves récurrents (il était maintenant certain que la femme déambulant dans son sommeil était Jeanne de Texier, période parisienne), ses douleurs dans les membres, identiques à celles dont souffrait la Mère, bref, tout ça, qu'il le veuille ou non, le bouleversait.

Il avait même fini par ressentir, au fond de lui-même, une présence, une ombre qui était peut-être celle de la vieille femme. Sensation horrible d'une possession, d'un envoûtement… Mais il s'était raisonné et était parvenu à une conclusion différente. Peut-être possédait-il un lien avec ce personnage, mais ce lien n'avait rien à voir avec une réincarnation.

Il existait, dans sa propre histoire, une connexion avec Jeanne de Texier.

Une connexion objective.

Voilà pourquoi sa grand-mère n'avait manifesté aucune surprise à l'arrivée des deux Bengalis. Voilà pourquoi elle n'avait pas hésité à leur confier son petit-fils chéri…

À présent, Hervé avait un plan. Le cerveau conserve, à l'insu de la conscience, le moindre de ses souvenirs. Cette mémoire enfouie, il y avait plusieurs moyens de la solliciter – grâce à l'hypnose par exemple.

Ou la drogue.

En prenant cet acide, la « chair de Dieu », il espérait initier un voyage, non pas dans des régions mystiques ou suprasensorielles, mais dans son propre passé.

Lorsqu'il était enfant, ou même bébé, des drames étaient survenus – des drames liés au monde indien. Sous l'effet de l'acide lysergique, une mémoire engloutie allait émerger. Après tout, les gars de la côte Ouest américaine, Timothy Leary et compagnie, ne cessaient de le répéter : le LSD 25 est la clé qui peut ouvrir les portes de l'inconscient…

Tout de même un grand saut dans le vide… Il n'en avait jamais pris, et des tonnes de rumeurs lui revenaient maintenant en tête – on ne faisait pas impunément l'amour avec le cosmos…

À Paris, des étudiants lui avaient décrit l'expérience – hallucinations visuelles, activité cérébrale intense assortie d'une grande lucidité (ou du moins sa sensation). On lui avait aussi parlé de « bad trip » – quand le fameux voyage virait à la crise de panique ou au cauchemar éveillé.

Il considéra son chez-lui – un bungalow tout rond, tout blanc. Une table, une commode, une paillasse et basta. Le bon endroit pour se lancer dans un trip psychédélique ? Il avait dit aux autres qu'il allait se coucher. Personne ne viendrait le déranger avant le matin – la durée du « voyage » oscillait entre cinq et douze heures.

Sa porte n'ayant pas de verrou, il attrapa la seule chaise du lieu et la coinça contre la poignée. Il avait vu ça dans les films mais il n'était pas certain de l'efficacité du procédé.

Il avait aussi pensé à prendre des vivres – du pain et de l'eau, comme pour une traversée du désert…

Au boulot…

Il s'assit sur le lit, porta avec précaution le buvard à sa bouche et l'avala les yeux fermés – ça avait un goût de papier ou d'hostie. Normal : c'était censé l'envoyer direct au Ciel…

Il s'allongea en se remémorant les conseils de Shahin. Le produit allait mettre entre une demi-heure et une heure à faire son effet. Un sentiment de confusion allait s'emparer de lui puis le voyage commencerait…

Il ferma les yeux et cessa de réfléchir. Au pire, s'il s'endormait, les effets de la drogue le réveilleraient. Il s'abandonna ainsi jusqu'à cet état étrange où la conscience se déconnecte, perd en logique – l'état hypnagogique. Pensées déconstruites, hallucinations modérées, pente douce qui vous emporte tranquillement jusqu'au no man's land de Morphée – le gars avec son miroir et ses pavots soporifiques…

Soudain, il ouvrit les yeux. Ce qu'il percevait maintenant n'avait aucun lien, ni de près ni de loin, avec des visions plaisantes. Des flashs de couleur percutants, accompagnés de fortes ondes de chaleur. Hervé ignorait combien de temps était passé mais pour sûr, ça y était, il avait franchi la ligne, il était parvenu à Acidland.

Petit fond de panique, tout de même. Il se concentra encore sur les recommandations de Shahin – surtout, lâcher prise…

Pour l'instant, il oscillait entre giclées de pigment éblouissantes – les marchés indiens, avec leurs œillets et leurs marigolds, pouvaient aller se rhabiller – et gulf stream qui lui parcourait les muscles comme un excès de sang brûlant. Les idées défilaient dans sa tête à la vitesse, lui semblait-il, de la lumière (ce qui était impossible, mais bon). Un souvenir revenait sans cesse – cette conviction que le LSD produit un état proche du satori du Zen. *Ben voyons…*

Au prix d'efforts surhumains, il parvint à porter sa main à

ses lèvres. Il avait la bouche pleine de sang. Il glissa son index à l'intérieur, trouva sa langue et la plaie qui allait avec. Il s'était mordu sans même s'en rendre compte.

Les couleurs ne cédaient pas. Elles papillonnaient autour de lui, explosaient, se distillaient dans l'espace en mille étincelles lumineuses. Il était vraiment cuit.

Son corps devenait une armure, de plus en plus lourde et oppressante, mais il trouva la force de s'en échapper. Oui, oui, c'est exactement ce qu'il éprouvait... Il se glissa hors de son corps comme un voleur échappe aux flics en leur laissant son manteau entre les mains. Il se faufilait, se dérobait, s'enfuyait. Où ? Il ne savait pas exactement – ou peut-être partout à la fois. Il était les taches de couleur qui circulaient dans sa hutte comme des lucioles, il était la paille du plafond, il était les cafards qui couraient sur les murs...

Il se redressa. Il tremblait de froid, suait de fièvre, ou l'inverse, peu importe. À chaque respiration, les particules colorées se déformaient, multipliant les combinaisons, les éblouissements, les vertiges... Il regarda ses mains : elles scintillaient comme des diamants, sa chair devenait translucide... Il aurait pu s'en effrayer mais l'acide l'apaisait, lui laissant accueillir chaque nouvelle sensation avec fluidité, avec cette certitude que le processus était parfaitement inoffensif, et même bienfaisant...

La chaleur montait maintenant du bas de sa colonne vertébrale. Dans une confusion totale, il se souvint du serpent blanc du tantrisme, lové exactement à cet endroit – la Kundalini, énergie secrète, féminine, qui pouvait lui permettre d'accéder à l'harmonie et à la félicité...

Assis en tailleur, tête baissée sous le ciel étoilé du plafond, il se mit à marmonner des mantras : « Je suis parvenu à l'hyperconscience, je suis en train de traverser la Mâyâ, l'illusion des apparences, je suis... », pendant que des oiseaux s'engouffraient dans le bungalow, apportant le ciel, la nuit puis, d'un coup d'ailes, remportaient le tout. Les murs éclataient de rire, le sol devenait liquide...

À présent, il rapetissait, se compressait à la manière des étoiles qui, une fois leur hélium consommé, deviennent un noyau d'une densité vertigineuse – ce qu'on appelle une « naine blanche ». Le mot le fit rire – quand le noyau est refroidi, on parle alors d'une « naine noire »...

Lui était devenu un bébé brûlant, composé de carbone et d'oxygène, dont la masse atteignait une tonne par centimètre cube. Avec un temps de retard, il réalisa qu'il était parvenu au stade qu'il convoitait – l'âge où on ne conserve aucun souvenir. L'âge de l'opaque, des eaux profondes...

À cet instant, comme si sa prière avait été entendue, il vit la porte – battant de bois verni, poignée centrale, plate, de zinc poli... Il n'y avait plus qu'à pousser...

Une lumière lui traversa le cerveau comme l'aiguille d'un trépanateur – il hurla, ou crut hurler, peut-être n'était-ce qu'un rire, car déjà il comprenait que c'était un mal pour un bien...

Au fond du halo, un salon Art déco, des fauteuils en maroquin ébène, un bureau d'acajou, plateau étincelant, piétement en forme de lyre, des bustes en bronze, des fresques murales, de longs parquets chatoyants...

Alors seulement, il reconnut le décor de son rêve... Dans cet intérieur brun et or, chaleureux comme une boîte à cigares, il voyait la femme – petite, distinguée, hautaine... Qui était-elle ? Que faisait-elle ici, au creux de son crâne ?

Hervé tourna la tête – à l'intérieur même de son esprit – et découvrit sa grand-mère, assise sur une chaise, avec son carton à chapeau sur les genoux... Ses yeux trahissaient la plus pure panique, les murs, les miroirs, les marqueteries, tout reflétait maintenant sa terreur...

Hervé éclata de rire.

Enfin, il allait comprendre...

123.

Mersch se réveilla de mauvaise humeur.

Le séjour prenait une sale tournure : des touristes égarés dans une secte, déjà bouffés par l'atmosphère toxique qui régnait ici, voilà ce qu'ils étaient. Nicole s'était entichée d'une espèce de grand con d'Américain et Hervé s'était enfermé dans sa paillote – on ne l'avait pas vu de la soirée.

Ce matin, que se passait-il ?

Rien. Le quotidien de la secte – après une bonne nuit de pluie.

Depuis le seuil de son bungalow, Mersch apercevait les zombies de service qui allaient et venaient, enroulés dans leur drap blanc. Longue barbe pour les hommes, tignasses bouclées ou toutes lisses pour les femmes, tous arboraient des colliers de perles de bois, des foulards dans les cheveux, des bagues à tous les doigts – et surtout un air radieux exaspérant.

Mais après tout, pourquoi pas ? Pourquoi aurait-il fallu que ce bonheur affiché soit un leurre ou un emprisonnement mental ? Les crétins qui manifestaient dans les rues de Paris ou ceux qui allaient pointer chaque matin à l'usine étaient-ils plus clairvoyants ou moins aliénés ? Sans doute pas, mais une chose était certaine : ils étaient malheureux. Alors…

Pour l'instant, le seul élément important était la découverte de Nicole – un grand bassin abritant des légions de lamproies. Le hobby de Mère… Surprenant de la part d'une gourou qui prônait l'amour universel. Mais aussi intéressant, car il était évident que le tueur avait puisé ses obsessions auprès de ces eaux troubles.

Mersch se rendit au réfectoire de l'ashram, où on préparait des chaïs buvables. Physiquement, il se sentait beaucoup mieux – aucune courbature, aucune nausée, aucun symptôme de manque. C'était le seul effet bénéfique de cette expédition : il s'éloignait des amphétamines et de cette nervosité chimique qui l'avait tenu debout ces dernières années.

Tant qu'il y était, il s'orienta vers le buffet et attrapa une assiette qui, curieusement, était en aluminium – il avait une faim de loup. Au choix : tartes aux fruits non identifiés et curry de légumes agrémenté des éternelles chapatis, cuites sans levain...

– Jean-Louis ?

Mersch se retourna et découvrit Padma avec son sourire mielleux et sa houppette de conte pour enfants. Un bref instant, il eut envie de le gifler, ne serait-ce que pour lui ôter cette expression placide de ravi de la crèche.

– Qu'est-ce qu'il y a ? se contenta-t-il de demander.

– Tu as de la chance. Hamsa est prêt à te recevoir.

– Vraiment ? fit Mersch, la bouche pleine. Eh bien, y va devoir attendre. Je commence seulement mon p'tit déj.

Toujours la provoc'... Mais à ce jeu-là, il ne pouvait sortir gagnant. On était en Inde, le pays du karma éternel et des dieux en légions. Alors les petites insolences d'un flic français...

D'ailleurs, Padma s'inclina :

– Nous vous attendons depuis vingt ans. Hamsa patientera bien encore un peu.

124.

Il avait vu quelques photos de René Saulnier, alias Hamsa, à l'époque où l'étudiant consignait les dernières paroles de la cheffe spirituelle. Saulnier avait alors une belle gueule de cinéma, au profil biseauté, surmontée d'une tignasse inextricable, mâtinée de folie, et coupée ras sur la nuque. Un beau visage donc, mais tirant sur la fouine, où brûlait un regard anxieux. On y voyait presque se consumer les questions spirituelles, les angoisses métaphysiques du bonhomme.

Mais bon, ces images ne disaient rien : ni sa taille, ni son allure, et encore moins comment il avait pu vieillir. Aujourd'hui,

Hamsa, c'est-à-dire le Cygne, devait approcher la cinquantaine, dirigeait l'ashram sans en être vraiment le gourou – il n'était que l'intercesseur de la Mère – et ne se montrait pas : il ne s'exposait à aucun darshan et ne se prêtait pas au jeu de la popularité. Un homme de l'ombre, qui dirigeait un sanctuaire dédié à la mémoire de Mère.

L'antichambre du Messager, comme on l'appelait aussi, ne contenait que quelques sièges en bois posés sur un simple tapis de corde, et… c'était tout. Sur le mur qui faisait face à la porte, une sorte de calligraphie japonaise à l'encre noire : un svastika inachevé, exactement comme celui qui marquait le bras d'Hervé et, disait-on, celui de Mère. Le symbole de la Ronde.

– Vous pouvez venir. Hamsa va vous recevoir.

Mersch jeta un œil sur l'endrapé qui se tenait devant lui. Impossible de dire si le gars était indien ou occidental. Ils se ressemblaient tous.

L'homme lui tendait un plateau chargé de grenades, de bananes, d'amandes.

– Qu'est-ce que c'est que ça?

– Des offrandes. C'est la règle : on ne peut se présenter devant Hamsa les mains vides.

Mersch soupira et prit le plateau des mains du fantôme.

Ils marchèrent en silence – ils étaient pieds nus.

Ils pénétrèrent dans une pièce encore plus nue : un espace circulaire entièrement blanc, totalement vide, hormis quelques coussins posés par terre. Le symbole était toujours là, peint sur le mur du fond. À gauche, une grande baie vitrée s'ouvrait sur la montagne et sa forêt de mélèzes.

Sur le châssis en ciment peint de la vaste fenêtre, un petit homme – mais vraiment petit – était assis sur une fesse. Il portait la traditionnelle chemise blanche sous un gilet afghan sans la moindre broderie – une simple peau de mouton, sans manches, qui rappelait que le climat ici était plus proche de celui du Népal que du delta du Gange.

On devinait les origines occidentales du Cygne mais elles

semblaient avoir été gommées au profit d'une allure plus universelle, sans nationalité ni état civil. Ce quinquagénaire rabougri paraissait usé comme un fossile abrasé par les siècles. Seul le regard, derrière les montures translucides, affichait un éclat amusé, sceptique, auquel s'ajoutait une légère remontée des commissures, confirmant un curieux air d'ironie.

– J'vous souhaite la bienvenue, dit-il sans bouger, d'une voix de ficelle.

Mersch ne répondit pas. Comment attaquer l'animal ? Il se contenta de déposer son plateau par terre puis de faire quelques pas vers l'homme. Pieds nus contre pieds nus, à armes égales…

– J'vous attendais, ajouta Hamsa.

Détail incongru, l'homme avait un accent du Nord, peut-être même belge, et une curieuse manière d'avaler les pronoms.

– Pourquoi ? rétorqua Mersch, jouant à l'imbécile. On vous a prévenu de notre arrivée ?

– Bien sûr, mais même avant cela, il y a eu des signes…

Nous y voilà…, pensa Mersch, sans pouvoir se départir de ce cynisme athée qui n'avait vraiment plus rien à faire ici.

– Quels signes ?

– Oh, des choses qui vous paraîtraient puériles…

– Depuis que je suis en Inde, je suis dans une gigantesque cour de récré. Donnez-moi des exemples.

– On a ici une ferme d'apiculture. Depuis plusieurs semaines, les abeilles, par légions serrées, dessinent dans les airs notre symbole. Ou plutôt celui de Mère : ce svastika qui a malheureusement pris une signification si sombre depuis la dernière guerre…

– Quoi d'autre ?

– Toute la nature semble vouloir nous prévenir. Le svastika, toujours lui, se forme au fond du puits, dans les sillons de l'eau, ou dans le ciel, entre les nuages… Mère est de retour…

Mersch eut un cri du cœur :

– Vous croyez vraiment que mon frère, qui n'avait jamais mis un pied en Inde avant la semaine dernière et qui n'a jamais entendu parler de la Ronde, pourrait être la réincarnation de votre… gourou ?

Le Cygne soupira :

– Ce qui compte, c'est que lui le croie. Rien ne sera possible s'il n'est pas convaincu de sa mission.

Dans ce cas, pensa Mersch, on est tranquilles.

Avant d'envisager les questions qui fâchent – et même qui tuent –, un peu de métaphysique :

– Mère est morte en 1948, commença-t-il. Vingt années d'attente, ça vous paraît raisonnable ?

– Pour les réincarnations, il n'y a pas de règle, répondit Hamsa avec son étrange prononciation. Surtout en Inde, où le temps n'a aucune importance.

Mersch se décida à jouer le jeu du sage, du moins pour l'instant.

– Mon frère n'a aucune formation spirituelle.

– Nous le formerons.

– Il est catholique.

– Nous aussi.

– Il ignore tout de l'enseignement de Mère.

– Il le connaît. Il est en lui. C'est mon rôle de le réveiller… dans son esprit.

– Cet enseignement, en quoi consiste-t-il ?

Hamsa rajusta ses lunettes :

– Mère a créé un nouveau yoga, presque uniquement mental, qui vise à réveiller la parcelle divine au sein de chacun d'nous. Grâce à cette pratique, l'homme peut dev'nir lumière, fusionner avec la vérité absolue et initier une nouvelle race, l'Homme Nouveau si vous voulez.

– Quel programme.

– Vous m'interrogez. J'vous réponds.

Bon, assez rigolé, se dit Mersch. Il était temps de passer au frontal :

– Hervé n'a rien à foutre de vos délires.

– Pour l'instant, mais sa métamorphose est en marche.

– Vous y croyez donc ?
– Aucune raison de ne pas y croire.
Il prit une autre direction :
– Vous n'êtes pas étonné que… Mère revienne ?
– C'est l'contraire qui aurait été étonnant. Mère est pas une créature terrestre, un être de chair et de sang. C't'un esprit, comprenez ?
De nouveau, la provocation :
– Votre esprit, là, il a bien fini par caner, non ?
Hamsa ne releva pas, perdu dans la contemplation du paysage. Bizarrement, Mersch eut une impression inverse : c'étaient plutôt les montagnes qui l'observaient sur son rebord de fenêtre.
Mersch se souvenait de ce que lui avait raconté Hervé, à propos des rumeurs d'assassinat de Jeanne de Texier.
– De quoi Mère est morte ? insista Mersch.
Sans le regarder, Hamsa murmura :
– Elle a été tuée.
Un peu de franchise, ça peut pas faire de mal…
Mersch était toujours debout. (Il ne se voyait pas s'asseoir, seul sur les coussins au milieu de cette grande pièce nue.)
– Qu'est-ce qui s'est passé ?
– C't'une période très sombre de l'histoire d'la Ronde, j'préfère pas en parler.
Mersch prit son souffle :
– Padma a dû vous affranchir. Une série de meurtres ont été commis, à Paris, à Calcutta. Tous en lien avec votre communauté, c'est une certitude. On a fait ce voyage pour obtenir des réponses, pour identifier un assassin – certainement pas pour vous laisser mon frère en pension. Alors, parlez. Mère a été tuée, vous dites ? Très bien. Ce premier assassinat est peut-être lié à ceux d'aujourd'hui.
– Aucune chance.
– Laissez-moi en juger.
Hamsa s'agita – un vieux perroquet sur son perchoir.
– On évoque toujours l'emprise du gourou sur ses adeptes,

finit-il par lâcher. Mais le contraire est vrai aussi. Le maître peut être prisonnier de ses disciples.

– Vous voulez dire…

– Ce sont les ashramites qui ont tué Mère. Elle a été assassinée par ses enfants…

Mersch ne cherchait plus à comprendre quoi que ce soit dans cette histoire. L'Inde vous prend toujours par surprise et en ce sens, plus rien n'y est surprenant.

– Dans quelles circonstances ?

– Les derniers temps, Mère sortait plus d'sa chambre. Elle travaillait sur elle-même. Par la méditation, elle cherchait à réveiller la parcelle de lumière que chaque cellule de notre corps recèle, vous comprenez ?

– Non.

– L'homme ne cesse d'évoluer et selon Mère, la prochaine étape de sa progression sera cette conscience de la présence divine à l'intérieur de lui-même.

– Tout ça me dit pas pourquoi ses disciples l'ont tuée.

– Elle n'répondait plus à leurs attentes. Plus de darshan, plus d'discours. Dans un ashram, les disciples ont un besoin viscéral de contact avec leur maître spirituel. Ils sont dans un état de totale dépendance.

Au moins, l'homme faisait preuve de lucidité.

– Si le gourou ne les guide plus, ils sont perdus et peuvent même devenir fous… C'est c'qui s'est passé à l'époque. Les villageois des alentours, et aussi les disciples à l'intérieur de l'ashram, sont venus une nuit réclamer un darshan… définitif – ils avaient besoin de voir Mère, de la toucher, de se régénérer…

Mersch essayait d'imaginer la scène et curieusement, il y parvenait. Il régnait encore aujourd'hui dans le Royaume une telle atmosphère de dévotion – et de démence – qu'une nuit de lynchage, ça passait très bien…

– Ils sont venus, oui, dans l'obscurité, avec des armes, des outils, des bouteilles brisées… Ils ont envahi le palais de la Joie – c'est ainsi qu'on appelle la résidence de Mère, là où nous sommes aujourd'hui. Ils ont pénétré dans sa chambre et l'ont… écorchée vive…

Il s'arrêta – même vingt ans plus tard, cette nuit de Walpurgis le secouait encore.

– Enfin, ils l'ont dévorée.

– Dévorée ?

– Oui, ils ont mangé sa chair, ses os, ses cheveux. Ils voulaient que Mère les remplisse, les habite…

Ces ashramites en liquette trempée de sang à genoux autour d'une vieille femme dépecée… Bon sang, l'Inde ne se fatiguerait donc jamais ?

– Comment vous savez tout ça ?

– J'étais là. Dans la chambre de Mère. J'ai assisté au carnage.

– Ils vous ont épargné ?

Hamsa eut un sourire livide :

– J'ai réussi à leur échapper. J'ai embarqué mes notes et j'ai pris la fuite à Gangtok, dans l'Sikkim, puis j'ai franchi la frontière et j'ai vécu plusieurs années au Bhoutan.

– Je comprends pas. Vous vous cachiez ?

– J'cachais les écrits de Mère.

– Pourquoi ?

– Ils représentaient la direction ultime de sa pensée, et les disciples n'étaient pas prêts à entendre ce message. Un message d'indépendance et d'autonomie pour chacun.

Mersch se souvint des images qu'il avait vues à l'école de Van Exem.

– Mère a pourtant eu des obsèques grandioses.

– Ce sont ceux qui l'ont tuée qui l'ont inhumée ainsi… C'est assez difficile à comprendre mais ce meurtre était une sorte… d'hommage. Une fois Mère disparue – la Mère des derniers temps –, les ashramites ont retrouvé celle d'avant, celle qu'ils aimaient et qu'ils respectaient.

– Et personne n'a été arrêté ?

– Bien sûr que non. Ce qui s'passe dans le Royaume reste dans le Royaume.

– Et vous ? Pourquoi vous êtes revenu ? Vous n'aviez plus peur ?

– Les mentalités avaient changé. Les disciples pouvaient enfin m'écouter, moi, le Messager…

Brutalement, Mersch l'interrompit :

– Je cherche un assassin. Cet assassin a vécu au Royaume.

– Vous faites fausse route. Y a pas de criminel parmi nous.

– Vous venez de me raconter un assassinat collectif.

– C'tait une sorte de… rituel.

– Je pense que les meurtres d'aujourd'hui sont aussi des rituels.

Hamsa ne répondit pas – il ne semblait pas très intéressé par cette histoire.

Pour le ranimer un peu, Mersch sortit ses photos – il les avait emportées au cas où. « Une image vaut mille mots », disait Confucius. Bon Dieu : voilà qu'il s'y mettait aussi…

Hamsa n'y jeta qu'un regard distrait – que pouvaient signifier ces clichés, pour un homme qui avait vu sa mentor dévorée par ses adeptes ? Et qui pensait sans doute qu'elle ne mourrait jamais ?

– C't'affreux, admit-il tout de même.

Mersch remballa ses tirages et attaqua sous un autre angle :

– Cette nuit-là, y avait-il un meneur ? Un disciple spécialement… enragé ?

– Non. On peut pas dire ça. C'était une sorte de… folie collective.

– Vos adeptes viennent de partout. Vous connaissez leur passé ?

Hamsa retrouva son sourire d'illuminé :

– Non. Nous n'enquêtons jamais sur nos « enfants ».

– Certains d'entre eux ont-ils un passé criminel ?

– Un passé criminel…, répéta l'émissaire sur un ton rêveur. Toutes ces valeurs, tous ces jugements appartiennent à votre monde, pas au nôtre. Le désir de nous rejoindre efface le passé de chacun. Quels qu'aient été vos actes auparavant, franchir le seuil du Royaume vous innocente à jamais…

Comme à la Légion étrangère, pensa Mersch. Mais il garda pour lui sa réflexion.

Ce fut Hamsa qui revint à la charge :

– Et d'abord, quelles preuves avez-vous que votre tueur soit des nôtres ?

Mersch se racla la gorge puis cracha :

– Ça s'rait trop long à vous expliquer mais j'en ai la certitude. Je pense aussi que les meurtres ont un rapport avec cette idée foireuse que mon frère est la réincarnation de Mère.

Le Cygne secoua les épaules – manière timide de manifester sa réprobation :

– Pourquoi « foireuse » ?

– C'est vous qui l'avez dit : mon monde et le vôtre n'ont rien à voir. Dans le mien, on ne croit pas à ces délires de réincarnation et de karma.

– Très bien. Mais encore une fois, il faut demander à votre frère si…

Mersch le coupa – ça commençait à bien faire :

– Pratiquez-vous ici le tantrisme ?

– La Ronde tolère toutes les religions.

– Répondez à ma question ! Le tantrisme fait-il partie de vos pratiques ?

– Non. Le tantrisme est un dérivé de l'hindouisme. Nous cherchons la vérité dans les religions, disons, premières… Par ailleurs, c'est un culte qui repose sur des rituels, des gestes, des pratiques… magiques. C'est pas dans c'te direction que nous travaillons. La Ronde explore, sonde, analyse les textes sacrés. Elle ne reproduit pas de cérémonies tirées d'autres liturgies. On médite sur les écrits, et on a nos propres cérémonies.

– Le sexe fait-il partie de vos cérémonies ?

– Oui.

Mersch ne s'attendait pas à une réponse positive.

– Dans quel sens ?

– Nous cherchons l'énergie spirituelle là où elle se trouve. Une de ces voies est le rapport sexuel.

– Vos cérémonies rappellent-elles celles du tantrisme ?

– J'peux pas vous l'dire : les cérémonies tantriques sont secrètes. Encore une fois, on s'intéresse pas à cette tendance.

Mersch prit quelques secondes pour réfléchir : sur ce terrain non plus – le sexe –, il n'avait pas avancé. Il ignorait quel rôle la chair pouvait jouer dans le mobile du meurtrier. Suzanne, avec son tantrisme politico-sexuel, s'était fait repérer et piéger par le tueur, mais ce dernier s'intéressait-il pour autant à ces pratiques ?

Nouveau cap :

– Parmi vos membres, y aurait-il un ancien danseur ?

– Rien qu'à Susunia, nous sommes plusieurs milliers.

– Mais chez les Européens plus précisément ? insista Mersch. Un professeur ou même une ancienne étoile ?

– Non.

Mersch avait capté une autre réponse – au mot de « danseur », Hamsa avait tressailli. Presque rien. Une légère crispation des traits. Une montée de sang sous cette peau grise.

Hamsa connaissait un danseur, et ce danseur le terrifiait. *Plus tard.*

– Devant le palais, continua Mersch sans lui laisser le temps de se ressaisir, y a un bassin. Dans c'bassin, y a des lamproies.

– C'est une vieille tradition…

– Pourquoi Mère les chérissait ?

– Elle disait qu'on devait être nos propres lamproies, être capables d'aspirer notre ego, notre matérialisme, nos illusions. Ce qui resterait alors serait la lumière nue. Celle de la vérité, celle de l'esprit divin.

– Avez-vous souvenir d'un accident ? Quelqu'un qui s'rait tombé dans ce bassin et qui aurait été mordu par ces bestioles ?

Hamsa se jeta sur un « non » convaincu, secouant la tête comme une breloque. Encore une fois, Mersch entendit le contraire : quelqu'un avait bu une tasse de cauchemar. Et ce quelqu'un avait été traumatisé à jamais par les blessures que lui avaient infligées les lamproies.

Au point qu'aujourd'hui, quand il tuait des femmes, il reproduisait leurs morsures circulaires…

Brutalement, Mersch tourna les talons :

– J'reviendrai vous voir.

Ce matin, il avait usé de la pression à froid. On verrait ce que le Cygne chanterait avec un bon coup à chaud.

125.

– C'est mon père. C'est lui qui est au cœur de tout ça.

Mersch leva les yeux et découvrit Hervé debout sur le sentier, tremblant de la tête aux pieds. Il ne l'avait pas revu depuis la veille en fin d'après-midi.

Le flic était en train de raconter à Nicole son premier rendez-vous avec Hamsa – juste un amuse-bouche. Tous les deux, devant son bungalow, se préparaient tranquillement un bédo avec l'herbe de Shahin le bienheureux.

– Qu'est-ce que tu racontes ? demanda Mersch en vidant de son tabac une bidi – le truc, c'était de dérouler la feuille de kendu sans briser le fil de coton qui la maintenait serrée.

– C'est mon père, je le sais, je l'ai vu.

Mersch lâcha son petit bricolage et plaça sa main en visière pour mieux distinguer son frère. À l'évidence, il était dans un état second : yeux voilés, visqueux de sueur, il avait une patte folle qui tressautait comme si on l'avait branchée sur du 220.

Mersch se leva – il savait reconnaître un cas d'urgence.

– Tu vas t'asseoir et nous raconter tout ça.

Dans une sorte de convulsion, Hervé s'écroula aux pieds de Nicole – qu'elle avait nus et très gracieux.

– J'ai soif, bredouilla-t-il.

On alla lui chercher une gourde – un truc en peau de chèvre, digne d'un berger des Pyrénées, dont il vida la moitié – ça lui coulait le long du cou comme une écharpe souple et liquide.

– Qu'est-ce que t'as pris ?

– Un acide.

– Quand ?

– Hier soir.
– Qui te l'a donné ?
– Shahin.
Ce bon vieux Shahin, toujours prêt à vous pousser dans le merdier de la défonce.
– Pourquoi t'as fait ça ?
– Pour retrouver la mémoire.
– Quelle mémoire ?
– Celle que j'ai perdue, celle d'avant mes cinq ans.
Le soleil tournait au-dessus de leur tête, les frappant encore comme un marteau de forgeron incandescent.
Mersch attrapa le petiot par le col :
– Viens à l'intérieur.
Ni une ni deux, ils se retrouvèrent au frais, dans la cahute – Hervé sur le lit, à demi allongé, Mersch et Nicole assis par terre, en position du lotus.
– C'est quoi cette histoire de mémoire ?
– C'est à cause de mamie.
– Mamie ?
Hervé tremblait sur son brancard comme un soldat d'Indochine atteint de la malaria.
– Y a une chose qu'a jamais collé…
– Une seule, t'es sûr ?
Hervé parut ne pas entendre :
– Pourquoi elle m'a laissé partir en Inde sans broncher ? En réalité, elle s'attendait à ce qu'on vienne me chercher pour me protéger. Elle a toujours su qu'un danger me menaçait…
Sur le fond, Mersch était d'accord – mais il ne voyait pas quel rôle la mémoire infantile d'Hervé pouvait jouer là-dedans.
– À ma naissance, l'Inde était déjà là, tout près de moi.
– Sous quelle forme ?
– Mon père.
– On en a déjà parlé, soupira Mersch. J'ai cherché tout ce que j'ai pu trouver sur lui. Un étudiant aux Langues O qui a rencontré notre mère. Ils ont fricoté ensemble et il s'est barré à Bénarès

étudier la musique indienne. Il a passé toute sa vie là-bas et il est mort dans la plus grande discrétion. Un p'tit professeur, pointu dans son domaine comme une mine de crayon, mais c'est tout.

Hervé semblait maintenant anesthésié – assis sur le brancard, dos au mur, il avait les yeux dans le vide – ou plutôt du vide plein les yeux. Ses pupilles trahissaient encore l'éblouissement chimique.

– File-moi une clope.

Mersch lui lança une bidi qu'il attrapa avec une dextérité inattendue.

Feu. Fumée. Silence.

– Mon père, fit-il enfin, c'est le lien avec l'Inde. Je me suis dit qu'il s'était peut-être passé quelque chose à ma naissance qui pouvait expliquer les meurtres d'aujourd'hui.

Mersch jeta un regard à Nicole, qui semblait fascinée. Une bonne cliente pour les expériences d'hyper-conscience.

– T'as donc pris un acide pour remonter dans ta mémoire ?

– Exactement.

Mersch alluma à son tour une bidi – l'Inde les rendait tous cinglés.

– Ça a marché ? Qu'est-ce que t'as vu ?

– C'est pas très clair.

– Tu m'étonnes.

Hervé tirait sur sa clope comme un plongeur sur son détendeur.

– Depuis des années, je fais le même rêve.

Nicole intervint :

– Tu m'en as déjà parlé. Cette femme étrange dans un appartement et…

– Non. Je parle d'un autre rêve. Je vois un homme très mince, tout en noir, vêtu d'une sorte de combinaison, se pencher sur un berceau. Bizarrement, il porte une casquette. Ce genre de casquette qu'ont les voleurs dans les films muets.

– Et alors ? reprit Mersch.

– Cet homme, c'est mon père. Je le sais maintenant. Ce rêve

est un souvenir. Le berceau, c'est le mien. Passe-moi une autre clope.

Hervé l'alluma avec fébrilité :

– Cette nuit, j'ai ressenti cette menace de jadis.

– Quelle menace ?

– Quand mon père essayait de m'enlever.

– T'as juste fait un bad trip.

– Non !

Hervé avait hurlé. Dans la pénombre, son visage luisait comme un flambeau. Enduit de sueur, brûlant de fièvre, le frangin était proche de la transe.

– Non, répéta-t-il plus bas. J'ai compris maintenant. Je devais avoir quelques mois, pas plus, et mon père est venu pour m'enlever.

Nicole, qui clopait elle aussi – le bungalow semblait en proie à un feu d'herbes humides… –, reprit le manche :

– Comment tu sais ça ? Pourquoi ton père ? Et pourquoi vouloir t'enlever ?

Hervé secoua la tête – un boxeur dans les cordes qui vient de s'en prendre une sévère.

– Je ne sais pas, mais… j'en suis sûr.

Mersch, qui pressentait, avec ses antennes de flic, qu'il y avait tout de même quelque chose de vrai dans ce foutoir, préféra calmer le jeu :

– Reprenons les choses par le début, en essayant de trouver une logique à ta version des faits, ok ?

– Ok, répéta docilement Hervé sur le ton résolu du petit garçon à qui on donne une mission de confiance.

– Pierre Roussel – c'est le nom de ton père – couche avec Simone. Pour une raison inconnue, il se barre aussi sec. Peut-être en a-t-il rien à foutre ou même n'est-il pas au courant.

– Il m'a déclaré.

– Exactement. Quand il est en Inde, il apprend la nouvelle. Il revient en France. Il te reconnaît.

Mersch songea à un autre détail mystérieux : pourquoi Pierre

Roussel avait-il lui-même changé de nom ? Au départ, en toute logique, il devait s'appeler Jouhandeau. Se cachait-il ? Cherchait-il à fuir quelque chose ?

– Dès lors, continua-t-il, pourquoi vouloir t'enlever ?

– Pour m'emmener en Inde. Ou simplement pour me tuer. En tout cas, il représentait une menace pour moi. Cette menace, je l'ai sentie tout au long de mon trip sous acide. Mais mamie et maman m'ont protégé.

Mersch n'avait jamais imaginé les deux femmes dans la peau de combattantes luttant contre un assassin.

– Ouvre la porte, s'te plaît, demanda-t-il à Nicole.

Un rayon de soleil entra avec la violence d'un tir de mitraillette, frappant le visage d'Hervé. Ses pupilles dilatées n'avaient plus de couleur.

– Je réfléchis à tout ça depuis ce matin, haleta-t-il. Je pense que mon père faisait partie de la Ronde.

– Tu sais ça d'où ?

– Simple hypothèse mais ça expliquerait pourquoi il ne m'a pas tué ni kidnappé.

– Pourquoi ?

Hervé releva sa manche :

– À cause de la marque. Dès qu'il l'a vue, il a compris qu'il ne pouvait plus rien faire contre moi. On ne touche pas à Mère…

Tout ça était absurde, mais bon Dieu, ça sonnait curieusement juste.

– C'est tout ce que t'as vu ? s'entendit-il demander.

– Non. J'ai vu Mère. La femme de mes rêves, c'est elle.

– Tu l'as vue… dans son ashram ?

– Non. Dans son appartement parisien, vêtue à l'occidentale.

Mersch essayait de s'adapter, mais il était comme l'alpiniste qui redescend par une voie inconnue, sans points d'appui.

– Ok, admit-il. Mais pour quelle raison tu rêves d'elle, à ton avis ?

– Parce que mamie est allée la voir… quand j'avais quelques mois.

– Avec toi.

– Avec moi, oui. Ce rêve est un souvenir imprimé dans mon inconscient.

– T'y vas pas un peu fort, non ?

Hervé ne parut pas entendre. Il parlait droit devant lui, comme à un autre lui-même.

– Mamie a dû vouloir lui raconter toute l'histoire, ou peut-être lui montrer la marque. Elle avait besoin de sa protection.

– Et alors ?

Hervé ouvrit les bras :

– Je ne sais rien de plus.

– Quel rapport avec les meurtres d'aujourd'hui ?

Hervé ricana comme un dément – il fumait d'une manière étrange, en faisant tourner son poignet avant de se planter la clope dans le bec.

– C'est tout simple. Je pense que l'assassin est mon père.

– Pierre Roussel est mort il y a quatre ans. J'ai lu sa nécrologie qui…

– Tu parles. En Inde, les noms, les vies, les identités sont interchangeables. Mon père s'est peut-être fondu dans la foule de Calcutta et…

– De Bénarès.

– De Bénarès, si tu veux. Il est mort en tant que Pierre Roussel et a pu ressusciter sous un autre nom. D'ailleurs, avant Roussel, il s'appelait Jouhandeau.

Le frangin marquait un point.

– Mais pourquoi tuer aujourd'hui ? Pourquoi réapparaître ?

– Je pense… (Pour la première fois, Hervé hésita. Lui-même semblait incrédule face à ses hypothèses.) Enfin, je pense qu'il cherche à se rapprocher de moi.

– En tuant tes petites amies ?

– C'étaient pas mes petites amies.

– Tu vois très bien ce que j'veux dire.

– C'est une sorte de parcours initiatique. Un chemin de sang…

– Bon, fit Mersch en se levant, va falloir que tu te reposes un peu et...

Hervé attrapa la manche de son frère :

– Attends. Y a autre chose.

– Quoi encore ?

– Le gars à casquette. L'assassin... Je l'ai revu...

– Tu me l'as déjà dit. Dans ton trip.

– Non. Je l'ai revu... dans la réalité.

– Quand ?

– Dans le jardin de la villa de Krishna. Juste avant les meurtres. C'est lui qui les as tués.

Mersch préféra laisser courir. Avec douceur, il se libéra de l'emprise de son frère, dépliant chaque doigt comme on ferait avec un cadavre. Son impression exacte était qu'à l'inverse de certaines enquêtes où, patiemment, on parvient à expliquer rationnellement l'irrationnel, c'était ici la folie qui ne cessait de gagner du terrain sur la raison...

Il regardait Nicole et lui intima, d'un bref signe de tête, de le suivre dehors.

– J'retourne voir Hamsa, expliqua-t-il. Lui seul a les réponses. Toi, tu restes avec...

– Non, je viens avec toi.

Mersch n'eut pas le temps de répondre.

– Moi aussi, je viens, cria le frangin sur le seuil du bungalow. Après tout, c'est de ma peau qu'il s'agit.

126.

– Parle-moi de Pierre Roussel.

Cette fois, Hamsa, le Cygne chantant, était sorti de sa léthargie souriante. Il faut dire que Mersch avait défoncé la porte de la salle de prière après avoir bousculé les pseudo-gardes du palais

– il avait ensuite donné son calibre imitation .45 à Nicole pour qu'elle surveille le perron.

Hervé ? On ne pouvait rien lui demander pour l'instant. Posé sur des coussins, il attendait des explications – ses origines, son berceau, l'ombre du père : il était preneur de tout ce qu'on pourrait lui raconter.

– Pierre Roussel, répéta Mersch. M'oblige pas à devenir méchant.

Hamsa paraissait avoir compris que la menace impliquait des risques – physiques, les risques. On n'en était plus à chercher la lumière dans chaque cellule humaine ni à travailler son yoga mental.

Pourtant, il répondit :

– Jamais entendu ce nom.

Mersch lui envoya à toute force son poing dans l'estomac. Le Cygne eut un petit cri de fouine, ce qui faisait beaucoup d'animaux dans le tableau, et s'affaissa à genoux. Mersch lui assena un coup de coude sur la nuque, qui parut se briser comme un fagot de petit bois.

Puis il l'attrapa par le col, comme un bébé chat, toujours la ménagerie, et le mit à genoux avant de le gratifier d'un crochet à la mâchoire – l'os se déboîta sous ses doigts serrés.

Hamsa retomba sur le flanc, crachant une giclée de sang.

– Pierre Roussel, répéta Mersch.

Pas de réponse. Le Messager était pris de tressautements – de brefs retours de douleur qui ressemblaient à des décharges électriques. En Algérie, les gars après une séance de gégène avaient ce genre de convulsions – des souvenirs à 135 volts.

Il lui balança un coup de pied dans le ventre, si violent que le corps se souleva du sol. Il avait conscience de commettre un outrage – quelque chose comme pisser sur l'autel d'une église – mais la fin justifiait les moyens.

– Pierre Roussel. Il faisait partie de la Ronde. Putain, accouche.

Toujours aucune réaction. Mersch se dit qu'il était en train de parier sur les délires de son frère sous LSD et sur ses propres hypothèses. C'était peu – mais suffisant pour tirer le fil.

Il lui vint une idée – pour la torture, il avait été à bonne école. Il attrapa le Cygne par le colback et le traîna à travers la sallc, souillant lc sol d'unc longuc tracc sanglantc. Assis dans son coin, les yeux hors de la tête, Hervé ne bougeait pas.

– Ouvre la porte ! lui ordonna Mersch.

Le frérot s'anima. En quelques pas, ils furent sur le parvis, cernés par une armée de griffons montrant les dents, de singes rieurs, d'éléphants placides.

À deux mains, le flic hissa Hamsa – un poids plume – au-dessus du bassin des lamproies et répéta :

– Pierre Roussel.

– Non.

– Parle !

– NON !

Mersch lui enfonça la tête dans l'eau. Aussitôt, les bestioles vinrent se plaquer sur son visage comme une poignée de franges – c'était la chose la plus immonde que le flic ait jamais vue.

Hamsa se débattait comme un forcené. Son être paraissait désormais séparé en deux – le corps encore humain, mais le visage, pardon, à travers la transparence de l'eau, tenait plutôt du monstre venu de l'espace.

Mersch le sortit de la flotte – le but n'était pas de le noyer. Certaines lamproies lâchèrent prise, d'autres s'accrochèrent. Elles suçaient, raclaient, perçaient la chair, semblant vouloir en aspirer toute la sève.

Il laissa Hamsa tomber à la renverse et l'observa qui se contorsionnait sur le sol pour se débarrasser des bestioles furieuses. Combat inégal. Une sorte de pieuvre en pièces détachées contre un avorton peu habitué aux affrontements physiques.

Enfin, le malheureux cracha l'eau qu'il avait encore dans la bouche pour hurler :

– Mes yeux !

Deux lamproies étaient collées à ses orbites, leur long corps se tordant d'aise – une pour chaque œil, pas de jaloux.

– Mes yeux !

Le flic hésitait à arracher les bestioles – les globes oculaires viendraient sans doute avec. Il passa sa main sous son pantalon cargo et saisit le Ka-Bar, qu'il gardait toujours plaqué au mollet. En quelques coups de lame, il trancha les corps des lamproies qui se calmèrent à peine. *Putains de bestioles.*

– Aidez-moi !

À trois, ils parvinrent à opérer – Hervé maintenait le corps du gourou, Mersch la tête, et Nicole, délicatement, décollait les bouches-ventouses des paupières. Pas mal de peau restait collée à ces gueules immondes, rondes comme les anneaux d'un ténia abject.

– Mes yeux…, bredouillait toujours Hamsa.

Mersch ignorait ce qu'il lui restait côté mirettes mais il avait sans doute perdu pas mal de cornée et ses paupières n'étaient que bouillie rougeâtre. Vraiment horrible à contempler.

Il prit sa voix la plus douce :

– Pierre Roussel, Hamsa. Parle-moi, sinon tu y retournes, et pour le coup, t'auras même plus tes yeux pour pleurer.

Le chef spirituel s'adossa au rebord du bassin – autour de lui, les tronçons de lamproies bougeaient encore – puis il cambra son visage comme pour exposer ses blessures au soleil.

– Pierre Roussel est le fils de Mère.

127.

Mersch avait la mémoire des noms et des dates. Jeanne de Texier avait eu deux enfants. Antoine, né d'un premier lit en 1913, et Georges, fruit de son union avec un certain Paul Dorati, né en 1923.

– Qu'est-ce que tu m'chies ? cracha-t-il. Aucun des enfants de Mère ne portait ce nom. Ils sont nés de deux pères différents et…

– Georges Dorati et Pierre Roussel sont un seul et même homme. Il a changé de nom.

Mersch dut faire, mentalement, un formidable bond en arrière pour envisager les choses avec la juste distance. Les deux garçons étaient les grands absents de l'histoire. Où avaient-ils grandi ? Quels rapports avaient-ils eus avec leur mère ? Qu'étaient-ils devenus ?

Mais tout de suite, comme un coup de lame dans le flanc (le Ka-bar aurait bien fait l'affaire), Mersch comprit une vérité sidérante : si Georges Dorati, alias Pierre Roussel, était bien le père d'Hervé, alors Jeanne de Texier était sa grand-mère paternelle.

Une réincarnation ? Beaucoup plus simple : un petit-fils.

Dès lors, pas mal d'autres coïncidences s'expliquaient – comme la tache de naissance, par exemple. Ou encore les crampes d'Hervé, qui n'étaient sans doute que le symptôme d'une maladie héréditaire.

– Raconte-moi tout, et prends ton temps.

– Mes yeux…

D'un geste, Mersch fit signe à Nicole : *Fais quelque chose, n'importe quoi.* Elle déroula son foulard, le trempa dans le bassin, en faisant attention de ne pas se faire mordre par les lamproies, puis posa avec douceur l'étoffe humide sur les yeux de Hamsa.

Quelques secondes passèrent – le temps pour Mersch de réaliser un autre fait : quand son père avait reconnu Hervé, il ne s'appelait plus Dorati mais pas encore Roussel. C'était un certain Jouhandeau qui était allé à l'état civil. Le gars avait décidément un problème d'identité.

Les yeux bandés, le gourou semblait aller mieux. Mersch lui fila un coup dans l'épaule, histoire qu'il ne s'endorme pas sur ses lauriers.

– Pourquoi ce changement de nom ?

– Pour couper totalement les ponts avec Mère.

– Avant Roussel, il s'appelait bien Jouhandeau ?

– Jouhandeau ?

Hamsa tressaillit :

– J'connais pas ce nom.

On verra ça plus tard.

– Pourquoi voulait-il en finir avec elle ?

Hamsa sourit – vraiment une image qui resterait gravée à jamais dans son cerveau : ce visage trop fin, couvert de sang dilué comme de l'eau de rose, barré par le foulard indien de Nicole. Le pauvre gars ressemblait à un soldat blessé au champ d'honneur.

– Parce que Mère était l'être qu'il détestait le plus au monde.

Mersch, penché sur sa victime, un genou au sol, tenant toujours son poignard, comme pour écorcher le premier qui passerait à sa portée, acquiesça machinalement.

Derrière la secte, derrière le sacrifice – le lynchage – de Mère, derrière ces meurtres incompréhensibles où se mêlaient tantrisme, sadhou et réincarnation, il y avait d'abord et avant tout une affaire de famille.

Comme toujours.

– Raconte-nous ça.

– Il faut soigner mes yeux.

– Chaque chose en son temps. L'histoire d'abord, après ça, on appellera tes zombies pour qu'y s'occupent de toi.

Mersch se leva et s'adressa à Nicole et Hervé :

– Aidez-moi. On le ramène au bercail.

Une fois dans la salle de prière – les gardes avaient disparu, sans doute partis chercher du renfort –, ils comprirent qu'ils ne pouvaient plus verrouiller la porte, Mersch l'ayant défoncée. Cela signifiait qu'il n'avait que quelques minutes pour entendre toute l'histoire.

– Mère a eu Antoine, son premier fils, en 1913, commença le Cygne.

– Perdons pas de temps avec ce qu'on sait déjà.

– Dix ans plus tard, continua-t-il comme s'il n'entendait pas, Georges est né. La Ronde avait été créée quelques années plus tôt. Mère organisait des darshans, elle menait une vie nomade et…

Mersch eut un flash – un souvenir de la nécrologie de Jeanne de Texier :

– À cette époque, elle avait bien envoyé ses mômes en pension en France, non ?

– Non. Ça, c'est la version officielle. La vérité, c'est qu'elle les emmenait partout.

– Pourquoi mentir là-dessus ?

– Parce que Mère avait une conception… très spéciale de l'éducation.

Hamsa tournait lentement la tête de droite à gauche, à la manière d'un balancier d'horloge.

– Elle était d'une sévérité… d'une dureté inouïe, quelque chose qui s'apparentait à du sadisme.

Mersch fit ses calculs :

– Comment tu l'sais ? À cette époque, tu vivais pas auprès d'elle.

– C'est vrai, mais j'ai fait des recherches, j'ai recueilli des témoignages…

– On s'en fout. Parle-moi des fils de Mère.

– Ils ont grandi dans cette souffrance, en subissant des châtiments cruels, un endoctrinement… féroce.

– Ils allaient à l'école ?

– Non. Leur éducation a été confiée à des disciples, et c'était une éducation spécifique.

– Quel genre ?

– À quatre-vingts pour cent religieuse. Mère tenait à ce que ses deux fils connaissent parfaitement les religions hindouiste, bouddhiste et chrétienne avant de se familiariser avec les concepts de la Ronde.

– Pour qu'ils prennent sa suite à la tête de la secte ?

– Non. Mère souhaitait que ses enfants soient des ashramites parmi d'autres. Au sein de la Ronde, le sang ne donne droit à aucun privilège particulier. La Ronde est une communauté qui…

– Concentre-toi sur ce qui m'intéresse. Les garçons ont donc grandi aux côtés de leur mère, qui ne cessait de voyager et de les maltraiter ?

– Oui. Plus tard, elle a acheté les terrains de Susunia Hills. À ce moment, Antoine était un adolescent et Georges un petit garçon.

– Quelles langues parlaient-ils ?
– Le français, l'anglais, le bengali.
Mersch eut soudain une question de bon sens :
– Et leurs pères dans tout ça ?
– Ils comptaient pas. Les hommes ont jamais compté dans la vie de Mère.
Mersch imaginait bien cette fanatique en sari dévorant ses pauvres maris comme une mante religieuse et recrachant leurs restes avec dédain. Heureusement pour eux, ces gars-là avaient pris la tangente à temps.
– Reviens sur les gamins.
– Ils ont très vite manifesté des dispositions pour la spiritualité. Mais autant Antoine avait l'âme chrétienne, autant Georges était attiré par l'hindouisme.
– Où était le problème ?
– Le problème ?
– Tu prétends que ces deux mômes subissaient des punitions à répétition… Pourquoi Mère les tourmentait-elle autant s'ils suivaient sa voie ?
– Mère n'était jamais satisfaite. Elle était d'une exigence… insatiable. Les petits devaient connaître des pages entières de la Bible ou des Veda.
– Quel genre de châtiments leur infligeait-elle ?
– Je sais pas au juste… Mais certaines punitions étaient proches des mortifications des sadhous… Comme le jeûne, l'exposition au soleil, rester des heures sur une jambe ou dans une position pénible… Et bien sûr, des coups, toujours des coups…
Vraiment une gourou étrange. Apôtre de la paix et de la sérénité pour tous, adepte de la torture et de la violence pour les siens…
– Au Royaume, les deux enfants ont poursuivi leur éducation religieuse ?
– Bien sûr. Et leurs différences n'ont fait que s'accentuer : Antoine toujours plus chrétien, Georges plus hindouiste…
– Tous les deux haïssaient Mère ?

– Non. Seulement Georges.

– Pourquoi ?

– Parce que les choses se sont soudainement aggravées. Les deux garçons étaient proches, mais très différents. Vers l'âge de dix-sept ans, Antoine a demandé à aller en France pour intégrer une école de jésuites, Georges, lui, voulait se perfectionner dans les arts : la musique, la danse…

La danse. Ce détail stupéfiant raconté par Nicole à propos de son agresseur. Le portrait du fils se rapprochait du profil du meurtrier… *Attendons encore un peu…*

– Georges jouait du sitar et pratiquait la danse indienne.

– Où était le problème ?

– Cette danse est réservée aux femmes.

– Et alors ?

– D'une certaine façon, Georges était une femme.

Nouveau flash. Pierre Roussel était de la jaquette. Un péché aux yeux de Mère ?

Continue l'histoire.

– J'étais pas à Susunia à l'époque mais j'peux imaginer à quel point Mère était horrifiée. Elle qui prônait l'ouverture d'esprit en matière de religions était intransigeante sur le plan de la sexualité. La philosophie de la Ronde est fondée sur l'évolution biologique et le développement de la communauté – les membres doivent s'unir et procréer. Pour Mère, un homosexuel n'était qu'un déchet inutile, une difformité de la nature allant à l'encontre du sens de la vie.

– Et l'autre frère, où était-il ?

– Antoine avait quitté le Royaume pour suivre l'enseignement des jésuites en France. Georges se retrouvait seul face à Mère qui n'avait qu'une obsession : le remettre dans le droit chemin. De plus, quelqu'un d'autre est venu aggraver la situation.

Mersch tenta de déglutir – pas moyen. Par les temps qui couraient, la salive devenait une denrée rare.

– Quel fait ?

– En 1936, Charles Aubenas, qui dirigeait la Ronde avec Mère, a découvert Goppi.

– Goppi ?

– Salamat Krishna Samadhi, précisa Nicole.

– Exactement. La Ronde avait trouvé son guide spirituel, et Mère ne voyait plus que par cet enfant hindou.

– Elle le préférait à Georges ?

Même mutilé, Hamsa trouva en lui un nouveau résidu d'ironie :

– Elle adulait Goppi et haïssait Georges. Chaque soir, elle accompagnait son fils au bain.

– Au bain ?

– C'est ainsi qu'on appelle la rivière, un peu plus bas, où chacun fait ses ablutions. Il y a un côté réservé aux femmes et un autre aux hommes. Elle emmenait Georges sur la rive, dans un coin retiré, l'obligeait à se déshabiller et à regarder les hommes nus qui se baignaient. Au moindre signe d'érection, elle le flagellait avec une tige d'osier qu'elle trouvait là. Plus tard, on a raconté que Georges avait développé une attirance obsessionnelle pour la vannerie.

Une autre convergence. Quand Nicole avait été attaquée par le tueur, elle avait remarqué son arme – une lame recourbée qui évoquait un outil de vannier. Il revoyait aussi distinctement la serpette Opinel n° 10 posée sur la paillasse de Guérin, le médecin légiste. Selon lui, l'assassin utilisait cet instrument, dédié d'ordinaire au travail de l'osier et du raphia.

Le tueur était un danseur.

Il était aussi un vannier.

Georges Dorati, alias Jouhandeau, alias Pierre Roussel, entrait de plus en plus précisément dans le tableau.

– C'est à ce moment que j'suis arrivé au Royaume, continuait le Cygne. Après mon apprentissage dans d'autres ashrams, j'étais prêt pour travailler pour Mère. Tout de suite, elle a aimé ma manière d'appliquer ses préceptes et la façon dont j'intériorisais ses enseignements. Elle m'a pris sous son aile et m'a confié la mission de l'aider à préparer l'avènement du Nouvel Âge.

– À cette époque, intervint Mersch, y a eu des rumeurs selon lesquelles Goppi avait été violé par Aubenas.

Hamsa changea de position : il se recroquevilla sur lui-même et se prit la tête dans les mains, comme si évoquer ce nouvel épisode lui était franchement pénible.

– Aubenas était pédophile, oui.

– Et Mère acceptait ça ?

– Elle l'ignorait, elle l'a toujours ignoré. Parfois, c'est au sommet qu'on voit le moins bien les choses.

– Charles Aubenas a-t-il aussi violé Georges ?

– Jamais d'la vie. Il n'aurait jamais osé toucher au fils de Mère. Ce qui s'est passé est bien pire…

Mersch finit par s'asseoir – depuis le départ, il était le seul debout, barrant le sol de son ombre, comme l'aiguille d'un cadran solaire. Il était étonné que les renforts ne soient pas encore intervenus – mais peut-être les ashramites craignaient-ils de pénétrer dans la salle de prière…

– C'est pas Aubenas et Georges qu'ont couché ensemble, mais Georges et Goppi.

Mersch fut tenté de rire – ce n'était plus une secte mais une partouze.

Il avait presque de la peine pour cette vieille puritaine, sadique et cinglée, qui voulait changer la nature de son fils et porter aux nues un enfant indien qui n'avait rien demandé à personne. Tout ce qu'elle avait récolté, c'était un jeune couple de sodomites qui s'aimaient d'amour tendre, comme chantait Juliette Gréco…

– Mère l'a appris ?

– Quand elle l'a découvert, ça a été terrible. Elle a accusé Georges d'avoir corrompu Goppi. Elle a éclaté de rage et a commis l'irréparable…

Mersch lança un bref regard à Nicole et Hervé qui, tous deux assis en tailleur, comme à un concert de rock, demeuraient bouche bée.

– Mère a traîné Georges jusqu'au bassin des lamproies et l'a plongé dedans. Pendant une heure, elle l'a empêché d'en sortir, armée d'une perche. J'étais présent. Mère hurlait, pleurait et riait à la fois, mélangeant les langues et les insultes. Le pauvre gamin barbotait dans cette flotte pendant que les bestioles le dévoraient.

Silence. On aurait presque pu entendre glisser, à travers la vitre, le soleil dans le ciel. Mersch était atterré – pourtant il venait d'infliger le même sort à Hamsa.

La danse.

La vannerie.

Et maintenant les lamproies.

Georges Dorati, quatorze ou quinze ans, avait été traumatisé à jamais par le traitement que lui avait infligé sa mère avec un grand M. Il dansait. Il taillait des fibres d'osier. Et il reproduisait les morsures des lamproies. Ses meurtres – ses sacrifices – racontaient sa propre histoire. Son martyre.

Mersch dut relancer le petit homme, qui semblait à bout de forces.

– Que s'est-il passé après ?

– Georges a mis des semaines à se remettre de ses blessures. Mère a demandé à tous les disciples de prier pour lui. Elle a toujours pensé que c'est cette force spirituelle qui avait permis à Georges de survivre.

– Il n'a pas gardé de cicatrices ?

– Sur le corps, mais pas sur le visage. Dès qu'il en a eu la force, il s'est enfui.

– Où ?

– Personne ne sait. Il avait quinze ans. On a supposé qu'il est allé en Indochine, rejoindre la famille éloignée de Jeanne. Il a dû y rester durant toute la période de la guerre.

– C'est à cette époque qu'il a changé de nom ?

– Sans doute.

– Comment as-tu su que Georges Dorati était devenu Pierre Roussel ?

– L'Inde compte des centaines de millions d'êtres mais aucune information ne s'y perd jamais. Au contraire, les messages, comme des vibrations, passent d'âme en âme et...

– Ok, on a compris.

Mersch sentait que Hamsa reprenait du poil de la bête – il n'allait pas tarder à leur ressortir ses discours sur l'énergie spirituelle et la lumière des cellules.

Recadre-le.

– Pierre Roussel a-t-il revu Goppi ?

– Je ne sais pas.

– Antoine Roger, son frère ?

– Je ne sais pas.

– Qu'est devenu de son côté Antoine ?

– Il a mené une brillante carrière au sein de la congrégation jésuite.

– Où est-il aujourd'hui ?

– À Rome. Il est évêque au Vatican, auprès de Paul VI.

Pas de temps à perdre avec le fils préféré de Mère.

– C'est à cause de cette séparation que Goppi a tourné le dos à la Ronde ?

– Entre autres. Mais d'toute façon, il s'était forgé une conviction à propos des communautés spirituelles.

– Des sectes.

– Appelez-les comme vous voulez. Il voulait plus en entendre parler.

– Pierre Roussel est pas mort, n'est-ce pas ?

Pas de réponse. Mersch fila un nouveau coup dans l'épaule de Hamsa, qui piquait du nez.

– Il est mort, oui ou non ?

– Non.

– Comment s'appelle-t-il aujourd'hui ?

– Baba Shumitro Sen.

– Pourquoi un nom indien ?

– Il pense qu'il est indien. À Varanasi, on meurt, on brûle, on renaît.

– Pourquoi *baba* ?

– Il est devenu gourou. Il vit toujours à Varanasi, faisant le mal comme d'autres font l'aumône.

– Le mal ?

– Il pratique un tantrisme très dangereux. Une foi qui puise sa force dans les ténèbres.

– Tu connais son adresse ?

– Tout le monde la connaît. Il gère toujours sa bibliothèque musicale, étudie les textes sacrés et dirige sa secte maléfique. Il porte la robe orange. La robe de la connaissance et…

Mersch n'écoutait plus. Encore une secte, encore une ville grouillante et fanatique… Ils n'en finiraient donc jamais…

Toujours pas de renforts en vue. Se levant, il réalisa que la salle blanche baignait maintenant dans l'ombre.

Pour la forme, il demanda :

– Tu sais que c'est lui qui as tué Krishna ?

– Oui.

– Et les deux jeunes filles à Paris ?

– Oui.

– Tu penses qu'il tue aussi à Varanasi ?

– Oui.

– Et tu laisses faire ça ?

– C'est le sens de sa quête. Nul ne peut enfreindre le chemin spirituel de…

– C'est bon. On va appeler tes potes. J'te conseille de nous laisser partir sans faire d'histoires.

128.

Dehors, comme la veille, les ashramites attendaient, bien sages, autour du parvis. Ils avaient une façon très particulière de voler au secours de leur maître : ils priaient. À genoux, tête contre terre, ou au contraire debout, visage dirigé vers le ciel, ils semblaient saisis par une sorte d'extase éblouie.

Mersch, Nicole et Hervé se faufilèrent parmi leurs rangs sans que personne n'y trouve à redire. La piété à ce point-là, vraiment, ça frôlait la léthargie.

Et maintenant, le plan.

Dénicher la Jeep qui les avait amenés ici et se barrer avec.

Une fois à Calcutta, sauter dans un zinc et rejoindre Varanasi.

Ils pouvaient aussi tenter le coup en voiture mais sept cents bornes sur les routes indiennes, cernés par des malades qui vous doublent sur deux roues en hurlant « Kâli ! », merci bien.

Avant de partir, une dernière chose à faire.

Ils trouvèrent un téléphone à l'office, dans le bureau de la comptabilité – désert. Le personnel administratif était sans doute aussi à pied d'œuvre, devant le palais, à murmurer des mantras.

Le flic composa un numéro qu'il connaissait par cœur, via un opérateur, et, aidé de Nicole, se débrouilla pour être mis en attente – dix-huit heures au Bengale, quatorze heures trente en France…

Enfin, après plusieurs minutes de crachotis et de bribes de discours dans un mauvais anglais, il entendit la voix qu'il espérait.

– Qui est à l'appareil ?

– Jean-Louis.

D'un coup, la ligne s'éclaircit et la voix de Simone Valent résonna dans le combiné façon cathédrale.

– Jean-Louis…, répéta la Sainte Mère des Pauvres. Je me suis tellement inquiétée.

– Tout va bien, rétorqua Mersch, faisant preuve d'un sacré sens de l'humour.

Il avait posé l'écouteur sur le bureau, orienté vers le plafond, à l'intention de Nicole et d'Hervé.

– Vous allez rentrer bientôt ?

– Quelques petites choses à régler encore. Tu t'es bien foutue de ma gueule la dernière fois.

– Jean-Louis…

– Passons. J't'appelle pour te parler de Pierre Roussel.

– Pierre ? répéta-t-elle comme s'il y avait un écho sur la ligne.

– Ou, si tu préfères, Georges Dorati.

– Georges ?

– Tu vas pas répéter tout ce que j'dis ! Quand t'as rencontré Pierre Roussel à Paris, en 1946, qu'est-ce qui s'est passé exactement ?

– Tu sais très bien ce qui s'est passé. Hervé est là ?

– À côté de moi. Il t'écoute.

Un bref silence, souligné par un peu de friture. C'était tout de même exaltant de pouvoir se parler à huit mille kilomètres de distance.

– Pierre Roussel n'était pas étudiant aux Langues O, reprit Mersch. Il en savait plus sur le bengali ou sur l'hindouisme que n'importe quel prof de la fac. Comment tu l'as connu ?

– À l'époque, je m'intéressais à la mystique indienne et je m'étais rapprochée d'une sorte de… secte.

– Quelle secte ?

– Plutôt un groupe de pensée, mené par Pierre lui-même…

Leur mère était née en 1917, Georges Dorati, six ans plus tard. En 46, Simone approchait donc de la trentaine alors que son amant avait vingt-trois ans. Mersch avait du mal à les imaginer ensemble.

– Il est devenu ton gourou ?

– Non : c'était juste un homme charmant, très brillant, très… attirant.

– Au point de coucher avec ?

Il y eut un bruit étrange dans l'appareil, peut-être des crachotis, peut-être la toux de Simone – elle était toujours à moitié patraque, à la merci des germes de ses miséreux.

– Ne me parle comme ça. Tu me dois le respect.

– Je te dois rien du tout. Pourquoi tu t'es tapé cette pédale ?

– Pour le sauver.

– Le sauver ?

– Il n'était pas… enfin, il n'était pas normal.

– Tu veux dire qu'il était homosexuel ?

Silence. Après la méthode dure de la Mère, la manière douce de Simone... Deux femmes convaincues qu'il fallait « redresser » le grand Georges.

– T'as donc couché avec lui pour le guérir ?

– C'était une mission du Seigneur. J'ai entendu sa voix qui...

– La suite, raconte.

Mersch imaginait son visage à la peau tannée, ses cicatrices, ses lèvres exsangues qui lui donnaient curieusement l'air d'une femme berbère cuite par le soleil.

– Il s'est révélé un homme... dangereux. En apparence, c'était un esthète, raffiné, doux comme l'agneau pascal, mais il dissimulait un autre visage – une âme tourmentée, cruelle et meurtrière.

– Meurtrière ?

– Oui. Enfin, je veux dire... il donnait parfois l'impression de pouvoir tuer, comme ça, sans le moindre remords. Il y avait en lui une sorte de puissance... biblique. Une violence sacrée.

– Tu lui as dit que t'étais enceinte ?

– Je le lui ai écrit, oui. C'était mon devoir. Mais je l'ai aussitôt regretté.

– Pourquoi ?

Elle émit une sorte de rire – mais ce mot ne convenait pas au personnage de sa mère. On dit : « Il rit quand il se brûle. » Elle, c'était son rire qui la brûlait, comme l'eau bénite grille une possédée.

– Pierre m'avait raconté son enfance horrible, le drame qu'il avait vécu avec Goppi. Il ne voulait pas de descendance, pour ne pas perpétuer la lignée de Mère...

– Tu connaissais la Ronde ?

– Bien sûr. C'était une communauté déjà très importante.

– La dernière fois, tu m'as dit que Roussel était revenu à Paris pour reconnaître son enfant.

– J'ai menti. C'est moi qui l'ai déclaré.

– Sous le nom de Jouhandeau ?

– Oui.

– D'où sort ce nom ?

– Sois patient.

Mersch compta ses petits : Georges Dorati devenu Pierre Roussel apprend qu'il a un gamin. Il revient à Paris dans l'intention de le tuer. Il voit la marque de Mère sur le bras de l'enfant et s'enfuit. Aujourd'hui, il revient. Pourquoi ? Et pourquoi avoir tué trois jeunes femmes avant d'affronter son propre fils, qui est en même temps la réincarnation de sa mère ? De la patience… Oui, il en avait bien besoin.

– Au sein de notre groupe, poursuivait Simone, la nouvelle du retour de Pierre est tombée. Avec votre grand-mère, on a paniqué. On a tout envisagé. Cacher Hervé. Changer son nom. Le placer dans un orphelinat…

– T'étais sûre que Georges voulait éliminer son enfant ?

– Certaine. Pierre était un assassin en puissance. L'éducation de Mère l'avait rendu fou et il ne voulait pas que son sang se transmette.

– Qu'est-ce qui s'est passé ?

– Pierre est revenu quand Hervé avait presque un an. Il a sonné chez nous, avec ce couteau recourbé qu'il ne quittait jamais. Une serpette de vannier.

Mersch songea au délire sous acide d'Hervé.

– Tu t'souviens si ce jour-là il portait une casquette ?

– Pierre portait toujours une casquette à Paris. Le soir de sa visite, il était habillé d'un justaucorps noir. Un cauchemar.

Les poils à la redresse : exactement ce qu'avait vu Hervé au cours de son trip – et dans ses rêves.

– Pourquoi n'a-t-il pas tué Hervé ?

– À cause de la marque sur son bras. La tache en forme de croix gammée. Pierre a cru que l'esprit de Mère était déjà dans l'enfant. Il ne pouvait plus y toucher.

– C'était une simple tache de naissance.

– Pas de naissance, non…

Nouveau silence. L'horreur voyageait tranquillement sur la friture de la ligne.

– C'est moi qui ai creusé sa chair, qui ai fait ce dessin au couteau.

– Quoi ?

– Seule Mère pouvait arrêter Pierre. J'ai eu cette idée pour protéger mon enfant. Le svatsika. Le symbole de la Ronde.

Le flic lança un coup d'œil à Hervé qui, machinalement, serrait son avant-bras. Il pleurait. Pas de gros sanglots, non, ni des gémissements bruyants. Il pleurait en silence, comme un cierge qui fond, avec des larmes lourdes et laiteuses…

– Mais si Pierre Roussel voulait tuer Hervé pour mettre un terme à la lignée de Mère, objecta Mersch, cette marque sur le bras était une raison supplémentaire de l'éliminer, non ?

– Tu ne mesures pas la profondeur de son traumatisme. Il pouvait assassiner un petit garçon qui portait son sang, et donc celui de Mère, mais il ne pouvait lever la main sur Mère elle-même. La tache d'Hervé était la preuve que Mère désormais l'habitait.

Révélation : à l'époque, Pierre Roussel avait renoncé, terrifié par la présence de Mère, mais aujourd'hui, il était un gourou puissant – il pouvait l'affronter.

– Qu'est-ce que t'as fait ensuite ?

– Je suis allée voir Mère.

– En Inde ?

– Non, à Paris. En juin 1947, elle était de passage dans son appartement de la rue de Médicis. Elle était malade et venait se faire soigner.

– Tu étais avec Hervé ?

– Oui.

La femme dans son intérieur années 30, avec ses talons qui claquent. Ces détails s'étaient imprimés dans l'inconscient de son frère.

– Jeanne de Texier souffrait de crampes, non ? interrogea Mersch.

– Elle était atteinte d'une forme très rare de neuropathie.

– Comme Hervé ?

– Je l'ai toujours su. Un héritage de sa grand-mère.

Mersch regarda son frère : son visage exprimait le soulagement. Il n'était pas la réincarnation d'une gourou cinglée. Seulement son petit-fils, et aussi le rejeton d'un prédateur.

Le soulagement était donc relatif…

– À l'époque, comment t'a-t-elle reçue ?

– Avec mépris. Tout se qui touchait à son fils homosexuel ne l'intéressait plus. Mais lorsqu'elle a vu la tache, elle a changé d'attitude. Elle n'a pas pensé une seule seconde que ça pouvait ne pas être naturel. Non : elle a tout de suite vu en Hervé son successeur – un être prêt à accueillir son âme à elle, quand elle déciderait d'abandonner son corps vieillissant et malade.

Sur ce coup-là, Simone Valent avait joué gagnant.

– Elle a accepté de nous protéger, ajouta-t-elle.

– Comment ?

– En nous faisant changer nos noms. C'était l'après-guerre et l'administration était un vrai chaos. Les Juifs se remettaient des camps, des veuves s'inscrivaient pour toucher une pension, des enfants, nés pendant la guerre, sans doute de géniteurs allemands, se faisaient déclarer sous le nom de leur père officiel. Bref, une femme aussi puissante que Jeanne de Texier (au sein même du gouvernement, elle avait des sympathisants, notamment du côté des francs maçons) n'a eu aucun mal à parvenir à ses fins.

– Valent n'est donc pas ton vrai nom ?

– Je m'appelle Simone Bouvard, du nom de mon père. Odette et moi avons changé de patronyme à ce moment-là.

– C'est pour ça qu'Hervé s'appelle Jouhandeau ?

– Ce nom est une pure invention.

– Et moi, pourquoi je m'appelle Mersch ?

– La seule vérité dans cette histoire : le nom de ton père, qui t'a reconnu.

Ce qu'il voyait, lui : deux frères passés à la meule, broyés comme du petit grain. Enfances précaires, maturités boiteuses, identités foireuses. Deux gamins qui s'en étaient sortis comme ils avaient pu, à l'ombre d'une tragédie taboue.

On ne construit pas sur du sable.

D'ailleurs, Mersch commençait à les regarder d'un autre œil, elles, la mère et la fille Valent, pardon, Bouvard. Simone qui l'avait toujours laissé grandir en pension, sans doute pour sa sécurité, et Odette qui n'avait jamais manifesté le moindre intérêt pour lui – encore une mesure de prudence... Contre toute attente, ces deux femmes, qu'il avait toujours considérées comme indignes, étaient en fait des héroïnes bienveillantes...

– Pourquoi ne vous a-t-elle pas envoyés à l'étranger ?

– Elle savait que le jour où Pierre trouverait le courage de supprimer sa propre mère – c'est-à-dire, en fait, son fils –, Paris serait le dernier endroit où il nous chercherait.

Jeanne de Texier avait vu juste. Les années avaient passé. Peut-être Pierre/Georges avait-il oublié son enfant. Peut-être au contraire sentait-il grandir en lui la force d'affronter sa mère, mais il ignorait où la trouver.

Il avait fallu ce hasard stupéfiant – la visite d'Hervé, introduit par Suzanne à l'ashram de la rue de Paradis – pour déclencher ce combat digne d'une épopée indienne.

Il était temps de raccrocher les derniers wagons :

– Pierre Roussel est revenu à Paris, expliqua Mersch.

– Shalamat Krishna Samadhi m'a prévenue.

– Tu connaissais Krishna ?

– Nous sommes alliés, oui.

Comment l'avait-elle connu ? Pas le temps d'éclaircir ces détails. Sa main pissait littéralement de sueur autour du combiné – et son visage ne valait guère mieux.

– À Calcutta, Baba Shumitro Sen a tué Krishna. Il a aussi éviscéré Abha, sa sœur, continua Mersch. Trois victimes, c'est le nombre de portes qu'il faut ouvrir ?

– Sans doute. Je ne pratique pas le tantrisme. Mais dans l'esprit de Georges, un cercle de trois mortes doit faire l'affaire.

– Le prochain mort doit donc être Hervé lui-même ?

– Oui.

Bref coup d'œil au frangin, dont les yeux étaient secs maintenant. Secs et fixes comme ceux d'une vieille poupée.

Ce fut Simone qui, pour la première fois, relança le dialogue :
– Où êtes-vous maintenant ?
– Au Royaume. Pierre y est peut-être aussi.
– Il n'y est pas.
– Comment tu peux en être sûre ?
– S'il y était, Hervé serait déjà mort.
– Tu penses qu'il est à Varanasi ?
– Pierre est rentré dans sa tanière. Il vous attend.
Stupéfait, Mersch s'entendit demander :
– Qu'est-ce que tu nous conseilles ?
– Vous êtes parvenus jusqu'au Royaume. Continuez votre chemin jusqu'à Varanasi et affrontez le diable. Vous n'avez plus d'autre choix.
Il était surpris par ces exhortations de va-t-en-guerre. Elle parut deviner son étonnement.
– Tu es un homme fort, Jean-Louis. Tu as grandi loin de moi, loin de tout. Toi seul es capable d'affronter ce monstre.
Touché par le compliment...
– La dernière fois, tu m'as pourtant dit que j'étais pas de taille.
– Je me suis trompée. Tu es un adversaire à sa hauteur. Mais je te préviens, le monstre a plusieurs vies.
– Qu'est-ce que tu veux dire ?
– Tu as entendu parler de la Kundalini ?
Le serpent logé au bas de la colonne vertébrale. Le noyau d'énergie vitale. Mersch commençait à connaître ses classiques.
– Oui, répondit-il sobrement.
– Votre ennemi est une sorte de Kundalini du mal.
– Comprends pas.
– Un serpent. Il faudra le couper plusieurs fois pour qu'il s'arrête de vivre.
Simone Valent était en roue libre. Mersch salua sa mère et raccrocha.
Sans un mot, il sortit du réduit où les trois comparses avaient lâché quelques litres de sueur – une véritable fournaise. Un four à cuire les âmes.

– Qu'est-ce qu'on fait ? demanda Hervé sur ses pas.
Jean-Louis se retourna et considéra ses deux acolytes.
– T'as entendu, non ? répondit-il le plus naturellement possible. On file à Varanasi. Faut toujours suivre les conseils de sa maman.

IV

VARANASI, VILLE SAINTE

129.

Varanasi était grise.

Gris haillons. Gris ciment. Gris cendres tièdes. Calcutta donnait l'image d'une immense fourmilière. Varanasi, plus modeste, évoquait un bazar compact, bric-à-brac sans rime ni raison – ah si, pardon : une raison, majeure, solennelle, indiscutable : Varanasi était la ville du Gange, le fleuve sacré. *Ganga !*

Dédiée à Shiva, elle accueillait toute l'année des millions de pèlerins venus s'immerger dans la plus sainte des sept rivières sacrées de l'Inde. Varanasi, la Mecque indienne. Impossible d'être hindou sans s'y rendre régulièrement en pèlerinage. On y achetait des indulgences et les faveurs des dieux. On s'y ménageait un karma aux petits oignons, à force de prières et d'ablutions. On y cherchait le chemin de la libération, celui qui vous ferait enfin sortir du cycle des renaissances.

Peu importe que tout ça ait une gueule de gigantesque bidonville, on s'y sentait au chaud, au plus près du cœur du réacteur, le vortex où tourbillonnaient des millions de dieux...

Ils avaient finalement opté pour le voyage en voiture – Mersch refusait de lâcher son calibre et cet horrible couteau qui avait eu raison des lamproies. Impossible avec cette quincaillerie de passer les contrôles de sécurité.

Durant quarante-huit heures, ils s'étaient relayés au volant de la Jeep, affrontant des pluies épaisses comme de la mélasse, patinant dans des fondrières larges comme des crevasses, barbotant dans des mares profondes. Les conditions étaient pour le moins hostiles, mais comme les dieux hindous en rajoutent toujours, il y avait aussi des camions pour les doubler en penchant comme des tours de Pise, des voitures pour leur voler littéralement les travées de boue qu'ils suivaient péniblement, des piétons pour traverser sous leurs roues, et bien sûr les vaches sacrées qu'il fallait absolument épargner sous peine d'être lynchés.

Tous les trois avaient leur permis de conduire mais ici, il s'agissait plutôt du permis de mourir. Ils roulaient en toute inconscience. Dès que l'un lâchait le volant, il s'endormait profondément, sans peur ni remords. Pour dire la vérité, il n'y avait pas beaucoup de différence entre ce sommeil proche du coma et leur conduite hypnotique. Deux visages d'un même cauchemar, l'un avec phares, l'autre sans.

Samedi 8 juin, à dix-sept heures, ils parvinrent à Bénarès. Les dates et les heures ne signifiaient plus rien mais Nicole s'accrochait au calendrier comme un pendu à sa corde. Mersch conduisait. Hervé dormait. Et elle, elle contemplait le décor sans le voir. Depuis leur départ, une image ne la quittait pas : au Royaume, les ashramites n'avaient pas levé le petit doigt pour venger leur maître ou les empêcher de voler la Jeep. Ils s'étaient contentés de se réunir au bord du chemin pour les regarder partir – comme lors de leur arrivée.

À une différence près : tous avaient la tête dissimulée sous un foulard. Nicole ignorait la raison de ce rite mais la vision de ces disciples sans visage, psalmodiant une prière, était un tableau qu'elle n'oublierait jamais.

– Faut trouver un hôtel, ordonna Mersch.

Derrière sa détermination, il y avait toute l'incertitude de ce jeu de hasard toujours à recommencer : errer dans cette nouvelle ville, avec pour seul repère quelques lignes d'un guide moisi, avancer dans l'inconnu comme dans un labyrinthe sans fin – certains appelaient ça du tourisme et en tiraient un plaisir pervers, Nicole voyait plutôt ça comme un colin-maillard angoissant où le moindre faux pas pouvait vous être fatal.

Elle ouvrit la boîte à gants où elle avait fourré leur guide et se plongea dans les pages consacrées à Varanasi, à la recherche du fameux « SE LOGER ».

Mersch roulait lentement (pas le choix, tout le monde semblait avancer à la rame), produisant d'amples gerbes d'eau de part et d'autre. Nicole, le doigt sur la carte, donnait des indications hésitantes qui, par temps sec, ne les auraient pas menés loin, mais qui, dans ce torrent de boue et de flaques, de piétons et de tuk-tuks (ici, pas de rickshaws mais des cyclopousses), tenaient de la pure divination.

Seule certitude, ils devaient oublier les hôtels inondés du bord du fleuve. Il fallait rester à bonne distance du monstre en pleine crue.

Ce fut Hervé qui aperçut le premier une enseigne – CHACONE HOTEL – écrite en alphabet latin. Celui-là ou un autre… Un détail les décida : à proximité, une ruelle menait à une cour qui pouvait passer pour un parking.

Le trio amarra – se gara. Ils attrapèrent leurs sacs et pataugèrent jusqu'à la porte arrière du bâtiment. Il faisait tout à fait nuit maintenant et chacun d'eux avait placé, par réflexe, son paquetage sur sa tête, à la manière d'un groupe d'esclaves traversant une rivière africaine.

Rien à dire sur l'établissement, qui répondait aux standards indiens. Ampoules blêmes sous des abat-jours de traviole, lino poisseux au sol grouillant de cafards, murs luisants d'humidité…

Le réceptionniste – moustachu et placide, un autre standard – leur expliqua qu'il ne lui restait que deux chambres – une double, une simple. Nicole échangea quelques banalités sur la saison des pluies et la puissance du fleuve, avant de se présenter. Ils étaient français, traversaient l'Inde en Jeep du nord au sud, ils s'étaient fixé un itinéraire et ce n'est pas la pluie qui allait les arrêter. Tout sourire, l'Indien (il semblait maquillé par la lumière rouge provenant d'une petite lampe sur son comptoir) leur donna les clés comme il aurait filé deux cartouches pour une partie de roulette russe.

Premier étage. Machinalement, Hervé s'orienta vers la chambre double.

– Non, s'interposa Nicole, c'est moi qui la prends avec Jean-Louis.

Hervé la toisa avec surprise :

– C'est quoi ces conneries ? T'as les jetons ou quoi ?

Nicole éclata de rire – vraiment la question du mois.

– Peut-être un peu, oui.

D'autorité, elle passa devant lui et pénétra dans la pièce, actionnant le commutateur.

– C'est donc moi qui dors tout seul ?

– T'en as vu d'autres, non ? riposta-t-elle.

Avec humeur, Hervé s'engouffra dans la chambre voisine et claqua la porte derrière lui. Nicole fit l'état des lieux. Papier peint épuisé, lits d'hôpital, meubles en contreplaqué, comme pour bien souligner que tout ça était pour rire.

– T'installe pas, dit Mersch, on ressort.

– Dîner ?

– Téléphoner.

130.

L'hôtel n'avait pas le téléphone. Ils durent se mettre en quête d'une cabine – c'est-à-dire d'un poste niché au creux d'une baraque obscure devant laquelle une flopée d'Indiens feraient la queue. Hervé ayant refusé de venir, barricadé dans sa piaule comme dans un bunker, ils se retrouvaient tous les deux, en amoureux pour ainsi dire.

Mais ce n'était pas l'ambiance. Pas du tout. Ils marchaient

en silence, tête baissée, chacun aux prises avec ses pensées – ou plutôt sa fatigue, son abrutissement. Ces quarante-huit heures de route les avaient fracassés, dans l'intimité de leur corps. Ils étaient comme ces accidentés indemnes en apparence mais dont les os sont brisés menu.

Dans les rues inondées, l'idéal aurait été des bottes de caoutchouc mais faute de mieux, Nicole avait opté pour des sandales, sentant à chaque pas l'eau tiède et la vase s'insinuer entre ses orteils – vraiment dégueulasse.

Elle apercevait – devinait plutôt – les artisans qui s'affairaient au fond de leur boutique, à la lumière d'une pauvre ampoule, et qui devenaient, par l'effet de l'eau et de la nuit, des tableaux ambrés dignes des icônes du monastère Sainte-Catherine. Tous, malgré leur activité et leur caste différentes, semblaient forgés par le même feu – un feu doux qui distillait des nuances de cognac ou de rhum.

Enfin, une cabine.

Mersch, sans hésiter, passa devant tout le monde. Il comptait sur la placidité ambiante, et aussi sur l'effet lénifiant de la pluie qui avait repris. En effet, chacun se mit plus ou moins à l'abri et le flic, fidèle à l'arrogance française, joua de l'épaule pour s'emparer du téléphone. Les Indiens, résignés, ne bronchèrent pas.

– Berto ?

À l'énoncé de ce nom, Nicole vit jaillir, au fond de son esprit, Paris, la brigade criminelle, les événements de mai… Elle se précipita sur l'écouteur.

– Mersch ? disait l'adjoint au bout du fil. Où t'es, bon Dieu ? V'là une semaine que…

– Écoute-moi. Tu vas rappeler Air India et vérifier tous les vols qui ont relié Varanasi à Paris ces deux derniers mois.

– Vara… comment ?

Mersch épela le nom et reprit :

– Cherche Georges Dorati, Pierre Roussel ou Shumitro Sen.

Berto siffla dans l'appareil :

– C'est qui, ces mecs ?

– Pas l'temps de t'expliquer mais derrière ces trois noms se cache notre gars. Je veux savoir quand il est arrivé à Paris et quand il est reparti pour Calcutta.

– T'es où maintenant ? À Calcutta ?

– Non. À Varanasi, une ville au nord de l'Inde. Je pense que le tueur s'y trouve aussi.

– Eh ben, mon coco…

– À Paris, on en est où ?

Mersch avait son ton de flic, froid et sérieux.

– Nulle part. L'enquête est au point mort. D'ailleurs, on m'a saisi ailleurs.

– Où ?

– Toujours à Beaujon, mais pour passer la voiture-balai. La fête est finie, Mersch. Les étudiants rembarquent leurs banderoles, les ouvriers retournent au boulot. De Gaulle a repris le manche. Hier, ça a saigné à Flins, à la régie Renault, mais dans l'ensemble, c'est cuit. Où j'te rappelle ?

Mersch lui dicta un numéro collé au-dessus du poste de téléphone mural.

– Démerde-toi avec les opérateurs de la préfecture pour l'indicatif de l'Inde et de l'État.

– Quel État ?

– L'Uttar Pradesh.

De nouveau, le flic dut épeler le nom – Berto semblait dépassé.

– J'te laisse un message ?

Le combiné coincé dans le creux de l'épaule, Mersch lança un coup d'œil aux Indiens qui tenaient la boutique.

– Pas d'souci. J'ai un secrétariat de première classe. Magnetoi. Je veux les infos pour demain matin.

Après avoir raccroché, Mersch s'ébroua. Ils étaient à l'abri mais l'eau était partout. À l'extérieur et à l'intérieur des corps. Un bain-marie avec votre carcasse dans le rôle de la casserole.

– C'était utile ce coup de fil ? demanda Nicole. On n'en est plus là, non ?

– Au contraire. Je veux des certitudes. Toute notre enquête, pour l'instant, repose sur un tissu d'hypothèses et de racontars, mais on a rien de solide... Moi, je veux du concret. Comme le nom d'un tueur sur une liste de passagers par exemple.

Derrière eux, ça grognait. Tout de même, ces deux Blancs qui monopolisaient la place et ne téléphonaient même pas... Nicole fit un geste d'excuse et tira Mersch par la manche.

Quand ils furent dans la ruelle, Jean-Louis enchaîna :

– C'est pour ça aussi que demain matin, on va aller voir les flics.

– Tu comptes leur demander de l'aide ?

– Non. Je veux une confirmation. Shumitro Sen a pas attendu Paris pour se faire la main. Il a forcément assassiné des femmes, ici, à Varanasi. Les flics doivent avoir un dossier sur ces meurtres.

– Pourquoi te répondraient-ils ?

– On verra bien. Mukherjee a plutôt été conciliant. Qui sait ? Ici, ils seront peut-être aussi coopératifs.

– Mais c'est le meilleur moyen de nous faire repérer !

– Tant mieux. Avec ce qui nous attend, avoir les flics au cul est plutôt une bonne chose...

Nicole resta dubitative : ils n'avaient aucune légitimité dans ce pays, aucun droit. Raconter leur petite histoire aux flics, c'était le plus sûr moyen de se faire raccompagner à la frontière.

Mais enfin, c'était lui l'expert et...

Elle ne put achever sa pensée. D'un coup, la pluie, la vraie, déferla, transformant la ruelle en rivière noire. Nicole ne réagit pas tout de suite : elle était envoûtée, presque hypnotisée par cette artère qui brasillait sous l'averse. Des milliards d'étincelles crépitaient partout comme des légions de cierges magiques.

Elle sursauta : Mersch venait de lui prendre la main.

– Viens, rit-il, déjà trempé comme un noyé. On rentre à l'hôtel.

131.

Ainsi, toutes choses égales par ailleurs, comme disait son père, cette nuit-là, dans la ville sainte de Varanasi, réfugiés au fond d'une petite chambre à l'air de décor peint, ils firent l'amour.

Nicole ne reconnut pas tout de suite l'événement.

Lorsqu'on a rêvé une scène des centaines de fois et que cette scène survient enfin, on n'en repère pas toujours les signes ni les caractères. Le monde réel est une constante désillusion comparé à nos songes, mais il ne nous laisse jamais le temps d'être déçu – il nous submerge aussitôt, avec une autorité impérieuse.

Quand Nicole tendit la main dans l'obscurité pour tourner le commutateur et que Mersch lui saisit le poignet, elle se dit tout de même : *Ça y est.* Elle se sentit basculer sur le lit – lequel, elle ne savait pas.

Elle éprouva une brûlure, du côté de la bouche. Dans le monde des mots, cela s'appelle un baiser, mais à cet instant, son lexique mental était pulvérisé. Elle était en proie à une panique, un effroi qui l'arrachait à elle-même, et en même temps soumise à une douceur hypnotique – le bruit de la pluie, dehors, l'odeur de moisissure, dedans, les plis du drap sous sa nuque qui l'emportaient comme les sillons d'une rivière… *Bon sang, concentre-toi, ma fille…*

Elle réagissait aux baisers, aux caresses, répondait coup pour coup, dans un mélange d'application et d'improvisation. Elle cherchait à se souvenir de ses minces connaissances – ce qu'elle avait lu sur la question, toutes les conneries, mythes et autres rumeurs qu'elle avait pu échanger avec les copines, désormais mortes, soit dit en passant. Ça ne l'aidait pas du tout. Au contraire…

Ne restaient plus que son corps vierge et ses gestes de première fois. Tout ça devait trahir la débutante, la novice, mais elle comptait justement sur sa fraîcheur, sa sincérité, devinant intuitivement que dans ce domaine, rien ne pouvait remplacer la spontanéité, cette transparence d'une source découverte dans l'instant…

Il lui ôta sa tunique puis son jean. Des mains sans visage, à peine se souvenait-elle de son nom. Ses pensées n'allaient pas plus loin que ses sensations, et ses sensations elles-mêmes étaient brutales, abruptes, comme à court de souffle.

Dans la rue, une enseigne faisait office de poursuite pour leur théâtre intime. Soudain, dans l'éclat rouge du néon, elle aperçut sa pupille, étincelante. L'adversaire était attentif, obstiné, obsédé même…

Elle était nue. Pas si grave, se dit-elle. Sous ses doigts, Seigneur, ses sales doigts de flic qui tuaient et torturaient, elle se sentait plus habillée que jamais, comme se baignant dans l'eau verte d'un lac ou l'herbe bleue d'un poème de Rimbaud.

Elle n'éprouvait ni plaisir ni ivresse, seulement le confort d'un corps à corps familier, bienveillant, tranquille… Elle n'était pas surprise par cette absence de jouissance. C'était comme un entraînement, une vérification de tous les postes, de tous les points sensibles, pour une autre fois. Elle réagissait, oui, mais pour la volupté, il faudrait repasser. Aucun espoir d'atteindre le septième ciel dans ce climat de panique intérieure qui la possédait.

Au contraire, maintenant, elle ressentait une douleur – quelque chose comme un étirement, une poussée, la tension d'une intimité qui résistait. Il était en elle, ou simplement en chemin…

Elle tourna la tête : elle ne pouvait plus respirer. À ce moment, comme lorsqu'il l'avait prise boulevard des Invalides sans aller jusqu'au bout, elle eut l'impression de boire l'obscurité, les quatre murs de la chambre, la pluie dehors. Échappant à ses mains, elle se dissolvait dans l'ombre, s'écoulait le long du lit, s'envolait vers le plafond…

Tout à coup, l'œil de Mersch vint à nouveau la chercher – un borgne, sa mèche formant bandeau sur son autre œil. Elle lui attrapa la nuque, en poussant des petits gémissements – il lui pressait tellement la poitrine qu'elle n'avait pas besoin de se forcer… Bientôt, la douleur devint intolérable et elle crut qu'elle allait crier – mais ce fut lui qui se mit à hurler. Quelque chose se déchirait en lui, quelque chose d'aussi dur qu'un os, se brisant d'une manière horrible.

Et soudain, des pensées pragmatiques se bousculèrent à la surface de sa conscience, comme un crépitement de pluie sur le rebord d'une fenêtre. Cette brute allait jouir en elle ! Dans la même seconde, la voix de son père – *Bonjour, papa* – s'éleva au fond de son crâne, avec cette pauvre blague qu'il répétait toujours : « Les jeunes filles, quand ça sort, ça commence avec des retards de quelques minutes et ça finit avec un retard de plusieurs semaines... »

D'un coup, elle s'arc-bouta et cala ses talons dans l'aine de Mersch, poussant de toutes ses forces – à travers l'obscurité, elle devina sa stupeur, son égarement d'acrobate qui a manqué son trapèze. Presque aussitôt, elle sentit le jet chaud éclabousser sa cuisse gauche.

Mersch retomba sur le côté et Nicole songea aux vicissitudes de la physiologie. On avait beau dire, on avait beau faire, évoquer trois millénaires de passions, de poèmes, d'envolées lyriques, tout ça finissait toujours par cette giclée tiède qui s'écoulait le long de la jambe et rassurait : on avait évité le pire.

Nicole était aux anges. Le plaisir ? Il y en a de différentes sortes. La secrète joie qui l'avait emportée, entre douleur et surprise, appartenait à son être profond – celui qui voyagerait un jour dans d'autres corps, d'autres temps. Une date décisive dans son karma...

– Je suis désolé.

La voix avait résonné dans la chambre de façon si inattendue que Nicole se demanda si elle ne s'était pas endormie puis réveillée.

– De quoi ? murmura-t-elle.

Parler à voix basse, dans ces moments-là, était une clause de style.

– J'y suis allé trop fort.

Mersch alluma une cigarette, oubliant de lui en proposer une. Dans l'éclair de l'allumette, elle vit son visage splendide, une vraie bombe, pensa-t-elle. Elle songea au Che, aux héros de la révolution, à ces belles gueules latines qui luttaient pour les misérables et qui l'avaient tant fait fantasmer…

Elle sourit dans les ténèbres qui venaient de se refermer sur les mains de Mersch. Ainsi, dans cette chambre pourrie, au son de l'averse, elle avait franchi la mystérieuse rivière de l'âge adulte.

Mersch se tourna vers elle et appuya sa tête sur son avant-bras replié – le moindre de ses gestes lui paraissait être un cliché.

– T'as peur ?

Elle éprouva un soulagement – elle avait échappé au : « Ça t'a plu ? »

– Peur de quoi ? répondit-elle, et il lui sembla voir dans la pénombre du plafond se dessiner un point d'interrogation. Pure hallucination de jeune femme en pleine métamorphose.

Il eut un rire feutré :

– On a l'choix… D'affronter le tueur… D'être arrêtés par les forces de police de Varanasi… De choper une maladie inconnue avant d'avoir pu rentrer à Paris…

Elle ne répondit pas. Elle n'avait absolument pas peur. Pure inconscience d'une femme nouvelle, triomphante et légèrement ivre. Elle comprit aussi, avec un temps de retard, qu'elle avait menti à leur arrivée à l'hôtel – ce n'était pas l'inquiétude qui l'avait décidée à partager sa chambre avec Mersch mais une pure préméditation…

– Tu vas nous emmener avec toi ?

Elle posait la question pour la forme. Elle savait que Mersch voulait descendre Baba Shumitro Sen sans autre forme de procès. Elle savait aussi qu'il les contraindrait, pour une raison inconnue, à assister à l'exécution.

– Comme vous voudrez, répondit-il pourtant.

– Tu joues avec notre peau, chuchota-t-elle.

– Je suis superstitieux.

– Je ne vois pas le rapport.

– Vous me portez chance. On va gagner cette guerre, et on va la gagner ensemble.

Nicole sentit son cœur bondir au fond de sa poitrine comme

une balle de jokari. Ces mots, complètement stupides et parfaitement délirants, la mettaient en joie. Bien plus que les acrobaties de tout à l'heure, ils confirmaient le pacte qu'ils avaient scellé à Paris. Ils étaient une équipe, une force groupée, ils étaient des chasseurs en marche, dans la jungle de l'Inde…

– Je t'aime, s'entendit-elle murmurer dans l'obscurité.

Mais ce n'était pas l'exacte vérité – ce qu'elle aimait, c'était cette force en lui, cette puissance qui les avait portés tous les trois jusqu'aux confins de la terreur.

En guise de réponse, Mersch lui attrapa brutalement le visage et l'embrassa plus brutalement encore. À ce moment précis, et à ce moment-là seulement, Nicole fut traversée par une onde de jouissance comme elle n'en avait jamais éprouvé.

132.

À travers le mur, il les avait entendus.

Curieusement, il n'en avait rien à foutre. Ni jalousie, ni amertume. Que dalle. Ses sentiments pour Nicole avaient été balayés par ceux qu'il avait ressentis pour Abha, et tout ça s'était perdu dans un tourbillon de violence et de sang.

Et maintenant ?

Maintenant, rien.

Durant tout le voyage, il n'avait pas desserré les dents. À quoi bon ? Il était comme les *rolling stones*, une pierre qui roule, au fond du torrent – l'eau était limpide, et dans le mouvement, il voyait, ô combien, clair. C'était comme une nuit étoilée, avec cette rivière en furie qui courait devant lui, avec ses remous et ses pièges d'argent, chaque parcelle du tableau brillait, comme des pointes de mica.

Son père ne lui avait jamais manqué – c'était ce genre d'idées banales qui traînent dans les esprits : on a tous besoin d'une mère, on a tous besoin d'un père... Lui s'en était passé, et il ne s'en était pas plus mal porté. Il avait grandi à l'ombre d'un mystère, il avait poussé au pied d'un mur aveugle – mais il s'en était sorti. Merci à Odette, qui avait su jouer tous les rôles à la fois, comme une actrice dans une troupe fauchée.

Mais aujourd'hui, le mur s'était écroulé – il en était encore sonné. Un père assassin. Une grand-mère mi-déesse, mi-sorcière. En voilà une famille...

Hervé se tenait assis bien droit sur son lit, comme un condamné à la guillotine attend le coiffeur. Il baissa les yeux et contempla encore, tel un animal familier, le .45 qu'il avait piqué à Jean-Louis. L'arme au creux de sa paume gauche, il passait l'index de sa main droite sur la ligne du canon.

Il ferma les yeux.

Demain, c'est lui qui tuerait son père.

133.

Pas de Jeep aujourd'hui.

Trop de flaques, trop de boue, trop, en un mot.

Mais la boue la plus visqueuse, c'était encore celle qui coulait dans sa tête. Bon Dieu. Qu'est-ce qu'il avait foutu avec cette gamine ? Déjà, après le premier dérapage à Paris, il s'était juré de ne plus y toucher. Une môme de vingt-deux ans ? Pardon, vingt-trois. Totalement inconscient. Il ne valait pas mieux que les détraqués incapables de contrôler leurs pulsions qui défilaient dans son clapier du 36.

Depuis l'aube, Mersch se cherchait des excuses. C'était cette ville, là, cette espèce de songe en guenilles, noyé dans l'eau sacrée du Gange, qui lui était montée à la tête. Ou bien alors l'ivresse du moment. Ils n'étaient plus qu'à quelques pas du tueur – de l'issue. Peut-être que, comme par temps de guerre, il avait éprouvé une sorte d'urgence à faire l'amour, à célébrer la vie, avant d'en finir pour de bon.

Non, il fallait revenir au corps du délit…

Une jeune fille diaphane, rouge et blanche. Elle lui faisait penser à un procureur général, la pourpre et l'hermine, les deux couleurs du jugement… Une gamine qu'il espérait n'avoir pas trop traumatisée avec son désir brutal, à mille lieues de ce dont, sans doute, elle rêvait – un prince charmant aux airs d'éphèbe, avec des fleurs dans les cheveux et une guitare entre les mains.

– On y va ou quoi ?

Il sursauta – Nicole s'était douchée, changée, et portait maintenant une nouvelle tunique, lavande, brodée sur les côtés comme les flancs gravés des fusils anglais. Lui-même avait trouvé, dans la cour arrière du bâtiment, un cabanon avec une tuyauterie en zinc tout à fait originale, d'où coulait un filet d'eau, sans doute infesté d'amibes. Mais enfin, il s'était lavé puis avait enfilé une nouvelle chemise – celle qu'il affectionnait quand il était convoqué par le Parquet, une liquette Oxford jaune pâle, avec des petits boutons pour fermer le col.

Ils avaient partagé, en guise de petit déjeuner, une poignée de chapatis trempés dans un chaï, sans échanger un mot. Hervé ? Enfermé dans sa chambre. Certains font la grève de la faim, lui faisait la grève d'on ne savait quoi.

– On y va, répondit Mersch.

L'aplomb de Nicole le sidérait. La veille, après leurs ébats, ils s'étaient endormis en espérant que le sommeil passerait là-dessus comme une éponge. Et voilà que ce matin, la môme ne manifestait pas la moindre gêne – le petit déjeuner s'était déroulé comme si de rien n'était.

Mais Mersch n'était pas comme ça – et au fond, Nicole non plus. Ce qu'ils avaient fait, bon sang, ce n'était pas rien. Jean-Louis appartenait à ce genre d'hommes qui croient encore à l'amour, ou du moins qui considèrent que tout ce qui a trait au sentiment, pratiques sexuelles incluses, c'est du sérieux.

Et malgré leur différence d'humeur ce matin, elle pimpante

comme une fleur, lui bougon comme un bourdon, ils étaient sur la même longueur d'onde, il en était sûr. Un simple dérapage, vraiment ? Ou au contraire un virage décisif...

Il expliqua à Nicole qu'ils ne pouvaient pas prendre la Jeep – ils allaient s'enliser dans des rues submergées. Ni une ni deux, Nicole héla un gars qui sommeillait, perché comme un petit singe sur le dossier de son cyclopousse. L'homme réagit aussitôt, sautant à pieds joints dans la flotte et relevant la capote de son chariot – la pluie reprenait déjà.

Son tuk-tuk était tiré par un vélo. Humainement, ça passait mieux que les rickshaws de Calcutta. Installés sous la bâche, ils prirent la direction du commissariat central de Bénarès.

– Qu'est-ce que tu vas dire aux flics ?

Assise à ses côtés, elle s'appuyait contre lui et avait glissé son bras sous le sien, comme s'ils étaient un vrai couple. Et pourquoi pas ? Ne l'étaient-ils pas au fond ? Du moins sur le sentier de la guerre...

– Je vais voir, répondit-il sobrement.

Ce fut vite vu. À Sadar Police Station, personne ne parlait français. À peine anglais. Il fallait attendre l'arrivée d'un officier supérieur. Ils ressortirent du poste fumer une cigarette.

De l'extérieur, le commissariat ressemblait à une supérette avec ses murs peints en blanc et bleu ciel, ou à une station-service, avec sa pompe à essence et ses mobylettes garées devant. Cette façade n'était que le mur d'enceinte – derrière, c'est-à-dire dans la cour, des box s'égrainaient, séparés par des parois de brique, toujours peintes en blanc et bleu. Les bureaux avaient donc l'air de kiosques où on aurait pu, par exemple, acheter des billets de loterie ou des tickets de visites guidées. Mais tout ça était à moitié inondé et les flics en cette saison se réfugiaient plutôt à l'intérieur du bâtiment.

Enfin, le DIG – le Deputy Inspector General – arriva. Nicole prit les devants. Son assurance quand elle s'exprimait en anglais impressionnait Mersch. Il sentait chez cette fille toutes les strates d'une éducation impeccable, riche, raffinée, qui lui donnait une confiance en elle unique.

– *Follow me*, répondit finalement l'officier.

134.

Le flic indien portait un ciré jaune et arborait un énorme talkie-walkie en bandoulière qui n'arrêtait pas de crachoter. Il semblait drogué, ou bien subjugué. Ses yeux noirs exorbités – pupilles et iris couleur encre de Chine – se dilataient sous ses paupières comme des taches de Rorschach. Pour le reste, rien à signaler : moustaches au cordeau, teint d'acajou, cheveux d'Apache...

Lentement, avec des couinements de toile cirée, il tendit la main au-dessus de son talkie-walkie et posa sur le bureau une carte de visite tournée vers ses hôtes.

Mersch tendit le cou pour lire :

Shraddha Bhatiya
Deputy Inspector General
Uttar Pradesh Police State

Afin de donner le change, il sortit sa carte de la police nationale et l'aligna avec le bristol. Ils faisaient jeu égal. En tout cas, même s'il ne l'avait jamais expérimentée, il comptait sur la sacro-sainte solidarité entre tous les flics du monde.

L'Indien ne daigna même pas y jeter un œil. D'un signe de tête, il les invita à s'exprimer – le hochement impliquait aussi de ne pas traîner.

Nicole prit la parole. La veille, ils s'étaient mis d'accord sur un scénario : une série de meurtres, à Paris puis à Calcutta, les avaient amenés jusqu'ici, à Varanasi. Peu importait comment ou pourquoi, mais leur enquête devait s'achever dans cette ville, avec, si c'était possible, la collaboration de la police locale.

Le gradé semblait ne pas comprendre. Ou peut-être comprenait-il très bien, mais il demeurait impassible. Ses yeux d'hypnotiseur ne lâchaient pas l'étrangère qui déblatérait ses incohérences avec l'accent de Cambridge. Sans doute se demandait-il comment virer de son bureau ces deux fêlés, encore plus allumés que les hippies qui s'échouaient sur les *ghats* de la ville.

Il y eut un silence.

– T'as parlé du mode opératoire ? chuchota Mersch.

– Pas encore.

L'Indien les fixait toujours, entre acuité et épuisement.

– Parle des plaies, des morsures, s'impatienta Mersch. Demande-lui si des meurtres du même genre ont été commis à Bénarès.

Nicole n'eut pas le temps d'ouvrir la bouche. Le DIG la prit de vitesse. Son anglais n'avait rien à voir avec son regard. Le flic entrechoquait les syllabes en produisant des claquements très secs de boulier.

– Il dit que le rôle de la police est d'arrêter les criminels, traduisit Nicole, ceux qui ont enfreint la loi, ont commis des violences et fait couler le sang…

S'il n'avait pas d'autre scoop, ils s'étaient déplacés pour rien.

– Il demande : Mais que faire quand l'assassin est Dieu lui-même ? À Varanasi, on meurt dans les rues, sous les porches, dans les caniveaux, au pied des ghats… La mort vient surprendre les pèlerins, les ascètes, les enfants, les vieillards, n'importe qui… Les coupables sont la faim, la typhoïde, la lèpre, la tuberculose, l'empoisonnement, la pollution…

Nicole traduisait sans reprendre sa respiration.

– Où veut-il en venir ?

Nouvelle salve en anglais, nouvelle traduction.

– Sans compter tous ceux qui viennent y mourir volontairement. Se faire brûler ici, au bord du Gange, augmente leurs chances d'accéder au moksha…

Mersch le coupa avec un «*I don't understand!*» bien senti.

L'halluciné sourit : il avait la tête de l'initié qui cherche à rester modeste mais qui, au fond de lui, ne peut s'empêcher de vous mépriser.

Une vague encore :

– Il veut dire qu'à Varanasi la recherche des meurtriers est relative. On y meurt si souvent, et de manières tellement diverses, qu'un assassin n'est qu'une maladie parmi d'autres.

Le flic eut alors ce geste que Mersch avait déjà repéré chez les Bengalis – une manière d'ouvrir la main et de tourner le poignet vers l'extérieur, une pose légèrement efféminée que les Indiens avaient l'air d'affectionner et qui semblait traduire l'évidence.

Mersch fouilla dans sa poche et plaqua sur le bureau ses habituelles photos – les cadavres de Suzanne et de Cécile version brute, version morgue. Il les conservait désormais toujours sur lui, comme des billets de banque. Sa monnaie d'échange au pays du diable.

– A-t-il déjà vu des cadavres de ce genre?

Nicole s'apprêtait à traduire mais le flic l'arrêta. Il se penchait sur les clichés en se lissant la moustache.

– *Yes*, fit-il enfin, les yeux béants de torpeur.

Mersch tressaillit : cette fois, ils y étaient. Ils y étaient vraiment. Ils étaient parvenus dans la ville du monstre. Son terrain de chasse.

– Souvent?

Nicole ne traduisait plus : l'autre avait compris.

– Une dizaine de fois.

– Vous avez mené une enquête?

Bhatiya renversa une nouvelle fois son poignet, comme pour dire : «Peut-être que oui, peut-être que non, mais en tout état de cause, ce n'est pas vos oignons.»

Mersch remballa ses photos – il se moquait finalement de savoir si les autorités cherchaient ou non à mettre un terme à ces meurtres. Eux étaient là pour ça. On n'est jamais mieux servi que par soi-même.

– Connaissez-vous Pierre Roussel, un musicologue français mort à Varanasi en 64 ? demanda soudain le DIG.

– Je connais Baba Shumitro Sen, répondit Mersch par provocation.

Bhatiya parla beaucoup plus lentement, articulant avec soin chaque syllabe. Le *tac-tac-tac* du boulier se fit plus espacé, plus retenu… Des comptes soignés, méticuleux…

– Baba est un fantôme, ou un esprit, si vous voulez.

– Où peut-on le trouver ? demanda Jean-Louis en anglais.

– Peut-être dans le palais de Sarayama, du côté de Dashashwamedh Ghat.

Bhatiya connaissait donc le coupable et son adresse. Pourquoi ne pas l'arrêter lui-même ? Par manque de preuves ? Par frousse du gourou ? Peut-être Shumitro Sen était-il simplement, du point de vue de la police de Varanasi, un intouchable qu'on ne peut approcher sans risque de souillure…

Dans tous les cas, l'Indien leur passait la main.

Mersch et Nicole se levèrent, aussitôt imités par l'officier.

Ils allaient franchir la porte quand Bhatiya ajouta :

– Allez voir Jérôme.

– C'est qui ?

– Un batelier français. Il travaille sur l'Assi Ghat, le plus au sud de la ville.

– Pourquoi ?

Mersch comprit distinctement la dernière phrase :

– *Nothing related with ghats is foreign to him…*

135.

Comme tout le monde, Mersch avait vu des photos.

Le soleil matinal, le Gange doré, les nappes de brume venant lécher les marches des ghats, les palais de grès rose, rouge, gris, en rangs serrés, les pieds dans l'eau, les barques en forme d'amandes, les pèlerins s'immergeant dans l'eau miroitante…

Mais rien de tout ça aujourd'hui.

Le Gange, gonflé par la mousson, montait jusqu'aux seuils des palais, voire jusqu'à leurs fenêtres, avalant les marches, baignant les embrasures, absorbant toute vie, toute prière dans la tourbe… C'était la version débordée, submergée, de Varanasi, la saison que fuyaient les touristes et que seuls les dévots les plus motivés affrontaient…

Lors de leurs brefs échanges, le patron de l'hôtel leur avait expliqué qu'en cette saison le fleuve pouvait atteindre deux kilomètres de large. Il avait ajouté, car l'Inde reste l'Inde, que les habitants de Bénarès étaient reconnaissants pour ces débordements, preuve de la puissance des dieux, toujours généreux dans leurs dons aux hommes. Après tout, ces pluies étaient synonymes de fertilité…

Assi Ghat se situait tout en bas de l'anse que forment les berges de Varanasi.

Ils avaient pris une nouvelle fois un tuk-tuk puis étaient descendus à pied par des ruelles étroites et sinistres.

La puanteur était stupéfiante – remugles d'égouts, de vase putride, de marée boueuse, comme comprimés par les murs, eux-mêmes couverts de mousse, de lichen, d'algues. On pénétrait ici dans un entre-deux, entre terre et fleuve, pourrissant comme une greffe qui n'aurait pas pris…

Maintenant, ils marchaient sur le ghat. Seules quelques marches avaient la tête hors de l'eau. En se retournant, on pouvait tout de même contempler la falaise, superposition de palais, de tours, de balcons qui avait fait la célébrité de la ville sainte.

Aujourd'hui, la plupart des bâtiments étaient en ruine, les tourelles s'effondraient, les terrasses penchaient comme des barques crevées. Histoire de défigurer un peu plus l'ensemble, des échafaudages masquaient une bonne moitié des édifices – sans doute des travaux de restauration, chancelants sous l'averse.

Sur le quai, détritus, ordures, fragments de bois carbonisé s'accumulaient comme les restes d'un naufrage, charriés par le ressac. Des vaches avaient le mufle plongé parmi ces immondices, tandis que des spécimens de la race humaine – hommes, femmes, enfants – pataugeaient dans ce bourbier, lavant leur linge, priant, se soulageant…

Bien sûr, il y avait aussi des sadhous, crachés par l'Himalaya comme des glaviots sanglants, assis en tailleur, voûtés sur quelque conciliabule inquiétant ou courant, pressés, obsédés, vers les eaux sacrées.

Sous le ciel lourd et gris, c'était le tableau le plus affligeant que Mersch ait jamais contemplé. Et comme on était en Inde, ils avaient droit à un petit plus : des cadavres d'enfants et de femmes, censés avoir été coulés au fond du fleuve, surnageaient, la violence de la crue ayant tranché la corde qui les reliait à leur pierre.

De la brume, il n'y en avait pas ce matin, ou plutôt si, mais il s'agissait de la fumée des bûchers qui, mousson ou pas, fonctionnaient à plein régime. Des bouillons noirs, chargés de particules, collaient à leurs vêtements, souillant le moindre pli de tissu. *De la graisse humaine*, pensa Mersch. Il leva les yeux et aperçut les vautours qui volaient bas, cherchant quelques morceaux de barbaque ayant roulé sur les gradins. À cet instant, le flic buta justement contre un pied grillé, ramené jusqu'ici par les vagues du fleuve. Il eut un sursaut et remonta de trois marches.

Bhatiya avait dit : «Jérôme est un batelier.» Ça signifiait qu'il assurait le transport des morts jusqu'aux lieux de crémation – boulot exclusif des intouchables mais après tout, qu'était un étranger en Inde, sinon un moins-que-rien, un «hors-caste»?

Finalement, ils s'assirent sur les marches vermoulues, dans l'odeur de lotus et de cendre. Jérôme était le seul Occidental à voguer dans le coin. Il finirait bien par apparaître…

– Tu veux qu'on en parle? demanda soudain Mersch.

Il se flattait d'avoir des nerfs d'acier mais le simple fait d'être assis auprès de Nicole, face au fleuve qui se mêlait au ciel en une éternité grise, lui était presque insupportable.

– Non, fit-elle en posant simplement la tête sur son épaule.

Le flic tressaillit. Plus encore que l'acte sexuel, il craignait la moindre marque de tendresse. En matière d'affection et de douceur, il n'avait pas été à bonne école.

Soudain, une voix retentit dans la fumée :

– Oyez ! Oyez ! Braves gens ! Je suis le passeur ! Je suis le batelier du Gange et des saisons !

Mersch et Nicole se remirent debout. Cette voix traînarde, jaillissant du brouillard comme une sirène de bateau, était le signal qu'ils attendaient.

Ils n'eurent pas le temps de chercher qu'une barque sans couleur (on aurait dit qu'elle était en bois flotté), effilée comme une feuille de cannabis, émergea des brumes et vint heurter les bords du ghat, à quelques centimètres de leurs chaussures trempées.

D'abord un éclat de rire, puis un vieillard, debout à l'arrière de l'embarcation. Vêtu seulement d'un longhi et d'un châle sur l'épaule, l'homme était d'une maigreur de chacal, avec de longs cheveux de sorcière et une barbe à rallonge.

– *Where do you come from, fellas ?*

– On est français, avertit Mersch.

– Très bonne nouvelle ! s'esclaffa l'autre.

– On veut te parler.

– Encorc micux ! fit-il en gagnant l'avant de sa barque et en lançant une amarre à Mersch.

Le flic l'attrapa avec un temps de retard alors que le batelier riait encore. C'était une joie factice, grinçante, une gaieté qui oscillait entre le délire du drogué et la sénilité du vieillard.

– Montez ! Montez ! Pas d'manières entre nous ! En cette saison, c'est pas si fréquent de rencontrer des compatriotes !

Mersch tira la corde à deux mains alors que Nicole, plus légère que la mousseline de sa blouse, sautait à bord. Elle ne portait pas de pantalon, sa chemise indienne faisant office de robe.

Le flic détourna le regard. Son cerveau refusait d'admettre ce miracle – ces jambes nues chaussées de simples sandales. Cette pâleur lui rappelait le lait qu'il allait chercher à la ferme, près de la pension, ce lait écœurant qu'il ne pouvait pas boire et dont la pureté, il ne savait pourquoi, lui faisait mal...

– Tu montes ou y faut que je te l'chante ?

– Pardon.

Amarre en main, il grimpa dans la barcasse et rejoignit Nicole sur le banc, se recroquevillant comme s'il avait froid. Il tremblait, la gorge serrée, les poils hérissés. Cette gamine le rendait malade.

– Où est-ce que je vous emmène, les pays ?

– Où tu veux, grommela Mersch. Ce qu'on veut, c'est parler.

– À la bonne heure, fit l'ermite en appuyant sur sa godille, j'suis plutôt du genre bavard !

Ils s'enfoncèrent dans la fumée noirâtre. Une image vint soudain à l'esprit de Mersch. Jérôme était Charon, le passeur des Enfers de la mythologie grecque. Et eux ? Les damnés bien sûr – le rôle leur allait comme un gant...

136.

À bord de l'embarcation, Mersch put mieux détailler leur pilote, d'une laideur sans faille. Derrière des petites lunettes rondes à la Gandhi, des yeux proéminents, de vraies boules de Noël, des sourcils et de longs cheveux broussailleux, et avec ça, des poils partout. Son nez suivait une ligne brisée qui zigzaguait jusqu'à des lèvres trop épaisses, comme révulsées par un dégoût permanent – ce n'était plus une expression, mais une cicatrice.

Le corps, lui, était si maigre qu'il rappelait ces reportages télévisés sur la guerre du Biafra qui, depuis le début du printemps 1968, coupaient l'appétit à toute la France. On aurait dit qu'on l'avait écorché vivant, avant de recoudre la peau directement sur les os, sans trop faire gaffe aux entournures.

Quel âge pouvait-il avoir ? Donne-t-on un âge à une pierre ? À une corde ? L'homme appartenait plutôt au registre du minéral qu'à celui du temps qui passe. Une certitude : il avait précédé les premiers hippies, ceux des sixties...

Il s'était assis au bout de la barque et avait attrapé deux rames. Un vrai canotier d'Argenteuil, mais tissé en toiles d'araignée.

Mersch se fendit d'une petite entrée en matière :

– Ça fait un moment que t'es à Bénarès, non ?

– Tu parles ! J'suis arrivé en 32 !

– Qu'est-ce qui t'a amené jusqu'ici ?

– L'aventure ! Ou la drogue. Ou les dieux. Tout sauf les femmes, parce que pardon, pour s'faire une nana ici, faut s'lever de bonne heure !

Mersch se sentait à l'aise avec cet énergumène mi-sadhou, mi-titi parisien. L'homme ramait en cadence, se penchant vers eux, les poings serrés sur les avirons, puis se redressant en un mouvement fluide, parfaitement rodé.

Le flic n'avait pas envie de développer mais il demanda tout de même :

– Comment t'en es venu à ce... boulot ?

– La prière, mec. J'ai eu ma période mystique, j'bouffais plus, j'bougeais plus, tanké sur les ghats à répéter mes mantras. Final'ment, j'me suis dit que j'pouvais ramer et prier en même temps, pas d'mal, pas d'offense... Et vous, qu'est ce que vous foutez dans l'coin ?

– On cherche un homme. Un Français.

– Comment y s'appelle ?

– Pierre Roussel.

– Pierre Roussel est mort.

– Peu importe. On cherche des renseignements sur lui. Tu l'as connu ?

Le rameur éclata de son rire sec, genre pistolet à amorces.

– Si j'l'ai connu ? On était comme des frères.

– Raconte-nous ce que tu sais.

Jérôme ne répondit pas aussitôt. Le peu de son visage qui émergeait de sa barbe et de sa tignasse parut se retirer au fond de cette caverne capillaire.

– J'me souviens encore de son arrivée. Il avait l'air d'un fou, version catatonique. Pas moyen de lui arracher un mot. Il portait des blessures sur la figure, sur tout le corps. Comme s'il avait été dévoré par une bande de hyènes.

– C'était en quelle année ?

– 38, j'dirais. Peut-être 39.

Georges Dorati fuyait le Royaume, la Mère, les lamproies…

– D'où venait-il ? demanda tout de même Mersch.

– On a jamais su. Il a d'abord vécu de la charité des brahmanes. Peu à peu, il a retrouvé la parole et s'est remis à bouffer. Ses blessures ont cicatrisé. Il parlait français, bengali, un peu hindi. Et aussi sanskrit, ça, c'était plutôt bizarre.

– Comment était-il ? Je veux dire : son apparence, son attitude.

– Très grand, très mince. Le genre raffiné.

– Était-il… efféminé ?

– Efféminé ? rit encore Jérôme. Tu veux dire qu'c'tait une vraie putain de tafiole, ouais ! Maniéré, précieux, gloussant pour un oui pour un non, une vraie folle…

– Où vivait-il ?

– Parmi les brahmanes, Pierre s'était trouvé un maître de musique. Un musicien célèbre qui créchait dans un des palais face au Gange.

– Il jouait de quoi ?

– De la vinâ, un instrument à cordes. Un genre de luth qu'est plutôt joué par les femmes… Bref, il a été adopté par ce musicien et s'est installé dans son palais…

– Ils étaient amants ?

– Aucun doute là-dessus. Le vieux était un pédéraste bien connu. Un vicieux, qui fréquentait les bordels de gamins de Varanasi. Quant à Pierre, c'était un vrai cinglé d'la baise. D'ailleurs, après une bonne journée d'entraînement musical, tous les deux allaient tirer les p'tits garçons du quartier chaud de Bénarès, près de la gare. Ou les mômes vendus aux temples. Ici, la prostitution peut être sacrée. Les gamins sont mariés à une déesse et accordent leurs faveurs aux dévots. Y a aussi le tantrisme, mais j'renonce à vous expliquer toutes ces salades… Pierre venait tous les matins faire ses ablutions dans le Gange. Il était devenu plus hindou que les plus fanatiques. Il refusait de parler une autre langue que l'hindi ou le sanskrit. Quand y jouait pas de son crincrin, y passait sa journée à prier, à pratiquer le yoga, à brunir au soleil comme un cigare… J'le revois encore, cette grande saucisse qui riait comme une duchesse, toujours prêt à gratouiller un morceau ou à tirer un mineur derrière un temple… Il avait une autre habitude… De temps en temps, y s'faisait emmener de l'autre côté du fleuve, dans la lagune… Là, y disparaissait plusieurs jours, taillant des joncs et des roseaux avec une serpette, tressant des p'tits trucs avec ses longs doigts qu'il ramenait de ce côté-ci du fleuve comme un chat rapporte ses souris crevées…

C'était presque jouissif de voir, sur fond de brume et de lagune, se former un profil qui correspondait, point par point, à celui de l'assassin.

– Vraiment un phénomène, j'te jure. Mais le plus cinglé, c'était la danse…

– La danse ? relança Mersch en attrapant le mot comme une ultime preuve.

Jérôme tourna la tête, ne ramant que d'une seule main pour éviter un fragment de statue qui flottait.

– Pour un oui pour un non, il dansait au bord du fleuve. Y disait qu'c'était sa façon d'honorer les dieux… Et le v'là qui tournoyait en slip parmi les sadhous et les pèlerins, à faire le grand écart et des entrechats sur les marches des ghats. Même pour ici, c'était du pas courant…

Le vannier.

Le yogi.

Le danseur.

Mersch resitua ces scènes dans la chronologie du monde humain – du monde rationnel.

– Mais c'était la guerre, non ?

– Je veux, mon n'veu… Mais avec Pierre, on était com' qui

dirait planqués… Le consulat nous foutait la paix. D'toute façon, la Seconde Guerre mondiale en Inde, ça a été un vrai bordel. Le pays était toujours sous domination britannique et luttait contre les puissances de l'Axe mais en même temps, beaucoup d'Indiens nationalistes refusaient d'aller s'faire trucider pour les Anglais. Y z'ont même formé une armée pro-japonaise… Pendant c'temps-là, nous, avec Pierre, on était peinards… On priait, on pratiquait le yoga. Notre communion était… totale.

– Vous couchiez ensemble ?

– Ah non. J'suis un passeur mais j'ai jamais rejoint ce bord.

– Il parlait de ses origines ?

– Non. Un vrai mystère. En fait, on avait plus d'origines. On était hindous et on passait notre temps à faire des *pujas*…

– Il est finalement retourné en France, non ?

Le vieux se cambra sur son banc, comme pour mimer sa surprise de l'époque :

– Comment tu l'sais ? Ouais, ça l'a pris d'un coup. Jamais compris pourquoi. Après la guerre, il a dit qu'il voulait voir la France libérée. Ça lui ressemblait pas parc'que vraiment, la géopolitique, c'était pas son truc. Mais bon, il est rentré, oui…

– Combien de temps ?

– En réalité, il est parti deux fois. D'abord une année. Puis, plus tard, quelques mois.

– Ensuite ?

– Au début des années 50, il a changé. Il avait acquis une certaine renommée en tant que joueur de vinâ. Il a commencé à regrouper des partitions de musique indienne. J'sais pas exactement qui lui a accordé les fonds mais il vivait au Sarayamah – qu'on appelle Sarayamah Mahal –, une espèce de palais décrépit qu'il a rénové de fond en comble pour y ouvrir une école de musique et une bibliothèque spécialisée… C'est devenu un notable, quoi…

– Tu penses que ses mécènes étaient ses amants ?

– Bien sûr. J'te répète que Pierre était un allumé du cul. Il s'est forcément tapé des Anglais fortunés, des princes hindous… Le fric tombait du ciel comme par magie…

– Il fréquentait toujours les bords du fleuve ?

– Il a jamais quitté le ghat. Le Sarayamah Mahal donne sur le Gange, juste à côté d'ici… Pierre venait chaque jour. Il priait, il offrait l'eau du fleuve au soleil, et il était de plus en plus… mystérieux.

– Dans quel sens ?

Jérôme fit une grimace particulière, teintée de méfiance :

– Le tantrisme.

– Mais encore ?

Sans répondre, Jérôme se contenta de ramer d'une seule main, il revenait vers la rive.

– Tu ne veux rien dire à ce sujet ?

Il laissa encore passer quelques coups de rame.

– J'suis shivaïte depuis plus d'trente ans. Y a des choses dont on peut pas parler. Chez nous, nommer les choses, c'est les faire apparaître. J'peux pas évoquer certains sujets.

Pas la peine d'insister.

– Roussel, qu'est-il devenu ensuite ?

– Il a poursuivi ses recherches musicales et s'est progressivement éloigné de moi, de nous tous. Il s'est enfermé dans son palais, à gamberger sa religion secrète… Et puis…

– Oui ?

– Il est mort, quoi. En 64.

– Tu y crois ?

Jérôme les avait ramenés vers le ghat : dans son dos, les palais, les kiosques, les tourelles réapparaissaient.

– P't'être que son corps s'est éteint mais son âme, elle, a jamais été aussi vivante. Cette mort n'a été qu'une renaissance. Ici, on dit que la Mâyâ, le monde des apparences, est comme une draperie chatoyante aux reflets trompeurs. Atteindre le moksha, c'est trouver une faille dans le voile pour accéder à l'au-delà, la vérité cosmique.

Mersch eut une vision… Le long de ces temples ajourés et de

ces édifices ciselés, une ombre, longue et menaçante, s'étendait, celle de Roussel, armé de sa serpette.

Bien sûr que Bhatiya avait ramassé des cadavres portant sa signature, bien sûr qu'il connaissait l'existence d'un assassin multirécidiviste au mode opératoire terrifiant mais, justement, la police indienne ne pouvait rien contre un tel prédateur. C'était un magicien, un démon, un *rakshasa*, un mot qu'il avait lu dans son guide et qu'il avait mémorisé – ces diables de la mythologie hindoue.

Ils abordaient maintenant – la coque de la barque frappait les marches à demi immergées, produisant des bruits de noix de coco et de gargarisme… Mersch sauta sur la berge puis aida Nicole à le rejoindre. Il tendit à Jérôme une liasse froissée de roupies, sans même savoir ce que ça valait.

– Une question encore.

– J't'écoute, fit Jérôme en refermant ses doigts sur les billets.

– Baba Shumitro Sen, tu dirais qu'il vit au Sarayamah Mahal ?

Jérôme cracha par terre – il tenait son amarre comme une laisse de chien.

– Les fantômes vivent cachés, c'est leur nature.

– Mais celui-là aurait pu rester dans la demeure de Pierre Roussel, non ?

Le passeur se fendit d'un sourire – il ne devait plus avoir beaucoup de dents, parce que ses lèvres semblaient aspirées par sa bouche.

– Les fantômes ont leurs habitudes, c'est sûr, fit-il en lui lançant un clin d'œil. Depuis la mort de Roussel, personne s'est plus risqué là-bas.

– Qui y habite aujourd'hui ?

– Sans doute des disciples, mais y vivent cachés, la loi du tantrisme les oblige à rester invisibles…

– Merci, Jérôme, tu nous as vraiment aidés.

L'homme fit encore un clin d'œil :

– Me remercie pas. J'vous ai juste offert un billet pour l'Enfer.

137.

Un petit joint pour la route.

Tant qu'à être inconscients, autant l'être à cent pour cent.

L'après-midi, ils étaient retournés à Assi Ghat. Le soleil avait percé, comme pour mieux les aider à repérer les lieux. Le Sarayamah Mahal, qui avait appartenu à un maharadjah de l'est de l'Inde, affichait, côté Gange, une longue façade percée de fenêtres et d'alcôves surmontée de tourelles en forme d'obus – les fameuses *sikharas*, qui symbolisent les sommets des montagnes et abritent l'esprit du dieu. De ce côté, aucun accès possible, la muraille piquant droit dans l'eau comme une falaise.

Ils en avaient fait le tour, par les ruelles glauques et humides, croisant encore des porteurs de cadavres et des sadhous, jusqu'à atteindre le seuil du palais. Des volets occultaient chaque fenêtre, ne laissant transparaître aucun signe de vie – le palais coulait, comme un croiseur déserté par ses marins. La comparaison tenait la route car les terrasses, niches et autres flèches évoquaient les tours, cheminées, canons d'un navire de guerre, le tout peint dans un rouge vieilli, en réalité des briques qui avaient perdu leur revêtement.

Ils ne s'étaient pas arrêtés, et surtout pas devant la porte en arc, ensevelie sous des grappes de lierre boueux. Il n'y avait qu'une seule manière d'entrer dans ce palais, c'était par ce portail… À moins d'arracher une des parois en treillis qui fermaient les embrasures.

Mersch n'avait fait aucun commentaire mais il devait avoir sa petite idée. Nicole lui faisait confiance. Ils étaient ensuite rentrés à l'hôtel, presque au sec, et avaient attendu.

Maintenant, il était vingt-trois heures et bien sûr, la pluie avait recommencé. Mersch était parti on ne sait où. Nicole, refusant de céder à la frousse, tirait sur son bédo, laissant venir à elle les effets bienfaisants du cannabis. Elle avait l'impression qu'on lui décollait du crâne toute gravité, toute angoisse, comme on ôte la fine pellicule protégeant l'adhésif d'un autocollant. Elle serait bientôt prête pour le raid fatal, anesthésiée par la drogue…

Soudain, Mersch pénétra dans la chambre en mode « descente de flics ».

– Mon calibre a disparu.

– Quoi ?

– Pendant qu'tu prenais ta douche, j'ai vérifié : il est nulle part. Je viens de secouer l'hôtelier. Il y est pour rien, j'en suis sûr. Quelqu'un d'autre me l'a piqué.

– Ok, digéra-t-elle, qu'est-ce qu'on fait ? On renonce ?

Debout dans la chambre, bien campé sur ses jambes, Mersch ne ressemblait pas à quelqu'un prêt à reculer.

– J'ai toujours mon Ka-Bar.

Il était en plein délire. Nicole sentait que cet affrontement était devenu pour lui une obsession. Il ne s'agissait plus d'arrêter l'assassin – d'ailleurs, au nom de quelle autorité ? Non, il voulait sa peau comme un chasseur fou poursuit en Afrique un éléphant ou un rhinocéros légendaire.

Il avait perdu de vue les tenants et aboutissants de l'enquête, oublié son statut de flic, et se moquait bien de toute justice. Il était un prédateur, et seule comptait désormais la mise à mort.

Seigneur, un simple couteau…

Il fallait stopper cette divagation, lui remettre la tête à l'endroit.

– On ne peut pas agir comme ça, raisonna-t-elle. Il faut aller voir la police.

– On vient de le faire. Ils ne nous aideront pas.

– Il ne s'agit pas de nous aider mais de prendre la relève. On est sur leur territoire. C'est de leur ressort et…

– Jamais les flics de Varanasi ne bougeront sur de simples présomptions. Sans parler du principal.

– Le principal ?

– Baba Shumitro Sen est un mage, un démon. Les hindous ne s'attaquent pas à ce genre de personnages. C'est à nous d'agir.

Nicole se leva et se planta devant Mersch. La chambre était petite et les deux lits, disposés à gauche et à droite, réduisaient encore leur espace de manœuvre, leur permettant à peine de bouger.

– C'est du suicide, conclut-elle.

– T'es pas obligée de nous suivre. Après tout, cette affaire concerne notre famille.

Elle leva la main pour le gifler puis, son bras se ravisant de lui-même, elle lui attrapa la nuque et plaqua sa bouche sur la sienne. À ce seul contact, leurs lèvres s'ouvrirent comme deux fleurs brûlantes et leurs langues se lancèrent dans un quadrille survolté.

Au bout de quelques secondes, elle le repoussa pour reprendre son souffle.

La porte de la chambre s'ouvrit à nouveau, sur Hervé cette fois, pâle et maigre comme un cierge. En quelques jours, il avait totalement changé. Il semblait remonter sa propre histoire comme un aventurier cherche la source d'un fleuve, au risque d'y perdre la raison.

– On y va ?

Mersch s'essuya les lèvres avec sa manche – très élégant.

– On y va, oui.

Au fond de son crâne, Nicole capitula. Il fallait bien achever ce voyage au bout de la folie, et elle était encore assez jeune (et inconsciente) pour y croire. Elle ne ferait pas la révolution mais participerait à une vendetta intime – ce qui, à cet instant précis, paraissait beaucoup plus excitant.

Elle attrapa le ciré et les bottes en caoutchouc qu'ils avaient achetés dans l'après-midi et emboîta le pas aux deux frères.

138.

Des tombereaux de pluie se déversaient dans les rues, comme si on avait fracassé les nuages les uns contre les autres pour les vider de ce qu'ils avaient dans le ventre.

Les trois silhouettes paraffinées faisaient claquer leurs semelles de caoutchouc dans les flaques et baissaient la tête pour que les gouttes rageuses ne les retrouvent pas, même ici, même maintenant, au cœur de Varanasi, capitale de la tourmente.

Bon an mal an, ils trouvèrent leur chemin. De loin, on aurait pu les prendre – trois capuches à longer les murs – pour des intouchables qui rentraient dans leur gourbi après une journée à jouer au « dernier des hommes ».

Ils parvinrent au portail du Sarayamah Mahal – *iwan*, elle s'en souvenait, c'était le nom de ce genre d'ouverture d'inspiration musulmane. Pourquoi un tel souvenir, en pleine tempête ? Peut-être pour se raccrocher à un savoir rationnel, quelque chose de familier, ses livres, ses études, sa maison, avant de plonger dans l'abîme…

Faisant front sous le déluge, le Sarayamah Mahal paraissait énorme, cerné de petites maisons de ciment peint et de baraques coiffées de tôle ondulée. Toujours cette image du naufrage : ce grand palais qui s'enfonçait dans le sol, presque de guingois alors que la flotte débordait de partout – du ciel, du fleuve, des caniveaux…

Nicole leva les yeux et contempla le bloc rouge sombre. Des fenêtres étaient fermées par des claustras, d'autres obstruées par des planches cloutées. Les kiosques suspendus, coiffés d'une coupole, ruisselaient comme des fontaines Wallace. Les tours se perdaient dans le ciel noir, les corniches glougloutaient, gargouillaient, versant sur le trottoir des lames de fond, rougies de la couleur des murs… De véritables vagues de sang…

Avec un temps de retard, Nicole réalisa que Mersch, monté

sur quelque ornement en saillie, avait déjà glissé son couteau sous une paroi ajourée et faisait levier afin de la décoller du châssis. Le panneau dégringola sur le sol. La voie était libre.

Hervé grimpa d'abord, déroulant son mètre quatre-vingt-dix à la verticale, comme une corde de fakir. Puis Mersch, accroupi dans l'embrasure, tendit la main à Nicole. Son visage brillait comme une sculpture de marbre blanc.

– Tu viens, oui ? cria-t-il.

Sans répondre, elle attrapa fermement ses doigts et se hissa jusqu'à caler ses talons sur la corniche du premier étage. Elle poussa sur ses jambes et se cramponna au rebord de la fenêtre.

Mentalement, elle dit adieu à son père et salua la nouvelle Nicole, une Kâli aux cheveux de sang et à la peau de linceul. Ses doigts s'enfonçaient dans le bois humide et elle exultait : il n'y aurait pas de retour en arrière.

139.

La fenêtre ne donnait pas à l'intérieur d'une pièce mais sur une galerie ouverte entourant un patio inondé – à la lueur des éclairs, et malgré la pluie qui mitraillait sans relâche, cette gigantesque flaque miroitait à la manière d'un tirage géant flottant dans un bain de révélateur. Quelle image allait-il en sortir ?

Nicole délirait, déchirée entre l'excitation et la frousse, où s'insinuait aussi, bizarrement, une sorte de distance. En réalité, elle s'en remettait à Mersch, qui assurait un rôle de protecteur comme l'avait toujours fait, dans un autre genre, son propre père. Elle se sentait audacieuse, intrépide, parce qu'elle avançait dans les pas d'un héros dont la seule présence la rendait invincible.

Au fond, s'élevait le bâtiment principal, celui qui donnait sur le Gange. Au centre, une fontaine crépitait dans les ténèbres, à la manière d'une rafale de pétards chinois – sans fin, la rafale. Pour l'instant, les trois intrus demeuraient à l'abri, cherchant l'inspiration.

Elle s'offrit à eux sous la forme d'un battement sourd qui perçait peu à peu. Leurs tympans, comme des yeux s'accommodant à l'obscurité, commençaient à mieux discerner ce rythme grave, sorte de cœur géant emprisonné au fond d'un cloître.

Ils se regardèrent – enfouis sous leurs capuches, ils n'avaient pas vraiment l'air de justiciers, encore moins de héros : plutôt des moines, ou même des égoutiers s'apprêtant à plonger dans un puits. Sans se concerter, ils prirent sur la droite et remontèrent la galerie en direction du martèlement. Un mot lui traversa l'esprit : *hortator*, le chef des rameurs dans les galères romaines, qui exhortait la chiourme à ramer à l'unisson, en frappant sur un tambour de cuir.

Parvenus devant une grande porte, ils stoppèrent. Mersch fit jouer la poignée, en cuivre ciselé remarqua-t-elle. Ouverte. Le rythme lancinant leur sauta aux oreilles – c'était lui, maintenant, qui couvrait l'averse, dans un retournement des forces en présence.

Mersch ôta sa capuche – cheveux ondulés perlés de gouttes – et avança. Nicole l'imita et s'essuya les yeux – pas de la pluie, de la sueur.

L'absence du pistolet de Mersch lui revint d'un coup à l'esprit mais elle se rassura en pensant que le meurtrier n'en possédait sans doute pas non plus. Il devait plutôt donner dans l'arme blanche, le rite, l'ésotérique. En un flash, elle les vit, Mersch et lui, *mano a mano*, s'affronter au couteau – le tableau lui donna envie de hurler et aussi, merci le joint, de participer au combat.

Ils traversaient à présent une grande salle plongée dans la pénombre où des éclairs sporadiques venaient jeter une lumière blanche, découpant à la fois le temps et l'espace en fines lamelles éblouissantes. Un plafond très haut, des lustres de cristal, des pièces de part et d'autre, fermées par des portes à claire-voie. Un harem, avec ses alcôves intimes et secrètes…

Un nouvel éclair révéla une passerelle intérieure surplombant toute la pièce. Au fond, un escalier en marbre, large et solennel, permettait d'y accéder, semblant attendre un maharadjah et son cortège.

La pulsation provenait du premier étage. Il devait y avoir là-haut une cérémonie, ou un concert, ou une orgie, mais les percussions évoquaient une transe, un ravissement, une danse hypnotique.

Ils rejoignirent la coursive, dont le mur était chargé de milliers de livres. Le tempo, de plus en plus fort, lui rentrait dans les muscles et les os. À la surface des coups graves, on discernait maintenant des roulements de tablas plus aigus, dont les peaux devaient être tendues à fond, brûlantes…

Nouvelle porte, richement ornée – des fleurs, des étoiles, des volutes incrustées dans les nervures du bois, devenant elles-mêmes sillons naturels, lignes de la forêt…

Mersch sortit son couteau – qu'allait-il faire ? – puis ouvrit simplement : aucune résistance.

La salle était occupée par un large bassin central. On aurait pu imaginer des pétales de rose jetés sur les bords immaculés et lisses de ce grand rectangle…

Mais la réalité était tout autre.

D'abord, le bassin était à sec. Ou presque. Parce que sur la margelle, des cadavres d'animaux décapités – chevreaux, daims, chiens, on ne voyait pas bien – dégorgeaient de longues traînées de sang.

Mais le pire, bien sûr, était à l'intérieur du bassin.

Une dizaine de couples – des Indiens, hommes, femmes, nus, dont l'activité, à première vue, était la lutte. Couverts de sang, accroupis, assis ou lovés deux à deux, ils s'étreignaient, s'enlaçaient, s'empoignaient. En regardant mieux, on s'apercevait qu'ils forniquaient comme des boucs – analogie inévitable, avec ces têtes ensanglantées qui avaient roulé près d'eux, et dont le sang poissait leur corps.

En matière de sexe, Nicole n'y connaissait rien. Ce qu'elle

voyait à cet instant, elle ne le comprenait pas. D'abord, la fumée de l'encens brouillait tout (on pouvait à peine respirer tellement la brûlure âcre de la sauge ou de la myrrhe saturait l'atmosphère). Ensuite, les corps sanguinolents s'unissaient et se mélangeaient de si près qu'on ne pouvait dire ce qu'il se passait au juste.

Lorsqu'elle rêvait de l'Inde, à Paris, Nicole regardait des photos – les sculptures érotiques des temples de Khajurâho –, feuilletait des livres – le *Kamasutra*, qui symbolisait, dans l'Europe de 1968, la libération des sens. Mais jusque-là, toutes ces postures, toutes ces fantaisies étaient de l'ordre du pur fantasme.

À présent, les sculptures s'animaient sous ses yeux, les représentations prenaient vie, à grand renfort de contorsions et de roulades, le tout soutenu par des musiciens assis de l'autre côté, dont on discernait tout juste les turbans et les vestes moirées.

Personne ne faisait attention à eux. Pourtant, trois gugus en ciré débarquant en pleine cérémonie tantrique, manquant de glisser sur les fragments de chair sanglante et les corps des bêtes sacrifiées, ça faisait vraiment désordre…

Nicole détailla les couples. Une femme, sur les coudes, se tenait les jambes à la verticale – une position du yoga nommée *sirsasana*, elle s'en souvenait, alors que debout, face à elle, l'homme la pénétrait pour ainsi dire à l'envers. Un autre couple variait les contorsions : le mâle, cambré au point de former un «petit pont» avec son corps, accueillait sa partenaire, qui le chevauchait en lui tournant le dos…

Aucun des participants ne semblait éprouver le moindre plaisir. Il s'agissait d'autre chose – une fièvre convulsive qui passait par les corps pour emporter les âmes on ne savait où. En rythme, les couples, lubrifiés par le sang animal, se livraient à des prouesses, formant des créatures impossibles, où bras, jambes, têtes n'avaient plus vraiment de logique…

Nicole ne parvenait plus à penser : la cadence l'emplissait, dominait ses propres battements cardiaques, palpitait sous ses tempes. Cette basse… elle lui faisait penser au mantra le plus grave, le plus puissant, le *Om*, la syllabe sanskrite, vibration vitale qui fait résonner tout le corps – dont on dit qu'elle est le son primordial, à partir duquel l'univers se serait structuré...

Un son martelé, scandé comme une respiration des origines sur laquelle se greffait, elle l'entendait maintenant, un fourmillement de cymbales, de percussions aiguës, qui lui donnait l'impression qu'un bataillon d'aiguilles fourrageaient dans sa tête.

Elle perdit l'équilibre et se retint au bras de Mersch. Elle leva les yeux – la peur lia leurs regards. Elle s'attendait à une marque de sollicitude, de bienveillance, mais le flic demanda simplement :

– Où est Hervé ?

140.

Il s'était glissé par une porte dérobée, et avait atteint un nouveau couloir. Sur les murs, des peintures anciennes, représentant des positions du *Kamasutra* comme celles que pratiquaient les cinglés de la piscine, baignés dans le sang et le stupre...

Pas le temps de s'y attarder.

Il s'était débarrassé de son ciré et de ses bottes qui faisaient un boucan d'enfer. Pieds nus, il tenait dans sa main encore trempée le .45 de son frère. D'instinct, il avait deviné que Roussel n'était pas parmi les partouzards ensanglantés. Il devait être dans un sanctuaire particulier, à prier, danser, ou égorger quelque jeune fille.

Un Barbe-Bleue à la sauce hindoue, voilà qui était son père.

Le couloir bifurqua. Hervé était en état de transe. C'était son .45 qui le tirait vers les ténèbres – il ne faisait que suivre, tenu en laisse par ce flingue dont il ne savait pas se servir. Les seules images qui se plaquaient encore sur les parois de son esprit étaient les visages enthousiastes de Suzanne et Cécile, à la Sorbonne. Il n'y aurait pas d'arrestation, ni de jugement

– Hervé était la main de Dieu, le juge et le bourreau, le procureur et le joug…

Il tourna encore – bon sang, où menait ce couloir ? Des portes. Chacune donnait sur une chambre obscure qui puait le renfermé. Parfois, pure coïncidence céleste, un éclair frappait l'une d'elles, faisant apparaître des ombres géantes, des meubles entassés, des chaises empilées, des tableaux…

Enfin, il parvint devant une porte massive en bois ouvragé et cloutée de laiton. Il en émanait une puissance spéciale, une force magnétique. Il sut qu'il était parvenu au saint des saints.

De la main gauche – la droite était soudée à la crosse du .45 –, il poussa sur la poignée, sans espérer le moins du monde qu'elle soit déverrouillée.

Elle l'était.

Hervé tremblait tellement qu'il avait l'impression d'être en lévitation. Il réussit à saisir, toujours de la main gauche, la culasse de l'arme et à la tirer vers lui en silence, comme son frère le lui avait montré un jour, à la campagne. « Séance d'entraînement », avait dit le frangin. Pas une fois Hervé n'avait atteint la cible.

Il tendit son bras armé et, du pied, poussa doucement la porte…

Il ne comprit pas tout de suite ce qu'il voyait.

La pièce baignait dans une pénombre dorée – des dizaines de bougies se consumaient aux quatre coins, évoquant ce retrait intime des églises, là où on allume des mèches huilées en faisant un vœu. L'analogie s'arrêtait là : au centre, une jeune Indienne nue était suspendue par les pieds au plafond. Bâillonnée, elle semblait évanouie, prête pour le sacrifice. À ses côtés, de dos, un homme, nu lui aussi, s'affairait devant une crédence supportant des objets métalliques qui lançaient des reflets cuivrés mais dont Hervé ne pouvait distinguer l'exacte nature – des instruments de chirurgie, quelque chose de ce genre.

Il s'avança, fasciné par le corps de l'homme. Très grand, longiligne, il était couvert de sang. Ses muscles formaient sous sa peau des tresses, des nœuds, des lianes…

Quelques pas encore. Devant lui, sa main tremblait plus que

jamais, le canon du Colt ne cessant de s'affoler, comme un bâton de sourcier. Il fallait tirer. Maintenant. Tout de suite. Surtout ne pas le laisser se retourner ni réagir…

La seconde suivante, il avait un crochet planté dans le gras de la main – celle qui tenait le .45. Hervé hurla, mais un coup de tonnerre couvrit son cri. Baba Shumitro Sen avançait vers lui, bras tendus, comme pour lui donner l'accolade. Hervé refusait d'admettre ce qu'il voyait. L'homme ouvrait une gueule démesurée, circulaire, plantée de dents pointues qui lui tapissaient les gencives mais aussi le palais. Des crocs innombrables, hérissés en spirale, qui luisaient à la lueur des flammes vacillantes.

Hervé recula – sa main pissait le sang mais il n'avait pas lâché le calibre. Il appuya sur la détente. Aucun résultat. Une nouvelle fois. Rien. Encore, encore et encore. La détente claquait dans le vide. Pas la moindre détonation, aucun feu au sortir du canon.

Shumitro Sen, toujours plus près – la bouche, cette bouche ronde et cauchemardesque, tendue, prête à lui déchirer le visage. Il ne pouvait y croire et en même temps il commençait à saisir : l'homme avait enfilé, comme un appareil dentaire, une sorte de filtre cylindrique armé de pics qui déformait sa mâchoire.

Hervé perdit l'équilibre et tomba en arrière. Shumitro Sen se jeta sur lui pour lui mordre le visage, lui gober les yeux ou lui sucer les os. Hervé ferma les paupières – il ne pensait plus : il ne voulait simplement pas voir ça.

Un coup de tonnerre, puis un hurlement de bête. Hervé ouvrit les yeux et ne comprit pas. Le *baba* était devant lui, à genoux, les deux mains sur le ventre, gargouillant de sang et de viscères.

Au-dessus, il reconnut la lame visqueuse du Ka-Bar. Un éclair encore et Jean-Louis apparut debout près de lui, immobile dans son ciré et ses bottes en caoutchouc.

Il avait eu raison de l'ennemi.

Et cette idée semblait littéralement le pétrifier.

141.

– Vous avez entendu parler du système des castes, je suppose ? Mes hommes, tous sikhs, ne le respectent pas. Le sikhisme est fondé sur le concept d'égalité entre tous. Pour ma part, en tant que jaïn, je ne le respecte pas non plus. En même temps, je suis né brahmane... C'est un peu compliqué. Toujours est-il que je ne me voyais pas arrêter moi-même Baba Shumitro Sen...

Hervé considérait Ravi Mukherjee, l'agent fédéral aux allures de notaire, avec épuisement. Les dernières heures de la nuit, après l'affrontement au Sarayamah Mahal, avaient été semblables aux précédentes – irréelles, impossibles. Il les avait vécues comme un cauchemar éveillé.

Après l'exécution de Baba Shumitro Sen, Ravi Mukherjee, l'homme du Central Bureau of Investigation rencontré à Calcutta, avait débarqué comme une fleur au Sarayamah Mahal. À l'évidence, il n'avait jamais lâché le trio et l'avait suivi jusqu'ici, à Bénarès, attendant tranquillement que Mersch et son équipe stoppent le meurtrier tantrique par « tous les moyens nécessaires ».

Plan risqué, mais Mukherjee ne semblait pas trop se soucier de qui pouvait mourir dans cette histoire – après tout, il s'agissait d'étrangers, des hors-castes et des non-jaïns. Autant dire qu'assassin et enquêteurs se valaient. Des zéros au carré. Le principal était de se débarrasser de ce criminel qui terrifiait une bonne partie des fidèles de Varanasi.

Mukherjee et ses hommes avaient arrêté les disciples de Shumitro Sen et avaient dressé un état des lieux – un homme était mort cette nuit, mais ce n'était pas si grave puisqu'il l'était déjà depuis quatre ans.

On les avait ensuite emmenés dans les bureaux du CBI de Varanasi, près de la gare centrale. Un immeuble rose, qui semblait avoir été dessiné à la craie.

– Vous nous avez laissés faire le sale boulot, commenta Mersch, toujours droit dans ses bottes à six heures du matin.

On avait soigné la main d'Hervé – blessure superficielle, le crochet s'était enfoncé dans le gras de la main, entre l'index et le pouce – puis ils s'étaient douchés, changés, et ressemblaient maintenant, dans le bureau de Mukherjee (le vrai, cette fois, avec ses diplômes et des petites statues jaïns sur les étagères), à des touristes qui auraient perdu leur passeport.

Mukherjee tendit ses mains bistre devant lui :

– Je dois avouer que je ne suis pas à l'aise avec les criminels… (Il releva les yeux et fixa JL dans un sourire.) Vous savez que j'ai créé un hôpital pour les oiseaux à Varanasi ?

Face au silence de ses hôtes, il balaya l'air d'un geste condescendant :

– Laissons ça. Donc, vous m'avez rendu service, oui. Il y a longtemps que nous surveillions Pierre Roussel, celui qui a fait semblant de mourir et qui se faisait désormais appeler Baba Shumitro Sen… Ma spécialité, vous vous en souvenez sans doute, ce sont les sectes. Celle de Sen était dangereuse, très dangereuse… D'abord parce qu'elle était secrète, ensuite parce qu'elle était subversive. À un degré que nous n'avons pas encore pu établir… Ce qui est sûr, c'est que Sen tuait à tour de bras. Dans le cadre de sa pratique tantrique ou pour son propre plaisir, on ne le saura jamais.

Hervé intervint – l'homme lui tapait sur les nerfs.

– Pourquoi ne pas l'avoir arrêté vous-mêmes ?

Mukherjee tendit encore une fois ses mains, paumes tournées vers ses interlocuteurs :

– Nous n'avions pas assez de preuves et nos hommes refusaient de suivre Baba Shumitro Sen.

– Pourquoi ?

– Par peur, tout simplement. Peur d'être ensorcelés, souillés, tués peut-être…

– Vous nous attendiez donc comme le messie, reprit Mersch, en mode ironique.

Mukherjee tordit sa bouche à l'intérieur de sa barbe :

– Nous autres Indiens n'aimons pas trop l'humour fondé sur la religion…

Hervé se détendait. Cette nuit, il avait été confronté à la plus grande peur de sa vie. En même temps, il avait éprouvé ses limites et testé sa capacité à monter au front, même si c'était suicidaire.

Au fond de cet abîme, un détail l'avait mis mal à l'aise : le dernier geste de Sen. Il lui avait ouvert les bras, comme pour des retrouvailles. Voulait-il vraiment l'assassiner ? Si longtemps après, tuer sa mère à travers son propre fils ? Hervé n'en était plus si sûr.

Mukherjee plaqua ses mains sur le bureau, paumes bien à plat :

– En tout cas, vous avez sauvé la vie d'une jeune Indienne… (Il feuilleta une liasse de feuilles tapées à la machine.) Une dénommée Harimati Azmi, dix-sept ans, originaire du Bihar. Une mendiante que notre homme avait enlevée deux jours auparavant. Rien que pour cette raison, je pense que je peux faire un effort et vous alléger le côté paperasse…

– C'est-à-dire ? demanda Mersch, sans montrer la moindre reconnaissance.

L'Indien fit claquer ses lèvres – ces explications semblaient lui coûter.

– Nous pouvons raisonnablement vous accorder la légitime défense. La… disons… prothèse portée par Baba Shumitro Sen constituait une véritable menace, sans compter les armes blanches à portée de main. En l'occurrence, vous avez aussi sauvé la vie de votre frère et, encore une fois, celle de la jeune fille. Dans un cas comme celui-là, vous devriez passer devant un juge dans quelques semaines et bien sûr, vous ne pourriez pas quitter la ville avant cette date.

– C'est impossible.

– On est bien d'accord. Voilà pourquoi je vous propose une procédure allégée. Dans l'après-midi, un juge spécialement saisi validera votre dossier et vous serez libres de rentrer en France.

Mersch souffla, les yeux baissés, puis revint planter ses pupilles dans les gros yeux noirs de son interlocuteur.

– Merci.

– Ne me remerciez pas. Ce sont des petits privilèges dont nous bénéficions au sein de la police fédérale.

L'accent indien de Mukherjee voguait toujours sur des eaux vaseuses où les syllabes surnageaient avec peine.

– On peut s'en aller ? demanda soudain Hervé.

– Quelques papiers à signer et vous pourrez regagner votre hôtel. Vous devrez y attendre ensuite mon appel pour le rendez-vous de cet après-midi, avec le magistrat. Alors seulement, on vous laissera prendre votre vol.

Ces derniers mots eurent un pouvoir ineffable sur Hervé. Une sorte de fièvre languide, infiniment douce et plaisante, qui lui passa dans tout le corps à la manière d'une injection d'héroïne. Ils allaient rentrer en France, tourner le dos à tout ça…

– Je sais pas quoi dire, conclut Jean-Louis. Dans ce genre d'affaires, même quand tout est fini, personne ne peut se réjouir.

Mukherjee acquiesça en agitant sa barbe, un coup de plumeau sur son plastron, puis il se leva. Son costume noir semblait trop juste, sa veste partait sur les côtés comme si elle voulait s'enfuir. Une espèce de culbuto, sur lequel était vissée une tête de rabbin.

Pas terrible comme dernière image de l'Inde, mais Hervé la préférait à celle de la gueule en forme de scie circulaire du gourou meurtrier.

Mukherjee se déplaça latéralement, à petits pas, pour contourner son bureau.

– Je compte sur vous pour nous donner cet après-midi tous les détails car malgré nos efforts, nous n'avons jamais pu récolter rien de sérieux à l'encontre de l'occupant du Sarayamah Mahal… Vos témoignages sont donc capitaux. Les indices et les preuves que vous avez pu accumuler, en intégrant notre dossier, deviendront des éléments valables sur notre territoire, vous comprenez ?

Hervé, Mersch et Nicole opinèrent. Prendre ses jambes à son cou : telle était la priorité. Trouver un nouvel hôtel. Appeler une compagnie aérienne. Avoir déjà un pied dehors – hors de ce sous-continent maudit.

Ils sortaient lorsque Mukherjee les rappela. Ils durent revenir dans le bureau et cette fois, curieusement, le flic fédéral referma la porte. Il n'en avait pas fini.

– Une dernière chose…, murmura-t-il. Il se pourrait (le jaïn dressa l'index en signe d'avertissement), je dis bien : il se pourrait que cette affaire ne soit pas tout à fait achevée.

– Qu'est-ce que vous voulez dire ?

– Comme vous le savez sans doute, le vrai nom de Baba Shumitro Sen n'était pas Pierre Roussel mais Georges Dorati.

– Nous le savons.

– Il était le fils de Jeanne de Texier, celle qu'on appelait Mère dans l'ashram de la Ronde.

– On sait tout ça ! répondit Mersch avec impatience.

– Baba Shumitro Sen n'a peut-être pas agi seul.

– Vous voulez parler des membres de sa secte ?

– Non. Je pensais plutôt à ceux de la Ronde.

– Vous êtes mal renseigné, intervint Hervé. Il avait coupé les ponts avec la Ronde depuis longtemps.

Mukherjee dodelina de la tête – sa barbe passait et repassait sur sa poitrine.

– C'est ce qu'on a dit, oui. Mais vous savez, en Inde…

– Quoi, en Inde ?

– Deux vérités contradictoires peuvent être aussi vraies l'une que l'autre.

– Expliquez-vous.

Mukherjee ouvrit ses petites mains :

– Je n'ai rien à expliquer. Dans cette enquête, vous êtes allés beaucoup plus loin que moi. Mais rappelez-vous, ma spécialité, ce sont les sectes, et d'expérience, je peux dire qu'en ce domaine, on n'a jamais fini de démêler des liens inattendus, des ramifications cachées…

Nicole coupa court à ces insinuations foireuses :

– Baba Shumitro Sen n'avait plus rien à foutre du syncrétisme prôné par la Ronde... Depuis des années, il s'était converti au tantrisme, et ce que nous avons découvert dans son palais prouve bien que ses pratiques étaient en rupture totale avec la discipline de la Ronde...

Mukherjee leva ses deux mains, façon de dire : «Très bien, je n'ai rien dit.»

– Mais souvenez-vous de la Kundalini..., ajouta-t-il pourtant.

– Que vient foutre la Kundalini là-dedans ?

– C'est un serpent qui ne demande qu'à se réveiller.

– Et alors ?

– Coupez-lui la tête et son corps bougera encore.

– Arrêtez de parler par énigmes !

– Je ne peux rien vous dire de plus mais si j'étais vous, je chercherais encore. La bête que vous traquez a peut-être deux têtes.

142.

Le parc de l'hôtel Taj Nadesar Palace, protégé de la misère de la ville par des murailles blanches et des gardiens sikhs, se résumait à une longue pelouse impeccable descendant par paliers jusqu'à un petit lac. Une sorte de vaste escalier recouvert de moquette verte qui aurait mené à une mare aux canards.

Environ seize heures. Hervé avait dormi toute l'après-midi. Il ne se souvenait ni de s'être assoupi, ni même de s'être réveillé. Il avait perdu conscience, voilà tout. Jean-Louis et Nicole avaient dû se passer de sa présence pour signer les témoignages chez le juge. Mukherjee était vraiment du genre tolérant. Et surtout pressé de les mettre dans le premier avion pour Paris.

Il descendit les marches de gazon, croisant des bosquets d'hortensias et d'hibiscus, franchissant les ombres des palmiers et des bambous qui marquaient chaque degré comme des sentinelles.

Il recouvrait ses idées – en fait, il cherchait du regard ses deux comparses, c'était à peu près tout ce qu'il pouvait faire.

Il les repéra près du lac, dont la couleur profonde rappelait un immense cul de bouteille parsemé de nénuphars. Ils étaient installés autour d'une table de jardin.

Quand il s'approcha, Jean-Louis, dans une nouvelle liquette bleu clair, lui demanda, sans manifester la moindre surprise :

– Qu'est-ce que tu bois ?

Hervé baissa les yeux : ils avaient commandé des citronnades.

– Un café, fit-il, histoire de mieux se réveiller.

Il s'assit sur une chaise après avoir vérifié qu'elle n'était pas trempée – à Varanasi, au mois de juin, rien, absolument rien, n'est sec – puis jeta un bref coup d'œil à Nicole. Elle aussi s'était changée : elle portait une chemise de corsaire à manches bouffantes et une minijupe en jean.

Ces détails lui confirmaient qu'ils étaient déjà partis – ils avaient quitté la planète de Pierre Roussel, du tantrisme, des meurtres, ils évoluaient désormais dans un autre espace-temps, celui, espérait-il, du monde normal.

Pourtant, son frère lui offrit aussitôt un sinistre démenti :

– Tu tombes bien, attaqua-t-il, on réfléchissait avec Nicole à la dernière phrase de Mukherjee. « La bête que vous traquez a peut-être deux têtes. »

– Des conneries de flic indien.

– Les Indiens ont peut-être le goût de l'abstraction mais ils ne parlent pas à la légère.

Son café arriva. Hervé entoura la tasse de ses deux mains comme pour éviter qu'on la lui pique.

– Et alors ?

– Et alors, quand on retrace la vie de Georges Dorati…

– Tu ne vas pas recommencer.

– Non. Je te dis juste que quand on y réfléchit, l'homme paraît avoir toujours bénéficié d'une aide mystérieuse. Une aide à la fois financière, politique, diplomatique.

– Il devait bien choisir ses amants…

– C'est ce qu'on nous a dit mais au fond, on n'a jamais obtenu un nom, une circonstance exacte…

Hervé éclusa son café d'un coup – une brûlure de terre noire, une gorgée de magma volcanique.

– Où tu veux en venir ? demanda-t-il en faisant claquer sa tasse sur la table.

Son frère ne répondit pas tout de suite. Il prit le temps de boire un peu de citronnade. Il faut bien dire qu'il n'avait pas une tête d'heureux épilogue. Plutôt un faciès de cadavre, creusé comme un crâne, tourmenté comme une esquisse d'Egon Schiele. Tout son visage avait l'air de compter les points, à coups de tics et de rides.

Finalement, d'un mouvement de menton il désigna sa voisine :

– On se disait avec Nicole qu'y a quelqu'un qui ferait un bon candidat pour ce rôle d'homme de l'ombre…

– Qui encore ?

– Le frère aîné, Antoine Roger.

– Le curé ?

– Plutôt une grosse huile du Vatican.

Hervé les regarda tour à tour, les yeux brûlants :

– Vous êtes sérieux, là ?

– On dit juste que ça vaut le coup de vérifier.

– Vérifier quoi ?

– Si toutes ces horreurs n'ont pas été commises avec la bénédiction de monseigneur Roger.

V

CODA ROMA

143.

Enfant, Hervé partait chaque année pour les grandes vacances dans une maison délabrée du Perche avec sa grand-mère. Pas le moindre confort, météo de merde, vélos déglingués… Pendant deux mois, il jouait avec les gamins des maisons voisines, collectionnait les escargots et mangeait des nouilles. Il ne se plaignait pas : à dix ans, on ne se plaint jamais.

Puis, enfin, venait le retour à Paris. Cette joie, quasi extatique, de retrouver sa ville, sa maison, sa chambre. Encore aujourd'hui, il conservait dans ses veines la vibration des pavés sous les roues de la 4 CV, la place de l'Étoile qui tournait comme un vertige, l'odeur acide des vapeurs d'essence qui marquait ses retrouvailles avec la vraie vie.

Surtout, il se souvenait des hautes façades de brique des immeubles de son quartier, qui se dressaient comme des canyons rouges et rectilignes. Il était un cow-boy de retour au bercail, un pionnier de l'Ouest qui revenait dans sa vallée d'origine…

Exactement ce qu'il ressentait, en ce mercredi 12 juin, en traversant la grande cour cimentée de la cité hygiéniste du boulevard Soult. Hervé aurait aimé rentrer seul, serrer sa grand-mère dans ses bras et se délecter d'un bon café.

JL en avait décidé autrement : il fallait toutes affaires cessantes cuisiner Odette Valent/Bouvard sur les détails cachés de l'histoire. Les effusions émues, ça serait pour plus tard…

Depuis Orly, ils avaient pris un taxi – vraiment du luxe, une DS à l'odeur de cuir et à levier de vitesse latéral – et foncé directement chez mamie. Dans le vieil ascenseur Roux-Combaluzier, bois vernis et grilles peintes en noir, les trois lascars se tenaient debout, bronzés, silencieux, encore traumatisés.

Sur le palier, Mersch lui ordonna :

– Tu dis bonjour et tu me laisses parler.

– Mais…

Le frangin lui envoya une bourrade amicale :

– Pas question de se relâcher. On est toujours à Varanasi, tu piges ? L'enquête n'est pas finie…

Il sonna avec insistance tout en gardant les yeux fixés sur son frère. Au bout d'une minute, Odette Valent vint ouvrir. Hervé se sentit fléchir. Sa grand-mère, toujours la même, mais sublimée à ses yeux par tout ce qu'il avait appris en Inde. Il la voyait désormais, petite Parisienne toute tissée d'amour et de bon sens, droite dans ses certitudes, comme une véritable héroïne.

Il aurait voulu l'embrasser, l'étreindre, la porter aux nues. Elle avait su le protéger, elle, simple modiste, contre un monstre indicible, une puissance qui dépassait la raison.

Mais il ne fit rien.

De son côté, Odette les embrassa avec sobriété, peut-être une larme ou deux quand elle serra contre elle son petit-fils chéri, mais de la dignité avant tout. Elle était la première à demeurer stoïque, presque solennelle, ne laissant rien transparaître de son soulagement.

On s'installa autour de la table de la salle à manger. La simple vision de cette toile cirée sur laquelle il avait mangé tant de steaks-frites et de « nègres en chemise » faillit le faire fondre en larmes.

Odette apporta du café pour tout le monde puis distribua des sucres, au gré des préférences de chacun. Elle avait toujours ce maintien légèrement hautain, qui ne cadrait pas avec sa bonhomie naturelle et qui s'apparentait plutôt à une méfiance chronique – depuis la naissance d'Hervé, Odette vivait dans la peur.

– Il ne fera plus de mal, dit soudain Jean-Louis.

– Plus jamais ? insista-t-elle, comme si elle attendait cette nouvelle.

– Plus jamais.

– Très bien.

Elle tenait son poing serré, coude posé sur la table. Elle avait une curieuse façon de grouper ses doigts, avec le pouce en dehors, comme quelqu'un qui souffrirait d'arthrite.

– Tu veux des détails ? demanda Jean-Louis.

– Non.

Hervé se demandait si l'assassinat de Salamat Krishna Samadhi ou la mort de Baba Shumitro Sen avaient été relatés dans les journaux français. Non, bien sûr. Des histoires indiennes pour les Indiens. D'ailleurs, leurs pages devaient être encore consacrées aux événements de mai, qui étaient devenus ceux de juin.

– Y a tout de même une question en suspens, reprit Mersch.

Odette fronça les sourcils. Sa lèvre supérieure, légèrement avancée, donnait l'impression qu'elle se mordait l'autre, en signe de contrariété ou, encore une fois, de défiance.

– On a le sentiment que quelqu'un d'autre s'agite dans le décor. En coulisses.

– Je ne comprends pas.

– Un personnage qui aurait, toute sa vie, aidé Georges Dorati, alias Pierre Roussel.

– À qui penses-tu ?

Un bref silence encore puis, sur un ton presque distrait, Mersch ajouta :

– T'as connu Antoine Roger, son frère ?

– Bien sûr.

– Dans quelles circonstances ?

Odette répondit sans la moindre hésitation :

– C'est ton père.

144.

– Tout a commencé en 1933.

– Un an avant ma naissance.

– Exactement.

Hervé observait Jean-Louis, qui venait d'accuser la sidérante nouvelle. Ça démarrait fort. Ils étaient donc à la fois demi-frères et cousins, et surtout liés par le même cauchemar. Sa propre histoire n'était que l'acte deux d'une fresque qui avait commencé bien plus tôt, sous le double signe d'un prêtre en rupture de vœux et d'un gourou maléfique.

– À l'époque, ta mère avait dix-sept ans. Elle travaillait aux chocolateries Menier mais faisait du volontariat à l'aumônerie de notre paroisse et aidait aux actions caritatives des Filles de la Charité. Elle songeait même à entrer dans les ordres.

– C'est tout ?

– Non. Elle suivait aussi des cours à l'Institut catholique de Paris, rue d'Assas. Elle se passionnait pour la théologie.

Hervé intervint :

– Elle avait son baccalauréat ? À dix-sept ans ?

– Non. Elle suivait les cours en auditeur libre, tous les mercredis. C'est là-bas qu'elle a rencontré un jeune professeur de théologie, Antoine Roger.

Odette se tut puis se leva pour ouvrir une petite alcôve vitrée, encastrée dans un large buffet aux portes renflées, cette cavité qu'Hervé appelait depuis toujours « l'armoire à pharmacie ». Sur deux étagères de verre s'alignaient du cognac, du rhum, du kirsch, du whisky et autres poisons… C'était là-dedans qu'il avait piqué des bouteilles pour prendre ses premières cuites. Pas des bons souvenirs.

Sa grand-mère posa sur la table une bouteille de porto. Pour faire passer ce qu'elle avait à raconter il fallait quelque chose de plus fort que du café. Elle attrapa encore quatre petits verres à liqueur, qu'elle disposa côte à côte, comme des dés à coudre transparents.

D'autorité, elle en remplit un pour chacun et les distribua sans un mot, avec toujours cette expression pincée qui la caractérisait.

– Antoine avait suivi sa formation au collège des jésuites à Jersey, reprit-elle. Il y avait passé son noviciat et prononcé ses vœux : pauvreté, chasteté, obéissance. Après une licence de philosophie scolastique, il avait obtenu un doctorat sur Grégoire de Nysse puis avait décroché une chaire d'histoire du christianisme à l'Institut catholique. Il en était le plus jeune professeur. Il était grand, mince, très séduisant dans son costume noir. Toujours affable et passionné, un véritable puits de connaissances. Il pouvait réciter par cœur des passages entiers de la Bible, de *La Légende dorée* de Jacques de Voragine ou encore de la *Somme théologique* de saint Thomas.

Hervé était sidéré d'entendre ces noms dans la bouche de sa grand-mère – il avait toujours pensé que sa culture se limitait aux romans d'A. J. Cronin et aux disques d'accordéon d'André Verchuren.

– Simone me parlait souvent de lui. Elle éprouvait pour ce futur prêtre des sentiments qui n'avaient pas lieu d'être. J'avais beau la mettre en garde, elle ne m'écoutait pas. Elle voulait me le présenter, elle voulait l'assister quand il commencerait sa mission d'homme d'Église…

Jean-Louis se décomposait. Hervé était passé par là. Sans doute avait-il lui aussi vécu l'absence de son père comme une gêne, une source d'anxiété, une énigme, mais enfin, quelque chose à quoi on survit. Dans leur cas, ce n'était pas la question qui était cruelle, mais la réponse…

– Au bout d'un moment pourtant, Simone m'a fait part de ses doutes…

– Quels doutes ?

– Ils passaient des heures à discuter de théologie dans les jardins de la Catho ou au Luxembourg. En apparence, Antoine était une sorte de personnage à la Mauriac ou à la Bernanos…

Encore des références qui étonnaient Hervé.

– Mais sous ce masque, il y avait un autre visage… Tout en étalant ses connaissances, Antoine avait un comportement et des gestes de plus en plus déplacés. Simone était terrifiée. Et en même temps envoûtée.

– Elle te racontait tout ça ?

– Votre mère n'a jamais eu de secrets pour moi.

Jean-Louis demanda brutalement :

– Elle était vierge ?

– Elle avait dix-sept ans.

– Qu'est-ce qui s'est passé ?

Odette s'accorda une nouvelle gorgée puis se resservit. La liqueur ressemblait à du sang noir. Un sang qui n'aurait jamais rencontré l'oxygène, un sang qui révélerait sa véritable nature, la face diabolique de l'homme…

– Simone n'avait pas un physique qui collait avec sa vocation.

– Vraiment ? répliqua ironiquement Jean-Louis.

Odette s'efforça de sourire – peut-être l'effet du porto :

– Tu ne vois que la femme que tu as toujours connue : maigre, pas soignée, avec ses cicatrices sur le visage. Elle n'a pas toujours été comme ça. Loin de là. À dix-sept ans, c'était une jeune femme gironde, sensuelle, qui plaisait beaucoup aux hommes. Ses formes les provoquaient, les fascinaient. Simone n'en avait pas conscience et n'en jouait jamais.

Encore une petite gorgée. La voix d'Odette, son débit gagnaient en fluidité. Le porto lubrifiait sa confession.

– Viens-en au fait, s'impatienta Jean-Louis.

– En mai 33, Antoine a été ordonné prêtre. Pour fêter l'événement, il a invité Simone dans son appartement de la rue de Médicis – sa mère possédait tout l'immeuble. Ils ont bu. Antoine est devenu pressant, ordurier même. Simone a voulu partir mais il l'a rattrapée et l'a traînée dans la chambre par les cheveux. Il l'a rouée de coups puis l'a violée. Simone était en état de choc, mais toujours amoureuse de son bourreau. Après cette dérouillée, m'a-t-elle raconté, elle cherchait encore de la glace pour soulager les mains d'Antoine, meurtries par les coups qu'il lui avait assenés...

Jean-Louis était livide :

– C'est de là que viennent ses cicatrices ?

– Oui. Quand elle est rentrée ce jour-là, elle était défigurée. On est allées à l'hôpital. Elle avait le nez brisé, la mâchoire déboîtée : ils ont compté vingt et une fractures...

– Vous avez porté plainte ?

– Non. On avait honte. On était terrifiées. Nous n'étions rien : moi, veuve et modiste, Simone, petite apprentie... Antoine venait d'une famille prestigieuse, il était prêtre. Ça aurait été sa parole contre la nôtre. On n'avait aucune chance.

Hervé n'avait pas touché à son verre. Il se décida à en boire une lampée. Dégueulasse. Exactement comme à l'époque où il cherchait à se bourrer coûte que coûte, avec ces liqueurs qui l'envoyaient irrémédiablement aux chiottes.

– Quelques semaines plus tard, reprit Odette, Antoine est venu nous voir.

– Pour s'excuser ?

– Pour exorciser Simone. Il prétendait qu'elle était possédée, qu'elle attirait la concupiscence et détournait du droit chemin les âmes pures, comme la sienne...

– Qu'est-ce que vous avez fait ?

– On l'a chassé et on a déménagé. De Romainville à Noisy-le-Sec. Pas très loin en fait, mais on pensait que ça serait suffisant pour lui échapper. Et en effet, pendant des mois il nous a laissées tranquilles.

– Mais Simone était enceinte ?

– Oui.

– Antoine le savait ?

– Non. Elle a décidé de garder l'enfant et d'en faire son unique raison de vivre...

Jean-Louis encaissait toujours. Lui qui s'était toujours envisagé comme un gamin abandonné, un môme sacrifié, avait en réalité été l'objet de toutes les attentions de sa mère.

– Après ? demanda-t-il comme un boxeur qui se relève avant le compte.

– Antoine a été appelé à Rome pour devenir secrétaire d'un évêque espagnol, monseigneur Zahera. À ce moment-là, on ne le savait pas. On a vécu la grossesse et ta naissance dans la terreur. Mais il n'est pas réapparu. Simone a repris son travail aux usines Menier, à Noisiel. Moi, j'ai installé mon atelier à la maison pour pouvoir veiller sur toi.

Hervé pouvait voir la glotte de JL tressauter : décidément, ça ne passait pas. Il s'était construit sur cette image de gamin solitaire, de dur à cuire qui ne devait rien à personne. La vérité était plus compliquée...

– Pourquoi je m'appelle Mersch ? interrogea-t-il d'une voix éraillée. Quand on a téléphoné à Simone, il y a quelques jours, elle nous a assuré que c'était mon père qui...

– Oublie ces histoires de noms. C'est sans importance. Nous avons fait ce qu'il fallait pour te cacher, te soustraire à tous les regards...

Jean-Louis s'enfonça un peu plus dans son siège : il n'avait plus de force pour mener l'interrogatoire.

– Plusieurs années ont passé, continua Odette, sans histoires, mais on était toujours sur nos gardes. La guerre est survenue. On l'a accueillie avec soulagement. Elle allait définitivement effacer nos traces. On est parties à la campagne, dans une ferme, à Saluns, du côté d'Amiens.

Dans sa tête, Hervé vit passer des images d'archives. La drôle de guerre. L'Occupation. Le Débarquement. La Libération... Il visualisait les troupes américaines qui défilaient, les visages joyeux des Français...

– Après la guerre, on t'a envoyé en pension. Je suis retournée à mes chapeaux et Simone a décidé de se consacrer aux pauvres et aux malades. Toutes ces années, elle était en dépression. Maintenant qu'elle allait mieux, elle voulait aider les autres.

Elle se voyait elle-même comme une sorte de martyre, dont la mission était de faire le bien.

Hervé fit le compte des années :

– C'est à ce moment-là que Pierre Roussel est apparu, non ?

– Oui. On était revenues à Paris, dans le vingtième arrondissement, près de la place Gambetta. Simone songeait à devenir missionnaire. Peut-être l'Afrique, mais elle s'intéressait aussi à l'Inde. Elle a commencé à suivre des cours aux Langues O puis s'est mise à fréquenter une sorte de secte hindouiste.

Hervé ne pouvait le croire :

– Sa rencontre avec Pierre Roussel était un hasard ?

Odette eut un petit rire sinistre. Un coup de cravache assené, assumé.

– Avec ces deux-là, c'est un mot que je n'utiliserai jamais. Au contraire, je pense que tout était prémédité.

– Tu veux dire qu'Antoine a organisé la rencontre de Simone et de Pierre ?

– Il nous a toujours surveillées. L'intérêt de Simone pour l'hindouisme était une vraie opportunité. Pierre n'avait plus qu'à apparaître sur son chemin…

– Mais quel était le but des deux frères ?

– Engrosser la même femme.

– Pourquoi elle ?

Odette but encore. Dans ses pupilles, les reflets café du breuvage.

– Simone était une sorte de sainte. Une créature de foi et de pureté…

– Et alors ?

– Ce sont des diables. Ce qu'ils voulaient, c'était violer les lois de Dieu, fouler aux pieds la morale et le bien… Ils voulaient procréer dans le sacrilège.

Jean-Louis, qui s'agitait dans son blouson, reprit la parole. Les mots semblaient lui brûler la langue.

– À ce moment-là, vous saviez que Pierre était le frère d'Antoine ?

– Impossible de l'ignorer. Ils se ressemblaient comme des jumeaux.

– Et Simone n'a pas été terrifiée par ce double ? interrogea Hervé. Elle n'a pas craint qu'Antoine revienne ? Ou que Pierre soit aussi pervers que son frère ?

– Bien sûr que si, mais Pierre a prétendu n'avoir aucun contact avec Antoine. Il l'a même convaincue que c'était Dieu qui l'envoyait pour réparer les fautes de son aîné.

– Absurde.

– Pas tant que ça. Pierre était l'opposé d'Antoine. Pour un jésuite, le désir est une faiblesse. Pour Pierre au contraire, c'était une force. Tout le reste découle de cette opposition : Antoine était tourmenté, angoissé, brutal. Pierre, doux, charmeur, épanoui.

– Mais il est aussi devenu violent à son tour.

– Très violent, oui. Mais au début, encore une fois, c'était un enjôleur, et Simone lui a cédé… de bonne grâce.

Une autre énormité ne passait pas :

– Pierre était à cent pour cent homosexuel. Comment expliquer son attirance pour Simone ?

Nouvelle gorgée de porto. Curieusement, cette liqueur semblait aider Odette à rester lucide. Son acuité paraissait augmenter à mesure que la bouteille se vidait.

– L'important était de partager la même femme. Pierre a donc fait… un effort.

Hervé eut une idée :

– Y a-t-il une possibilité pour que la Ronde ait joué un rôle là-dedans ?

– Aucun doute. Je pense que le plan de vos deux naissances était l'idée de Mère.

– Mère ? Qu'est-ce qu'elle vient foutre là-dedans ?

– Elle voulait que ses fils partagent la même innocente, que leur sang corrompu se mêle à un être immaculé. Une sorte de syncrétisme horrible entre Dieu et le diable…

– Mais elle a renié Georges !

– Ça, c'est la version officielle. En réalité, Mère a enseigné son savoir à ses deux fils et les a lancés sur le chemin du mal. C'est elle qui les a formés. En les torturant certes, mais seulement pour leur inculquer des notions inversées, des valeurs démoniaques...

Il n'y avait donc plus un tueur, mais deux. Il n'y avait plus un paria, mais deux fils élevés par leur mère dans le culte du vice. La Ronde était-elle finalement une secte satanique ? Non. Ils y étaient allés, ils avaient vu les disciples. On pouvait leur reprocher beaucoup de choses mais pas ça.

Simone, jeune et innocente, s'était livrée successivement à un prêtre et à un homosexuel. Deux unions impossibles, mâtinées de violence et de cruauté, le tout sous le regard maléfique d'une mère à l'âme noire.

– Simone a d'abord été violée par Antoine puis elle a cédé aux avances de Pierre, résuma Hervé. Chaque fois, elle est tombée enceinte. Un peu gros, non ?

– Non. Tout ça répondait à un plan mûrement préparé. Je suis certaine que les frères connaissaient même la période d'ovulation de Simone.

– Comment ?

– Aucune idée. Ces êtres étaient de purs... génies du mal.

Jean-Louis intervint :

– Quand on a téléphoné à Simone, elle ne nous a pas parlé d'Antoine...

– Un fléau après l'autre, pas la peine de vous accabler avec toute la vérité.

Il se leva, jouant des épaules comme un homme qui veut en découdre.

– Elle nous a raconté n'importe quoi, ouais ! Elle a prétendu que Pierre menaçait Hervé, que t'es allée chercher de l'aide auprès de Mère, que la marque sur son bras l'avait sauvé, que...

– Tout ça est vrai. Quand Hervé est né, Pierre est réapparu pour le tuer. On n'a jamais compris pourquoi. Simone a scarifié son enfant pour faire croire qu'il était la réincarnation de Mère et cette ruse a marché. Elle est allée voir Jeanne de Texier avec

Hervé, elle lui a montré la marque, et celle-ci a décidé de nous aider. Il fallait désormais protéger l'enfant élu…

– Donc, le plan de Pierre était de tuer Hervé ? Pourquoi ?

– Je te dis que je ne sais pas.

– Et pourquoi m'avoir épargné, moi ? Antoine ne voulait pas m'éliminer aussi ?

– Je n'en sais rien ! Dans cette histoire, quelque chose nous a toujours échappé.

Jean-Louis retomba sur sa chaise, vaincu.

Hervé reprit la balle au bond :

– La première fois, avec Antoine, vous n'avez pas envisagé de changer d'identité ?

– Non.

– D'où vient le nom de Mersch ?

– Ton frère n'avait pas de père. Nous lui en avons inventé un.

– La seconde fois, en revanche, vous avez changé de patronyme.

– Avec l'aide de Mère, oui.

– Pourquoi, si elle avait tout planifié, avoir accepté de vous aider ?

– Je ne sais pas. Je te répète qu'il y a plusieurs faits qui nous sont toujours restés… indéchiffrables.

Odette Valent/Bouvard se tut. Elle semblait à bout de souffle, ses visiteurs aussi. Des questions ? A priori, elle n'avait plus rien à leur apprendre…

Ce fut Jean-Louis qui reprit pourtant, avec une voix différente. Un timbre creux, métallique, sans la moindre humanité.

– On a réglé la question indienne. Tu comptes sur nous pour régler l'italienne ?

– De toute façon, l'« italienne », comme tu dis, viendra à vous.

– C'est-à-dire ?

– Autour d'Hervé, la Ronde s'est réveillée. Mais crois-moi, tu ne perds rien pour attendre.

– C'est… c'est-à-dire ?

– Si Pierre a su où trouver Hervé, Antoine sait maintenant où tu es. La menace s'est déplacée, voilà tout. Attaquez. Prenez-le de vitesse. Ayez au moins l'avantage de la surprise.

Les deux frères échangèrent un regard puis se tournèrent vers Nicole – et c'est dans les yeux vert pâle de la Vénus en liquette qu'ils virent l'unique réponse possible.

145.

– Je vous paie un café, annonça Mersch en sortant de la cité écarlate. Faut faire passer ce putain de porto.

Ils s'installèrent juste en face, à la terrasse d'un troquet, surélevée par quelques marches. Trois cafés et silence complet en les attendant.

Au fond, Mersch n'était pas surpris par cette avalanche de révélations sordides. Une petite voix lui avait toujours murmuré que quelque chose ne tournait pas rond dans son passé, dans sa famille. Malgré tous leurs efforts, Odette et Simone n'avaient pu dissimuler la profondeur de leurs traumatismes. Les enfants savent lire entre les lignes, percevoir les non-dits et, plus que tout, démasquer les bricolages des « grands » pour leur cacher la vérité…

Hervé avait eu sa dose, lui avait maintenant droit à la sienne. Assommé, oui, il l'était, mais aussi compressé, arc-bouté sur lui-même, en pleine possession de ses moyens. Il était ce genre d'oiseau qui prend son élan sur les vents contraires, qui trouve son meilleur dans l'adversité…

Aucun doute, Rome appelait un solde de tout compte. Ils avaient tué un père monstrueux, pourquoi pas un deuxième ? Après le cauchemar indien, Mersch ne se sentait pas épuisé, mais au contraire galvanisé. Les deux frères avaient toujours été incomplets : ils étaient en train d'achever leur destin, dans la violence et la destruction.

Les cafés arrivèrent. Hervé et Nicole, cheveux au vent, les

burent du bout des lèvres, comme on goûte un poison. Mersch, lui, n'y toucha pas. Il savourait plutôt la quiétude du boulevard Soult ensoleillé. Ce « Maréchaux » n'avait rien de spécial, mais sa largeur, son calme, son apparence – immeubles alignés, rouges comme des costumes de hussard – avaient quelque chose de familier, de réconfortant.

– On part à Rome demain matin, annonça-t-il.

– Ton idée, c'est quoi ? réagit aussitôt Nicole. Débarquer là-bas et tuer un cardinal ?

– C'est la seule solution.

Elle fixait les voitures qui passaient dans la lumière comme des carpes argentées :

– C'est étrange à quel point, pour un flic, tu ne parles jamais d'arrêter qui que ce soit.

– On arrête les coupables quand on a des preuves, quand ils sont susceptibles d'être jugés et condamnés. Je ne crois pas qu'on soit dans ce cas de figure.

Nouvelle pause, doucement remplie par le ronronnement des voitures et l'éclat de leur carrosserie, reflété encore par les vitres du café.

– On doit le tenter, insista Mersch. On a peut-être un coup d'avance.

– Tiens donc.

– Antoine sait peut-être pas encore que son frère est mort, qu'on a remporté la première manche.

– Tu as une drôle de manière de t'exprimer.

– J'essaie de dédramatiser.

Sans bouger la tête, Nicole lui lança un regard hautain – une sorte d'œillade du coin des paupières. Mersch lui retourna son regard avec dureté : il n'était pas d'humeur à supporter les grands airs de la gamine…

Ce fut Hervé qui relança le débat :

– Qu'est-ce que tu proposes ?

– Je répète : départ pour Rome demain matin. En voiture.

– Pourquoi pas en avion ?

– Parce que je serai armé. Pas question de prendre des risques.
– Et après ? Une fois là-bas ?
– On improvise.
Nicole ricana :
– Tu es déjà allé à Rome ?
– Non.
– En Italie ?
– Non.
– Le Vatican est une forteresse, surveillée par des centaines de flics et de gardes suisses. Je ne sais pas si tu es au courant, mais c'est un pays en soi.
– Quelqu'un pourra nous aider.
– Qui ?
– Un ami italien.
– Un ami italien ?
– Un mercenaire. Je l'ai connu pendant la guerre d'Algérie.
– Et qu'est-ce qu'il fait aujourd'hui ?
– Il est flic.
Bref hochement de tête. Nicole se disait sans doute que Mersch comptait leur refaire le coup de Mukherjee, le flic qui aide sans se salir les mains. Elle avait raison : c'était exactement son idée.
Mersch posa ses deux mains sur le plateau en formica.
– On a la nuit pour réunir des renseignements sur Antoine.
– Où je dors ce soir ? demanda soudain Hervé.
– Chez toi, non ?
– Non.
Mersch, avec un temps de retard, comprit son désarroi : dormir chez sa grand-mère, après tant de révélations, c'était se lover dans un nid de serpents.
Hervé avait besoin de respirer – et de digérer.
– Il dormira chez moi.
Mersch regarda Nicole de travers.
– Mon appartement est grand, continua-t-elle. Je ne suis même pas sûre que mes parents soient rentrés. Il y a plusieurs chambres d'amis.

– Dans ce cas…, fit Mersch, grand seigneur.

Il se demandait si ces deux jouvenceaux n'allaient pas finir au lit. Jaloux ? Non. Il n'y croyait pas, et même un peu moins encore. Personne, en transit entre deux enfers, n'aurait eu la tête à ça. Même pas lui…

146.

Les routes indiennes tenaient du suicide.

Les *strade* italiennes n'étaient pas mal non plus.

Ils étaient partis la veille, à l'aube, et avaient emprunté l'A6, nouvelle autoroute qui allait jusqu'à Avallon (rien à voir avec l'île légendaire du roi Arthur). Ensuite, ils avaient filé jusqu'à Mâcon par la nationale 6 puis avaient dégagé, plein est, vers la frontière suisse.

La première journée, Nicole et Hervé s'était relayés au volant – Jean-Louis, qui avait visiblement planché sur des archives jusque tard dans la nuit, avait dormi tout le long du trajet.

Les conducteurs italiens avaient du style, mais c'était un style dont il fallait se méfier. Les camions passaient si près d'eux qu'à chaque fois la Dauphine décollait du sol, happée par l'appel d'air. Quant aux klaxons « cucaracha », ils s'insinuaient sous la peau, dans les veines, telle l'aiguille d'une perfusion. Nicole se cramponnait, passant ses vitesses comme on réarme une Winchester. Côté mécanique, la Dauphine tenait le coup, mais il fallait régulièrement s'arrêter pour que mademoiselle refroidisse.

Quand ils avaient attaqué les cols escarpés des Alpes, Nicole était passée en mode hébété. Soit elle conduisait en pilotage automatique, se limitant à des gestes réflexes, soit elle dormait à l'arrière, ouvrant de temps en temps un œil pour découvrir un nouveau tunnel… Ils étaient parvenus aux abords de Milan au milieu de la nuit. Huit cents kilomètres en à peu près vingt heures, pas mal. Ils avaient dormi jusqu'à l'aube. Non pas dans un refuge, encore moins dans un hôtel, mais dans la Dauphine, tout simplement, à la manière de routards déglingués – ce qu'ils étaient devenus malgré eux.

À présent, en ce vendredi radieux, ils filaient sur de nouvelles routes qui brûlaient sous le soleil comme des mèches d'explosif. Le soleil était blanc, fou, aveuglant. La campagne, desséchée, et même desquamée. Dans ce désert, Nicole s'accrochait toujours à son volant, la tête vide.

Aux environs de Florence, Jean-Louis, qui avait repris du poil de la bête, daigna leur résumer les informations récoltées au journal *Le Monde* l'avant-veille. Une petite bio d'Antoine, comme ça, à coups de phrases brèves, en laissant tomber les dates.

Naissance en Inde. Enfance au Royaume, sur les flancs verdoyants de Susunia Hills. Départ en France, chez les pères jésuites, à Jersey, puis chaire d'histoire du christianisme à l'Institut catholique de Paris. Appelé au Vatican près de monseigneur Zahera, il fait son trou au sein de la cité papale. Dans les années 50, il est nommé évêque titulaire de Taormine, c'est-à-dire qu'il n'y exerce pas et reste au Saint-Siège. Quand le deuxième concile œcuménique du Vatican commence, en 1962, Antoine est consulté en tant que *peritus* («expert») en théologie. En 1965, lorsque le grand raout s'achève, il est fait cardinal par le pape actuel, Paul VI.

– Irréprochable, donc? conclut Nicole.

– Exactement.

– Il s'est peut-être acheté une conduite, risqua-t-elle.

– On va voir. Avant de partir, j'ai passé un coup de fil à mon pote. Je lui ai demandé de vérifier quelques trucs.

– Tu penses qu'Antoine est aussi un assassin?

– J'en suis sûr.

– Pourquoi?

– Question d'éducation, si on peut dire.

– Antoine n'a pas été torturé par Mère.

– Ça, c'est la version de Hamsa. Moi, je suis certain qu'il a aussi eu droit à son bain de lamproies. Aux yeux de Mère, ce n'était pas un châtiment, mais une gratification. Une purification nécessaire pour atteindre le plus haut degré, c'est-à-dire le plus bas.

Nicole acquiesça sans comprendre. Elle fixait la route. Ce grand blanc sans début ni fin qui la submergeait jusqu'au fond de l'âme. Elle attendait que, dans cette lumière, quelque chose se profile.

Soudain, une silhouette.

Elle n'était pas noire, mais rouge.

Elle portait la pourpre cardinalice.

147.

Hervé connaissait bien Rome. Pas la ville, l'empire. Il avait bûché sur l'Antiquité et étudié dans le détail la genèse de cette puissance extraordinaire qui avait marqué mille ans d'histoire. Il avait eu aussi sa période Renaissance et en savait long, papes compris, sur l'édification de la place Saint-Pierre ou de la chapelle Sixtine.

Mais bien sûr, il n'y avait jamais mis les pieds. Jusqu'ici, il n'avait vécu que dans les livres, dont les pages lui ornaient l'âme comme les feuilles d'or font scintiller les bouddhas. Maintenant, il était sidéré par la beauté de la ville…

L'ami flic de Jean-Louis leur avait conseillé un petit hôtel près de la piazza del Popolo. Après une douche rapide, il avait filé en douce. Il voulait prendre contact avec la pierre, son grain, sa chaleur, sa sueur…

Donc, dix-neuf heures. Hervé descendait la via del Corso, façades roses et pavés noirs, allée rectiligne qui cuisait tranquillement alors que le soleil se retirait comme une mer de lumière le long d'une fissure d'ocre.

En cette fin de journée, quelque chose d'indéfinissable montait autour de lui. Une impression de terre cuite, d'esprit antique, de cendres volcaniques mêlés. Cette ville lui donnait l'illusion d'avoir interverti le temps et l'espace. Le temps se déroulait sous ses pas, en strates, plis, alluvions, alors que l'espace lui filait entre les doigts, se dissolvant dans l'artère, jusqu'au bout de l'éternité...

Parvenu au largo Carlo Goldoni, il prit sur la gauche via dei Condotti jusqu'à la piazza di Spagna. La soudaine ouverture sur le ciel pourpre et les marches mordorées le fit vaciller. Tout le paysage baignait dans une lumière cuivrée, trouble et poreuse. Au centre, une fontaine ruisselait paisiblement, cernée de soleils et d'abeilles sculptés.

Surtout, Hervé admirait l'escalier monumental qui s'élevait pour rejoindre une esplanade très loin, très haut, elle-même surplombée par une gigantesque église blanche flanquée de deux clochers qui, vus d'en bas, avaient un petit air hispanique...

Des grappes de badauds paressaient sur les marches – touristes bien sûr, mais aussi, et surtout, hippies, lui rappelant son périple depuis Chez Martin jusqu'aux ghats de Varanasi, en passant par le gurdwara des sikhs... Ces jeunes branleurs, chiens heureux ou drogués à la peine, avaient été le fil conducteur de leur aventure – une espèce de rêve, d'inspiration grande comme ça qui formait une sarabande à la fois fleurie et funèbre, reliant l'Europe à l'Orient, et se reposant partout où il y avait un trottoir pour s'asseoir et un caniveau pour vomir...

La main en visière, Hervé les observait en se disant qu'il avait manqué ce rendez-vous. Il n'avait pas compris ces nomades qui voyageaient avec un trop-plein d'espoir. Il était passé à côté, parce que sa caboche à lui était déjà lourde d'une autre histoire – la sienne.

Finalement, il alla s'installer auprès d'eux. Croisant les doigts derrière la nuque, il s'étendit sur les marches, comme un vendeur à la sauvette déroule son tapis avant d'y poser sa camelote. Il avait encore quelques rêves à vendre, oui, mais pour l'instant, il les gardait pour lui.

Face au soleil rougeoyant, il ferma les yeux, songeant vaguement au prédateur qu'ils allaient bientôt affronter. Le danger, il y prenait goût : sa vie ne lui avait jamais semblé aussi intense, aussi concrète, que depuis qu'elle ne tenait qu'à un fil...

148.

– Je me suis renseigné sur ton gars.

Savini lui avait donné rendez-vous sur une terrasse, près du Sénat. Il portait un costume de soie bleu marine taillé sur mesure et une cravate jacquard, en soie elle aussi, au motif cachemire. Pourtant, avec sa gueule carrée et son sourire de paysan, il distillait autre chose que la simple élégance italienne. Plutôt un parfum très ancien, un charme puissant et usé de héros de la mythologie antique. Savini était un centaure, un Hercule. Ou plus simplement un potier étrusque ou un forgeron ombrien…

– Alors ?

– Rien. Ton mec est nickel. Il fait partie du gratin du Vatican. Il a même joué un rôle important durant Vatican II et…

– Je sais tout ça. Je comptais sur toi pour me trouver des trucs sur l'envers du décor…

Savini éclata de rire. Mersch connaissait ce rire. Une rafale de dents. Un éclair de joie fendant soudainement un visage massif et taciturne. Le signe que, même au cœur du charnier de l'Algérie, la gaieté existait encore. *Jésus, que ma joie demeure…*

– L'envers du décor, hein ? répéta le flic italien. Vous êtes tous les mêmes. Crois-moi, les secrets du Vatican, les combines des papes et des cardinaux, tout ça, c'est du fantasme de païens…

– Sa fonction aujourd'hui, c'est quoi ?

Savini plongea sa pogne dans son petit cartable à soufflets, sans doute en cuir cousu main – depuis l'Algérie, l'Italien s'était décidément affiné comme du *parmigiano*. Il posa sur la table de bistrot, entre les deux expressos, une chemise en papier dans laquelle étaient glissées des feuilles dactylographiées et des coupures de presse.

– Tout ce que j'ai pu trouver au bureau. J'ai aussi fait, pour tes beaux yeux, un saut aux archives de *La Repubblica*.

– Merci.

Mersch souleva la couverture et feuilleta les documents – tout était écrit en italien. Il devinait toutefois un tissu serré de faits impeccables, le parcours d'un homme brillant, à la foi sans faille.

– De quoi tu le soupçonnes au juste ?

Mersch releva les yeux :

– Tu t'en doutes, non ?

Soupirant, Savini fouilla encore dans son cartable. Il en sortit un nouveau dossier, plus épais.

– Tout est là, fit le flic en tapotant de l'index la chemise cartonnée. Une vingtaine de meurtres, depuis 1956.

De l'azote liquide dans les veines. Un truc qui descendait à moins deux cents degrés et pétrifiait la circulation. 1956 était l'année d'arrivée d'Antoine au Vatican.

Il ouvrit le dossier, vérifia les dates de découverte des corps – rien de spécial – et parcourut brièvement les PV d'audition. Il n'avait pas besoin de comprendre l'italien pour saisir que les flics n'avaient rien trouvé – c'était toujours cette même trouée noire dans le quotidien de la ville. De temps à autre, un tueur frappait, laissait derrière lui une victime et disparaissait…

Il se concentra sur les photos prises sur les lieux des crimes. Les positions des filles assassinées étaient différentes de celles des victimes de Roussel. Elles faisaient plutôt référence à l'histoire chrétienne.

L'une, dénommée Maria Pasarelli, vingt-trois ans, assassinée le 6 mai 1959, se tenait pieds serrés et bras écartés, comme si elle avait été crucifiée. Une autre, Laura Pellegrini, dix-neuf ans, était à genoux, les deux mains jointes dans une dernière prière. Une autre encore, Doretta Tavazzi, vingt et un ans, était assise telle une madone, portant ses viscères comme s'il s'agissait de l'enfant Jésus…

Mersch releva les yeux – il sentait les larmes lui brûler les paupières.

– Vingt et un meurtres et vous n'avez pas un seul indice ?

– *Ragazzo*, je ne suis pas à la *squadra omicidi*…

– Excuse-moi, mais je suis surpris…

Savini se pencha au-dessus de la petite table :

– Toutes ces filles étaient des prostituées.

– Et alors ?

– T'es flic, non ? Tu sais combien de putes se font trucider chaque année ?

Mersch attrapa plusieurs clichés :

– Et le mode opératoire ? Ces filles ont été tuées par le même gars. Ça crèverait les yeux d'un aveugle ! Elles…

Il s'arrêta, remarquant soudain un détail sur un cliché. Il passa à un autre, puis à un autre. Aucun doute : elles portaient toutes les morsures spécifiques de la lamproie. Les deux frères avaient subi le même traumatisme et aujourd'hui, au moment de faire couler le sang, ils avaient recours à la même prothèse…

Mersch lâcha les tirages et se prit la tête dans les mains. Varanasi. La nuit crépitante. Le palais sans fin. L'homme nu à la bouche monstrueuse. Il revoyait l'orifice abominable, les crocs hérissant le voile du palais jusqu'au fond de la gorge…

Il feuilletait encore les dossiers quand il tomba sur une photo qui l'acheva :

– C'est quoi, ça ?

– En italien, on appelle ça un *falcetto*. C'est ce qu'utilisent les vanniers, les tresseurs… C'est la seule certitude que les enquêteurs possèdent : le tueur charcute ses victimes avec ce genre d'outil…

Mêmes traumatismes, mêmes enseignements de Mère… Deux destins et un seul passé… Il se souvint des mots de Mukherjee : « La bête que vous traquez a peut-être deux têtes. » Oui, mais distantes de huit mille kilomètres.

Soudain, Savini contre-attaqua :

– Qu'est-ce que tu fous exactement à Rome ? Tu penses vraiment que le tueur est le cardinal Antoine Roger ? Tu as des preuves ?

Mersch observa le flic italien, hésitant à tout lui balancer. Savini était un frère d'armes. Ils avaient risqué leur peau ensemble et d'ailleurs, pour une obscure raison, Savini pensait que Mersch lui avait sauvé la vie. Franchement, lui ne s'en souvenait pas. Dans le bordel de la guerre, il était difficile de dire qui sauvait qui… On s'occupait de sa propre peau, et même de ça, passé un certain cap, on n'en était plus très sûr.

– *Ragazzo*, murmura Savini en se penchant vers lui, tu ne peux pas la jouer en solo… Un tueur élimine ici de pauvres filles. Si tu as des infos, tu dois nous les donner, tu…

Mersch se décida à parler. Les meurtres parisiens. Calcutta. La Ronde. Varanasi. Les deux frères… Le seul élément qu'il omit volontairement – on lavait son linge sale en famille – fut leur lien de parenté avec les prédateurs.

Quand il eut fini, le soleil avait disparu et la place était éclairée par mille petites lumières, sorte de lucioles de joie et de fête. La nuit à Rome n'avait rien à voir avec l'ombre ou le repos. C'était plutôt un nouveau jour qui se levait, moiré, chatoyant…

Savini se réserva quelques secondes de silence, histoire de bien digérer toute l'histoire, puis il secoua sa lourde tête :

– Même si tu as raison pour Antoine Roger, tu ne pourras rien prouver.

– Je ne suis pas venu ici pour prouver quoi que ce soit…

Savini éclata de nouveau de rire, mais son rire était l'envers du premier. Lugubre et funeste.

– Toujours le justicier solitaire, hein ? Alors que t'as aucune certitude ?

– Toi et moi, on sait que la violence est une réponse qui se passe de question.

– Bien dit, *ragazzo*. En Algérie, on a été la solution alors que personne n'était d'accord sur la nature du problème.

– Comment puis-je mettre la main sur Antoine ?

– Difficile. Il se rend chaque jour au Vatican, dans des bureaux surveillés.

– Comment y va-t-il ?

– Sous bonne escorte. Il a deux gardes du corps.

– Où vit-il ?

– Dans un palais hors du Saint-Siège, mais qui est la pleine propriété du Vatican, c'est-à-dire qu'il bénéficie de la même immunité diplomatique que la cité elle-même.

– Donc ?

Savini laissa filer une seconde ou deux comme on secoue au creux de sa paume une paire de dés, puis il lança son double six :

– Chaque samedi, monseigneur confesse ses ouailles dans une église de la cité papale.

– Tu veux dire... demain ? Quelle église ?

– Sant'Anna dei Palafrenieri, au nord de la place Saint-Pierre. Les moines augustins tiennent la boutique.

– Il faut prendre rendez-vous ?

Savini rit encore :

– T'as vécu trop longtemps chez les socialistes, mon gars. Dans la maison de Dieu, tu viens, on t'accueille, c'est tout.

– Vraiment ?

– En tout cas, Sant'Anna dei Palafrenieri est la seule église du Vatican où tu n'as pas besoin d'autorisation.

– Y aura du monde ?

– Je ne pense pas, non. Antoine est puissant, mais au sein de la Curie. Il n'a pas d'image publique.

Les fils de Mère étaient décidément d'équerre : entre celui qui n'avait pas hésité à mourir pour se soustraire à tous les regards et celui qui s'abritait derrière les murailles du Vatican, ces assassins étaient devenus des ombres.

– Je peux garder les dossiers ? demanda Mersch en se levant.

– Ce sont des copies carbone. Je t'en devais une.

Toujours cette conviction que Mersch lui avait sauvé la vie. Il se rappelait avoir tué, ça oui, mais sauver qui que ce soit ? À l'époque, ça n'était pas à l'ordre du jour...

– *Grazie mille*, répondit Mersch en lui tapant sur l'épaule.

Il reprit le chemin du retour, dossier sous le bras, alors que les lanternes peinaient à éclairer l'artère dallée de noir. Il ignorait si Dieu était de son côté mais en face, aucun doute, c'était bien le Diable qui lui faisait de l'œil.

149.

Du trio, elle était la seule à être déjà venue à Rome. Et plusieurs fois encore. Son père était un amateur de la peinture de la Renaissance, tendance Quattrocento – et aussi de *la pasta* délicieuse qu'on servait ici à tous les coins de rue. Voilà pourquoi, sans doute, lorsqu'elle lui avait annoncé qu'elle repartait le lendemain pour l'Italie, le padre avait intégré la nouvelle, l'air mauvais, mais sans hurler.

Elle avait retrouvé la ville avec plaisir, oui, mais sans la moindre curiosité. Elle se laissait porter par la Cité éternelle comme on fait la planche sur la mer, en sentant sous son dos les douces ondulations des vagues…

Maintenant, elle se tenait sur le minuscule balcon de leur chambre, fumant une cigarette. En se penchant sur la droite, on pouvait apercevoir la piazza del Popolo, mais pour l'instant, elle fermait les yeux, appuyée des deux mains sur la rambarde de fer, respirant l'odeur de Rome, mélange de pierre tiède, de vapeurs d'essence, de résine de pin…

Elle se retourna tout à coup vers Hervé, qui feuilletait un guide sur son lit :

– Tu crois qu'il va nous planter là ?

Hervé leva les yeux. Il suffisait de lui mettre un bouquin entre les mains pour qu'il retrouve sa bonne pomme d'élève surdoué.

– Laisse-le faire.

– Mais tu penses qu'il va essayer de régler ça sans nous ?

– S'il nous a emmenés, c'est pour qu'on agisse ensemble.

Toujours aussi naïf, le p'tit frère… Mersch était bien capable d'attaquer le Vatican en solo, Colt au poing, Ka-Bar entre les dents, et s'il les avait embarqués dans sa Dauphine, c'était peut-être par simple habitude…

Elle retourna à sa position de vigie et inspira une nouvelle bouffée. Quel sentiment éprouvait-elle pour ce flic assassin ? Elle n'en savait trop rien. Un truc de l'ordre de l'organique, c'est certain, quelque chose d'immédiat, d'instantané, d'animal. En sa présence, sa propre vie changeait de nature. Tout devenait à la fois plus intense et plus léger, plus profond et plus volatile…

Merde : des années qu'elle lisait les plus grands romans d'amour et voilà qu'elle ne reconnaissait rien au moment du grand virage. C'était à vous dégoûter de la littérature et en même temps, elle tirait de cette confusion une étrange satisfaction. Le signe manifeste qu'elle était en train de vivre son existence et non plus de la rêver.

150.

Stretto.

Il aimait ce mot. Deux syllabes qui claquent sous la langue. D'ailleurs, pour l'instant, Hervé aimait à peu près tout à Rome. Même son sommeil, il l'avait adoré – aussi incroyable que ça puisse paraître, après avoir dîné de *pasta al ragù* et écouté distraitement les projets belliqueux du frangin, il avait dormi une dizaine d'heures, à l'unisson avec les autres, sans le moindre rêve ni frémissement.

Maintenant, samedi 15 juin, neuf heures du matin, ils étaient installés à une terrasse de café, en haut des marches de la piazza di Spagna, à l'ombre de l'église de la Trinità dei Monti.

Hervé savourait la puissance de cette ville, qui parvenait à lui faire oublier la raison de ce voyage, la nature du danger qui les menaçait, la catastrophe de leur destin. Rome était puissante, oui, mais en douceur. Elle semblait leur fournir un écho atténué, langoureux, des sensations trop violentes qu'ils avaient dû encaisser en Inde. La brûlure du soleil devenait caresse lumineuse, la foule grouillante cédait la place aux touristes paisibles, aux tempêtes d'épices et de fleurs écœurantes succédaient les parfums des pins et des gaz d'échappement, chéris par les rues tièdes et ensoleillées…

– Donc, s'exclama soudain Nicole, tu vas aller te confesser ?

– Oui, répondit Jean-Louis.

– À ton propre père ?

– C'est ça.

Hervé renversa la tête en arrière. Une tragédie antique, aucun doute. Ou peut-être une de ces histoires dont la Bible a le secret. Un face-à-face entre un géniteur cardinal et son fils flic, séparés par une brassée de cadavres… Ça valait bien l'homme-lamproie de Varanasi, nu et couvert de sang, affrontant son rejeton armé d'un pistolet enrayé.

– Je ne comprends pas, poursuivit Nicole d'un ton buté. Tu vas sortir du bois comme ça ? Et l'effet de surprise dont tu parlais ?

Jean-Louis fixait le marc au fond de sa tasse. Ce résidu noir résumait bien l'état de son âme.

– J'ai été trop optimiste. Antoine nous attend, c'est certain. Il sait que Georges est mort. Il sait qu'on est à Rome.

Nicole croisa les bras. Avec ses longs cheveux roux et lisses, comme volés à une toile de la Renaissance, et ses lunettes de soleil à la Janis Joplin, elle offrait un curieux mélange, une symbiose entre la maison Médicis et le *Swinging London.*

– Qu'est-ce que t'attends au juste de cette rencontre ?

– On verra bien.

Nicole attrapa sa tasse et la porta à ses lèvres entrouvertes, comme pour y gober quelque chose. Pur réflexe : ça faisait belle lurette qu'elle avait bu son café.

– Et nous ? demanda-t-elle sur un ton boudeur.

Hervé plissa les yeux et admira le paysage. Au pied de l'église de la Trinità dei Monti s'écoulait un boulevard pavé clair qui s'ouvrait en terrasse, comme une rivière devient lac, sur Rome. Telle était la vue à cet instant : une cité brumeuse, splendide et altière. Et il aurait fallu s'inquiéter ?

– Attendez-moi dans le quartier, suggéra Jean-Louis. Vous n'avez qu'à vous balader.

– Tu veux aussi qu'on achète des souvenirs ?

– Je dois parler à Antoine. Je dois comprendre l'histoire. Je dois remonter le fil jusqu'aux origines.

Jean-Louis avait élevé la voix et Hervé remarqua qu'il était en sueur – un voile visqueux couvrait son visage, comme celui d'un homme fiévreux à l'agonie.

– C'est à moi de monter au créneau, insista-t-il. C'est moi que ça concerne.

Nicole croisa et décroisa les jambes, qu'elle avait nues, lisses et bouleversantes. Cet argument récurrent – affaire de famille – semblait vraiment lui taper sur les nerfs.

Hervé se surprit à l'admirer encore : vraiment un canon de beauté de leur époque, une sorte de référence absolue pour la grâce nomade et fleurie de la fin des années 60.

Il l'avait aimée, ça, c'est sûr, mais il la contemplait maintenant à bonne distance, avec une admiration sereine. Son attachement pour elle était désormais sous un globe transparent, façon boule à neige, qu'il pouvait agiter pour se souvenir des frissons d'un autre temps…

Jean-Louis s'était déjà levé. Il les salua d'un bref hochement de tête et tourna les talons, la lanière de son sac photo lui barrant le dos comme une cartouchière. Puis il s'éloigna de son pas buté, légèrement voûté, dans l'éclat du soleil. Il ressemblait vraiment à un oiseau de mauvais augure, un corbeau renfrogné sur une place sainte.

Hervé s'étira et sourit à Nicole :

– Tu reprends un café ?

151.

Il avait décidé de se rendre à pied jusqu'à la place Saint-Pierre. Selon son plan, c'était à deux kilomètres environ. Une demi-heure, en marchant d'un bon pas. Il traversa le Tibre par le pont Regina Margherita puis enquilla sur la via Cola di Rienzo. Rien à signaler. Du soleil, des arbres, des façades rouges. Et des églises, bien sûr. Bon Dieu, il n'en avait jamais vu autant de sa vie. À croire que le Seigneur avait joué ici aux billes avec les hommes, ne cessant de les accabler de gages.

Il contourna sur la gauche la piazza del Risorgimento et ses palmiers, puis prit la via di Porta Angelica. Il longeait maintenant le mur aveugle du Saint-Siège. Sans doute un hasard mais les cloches se mirent tout à coup à faire trembler le ciel, mêlant leurs timbres, leurs vibrations, leurs battements sourds et ondoyants – une batterie de cuisine céleste…

Il dut s'arrêter – une suée de tous les diables l'enveloppait. À bout de souffle, à bout de forces… Et ces cloches qui lui martelaient le cerveau… C'était Dieu qui sonnait l'alarme.

Soudain, il prit la mesure de ce qu'il s'apprêtait à faire… Il se pencha entre deux voitures pour vomir sa trouille. Au fond de ses tripes, une source d'acidité, corrosive et brûlante, lui tordait l'estomac et lui ravageait la gorge, en attendant de lui dévorer le cœur.

Chancelant, il se remit en route le long de ce mur qui évoquait, avec sa couleur rose layette, une prison pour les anges. Enfin, il repéra Sant'Anna dei Palafrenieri sur sa droite, juste en face de la caserne des gardes suisses. Il passa sous le portail de fer forgé orné des armoiries du Vatican. Il ignorait pourquoi mais ici, les gardes suisses ne portaient pas leur habituel costume bariolé mais un uniforme bleu à collerette blanche, sans oublier le traditionnel béret alpin.

Les *bodyguards* du cardinal se tenaient près d'une bagnole rutilante. On ne plaisantait pas avec la sécurité de ce modeste confesseur… Mersch gravit les marches du parvis. Il n'y connaissait rien en architecture mais ce gros machin blanc avec son dôme et ses clochers à colonnes, ses pilastres et ses balcons, n'avait rien à voir avec le roman ou le gothique. Sans doute un style plus tardif. Le mot «baroque» lui vint à l'esprit. Comme quoi, même les flics socialistes peuvent posséder des reliquats de culture…

S'essuyant le front, il poussa la porte du sanctuaire. Il se sentait mieux – il avait craché sa boule de peur et se retrouvait maintenant au frais. Il était vide, vaillant, prêt à affronter le pater.

L'intérieur était à l'image des façades, avec ses ornements à foison et ses parois de marbre blanc strié de noir. Toute la nef, circulaire, semblait rayée, hachurée par ces nervures minérales. L'édifice symbolisait à merveille une foi sinueuse et hypocrite, capable de tous les arrangements avec le Seigneur. Rien à voir avec l'austérité sévère du premier Moyen Âge.

Les confessionnaux. Il y en avait deux, de part et d'autre de la nef, encastrés dans les murs comme des grottes, fermés par des portes à claire-voie.

Savini avait vu juste : peu de monde. Mersch s'approcha et s'arrêta près d'une grappe de cierges. Il observait les paroissiens recueillis, à genoux sur leurs prie-Dieu. Plus que l'odeur d'encens, la fraîcheur de la pierre ou la lumière parcimonieuse qui filtrait par les fenêtres en hauteur, l'élément primordial ici était l'humilité. On priait, on chuchotait, on se levait à tour de rôle, tête baissée, faisant craquer le bois et la paille, remontant avec précaution les travées, prêt à ouvrir son âme dans l'ombre du confessionnal.

Par contraste, Mersch se sentait fort, très fort même. Il s'était programmé lui-même en mode « soldat ». Foncer, voilà tout.

– Excusez-moi. Vous parlez français ?

Il venait d'aviser un prêtre qui passait par là – pas un gradé, juste un type en robe noire et col blanc.

– Oui.

Le ton était celui de l'évidence. Au Vatican, on pratiquait l'universalité.

– Quel est le confessionnal de monseigneur Antoine ?

– Celui de gauche.

Mersch cadra la porte vernie et essaya de déglutir. Pas moyen.

À cet instant, le battant du confessionnal s'ouvrit. Il se

précipita. La sueur lui dégoulinait dans le bas du dos, lubrifiant la crosse quadrillée de son calibre. Déjà, sur sa droite, une femme se levait. D'un geste, Mersch l'arrêta il n'avait pas brandi sa carte de flic mais c'était l'esprit. Par souci d'amabilité, il dressa son index, façon de dire : «Juste une minute.»

Puis il plongea dans la cabine. Obscurité, bois odorant, lattes craquantes. Il s'installa sur l'agenouilloir.

– Je t'attendais, mon fils.

Mersch ignorait si c'était une façon de parler – les prêtres pensent que le monde entier est une grande famille – ou l'expression d'un père maléfique qui s'adressait à sa progéniture.

À travers le treillage de bois, il discerna la robe pourpre. Un flash, venu d'on ne sait où : cette couleur symbolisait le sang versé par le Christ.

– C'est moi, cracha-t-il seulement.

Lui-même ne donna aucune précision. Il espérait induire dans ces deux mots toute l'aventure qui l'avait amené ici, sur ce banc.

Et en effet, la voix répondit :

– Je sais, Jean-Louis. D'une certaine façon, je t'ai toujours attendu…

152.

– Tu es venu confesser tes péchés ?

– Je suis plutôt venu parler des tiens.

L'homme, de profil, eut un bref rire.

– Tu as le sens de la repartie. Très bien, ça… La parole est la première force de l'homme.

Sa voix : douce, légèrement efféminée, suave comme une liqueur.

– Je reviens de Varanasi, attaqua Mersch.

– Je sais. J'ai eu des nouvelles.

Mersch ne put s'empêcher de le provoquer :

– T'as le bonjour de Georges.

L'ombre rouge ne répondit pas. Il le détaillait maintenant – les plis de sa robe, son profil effilé, sa coiffe écarlate. Un autre flash : les cardinaux sont les princes de l'Église.

– Qu'es-tu venu chercher ici ?

– En finir, une bonne fois pour toutes.

– Tu as coupé une branche à Bénarès. Tu veux maintenant en couper une autre. Tu ne fais que renforcer l'arbre...

La métaphore préférée des eugénistes, ceux qui aspirent à flinguer les handicapés, les fous, les simples d'esprit, tous ceux qui n'ont pas l'heur de leur plaire, afin de « fortifier » la race humaine.

– Vous n'êtes pas les branches du mal, vous en êtes les racines.

– Toujours ton sens de la réplique. Très bien, très bien...

Le ton était presque encourageant. Mersch n'avait jamais entendu la voix de Pierre Roussel mais il était certain que les deux tueurs partageaient le même timbre, cette même inflexion onctueuse.

– Tu as parlé à Hamsa ? interrogea le cardinal.

– Hamsa s'est mis à table, ouais, répliqua Mersch, utilisant, toujours par provocation, la terminologie des flics.

– Je ne crois pas, non.

Avec le recul, Mersch était d'accord : le Messager avait souffert, pleuré, bavé, mais il ne leur avait pas tout dit, c'était certain, leur laissant croire que si Georges avait été le fils mal-aimé – l'homosexuel –, Antoine – le mystique – avait été le favori. En vérité, les deux fils avaient sans doute été élevés de la même manière, sous le signe de la torture et du sacrifice.

– Hamsa était le secrétaire particulier de Mère, poursuivit le prélat de son ton de velours. Lui, et lui seul, connaissait la vérité, mais la règle primordiale de la Ronde est le secret.

À la mort de Mère, Hamsa s'était enfui avec ses notes, l'héritage de la cheffe spirituelle. Il ne les avait jamais communiquées aux adeptes. Il avait sans doute confié ce manuscrit aux deux fils, les seuls ayants droit du Mal.

– Quelle vérité ? Quel secret ?

– La vérité primordiale. Celle qui se situe avant les religions, celle qui est commune à toutes les confessions…

– Comprends pas.

L'homme d'Église soupira :

– Durant les dernières années de sa vie, Mère s'est repliée sur elle-même. Elle ne parlait plus, ne s'adressait plus à ses fidèles. Elle méditait, c'est tout. Elle avait mis au point une sorte de… yoga mental. Elle cherchait l'étincelle divine…

Mersch frappa la paroi qui les séparait :

– Je suis pas venu ici pour entendre ce genre de conneries ! Je…

– Tais-toi !

Le prélat avait crié, bizarrement à voix basse. JL recula, comme si un serpent avait jailli de la paroi à claire-voie.

– Mère était malade mais elle est parvenue à voir la lumière qui scintillait au fond de chacune de ses cellules. Chaque nuit, elle travaillait à cette recherche, elle décrivait, à voix haute, sa méthode, sa quête, son chemin. Alors Hamsa notait…

Laisser dégoiser l'homme pourpre – peut-être en sortirait-il quelque chose, une vérité qui donnerait un sens à ses crimes. Après tout, il n'était pas là pour adhérer aux idées tordues de ce cinglé mais pour saisir son mobile…

– Mère a alors compris. L'éclat dans chaque cellule, l'étincelle supérieure, était une lumière brisée. Une lumière noire. C'était le… Mal, tu comprends ? Qu'est-ce qui est commun à toutes les religions ? Qui a toujours été présent dans toutes les croyances humaines, depuis l'origine de l'espèce humaine ?

Mersch s'écarta et eut l'impression de descendre dans un de ces vieux ascenseurs marquetés du début du siècle. Il entendait les poulies grincer, les câbles gémir. Comment appelle-t-on la plateforme qui emmène les mineurs au fond de la terre ? La cage… Exactement : il était prisonnier d'une cage.

– Satan, mon fils. La seule puissance sur laquelle tout le monde s'accorde. Mère l'avait trouvé au fond d'elle-même, Satan...

– Je ne sais pas pourquoi je t'écoute...

Antoine eut un petit rire, une sorte de hmmm-hmmm, les lèvres fermées. Il se tenait toujours de profil, visage baissé, mais cette position n'exprimait ni la modestie ni la contrition. C'était au contraire la posture de la force, de la suprématie.

– Mère nous a appris à voir la lumière à travers chaque être humain. La lumière des cellules...

Mersch capitula. Le cardinal ne valait ni un procès ni une peine de prison. Il fallait simplement l'enfermer et jeter la clé dans le Tibre. Un cardinal qui voulait introduire le Mal au Saint-Siège ? N'importe quel psychiatre signerait l'ordre d'internement en cinq minutes.

– Quand j'ai rencontré Simone, continuait Antoine, elle brillait d'une lumière... éblouissante. Ses cellules hurlaient littéralement sa foi, son innocence, sa dévotion au Bien...

Mersch décida de jouer le jeu :

– Qu'est-ce qui t'intéressait chez elle puisque tu méprises cette pureté ?

– Tu ne comprends pas. Qu'est-ce que le Mal ? Le viol de l'innocence, la victoire des ténèbres sur les mensonges usés, les illusions frelatées. Dès que je l'ai vue, à l'Institut catholique, avec son petit cartable et ce scintillement sous la peau, j'ai su que je devais la détruire. Mieux, que je devais produire, en fracassant ses cellules, une lueur vraie : celle du diable.

– Je ne comprends rien à tes salades.

– Je devais lui faire un enfant. Le Mal tire sa force de la profanation, du sacrilège. Simone, en accouchant, produirait le fruit d'un outrage merveilleux, une sorte de blasphème de chair et de sang...

Mersch ne respirait plus. Apnée à l'italienne. C'était de lui que parlait le cardinal, le p'tit Jean-Louis, né d'un viol diabolique.

Le prince de l'Église agrippa le treillis qui les séparait. Horrifié, Mersch vit jaillir ses doigts à travers les croisillons. Ses bagues cognaient le bois comme si on frappait à sa porte. *Toc-toc-toc ! Qui va là ? Lucifer en personne...*

Revenir à la raison, en urgence :

– Je vais t'arrêter, cardinal de mes deux. Tu raconteras tout ça aux psychiatres, tu...

– Tais-toi ! Tu ne comprends rien. Tu ne sais rien. Ta mère m'a donné du fil à retordre, oui, mais elle a accouché de toi, c'était la seule chose qui comptait. La chair de ma chair. Un cancer vomi par une matrice profanée. Magnifique !

Une pensée, une, pour son frère :

– Et Hervé ?

– Georges avait choisi une autre voie : l'hindouisme, le tantrisme... Pourquoi pas ? Je te le répète : nous sommes au-dessus des croyances et des religions. Car tous les chemins mènent au diable... Georges est venu à Paris. Il m'était supérieur en tous points : pervers, débauché, pédéraste, violeur, sorcier... Il ne lui manquait qu'un enfant. Un fléau né de sa semence...

Mersch, très lointainement, entrevoyait la logique de ces deux cinglés conditionnés par une sorcière perdue dans son yoga maléfique...

– Il y a des milliers de femmes à Paris. Pourquoi choisir la même ?

– Le scintillement, mon fils. Simone brillait toujours de cette pureté maladive, de cette illusion délirante... Nous voulions la souiller, la corrompre, la dépraver ! Elle seule pouvait nous donner un autre enfant maudit dès sa naissance, marqué par la corruption de son sang.

Le cardinal éructait contre les mailles de bois. Sa voix n'était plus ni suave ni efféminée, mais autoritaire, convulsive. Sous le prélat se profilait un autre personnage, féroce, brutal...

– Vous n'êtes que des faux jetons, riposta Mersch. Des hypocrites. Vous incarnez le Mal ? Eh bien, avancez à visage découvert, au lieu de vous planquer derrière des religions qui vous servent d'alibis.

– Tu ne vois que la surface. Nous œuvrons en profondeur.

Le diable fait son lit au Vatican. C'est là qu'il déploie ses ailes. Avant de devenir un assassin, Gilles de Rais était l'homme le plus pieux du monde…

Mersch ignorait qui était Gilles de Rais mais il comprit une vérité : aujourd'hui, Antoine ne pouvait trouver meilleure place, il vivait au Vatican, conseillait le pape, avait participé au concile : il était le ver dans le fruit, le démon infiltré… Il était l'œil du diable, aux premières loges…

– Qu'attendez-vous de nous ?

– Vous êtes nos enfants, vous êtes la suite de l'histoire. Vous devez rentrer dans la Ronde.

Comment pouvaient-ils espérer qu'un flic et un étudiant en histoire puissent devenir leurs héritiers maléfiques ?

Il préféra passer à autre chose :

– Pourquoi t'as tué ces prostituées ? Pourquoi Georges a-t-il assassiné ces étudiantes ?

– Toujours la Ronde, mon fils. Avant de pénétrer dans le Royaume, il faut créer des portes, elles-mêmes formant un cercle… Le monde de Mère est circulaire. Pour y pénétrer, il faut opérer une percée, il faut crever la pureté comme on crève un abcès.

Voilà ce qui s'était donc joué à Paris, à l'ombre des événements de mai : l'entrée d'Hervé dans le Royaume de Mère…

– C'est absurde, rétorqua-t-il. Mon frère n'a rien à voir avec vos délires.

– Désormais, il est des nôtres ! Grâce au sacrifice des jeunes filles.

– Et moi ? Il n'y a pas eu d'assassinats autour de moi ! En tout cas, jamais d'aussi horribles.

– Tu oublies l'Algérie.

Mersch chuta à l'intérieur de lui-même. Comme lorsqu'on s'endort et qu'on tombe dans un escalier, sursautant dans son lit comme un cabri.

– Parmi les innombrables cadavres que tu as approchés ces années-là, expliqua Antoine, il y avait les victimes de ta ronde.

– Tu… tu les as tuées ?

– À la fin des années 50, je suis parti en Algérie chercher des documents anciens liés au christianisme. Des recherches théologiques en vue du concile. Ça m'a permis de te suivre et de sacrifier des femmes en ton nom.

– Qui étaient-elles ? Comment s'appelaient-elles ?

– Aucune idée, et tu ne les connaissais pas non plus. Mais elles étaient là, près de toi. Songe aux massacres que vous avez attribués aux fellaghas, aux opérations de représailles qui coûtaient la vie à des femmes, des enfants. Dans ce charnier, il y avait les portes que j'ai ouvertes et qui t'ont permis d'accéder à l'univers de Mère.

Mersch avait toujours envisagé sa participation à la guerre d'Algérie comme une malédiction. Il ne se doutait pas à quel point cette malédiction était effective…

Mais un fait ne collait pas, la mécanique bloquait :

– Attends, attends…, murmura-t-il. À l'époque, tu savais déjà que j'étais appelé en Algérie ? Tu connaissais mon nom ? C'est impossible, Simone…

– Je t'en prie. Fais-moi la grâce de ne pas nous prendre pour des imbéciles. Il n'y a que ta mère pour penser que changer d'identité nous empêcherait de vous retrouver. D'ailleurs, Mère nous a aussitôt prévenus. Simone était notre élue, tu comprends ?

Au fond, Mersch préférait ça. Cette histoire de changement de noms, de camouflage à Paris ne tenait pas debout. Deux coups de téléphone auraient suffi pour retrouver Simone.

– Vous avez donc toujours su qui on était, où on vivait ?

– Bien sûr.

– Mais cet appel de Gupta à propos de la marque sur le bras d'Hervé ?

– Nous l'avons pris comme un signe. Il était temps d'agir, de le faire entrer dans le cercle… Nous savions qu'il découvrirait le corps de Suzanne. Ou du moins qu'il serait très vite au courant du meurtre. Dès lors, il t'appellerait, et vous remonteriez jusqu'à nous. Le diable ne harcèle pas ses proies, il les laisse venir à lui…

Mersch eut un éclair. Un infime détail – mais il n'oubliait jamais les détails. *Parole de flic.*

– Quand Hervé s'est rendu chez Suzanne, ce jour-là, il a croisé un prêtre dans les escaliers… C'était toi ?

– C'était moi.

– Tu as tué Suzanne ?

– Non. Je suis simplement venu voir si tout était en ordre, si le corps était bien le premier maillon de la ronde…

Ces déments devaient suivre des règles connues d'eux seuls – et de Mère. Pas la peine de développer.

– Désormais, vous êtes auprès de nous, conclut le cardinal. Le reste n'est plus qu'une question de temps. Vous avez déjà la puissance : le fait que vous ayez vaincu Georges, paradoxalement, le prouve…

Mersch était profondément troublé. Se pouvait-il qu'il soit vraiment passé de l'autre côté ? Ces gars qu'il avait tués en Algérie, ces salopards du SAC qu'il avait refroidis sans broncher… Il avait torturé Hamsa, poignardé Shumitro Sen… Commençait-il à y prendre goût ?

Non, non, non : il était flic, il œuvrait pour le bien et la justice. Il plaqua sa bouche sur la grille – il pouvait sentir le souffle chaud du démon, de l'autre côté.

– Tu te trompes, susurra-t-il. Je vais te foutre sous les verrous, enfoiré, et tu pourras toujours invoquer Mère ou je n'sais quelle vérité à la con… Tu…

– Bien sûr, bien sûr…, répondit l'homme d'Église avec indulgence. Il est encore trop tôt. Attends, j'ai quelque chose, là…

Mersch, plongé dans sa transe, mit une seconde de trop à réagir. Il vit chaque image se décomposer, comme une pellicule qui tournerait au ralenti sous le faisceau d'un projecteur. Le cardinal se penchant. Le cardinal portant quelque chose à sa bouche. Le cardinal empoignant la grille.

Quand celle-ci tomba, Mersch avait – enfin – glissé la main

dans son dos. Antoine bondit. Mersch saisit son .45 mais l'arme, entre ses doigts trempés de sueur, lui échappa comme une savonnette. Le cardinal ouvrit la bouche : un cercle horrifique tapissé de crocs jaillit. Mersch glissa du banc. C'est ce qui le sauva – la gueule d'effroi se referma sur du vide. Recroquevillé dans l'isoloir, Mersch cherchait son arme.

Un rugissement.

Il leva les yeux et vit, distinctement, le cardinal transformé en lamproie se penchant à travers la lucarne pour le mordre. Mersch se terra sous l'agenouilloir. Passé un certain degré de trouille, on ne peut plus crier. Le corps ne répond plus.

Mais il eut une fulgurance. Ce visage, toutes dents dehors, aussi terrifiant que terrifié, il l'avait déjà vu. Pas seulement à Varanasi, mais aussi ailleurs : en photo. La gueule béante, le chapeau, la robe… Il ne connaissait pas beaucoup de tableaux mais il connaissait celui-là. Un prélat hurlant sur son trône, les mains crispées sur les accoudoirs. Une œuvre signée Francis Bacon…

Il eut soudain l'impression que toute l'histoire devait converger vers cette image. Le tableau de l'artiste anglais était en quelque sorte la seule conclusion possible…

Ces réflexions n'avaient pris que quelques centièmes de seconde, entre horreur et survie, sidération et réaction. Quand enfin Mersch serra ses doigts sur la crosse du calibre, le monstre avait disparu.

Mersch se releva sur un genou et tenta d'ouvrir la porte, pas moyen. Antoine avait verrouillé le battant avant de s'enfuir. Mersch laissa tomber une nouvelle fois son .45 et se prit la tête dans les mains. Il était secoué de tremblements. Il lui fallut quelques secondes pour réaliser que ces soubresauts étaient des sanglots, et que la sueur qui inondait son visage était des larmes.

153.

Elle se souviendrait toujours de ce détail.

L'ampoule dans leur chambre, descendant du plafond tel un bulbe incandescent. Lumière sale, jaunâtre, usée, éclairant un décor qui ne valait guère mieux : une vieille armoire à moitié affaissée, trois mauvais lits, un guéridon de guingois, soutenant un broc ébréché, sans oublier les murs fissurés, au papier peint gondolé… Cette chambre appartenait au monde des grands-mères, des maisons de campagne inconfortables, des pensions de famille fatiguées…

Pour dire la vérité, il n'était que seize heures et le soleil faisait le plein dehors. Mais dans un réflexe de conspirateurs, ils avaient fermé les volets…

Mersch était revenu de sa « confession » dans un état second, refusant de dire le moindre mot sur l'entrevue. Son obsession était encore montée d'un cran : l'élimination du cardinal Antoine.

– Tu comptes refaire le même coup qu'à Varanasi ? demanda Nicole.

– La situation est la même. Aucune raison de changer de stratégie.

Mersch était assis à la tête de son lit, adossé contre le mur, jambes croisées façon sadhou. Nicole et Hervé étaient installés à l'autre bout. Hervé roulait un joint, Nicole jouait avec les breloques autour de son poignet. Le conseil de guerre était baigné dans cette lumière de beurre très salé donnant à leurs visages des airs de parchemins.

– C'est un miracle qu'on s'en soit sortis la dernière fois ! s'exclama-t-elle.

– Faut croire aux miracles, ricana Jean-Louis, surtout à Rome. M'oblige pas à me répéter : on a aucune preuve, aucun indice, pas le moindre truc qui accuse Antoine. On peut pas se permettre de lancer une enquête qui prendrait des années et n'aboutirait nulle part.

– Jean-Louis a raison.

Hervé lissait son joint avec deux doigts comme s'il s'agissait d'une cartouche de fusil-mitrailleur. Le gamin avait pris de l'assurance – l'expérience de la douleur, sans doute.

– Y a qu'une seule solution, insista-t-il. L'attaque.

– Vous êtes dingues.

– Tu peux rester ici, cingla Mersch.

Elle ne releva pas cette nouvelle provocation. Hervé allumait le joint à grand renfort de nuages parfumés.

Mersch sortit une feuille pliée en quatre de sa poche de poitrine :

– Antoine habite ici. Un palais dans le quartier du Borgo, à côté de la Cité du Vatican, sur la via della Conciliazione. J'ai fait un tour là-bas. Y a deux gardes suisses à l'entrée, c'est tout.

– Donc ?

– Je compte sur vous pour les distraire, le temps que je me faufile à l'intérieur.

– Et après ? demanda Hervé, tendant le bédo.

– Après, ça me regarde.

– Non ! Pas question qu'on reste comme des cons devant l'immeuble pendant que tu nous joues la grande scène du II face à Antoine.

Nicole surenchérit – elle venait d'attraper le pétard, le conseil de guerre rimait avec calumet de la paix :

– Antoine est dangereux. Qu'il ait des gardes du corps ou pas importe peu, c'est lui qui pose problème.

– Je suis prêt à l'affronter, rétorqua Mersch avec dans le regard cette lueur fêlée qu'il avait depuis son retour de Sant'Anna.

Nicole prit une taffe, histoire d'épicer sa pensée.

Mersch semblait avoir perdu son équilibre, déjà précaire. Et elle et Hervé ne valaient guère mieux. Ils étaient en train d'envisager l'exécution d'un cardinal à quelques pas de la basilique Saint-Pierre, en fumant tranquillement un joint.

À Varanasi, ils avaient bénéficié de la chance du débutant. Mais ici ?

– Je m'excuse de vous le rappeler, trancha-t-elle, mais je suis la seule ici à connaître Rome.

– On le saura.

La fumée les séparait, la fumée les embrouillait.

– La via della Conciliazione est une des plus fréquentées de la ville. Bourrée de touristes. Même à minuit. Même à deux heures du matin.

– Tant mieux. Ça s'ra plus facile de distraire les gardes. Pendant ce temps-là, je m'introduirai et…

– Tu sais quelle partie du palais il habite ?

– Non.

– Tout ça est parfaitement bidon, fit Nicole en rendant le cône à Hervé.

– Qu'est-ce que tu proposes ? cracha enfin Mersch.

Nicole ouvrit ses mains – ses bagues accrochaient la lumière jaunâtre et dessinaient des filaments dans la pièce, comme sur ces photos de trafic routier en pose longue, à la mode depuis quelques années.

– On y retourne. Maintenant. On repère les lieux et on trouve une autre issue. Les cuisines. Le parking. L'accès pour les livraisons. N'importe quoi. On pénètre dans l'immeuble et on attend.

– Quoi ?

– Que le cardinal rentre chez lui. En nous postant près des escaliers ou de l'ascenseur, on saura à quel étage sont ses appartements.

Mersch inhala la fumée de toutes ses forces. Nicole songea à Marlon Brando, à Kirk Douglas, à Lee Marvin. À toutes ces gueules tourmentées d'acteurs américains qui faisaient craquer les jeunes filles, elle comprise. Mersch était de ce calibre.

– Ça me semble tiré par les cheveux.

Nicole éclata de rire – elle était complètement défoncée :

– Mais tout, absolument tout est tiré par les cheveux dans

notre histoire ! Depuis la première seconde où on s'est lancés dans cette enquête !

Hervé rit à son tour, Mersch fut forcé de craquer. Ils s'esclaffèrent ensemble – et firent encore tourner le joint, des larmes plein les yeux.

Oui : il y avait vraiment de quoi se marrer… Et le plus drôle, justement, c'était cette insouciance. Ils avançaient, convaincus de la justesse de leur cause, sans jamais réaliser, finalement, qu'il s'agissait de tuer ou de mourir. C'était peut-être l'ivresse de la guerre, ou de la révolution.

Ou simplement la jeunesse.

Dans tous les cas, ils n'étaient rien d'autre.

Des mômes qui essayaient, en vain, de se prendre au sérieux.

154.

Nicole n'avait pas voulu encore la ramener sur l'histoire de Rome mais elle connaissait la genèse de la via della Conciliazione. Construite sous Mussolini dans les années 30, cette large artère qui reliait le cœur de Rome au Vatican n'avait pas bonne presse – elle symbolisait le fascisme, les délires du Duce, mais aussi la réconciliation de Rome et du Vatican.

Pour sa part, Nicole avait toujours aimé cette architecture massive, rectiligne, sans bavures ni fioritures, comme celle de l'EUR, pur quartier fantôme sorti d'une toile de De Chirico.

Ici, c'était différent. L'alignement d'immeubles, à la fois lourds et abstraits, opposant leurs lignes dures à la douceur de leurs coloris homogènes – beige, brun, rose, ocre, bistre, sable, caramel… –, conservait un air de famille, une bonhomie toute romaine. Et puis, surtout, cette voie remontait droit jusqu'à la place Saint-Pierre, comme un fleuve de sable vers un océan d'or.

Bref, les voilà « sur zone », comme on dit dans la police – c'était en tout cas comme ça que s'exprimait Mersch. Ils avaient pris à droite, la via dell'Erba, longeant le mur ocre du palais de « Son Éminence le cardinal prêtre Antoine », dont les fenêtres du rez-de-chaussée étaient toutes protégées par un solide treillage de fer forgé. À mi-chemin, ils avaient repéré une porte, plus modeste que le grand portail de l'avenue principale, sans doute l'entrée de service.

Ils étaient restés là, à attendre mine de rien que le battant s'ouvre sur un livreur ou, pourquoi pas, un prêtre ou un diacre. Le grand air leur faisait du bien – ils reprenaient leurs esprits, dans le plus strict anonymat. À quelques mètres de la place Saint-Pierre, le flot de touristes semblait inépuisable et leur trio, Hervé avec sa chemise légère, Mersch avec son sac photo et elle-même, en tunique mousseline, ne déparait pas.

Enfin, sur le coup de dix-huit heures, un homme en tablier vint livrer des cartons de nourriture. Le temps que la porte se referme, Nicole se faufila à sa suite – on avait décidé que c'était elle qui paraîtrait la moins suspecte. Très mauvaise idée : la femme n'est pas vraiment la spécialité de la Curie romaine.

Elle emprunta un couloir sombre qui sentait l'ail et l'origan – les cuisines ne devaient pas être loin, puis elle ouvrit une porte, puis une autre, et encore une autre. Cette fois, c'était l'encens qui régnait. Des espaces réduits, dallés en blanc et noir, ponctués de crucifix et de chandeliers, exhalant cette atmosphère de maison rustique propre aux aumôneries et aux presbytères.

Elle ne réfléchissait pas, poussant, entrant, marchant – quelque chose allait bien sortir de ce dédale. Et en effet : elle se retrouva soudain dans ce qui devait être le hall du palais – une salle des pas perdus immense où allaient et venaient des dizaines de silhouettes en soutane. Heureusement pour elle, circulaient aussi quantité de petits bureaucrates en costume noir et de nombreux « civils », amenés ici par une quelconque démarche.

Nicole repéra un banc de bois et s'assit discrètement. La salle couvrait au moins trois cents ou quatre cents mètres carrés d'un seul tenant. Des petits bureaux s'alignaient, où siégeaient des hommes en robe ou bras de chemise, accueillant les visiteurs. Le Vatican délivrait-il des visas ? des bourses ? des indulgences ? Une telle agitation servait son plan. De sa place, elle pouvait tranquillement repérer les lieux sans éveiller le moindre soupçon.

Au premier étage, une galerie ouverte courant sur les quatre côtés de la salle permettait sans doute d'accéder aux appartements privés. Comment savoir lequel était celui de Son Éminence ? Il leur faudrait réviser leurs plans, rester plusieurs jours, au moins, pour se familiariser avec les lieux. Elle était déjà décidée à repartir quand il arriva.

Spectacle tout à fait singulier. Quelque chose comme une salle de la Sécurité sociale soudain traversée par le pape en personne. Le prélat dans sa robe rouge, entouré de prêtres en habit noir, suivi par deux gardes du corps en costume sombre, inspirait le respect et la crainte. Un vrai halo de sainteté et d'autorité émanait du cortège.

Aucun doute sur l'identité de l'homme en rouge – Nicole avait vu des photos. Le groupe s'orienta vers le large escalier au fond de la salle, à droite, et gravit les marches sans un regard pour les clampins qui s'agitaient devant les comptoirs ou poireautaient sur les bancs, comme elle.

Par réflexe, elle se tassa sur son siège, faisant semblant de fouiller dans sa sacoche – les ruses les plus simples sont les meilleures, ou disons qu'en cet instant elle n'en avait pas d'autre.

L'œil braqué, entre l'anse du sac et sa mèche rousse, sur le groupe qui montait, elle se dit que Dieu, ou le destin, ou le glaive de la justice, pouvait bien lui donner encore un petit coup de pouce… Quand le cardinal réapparut sur la galerie, elle sut qu'elle avait été entendue.

Au milieu de la coursive, il s'arrêta, s'entretint avec sa suite puis, soudain, disparut. Elle faillit hurler : elle connaissait désormais l'accès de ses appartements.

Le problème maintenant était de s'introduire dans le palais

cette nuit. L'issue qu'elle avait empruntée serait sans doute verrouillée ce soir. Quant au portail principal et à l'idée, plutôt naïve, de Mersch de les envoyer, elle et Hervé, faire diversion auprès des gardes, vraiment, c'était digne d'une série B.

Le seul moyen était de se laisser enfermer. Elle repartit par où elle était venue, reprit le labyrinthe de portes et se retrouva dehors, maintenant du pied la porte ouverte. Les deux autres n'étaient pas là. Elle se prit une bouffée de sueur qui l'étouffa. Que foutaient-ils, nom de Dieu ? Des flots de passants défilaient et elle ne pouvait pas rester un pied dehors un pied dedans trop longtemps.

Enfin, ils apparurent, au coin de la via della Conciliazione. Elle leur fit signe – tant pis pour les auréoles de sueur sous ses bras, elle se sentait sale, liquéfiée, épuisée, et les laissa pénétrer dans le vestibule où un Christ suspendu semblait les mépriser. En quelques mots, elle expliqua son idée.

– T'as une planque ? répliqua aussitôt Mersch.

– J'ai vu un réduit, oui. Venez.

Elle ne cessait de lancer des regards autour d'elle, s'attendant à voir débouler un livreur, un cuisinier, une bonniche ou un diacre qui s'adresserait à eux en italien et les foutrait dehors à coups de pompe dans le derrière.

Mais non. Ils remontèrent l'enfilade de couloirs jusqu'au placard que Nicole avait en tête. Ils l'ouvrirent. Le cagibi pouvait bien accueillir trois Français qui se prenaient pour des justiciers métaphysiques. Ils se glissèrent parmi les seaux, les chiffons et les balais. Ils en étaient donc là de leur vie – à passer une poignée d'heures dans ce réduit, épaule contre épaule, sueur contre sueur, en attendant de mener leur opération commando.

– Où vous étiez, bon sang ? demanda Nicole à voix basse.

Sans répondre, Mersch, avec des gestes réduits au minimum (ils ne pouvaient quasiment plus bouger), plongea sa main dans son sac photo et lui tendit un objet emmailloté.

– C'est quoi ?

D'après le poids, aucun doute sur la nature de l'objet. Écartant les pans de tissu, elle découvrit un pistolet. Le même que celui de Calcutta, dans une version plus crédible. Un Colt .45.

Elle leva les yeux vers le flic – son visage devait tirer sur le vert, ou même le bleu.

– Qui t'a donné ça ?

– Un ami.

– Un ami t'a donné un flingue en plein Rome ?

– L'Italien dont je t'ai parlé.

Le poids de l'arme l'attirait vers le sol. Ses jambes cédèrent. Elle s'accroupit et serra à deux mains le pistolet. Elle pleurait à chaudes larmes. Non. Elle transpirait. Sa peur de mourir. Sa solitude sans limite. Son désir furieux d'en finir…

Malgré ses efforts, elle ne parvenait pas à imaginer la suite des événements mais il était trop tard pour renoncer. Les révolutions s'étaient peut-être déroulées de la même façon : des gars emportés par leur élan qui ne pouvaient plus s'arrêter, encore moins reculer.

Une certitude : les blancs-becs de Paris pouvaient bien penser qu'ils allaient renverser le monde, les seuls véritables héros du printemps 68 étaient trois – et ils allaient risquer, encore une fois, leur peau en cette nuit du 15 juin.

155.

Quatre plombes à se tenir debout dans le boyau, au bord de l'asphyxie. Il y avait eu un tas de bruits – va-et-vient de gens qui débauchent, conversations en italien, bruits feutrés du personnel d'entretien. Le moment du ménage avait été le pire : ils étaient demeurés dans leur clapier, redoutant qu'une main ouvre leur réduit, à la recherche d'un seau ou de détergent…

Maintenant, tout était silencieux. Qu'attendaient-ils pour sortir de leur trou ? Minuit peut-être. C'était Mersch qui décidait…

Soudain, il fut une heure du matin. Nicole réalisa qu'elle s'était endormie. Incroyable, à quelques battements de cœur de l'affrontement… Enfin, Mersch ouvrit la porte. Nicole sortit du placard comme une boule de flipper. Ce soir, elle était l'extra-ball.

– C'est par où ? demanda Mersch, dont les yeux perçaient l'ombre comme deux flammes hallucinées.

Elle ouvrit la marche. Portes, couloirs, salle des pas perdus. Vide, la pièce paraissait deux fois plus vaste. Un grand drap sombre, épinglé par des colonnes en enfilade, planait au-dessus du dallage blanc et noir.

Nicole leva les yeux. Des veilleuses de sécurité permettaient d'apercevoir la galerie et ses portes. Elle avait maintenant les idées très claires – il lui semblait même qu'elles brillaient dans l'obscurité.

Ils gravirent en silence l'escalier en marbre. Nicole songeait à la nuit de l'affrontement à Varanasi. Même salle, même galerie, même escalier…

Au premier étage, Mersch prit la tête du groupe. Sans doute des gardes patrouillaient-ils ici mais pour l'instant, personne. Auraient-ils la même baraka qu'à Varanasi ? S'en sortiraient-ils vivants ? Nicole n'avait même pas compris les intentions exactes de Mersch. Il avait rejoint le monde des héros maudits, solitaires, ceux de la mythologie grecque, qui tuent leur père, couchent avec leur mère, assassinent leurs enfants…

On s'arrêta. Nicole mit un instant à saisir qu'ils étaient parvenus devant la porte qu'elle avait elle-même désignée – celle de Son Éminence.

– Ton arme, ordonna Mersch à voix basse.

– Quoi ? bredouilla Nicole.

– Sors-la.

D'un regard, Nicole appela Hervé au secours mais elle se rendit compte qu'il tenait lui aussi un pistolet. Ce calibre lui allait au teint comme des jarretières à une religieuse. Elle fouilla machinalement dans son sac – elle y avait glissé l'engin.

– Tu sais t'en servir ?

– À ton avis ?

Le flic lui prit le .45 des mains et fit aller et venir le canon d'un coup sec. Hébétée, Nicole observait cette mécanique inconnue, ce système extraterrestre…

– Au moindre mouvement suspect, tu tires.

– Je tire.

– Prends pas le moindre risque. N'hésite pas une seconde. Tu appuies sur la détente, c'est tout.

Elle déglutit. Sa salive avait un goût de métal.

Mersch tourna la poignée. Ouvert. Nicole lança un regard de droite à gauche. Elle ne pensa pas, comme dans les films, « la voie est libre » ou « le temps du combat est venu ». Elle se dit que cette enfilade de portes lui rappelait la coursive d'un hôtel où elle était allée à Berlin-Ouest.

Une seconde plus tard, elle découvrait le « chez-soi » d'un cardinal prêtre du Saint-Siège. La première pièce hésitait entre chapelle et musée. Longue table au centre, soutenant deux lourds candélabres dont les cierges allumés diffusaient une lumière d'icône. Tableaux anciens, ocre et or, représentant des saints, des madones, des martyrs, tout le cortège de souffrances et d'extases propres à la religion catholique.

Des crucifix rougeoyants posés un peu partout montaient la garde. Sur chaque buffet, des livres anciens, des coffres, des vierges comme sculptées dans le recueillement et l'adoration… Chaque meuble évoquait un autel d'église, chaque siège, un trône d'évêque. Un fort parfum d'encens achevait de se refermer sur vous et de vous murmurer : « Toi qui entres ici, prosterne-toi et demande pardon… »

En découvrant la deuxième pièce, Nicole devina, rétroactivement, que la première n'était que la salle à manger : celle-ci était le salon, au plus fort relent de chapelle encore. Une cheminée de marbre blanc y supportait un immense tableau représentant un Christ supplicié, ruisselant de souffrance.

En face, un simple prie-Dieu, sur lequel le cardinal devait s'agenouiller chaque soir.

– Par là.

Des cierges allumés, encore, comme si on leur avait balisé le chemin. Et c'était peut-être le cas.

Une porte, un bureau. Où était la chambre ?

– Tu nous attends là, souffla Mersch.

– Mais…

Le flic plaça son index sur ses lèvres puis, lentement, enveloppa de ses deux mains celles de Nicole, les serrant sur la crosse du .45. Message on ne peut plus clair : à la moindre alerte…

Les deux frères s'enfoncèrent dans un couloir obscur. Elle les distinguait à peine quand ils ouvrirent une nouvelle porte, au fond. Le battant se referma sur eux…

Elle resta là, comme une gourde, seule, figée, respirant avec difficulté dans ce monde cuivré et douloureux. Ainsi, ils l'avaient exclue du dernier acte. *Les salauds…* Un détail revint lui écorcher l'âme : Mersch n'avait pas de pistolet à la main. Il comptait éliminer le cardinal sans bruit, avec son Ka-Bar, comme Tchen, un des héros de *La Condition humaine* de Malraux, qui poignarde un homme dans son sommeil dès le premier chapitre du livre.

Elle préférait ne pas imaginer les détails. La lame tranchant la gorge, le sang giclant en feu de Bengale, le…

Une main venait de se plaquer sur ses lèvres. Une main rugueuse, sèche comme une hostie au fond de la gorge.

– Quelle joie de finir la ronde avec toi…, souffla la voix derrière elle.

Le prélat, dans son dos. La serpette sous sa gorge. Le contact du métal sur ses lèvres – l'anneau du cardinal. Même le bruissement de l'étoffe rouge, elle le perçut – la robe pourpre allait l'engloutir, la dissoudre.

– On va achever le cercle, toi et moi, en mémoire de mon frère…

Elle se sentit engourdie. La voix la remplissait comme une injection… Une anesthésie qui allait la priver de ses derniers moments… Non. Elle se redressa et se concentra sur la chambre au fond du couloir – les deux frères allaient en sortir et la sauveraient.

Le cardinal lut dans ses pensées :

– La porte s'est verrouillée de l'extérieur, chuchota-t-il. Un petit bricolage assez simple.

Comme pour confirmer ses paroles, des coups sourds, des grincements de poignée se firent entendre. Mersch et Hervé étaient enfermés, impuissants, bernés, ridicules.

– Dans cette affaire, Jean-Louis et Hervé ont été plutôt... inconséquents, non ?

La main pressait toujours ses lèvres.

– C'est injuste, c'est toi qui vas mourir alors que tu n'as rien à voir avec cette histoire. Mais les miens doivent vivre, tu comprends ?

Nicole tourna la tête et libéra sa bouche :

– Georges..., murmura-t-elle (inutile de crier)... Georges a voulu tuer Hervé...

– Jamais de la vie ! Il voulait lui porter le baiser... Le baiser de bienvenue...

Elle s'agitait maintenant comme une couleuvre, essayant de se libérer de l'emprise de l'ombre rouge. Ses pensées partaient en tous sens. Pourquoi avait-il gardé sa robe ? Allait-il l'éventrer ? Elle songea à son affrontement avec l'homme en justaucorps, dans l'appartement des Invalides... Le noir et le rouge...

Encore une fois, comme s'il suivait ses idées, le religieux confirma :

– Mon frère était le Danseur, je suis le Prêcheur. Tu verras, tu ne perdras pas au change.

Il enfonçait sa lame dans sa chair. Penser. Réfléchir. Agir. Tant qu'elle serait vivante, un espoir ferait battre son cœur. Soudain, elle comprit un miracle – le cardinal n'avait pas remarqué son arme, dans sa main. Il ne pouvait deviner que Mersch s'était procuré des pistolets à Rome, il ne pouvait imaginer que cette jeune brindille tenait au creux de sa paume un Colt .45.

La détonation déchira le salon comme un éclair lacère un

ciel de ténèbres, chargeant d'électricité les nuées, grillant le cul des anges. Le cardinal hurla. La seconde d'après, Nicole était libérée de ses mains grises, bondissant droit devant elle et se retournant, Colt braqué.

L'homme d'Église se tenait la jambe – du sang sur la pourpre, aucune différence entre le tissu et l'hémoglobine. Mersch : *Prends pas le moindre risque. N'hésite pas une seconde. Tu appuies sur la détente, c'est tout.* Elle joignit sa main gauche sur la droite, ferma les yeux et tira cinq ou six fois.

De l'autre côté de la porte, les frères hurlaient, frappaient, se démenaient. Elle ouvrit les paupières. De la fumée. Des candélabres renversés. Des toiles trouées. Un vase en miettes. Antoine avait disparu.

Sans prendre le temps de libérer Jean-Louis et Hervé, elle courut vers la porte de sortie. Elle le découvrit sur la galerie, cramponné à la balustrade, comme si tout le palais était en train de verser. Elle braqua de nouveau son .45. Il lui restait une balle pour l'achever.

Le cardinal, tête dans les épaules, une horrible grimace plaquée sur le visage, ouvrit la bouche – il ressemblait à une araignée :

– Ne tire pas ! Pense à ton karma !

– Le Seigneur effacera mon ardoise, j'en suis sûre.

Nicole leva le chien de l'arme et ferma un œil, juste un cette fois, histoire de bien viser l'homme en rouge.

– Comme tu voudras.

Antoine enjamba la rambarde et sauta dans le vide.

Juste avant la chute, il murmura, Nicole en était sûre :

– Je reviendrai.

Hervé et Jean-Louis surgirent à cet instant. Tous trois virent en même temps la flamme écarlate qui virevoltait dans l'obscurité de l'immense salle. La robe pourpre d'un cardinal flottant en piqué comme un cerf-volant.

Aucun d'eux ne perçut le choc sourd de l'impact sur le marbre. La robe avait étouffé le bruit – on sait mourir discrètement à la Curie romaine. Pourtant presque aussitôt, des portes s'ouvrirent, des pas retentirent, une panique en écho démultiplié sur toute la galerie.

Nicole se sentit arrachée du sol – Mersch venait de lui prendre la main et courait vers l'escalier. Par-dessus la rambarde – ses pieds touchaient à peine le sol –, elle vit la large tache de sang s'épancher autour du corps, donnant l'impression que la robe du prélat n'en finissait plus de se dilater.

Elle voulut chuchoter une prière mais rien ne lui vint.

156.

Rome, ville ouverte.

Nicole n'avait jamais vu le film de Roberto Rossellini mais elle connaissait la signification de cette expression : un lieu épargné, en temps de guerre, par les belligérants en raison de son patrimoine historique ou de l'importance de sa population. En 1943, Rome avait été déclarée « ville ouverte » et n'avait pas été bombardée, sauf une fois.

Pourquoi pensait-elle à ça, en ce matin du dimanche 16 juin 1968, installée avec Hervé et Jean-Louis à la terrasse d'un café près de la place du Capitole ?

Pour le terme « ville ouverte ».

Cette nuit, Rome n'avait pas été épargnée. La ville avait subi une attaque discrète, intime, légitime, de la part de trois camarades épris de justice sauvage et de vengeance radicale. Mais ce matin, plus que jamais, Rome était ouverte au ciel, à l'espoir, à l'allégresse.

À Rome, on marche, on flâne, on visite, mais le meilleur poste d'observation est ce genre de terrasses nimbées de soleil, où on peut simplement laisser venir la ville à soi, éprouver sa richesse, sa puissance, sa douceur. Quand on nage dans la Méditerranée, on aperçoit, en transparence, son propre corps dilué de sel et d'or, on se sent léger, éthéré, transfiguré. Rome a le même pouvoir : la ville vous traverse, vous porte, vous sublime...

Cette nuit, Nicole avait tué, ou presque, un cardinal. Elle avait touché du doigt la chair même du cauchemar. Elle avait comme qui dirait payé sa quote-part, apporté son effort de guerre à l'aventure qui s'achevait ici, sous le soleil de Rome.

Ils avaient pu fuir sans que personne ne leur barre la route. La fortune sourit aux audacieux... Ils s'étaient réfugiés dans leur hôtel et avaient regardé le jour se lever, côte à côte, tremblants sous la couverture qu'ils partageaient, alors qu'il faisait déjà près de trente degrés...

Ils avaient fini par s'endormir. Telle est la mécanique du corps humain : vous aviez beau avoir profané des palais épiscopaux, tiré sur des prélats, navigué au bout de l'enfer, eh bien quand il était l'heure, dodo... Ils s'étaient recroquevillés sur le même lit, en chien de fusil, et avaient sombré dans le même néant, le même repos...

À onze heures, ils s'étaient réveillés, douchés, habillés, sans un mot, puis ils étaient sortis dans le berceau de lumière de la matinée romaine. Alors elle avait senti, réellement senti, oui, la Terre tourner sous ses pas. Elle était debout, vivante, vaillante, et plus rien ne pouvait lui arriver.

Dans les journaux, pas un mot encore sur le scandale. Trop tôt. Sans doute les radios relayaient-elles la nouvelle, mais ils n'avaient pas de transistor. Ils avaient plutôt marché dans les rues de la capitale, au hasard, tels des touristes ordinaires...

À quoi songeait-elle en cet instant, alors que le goût amer du *stretto* lui brûlait la gorge ? Elle pensait à Suzanne, à Cécile, à Abha... Trois jeunes femmes qui avaient formé une ronde, un peu comme le tableau de Matisse, *La Danse*, dans une version mortifère... Suzanne, debout sur les barricades, Cécile, carrée comme les motifs de son kilt, et Abha... Non, pas Abha. Elle ne l'avait pas connue vivante et elle ne voulait pas se souvenir de l'horrible cadavre découvert dans la villa de Krishna.

Plus que tout, elle songeait à l'existence tronquée de ces jeunes femmes, à ce vide magnétique qui attirait sa conscience comme un trou noir, néant difficile à envisager autrement qu'à travers des larmes et des gémissements...

Elle passa son bras sous ceux d'Hervé et de Jean-Louis, assis à ses côtés, immobiles, silencieux, scrutant le ciel comme deux griffons sculptés au pied d'un palais antique. Elle sentait leur chaleur, leur présence, leur force, et elle éprouvait en cet instant un sentiment d'immense gratitude.

DU MÊME AUTEUR

Aux Éditions Albin Michel

LE VOL DES CIGOGNES, 1994
LES RIVIÈRES POURPRES, 1998
LE CONCILE DE PIERRE, 2000
L'EMPIRE DES LOUPS, 2003
LA LIGNE NOIRE, 2004
LE SERMENT DES LIMBES, 2007
MISERERE, 2008
LA FORÊT DES MÂNES, 2009
LE PASSAGER, 2011
KAÏKEN, 2012
LONTANO, 2015
CONGO REQUIEM, 2016
LA TERRE DES MORTS, 2018
LA DERNIÈRE CHASSE, 2019
LE JOUR DES CENDRES, 2020
LES PROMISES, 2021

Composition : IGS-CP
Impression : CPI Bussière en avril 2023
Éditions Albin Michel
22, rue Huyghens, 75014 Paris
www.albin-michel.fr

ISBN : 978-2-226-43944-4
N° d'édition : 23304/01 – N° d'impression : 2070582
Dépôt légal : mai 2023
Imprimé en France